Martin Kay

Kalte Spuren

MARTIN KAY

KALTE SPUREN

THRILLER

ATLANTIS

Eine Veröffentlichung des
Atlantis-Verlages, Stolberg
Juni 2012

Druck: winterwork, Borsdorf

Titelbild: Mark Freier
Umschlaggestaltung: Timo Kümmel
Lektorat: Thomas Michalski
Satz: André Piotrowski

ISBN 978-3-86402-036-0

Besuchen Sie uns im Internet:
www.atlantis-verlag.de

login
Fährte im Schnee

Devon Island, Kanada
Mars-Habitat der Mars Society
28. Oktober, 11:29 Uhr

Die Trostlosigkeit fühlte sich nicht echt an. Resignierend wollte Claas Taubmann die Schultern zucken, doch der schwere Raumanzug hinderte ihn an der Geste. Er blieb stehen und stieß die Luft aus, wodurch die Innenseite seines Helmvisiers für kurze Zeit beschlug, ehe die ständige Luftzufuhr aus dem Versorgungstornister wieder für klare Sicht sorgte.

Langsam wandte er sich um und blickte zurück zu der kargen Geröllandschaft. Als er sich für das Projekt Mars-Habitat der Mars Society meldete, dachte er an Abenteuer, die größte Herausforderung seit Menschengedenken. Doch jetzt, wo er mit seinen fünf Leidensgenossen für drei Wochen in der Nähe des Nordpols einen Aufenthalt auf dem Roten Planeten simulieren sollte, kam ihm das alles falsch vor.

Er sah zum Himmel und erblickte in dem kalten Blau einige Wolken. Wenn die Nacht hereinbrach, konnte er den Mond sehen. Nicht Deimos oder Phobos, sondern *den* Mond. La Luna. Sie waren verdammt noch mal nicht auf dem Mars, sondern auf der Erde. Ganz gleich, welchen entlegenen Winkel der Welt sie sich suchten, Claas würde niemals das Gefühl haben, sich woanders als auf seinem Heimatplaneten zu befinden.

Was hatte er erwartet, als er sich zum Astronautentraining bei der ESA anmeldete? Dass sie ihn nach der Ausbildung in einen Shuttle steckten und ihn zig Millionen Kilometer durch den Weltraum katapultierten?

»Willkommen im Klub der Loser«, sagte er leise und erschrak dann. Der Helmfunk war eingeschaltet. Seine Kameraden hatten es bestimmt mitbekommen, doch niemand sagte etwas.

Claas drehte sich wieder um und marschierte den Weg weiter über das rötlich braune Felsgestein. In wenigen Metern begann die Eisgrenze. Von Schnee im klassischen Sinn konnte man bei minus 60 Grad kaum noch reden. Für Claas war das Zeug hart wie Granit. Er warf einen Blick auf die Anzeigen, die auf die Innenseiten des Helmes projiziert wurden. Er befand sich knapp vier Meilen vom Kraterrand und dem Habitat entfernt. Es war nicht ratsam, noch weiter vorzustoßen.

Herrgott, sie hätten uns zumindest ein Fahrzeug mitgeben können!

Ein Klicken ertönte im Helmfunk, und als hätte sie seine Gedanken gelesen, hörte er sofort darauf Megan Ritters Stimme. Sie war die einzige

Frau im Team, das aus den beiden Amerikanern Dave Graham und Joaquin Foster sowie dem Franzosen Henri Damecour, der Britin Megan und ihm, dem gebürtigen Wiener, bestand.

»Komm zurück, Claas.«

»Sofort, Schätzchen«, gab er zurück und stieß sich vom Boden ab, als wolle er hüpfen. Die geringere Schwerkraft des Mars hätte ihm sicherlich einen kleinen, federnden Sprung durch die Luft erlaubt. Nicht so eindrucksvoll wie auf dem Mond, doch jedenfalls eleganter als das, was er hier in Kanada zustande brachte. Plump landete er auf den Füßen, traf einen losen Stein und rutschte ab.

»Oh!« Er ruderte mit den Armen, um das Gleichgewicht zurückzufinden, doch der schwere Raumanzug zog ihn einfach nach vorn. Claas drehte sich im Fallen auf die Seite und landete auf der Schulter. Er hörte, wie sein Helm an der Seite gegen einen Geröllfelsen prallte.

Junge, Junge. Noch mal gut gegangen …

Das scharfkantige Gestein hätte ohne Weiteres sein Helmvisier beschädigen können. Zwar gab es hier, im Gegensatz zum Roten Planeten, genügend Sauerstoff, doch die Luft war zu kalt, um sie einzuatmen. Wenn der Wärmekreislauf des Anzugs versagte, wären Claas' Lungen nach wenigen Atemzügen gefroren.

»Claas, ist alles in Ordnung bei dir?« Das war Dave. Er war zusammen mit ihm und Damecour draußen, während Megan und Joaquin ihre Bewegungen vom Habitat aus beobachteten.

»Ja … ja, geht schon.« Er stemmte sich hoch, was bei irdischer Schwerkraft und dem Gewicht des Raumanzugs alles andere als ein Zuckerschlecken war. Schweiß trieb ihm aus den Poren. Mit einem Ruck probierte er einen weiteren Hüpfer und stolperte vorwärts in die Eisregion hinein. Diesmal stürzte er jedoch nicht, sondern behielt sein Gleichgewicht und kam nach wenigen Metern zum Stehen. Es knirschte unter seinen dicken Stiefeln. Er sah deutlich die Spuren, die er im gefrorenen Schnee hinterlassen hatte.

»Claas, zurück zum Habitat! Der Spaziergang ist für heute beendet.«

Irritiert blickte Claas auf den Boden. Er sah hinter sich und erkannte seine Fußspuren. Dann drehte er den Kopf in die andere Richtung und sah keine drei Meter von sich entfernt ebenfalls Spuren im Schnee. Sie waren wesentlich kleiner als seine und schienen von normalen Winterstiefeln herzurühren.

»Äh … Leute?«

»Claas, komm zurück. Wir haben noch für eine Stunde Luft.«

Claas ignorierte die Aufforderung Daves und blickte weiter über den Streifen Eis, der sich zu einem riesigen Schneefeld ausbreitete. Irgendwo da hinten, in etwa hundert Meilen Entfernung endete die Insel. Und nach weiteren hundert Meilen befände man sich auf dänischem Territorium. Grönland. Claas richtete seinen Blick auf die Spuren im Schnee. Die Fußabdrücke reichten noch etwa zwanzig Meter weit und endeten an einem Felsen.

Das war so gut wie unmöglich. Außer den Marsastronauten gab es hier niemanden. Devon Island war wegen der extremen Temperaturen so gut wie tot. Abgesehen von ein paar Lemmingen und Moschusochsen.

Aber die hinterlassen keine solchen Fußabdrücke, dachte Claas. *Es sei denn, die kaufen ihre Moonboots jetzt von Humanic.*

Er folgte den Stapfen, darauf bedacht, neben der Spur herzugehen, um die ursprünglichen Abdrücke nicht zu zerstören. Seine Teamkollegen würden ihm sonst kein Wort glauben. Er galt ohnehin als der spinnerte Österreicher in der Gruppe.

»Claas!« Das war diesmal Henri. »Warum hörst du nicht einmal, wenn dir jemand was sagt?«

Leck mich, Franzmann! Er erreichte den Felsen, umrundete ihn und …

Blieb wie angewurzelt stehen. Er würgte und wollte rasch den Blick abwenden, doch es war zu spät. Ohne weiteres Zutun erbrach er sich in den Helm. Die Absauganlage arbeitete sofort, doch in seiner Panik, in dem Erbrochenem ersticken zu müssen, öffnete Claas den Verschluss des Visiers und klappte es hoch.

Die eisige Kälte prallte gegen sein Gesicht und zwang ihn in die Knie. Er kotzte in den Schnee. Binnen weniger Minuten würde das vereisen, was er erbrochen hatte. Seine Zunge fühlte sich taub an. Ein Stechen breitete sich in seinem Hals und den Lungen aus. Claas bekam keine Luft mehr. Er keuchte und würgte. Die Stimmen im Helmfunk nahm er nicht mehr wahr. Kopfüber fiel er in den Schnee.

Sein Verstand meldete sich und sagte ihm, dass die Temperaturen keineswegs ausreichten, ihm zu schaden, und dass der Warmwasserkreislauf seines Raumanzugs lange genug in Betrieb sein würde, ihn zu wärmen. Dennoch funkelten Sterne vor seinen Augen. Er versuchte zu schreien, doch außer einem kaum hörbaren Krächzen kam ihm kein Ton über die Lippen.

11:42 Uhr

Mit großen Sprüngen näherten sich David Graham und Henri Damecour dem Schneefeld. Schon von Weitem sahen sie den grauen Raumanzug, der sich vom strahlenden Weiß des Terrains deutlich abhob. Dave hatte über ein Dutzend Mal Taubmann angerufen, doch die Laute, die aus dem Helmfunk drangen, verhießen nichts Gutes. Irgendetwas Schreckliches war geschehen. Wahrscheinlich war der Österreicher über die eigenen Füße gestolpert und hatte sich das Helmvisier eingeschlagen.

Scheiße! Ausgerechnet mir muss das passieren. Gut, dass Henri und ich noch nicht zum Habitat zurückgekehrt sind.

Das war die zehnte Marssimulation. Alle vorherigen waren glatt verlaufen. Keine Verletzten. Keine noch so kleinen Blessuren, trotz der extremen Bedingungen, unter denen sie hier einige Wochen ausharren und arbeiten mussten. Für Dave war dies bereits die zweite Mission dieser Art. Eine ähnliche hatte er bereits in der Wüste von Utah hinter sich gebracht, in der die Mars Society ebenfalls ein Habitat unterhielt.

Aber Utah war nicht Kanada. Die Hitze und Trockenheit dort waren nicht mit den extremen Witterungsbedingungen auf Devon Island zu vergleichen.

»Megan, Jock!«, rief er über den Funk. »Bereitet ein paar trockene Decken und eine Nifedipin-Injektion vor.«

»Was?«, rief Joaquin Foster. »Was ist denn passiert?«

»Claas wird sich starke Erfrierungen zugezogen haben«, sagte Dave. »Wissen wir erst, wenn wir bei ihm sind.«

»Sollen wir rauskommen und euch helfen?«, fragte Megan.

»Negativ. Bleibt im Habitat.« Daves Füße berührten den ersten Schnee. Weder er noch Henri sahen, dass sie zwei verschiedenen Fußspuren im Weiß folgten. Sie hatten ihre Blicke allein auf die Gestalt am Boden gerichtet, sie erreichten sie in wenigen Augenblicken.

Henri ließ sich neben Claas auf den Boden fallen und drehte ihn herum. Dessen Lippen waren dunkelblau und mit Reif bedeckt. Stellenweise rissig. Die Augen waren geschlossen und blau angelaufen, wie der Rest seines Gesichts.

»Merde!«, stieß Damecour aus. »Wir müssen ihn sofort zurückbringen.«

»Schließ den Helm und senk die Anzugtemperatur«, sagte Dave. »Wir dürfen ihn jetzt nicht mit zu hoher … *O mein Gott!*«

Er hatte den Felsen umrundet und wollte sich gerade auf der anderen

Seite neben Claas in den Schnee sinken lassen, als sein Blick die Gestalt hinter dem Felsen streifte. Sofort schnürte sich ihm die Kehle zu und er spürte das Gleiche, was Claas Taubmann veranlasst haben musste, sich zu übergeben. Nur mit Mühe beherrschte sich Dave, regulierte die Sauerstoffzufuhr am Tornister und ließ kühlere Luft in den Helm einströmen. Er atmete ruhig und tief aus.

»Was ist?«, fragte Henri.

Dave hob abwehrend eine Hand. »Bleib dort. Ich muss mir das erst …« Er trat näher an die Gestalt heran, die hinter dem Felsen im Eis lag. Wenn sie einmal menschlich gewesen war, so war das jetzt nur noch an den Umrissen der Kleidung zu erkennen. In dem Uniformrock steckte ein Skelett, das mit knochigen Fingern ein Gewehr umklammerte. Der Kopf war zur Seite geneigt. Die leeren Höhlen starrten Dave an.

»Was ist denn los?« Henri kam um den Felsen gelaufen, stockte und wandte sich sofort ab.

Der Anblick eines Skeletts wäre im Normalfall nicht so schlimm gewesen. Schockierend war eher die Art und Weise, wie es zugerichtet war. Die Oberfläche der Knochen war größtenteils mit Reif bedeckt, doch nicht alle Stellen waren blank. Am Hals befanden sich Fleischfetzen. Zwischen den Zähnen schimmerte eine zerfaserte Zunge. Auf den Wangen waren noch die Reste rosafarbener Haut zu erkennen. Die dicke Winterjacke der Uniform war dunkelrot, als wäre der Soldat verblutet.

Dave bückte sich, packte den Toten an der Schulter und rollte ihn herum. Ein Arm brach ab und hing lose in der Uniformjacke. Dave fluchte und fühlte seine Vermutung bestätigt. Der Schnee unter der Leiche war ebenfalls tiefrot.

»Wann …« Er merkte, wie seine Stimme versagte, räusperte sich und begann noch einmal von vorn. »Wann hatten wir den letzten Schneefall?«

Henri stieß einen französischen Fluch aus. Er mied noch immer den Anblick des Toten. »Das war, bevor wir hier ankamen. Anfang Oktober, schätze ich, warum?«

Dave biss die Zähne zusammen. »Weil der Mann dann noch nicht mal einen Monat tot ist.«

»Was?«

»Er muss nach dem letzten Neuschnee hierher gekommen und gestorben sein.«

Henri drehte sich nun doch zu der Leiche um. Ein erneuter Fluch in seiner Muttersprache kam über seine Lippen. »Aber er ist total verwest.«

»Ja. Merkwürdig nicht? So schnell kann er nicht verwesen, gerade bei diesen Temperaturen nicht. Die Kälte hätte ihn eigentlich konservieren müssen.«

»Fichtre!« Henri kam näher. »Er ist verblutet, so wie es aussieht. Aber die Uniform hat keine Risse. Keine Anzeichen von Schusswunden.«

»Was immer ihn umgebracht hat … wir müssen Claas zurückbringen. Komm, wir kehren später noch einmal zurück und bringen Jock mit.«

Sie wandten sich ab und halfen Claas auf. Eine Trage wäre nicht schlecht gewesen, doch auf der Insel gab es nur Schnee und Geröll. Dave beschloss, in seinen Bericht zu schreiben, dass zukünftige Teams in jedem Fall einen Marsrover dabeihaben sollten. Bevor sie fortgingen, markierte Dave den Ort des Leichnams mit einem Minisender. Dann machten sie sich auf den Rückweg zum Habitat.

12:37 Uhr

Megan und Joaquin standen in ihren Anzügen draußen und eilten Dave und Henri entgegen, um den beiden bei der schweren Last zu helfen.

Die zwei waren die letzten zwei Meilen ziemlich ins Schwitzen geraten. Der Sauerstoffvorrat hatte sich schneller als erwartet verbraucht, offensichtlich durch die Anstrengung beim Tragen der zusätzlichen Last.

»Wie geht es ihm?«, fragte Megan.

»Er muss schnell rein«, sagte Dave. »Kühlt seine Kammer etwas ab. Trockene Tücher für die Hautpartien. Habt ihr die Injektion vorbereitet?«

»Ja.« Joaquin half den anderen, Claas Taubmann ins Innere des Habitats zu bringen.

Sie passierten die Schleuse, die genau so funktionierte, wie sie es auf dem Mars musste. Es passten nur jeweils zwei Leute in den engen Vorraum. Sie verfrachteten Claas ins Innere, dann gesellte sich Joaquin hinzu und verriegelte die äußere Tür. Er wartete, bis der simulierte Druckausgleich abgeschlossen war, und öffnete anschließend das innere Tor.

Drei Minuten später befanden sich auch Dave und Henri und schließlich Megan im Innern des kuppelförmigen Habitats.

»Sieht nicht gut aus«, sagte Megan, nachdem Dave seinen Helm abgenommen hatte. »Die Luftwege sind halb zugefroren. Seine Haut ist vor Kälte verbrannt. Aber so schnell?«

Dave runzelte die Stirn. Es hörte sich immer komisch an, wenn man bei Erfrierungen von Hautverbrennungen redete. Er presste die Lippen aufeinander und nickte der Marsastronautin zu.

»Wir brechen ab«, sagte er.

»Bitte?« Joaquin kam aus einem Korridor. »Wir haben noch gut eine Woche hier draußen.«

Dave hob abwehrend eine Hand. »Mag sein, aber ich riskiere nicht Claas' Leben. Wir haben nicht die Mittel, um ihn hier ausreichend zu behandeln. Seine Lunge hat vermutlich schon Schaden genommen und er ist im Koma. Willst du ihn eine Woche lang in seine Kabine sperren?«

Joaquin senkte den Kopf. »Schon gut. Ich … hab nicht drüber nachgedacht.«

»Sag Henri Bescheid, er soll Kontakt zur *Elsewhere* aufnehmen. Sie sollen uns abholen und sich auf einen medizinischen Notfall vorbereiten.«

Die *Elsewhere* war der Eisbrecher, mit dem sie hergekommen waren. Er ankerte einige Meilen südlich von Devon Island, um in Notfällen wie diesem Unterstützung zu bieten oder Evakuierungsmaßnahmen einzuleiten. An Bord befand sich ein Helikopter, der in zwei Stunden hier sein konnte.

Dave stellte den Helm ab, ließ den schwerfälligen Anzug jedoch an.

»Willst du nicht ablegen?«, fragte Megan.

Er schüttelte den Kopf. »Wir haben da draußen etwas gefunden, Meg.«

Sie sah ihn fragend an. Als er nicht gleich antwortete, verzog sie die Mundwinkel. »Graham, ich hab dir schon tausend Mal gesagt, dass ich diese Anspielungen hasse. Also, schieß los: *Was* habt ihr gefunden? Oder lass es bleiben!«

»Eine Leiche.«

Megan riss die Augen auf. Ihre Gesichtsfarbe wechselte von einem gesunden Braun zu Kalkweiß. »Eine … Leiche?«

Dave nickte. »Ja. Aber das ist nicht das Seltsame.« Er berichtete ihr von dem Fund.

Megan fasste sich an den Kopf. »Du meinst, er liegt nicht mal einen Monat dort?«

»Sonst wäre er zugeschneit.«

»Aber bei der Kälte kann doch niemand verwesen.«

»Richtig. Deswegen sehen wir uns die Leiche auch noch mal genau an. Wir werden sie bergen und mit auf die *Elsewhere* nehmen.«

Megan schüttelte den Kopf. »Lass uns von hier verschwinden und anschließend die Leiche bergen. Claas geht jetzt vor.«

»Ich will sie mir zumindest noch mal ansehen.«

Die Wissenschaftlerin warf ihm einen Blick zu, wie sie es öfter tat, bevor sie ihn *Sturkopf* nannte. Doch diesmal kam es nicht dazu, denn Henris Ruf aus dem Funkraum unterbrach ihre Diskussion.

»*Mon dieu!* Leute, wir haben unseren Funkkontakt zur *Elsewhere* verloren!«

Alarmiert ruckte Daves Kopf herum. Er ließ Megan einfach im Gang stehen und rannte zum Funkraum. Hinter sich hörte er schwere Schritte. Die Wissenschaftlerin folgte ihm. Am Ende des niedrigen Ganges zweigte nach links ein kleiner Raum ab, der gerade mal für eine Person Platz bot. Henri saß in dem Sessel, ein Headset auf den Ohren, die Hände an einer Computertastatur.

»Kannst du schon was sagen?«, fragte Dave.

Der Franzose zog sich den Kopfhörer herunter und warf ihn auf das Pult. »Tot«, sagte er. »Alles ist tot.«

»Was heißt das?« Megan drängte sich an Dave vorbei und blickte in den winzigen Raum, der mit mondernster Technologie vollgestopft war. Sie besaßen seismische Messanlagen, eine Richtantenne, einen Satelliten-Uplink und Kurzwellenkommunikation.

»Alles ist tot«, wiederholte Henri und drehte den Sessel herum. »Ich bekomme weder ein Funksignal herein noch eins hinaus. Die Anlage funktioniert, aber sie sagt keinen Piep. Als hätte jemand einen Schirm über uns aufgespannt, der nichts rein- oder rauslässt.«

Einen Schirm? Dave wiederholte es nur in Gedanken und merkte, wie ihm ein eisiger Schauer den Rücken herunterlief. Der Soldat dort draußen. Der unterbrochene Funkkontakt. Das konnte doch kein Zufall sein.

Aber warum? Was hatten Soldaten auf einem so trostlosen Eiland inmitten des Nirgendwo verloren? Und was hatte den Mann so zugerichtet?

»Versuch es weiter.« Er drückte eine Taste für den internen Stationsfunk. »Joaquin, wir gehen raus.«

»Wie bitte?«

Kurz umriss er das, was er bereits Megan über die Leiche erzählt hatte. Dann schloss er mit den Worten: »Wir nehmen das Satellitentelefon mit. Vielleicht ist das Kommunikationsloch um das Habitat begrenzt und ein paar Meilen weiter draußen bekommen wir Kontakt.«

Joaquin kam in die Zentrale und sah nicht begeistert aus, doch er ging, etwas leise vor sich her murmelnd, zu seiner Kabine zurück, um sich erneut den Raumanzug anzulegen.

»Henri, behalte das Radar im Auge, ja?«

»Erwartest du Besuch von deinem toten Freund?«, fragte der Franzose.

»Tu es einfach.« Dave wandte sich zu Megan um. »Und du gibst auf Claas acht, okay?«

»Passt auf euch auf.«

»Keine Sorge. Wir haben für sechs Stunden Luft. Wenn ich über das Satellitentelefon die *Elsewhere* erreiche, sind wir alle hier in weit weniger als drei Stunden raus.«

Dave stupste ihre Nase an und lächelte. Megan senkte den Blick und wandte sich ab.

Na ja, das wird schon wieder.

Er nahm den Helm und begab sich zur Lagerkammer, um sich einen neuen Tornister mit Atemluft zu besorgen. Dabei kam ihm wieder das Bild des Toten in den Sinn. Von jetzt an begleitete es jeden seiner Schritte.

14:01 Uhr

»Basis, könnt ihr mich hören?«

Dave verdrehte die Augen und schüttelte unter dem geräumigen Helm leicht den Kopf. Seit sie das Habitat verlassen hatten, bemühte sich Joaquin, Funkkontakt mit Megan oder Henri aufzunehmen. Erfolglos. Der Kurzwellenfunk war genauso gestört wie alles andere.

»Vergiss es endlich«, sagte Dave. »Es hat keinen Zweck. Der Funk ist mausetot.«

Tot. Zu gerne hätte sich Dave über das Kinn gestrichen. Er merkte, wie sich bei dem Gedanken die Nackenhaare aufstellten. Henris Worte von einem Schirm, den jemand über das Basishabitat aufgespannt haben könnte, um so den Funkverkehr zu stören, kamen ihm wieder in den Sinn. Und der tote Soldat.

Vielleicht sollten sie die Leiche dort lassen, wo sie war, weiter nördlich ihr Glück mit dem Satellitentelefon probieren und den Hubschrauber anfordern.

Dave Graham blickte nach vorn. Die Schneegrenze lag keine zwanzig Meter vor ihnen. Zum Umkehren war es zu spät. Er gab Joaquin ein Zeichen, und gemeinsam liefen sie über das strahlende Weiß. Ihre Fußspuren und die des Toten waren noch immer sichtbar. Nichts hatte sich verändert. Die Leiche lag noch genauso dort, wie Dave sie umgedreht und verlassen hatte. Er beugte sich zu ihr hinunter und griff nach der Uniform. Sein Handschuh streifte die Reifschicht auf dem Stoff ab, tastete sich zu den Knöpfen vor und öffnete die obersten drei. Darunter befand sich ein Reißverschluss. Zögernd zupfte Dave daran und zog ihn auf. Ein Pullover, Hemd, T-Shirt. Langsam arbeitete sich der Wissenschaftler bis zum eigentlichen Körper vor. Als er den letzten Stoff beiseiteschob, wurde ihm bei dem Anblick übel. Der Brustkorb war skelettiert. Doch an den Rippen und dem Brustbein hingen auch noch Haut- und Fleischfetzen. Das, was Dave allerdings den Magen umdrehte, befand sich innerhalb des Brustkorbs. Ein halbes Herz. Ein angefressener Lungenflügel. Teilweise waren noch andere Organe in desolatem Zustand vorhanden. Von Reif und einer dünnen Eisschicht bedeckt und dabei, eingefroren zu werden. Doch sie schienen noch so frisch zu sein, als wäre der Mann erst vor einer Stunde gestorben.

Entsetzt prallte Dave zurück und wäre beinahe hingefallen. Joaquin war bei ihm und stützte ihn.

»Das ist ein Russe«, sagte Jock und deutete auf das rote Abzeichen am Ärmel der Uniform. Darin waren Hammer und Sichel abgebildet. »Was zum Teufel hat der hier verloren?«

»Keine Ahnung. Aber irgendetwas ist hier oberfaul. Eine halb verweste Leiche, die Störsignale. Ich hab das verdammte Gefühl, dass wir nicht alleine sind auf der Insel.«

»O Mann, sieh dir das an!« Joaquin streckte seinen Arm aus und deutete weiter nach Nordosten in das Schneefeld hinein.

Dort waren weitere Fußspuren zu sehen. Dutzende.

Sie waren definitiv nicht allein!

»Scheiße!« Hastig klinkte Dave das Satellitentelefon aus dem Gürtel und öffnete die Box. Er ließ das Motorola Iridium in seinen Handschuh gleiten, schob die große, bullige Antenne hoch und schaltete das Gerät ein. Dann wartete er.

Und wartete.

Kein Satellit.

Dave Graham blickte zum wolkenlosen Himmel hinauf, als versuche er, den Satelliten mit bloßem Auge zu erspähen. Das war nicht möglich. Iridium war ein weltumspannendes Netz. Außer in Nordkorea bekam man quasi *überall* eine Verbindung. Es sei denn, irgendjemand hatte den Satelliten über der arktischen Region abgeschossen.

Unsinn!

Dave blickte auf das Display, das noch immer hartnäckig behauptete, keinen Empfang zu bekommen.

»Das ist nicht fair.«

»Was ist?«, fragte Joaquin Foster und spähte Dave über dessen rechte Schulter.

»Keine Sat-Verbindung.«

»Unmöglich!«

»Ich weiß.« Er hielt ihm das Display vor den Helm.

Joaquins Augen weiteten sich. Nur einen Lidschlag darauf explodierte sein Gesicht in einer grellen Stichflamme.

Dave brauchte eine Sekunde, um zu begreifen, dass er nur die Reflexion der Flamme auf dem Helmvisier des anderen sah. Ruckartig fuhr er herum und erblickte das Inferno mit eigenen Augen. Dort, wo sich das Habitat befand, leckte eine gewaltige Flammenzunge in den Himmel.

»Mein Gott!«

»Scheiße, Scheiße, was ist das?« Joaquins Stimme überschlug sich.

Das Habitat!, dachte Dave und sah vor seinem inneren Auge Megan, Henri und Claas in einem Feuerball verglühen. Dann erreichte ihn und Joaquin die Druckwelle. Die Explosion war so heftig, dass sie ihre Auswirkungen sogar vier Meilen entfernt spüren konnten. Wie von unsichtbarer Faust gepackt, wurden Dave und Joaquin Spielbälle unnatürlicher Gewalten.

Dave verlor den Boden unter den Füßen, überschlug sich einmal in der Luft und kam ein Dutzend Meter weiter wieder auf. Er stöhnte. Ein dumpfer Schlag ertönte im Helm. Auf dem Visier leuchtete ein Warnsignal rot auf. Er verlor Druckluft. Rasch blickte er an sich herab und sah das kleine Loch, das sich bei der harten Landung in seinen Anzug gerissen hatte. Auf dem Mars würden ihm jetzt nur wenige Sekunden bleiben. Hier bedeutete der Verlust der Druckluft, dass sich die Heizreserven in seinem geschlossenen System sehr rasch aufzehrten und er erfrieren musste, wenn er die Stelle nicht abdichtete.

Er drehte sich auf die Seite und hielt nach Joaquin Ausschau. Seinen Kameraden hatte es schwerer erwischt. Er lag an einer Felswand, der Helm war zerbeult und im Visier gähnte ein faustgroßes Loch.

»Nein!« Dave robbte vorwärts, stemmte sich hoch und sprang auf den anderen zu. Doch als er nur noch wenige Meter von ihm entfernt war, sah er die breiige Masse, in die sich dessen Gesicht verwandelt hatte. Das zersplitterte Glas des Visiers war ihm durch Haut und Knochen gedrungen und hatte seine Augen in fast leere Höhlen verwandelt.

»Mein Gott, Jock, nein!« Dave war bei ihm, packte ihn an den Schultern und zerrte an dem schweren Raumanzug. Es hatte keinen Sinn. Joaquin war tot. Genauso wie die drei anderen Teammitglieder im Habitat.

Dave legte sich neben den anderen in den Schnee und weinte. Das Rauschen in seinen Ohren schrieb er dem Schluchzen zu. Die Feuchte, die über seine Lippen rann, musste von den Tränen herrühren, die er vergoss.

Als sich seine Augen verflüssigten und das Gehirn den Kontakt zu den Sehnerven verlor, als sich das Herz in einem qualvollen Krampf zusammenzog und dann zu schlagen aufhörte, erkannte Dave Graham für einen Moment, dass die Tropfen aus seiner Nase und seinen Augen Blut waren. Dass seine Trommelfelle geplatzt waren.

Nur den Bruchteil einer Sekunde darauf stellten sämtliche seiner Organe ihre Aktivität ein.

logfile 1

Spuren im Nichts

Atlanta, Georgia
626 Dekalb Ave NE
11. November, 14:33 Uhr EST

Erst beim zweiten Anlauf brach das Schloss unter dem Tritt Eileens ein. Die Tür schwang nach innen auf und federte in den Angeln nach. Eileens Partner Adrian Kessler zuckte mit den Achseln und warf ihr einen Blick zu, der so viel ausdrückte wie: »Beim nächsten Mal lässt du einen Profi ran.« Er sagte jedoch nichts, sondern stürmte mit vorgehaltener Sig Sauer in den angrenzenden Raum.

Eileen Hannigan folgte ihm und gab ihm Deckung. Ihr Blick tastete durch das Zimmer und nahm in Sekundenbruchteilen Einzelheiten auf. Ein Aschenbecher mit mindestens einem Dutzend ausgedrückter Zigarettenstummel. Ein dünner Rauchfaden stieg auf. Daneben stand eine angebrochene Flasche Bier. Die Reste einer Pizza. Ein Bündel Geldscheine. Auf der Couch war eine Decke zurückgeschlagen worden.

»Vorsicht, Adrian!«, warnte Eileen ihren Partner. Ihre Zielperson war entweder gerade eben erst getürmt oder befand sich immer noch in der Wohnung.

Kessler duckte sich und schlich weiter bis zur nächsten Tür.

»Sicher. Gib mir Deckung!« Er zielte mit der Pistolenmündung auf den Durchgang und bewegte sich langsam darauf zu.

Eileen spürte einen Luftzug an ihrer Wange und blickte auf. Ein Fenster stand offen. Die Gardine bewegte sich im Wind.

»Komm her, hier ist ein Balkon.« Kesslers Stimme drang gehetzt aus dem Nebenraum.

Doch Eileen ging auf das Fenster zu. Die Gardine bauschte in einer Böe hoch. Eisiger Wind drang in das Zimmer und schnürte Eileen für einen Moment die Kehle zu. Sie machte einen Satz nach vorn, streckte die Arme mit der Pistole im Anschlag durch das Fenster und warf einen schnellen Blick nach unten. Keine Feuerleiter. Kein Sims. Eileen blickte hoch, doch auch dort gab es keine Fluchtmöglichkeiten, solange ihr Zielobjekt kein Zwillingsbruder von Spider-Man war.

Gerade als die Agentin den Kopf wieder zurückzog, erklangen aus dem Nebenraum Kampfgeräusche. Etwas klirrte. Dann peitschte ein Schuss, gefolgt von einem dumpfen Aufprall. Alarmiert stürmte Eileen los und platzte mitten in ein Handgemenge.

Kessler rang mit einem Kerl, der mindestens einen Kopf größer war als er und doppelt so breit. Seine Dienstwaffe lag auf dem Boden. In der Wand gähnte ein Einschussloch. Der Teppich war mit Scherben von der geborstenen Fensterscheibe übersät.

»Hände hoch, wir sind Bundesagenten!«, rief Eileen, erzielte damit jedoch keine Wirkung.

Der Gegner packte Kessler und zog ihn in Eileens Schussrichtung, während er ihn gleichzeitig mit einem Kniestoß in den Magen bearbeitete. Kessler stöhnte auf, wehrte einen weiteren Stoß ab und setzte einen Hebel an, der den anderen Mann zu Fall brachte. Im selben Moment hörte Eileen Schritte hinter sich.

»Da ist noch einer!«

»Hol ihn dir!«, schrie Kessler und schlug auf seinen Gegner ein. »Ich werd' mit dem hier schon fertig.«

Eileen überzeugte sich davon, dass ihr Partner tatsächlich die Oberhand behielt, machte auf dem Absatz kehrt und rannte dem Flüchtling hinterher. Sie setzte über den Tisch, wischte einen Aschenbecher fort und stieß ihn über die Kante, wo er den Inhalt auf dem Boden verstreute. Draußen auf dem Gang orientierte sich die Agentin. Schritte hallten von links. Das Treppenhaus. Rechts herunter befand sich der Aufzug, und die Kabinentür stand offen.

Vergiss es!

Eileen rannte zu den Treppen. Immer zwei, teilweise drei Stufen auf einmal jagte sie hinunter und wünschte sich anstelle des formellen, dunkelblauen Hosenanzugs eine Stretch-Jeans und Sportschuhe her. Doch sie war auch in dem Businessoutfit sportlich genug, um mit dem Fliehenden mithalten zu können. Sie hörte seine Schritte deutlich und holte auf. Eine Tür wurde aufgerissen und schlug zu. Eileen nahm die letzten zwei Treppenabsätze und flog dem Erdgeschoss förmlich entgegen.

Ein Mann beladen mit zwei Einkaufstüten kam ihr entgegen und fluchte, als sie ihn mit der Schulter streifte und ihm einen der Tragebeutel aus den Händen stieß. Scheppernd fielen Konserven, Flaschen und Obst zu Boden und kullerten die Stufen in die Tiefe.

»Du blöde Schlampe, kannst du nicht aufpassen?«

Ohne Rücksicht auf den Unfall zu nehmen, hetzte Eileen weiter, erreichte die Eingangstür, zog sie auf und blieb im Hauseingang stehen. Eng an die Wand gepresst. Sie riskierte einen Blick und sah den Flüchtigen über die Straße rennen. Sofort spurtete sie hinterher. Sprang über einen kniehohen Gartenzaun vor dem Gelände des Apartmentblocks. Sah die spielenden Kinder. Zwei Mütter mit Kinderwagen. Ein vorbeifahrendes Taxi. Einen älteren Mann mit Gehstock.

»Runter! Sofort runter auf den Boden!«

Der Fliehende blickte über seine Schulter zurück, hob eine Pistole und schoss. Eine Kugel jagte dicht an Eileens Ohr vorbei. Instinktiv sprang sie nach rechts, rollte über den Boden, kam auf die Knie und legte auf den Mann an. Dieser sah wieder nach vorn, konnte aber einem parkenden Wagen nicht mehr rechtzeitig ausweichen. Er stieß gegen die Motorhaube und landete vor dem Wagen. Sofort wuchtete er sich in die Höhe und humpelte weiter.

Eileen hatte freies Schussfeld. Sie zielte auf die Beine.

Ihr Finger krümmte sich um den Abzug. Sie hielt die Luft an.

Glas klirrte. Ein Schrei!

Irritiert blickte Eileen nach oben in den vierten Stock und sah Adrian Kessler mit den Armen rudernd in die Tiefe stürzen. Für den Moment schien die Zeit einzufrieren, und Eileen nahm den Fall wie tausendfach verlangsamt wahr. Es gab nur Kessler und seinen nicht enden wollenden Sturz.

Dann war es vorbei. Sein Körper schlug auf dem Asphalt auf. Weitere Schreie. Kinder stoben vom Spielplatz auseinander. Die beiden Mütter kreischten und suchten ihr Heil in der Flucht. Nur der Mann mit dem Gehstock blieb wie angewurzelt stehen und starrte mit aufgerissenen Augen auf den am Boden liegenden Agenten. Im nächsten Moment fanden drei Kugeln ihre Ziele in seiner Brust, eine vierte durchbohrte ihm den Schädel und schleuderte ihn zwei, drei Meter über die Straße.

Mein Gott, nein!

Eileen unterdrückte den Impuls, zu ihrem Partner zu stürmen. Wenn er nicht bereits tot war, dann spätestens jetzt, als zwei weitere Kugeln durch seinen Leib schlugen. Dann nahm der Schütze hinter dem geborstenen Fenster Eileen aufs Korn. Ein weiterer Schuss peitschte auf. Pflastersplitter spritzten neben ihr hoch. Noch ein Schuss. Direkt vor ihren Schuhen sprang der Asphalt auseinander. Eileen drehte sich um und rannte. Sie suchte Deckung hinter einem Wagen. Eine Kugel jagte durch die Scheibe und ließ sie in tausend Splitter bersten.

Weiter!

Geduckt rannte sie zu einem weiteren Wagen. Das Feuer vom Haus verstummte, dafür sirrte ein Geschoss knapp an ihrer Schulter vorbei in den Außenspiegel des Wagens, hinter dem sie sich verschanzte. Eileen warf einen Blick zurück. Der Humpelnde war vom Flüchtenden zum

Jäger geworden und näherte sich Eileen von der anderen Straßenseite. Parallel dazu verlief eine Eisenbahnlinie, darüber eine Brücke. Sie brauchte eine bessere Deckung.

»Scheiße!« Eileen sprang über die Motorhaube des Wagens, eilte weiter von Auto zu Auto, bis sie Deckung hinter einem Brückenpfeiler fand. Sie hob die Waffe und zog den Abzug. Zweimal blitzte die Mündung auf und zwang den Verfolger ebenfalls in Deckung. Eileen hob den linken Arm zum Mund und berührte mit dem Kinn den Sendeknopf des Funkgeräts.

»Blue Recon an Aerie, kommen.«

Beton splitterte vom Pfeiler und regnete auf Eileens rotes Haar, als ein weiterer Schuss aufpeitschte. Die Agentin lief weiter. Rechts die Straße. Links die Schienen der Eisenbahnlinie. Nächster Pfeiler. Ein Zug rauschte heran. Die Lok stieß ein schrilles Pfeifen aus. Eileen überlegte, ob sie über die Gleise rennen oder sich bis zur nächsten Querstraße nach Norden durchschlagen sollte. Der Zug nahm ihr die Entscheidung ab. Er donnerte hupend an ihr vorbei und versperrte ihr den Weg über die Schienen.

»Aerie, hört mich jemand?«, rief sie ins Mikrofon, das in den Ärmelaufschlag ihres Blazers eingearbeitet war. »Agent ist am Boden. Vermutlich tot. Zielobjekt hat einen Zwilling. Brauche Verstärkung Dekalb Avenue, Ecke«, sie blickte zum Straßenschild, »Cornelia Street Southeast.«

Eileen erreichte den nächsten Pfeiler, blieb mit dem Rücken dagegen gelehnt, atmete tief durch und schwang herum. Sie feuerte zweimal. Ein Treffer. Die Schulter des Verfolgers flog herum, der Mann geriet ins Trudeln und stürzte in den lehmigen Boden unter der Brücke. Aus den Augenwinkeln sah Eileen den zweiten Mann, denjenigen, der Kessler aus dem Fenster gestoßen hatte, über die Straße rennen. Eine Kugel sauste über ihren Kopf hinweg. Eine weitere heulte als Querschläger vom Brückenpfeiler davon.

»Hört mich jemand? Ich brauche Verstärkung!«

Aus dem Ohrhörer drang nur statisches Rauschen. Dafür klingelte ihr Handy im selben Moment, als ein dritter Schuss im Beton stecken blieb und einige Splitter direkt in ihr Gesicht spritzte. Instinktiv kniff Eileen die Lider zusammen, blinzelte und stürmte weiter zum nächsten Pfeiler.

Links neben ihr jagte der Zug vorbei. Rechts befand sich die Straße. Frei. Keine Parkmöglichkeiten. Selbst der Gehweg auf der anderen Seite war nicht befestigt, sondern verlor sich in einer lockeren Ansammlung einzelner Bäumchen und Büsche. Keine Deckung. Die Mündung zur Cornelia Street war noch knapp zwanzig Meter entfernt.

Das Handy bimmelte weiter. Zweimal kurz. Einmal lang. Die Klingelsequenz der Diensttelefone der CTU aus der TV-Serie ›24‹. Oh ja, Eileen war ein Fan von Superagent Jack Bauer. Aber sie war nicht verrückt genug, ihm nachzueifern.

Was würde Jack jetzt tun? Vermutlich zog er aus dem Knöchelholster eine 38er, aus dem zweiten Hüftholster eine Neunmillimeter und rannte schreiend und schießend auf die beiden Gegner zu. Jeder Schuss ein Treffer. Und danach würde er einen der beiden so lange am Leben lassen, bis er unter schwerer Folter seinen Mittelsmann oder Auftraggeber verriet.

Eileen war nicht Jack Bauer.

Sie war besser. Aber nicht lebensmüde. Und sie war Realistin.

Der letzte Pfeiler. Auf der anderen Seite befand sich die Ecke Cornelia Street. Die letzten Waggons rumpelten hinter Eileen vorbei. Containerwagen. Sollte sie doch über die Gleise fliehen? Ihr Blick blieb an der Straßenmündung hängen. Wenn sie es über die Fahrbahn zur anderen Seite schaffte, ohne erschossen zu werden, bot ihr zumindest die Hausfront des Wohnblocks für ein paar Sekunden Sicherheit. In etwa hundert Metern Entfernung parkte ein Buick. Dahinter stand der schwarze Regierungswagen, ein Dodge Durango SUV.

Jetzt oder nie! Vereinzelt bewegten sich Gardinen hinter den Fensterscheiben des Wohnblocks. Schatten. Die Anwohner waren weise genug, nicht die Fenster zu öffnen und rauszuschauen, was draußen geschah. Die knallenden Schüsse waren ihnen Warnung genug.

Eileen riskierte einen Blick hinter den Pfosten. Von dem Angeschossenen war nichts zu sehen. Der andere Kerl bewegte sich geduckt auf der anderen Straßenseite; er vermied jetzt seinen vorherigen Fehler, sich ohne Deckung der Agentin zu nähern. Er kam nur langsam näher und hielt sich nahe der Hauswand, schlich von Eingang zu Eingang. Von Nische zu Nische.

Das penetrante Klingeln des Handys raubte Eileen den Nerv. Sie griff mit der freien Hand in die Tasche, klappte das Motorola Adventure V750 auf, ohne auf die Absenderkennung zu achten, und hielt es sich ans Ohr.

Hoffentlich meine Dienststelle.

»Ja?«

»Agent Hannigan, wenn Sie am Leben bleiben wollen, tun Sie exakt das, was ich Ihnen sage.«

Die Stimme am anderen Ende klang sonor. Tief, aber kein Bass. Ohne Akzent.

»Wer spricht da?«, fragte Eileen und behielt den Mann im Auge, der sich ihr noch immer näherte. Sie schielte zur Cornelia Street. Hundertfünfzig Meter bis zum Durango. Wenn sie jetzt loslief und sich selbst Feuerschutz gab, konnte sie es zur anderen Straßenseite schaffen, den Buick als Deckung nutzen und war in dem SUV, bevor der Kerl überhaupt begriff, dass sie ihm durch die Lappen gegangen war.

Soweit die Theorie. Sie hatte noch den Mann am Telefon.

»Das ist jetzt nicht wichtig. Mein erster Rat, Agent Hannigan, gehen Sie *nicht* zu Ihrem Fahrzeug.«

Eileen sah wieder zu dem Gegner und hielt Ausschau nach einem Telefon, doch der Mann schien nur seine Waffe in den Händen zu halten. Sie beugte sich zur anderen Seite des Pfeilers und vermutete, dass der Angeschossene sich ihr von den Gleisen her näherte, doch offenbar hatte sie ihn schwerer als gedacht getroffen. Er ließ sich nirgends blicken.

Hinter ihr verklang das Poltern des Zuges. Der Weg über die Gleise war nun frei.

»Der Wagen ist vermint«, sagte der Unbekannte am Telefon.

»Wollen Sie mir Angst machen? Haben Sie fast geschafft.«

»Während Sie mit Ihrem Partner in das Gebäude gingen, hat jemand eine Autobombe unter dem Wagen angebracht und diese mit den Zünddrähten verkabelt. Der Bombenleger befindet sich mit einem Scharfschützengewehr auf dem Dach des Gebäudes. Wenn Sie jetzt über die Straße laufen, geraten Sie in sein Schussfeld und sterben.«

Eileen sog scharf die Luft ein und widerstand der Versuchung, sich so weit unter der Brücke vorzubeugen, damit sie das Dach des gegenüberliegenden Hauses überschauen konnte.

Der Verfolger war noch etwa dreißig Meter von ihr entfernt. Wenn sie den Durango erreichen wollte, blieb ihr nicht viel Zeit zum Handeln.

»Sollten Sie den Scharfschützen überleben und an Ihrem Wagen vorbeilaufen, wird Sie der Mann in dem davor parkenden Fahrzeug erwischen«, sprach der Unbekannte am anderen Ende der Leitung weiter. »Was immer Sie vorhaben, die Cornelia Street ist eine Sackgasse.«

Eileen merkte, wie sich ihr Puls beschleunigte. Sie versuchte, ihre Atmung zu beruhigen. Noch fünfundzwanzig Meter. Ein Schuss heulte auf und schlug in dem Pfeiler ein. Eileen riskierte es zurückzufeuern und beobachtete die Reaktion des Verfolgers. Er duckte sich hinter einem Treppenabsatz und wechselte das Magazin. Eileen zählte in Gedanken die bisher verschossene Munition. Fünf Patronen. Das Magazin der P226 fasste fünfzehn 9-mm-Para-Geschosse.

»Fliehen Sie über die Gleise bis zur Tenelle Street, Ecke Carroll. Auf dem Bahngelände können Sie Ihren Verfolger abhängen.«

»Warum schicken Sie mir nicht einfach ein Taxi?« Eileen klappte das Handy zusammen und schob es in die Blazertasche zurück.

Zwanzig Meter.

Sie sprang aus der Deckung und feuerte dreimal auf ihren Verfolger. Im selben Augenblick zerplatzte Asphalt neben ihren Füßen. Ein Schuss kam direkt von ihrer Straßenseite.

Der Angeschossene!

Sie wirbelte herum, feuerte erneut. Dann erfüllte ein mörderischer Knall die Luft. Ein Pfeifen an Eileens Ohr. Im selben Moment spürte sie den stechenden Schmerz an ihrem Oberarm. Der Stoff ihres Blazers war zerfetzt. Hitze schoss den Arm hinauf. Eileen presste die Zähne zusammen und blieb stehen. Das rettete ihr vermutlich das Leben, denn die nächste Kugel jagte unmittelbar vor ihr in den Straßenasphalt.

Der Scharfschütze! Gleichzeitig erkannte sie, dass die großkalibrige Waffe sie nur gestreift hatte. Keine Blutspritzer. Keine ernsthafte Verletzung. Aber sie schmerzte unheimlich.

Die Agentin fuhr herum, stürzte den Weg zurück zum Brückenpfeiler und rannte die Böschung zu den Bahngleisen hinauf. Ein Hupen erklang. Gefolgt von einem Schuss. Eileen sah nach rechts. Ein weiterer Güterzug schnellte heran. Sie beeilte sich, taumelte den kleinen Hang hoch und sprang, zehn Meter bevor der Zug heran war, über die Schienen. Die Lok pfiff wütend und schrill.

In Sicherheit. Eileen dachte nicht daran, stehen zu bleiben, sondern lief weiter. Unter der Brücke hindurch. Dahinter befand sich ein asphaltierter Platz. Zwei MACK-Sattelschlepper mit Auflieger standen dort. Weitere Gleise. Ein paar Güterwaggons. Unzählige Container und Kofferauflieger, die darauf warteten, per Waggon verladen zu werden. Rechts hinter den Gleisen befand sich eine Lagerhalle. An den Rolltoren parkten zwei Lkws. Stapler fuhren über die Rampe, ent- oder beluden die Fahrzeuge. Eileen hetzte weiter und griff im Laufen wieder in ihre Jackentasche, um das Telefon hervorzuholen. Der Deckel schnappte auf. Ihr Daumen näherte sich der Kurzwahltaste für die direkte Anwahl des Field Office der USCIS – der *United States Citizenship and Immigration Services,* einem Homeland Security untergeordneten Büro und Eileens direkte Anlaufstelle als Bundesagentin der Heimatschutzbehörde.

Das Telefon klingelte, ehe sie die Taste drücken konnte.

Verflucht!

Sie rannte an der Umschlaghalle vorbei und ignorierte die Blicke und anzüglichen Pfiffe der Lagerarbeiter. Hinter der Halle befanden sich ein

Verwaltungsgebäude und ein Parkplatz für die Angestellten. Eileen sprang zur Seite, als ein Stapler auf sie zuschoss und der Fahrer wie wild mit einem Arm fuchtelte. Jemand wollte sich ihr in den Weg stellen, doch als sein Blick auf die Waffe fiel, die sie in der Hand hielt, hob er abwehrend die Arme und eilte davon.

Eileen drückte die Verbinden-Taste und hielt sich das Handy ans Ohr. »Ja?«

»Die Verletzung war unnötig. Besser hören Sie auf das, was ich Ihnen sage.«

»Wer zum Teufel sind Sie?«

»Dazu ist später noch Zeit. Hören Sie mir jetzt gut zu, sonst trifft die nächste Kugel ihren hübschen Kopf.«

Bildete sie es sich nur ein, oder sprach der Mann jetzt schneller. Erregter? Irgendetwas in seiner Stimme warnte sie, es nicht auf die leichte Schulter zu nehmen. Es war ihm offenbar ernst damit, ihr Leben zu schützen.

Eileen atmete tief durch und blieb stehen. »Gut, ich höre.«

»Laufen Sie weiter«, sagte der Unbekannte. »Über den Parkplatz, quer durch die Büsche.«

»Da ist eine Mauer!« Eileen lief auf die parkenden Fahrzeuge zu und spielte kurz mit dem Gedanken, einen Wagen kurzzuschließen und zu requirieren. Was würde der mysteriöse Anrufer dazu sagen?

»Klettern Sie drüber«, sagte der Mann. »Und beeilen Sie sich. Von der Carroll Street nähert sich ein schwarzer Chrysler Aspen mit Regierungskennzeichen. Die Agenten haben den Auftrag, Sie zu liquidieren. Sie müssen unbedingt die Einfahrt zur Savannah Street hinter den Büschen erreichen, ehe der Aspen um die Biegung fährt.«

Instinktiv beschleunigte Eileen ihren Schritt. In ihrem Kopf wirbelte es. Als hätte jemand Gigabytes von Informationen hineingeschüttet und den Schleudergang mit zweitausend Umdrehungen in der Minute eingelegt. Agenten, die sie ausschalten sollten? Von der Regierung? Um Himmels willen, *wer denn?*

Sie erreichte die Mauer, federte vom Boden ab und sprang auf die Motorhaube eines Pick-ups. Mit Schwung setzte sie über das Hindernis hinweg, ließ sich auf der anderen Seite zwei Meter in die Tiefe fallen und landete in einem Gebüsch. Sie kämpfte sich durch die drei Meter Unterholz, trat auf den Gehweg und rannte sofort weiter über die Tennelle Street bis zur Mündung der Savannah. Rechts ein Baum. Dann ein Einfamilienhaus aus Holz. Direkt dahinter ein Warnschild, das auf spielende Kinder hinwies. Auf der linken Straßenseite parkten mehr als ein Dutzend Wagen. Eileen lief weiter. Ein Baum. Zwei Mülltonnen. Ein weiteres Haus. Sie setzte zur anderen Straßenseite über, um die Fahrzeuge als Deckung nutzen zu können.

Sie kam bis zu einem grauen Van.

Plötzlich wurden die Türen des Wagens aufgerissen. Hände schossen vor, packten Eileen an den Armen und zogen sie ins Innere des Wagens. Sie spürte einen stechenden Schmerz im rechten – *gesunden* – Oberarm. Schemenhaft erkannte sie im Halbdunkel des Wageninneren zwei Gestalten. Die Seitentür fiel ins Schloss. Es wurde dunkel.

Noch dunkler.

Das Schwindelgefühl bekam Eileen nur noch am Rande mit, ehe sie in eine tiefe Bewusstlosigkeit stürzte.

Adrian!, war ihr letzter Gedanke.

Er mochte ihren Hintern. Knackig verpackt in dem eine Nummer zu kleinen Rock, der ihr nur knapp bis über die Knie reichte. Und er mochte ihre wohlgeformten Beine, die in hinreißende Waden und Fußfesseln mündeten, ehe sie von den hochhackigen Lackschuhen aufgenommen wurden. Oh, er hätte sie liebend gern genommen und es ihr so besorgt wie nie jemand zuvor. Auf dem protzigen Schreibtisch. Auf dem kalten Marmorboden des Büros. Oder draußen im Lift. In der Tiefgarage auf der Motorhaube seines Chevrolet Malibu. In Gedanken hatte er sich ihren nackten Hintern auf der chromfarbenen Motorhaube vorgestellt. Ihren Liebessaft, der zwischen ihren Beinen das Blech benetzte. Ihre spitzen Schreie in der Tiefgarage, wenn er tief in sie eindrang und sie bis zum bitteren Ende bearbeitete.

Bis zum bitteren Ende.

Der General schob die lüsternen Gedanken beiseite und kniff bedauernd die Beine zusammen. Er würde ein, zwei Minuten brauchen, um die Erektion wieder auf ein verträgliches, nicht verräterisches Maß herunterzubekommen. Er seufzte, schloss für einen Moment die Augen und nahm einen Zug von der Zigarre, deren würziges Aroma in dem Büro allgegenwärtig war. Es kam nicht infrage, dass er seine Sekretärin Gwendolyn Stylez vögelte. Denn dazu musste er ihr seine wahre Natur offenbaren, was gleichbedeutend mit einem endgültigen Abschied von Mrs Stylez war. Eine so gute Mitarbeiterin wie sie hatte er jedoch bisher nicht gehabt und würde er auch nicht so schnell wiederbekommen.

»Noch Kaffee, General?«, fragte Mrs Stylez.

Da. Ihr Hüftschwung. Das bezaubernde Lächeln, die von dezentem Blau eingerahmten Augenpartien. Er konnte einfach nicht anders, als wieder an Sex mit ihr zu denken. Sein Blick blieb an ihren sinnlichen Lippen hängen. Offenbar bemerkte Mrs Stylez dies und strich sich mit verlegenem Lidschlag eine Strähne ihres langen, hellblonden Haares hinter ein Ohr.

»Nein, danke.« Der General räusperte sich und blies Rauchkringel in die Luft.

Stylez nickte ihm zu und deutete auf das Tablett in ihrer Hand. Darauf lag eine herkömmliche Spritze mit einer Stimulans. Daneben eine Injektionspistole mit einer Droge.

Der General schürzte die Lippen. »Die werden wir noch nicht brauchen.« Er nickte mit dem Kinn in Richtung Injektor.

»Wie Sie wünschen. Der Wagen ist gerade vorgefahren. Wollen Sie sie sofort sehen?«

Ein weiterer Rauchkringel stieg in die Luft. Der General überlegte. Was er heute begann, führte womöglich zum Ende seiner Organisation und veränderte die Weltgeschichte für immer. Ob zum Positiven, ließ sich noch nicht absehen. Aber er war bereit, diesen Schritt zu gehen. Er sah in Stylez' fragendes Gesicht.

Wenn du auch nur ansatzweise eine Ahnung hättest!, dachte er und setzte ein Lächeln auf. Laut sagte er: »Verabreichen Sie ihr das Serum und geben Sie mir Bescheid, sobald sie wach ist.«

Mrs Stylez nickte fast devot, drehte sich um und stöckelte mit dem Tablett aus dem Büro. Der General sah ihr Zigarre paffend hinterher.

Geiler Arsch …

Augenblicklich bekam er wieder eine Erektion und überlegte, auf welche Art er sich heute Erleichterung verschaffen würde. Sollte wieder eine billige Nutte daran glauben oder gönnte er sich heute Abend zur Feier des Tages etwas Exklusives?

Er beschloss abzuwarten, wie das Gespräch mit seinem Gast verlief.

Ein Kribbeln auf den Augenlidern weckte Eileen, doch sie fühlte ihre Gedanken wie vernebelt und in Watte eingehüllt. Sie schmatzte, drehte sich von einer Seite auf die andere, griff nach der nicht vorhandenen Bettdecke und rollte sich darin ein. Dann zog sie die Beine wie ein Embryo im Mutterleib zum Bauch an und verharrte in dieser Position bis sie feststellte, dass es gar kein Bett gab, in dem sie lag.

Erschrocken riss sie die Augen auf und sondierte ihre Umgebung.

Sie lag gar nicht in einem Bett, sondern hockte in einem riesigen Ohrensessel. Der Raum hatte keine Fenster. Nur eine Tür. Ein fünfarmiger Kronleuchter hing von einer mit Holz vertäfelten Decke. Der Boden war mit einem flauschigen Teppich belegt. Unweit des Sessels stand ein niedriger Tisch mit einer Karaffe und einem gefüllten Glas Wasser. An einer Wand türmte sich ein Bücherregal vom Fußboden bis zur Decke auf. Ein Knistern weckte Eileens Aufmerksamkeit. Sie wandte träge den Kopf und spürte einen leichten Schmerz im Nacken. Offenbar eine Nachwirkung der Droge, die man ihr verabreicht hatte. Ihre Augen erspähten einen Kamin, hinter dessen Sicherheitsglas Scheite brannten und für wohltuende Wärme sorgten.

Trautes Heim, dachte Eileen und versuchte sich zu erinnern, was geschehen war. Das Betäubungsmittel vernebelte ihre Gedanken. Sie griff nach dem Glas Wasser auf dem Tisch und leerte es in einem Zug. Danach überlegte sie, ob sie es riskieren konnte aufzustehen, entschied sich aber dagegen und blieb noch sitzen, bis das taube Gefühl in ihren Beinen und das Kribbeln in den Händen abnahmen. Aufmerksam ließ sie ihren Blick weiter durch das Zimmer schweifen und merkte sich Einzelheiten. An der der Bücherwand gegenüberliegenden Seite befand sich ein antiker Sekretär mit einem lederbezogenen Holzstuhl. Darüber war eine Kerzenhalterung befestigt. Ein Knacken ertönte, gefolgt von einem kurzen Rauschen. Dann hörte Eileen *seine* Stimme, die sie jetzt unter Tausenden anderer jederzeit erkennen würde.

»Sie sind wach, Agent Hannigan. Sehr schön. Wenn es Ihnen an etwas mangelt, lassen Sie es mich bitte wissen.«

Eileen suchte die Zimmerdecke nach verborgenen Lautsprechern ab, konnte sie aber nirgends entdecken. »Wie wäre es mit einem Schlüssel für die Tür, meiner Dienstwaffe und einem Wagen?«

»Wie wäre es mit einem *Dankeschön?«*

»Für die Entführung?«

»Dafür, dass ich Ihr Leben gerettet habe.«

Eileen schlug ein Bein über das andere. Nicht aus Bequemlichkeit, sondern um zu testen, wie viel Gefühl sie in den Gliedern besaß. »Wissen Sie, je länger ich über die ganze Aktion nachdenke, desto mehr beschleicht mich der Gedanke, dass Sie all das inszeniert haben.«

Ein verhaltenes Lachen drang aus den Lautsprechern.

»Ich weiß, Ihnen kommt das alles sehr unglaubwürdig vor, aber Sie können versichert sein, dass ich meine Gründe dafür habe, Sie auf diese Art und Weise vor den Attentätern gerettet zu haben.«

Attentäter? Eileen beugte sich vor, lockerte die Schultern und streckte sich in dem Sessel. Sie fühlte ihre Muskeln wieder. Gut.

»Bedauerlicherweise haben wir nicht viel Zeit, Miss Hannigan. Für den Moment sind Ihre Verfolger abgelenkt, aber die werden bestimmt nicht lange auf sich warten lassen und herausfinden, wohin ich Sie hingebracht habe.«

»Also kommen Sie zum Punkt. Was wollen Sie von mir?«

»Sie am Leben halten«, sagte die sonore Stimme. Ein Ausatmen war zu hören. Eileen kannte das Geräusch. Der Mann auf der anderen Seite der Lautsprecher blies Rauch aus. Sie merkte sich dies für später.

»Eileen Dorothy Hannigan, Special Agent der Homeland Security. Einunddreißig Jahre. Tochter von Ian Hannigan und Mary-Ann, geborene Thorstead. Nach der Highschool Sanitätsausbildung bei der Navy, anschließend Offiziersschule im Rang eines Ensign abgeschlossen. Für zwei Jahre als Sanitätsoffizierin bei einer Navy-SEALs-Einheit tätig. Pilotenschein für Hubschrauber und leichte Jets. Ausgezeichnet mit dem Navy Cross für besondere Tapferkeit während aktiver Kampfhandlung und Rettung zweier Kameraden im Irak-Krieg. Versetzung zu einer Ausbildungseinheit des United States Marine Corps mit anschließender Graduierung zum Lieutenant. Vor zwei Jahren den Dienst quittiert, ein Jahr als Field Agent bei der National Security Agency gearbeitet, anschließend auf eigenen Wunsch zur Federal Emergency Management Agency, kurz FEMA, einer untergeordneten Behörde der Homeland Security versetzt. Außenbüro Atlanta.«

Eileen schluckte und versuchte, sich ihre Nervosität nicht anmerken zu. Der Unbekannte hatte seine Hausaufgaben gemacht und sich irgendwoher ihre Dienstakte beschafft. Das wiederum bedeutete, dass er Verbindungen zu höchsten Regierungskreisen und Behörden besaß.

»Hab ich was vergessen?«, fragte die Stimme.

Eileen atmete tief durch. »Ich trage zu Hause Bugs-Bunny-Puschen aus Plüsch und schlafe grundsätzlich mit Schnuffeldecke. Ansonsten sind Sie … sehr gut informiert, Mister …«

»Nennen Sie mich *General.*« Wieder das Ausblasen von Rauch. »Eine Kleinigkeit habe ich tatsächlich nicht erwähnt. Ich frage mich nur, ob sie Ihnen bewusst ist.«

»Dass ich lesbisch bin, ist ein Gerücht, das mein Bruder während meiner Highschool-Zeit …«

»Misty Hazard«, sagte der Mann, der General genannt werden wollte, und Eileen Hannigan verstummte abrupt.

Die Welt begann augenblicklich, sich um sie herum zu drehen. Eileen wusste nicht einmal, warum.

Bingo!

Er hatte ins Schwarze getroffen. Genüsslich lehnte er sich in seinem ledernen Chefsessel zurück, legte die Füße auf den Tisch und nahm einen weiteren Zug aus der Zigarre. Sein Blick war durchdringend auf den LCD-Bildschirm an der Wand gerichtet. Dieser wiederum zeigte das Bild einer versteckten Mikrokamera, die sich in der Decke des Verhörraums befand.

Der General beobachte Eileen Hannigan in dem Sessel und wusste, dass ihre Verrenkungen allein dazu dienten, ihre Muskeln zu lockern, nicht etwa Ausdruck ihrer Nervosität waren. Die Frau war gefährlich, das wusste er. Auch ohne ihren Hintergrund und der Teilnahme an *Misty Hazard* hatte er sich den sprichwörtlichen Teufel ins Haus geholt. Er musste aufpassen. Vor allen Dingen beim nächsten Teil der Befragung. Wie beiläufig sah er auf die Uhr. Es wurde höchste Zeit. Am allerwenigsten konnte er es sich leisten, das Gebäude von Bundesagenten jeder Behörde, die die Vereinigten Staaten je hervorgebracht hatte, umzingeln zu lassen. Er saß auf einem Pulverfass, wenn er nicht schleunigst handelte.

»Agent Hannigan. Ziehen Sie sich bitte aus.«

Er sah, wie sie zusammenzuckte und sich noch immer nach der versteckten Kamera umsah. Doch so sehr sie sich bemühte, sie würde sie niemals mit bloßem Auge entdecken.

Der General drückte die Zigarre im Ascher aus, schwang die Füße von der Tischkante und beugte sich vor. Er spürte, wie seine Kehle trocken wurde, während sein Blick die Gefangene förmlich verschlang. Sie mochte vielleicht eins sechsundsiebzig groß sein, von schlanker Statur. Unter der weißen, verschwitzten Bluse zeichnete sich ein Paar wohlgeformter Brüste ab, fast zu viel für ihren schmalen Körper. Eileen trug ihre dunkelroten Haare glatt und lang. Den Pony hatte sie sich aus dem Gesicht gestrichen. Ihre Stupsnase ließ sie jünger wirken. Am faszinierendsten waren jedoch ihre Augen. Ihr Blick war von einer Unschuld, die einen glauben ließ, einen unerfahrenen Twen vor sich zu haben. Gleichzeitig lag in ihm eine lauernde, überlegene Intelligenz. Die meisten Menschen hätten diesen Widerspruch vielleicht nicht einmal erkannt und die Eigenart ihrer Augen der Tatsache zugeschrieben, dass Hannigans linke Iris von blauem und die rechte von braunem Farbton war.

»Ich soll bitte *was* tun?« Hannigan löste die untergeschlagenen Beine und spannte sich an.

Der General lächelte. »Wir haben Sie nur kurz betäubt, um Sie sicher herbringen zu können. Sie sind fast direkt nach Ihrer Ankunft aufgewacht. Es blieb keine Zeit, Sie nach Wanzen zu durchsuchen, die aber sicherlich an Ihnen kleben werden. Meine Assistentin wird Ihnen die Kleidung abnehmen und Sie mit neuer versorgen.«

Er unterbrach die Funkverbindung zu dem Verhörraum und drückte eine Taste der Gegensprechanlage. »Mrs Stylez, Ihr Auftritt.«

Auf dem Bildschirm war zu sehen, wie sich die Tür öffnete. Jetzt kam der interessante Teil. Beinahe rechnete der General damit, dass Hannigan sich auf Stylez stürzen, sie überwältigen und sich Zutritt zum Rest des Gebäudes verschaffen würde. Er war beinahe enttäuscht, als sie es nicht tat. Stattdessen entledigte sie sich ihres Blazers und ließ ihn zu Boden fallen. Dann stand sie auf, rupfte sich die Bluse aus dem Hosenbund, knöpfte sie auf und ließ sie ebenfalls fallen. Kurz darauf stand sie nur mit schwarzen Söckchen, einem knappen Slip und BH vor dem Sessel. Mit einem Fuß schob sie Kleidung und Schuhe in Mrs Stylez' Richtung. Die Assistentin hob die Klamotten auf und wartete.

»Auch den Rest«, sagte der General und merkte, wie er wieder erregt wurde. Vor seinem inneren Auge blitzten Bilder von zwei verschwitzten Frauenkörpern auf, die sich auf dem flauschigen Boden vor dem Kamin eng umschlungen liebten. Stylez und Hannigan. Keine schlechte Wahl. Sein Blick blieb an den Brüsten der Agentin hängen und er verglich sie mit den Formen seiner Assistentin. Welche wohl größer waren?

Hannigan streifte sich die Socken von den Füßen. Dann fiel der BH. Schließlich der Slip.

Sie ist nicht rasiert! Der General beugte sich so weit vor, dass er fast von dem Stuhl rutschte, und beäugte den haarigen Streifen in Hannigans Schambereich. Dann wanderten seine Augen höher zu den Brüsten: große Vorhöfe und kirschgroße Nippel. *Oh ja!*

Mrs Stylez sammelte die Unterwäsche und Schuhe ein, verließ den Raum und kehrte nur eine halbe Minute darauf mit einem Detektor in der Hand zurück. Sie schaltete das Gerät ein, stellte sich neben Hannigan und fuhr mit dem Scanner über ihren Körper. Zentimeter für Zentimeter.

Der General merkte, wie ihm vom bloßen Zuschauen der Sabber aus einem Mundwinkel triefte. Eine Hand wanderte zu seinem Glied, um es aus dem engen Gefängnis der Anzughose zu befreien, doch kurz davor hielt er an und atmete tief durch. Er wusste, wenn er sich jetzt dort anfasste, würde er unweigerlich kommen.

Das muss warten. Reiß dich zusammen. Nur einmal!

Stylez trat zurück und warf einen Blick auf die Anzeige des Gerätes.

»Sie ist sauber«, sagte die Assistentin. »Ihre Kleidung allerdings nicht. Ich habe einen Sender im Saum ihres Blazerkragens gefunden.«

Der General schürzte die Lippen. »Reinigen Sie die Wunde und geben Sie ihr frische Sachen. Ich melde mich in fünf Minuten wieder.«

Er schaltete den Schirm aus, ehe ihn der Anblick der nackten Frau noch in den Wahnsinn trieb. Dann stand er auf und schenkte sich einen Cognac ein. Erneut schaute er auf die Uhr. Die Zeit rann ihm davon. Bald musste er ins Meeting. Bis dahin musste Hannigan von hier verschwunden sein, oder all seine Mühen, sie heimlich aus der Schusslinie zu schaffen, waren dahin.

Er selbst war dahin, wenn in seinen Kreisen bekannt wurde, was er hier tat.

Ihr Schamgefühl war wie weggeblendet. Auch wenn sie zuerst glaubte, sich verhört zu haben, als der *General* sie aufforderte, sich auszuziehen, tat sie es beinahe automatisch und ohne darüber nachzudenken. Die Schickse von einer Assistentin erinnerte Eileen an das typische dumme Klischeeblondchen. Doch die Agentin machte nicht den Fehler, sie zu unterschätzen. Während sie hereinkam und ihr die Klamotten abnahm, beobachtete Eileen die andere Frau genau, registrierte die Art und Weise ihrer Bewegungen, ihre Blicke und Haltung. Sie wäre leicht zu überwältigen, aber dazu musste Eileen einen passenden Zeitpunkt abwarten.

So ließ sie die Prozedur der Erniedrigung über sich ergehen. Auch wenn sie den General nicht kannte, ihn nie zu Gesicht bekommen hatte, glaubte sie dennoch zu wissen, dass er sie in ihrer Nacktheit begaffte wie ein Spanner. Der Gedanke, dass er sich an ihrem Anblick erregte, erzeugte Ekel. Doch sie besann sich auf ihre Ausbildung bei der Army und der NSA und verbannte alles aus ihrem Bewusstsein, was nicht mit einer möglichen Flucht zu tun hatte.

Die Assistentin kehrte mit Sachen zurück und legte diese über die Lehne des Sessels.

»… ich melde mich in fünf Minuten wieder.«

Eileen wartete, bis die Assistentin die Streifwunde am Oberarm desinfiziert hatte. Wie beiläufig sah sie ihr dabei zu. Es war nur ein bereits verkrusteter Streifen zu sehen. Das war kaum der Rede wert. Sie hatte Glück gehabt, dass der Stoff ihres Blazers dem Geschoss den Drall genommen hatte.

»Haben Sie Schmerzen?«, fragte die Blonde und sah Eileen an.

Zu viel Make-up, Schätzchen. Der Lidschatten war zu dick aufgetragen. Ihre Lippen glänzten, als wollte sie einen Model-Wettbewerb von L'Oréal gewinnen.

»Ihre Betäubung wirkt noch ganz gut«, sagte Eileen.

Die andere lächelte.

Eileen erwiderte das Lächeln und zählte in Gedanken bis drei. Dann schnellte ihre Hand vor, packte den Arm der anderen, wirbelte die Frau herum und hielt sie plötzlich mit dem Rücken an ihren Körper gepresst. Eine Hand um die Kehle, mit der anderen den Arm so verdreht, dass sie sich nicht befreien konnte. Je mehr sie zappelte, desto stärker wurden die Schmerzen im Schultergelenk.

»So, jetzt ganz ruhig Herzchen. Wenn du schreist, kugele ich dir den Arm aus, verstanden?«

Die Blonde nickte. Eileen spürte das Zittern ihres Körpers. Die Assistentin war keine Kämpferin.

»Wo ist der Scanner?«

»Nebenan.«

»Gut. Dann gehen wir jetzt genau dorthin.«

Eileen gab Blondie einen Schubs und drängte sie zur Tür. Die Assistentin öffnete sie. Beinahe erwartete Eileen, einen dahinter lauernden, bewaffneten Trupp stehen zu sehen, doch der angrenzende Korridor war leer. Zumindest was das Personal anbelangte. An den Wänden hingen stilvolle Gemälde verschiedenster Epochen. Der Boden war mit Teppich ausgelegt. Direkt neben der Tür befand sich ein Beistelltischchen, auf dem die Blonde den Scanner abgelegt hatte.

»Nimm ihn.«

Zögerlich streckte die Frau die Hand aus und schloss sie um das Gerät. Sofort riss Eileen sie wieder zurück in den Raum und zog die Tür zu.

»Wie heißt du?«

Der Körper der anderen spannte sich an. »Gwendolyn … Stylez. Gwendolyn Stylez.«

»Also schön, Gwen. Du hast doch nichts dagegen, wenn ich dich Gwen nenne, oder? Du bleibst jetzt …«, Eileen versetzte ihr einen Stoß, der sie bis zur Bücherwand taumeln ließ, »… genau dort, wo ich dich im Auge habe.«

»Sie verstehen nicht, Miss«, sagte Stylez. »Der General will Ihnen nur helfen.«

Eileen sah die andere an und legte den Kopf schief. Dann richtete sie den Scanner auf die Klamotten, die ihr Mrs Stylez gebracht hatte, und prüfte sie. Sie schienen nicht verwanzt zu sein. Das Ortungsgerät zeigte nichts an. Ohne die Assistentin aus den Augen zu lassen, schlüpfte Eileen in frische Unterwäsche, Socken, eine tiefblaue Jeans und einen ärmellosen, schwarzen Rolli. Die Sachen passten. Stylez hatte ein gutes Auge für ihre Maße.

»Wie lange arbeiten Sie für den General, Gwen?«, fragte Eileen, während sie die kniehohen Stiefel mit niedrigem Absatz anzog. Auch die Schuhgröße war perfekt. Zu guter Letzt lag noch ein Lederblouson über der Sessellehne.

»Seit einem Jahr«, antwortete Mrs Stylez.

»Und er ist General in welcher Armee?«

Die andere starrte sie fragend an.

»Sie wissen es nicht?«

Stylez hob die Schultern. »Das … wird er Ihnen sicherlich selbst sagen, Miss Hannigan.«

Es klackte aus den verborgenen Lautsprechern. »Agent Hannigan, ich wäre überrascht gewesen, wenn Sie es nicht zumindest probiert hätten. Ich bitte Sie, Mrs Stylez jetzt gehen zu lassen, damit wir fortfahren können.«

»Zeigen Sie sich, wenn Sie mit mir reden wollen!«, fauchte Eileen. »Ansonsten hab ich hier nichts verloren. Lassen Sie mich gehen.«

Ein amüsiertes Lachen. »Auch wenn Sie mir nicht glauben, ich würde gerne gemütlich von Angesicht zu Angesicht bei einem Gläschen Wein und einem Snack mit Ihnen plaudern, aber leider ist die Zeit knapp. Die Wanzen, die man Ihnen angehängt hat, haben ein starkes Signal ausgestrahlt. In diesem Moment befinden sich ein SWAT-Team sowie Einheiten des FBI und der ATF auf dem Weg zu diesem Anwesen. Uns bleiben sieben, höchstens acht Minuten, um Sie einigermaßen aufs Laufende zu bringen und aus dem Haus zu schaffen. Wenn Sie jetzt bitte Mrs Stylez freilassen, damit sie unseren Abzug vorbereiten kann?«

Unseren?

Eileen atmete tief durch und nickte der Assistentin zu, die sofort auf ihren Pumps losstöckelte und das Zimmer verließ. FBI? Sogar die ATF war hinter ihr her? Das Bureau of Alcohol, Tobacco, Firearms and Explosives – eine dem Justizministerium unterstellte Behörde?

Herrgott, was wollen die von mir?

Sie hatte heute Morgen frische Kleidung angezogen. Jemand musste ihr die Wanzen an diesem Tag angesteckt haben. In Gedanken schweifte sie zum Vormittag zurück, stellte sich vor, wie sie ins Büro kam und …

»Sechs Minuten, Agent Hannigan. Wir sollten fortfahren. Gehen Sie bitte zu dem Sekretär und tippen den Code 5-6-4-3-4-5-3-7 in das Eingabefeld an der Schranktür und öffnen die Klappe.«

Für einen Moment überlegte Eileen, sich stur zu stellen und abzuwarten, was in sechs Minuten geschah. Ein SWAT-Team warf Nebelgranaten, stürmte ein Haus irgendwo in Central Atlanta, Bundesagenten nahmen einen Wahnsinnigen und dessen blondes Püppchen in Gewahrsam, Eileen wies sich als Special Agent von Homeland Security aus, kontaktierte ihre Dienststelle und …

Halt!

Die Sache hatte mindestens einen Haken. Kessler war tot. Statt einem Zielobjekt hatten sie sich zweien gegenübergesehen – ganz zu schweigen von dem dritten Mann mit dem Sniper-Gewehr auf dem Dach und ihrem verminten Wagen.

Und der Tatsache, dass dieser General mehr über mich weiß, als in meiner Dienstakte steht. Eileen dachte dabei an das Stichwort *Misty Hazard,* das in ihr irgendeine Saite zum Schwingen gebracht hatte, die sie noch nicht einordnen konnte. Wenn sie mehr erfahren wollte, blieb ihr kaum etwas übrig, als mitzuspielen. Für den Moment.

»Miss Hannigan?«, fragte der General, als sie nicht gleich reagierte.

Also schön. Sie ging zu dem Sekretär und drückte ihre Finger auf die Tasten. Vermutlich hätte jeder andere sich die Zahlen noch einmal vorsagen lassen, doch sie hatten sich in Eileens Gedanken gebrannt wie flammende Male.

Nach der letzten Ziffer ertönte ein leises Knacken. Die Klappe des Sekretärs ließ sich nun öffnen. Das Innere war fast leer, bis auf eine Aktenmappe mit einem Dienstsiegel, einem kleinen Karton und einem silbernen Köfferchen, das auf den ersten Blick Blondies Schminkset zu enthalten schien.

»Nehmen Sie die Sachen heraus«, suggerierte die Stimme des Generals. »Alle.«

Eileen breitete sie auf der heruntergelassenen Schrankklappe aus, die jetzt als Schreibtisch diente. Die Aktenmappe war am auffälligsten und zog den Blick der Agentin beinahe magisch an. In der Schriftart Stencil prangten in Rot die fetten Lettern Top Secret auf dem Umschlag. Das war nicht einmal sonderlich interessant, denn die Agentin hatte während ihrer Zeit bei Homeland Security, der NSA und sogar den Marines unzählige solcher Heftchen zu Gesicht bekommen und auch den Inhalt gekannt. Was ihre Neugier weckte, war vielmehr das Emblem darunter. Sie hatte einen stilisierten Adler erwartet, der in den meisten Fällen als Wappen amerikanischer Bundesbehörden fungierte. Doch anstelle des Raubvogels prangte eine gelbe Speerspitze in einem ovalen Kreis auf schwarzem Grund. Darüber stand United States. Im unteren Segment des Ovals war im Halbrund der Zusatz Special Operations Command zu lesen.

Verfluchte Scheiße!

Das SOCOM stellte ein teilstreitkraftübergreifendes Kommando aller Spezialeinheiten der US-Streitkräfte dar. Ganz gleich ob Army, Navy, Air Force oder das United States Marine Corps – jede Teilstreitkraft steuerte Spezialeinheiten bei zu den übergeordneten *Special Operations Forces,* kurz: SpecOps. So gehörten dem SOCOM Kommandos der Ranger, der Green Berets oder des USMC ebenso an wie Verbände und Einheiten der besten Spezialeinheiten wie den Navy SEALs oder dem 1st Special Forces Operational Detachment Delta, umgangssprachlich nur als *Delta Force* bezeichnet.

Eileen legte eine Hand auf die Akte und war kurz davor, den Pappdeckel zu öffnen.

»Zuerst den Koffer«, sagte der General. »Als Zeichen meines Vertrauens. Wir haben noch maximal fünf Minuten.«

Die Agentin fuhr sich mit der Zunge über die Lippen, ließ die beiden Schlösser des Köfferchens aufschnappen und öffnete ihn. Weder Lippenstift noch Rouge. Keine Wattepads oder Eyeliner. In einer schwarzen Schaumstoffpassform lag eine Pistole des Fabrikats Heckler & Koch USP – die universelle Selbstladepistole. Ein Blick auf die drei Magazine mit den 9-mm-Patronen verriet Eileen, dass es sich um das bei der deutschen Bundeswehr eingesetzte Modell handelte. Die amerikanische Version – die SOCOM Mark23 – war ein Kaliber .45 ACP und fasste nur zwölf Patronen. In den Magazinen steckten jeweils fünfzehn Schuss.

»Die ist für Sie. Weitere Waffen warten in einem Versteck auf Sie, allerdings muss das warten. Bitte heben Sie die Schaumabdeckung an.«

Eileen nahm die Pistole und entdeckte ein viertes Magazin im Griffschacht. Die Waffe war bereits geladen. Unter dem Schaumstoff fand sie ein Holster, das sich an jedem Gürtel anbringen ließ. Daneben lag ein Blackberry-Smartphone mit vollständiger Tastatur und einem Netzteil zum Laden des Akkus.

»Das Telefon wird ab jetzt Ihr ständiger Begleiter sein. Es ist abhörsicher und durch den gleichen Code geschützt wie der Sekretär. Sie haben die Nummer noch im Kopf? Gut, dann prägen Sie sie sich gut ein. Machen Sie sich über die SIM-Karte mal keine Gedanken. Sie haben unbegrenztes Gesprächs- und Datenvolumen und bekommen garantiert keine Telefonrechnung von AT&T ins Haus. Ich habe Ihnen ein E-Mail-Konto zugewiesen. Meine Adresse ist gespeichert, wenn Sie mit mir Kontakt aufnehmen wollen. Die Telefonnummer finden Sie ebenfalls gespeichert. Rufen Sie mich aber bitte nur in den dringendsten Notfällen an, da ich nicht immer erreichbar bin oder frei sprechen kann. Kontaktieren Sie mich per E-Mail.«

Eileen musterte das Gerät und schaltete es ein. Als die Pincode-Abfrage auf dem Bildschirm erschien, gab sie die Ziffernfolge ein, die ihr auch den Sekretär geöffnet hatte. Auf dem Bildschirm leuchtete ein *Willkommen* auf, doch statt des erwarteten AT&T-Logos oder des Brandings einer anderen Telefongesellschaft erschien dort nur das Hintergrundbild des Betriebssystems. Ein Strand, blauer Himmel, eine Palme.

»Öffnen Sie jetzt bitte den Karton. Es eilt. Wir haben noch vier Minuten.«

Die Agentin klemmte das Holster an den Gürtel der neuen Jeans, schob die Pistole hinein und verstaute die übrigen Magazine in den Taschen der Lederjacke. Auch das Blackberry steckte sie ein, zog dann den Karton zu sich und klappte den Deckel auf. Ein schmuckloses Gerät mit Bildschirm, nicht größer als ihr altes Klapphandy, befand sich mit einem Netzteil in der Schatulle. Daneben unzählige Plastikkarten in Scheckkartengröße sowie eine undurchsichtige Schutzhülle.

»Der IDCC ist ein Produkt der NSA. Sie haben die größeren Ausführungen vielleicht schon einmal gesehen.«

Das war ein IDCC? Ein *Identity Card Creator?* Die Geheimdienste bedienten sich solcher Spielereien, um Ausweise zu fälschen, aber Eileen hatte bisher noch nie eines der Geräte in dieser Miniaturausgabe gesehen. Damit war klar, was die Plastikkarten darstellten: ID-Card-Rohlinge. Der IDCC war in der Lage, Ausweise zu brennen. Das Porträtfoto nahm man mit der integrierten 2-Mega-Pixel-Kamera auf, die notwendigen persönlichen Angaben konnten über den Touchscreen eingegeben werden. Die Logos und Embleme der gängigsten Geheimdienste und Behörden waren bereits im ROM des Gerätes abgelegt.

»Legen Sie sich ein paar Ausweise zu, verschiedene Namen, und verändern Sie Ihr Äußeres, Agent Hannigan. Der IDCC aktiviert einen RFID-Chip in den Karten und weist Ihnen in der Regel die bestmögliche Sicherheitsstufe der von Ihnen gewählten Behörde zu.«

Eileen sah auf und runzelte die Stirn. »Woher haben Sie das Gerät? Ich habe von solchen Möglichkeiten noch nie gehört.«

Der General lachte. »Sie werden sich bald schon noch wundern, was alles möglich ist. Drei Minuten, Miss Hannigan. Nehmen Sie die Kreditkarte.«

Eileen sah in den Karton und entnahm ihm die kleine Schutzhülle. Mit Zeigefinger und Daumen zog sie eine Kreditkarte hervor. Pechschwarz. Kein Aufdruck. Der Magnetstreifen war nur zu erahnen.

»Was ist das?«

»Berühren Sie den Magnetstreifen mit Ihrem Daumen.«

Eileen spürte ein sanftes Kribbeln auf ihrer Haut und zuckte zusammen.

»Die Karte ist jetzt aktiviert und wird jede gebräuchliche Kreditkarte imitieren, die Sie zum Zahlen benötigen. Mastercard, Visa, American Express, Diners, Barclay. Es handelt sich um eine so genannte Ghost Card, die nur in hohen Regierungskreisen zu besonderen Anlässen gezückt wird. Offiziell existiert sie nicht. Die Buchungen können nicht zurückverfolgt werden, da sie über mehrere Banken im In- und Ausland getätigt werden. Willkommen im Klub der Neureichen, Miss Hannigan. Die Ghost Card besitzt kein Zahlungslimit. Aber für eine ausgiebige Shoppingtour werden Sie ohnehin keine Zeit mehr haben. Wir haben noch eineinhalb Minuten. Nehmen Sie die Karte, verlieren Sie sie nicht. Und jetzt zu der Akte.«

Eileen merkte, wie ihre Kehle trocken wurde. Sie konnte nicht glauben, was hier geschah. Wer war dieser General? Und was wollte er wirklich von ihr? Der drängende Ton in seiner Stimme spornte sie jedoch zur Eile an. Mittlerweile fühlte sie sogar, dass sie in eineinhalb Minuten nicht mehr hier sein sollte.

Sie öffnete den Aktendeckel. Im Innern befand sich lediglich ein Deckblatt mit dem gleichen Top-Secret-Schriftzug wie vorn. In der Mitte stand das Wort *Dossier*. Darunter: *Misty Hazard*.

Ein eisiger Schauer rann Eileens Rücken herunter. Ihre Kehle war nun wie ausgedörrt. Das Atmen fiel ihr schwer. Irgendetwas beunruhigte sie und löste in ihr ein Gefühl der Beklemmung aus. Sie musste die Bezeichnung irgendwann einmal gehört, ja sogar ihre Bedeutung gekannt haben, doch sie konnte sich beim besten Willen nicht daran erinnern.

»Eine Minute«, sagte der General. »Der Rest in aller Kürze: *Misty Hazard* war ein streng geheimes Forschungsprojekt von SOCOM mit fünfzehn Teilnehmern aus verschiedenen Spezialeinheiten. Nach erfolgreichem Abschluss wurden alle Hinweise auf die Forschung vernichtet und die Erinnerungen der Teilnehmer gelöscht. Ziel und Zweck von *Misty Hazard* ist unbekannt.«

Eileen ließ den leeren Aktendeckel fallen und drehte sich um. »Unbekannt? Selbst Ihnen?«

»Selbst mir.«

»Und warum sagen Sie mir das?«

»Weil Sie die Puzzlesteine von *Misty Hazard* zusammenfügen werden. Sie werden Nachforschungen anstellen, in geheime Labors und Einrichtungen eindringen, zu denen sonst niemand Zutritt hat. Das IDCC und die Ghost Card werden Ihnen Türen öffnen, die anderen verwehrt bleiben. Sie werden Felder umgraben und Steine hochheben, um herauszufinden, was sich darunter verbirgt. Sie lösen das Rätsel, Miss Hannigan.«

Eileen lachte bitter. »Und warum glauben Sie, würde ich das tun?«

»Weil Sie eine der fünfzehn Teilnehmer sind.«

Die Raumtemperatur schien binnen eines Sekundenbruchteils um mehrere Grade abzunehmen. Doch ein Ende der eisigen Kälte, die sich plötzlich Eileens Körper bemächtigte, war noch nicht in Sicht. Der General verstand es, seinen letzten Trumpf am Schluss auszukosten.

»Und weil Ihre Teilnahme an dem Experiment der Grund ist, warum sämtliche Behörden der Vereinigten Staaten auf Ihren Fersen sind. Ihnen bleibt gar keine andere Wahl, als herauszufinden, was *Misty Hazard* ist und was man mit Ihnen und den anderen vierzehn angestellt hat.«

»Wo … wo sind die anderen? Verfolgt man sie auch?«

»Dreißig Sekunden, Agent Hannigan. Nehmen Sie die Sachen und ziehen Sie sich in ein Hotel zurück. Bleiben Sie nie länger als eine oder zwei Nächte am selben Ort. Kehren Sie nicht nach Hause zurück. Rufen Sie nicht in Ihrem Büro an. Vermeiden Sie den Kontakt zu Familienmitgliedern oder Freunden. Ab jetzt sind Sie auf sich allein gestellt. Viel Glück!«

Ein Knacken verriet, dass die Gegensprechanlage abgeschaltet worden war. Ehe Eileen noch den vollen Umfang der Worte des Generals in sich aufnehmen konnte, brach die Hölle über sie herein.

Unna, Deutschland
Das Kühlschiff
11. November, 21:15 Uhr MEZ

Die hämmernden Trance-Rhythmen gingen Markus de Vries fürchterlich auf die Nerven. Ein brummender Kopfschmerz bemächtigte sich langsam, aber sicher seines Schädels. Daran konnte auch der Konsum von Wodka-Cola oder die aufreizenden Beine des wie wild tanzenden Mädels vor ihm nichts ändern. Er hätte heute seinem ursprünglichen Plan folgen und zu Hause bleiben sollen. Aber er musste sich ja unbedingt von Andy überreden lassen. Der Kerl stand drüben auf der Tanzfläche und zappelte gefährlich nah bei einer aufgetakelten Pseudoschönheit, die ihm wahrscheinlich ohne ihre zwei Kilogramm Make-up einen Schrecken einjagen würde, wenn er morgens neben ihr aufwachte.

Markus schüttelte den Kopf, leerte sein Glas und stellte es auf dem Tresen ab. Er kämpfte sich durch die ausgelassen zuckenden, schwitzenden Leiber der Discogäste bis zu einem überlaufenen Gang. Die Musik war hier leiser, doch die Bassbeats gingen durch die Wände und ließen den Boden vibrieren. Und Markus' Magen. Mit seinen ein Meter achtundsechzig war er nicht der Längste und schaffte es nur mit angewandter Ellbogentechnik, sich einen Weg bis zu den Toiletten zu bahnen. Die braune Wasserpfütze, die sich im Vorraum ausgebreitet hatte, erzeugte in ihm jedoch eher den Wunsch, sich in die Hose zu machen, als auch nur einen Schritt durch die dunkle Brühe zu waten. Irgendwer hatte wieder einmal ein Klo verstopft.

Zwanzig Minuten brauchte er, ehe er sich endlich bis zur Damentoilette durchgekämpft hatte, die aufgrund des Malheurs nebenan hoffnungslos überlaufen war. Wie ein Hühnerschwarm umlagerten die Schönheiten des Abends die Waschbecken und Spiegel, um ihrer Fassade wieder den rechten Anstrich zu geben.

Markus drang bis in den Kabinenraum vor, schob ein junges Mädchen, das eindeutig abgefüllt auf eine der halb offenen Türen zu torkelte, beiseite und drückte die Tür auf. Den Anblick eines blanken Hinterns hatte er nicht erwartet, ebenso wenig die beiden ihn umschlingenden Beine und die im Takt wippenden Bewegungen.

Ich glaub es ja nicht. Der fickt sie hier auf dem Klo!

Markus trat zurück und eilte zur nächsten Kabine. Auch diese Tür war nur angelehnt, so machte er sich Hoffnungen, hier einen freien Pinkelplatz zu ergattern, wurde jedoch im nächsten Moment enttäuscht. Ein gut aussehender Typ mit Muskelshirt und blondem Stoppelschnitt beugte sich über eine feurige Südländerin und setzte ihr gerade eine Spritze in den Oberarm.

Scheiß Fixer!

»Hey, ich muss mal, könnt ihr das Zeug nicht draußen spritzen?«

Sein Fehler. Die Schönheit – sie war tatsächlich hinreißend und hatte nicht mal viel Make-up aufgelegt – hob den Kopf und starrte Markus aus dunklen Augen an. Die Wut, die sich in ihrem Blick spiegelte, erreichte Markus und machte ihm urplötzlich Angst, auch wenn er nicht sagen konnte, warum.

Der Typ fuhr herum. Den gleichen stechenden Blick in den Augen.

»Verpiss dich, Arsch!«, sagte er mit einem merkwürdigen Akzent. Er war nicht von hier. Vermutlich Engländer.

»Schon gut.« Markus hob abwehrend eine Hand und wollte gehen, doch sein Körper gehorchte ihm nicht. Stattdessen starrte er unentwegt auf die grüne Flüssigkeit, die der Kerl in den Oberarm der Tussi pumpte.

»Cazzo!«, brüllte die Frau und unter dem einen Wort prallte Markus zurück. Ihre verschwitzten braunen Haare glänzten und schienen im Licht der Deckenbeleuchtung in Flammen zu stehen. Sie machte eine ruckartige Bewegung. Der Typ neben ihr fluchte und verriss die Spritze. Im selben Moment schrie die Brünette vor Schmerz auf und öffnete die Hand. Etwas fiel heraus, rollte direkt auf Markus zu, zwischen seinen Füßen hindurch nach draußen.

»Crap!«, stieß der Typ hervor, zog die noch halb gefüllte Spritze aus dem Oberarm der Südländerin und drehte sich zu Markus um …

… der jedoch nicht mehr dort stand, sondern hastig davonstürmte und dabei eine Angetrunkene so heftig beiseitestieß, dass sie gegen eine Gruppe anderer Wartender prallte und diese mit sich zu Boden riss. Vor der Flucht hatte Markus sich gebückt und nach dem Gegenstand auf dem Boden gelangt, den die Frau in der Kabine hatte fallen lassen. Er duckte sich unter dem Schwinger eines Kahlköpfigen, der plötzlich anfing, Randale zu machen.

Der Druck auf Markus' Blase war wie weggespült. Er wollte nur noch raus. Weg von den dröhnenden Beats. Weg von den kaputten Typen, die sich ekeliges Zeug spritzten oder schamlos auf dem Klo vögelten.

Ich hätte zu Hause bleiben sollen!

Er wusste noch nicht, wie recht er damit hatte.

21:42 Uhr

Draußen auf dem Gang rannte er einfach los und ignorierte die Flüche der anderen Discogäste. Er erhaschte einen Blick auf Andy, der noch immer auf der Tanzfläche zappelte, als stünde er unter Strom. Mit einer Geste signalisierte Markus seinem Kumpel, dass er abhaute. Dann drängte er bereits Richtung Ausgang. Kurz vor der Tür, durch die zu der frühen Stunde noch immer Besucher drängten, drehte Markus sich um. Die Discobeats machten einer hart gespielten E-Gitarre Platz, die die Klänge zu dem Stones-Hit *Gimme Shelter* in der von Joanna Dean gesungenen Version anstimmte.

Markus sah Andy, der auf ihn zukam.

Er sah auch den Typ mit dem Stoppelschnitt und den blitzenden Augen. Mit wütendem Blick drängte er die Gäste beiseite und lief in Markus' Richtung. Nur einen Lidschlag darauf stürmte die brünette Italienerin aus der Damentoilette. Markus vermutete, dass sie Italienerin war, denn sie hatte ihn *cazzo* – Schwanz – genannt.

Markus drehte sich um, rempelte einen der Türsteher an, murmelte eine Entschuldigung und bekam eine unflätige Bemerkung zurück. Dann war er auf der Straße. Kalte Abendluft raubte ihm für eine Sekunde den Atem. Er wandte sich nach rechts. Sein Wagen parkte in der Nähe des Unnaer Rings. Die nächste Abzweigung links und er war bereits auf der Zufahrtsstraße des Westrings. Markus blickte über die Schulter zurück. Einer der Türsteher stolperte auf die Straße. Der zweite *flog* hinterher. Markus sah noch den blonden Typen von der Toilette.

Das darf doch nicht wahr sein! Der war wirklich hartnäckig, und das nur, weil er ihn dabei gestört hatte, wie er seiner Ische einen Schuss setzte?

Markus beeilte sich und lief die Straße hoch. *Ganz ruhig, Junge. Notfalls bleibst du stehen und trittst ihm in die Eier.*

Der Parkplatz war auf der linken Seite. Markus nahm einen Trampelpfad statt den Hauptweg und steuerte direkt auf den Corsa in der zweiten Reihe zu. Er griff in die Tasche und holte den Schlüssel hervor. Gleichzeitig merkte er, dass er noch immer das Döschen, das die Italienerin hatte fallen lassen, in der anderen Hand hielt.

»Oha! Anscheinend ist der Stoppelschnitt hier hinterher.« Er überlegte, ob er die Dose einfach wegwerfen oder sogar zurückgeben sollte. Doch er hatte sein Auto erreicht. Die Blinker flammten auf, als er das Schloss mit dem Funksender des Schlüssels entriegelte. Was sollte jetzt noch geschehen?

Er ließ sich in den Sitz fallen, zog die Tür zu und startete den Motor. Als er Gas gab, nahm er aus den Augenwinkeln eine Bewegung wahr. Der Typ aus der Disco! Er sprintete über den Parkplatz, hielt direkt auf Markus' Wagen zu.

Was hält er da ...?

Eine Pistole.

Markus' Fuß senkte sich tiefer auf das Gaspedal. Der Wagen ruckte an und wäre beinahe abgesoffen, als Markus vergaß zu kuppeln. Er riss das Lenkrad herum, schaltete hoch, gab erneut Gas. Der Corsa machte einen Satz nach vorn, streifte den Irren mit der Kanone an der Hüfte und schleuderte ihn gegen den Kühlergrill eines anderen parkenden Fahrzeugs.

Ein Schuss peitschte durch die Dunkelheit.

»Das gibt's doch nicht!« Mit quietschenden Reifen preschte der Wagen den Weg hoch, nahm die Linkskurve in die Einbahnstraße und schrammte einen anderen Wagen.

»Scheiße, Scheiße, Scheiße!« Noch ein Schuss. Markus glaubte, das Rückfenster splittern zu hören, einen Stich im Nacken zu fühlen und dann die Scheiben mit blutroten Spritzern gesprenkelt zu sehen.

Es geschah nicht. Die Kugel hatte ihn verfehlt. Jetzt war das Haus neben dem Parkplatz seine Deckung. Der Motor brüllte auf. Markus schaltete höher, ignorierte das Vorfahrtachten an der Mündung zum Käthe-Kollwitz-Ring und donnerte auf die Straße hinaus.

Sein Atem kam keuchend. Viel zu schnell. Er hyperventilierte. Sein Puls schien einen Sprint mit sich selbst auszufechten. Schweiß lief ihm über die Stirn. Sein Rücken stand in Flammen und in seiner Brust krampfte sich etwas zusammen, das er noch nie gespürt hatte.

Für zweihundert, dreihundert Meter starrte Markus nur geradeaus auf die Straße, lenkte den Corsa mit schlafwandlerischer Sicherheit und ignorierte rote Ampeln ebenso wie wütendes Hupen anderer Verkehrsteilnehmer.

Er dachte an nichts.

Fuhr nur.

An der Morgenstraße bog er ab, raste in östlicher Richtung weiter. Und weiter. Als er den Industriepark erreichte und in die Max-Planck-Straße fuhr, registrierte er erstmals, dass er vollkommen ziellos gefahren war.

Markus bremste, lenkte den Wagen rüber an den Straßenrand vor einer Firmeneinfahrt und stieß langsam die Luft aus. Er ließ das Seitenfenster runterfahren und rang nach Atem.

Mit einem Blick in den Rückspiegel überzeugte er sich davon, dass er nicht verfolgt worden war.

Verfolgt. Er! Herrgott, er hatte sich bisher erfolgreich um jedwede Prügelei gedrückt. Nie war auch nur jemand mit einem Messer auf ihn losgegangen und jetzt schoss ein beschissener Tommy mit einer Pistole auf ihn?

Markus lehnte den Kopf an den Sitz an und schloss die Augen. Die kühle Luft, die durch das Fenster in den Wagen strömte, beruhigte ihn ein wenig.

Nach einiger Zeit öffnete er die Lider wieder, schaltete die Innenbeleuchtung ein und hielt die Dose hoch, die er während der hektischen Fahrt – es war eher eine *Flucht* gewesen! – auf den Beifahrersitz geworfen hatte.

Der kleine Behälter bestand aus weißem, undurchsichtigem Plastik und ähnelte den gebräuchlichen nachfüllbaren Kaugummidosen. Markus schüttelte die Packung und hörte ein leises Scheppern. Vermutlich befanden sich irgendwelche Aufputschpillen darin. Nur, um seine Vermutung zu bestätigen, öffnete er den Deckel und sah in die Dose.

»Sag ich doch.«

Der Behälter war randvoll mit pastillengroßen ovalen Tabletten in knalligem Grün. Markus runzelte die Stirn. Die Farbe glich der, die er in der Spritze gesehen hatte. Wahrscheinlich der gleiche Stoff in der Form für *unterwegs*.

Markus schüttelte den Kopf und warf die Packung aus dem Autofenster. Mit Drogen hatte er nichts am Hut. Als er wieder den Wagen starten wollte, fiel ihm unter den herausgefallenen Pillen ein blaues Blitzen auf, das sich im Licht einer Straßenlaterne deutlich von den grünen Pastillen abhob. Markus öffnete die Tür, schnallte sich ab und beugte sich zu dem viereckigen Ding hinunter. Es war gerade einmal so groß wie der Nagel seines kleinen Fingers und er hatte es schon einmal in Andys Handy gesehen: Eine microSD-Karte mit einem Speichervolumen von acht Gigabyte. Markus hob sie auf und schürzte die Lippen. Ein Blick konnte ja nicht schaden. Und wenn er schon dabei war, konnte er morgen diese Pillen zu Andys Bruder zur Uni bringen. Vielleicht ließ sich im Chemielabor feststellen, was das für ein Stoff war. Oder sollte er sie doch einfach wegwerfen?

Er wusste selbst nicht, warum, aber denn füllte er die Pastillen wieder in die Dose und schob die Speicherkarte obenauf, ehe er den Deckel schloss.

»Verrückter Abend.« Er startete den Motor, ließ das Fenster hochfahren und schaltete den CD-Player ein.

Avril Lavigne. *Unwanted.* Genau der rockige Sound, den er jetzt für die Heimfahrt brauchte. Dann eine heiße Dusche und sein Bett.

Atlanta, Georgia
Irgendwo zwischen Mark Trail und Alexander Park
11. November, 15:57 Uhr EST

Die Tür flog auf. Zwei maskierte Männer mit gezogenen Waffen stürmten den Raum. Im ersten Moment rechnete Eileen Hannigan mit Angehörigen des SWAT-Teams, doch als hinter einer Maske ein dumpfes »Kommen Sie« erklang, atmete die Agentin innerlich auf.

Sie schnappte sich die Sachen, die ihr der mysteriöse General vermacht hatte, und folgte den Typen in den Flur. Eileen beschloss, weiter mitzuspielen, auch wenn es zu viele Ungereimtheiten und Fragen gab. Das primäre Ziel lautete, am Leben zu bleiben und nicht mit einer FBI-Kugel im Kopf zu enden oder wie Adrian Kessler aus einem Fenster zu stürzen. Wenn sie erst einmal aus dem Gebäude und in Sicherheit war, wenn sie erst einmal Ruhe hatte und nachdenken konnte, dann konnte sie immer noch daranbegeben, die Puzzleteile in der richtigen Reihenfolge zusammenzusetzen, und überlegen, was sie als Nächstes tat.

Zunächst: Raus hier.

Der Flur mündete in ein Foyer. Sirenengeheul drang durch die Wände in das Gebäude. Vor den Fenstern blitzte das rot-blaue Licht einiger Streifenwagen auf. Eine Glaswand zersprang. Etwas flog durch die Vorhänge und landete drei Meter von Eileen entfernt auf dem Boden.

»Deckung!«, brüllte einer der Maskierten. Sein Kopf explodierte einen Lidschlag unmittelbar darauf in einer roten Wolke. Den Schuss hatte niemand gehört.

Der zweite Mann bugsierte Eileen zum anderen Ende des Foyers zu einer Treppe. Direkt daneben befand sich eine offene Tür, in der Gwendolyn Stylez wartete. Die Blondine hatte sich umgezogen, trug nun eine enge Lederhose, einen schwarzen Rolli und eine lockere Funktionsweste darüber. Die Pumps waren verschwunden und machten bequemen, absatzlosen Schuhen Platz.

»Schnell!« Stylez schlüpfte durch die Tür.

Eileen war noch knapp zwei Meter davon entfernt, als das durch das Fenster geworfene Ding hochging. Es gab einen grellen Blitz, gefolgt von einem ohrenbetäubenden Knall.

Eileen schloss geblendet die Augen und taumelte vorwärts. Sie prallte gegen das Treppengeländer, streckte die Arme aus, um sich zu orientieren, doch die Auswirkungen der Blendgranate waren verheerend. Taub und blind schwankte sie durch den Raum und ahnte, dass es dem Maskierten nicht besser erging. Über das schrille Pfeifen in den Ohren und den hämmernden Kopfschmerzen nahm sie eine dumpfe Vibration wahr. Etwas fiel neben ihr zu Boden.

Der zweite Mann. Durch die grellen Flecken, die vor Eileens Augen tanzten, erkannte sie seinen Körper, unter dem sich eine rote Lache erstaunlich schnell ausbreitete. Er war von Kugeln regelrecht durchsiebt worden. Jede Sekunde erwartete Eileen, sein Schicksal zu teilen. So sehr sie auch dagegen ankämpfte, sie blieb desorientiert und für den Moment außer Gefecht.

Kommt schon. Bringt es zu Ende. Schießt endlich.

Statt der Einschläge eines Kugelhagels wurde Eileen plötzlich gepackt und weggezogen. Im nächsten Moment wurde es dunkel. Schemen huschten an ihrem Gesichtskreis vorbei. Wie durch Watte hörte sie Schritte.

Klack – klock – klack – klock.

Vereinzelt blitzte Licht in ihren Augen auf und schmerzte in ihrem Hirn wie ein Kater nach einer durchzechten Nacht. Am Rande registrierte sie, dass sie sich bewegte. Sie rannte durch einen Korridor, vermutlich unter dem Gebäude, in dem der General sie festgehalten hatte. Ein Schwall Übelkeit stieg in ihr auf. Nur mühsam unterdrückte sie den Brechreiz.

Wo. Bin. Ich.

Sie lief gegen eine Wand, als der Gang eine Biegung machte. Immer wieder nahm sie Hände an ihrem Körper wahr, die sie in eine andere Richtung lenkten und davor bewahrten, sich ernsthafte Verletzungen zuzufügen.

Mist! Die Orientierungslosigkeit dauerte an.

Plötzlich wurde es noch finsterer. Kurz zuvor sah Eileen ein Schemen auf sich zufliegen. Dann taumelte sie und fiel in einen tiefen Schlund aus Nichts.

Das Erwachen war alles andere als angenehm. Licht stach wie eine Laserlanze durch die geschlossenen Lider und schien sich direkt bis in Eileens Gehirn zu bohren, um dort einen fürchterlichen Schmerz auszulösen. Ihr Körper fühlte sich matt an. Träge.

Sie schaffte es, die Augen zu öffnen, und wünschte sich, sie hätte es nicht getan. Eine Wolke aus grellem Weiß drang wie eine Explosion in ihre Netzhäute und schien sie augenblicklich zu verbrennen. Eileen stöhnte auf, kniff die Augen zusammen und rieb sich die Schläfen. Sie atmete tief durch und probierte es nach ein paar Minuten, die ihr wie eine halbe Ewigkeit vorkamen, noch einmal.

Diesmal ging es leichter, wenn auch nicht ganz schmerzfrei. Das Erste, was ihr ins Auge stach, war ein Lenkrad. Daran klebte ein Zettel, dessen Schrift sie nur verschwommen erkennen konnte. Eileen blinzelte. Bewegte den Kopf. Lockerte die Glieder. Sie beugte sich vor und versuchte, ihren Brennpunkt scharf zu stellen. Es gelang ihr erst nach mehrmaligem Blinzeln. Die Schleier lösten sich vor ihren Augen und die Schrift auf dem Zettel wurde klar.

Gegen die Kopfschmerzen, stand dort geschrieben. Ihr Blick wanderte höher. Auf der Ablage hinter dem Lenkrad sah sie eine Packung Aspirin. Sofort streckte sie die Hand danach aus und öffnete den Verschluss. Der Sicherheitsstreifen war noch intakt. Ein Hinweis darauf, dass es sich um eine frische Dose handelte. Zumindest weckte das Eileens Vertrauen darin, dass es sich wirklich um Aspirin handelte. Sie fand neben dem Sitz eine Flasche Wasser, ebenfalls frisch. Dankbar öffnete sie sie, warf sich drei Tabletten ein und trank in gierigen Zügen. Danach wartete sie auf die Wirkung und merkte, wie sie wieder wegzudösen drohte. Um nicht einzuschlafen, durchsuchte sie die Jackentaschen und stellte zu ihrer Erleichterung fest, dass man ihr noch alle Sachen gelassen hatte: die Pistole nebst Magazinen, den IDCC, die Ausweise und vor allen Dingen die Ghost Card. Sie sah sich das Blackberry an, an dessen Oberseite eine gelbe Leuchtdiode aufdringlich blinkte. Sie schaltete das Gerät ein und sah auf dem Bildschirm den Erhalt einer Textnachricht, die eilig und mit einigen Fehlern getippt worden war:

Fahren Sie ncht n Hause. Verändern Ihr Assehen.
Mehr per emal. Gen.

Eileen machte ein Geräusch, das irgendwo zwischen einem Zischen und einem *Pfft* lag. Sie seufzte und sah sich um. Man hatte ihr einen kleinen Chevrolet Aveo gelassen. Nicht ihre erste Wahl, aber zumindest war sie für den Anfang mobil. Sie dachte an die Ghost Card. Wenn der General sie nicht hinters Licht führte, konnte sie sich jeden Wagen kaufen, den sie haben wollte. Doch im gleichen Augenblick schob sie die Träume an eine Corvette oder einen Lamborghini beiseite. Nicht auffallen würde ihre erste Devise lauten. Der Wagen war in einer leeren Seitenstraße zwischen zwei Häuserblocks abgestellt worden. Die Borduhr zeigte 5:13 Uhr Nachmittag an.

Eileen senkte die Lider und rief sich die Nummer ihrer FEMA-Dienststelle in Atlanta ins Gedächtnis, wechselte auf dem Blackberry ins Telefonmenü und begann zu tippen. Ein Freizeichen. Kurz darauf wurde abgehoben.

»Homeland Security, Außenstelle Atlanta. Sie sprechen mit Lori Carmichael. Was kann ich für Sie tun?«

»Special Agent Hannigan, Dienstnummer EH-3478829-D. Verbinden Sie mich bitte mit Chief Wilkins.«

Eileen bemerkte das Zögern am anderen Ende der Leitung. Irgendetwas stimmte nicht.

»Ja … ja, ich stelle Sie durch, kleinen Augenblick bitte.«

Sie gelangte in eine Warteschleife. Es dauerte ungewöhnlich lange, bis am anderen Ende abgehoben wurde. Entweder war Chief Wilkins gerade in einer Besprechung oder …

Oder sie haben eine Fangschaltung dazwischengeschaltet, um mich zu lokalisieren. Verdammt! Sie dachte an die Worte des Generals, dass dieses Handy abhörsicher war, und hoffte, dass es auch nicht aufzuspüren war.

»Eileen?«

»Chief?«

»Gott sei Dank, Eileen, Sie sind es. Als wir von Kessler hörten, haben wir das Schlimmste angenommen. Wo stecken Sie?«

Eileen brach der kalte Schweiß aus. Nicht etwa »Wie geht es Ihnen?« oder »Sind Sie in Ordnung?«! Angesichts der Tatsache, dass ein Agent der Homeland Security ermordet worden war, wäre das die naheliegende Frage gewesen.

»Ich … weiß es nicht«, sagte Eileen zögernd.

»Beschreiben Sie Ihre Umgebung, damit wir Ihren Standort lokalisieren können. Ich schicke Ihnen ein Team, das Sie abholt.«

Vermutlich ein Killerteam. Sie blickte auf das Handy. Fünfzehn Sekunden sprach sie bereits mit Wilkins, aber sie hing seit ihrem Anruf bereits seit über einer Minute in der Leitung – Zeit genug, sie aufzuspüren.

»Eileen?«, fragte Wilkins. »Reden Sie mit mir.«

Du Arschloch! »Ich hätte nicht gedacht, dass Sie auch darin verwickelt sind, Chief.«

»Bitte? Wovon reden Sie?«

»Wie lange wissen Sie schon davon? Warum jagen Sie mich? Warum seit heute?«

Die Stimme des Chiefs veränderte sich. Aus einer geheuchelten Sorge wurde purer Ernst. »Eileen, machen Sie sich nicht selbst das Leben schwer und stellen Sie sich. Sicher gab es Gründe, warum Sie Kessler getötet haben. Wir werden das gemeinsam herausfinden und klären. Ich bin sicher, dass wir …«

»Ich habe Adrian nicht getötet«, sagte Eileen und drückte die rote Hörertaste, um damit die Verbindung zu unterbrechen. So war das also. Wer auch immer die Fäden zog, hatte Eileen zur Fahndung wegen Mordes ausgeschrieben. Fantastisch! Aber der General sprach davon, dass man sie umbringen wolle. Demnach musste es Eingeweihte geben, die, ohne Fragen zu stellen, schießen würden.

Eileen wechselte ins Nachrichtenmenü und aktivierte den E-Mail-Client. Aus dem Adressbuch wählte sie die einzige gespeicherte Adresse an. Ein völlig unverfängliches Konto bei Hotmail. *Demon143a@hotmail.com.*

Eileen tippte: *Bin wach. E.H.*

Dann drückte sie auf den Senden-Knopf.

Als nächstes wählte sie im Telefonmenü die Nummer ihrer Mutter. Nach dem siebten Klingeln sprang der Anrufbeantworter an. Eileen legte auf, ohne eine Nachricht zu hinterlassen.

Vermeiden Sie Kontakt mit Ihrer Familie und Freunden. Rufen Sie nicht Ihre Dienststelle an, hatte der General gesagt.

Eine Polizeisirene ließ sie aufschrecken. War der Blackberry doch nicht so abhörsicher, wie man sie glauben machen wollte? Eileens Hand näherte sich der H&K USP im Gürtelholster, doch im nächsten Moment verflüchtigte sich der Klang des Signalhorns wieder.

Sie atmete auf. Ihre Hand löste sich von der Pistole. Sie dachte an die Anweisung der Kurzmitteilung. *Fahren Sie nicht nach Hause. Verändern Sie Ihr Aussehen.*

Eileen lachte auf, beugte sich vor und startete den Motor des Chevys. Sie beabsichtigte genau das zu tun. Nach Hause zu fahren.

17:37 Uhr

Der Wagen bog von der Hauptstraße in die Auffahrt von AMLI at Clairmont ein, einer Art Klubhaus mit Apartment-Ambiente. Als Eileen sich vor einem Jahr von ihrem Lebensabschnittsgefährten Dave getrennt hatte und auf der Suche nach einer neuen Bleibe war, war ihre Mutter auf ein freies Apartment im Norden Atlantas gestoßen. Die Preisklasse von knapp über 700 Dollar im Monat ließ sich eigentlich nicht mit ihrem Regierungsgehalt vereinbaren, doch eine beantragte und genehmigte Gefahrenzulage sowie ein Zuschuss ihrer Mutter bekräftigten Eileen schließlich, die Wohnung mit dem stilvollen Namen Da Vinci zu buchen. Auch die anderen fünf Wohneinheiten trugen die Namen berühmter Maler wie Warhol, Picasso oder Monet. Das Michelangelo-Apartment mit gleich zwei Schlaf- und ebenso vielen Badezimmern, einer Wohnfläche von knapp über 100 Quadratmetern mit einer Monatsmiete von 1100 Dollar hätte sie sich allerdings höchstens auf Dienststellenleiterebene leisten können.

Eileen war mit ihren 50 Quadratmetern zufrieden, besaß einen Wohnraum mit angrenzendem Balkon. Ein Schlafzimmer, ein Bad mit getrennter Toilette und eine kleine Küche. Alles, was eine Singlefrau zum Leben benötigte. Die Wohnlage war recht ruhig, da der Apartmentblock etwas abseits der Hauptstraße lag und ihre Zimmer von der Straße wegführten. Die Nähe zur Interstate 85 machte Eileen mobil genug, um ihre Dienststelle im Herzen Atlantas bequem erreichen zu können. Darüber hinaus sorgte das klubähnliche Arrangement der Wohnlage für ein luxuriöses Ambiente, das man kaum in der Innenstadt bekommen konnte: Ein Fitnesscenter, Garagen, Swimmingpools, Hochgeschwindigkeitsinternetzugang sowie ein Sonnendeck und Whirlpool ließen teilweise ein Urlaubsgefühl aufkommen.

Eileen bremste abrupt, als sie den schwarzen Chrysler Aspen in der Auffahrt bemerkte. Die beiden Agenten im Innern sahen sie im selben Moment. Eine Tür öffnete sich und ein Mann in dunkelblauem Anzug und mit Sonnenbrille stieg aus. Der zweite griff in die Innenseite seines Jacketts.

Keine gute Idee. Eileen trat das Gaspedal durch. Der Chevy Aveo preschte vor, hielt genau auf den Regierungs-SUV zu. Die Reifen quietschten. Der Mann, der bereits ausgestiegen war, sprang hastig zur Seite, als Eileen nur um Haaresbreite an ihm vorbeirauschte. Der zweite führte seine Bewegung nicht zu Ende, sondern ließ den Motor an.

Eileen steuerte den Wagen auf der anderen Seite der Auffahrt wieder zurück auf die Clairmont Road, bog nach links Richtung Norden ab, riss das Lenkrad herum, um einem entgegenkommenden Wagen auszuweichen, und geriet für eine Sekunde ins Schlingern. Sie lenkte gegen, nahm Gas weg und trat das Pedal wieder voll durch, als der Wagen sich gefangen hatte. Der Motor des Aveo brüllte auf, während die Automatik aktiv wurde, um die unerwartete Beschleunigung durch Hochschalten zu kompensieren. Mit einem spürbaren Ruck rastete der Gang ein. Links fegte der Wilmont Drive vorbei, der jedoch in eine Sackgasse mündete. Zu beiden Seiten der Straße wuchsen Bäume in die Höhe. Rechts ein Abhang. Auf der linken Seite Einfamilienhäuser und parkende Wagen. Eileen hielt sich auf der linken Spur der zweispurigen Bahn. Sie überholte einen Pick-up und blickte in den Rückspiegel. Der Aspen schoss aus der Auffahrt zu AMLI at Clairmont und raste ihr hinterher.

Jetzt wurde es unfair. Der SUV war in der Beschleunigung wesentlich besser und vom Endtempo erheblich schneller als der kleine Aveo. Hätte der General sie nicht in einem spritzigeren Wagen absetzen können?

Hättest du denn unbedingt nach Hause fahren müssen? Die Ratschläge des Generals waren in diesem Fall klipp und klar gewesen.

Eileen hielt den Fuß auf dem Gaspedal, zwängte sich zwischen zwei Fahrzeugen durch, wechselte einmal auf die rechte Spur, dann zurück auf die linke. Jemand hupte. Der Aveo schlingerte mit dem Heck und drohte bei einem schnellen Manöver auszubrechen, doch Eileen bekam das kleine Fahrzeug schnell wieder unter Kontrolle. Sie überholte eine Stretchlimousine. Rechts führte ein Weg in eine Wohnanlage. Eileen blieb auf der Clairmont und überlegte, wie sie den Aspen abhängen konnte.

Ein Schulbus hielt auf der linken Seite und brachte Kinder vom Nachmittagsunterricht nach Hause. Der Fahrer schüttelte empört eine Hand, als er Eileens Wagen heranrauschen sah. Da lief ein Mädchen über die Straße.

Eileen reagierte sofort. Sie riss das Lenkrad herum, nahm Gas weg, trat die Bremse, löste sie und gab sofort wieder Gas. Der Aveo schlingerte mit quietschenden Reifen um das Mädchen herum. Die Schülerin schrie. Blieb mitten auf der Straße stehen.

Eileen sah in den Rückspiegel.

Der Aspen hielt genau auf die Kleine zu.

»Verdammt, verschwinde!«, schrie Eileen, obwohl niemand sie hören könnte.

Zu spät. Das Mädchen wurde vom Kühlergrill des SUV erfasst und wie eine Puppe durch die Luft geschleudert. Geschockt starrte Eileen in den Rückspiegel und rammte einen Wagen vor sich. Der Aufprall drückte die Agentin in die Gurte. Mit einem Knall blähte sich der Airbag auf, stieß Eileen ins Gesicht und raubte ihr die Sicht. Ihr Kopf wurde für eine Sekunde gegen die Stütze des Sitzes gepresst. Der Schmerz im Gesicht ließ sie befürchten, sich die Nase gebrochen zu haben. Eileen trat die Bremse, bis der Wagen bockte und mit einem Holpern zum Stehen kam. Hinter sich hörte sie ein Kreischen. Sie kämpfte sich aus dem Airbag hervor, löste den Sicherheitsgurt und stieß die Tür auf. Statt auszusteigen, *rollte* sie hinaus und zog dabei die Pistole. Keine zehn Meter von ihr kam der Chrysler Aspen zum Stehen. Die Türen flogen auf und die beiden sonnenbebrillten Männer sprangen mit gezogenen Waffen aus dem SUV.

In Eileens Job gab es eine Hemmschwelle. Sie war nicht zur eiskalten Killerin geboren oder trainiert worden, sondern zu einer Verteidigerin in Notwehr. Doch wenn ihr Leben bedroht wurde, war die Entscheidung, den ersten Schuss abzugeben, ganz einfach.

Die USP flammte auf. Getroffen stoppte der Beifahrer und wurde von der Wucht des Einschlags nach hinten geschleudert. Er prallte gegen die Motorhaube, ließ seine Pistole fallen und glitt an dem SUV herunter.

Eileen schwenkte die Waffe. Zwei weitere Schüsse, noch ehe der Fahrer reagieren konnte. Der erste traf ihn wie seinen Partner in die Brust. Der zweite beendete sein Leben, als die Kugel direkt durch seine Sonnenbrille jagte.

Scheiße! Eileen atmete tief durch und kam hoch. Sie blickte sich um. Zwei Wagen fuhren vorbei. Ein dritter war in etwa vierzig Metern Entfernung stehen geblieben und beobachtete die Szene hinter der Windschutzscheibe. Das Auto, in das Eileen geknallt war, war etwa zwanzig Meter weitergefahren und stand mit eingeschaltetem Warnblinker am Straßenrand.

Eileen ging auf die beiden Typen in den Anzügen zu. Die Waffe im Anschlag. Ihr Blick schweifte über den SUV und sah das Mädchen reglos auf der Straße liegen. Vielleicht achtzig oder hundert Meter von ihrer jetzigen Position entfernt. Ohne nachzudenken, griff die Agentin in die Tasche, förderte das Blackberry hervor und wählte 911.

»Notrufzentrale?«

»Es gab einen schweren Unfall auf der Clairmond Northeast, Höhe Windmond Drive. Ein kleines Mädchen ist von einem Wagen erfasst worden. Schicken Sie sofort eine Ambulanz!« Eileen unterbrach die Verbindung. Sie war bei den Killern. Beide tot. Der Beifahrer trug eine Schutzweste, doch Eileens Kugel hatte sich oberhalb der Naht in seinen Hals gebohrt und die Arterie zerfetzt. Ein letzter Schwall Blut pulsierte aus dem Loch.

Die Agentin ging in die Hocke und durchsuchte eilig die Taschen der Toten. Sie fand Ausweise, beide vom FBI ausgestellt.

»Großartig!« Sie steckte sie ein, schlug die Beifahrertür zu, umrundete den SUV und klemmte sich hinter das Steuer. Sie spürte ihre Knie schlottern. Jetzt bloß nicht nachgeben und vor allen Dingen nicht nachdenken. Das Adrenalin pumpte durch ihre Adern und schüttelte die aufkeimende

Benommenheit ab. Eileen schnallte sich an, startete den Motor und gab Gas. Sie wusste, dass sie den Wagen schnell loswerden musste, da die meisten Regierungsfahrzeuge mit einem Satellitentrackingsystem ausgestattet waren. Sobald bekannt war, wer die beiden toten Agenten waren, oder sobald ihre Einsatzzentrale sie anfunkte, würde man sich dranmachen, den Wagen aufzuspüren.

Eileen versuchte, ihren Atem zu beruhigen. Sie schob den Gedanken an das Mädchen beiseite, nicht ohne ein Stoßgebet zum Himmel zu senden, dass es noch lebte und wieder gesund würde.

Sie musste ihre nächsten Schritte überlegen.

Dringend.

Werne, Deutschland
12. November, 02:23 Uhr MEZ

Markus de Vries fand keinen Schlaf. Nachdem er nach Hause zurückgekehrt war, hatte er seinen Computer hochgefahren, die microSD-Karte in einen USB-Adapter geschoben und sie in einen freien Slot gesteckt. Die Karte wurde als Laufwerk erkannt, war jedoch mit einem Autostartprogramm versehen, das sofort ein Passwort anforderte. Er probierte es erst gar nicht. Hacken war nicht sein Ding. Aber er kannte einige Leute an der Uni, die mit so etwas umgehen konnten. Sicherlich fand sich darunter jemand, der das Passwort knacken konnte. Und was die grünen Pillen anbelangte, da wusste er auch ganz genau, wen er darauf ansprach.

Er rieb sich müde durch das Gesicht und zog den USB-Adapter vom PC. Dann langte er nach seinem Telefon, scrollte durch das Telefonbuch und wählte Andys Nummer.

Es klingelte dreimal.

Dann meldete sich der Anrufbeantworter. »Hey Leute, ihr habt doch nicht wirklich versucht, den alten Andreas Weitzki anzurufen, und erwartet, er würde drangehen. Sei kein Spielverderber und quak mir was Nettes auf die Box. Cheerio.«

»Sag bloß nicht, du hast die Alte aus der Disco abgeschleppt«, sagte Markus. »Wenn du dann mal deinen Rausch ausgeschlafen hast, bimmel bei mir durch, ja?«

Er legte auf, warf das Handy auf einen Sessel und ließ sich auf das Bett fallen. Irgendwo im Haus ging die Spülung einer Toilette. Eine Katze miaute.

Markus zog die Beine an, rieb sich die Augen und versuchte, sie geschlossen zu halten, doch als wären in den Lidern kleine Federn eingebaut gewesen, öffneten sie sich wieder von allein.

Toll!

Er starrte an die Decke.

Der Typ hat eine Knarre gehabt. Der wollte mich abknallen. Ich glaub das einfach nicht. Scheiß Engländer!

Der Gedanke, den Speicherchip und die Tabletten einfach die Toilette herunterzuspülen, wurde für einen Moment übermächtig. Einfach den Abend vergessen und morgen ganz normal aufstehen, zur Uni fahren, mit ein paar Kumpels quatschen und am Abend einen draufmachen.

Gute Idee.
Markus schlief ein.

08:00 Uhr

»Antenne Unna. Die Nachrichten …«

Markus stöhnte und wälzte sich unter der Bettdecke hervor. Er tastete nach dem Radiowecker. Viel zu früh. Er hatte vergessen, die Uhr neu zu stellen.

»Die Schießerei am gestrigen Abend in der Unnaer Diskothek …«

Klack. Der Nachrichtensprecher verstummte.

Im gleichen Moment summte sein Handy. Der Vibrationsalarm.

»Mann, Leute!« Markus schlug die Bettdecke beiseite, schwang die Beine über die Bettkante und stand auf. Er blinzelte, fand das Telefon im Sessel und sah auf das Display.

»Kiffer.« Er verdrehte die Augen. »Lass mich bloß heute in Ruhe.«

Ein Kommilitone, der wie Markus Bauingenieurwesen studierte und seines Hangs zu Joints wegen in der Studentengruppe nur *Kiffer* genannt wurde. Sein tatsächlicher Name schwebte irgendwo am Rande von Markus' noch nicht ganz wachem Bewusstsein.

Markus drückte die Abweisen-Taste und warf das Handy zurück in den Sessel. Er ging zum Fenster, zog die Gardinen auf, öffnete ein Fenster und ließ die frische Morgenluft ins Zimmer. Dann schlenderte er ins Bad, erleichterte sich und hörte unter dem Rauschen der Spülung und des Wasserhahns erneut das Summen des Telefons.

Er fluchte, ging zurück in seinen Wohnschlafraum und schnappte sich wütend das Handy. »Kiffer, wenn ich dich wegdrücke, bedeutet das normalerweise, dass ich …«

»Markus?«

Es war nicht Kiffer. Spontan fiel Markus dessen Namen wieder ein: Bernd Lohmann. Aber aus dem Telefon kam die Stimme einer älteren Frau. Andys Mutter.

»Frau Weitzki?«

Ein Schluchzen. »War die Polizei schon bei dir?«

Markus war schlagartig hellwach. »Die Polizei? Wieso denn?«

»Wegen Andy.«

»Andy? Warum? Was ist mit Andy?«

Aus dem Schluchzen wurde ein Wimmern. Dann versagte Frau Weitzki die Stimme den Dienst. Nur einen Augenblick darauf erklang eine tiefe Männerstimme. Andys Vater.

»Markus? Andy ist gestern Abend in Unna erschossen worden.«

Das Handy fiel zu Boden. Markus wankte. Er versuchte, irgendwo Halt zu finden, doch seine Knie gaben einfach nach, sodass er der Länge nach auf dem Teppich landete. Aus dem Handy drang ein »Hallo? Hallo?«, doch er ignorierte es.

Erschossen? Andy?

Markus merkte erst, dass er sich übergab, als das Erbrochene sein Gesicht nässte. Angewidert richtete er sich auf, schleppte sich ins Bad und beugte sich über die Toilettenschüssel. Er würgte, bis ihm schier die Galle hochkam und es außer einem feinen Rinnsal Spucke nichts mehr gab, was er erbrechen konnte. In gehockter Haltung hing er über dem Klo und begann zu weinen.

Andy. Erschossen. Das konnte doch nur dieser Engländer gewesen sein. Verdammt, das war seine Schuld. Andy war seinetwegen gestorben.

Es schellte an der Tür.

Lasst mich alle in Ruhe!

Jemand klopfte und klingelte erneut. Aus dem Klopfen wurde ein Hämmern.

»Ja, doch, ich komme!«, rief Markus und erhob sich. Er spülte sich kurz den Mund aus, ging zur Tür. »Wer ist da?«

»Polizei, machen Sie bitte auf.«

Scheiße!

Er drückte die Klinke und zog die Tür einen Spaltbreit auf. Im Hausflur standen zwei uniformierte Beamte. Ein Mann und eine Frau. Dahinter eine weitere Frau in Zivil. Sie trug ihr schulterlanges, rotblondes Haar offen, hatte klare, blaue Augen und dünne Augenbrauen. Mehr als einen langen, beigefarbenen Mantel konnte Markus von ihr nicht sehen.

»Guten Morgen, Herr de Vries. Ich bin Polizeiobermeister Gaardian, meine Kollegin Polizeimeisterin Rettich.« Der Beamte hielt Markus einen Dienstausweis unter die Nase. »Dürften wir eintreten?«

»Haben Sie einen Durchsuchungsbefehl?«

Der Beamte lächelte, während seine Partnerin die Augen verdrehte. Nur die zivil gekleidete Frau blickte Markus kühl an.

»Und Sie sind?«, fragte er.

Sie verzichtete darauf, ihm einen Ausweis zu zeigen, und sagte nur: »Veronica Pothoff, Militärischer Abschirmdienst.«

Markus bemühte sich, nicht auf der Stelle in die Knie zu brechen.

Seine Hand verkrampfte sich um die Türklinke. Erst nach einer Weile bemerkte er, dass er keine Luft mehr bekam, schlicht weil er nicht mehr atmete. Er stieß den angehaltenen Atem aus und rang sofort nach neuem.

»Hören Sie, ich bin gerade erst wach geworden … Kann ich mich kurz duschen und mir was anziehen?«

Der Polizist sah zu Frau Pothoff. Erst als diese nickte, blickte er wieder in Markus' Richtung.

»Wir warten unten im Wagen«, sagte der Beamte. »Wir bitten Sie, uns für eine Vernehmung zum Revier zu begleiten.«

Vernehmung? Die Übelkeit schoss durch Markus' Speiseröhre bis in den Rachen und kitzelte seinen Gaumen. Er musste sich beherrschen, nicht auf der Stelle wieder zu würgen. Für ein Erbrechen war sein Magen ohnehin zu leer.

»In Ordnung, ich komme gleich.« Er schloss die Tür, drehte sich um, lehnte mit dem Rücken dagegen und sackte daran herunter. Sein Kopf fiel in die Hände. Die Tränen schossen ihm ins Gesicht.

09:17 Uhr

Dankbar nahm Markus die dritte Tasse Kaffee entgegen, schüttete sich etwas Milch dazu und trank in kleinen, aber hastigen Schlucken. Die Befragung bei der Polizei war kurz und knapp verlaufen. Man hatte ihn seltsamerweise nicht zum Revier nach Werne oder Unna gebracht, sondern ins Polizeipräsidium nach Dortmund.

Woher er Andy kannte, wollten sie wissen. Wann er ihn zuletzt gesehen hatte. Ob er sich vorstellen könnte, warum ihn jemand erschießen wollte. Warum er vorzeitig die Diskothek in Unna verlassen hätte.

All diese Fragen, die Markus beinahe apathisch mit einigen »Nein« und »Weiß nicht« und »Keine Ahnung« abgetan hatte. Zumindest die Fragen, die sie ihm über gestern Abend stellten.

Nach zwanzig Minuten verschwanden die Vernehmer. Nur Frau Pothoff blieb. Sie hatte ihren Mantel ausgezogen und über eine Stuhllehne gehängt. Darunter trug sie blaue Jeans, einen Pullover mit V-Ausschnitt und Stiefeletten mit breitem Absatz.

Sie setzte sich rücklings auf einen Stuhl und begann zu kippeln, während sie eine Aktenmappe aufschlug und darin herumblätterte.

»Weitzki war also mit Ihnen an der Uni«, sagte sie und wiederholte damit nur das, was Markus vorhin den Polizisten gesagt hatte.

Er nickte und trank noch einen Schluck Kaffee. Die Tasse war schon fast wieder leer.

»Kennen Sie diese Frau?« Pothoff schob ihm ein Foto herüber. Eine Schwarzweiß-Aufnahme von einer dunkelhaarigen Frau mit schwarzen Augen und vollen Lippen. Nach gestern Abend hätte Markus die Perle jederzeit wiedererkannt. Es war die, die er beim Fixen in der Toilette gestört hatte.

»Nicht wirklich.«

Ein weiteres Foto wanderte über den Tisch. Markus hatte nichts anderes erwartet. Das musste ja kommen. Auf dem Bild war der Brite zu sehen. Hageres Gesicht, blaue Augen, Stoppelschnitt, gutaussehend.

»Sieht aus wie dieser Schauspieler«, sagte Markus.

»Welcher Schauspieler?«

»Weiß nicht. Kenn den Namen nicht.«

»Haben Sie ihn schon mal in natura gesehen?«, fragte Pothoff. Sie musterte Markus mit eindringlichem Blick.

»Nein.«

Pothoff schürzte die Lippen und beugte sich vor. Noch ein Foto ging über den Tisch. Dann noch eins und ein weiteres. Das erste zeigte eine Frau mit großen, weit auseinanderstehenden Augen und langem schwarzen Haar. Sie hatte einen dunklen Teint. Markus vermutete eine arabische Abstammung. Das zweite Foto zeigte das grobschlächtige Gesicht eines Mannes, dessen Haar mit dem Stoppelschnitt des Briten konkurrieren konnte. Vermutlich war er Soldat, denn der abgeschnittene Schulterbereich des Bildes zeigte die Ansätze einer Camouflageuniform. Das dritte Foto verschlug Markus den Atem. Eine junge Frau, Ende zwanzig, Anfang dreißig. Volle Lippen, eine Stupsnase, langes, gewelltes, dunkelrotes Haar. Ihr Lächeln auf dem Foto war bezaubernd. Soweit Markus auf dem Bild erkennen konnte, wiesen ihre Augen unterschiedliche Farben auf. Das eine war blau. Das andere braun.

Markus sog scharf die Luft ein.

»Und?«, fragte Veronica Pothoff.

»Meine Traumfrau.« Er blickte hoch und grinste. »Haben Sie ihre Nummer?«

Die MAD-Mitarbeiterin ließ sich nicht anmerken, ob sie Markus' Worte witzig oder nervtötend fand.

»Eileen Hannigan.«

Markus hob eine Braue. Er sah wieder zu dem Foto und wäre beinahe dahingeschmolzen. »Ihr Name?«

Pothoff tippte auf die anderen Bilder. »Zaira Strauss, Cord Simmons, Allegra Lomi, Desmond Vandengard.«

Die letzten beiden Namen gehörten zu den Typen, die er im *Kühlschiff* getroffen hatte. Die Fixer. Doch mit einem Mal war Markus sich gar nicht mehr sicher, dass es sich bei den Leuten um Junkies handelte. Warum sonst sollte sich der MAD für sie interessieren? Und warum zum Teufel interessierte sich der Geheimdienst für Andys Tod?

Weil diese Scheißtypen Dreck am Stecken haben und Andy von ihnen getötet wurde. Markus ließ den Kopf sinken und fuhr sich mit einer Hand durch das Gesicht.

»Hören Sie, ich kenne diese Typen nicht, okay? Mein Kumpel ist gestern ermordet worden, mir geht es dreckig. Kann ich jetzt nach Hause?«

Ein Mundwinkel um Pothoffs Lippen zuckte.

»Oder bin ich verhaftet?«

Die Frau sagte nichts. Plötzlich ging ein Ruck durch ihren Körper und sie stand auf. Schneller, als Markus gucken konnte, sammelte sie die Fotos auf dem Tisch ein, verstaute sie zwischen den Aktendeckeln, griff sich ihren Mantel und wandte sich zur Tür. Ohne ein Wort, ohne sich noch einmal umzublicken, verließ sie das Vernehmungszimmer.

Kurz darauf erschien Polizeiobermeister Gaardian und nickte Markus mit dem Kinn zu. »Sie können gehen, Herr de Vries. Halten Sie sich aber bereit, falls wir noch weitere Fragen haben.«

Markus stellte den Kaffee ab und stand auf. »Soll ich nach Hause laufen?«

»Ein Streifenwagen wird Sie zurückbringen.«

Markus machte eine abwehrende Handbewegung. »Nein, lassen Sie's gut sein. Ich wollte sowieso zur Uni. Ich nehme die S-Bahn.«

Markus spürte die Blicke des Polizisten in seinem Rücken, doch er widerstand der Versuchung, sich umzudrehen. Er marschierte aus dem Büro, durchquerte den Flur und wartete am Aufzug. Dann schloss er die Augen und dachte an das Gespräch mit der MAD-Tussi.

Eileen Hannigan. Das Bild der Dunkelroten erschien vor seinem inneren Auge.

Desmond Vandengard. Vermutlich Andys Mörder.

Unwillkürlich wanderte Markus' Hand in die Jackentasche und umfasste die kleine Plastikdose, die die grünen Pillen und die Speicherkarte enthielt. Ihm wurde bewusst, dass die Bullen ihn wegen der Drogen hätten einlochen können und er mehr als dämlich war, die Dose in der Tasche zu lassen, als er zum Revier fuhr.

Alles nur deswegen? War Andy deswegen gestorben?

Er merkte, wie ihm bei dem Gedanken an Andy wieder schlecht wurde. Vielleicht hätte er der Tante vom Abschirmdienst die Dose auf den Tisch knallen und gehen sollen. Und dann Ruhe. Für immer.

Nein, so einfach war das nicht. Irgendetwas stimmte mit dieser Frau Pothoff nicht. Er traute ihr nicht. Und die Bullen tanzten vermutlich nur nach ihrer Pfeife. Wenn jemand Andy wegen der Pillen und der Karte getötet hatte, wer sagte dann, dass sie es nicht auch mit ihm, Markus, taten, sobald er ihnen aushändigte, was sie suchten. Im Moment glaubte er, dass die grünen Tabletten seine einzige Lebensversicherung waren. Er musste herausfinden, um was für ein Zeug es sich dabei handelte. Und er musste wissen, welche Informationen die Speicherkarte hergab.

Als der Aufzug mit einem *Ping* die Türen öffnete und Markus in die Kabine trat, revidierte er seinen Entschluss, zur Uni zu fahren. Er hatte eine andere Idee.

Er würde Kiffer aufsuchen.

Atlanta, Georgia
12. November, 02:30 Uhr EST

Ein letztes Mal wusch sich Eileen Hannigan durch das Gesicht, rieb sich die Augen und schöpfte Wasser nach. Dann griff sie nach dem Handtuch und tupfte sich trocken. Sie blickte auf und starrte ihr Ebenbild im Spiegel an. Beinahe hätte sie sich erschrocken, denn der Anblick war überaus ungewohnt. So kurz hatte sie die Haare seit ihrem Ausscheiden aus dem Marine Corps nicht mehr getragen. Wenn sie damals auch wesentlich kürzer gewesen waren.

Das Färbemittel war gut angegangen. Von dem Rot in ihren Haaren war jetzt nichts mehr zu sehen. Sie glänzten noch feucht, doch selbst im hellen Licht der Halogenbeleuchtung im Bad waren keine roten Ansätze mehr zu sehen. Das Haar war nun schwarz. Eileen hatte sich die langen Strähnen eigenhändig herausgeschnitten und die Haare zu einer Art Pagenfrisur gestutzt. Sie reichten jetzt an den Seiten bis auf Kinnlänge. Den Pony strich sie sich aus dem Gesicht und klemmte sich die Strähnen hinter ein Ohr. Jetzt musste sie nur noch etwas gegen ihre verräterische Augenfarben tun. Dank eines Kosmetikstudios war dies kein Problem. Farbige Kontaktlinsen in einem tiefen Braun würden die unterschiedlichen ursprünglichen Farben verdecken.

Eileen setzte sich die hauchdünnen Plättchen ein und betrachtete sich selbst im Spiegel.

»Wenn ich nicht wüsste, dass du es bist …«

Sie schlenderte vom Bad in den Wohnraum des Motelzimmers zurück. Getreu dem Motto, sich nicht länger als einen oder zwei Tage am selben Ort aufzuhalten, hatte sie das Zimmer im Voraus am Nachtschalter bezahlt. Einen Portier hatte sie nicht einmal zu Gesicht bekommen. Die Ghost Card war als American Express durchgegangen und hatte für sie ein Zimmer für die Nacht freigegeben. Diese automatisierten Express Inns waren praktisch für jemanden, der nicht gern irgendwo gesehen und wiedererkannt werden wollte. Nur anhand der Kreditkarte war es möglich, die Anwesenheit zu belegen. Doch die Ghost Card machte ihrem Namen in dieser Beziehung alle Ehre. Sie war unsichtbar.

Bevor Eileen am frühen Abend das Motel aufsuchte, hatte sie den Aspen in einer Seitengasse geparkt und war zu Fuß zu einem Autohändler gegangen, bei dem sie gegen Kartenzahlung einen gebrauchten schwarzen

Lexus RX kaufte. Der Händler vermittelte ihr auch gleich eine Zulassung. Mit Hilfe des IDCC hatte sich Eileen zuvor einen Führerschein gebastelt, der sie als *Cathryn Richardson* auswies. Sie beschloss, die Identität eine Weile beizubehalten, und fertigte nun auf dem Bett des Motelzimmers einen Dienstausweis des FBI an. Sie machte mit der integrierten Digitalkamera eine Aufnahme und gab dann über den Touchscreen die persönlichen Daten ein.

Dann drückte sie den START-Kopf und schob einen Kartenrohling in den dafür vorgesehenen Schlitz. Eine rote Diode blinkte auf. Das Gerät erwärmte sich. Auf dem Display erschien eine Mitteilung, dass der Vorgang in Arbeit sei. Nur kurz darauf hielt Eileen eine ID-Card der amerikanischen Bundespolizei in den Händen, fertig laminiert und mit Sicherheitscode für die meisten FBI-Gebäude versehen.

Special Agent Cathryn Richardson.

Sie schob den Ausweis in ihre Jackentasche, legte sich auf das Bett und zückte das Blackberry, um die integrierte Uhr zu stellen. Bevor der Tag anbrach, wollte sie von hier verschwunden sein. Gerade als sie das Gerät einschaltete, kam eine Push-Mail herein. Der Absender war *Demon143a@hotmail.com,* der General.

Eileen schnalzte mit der Zunge und wechselte ins Nachrichtenmenü, um die E-Mail abzurufen.

Miss Hannigan,

die Sache spitzt sich zu. Ich weiß nicht einmal, wie lange wir noch miteinander kommunizieren können.

Leider bleibt mir selbst wenig Zeit, Sie in die weiteren, wichtigen Einzelheiten einzuweihen. Die Angelegenheit mit den beiden toten FBI-Agenten gestern Nachmittag hat eine Menge Staub aufgewirbelt. Wenn Sie jedoch die lokalen Nachrichten verfolgen, werden Sie dort keine Silbe darüber finden.

Alles ist verschleiert worden. Das überfahrene Mädchen wird einem Unfall mit Fahrerflucht zugeschrieben. Falls es Sie beruhigt: Es lebt, hat ein gebrochenes Bein und ein paar gebrochene Rippen und Prellungen sowie eine leichte Gehirnerschütterung. In ein paar Wochen ist es wieder auf dem Damm.

Wenn Sie jetzt Staatsfeind Nummer 1 sind, Miss Hannigan, ist da draußen nichts davon zu bemerken. Sie werden gejagt, ja. Aber intern. Es gibt keine öffentlichen Steckbriefe, keine Fahndungen, kein festgesetztes Kopfgeld.

Das ist ein Punkt für Sie, aber Sie müssen dennoch so vorsichtig sein, wie nie zuvor in Ihrem Leben.

Trauen Sie niemandem. Ich wünschte, ich könnte etwas anderes behaupten, aber trauen Sie nicht einmal mir nach dieser E-Mail. Jedenfalls nicht mehr, als es Ihr gesunder Verstand zulässt.

Die Organisation, für die ich arbeite, hat alle fünfzehn Hazarder aktiviert. Sie sind quer über den Globus verteilt. Im Anhang schicke ich Ihnen eine Liste aller Teilnehmer des Experiments. Da ich nicht weiß, wer bereits seine bisher blockierten Erinnerungen wiedererlangt hat und für unsere Organisation arbeitet, trauen Sie auch keinem von denen. Sie mögen alle auf derselben Liste stehen, aber vermutlich nicht auf derselben Seite.

Es gibt vieles, das ich Ihnen noch sagen müsste, aber es ist momentan nicht sicher. Aus diesem Grund werde ich diese Mailadresse nach dem Senden der Nachricht löschen. Antworten Sie nicht hierauf. Ich werde mich wieder bei Ihnen melden.

g.

Sie war genauso schlau wie vorher. Eileen schüttelte den Kopf und las die Mail noch einmal, wohl in der Hoffnung, dass sie eine wichtige Passage verpasst hatte. Doch dem war nicht so. Sollte der General eine Verschlüsselung verwendet haben, so hatte sie dafür den Code nicht.

Wenigstens eine wichtige Nachricht enthielt die E-Mail: Das Mädchen lebte.

Eileen atmete auf, dann hockte sie sich aufrecht hin und scrollte bis zum Anhang. Es handelte sich um eine Textdatei, die sie ohne Probleme öffnen konnte. In verkleinerter Darstellung enthielt sie eine simple Namensliste.

Name/Vorname	Rang	Einheit
O'Brien, Scott	Lt. Col.	USAR
McMullen, James P.	Lt.	1st SFODD
Simmons, Cord	Cpt.	USMC
Vandengard, Desmond	Mj.	SAS
Strauss, Zaira	Lt.	Mossad
Lomi, Allegra		AISE
Hannigan, Eileen	Lt.	UMSC
Phelps, Nicholas	Msgt	U.S. Army

Parsley, Declan	Ens.	NS
Callahan, Bruce	SA	CIA
Pothoff, Veronica A.		MAD
Scharbach, Rainer	Kom.	SEK
Valois, Philippe	Lt.	CH
Semenova, Kristina		FSB
Taha, Meryem		DGSG

Beim Überfliegen der Liste stach ihr eigener Name Eileen sofort ins Auge. Sie schluckte. Der Rest war eine bunte Mischung, vorrangig aus den Kreisen des Militärs und der Geheimdienste. Die amerikanischen Abkürzungen waren Eileen ein Begriff. Das United States Marine Corps kannte sie persönlich. Sie wurde in der Liste sogar noch als Mitglied vom selbigen geführt. Das USAR stand für die Army Rangers. Mit dem 1st SFODD war die Delta Force gemeint. Einige andere Abkürzungen standen für Spezialeinheiten oder Geheimdienste anderer Staaten. Mit dem DGSG und AISE konnte Eileen auf Anhieb nichts anfangen.

Ihr Blick wanderte zurück zu dem zweiten Marine-Eintrag auf der Liste. Captain Cord Simmons. Sie kannte ihn nicht, aber vielleicht konnte sie herausfinden, wer er war und was er über *Misty Hazard* wusste.

Sie sah auf die Uhr. Es war fast drei. Wenn sie früh raus wollte, sollte sie sich besser noch für zwei oder drei Stunden aufs Ohr legen und morgen mit ihren Recherchen beginnen. Zu allererst benötigte sie einen Laptop. Das Blackberry war zum Mailen und Telefonieren ausreichend, für eine angewandte Suchanfrage im Internet jedoch zu klein und schwer zu bedienen.

Eileen speicherte den Anhang in einem separaten Ordner des internen Speichers ab. Dann legte sie das Smartphone beiseite und ihren Kopf in die weichen Kissen.

Sie löschte das Licht.

Und hoffte, den Wecker zu hören, sobald er klingelte.

Dortmund, Deutschland
12. November, 11:28 Uhr MEZ

Nur zweieinhalb Stunden später, abgesehen von den sechs Stunden Zeitdifferenz, öffnete in einem von blauem, schwerem Rauch geschwängerten Zimmer ein schmächtiger Typ mit glasigen Augen und Glatze eine Datei.

»Treffer!«, sagte der Kiffer und zog an seinem selbst gedrehten Joint.

Markus verzog angewidert das Gesicht. Er konnte den Rauch nicht ausstehen. Dennoch war er neugierig genug, um sich Bernd Lohmanns Schreibtisch zu nähern und über seine Schulter auf den Bildschirm des Laptops zu sehen.

»Will jemand einen Toast?«, rief Anna von der Küche herüber. Sie streckte ihren braunblond gesprenkelten Wuschelkopf hinter der Tür hervor. »Hallo? Spricht hier noch jemand mit mir?«

»Ich nicht«, sagte Markus. Im gleichen Moment strafte das laute Knurren seines Magens die Worte Lügen.

»Vielleicht doch einen?«, fragte Anna.

»Die Verdauung.« Markus setzte ein Grinsen auf und schüttelte den Kopf.

»Warte mal, Häschen, ich bin gleich bei dir.«

»Wenn du jetzt nicht sofort kommst, hat es sich ausgehäschend.« Anna verschwand wieder in der Küche.

»Was ist das?«, fragte Markus und deutete auf den Schirm.

»Eine Passwortabfrage, du Entenschädel.« Kiffer zog an seiner Tüte und grinste debil.

Markus seufzte. »Das sehe ich auch, aber ich dachte, du hättest das Passwort geknackt.«

»Hab ich auch.« Kiffer blies den Rauch aus und hüllte das Display des Laptops fast vollständig damit ein. »Das ist eine zweite Abfrage.«

»Und? Kommst du weiter?«

Bernd hob die Schultern. »Häschen, ist noch Bier da?«

»Du glaubst doch wohl nicht, dass ich dir jetzt eins bringe, oder? Du hast wohl den Schuss nicht gehört. Es ist nicht mal Mittag!«

»Häschen, bitte. *Bitte.*«

Wütend kam Anna aus der Küche gestapft. Sie war barfuß und trug lediglich einen Slip sowie ein T-Shirt mit dem Aufdruck *Alles echt, anfassen verboten.* Nur, dass darunter nichts war, das man als *echt* hätte bezeichnen können, denn offensichtlich sah man *nichts*. Sie stellte Bernd die Flasche Bier auf den Tisch und stapfte wieder zurück in die Küche.

Der Kiffer grinste noch breiter, öffnete die Flasche, gönnte sich einen großzügigen Schluck und ließ dann seine Finger über die Laptoptastatur jagen.

»Ich schick ein zweites Hackerprogramm rein. Danach sollten wir auch das andere Passwort bekommen.«

Markus überlegte, ob er nicht auch nach einem Bier fragen sollte, entschied sich allerdings dagegen. Es war wirklich noch zu früh und bei genauerer Betrachtung hatte er noch nicht mal was gegessen. Sein Magen rebellierte bereits von der Cola, die er in sich hineinkippte.

Der Bildschirm wurde schwarz. Kurz darauf war ein Siegel in der Mitte zu erkennen.

»Wow!«, stieß Bernd hervor.

»Warte mal, warte, was … was ist das?«

»Sieht aus wie was von der Regierung.«

Auf dem Schirm war eine gelbe Speerspitze auf schwarzem Grund und umrandet von einem gelben Oval zu sehen. Markus legte den Kopf zur Seite, um die Schrift, die drumherum führte, besser lesen zu können. »Special … Operations …«

»Scheiße!« Bernd stieß sich von der Tischkante ab, rollte auf seinem Stuhl rückwärts und rammte Markus. Eine der Stuhlrollen fuhr ihm über die Zehen. Er sprang hastig zur Seite und hielt sich den Fuß.

»Was ist denn?«

»Hat er wieder sein Bier verschüttet?«, rief Anna aus der Küche.

»Drehst du jetzt durch?«, fragte Markus mit schmerzverzerrtem Gesicht.

Bernds Kopf fuhr herum. »Was hast du mir da angeschleppt? Das ist von SOCOM!«

»Hä?«

»SOCOM, du Nuss. Special Operations Command. Ja, ja, ja, ich weiß, du hast wieder nicht die geringste Ahnung. Statt dich hinter mathematischen Gleichungen für Gebäudestatik zu verstecken, solltest du dir mal einen ordentlichen Actionfilm reinziehen. SOCOM ist das Oberkommando der amerikanischen Spezialstreitkräfte. Alle Sondereinheiten laufen dort zusammen. So eine Art Joint Venture der besten Truppen. Capiche?«

»Nur halb. Bist du sicher? Ich mein, das kann doch jemand nur draufgesetzt haben. Wie in einem deiner Spiele.«

Bernd sah ihn verdutzt an, als hätte er mit dieser Möglichkeit gar nicht gerechnet. Verwundert starrte er auf seinen Joint und schnippte ihn fort, bis zu dem Aschenbecher neben der Bierflasche auf dem Schreibtisch.

»Ich war nicht mal in der Nähe der Staaten. Warum sollte ich eine Speicherkarte von irgendeiner amerikanischen Militärbehörde bei mir haben.«

»Ja, richtig.« Bernd fuhr sich mit einer Hand über den kahlen Schädel und näherte sich mit trippelnden Schritten, immer noch auf dem Stuhl sitzend, wieder dem Laptop. »Wo genau, sagtest du, hast du den Chip noch mal gefunden? Und erzähl mir nicht wieder so einen Scheiß, der hätte einfach auf der Straße gelegen.«

Markus trat einen Schritt zurück. »Andy ist tot«, sagte er tonlos.

Plötzlich herrschte in dem Zimmer eine Grabesstille. Nur das Flöten der Kaffeemaschine von nebenan war zu hören. Langsam drehte sich Bernd zu Markus um und starrte ihn entgeistert an. Statt einen seiner ewig nörgeligen Wutausbrüche zu bekommen, fragte er ganz ruhig: »Was ist passiert?«

Markus erzählte es ihm. Die ganze Geschichte. Vom Besuch im *Kühlschiff*, über die Verfolgung und Schießerei, bis zu seiner Vernehmung durch die Mitarbeiterin des Militärischen Abschirmdienstes.

Als sein Bericht endete, starrte Bernd eine ganze Weile nur vor sich hin. Inzwischen kam Anna aus der Küche und brachte zwei Becher mit Kaffee.

»Was ist denn mit euch beiden?«

Markus wollte gerade die Story wiederholen, aber Bernd winkte ab.

»Ein Bekannter ist gestern gestorben, kennst du nicht.«

Wenn er ihr sagte, um wen es sich handelte, wäre sie vermutlich auf der Stelle zusammengebrochen. Anna und Andy waren eine Zeit lang liiert gewesen.

»Tut mir leid«, sagte sie. »Wenn ich euch was zu essen machen kann, sagt Bescheid.«

Während Anna wieder ging, drehte sich Bernd zum Laptop um und ließ seine Finger über die Tasten wirbeln. Das Logo der SOCOM verschwand. Kurz darauf war eine Liste zu sehen. Die gleiche, die Eileen Hannigan vor über zwei Stunden und über siebentausend Kilometer entfernt geöffnet hatte, nur mit dem Unterschied, dass sich fünf zusätzliche Namen darauf befanden.

Name/Vorname	Rang	Einheit
O'Brien, Scott	Lt. Col.	USAR

McMullen, James P.	Lt.	1st SFODD
Simmons, Cord	Cpt.	USMC
Vandengard, Desmond	Mj.	SAS
Strauss, Zaira	Lt.	Mossad
Lomi, Allegra		AISE
Hannigan, Eileen	Lt.	UMSC
Phelps, Nicholas	Msgt	U.S. Army
Parsley, Declan	Ens.	NS
Callahan, Bruce	SA	CIA
Pothoff, Veronica A.		MAD
Scharbach, Rainer	Kom.	SEK
Valois, Philippe	Lt.	CH
Semenova, Kristina		FSB
Taha, Meryem		DGSG
Lu, Ice		GAB
Singh, Harsha		RAW
McAlister, Todd		CSIS
Marquez, Alejandro		CNI
Currington, Steven		RMC

Die Liste wirkte auf Markus zunächst wie eine Ansammlung von Buchstaben, ehe sich auf der linken Seite die ersten Namen herauskristallisierten.

»Was ist das? Eine Kettenbriefliste?«

»Quatsch nicht!« Bernd trank einen Schluck Kaffee und fluchte, als er sich die Zunge verbrannte. Er tippte mit einem Finger gegen das Display. »Hier, siehst du?«

Sein Finger kam auf dem Kürzel USARMY zum Ruhen. Kurz darauf wanderte er etwas nach unten. CIA.

»Irgendwas Militärisches. Hier, USMC. Die Abkürzung steht für das Marine Corps der Vereinigten Staaten.«

»Bist du sicher? Woher weißt du das?«

»Counter Strike. Du solltest mehr zocken. Dadurch lernt man was.«

Markus schüttelte den Kopf und ging nicht auf den Kommentar ein. »Und all die anderen Abkürzungen?« Eine stach ihm besonders ins Auge.

»Meine Fresse!«

Pothoff, Veronica A.

Markus' Blick wanderte zur rechten Spalte: MAD.

Ein eisiger Schauer lief ihm über den Rücken. Er bemerkte, wie sich seine Nackenhaare aufstellten.

Das alles konnte kein Zufall mehr sein. Die Liste. Der Besuch von Frau Pothoff. Andys Tod.

Dann sah er die anderen Namen und erinnerte sich an die dazugehörigen Gesichter, die ihm Pothoff im Präsidium gezeigt hatte. Allegra Lomi, Desmond Vandengard. Die beiden aus der Disco. Und auch Eileen Hannigan stand darauf.

Meine Traumfrau.

Was hatten die alle miteinander zu tun? Markus machte nicht den Fehler, alle über einen Kamm zu scheren. Der Engländer hatte auf ihn geschossen und wahrscheinlich Andy umgebracht. Zumindest Pothoff war nicht gleich schießwütig gewesen.

Dennoch …

»Bunt zusammengewürfelt«, sagte Bernd. »Ich weiß nicht, was die Liste darstellt. Vielleicht versucht auch nur jemand, dir einen Bären aufzubinden.«

»Ich war auf dem Revier.« Markus' Blick blieb an Pothoffs Namen hängen und deutete mit dem Finger darauf. »Die haben mich da in die Mangel genommen. Und diese Tussi hat mich verhört. Abgesehen davon haben sie Andy umgebracht. Das alles ist keines deiner Computerspiele, Kiffer. Das ist Ernst.«

»Mein lieber Scholli.« Bernd leerte seine Kaffeetasse. »Und jetzt?«

Markus hob die Schultern. »Keine Ahnung. Vielleicht aussitzen. Ich schmeiß die Speicherkarte und die Pillen weg, verhalte mich ruhig. Davon wird Andy auch nicht lebendig, aber vielleicht löst sich alles in Wohlgefallen auf.«

Das Klingeln seines Handys zerschlug jegliche Hoffnung mit einem Mal. Markus zuckte zusammen, blickte auf das Display und sah Andys Nummer und Konterfei.

Das kann nicht sein!

»Was für einen Tag haben wir heute? Es ist nicht April, oder?«

»Warum?«, fragte Bernd.

Markus hielt ihm das Telefon hin. Bernds Gesichtszüge entgleisten.

»Mann, das wäre der beschissenste Witz, den der Arsch machen könnte. Und ich glaub nicht, dass seine Alten bei der Sache mitspielen …«

Markus nahm ab. »Hallo?«

Es war nicht Andy. Die Stimme sprach mit britischem Akzent. »Du kleiner Wichser hast etwas, das mir gehört. Ich will es zurück.«

»Wer ist da?« Markus schluckte.

»Ich bin derjenige, der dir deinen Arsch aufreißen wird, falls du nicht mitspielst. Oder willst du enden wie dein Kumpel …« Es raschelte. »Andy? Andreas Weitzki.« Er sprach den Nachnamen wie *Whisky* aus.

»Sie haben ihn getötet«, sagte Markus.

»Vorher hat er aber noch schön mit mir geplaudert. So eine Mündung an der Schläfe wirkt wahre Wunder. Markus de Vries. In deiner Wohnung warst du nicht. Und mein Eigentum ist auch nicht hier. Also hast du es bei dir. Ich will es haben.«

Markus bemühte sich um Halt. Er machte einen Schritt zur Seite, um sich notfalls auf die Couch neben Bernds Schreibtisch setzen zu können. »Was, wenn ich es Ihnen gebe? Lassen Sie mich dann in Ruhe oder ende ich mit einer Kugel im Kopf in irgendeiner Gasse?«

Ein Lachen war am anderen Ende zu hören. »Gefällt mir, dein Humor.«

»Das sollte nicht lustig sein.«

»Oh, schade. Wir werden sehen. Wenn ich einen guten Tag habe, lass ich dich am Leben.«

Markus schluckte. »Das ist mir zu ungenau. Ich sage Ihnen was, solange ich die Kapseln und den Chip habe und Sie nicht wissen, wo ich das Zeug deponiert habe, lassen Sie mich am Leben, *Mister Vandengard.*«

Pause. Ein unterdrückter Fluch. Dann war wieder die Stimme des Engländers zu hören.

»Du hast also die Speicherkarte geknackt.«

Die Schärfe im Klang der Stimme entging Markus nicht. Instinktiv wusste er, dass er etwas getan hatte, das er keinesfalls hätte tun sollen. Sein Leben war von dem Moment an verwirkt, als Bernd das zweite Passwort geknackt hatte.

Er versuchte, sich rauszureden. Vielleicht half es. »Nein, der Militärische Abschirmdienst hat mich verhört und mir Ihr Foto gezeigt und den dazu gehörigen Namen gesagt.«

»Du lügst«, sagte Vandengard. »Die wissen nichts.«

»Auch eine Frau Pothoff nicht?«, fragte Markus.

Wieder ein Zögern am anderen Ende der Leitung. »Ich glaub dir nicht. Wusstest du, dass sich Handys hervorragend zum Orten von Personen missbrauchen lassen?«

Eine Schrecksekunde starrte Markus geradeaus. Dann unterbrach er die Verbindung, ließ das Handy fallen und drehte sich zu Bernd um.

»Die wissen, wo ich bin!«

»Was?«

»Schnell, die Karte!«

»Was ist denn? Wer war das? Was wollte …?« Bernd hielt inne und warf einen Blick auf den Bildschirm seines Laptops. »Moment mal, Vandengard? Das ist der von der Liste.«

»Mach mir einen Ausdruck. Schnell!«

Als Bernd nicht reagierte, beugte sich Markus über den Schreibtisch und drückte die Tastenkombination STRG und P. Nur eine Sekunde darauf war das Aufwärmen des angeschlossenen Laserdruckers zu hören. Markus zog die Karte aus dem Lesegerät, während der Drucker ein Blatt Papier einzog.

»Warum die Hektik?«, fragte Bernd.

Markus atmete tief ein und biss die Zähne aufeinander. Dann presste er langsam hervor: »Die. Wissen. Wo. Ich. Bin!«

Verständnislos sah Bernd ihn an.

»Wir müssen hier weg. Alle!«

Der Drucker warf das Blatt aus. Markus nahm es an sich, faltete es in der Mitte und steckte es unter seine Jacke. Die microSD-Karte verschwand wieder in der Tablettendose. Er lief bis zur Tür und drückte die Klinke genau in dem Moment, in dem Anna, neugierig geworden durch die laute Unterhaltung, aus der Küche kam.

»Was ist denn mit euch los?«

Markus sah die beiden an. Einem plötzlichen Impuls folgend riss er die Tür auf und stürmte das Treppenhaus hinunter. Er kam bis zum Eingang, lief zwei, drei Schritte aus dem Haus. In dieser Gegend gab es nur eine heruntergekommene Siedlung. Eine Handvoll abbruchfälliger Gebäude in denen meist verwahrloste Menschen für eine Miete wohnten, die nicht einmal ansatzweise als solche bezeichnet werden konnte.

Ein Fauchen erregte Markus Aufmerksamkeit ebenso wie die der drei vor dem Haus spielenden Kinder. Ein Mann mit einem Gehwagen näherte sich von der anderen Straßenseite her. Aus der Nordkurve des Leierwegs kam ein Fahrzeug.

Das Fauchen wurde lauter. Markus blickte zum Himmel und sah den feurigen Schweif. Als er dessen Bedeutung erahnte, war es bereits zu spät. Das Geschoss jagte direkt in Bernd und Annas Wohnung und detonierte in einer infernalen Brunst.

Schützend riss Markus die Arme hoch. Eine Hitzewelle jagte über ihn hinweg. Die Kinder schrien sich die Seele aus dem Leib und stoben in alle Richtungen davon. Die schiere Explosionsmacht hob Markus in die Luft und schleuderte ihn über den Kofferraum eines parkenden Wagens. Den Kindern erging es nicht anders. Völlig überrascht von der unsichtbaren

Gewalt wurden sie zum Spielball der Explosion. Betonbrocken wurden auf die Straße geworfen, Glassplitter regneten zu Boden.

Markus keuchte und duckte sich hinter dem Fahrzeug. Die Kratzer und Prellungen, die er davongetragen hatte, spürte er nicht einmal. Mit entsetztem Blick starrte er über die Kofferraumhaube hinweg nach oben zu der ausgebrannten Etage. Es grenzte an ein Wunder, dass die Außenwände zur Nachbarwohnung noch standen und das Dach nicht eingestürzt war. Dort, wo sich Bernd und Annas Wohnung befunden hatte, umhüllte eine pechschwarze Rauchwolke das Haus, aus der immer wieder Flammenzungen leckten.

11:59 Uhr

Hektisch sah Markus sich um. Das Fahrzeug, das vor der Explosion in die Straße eingebogen war, war zum Stillstand gekommen. Der Fahrer hatte die Tür aufgestemmt und war Hals über Kopf zu Fuß geflohen. Markus lief geduckt zu dem Wagen, einem schäbigen Ford Focus. Er sprang hinein. Der Motor lief noch. Mit einem Ruck zog er die Tür zu, legte den Rückwärtsgang ein und fuhr zurück. Er nahm die Kurve mit, wendete den Wagen und gab Gas. Der Focus raste durch die Haldenstraße. Viel zu schnell. Markus wusste, dass er ein Gewirr von weiteren Straßen vor sich hatte, ehe er überhaupt in die Nähe der Innenstadt gelangte. Aber genau das konnte sein Vorteil sein. Die anderen würden ihm nicht folgen können und vielleicht konnte er sie abhängen.

Wenn sie nicht gerade einen Hubschrauber hätten.

Das Hämmern der Rotorblätter ließ Markus das Blut in den Adern gefrieren. Für eine Sekunde überlegte er, ob er mit seinen Befürchtungen und Wünschen vorsichtiger sein sollte. Dann schwenkte er den Wagen nach links in die Tremoniastraße und ignorierte dabei den Kreisverkehr. Er fuhr einfach über das Mittelgrün und beschleunigte. Ein Toyota, der ihm entgegenkam, ließ die Lichthupe aufblinken. Jemand anderes brüllte vom Straßenrand. Nur einen Lidschlag darauf verwandelte der Toyota vor ihm sich in eine Feuersäule.

Markus trat die Bremsen bis zum Anschlag und wurde in die Gurte gepresst. Er biss sich auf die Lippe und schmeckte Blut, während er fassungslos auf den explodierenden Wagen starrte. Was immer Bernds Wohnung getroffen hatte, zerlegte nun auch den Toyota in seine Bestandteile. Markus war kein Waffenexperte. Er tippte auf einen Raketenwerfer.

Ohne nachzudenken, legte er wieder den Rückwärtsgang ein, schlang einen Arm um die Kopfstütze des Beifahrersitzes und verrenkte sich fast den Hals, um nach hinten durch die Heckscheibe zu sehen. Der Focus machte einen Satz zurück, rückwärts auf die Mittelinsel des Kreisverkehrs zu. Markus schlug das Lenkrad ein. Mit kreischenden Reifen schwang der Wagen herum, nur um eine halbe Sekunde darauf, vorwärts weiterzufahren.

Das ist Wahnsinn. Vollkommen verrückt!

Die rechts neben dem gestohlenen Wagen hochspritzenden Asphaltbrocken verdeutlichten nur zu gut, welchem Wahnsinn Markus ausgesetzt war. Der Hubschrauber nahm ihn mit einer Bordkanone unter Beschuss. Mit einem unüberhörbaren Rattern pflügte ein Maschinengewehr Löcher in das Pflaster. Eine Kugel zerschmetterte den rechten Außenspiegel. Eine weitere pfiff durch das Dach und schlug in das Armaturenbrett ein. Ein helles *Pling* wies darauf hin, dass ein weiteres Geschoss mit dem Blech des Wagens Bekanntschaft gemacht hatte.

Am Kreisverkehr hielt Markus den Focus links. Wieder in die Haldenstraße, nun in östlicher Richtung. Der Beschuss hörte auf, als der Helikopter aufsteigen und die Route anpassen musste. Markus steuerte den Wagen nach rechts, gab Gas und nahm die nächste Abzweigung nach links. Die folgenden Straßen waren zu lang. Der Hubschrauber würde aufholen und ihn erwischen, wenn er nicht …

Eine Einfahrt unter einem Torbogen führte in die Althoffstraße. Der Weg verlief quer durch eine alte Zechensiedlung, zu deren beiden Seiten sich Häuser auftürmten. An beiden Bordsteinen standen parkende Fahrzeuge. Menschen standen in den Vorgärten und rupften Unkraut. Eine junge Frau schob ihren Kinderwagen den Gehweg entlang. Hier und dort Leute auf dem Bürgersteig.

Markus jagte mit dem Focus wie ein Irrer durch die Straße und ließ sich von den lautstarken Protesten der Anwohner nicht beirren. Er blickte in den Rückspiegel und verlor im selben Moment jegliche Hoffnung, heil aus der Nummer herauszukommen. Der Hubschrauber befand sich im Anflug. Deutlich sah Markus das Aufblitzen des seitlich montierten Maschinengewehrs.

Eine Salve schlug direkt neben seinem erbeuteten Wagen ein, strich entlang der parkenden Fahrzeuge. Kugeln stanzten Löcher in Autodächer, ließen Sicherheitsglas in tausend nagelkleine Splitter zerspringen. Im ersten Moment waren die Fußgänger und Anwohner entsetzt und starr vor Schock, doch dann sprangen sie beiseite, rannten von der Straße, versteckten sich in Hauseingängen. Türen und Fensterläden wurden zugeschlagen.

Ein Mann schaffte es nicht. Als er sich bückte, um sich ein Kind zu schnappen und es in Sicherheit zu bringen, nahm ein Kugelhagel seinen Körper auseinander und hinterließ nur eine durchsiebte, blutige Masse, die wie ein nasser Sack auf den Gehweg klatschte. Das Kind schrie und lief fort.

Links neben Markus ging ein Wagen in die Luft. Die Motorhaube wurde davongeschleudert und jagte haarscharf an dem Focus vorbei, streifte die Windschutzscheibe und hinterließ auf ihr einen lang gezogenen Kratzer im Glas. Markus riss das Steuer nach rechts, sofort wieder nach links. Teerbrocken spien einer Fontäne gleich von der Straße hoch und prasselten als harter Regen auf dem Dach des Focus nieder.

Dann war er durch. Er fuhr nach der Siedlung rechts in die nächste Straße, streifte einen Wagen und wurde auf den Gehweg gedrängt. Halb auf dem befestigten Bürgersteig, halb auf dem Rasen der Vorgärten fahrend, kämpfte Markus darum, die parkenden Autos nicht zu rammen und gleichzeitig den Passanten auszuweichen.

Klonk!

Der rechte Kotflügel wurde von einer Laterne eingedrückt. Die Wucht des Aufpralls wirbelte den Focus herum, schleuderte ihn um die eigene Achse gegen einen stehenden New Beetle. Wenn Markus nicht gleichzeitig das Gaspedal bis zum Anschlag durchgetreten hätte, wäre er vermutlich in dem parkenden Wagen hängen geblieben. So reichte jedoch die Geschwindigkeit des Focus aus, den Beetle auf die Straße zu schieben.

Der Motor stotterte. Markus konnte den Ford nur noch mit Kraft lenken. Er driftete nach links ab und ließ sich kaum noch in der Spur halten.

Das unvergleichliche Fauchen einer weiteren Rakete erklang.

»Nein!«

Mit einem Ruck schoss der Focus vorwärts. Wegen des Linkszugs ratschte er an einer Reihe anderer Fahrzeuge vorbei. Der linke Außenspiegel flog davon. Funken sprühten, als Metall auf Metall rieb. Dann schlug die Rakete unmittelbar hinter dem Focus in ein anderes Fahrzeug ein und explodierte.

Der Ford wurde von der Druckwelle angehoben und segelte mehrere Meter durch die Luft, ehe er mit einem harten Knall auf dem Asphalt aufsetzte. Etwas brach. Vermutlich die Achse. Markus kurbelte am Lenkrad, doch es brachte nicht mehr viel. Noch dreihundert Meter trennten ihn von einer Hauptverkehrsstraße, von der er hoffte, dass sie seine Verfolger abschreckte. Die Polizei war in der Innenstadt präsent. Irgendjemand musste doch auf die Schießerei aufmerksam geworden sein. Tatsächlich hörte Markus in der Ferne Sirenen.

Wieder eine Salve. Löcher wurden ins Dach des Focus gestanzt. Die Windschutzscheibe splitterte und mit einem Mal ließ sich das Lenkrad gar nicht mehr bewegen. Markus trat die Bremse und stieß die Tür auf. Er hechtete aus dem Wagen.

Keine Sekunde zu früh.

Das Maschinengewehr spie eine tödliche Garbe aus, die das Dach des Wagens wie einen Reißverschluss öffnete. Geschosse bohrten sich in die Rückbank, dann den Fahrersitz und pflückten den Schaumstoff aus dem Sessel, als würden sie ein Huhn rupfen.

Markus war beim Herausspringen mit der Schulter aufgekommen. Er hielt sie mit einer Hand und rieb daran. Kein Knochenbruch.

Weiter!

Rückwärts taumelte er gegen eine Mülltonne und fiel hin. Der Helikopter kam im Sinkflug heran. Zum ersten Mal hatte Markus Zeit, sich das Fluggerät genau anzuschauen. Die schlanke Form war ihm vertraut. Ein geräumiger Eurocopter mit flacher Schnauze und in die Schwanzflosse eingearbeitetem Heckrotor. Die Seitentür war geöffnet. Hinter dem aufmontierten Maschinengewehr stand ein Schütze in dunkler Fliegermontur und Helm. Auf der anderen Seite war ein Waffenträger für die Raketen angebracht worden.

Markus' Blick heftete sich an dem Schriftzug an der Seite und er glaubte, auf der Stelle sterben zu müssen.

BUNDESPOLIZEI.

Sein Mund klappte auf. Sämtliche Farbe wich aus seinem Gesicht. Er blieb einfach auf dem Gehweg neben der umgestürzten Mülltonne sitzen und starrte den Hubschrauber an. Jeden Moment würde eine neue Salve aus dem MG auf ihn niederregnen und sein Leben beenden wie schon das von Bernd und Anna. Mit einem Mal war Markus sich gar nicht mehr so sicher, ob er den Mord an Andy dem Briten Vandengard anhängen konnte. Steckten auch die Behörden dahinter?

Mein Gott, wir sind in Deutschland und über mir schwebt ein Hubschrauber der Bundespolizei, der mich abknallen will!

Der Helikopter kam noch tiefer. Seine Rotoren wirbelten im Sog Blätter hoch. Eine Plastiktüte flog dicht an Markus vorbei. Der Hubschrauber drehte sich leicht, sodass der Bordschütze einen besseren Schusswinkel hatte.

Gleich.

Wie es sich wohl anfühlt? Markus wartete auf die Einschläge der Geschosse. Er hörte nicht den aufbrausenden Motor, die eiligen Schritte. Hörte nicht, wie ihn jemand ansprach. Nicht einmal den Schuss nahm er wahr. Sein Bewusstsein war vollends beschäftig mit der Mündung des Maschinengewehrs, die jeden Augenblick aufblitzen konnte.

Erst als der Bordschütze zuckte und kopfüber in die Tiefe stürzte, registrierte Markus, dass etwas nicht stimmte. Neben sich nahm er einen Schatten wahr, der mit einer Pistole auf den Hubschrauber feuerte. Querschläger prallten als Lichtreflexe von der Nase der Maschine ab. Dann durchschlug eine Kugel die Kanzel und erwischte den Co-Piloten. Mit einem Mal drehte der Heli ab, stieg auf und verschwand über den Dächern der Häuser.

»Kommen Sie!«, sagte jemand neben Markus. Eine Hand griff an seine Schulter und versuchte, ihn auf die Füße zu ziehen, was jedoch ohne sein Zutun nicht möglich war. Er ließ sich aufhelfen.

Und starrte direkt in die schläfrig blauen Augen Veronica Pothoffs.

»Sie?«

»Keine Zeit für Erklärungen. Die kommen wieder.« Sie nickte in Richtung des toten Beamten auf der Straße.

»Was wird hier eigentlich gespielt? Wieso jagt die Bundespolizei ein Haus in die Luft und bringt Unschuldige um?«

»Kommen Sie!«, wiederholte Pothoff nur. Sie führte ihn zu einem wartenden BMW 3er Coupé in silbermetallic. Der Wagen stand auf der Straße. Eine Tür sperrangelweit geöffnet. Der Motor lief.

Wie in Trance ließ sich Markus zur Beifahrertür führen, bekam nicht einmal bewusst mit, wie er einstieg. Erst als der Wagen losfuhr, eine Wende vollführte und dann links in die Möllerstraße bog, kehrte sein Blick in die Wirklichkeit zurück.

»Was wird hier gespielt?«, wiederholte Markus tonlos seine Frage von gerade.

»Da klemmen wir beide uns jetzt hinter, um das herauszufinden«, sagte Pothoff. »Ob es Ihnen passt oder nicht, ich bin fortan Ihr Schutzengel.«

Markus sah die Frau von der Seite an und fragte sich, ob es ihr überhaupt passte, ihn zu beschützen. Er konnte niemandem trauen. Schon gar keiner Mitarbeiterin des MAD. Und er durfte keine weiteren Freunde mit ins Boot ziehen. Drei Tote waren genau drei zu viel.

Die Erkenntnis war ernüchternd. Er war allein.

Atlanta, Georgia
12. November, 10:07 Uhr EST

Sie hatte verschlafen. Träge öffnete Eileen die Augen und blinzelte zu dem Wecker auf der Nachtkonsole, der aus irgendeinem unerfindlichen Grund nicht geklingelt hatte. Ebenso wenig wie der Blackberry sie geweckt hatte. Der Plan, noch im Schutz der Dunkelheit von hier aufzubrechen, war damit gescheitert.

Schlaftrunken schlenderte sie ins Bad und drehte die Dusche auf. Das heiße Wasser belebte sie. Jetzt nur noch einen Kaffee und sie war wieder ganz die Alte. Eileen musterte sich nach dem Duschen skeptisch im Spiegel. Auch wenn sie ihre neue Frisur und die Haarfarbe für gewöhnungsbedürftig hielt, konnte sie sich doch damit abfinden.

Sie ließ das Handtuch zu Boden fallen und kehrte nackt in den Schlafraum zurück. Die Sachen, die ihr Mrs Stylez gestern überlassen hatte, lagen quer im Zimmer verstreut auf dem Boden, einem Stuhl und dem kleinen Tischchen. Wohl oder übel musste sie im Moment in dieselben Sachen schlüpfen, nahm sich aber vor, mindestens zwei Garnituren zum Wechseln in ihrem Wagen mitzuführen.

Nachdem sie sich angezogen hatte, checkte Eileen elektronisch aus und deponierte den Zimmerschlüssel in einem Abgabefach. Der Portier, der sie diesmal unweigerlich zu Gesicht bekam, musterte sie grimmig. Offenbar hatte er ein Trinkgeld erwartet.

Eileen ignorierte den Mann und dachte daran, dass sie nicht einmal Bargeld besaß. Sie fragte sich, ob sie mit der Ghost Card an einem ATM-Automaten welches abheben konnte. Doch welche Nummer musste sie dafür eingeben? Der Aktivierungscode des Blackberry war definitiv zu lang. Sie beschloss, den General danach zu fragen, sobald er wieder Kontakt zu ihr aufnahm. Im Moment konnte sie nicht viel tun außer warten, bis er sich bei ihr meldete.

Eileen ließ den Lexus auf dem Parkplatz des Motels stehen und schlenderte über die Hauptstraße zu einem Diner. Sie bestellte einen Kaffee, ein Schinkensandwich und eine Portion Rührei. Während sie aß, ging sie mit dem Blackberry online und durchstöberte auf dem kleinen Gerät so gut es ging das Internet. Zuerst suchte sie nur gelangweilt und ziellos nach neuen Nachrichten, dann rief sie die Anywho-Seiten auf.

»Also schön.«

Sie schob die Reste des Tellers mit Rührei beiseite und schlürfte ihren Kaffee. Gleichzeitig gab sie einen Namen ein.

SIMMONS, CORD.

Eileen drückte die Enter-Taste und erhielt sofort eine Fehlermeldung, nach der zumindest der Bundesstaat oder eine Postleitzahl verlangt wurde, um die Suche zu starten.

Toll! Sie hatte nicht die geringste Ahnung. Und wenn sie alle fünfzig Bundesstaaten abklapperte? Da kamen wahrscheinlich Hunderte Namen infrage.

Eileen sah sich die Liste an, die der General ihr geschickt hatte. Sie erinnerte sich, dass sie Daves deutsche Verwandte damals über das Internet ausfindig gemacht hatten. Wie war noch die Adresse gewesen?

»Telefonbuch Punkt d e.« Eileen tippte. Und gab einen Namen in die Suchmaske ein.

POTHOFF.

Zumindest suchte dieser Dienst bundesweit, spuckte aber nur neunzehn Teilnehmer aus, von denen niemand Veronica hieß.

Eileen seufzte und wählte die Nummer der Inlandsauskunft.

»Ich brauche eine Verbindung nach Arlington, Virginia.«

»Welchen Teilnehmer?«, fragte der Telefonist.

»Den *Commandant of the Marine Corps«,* sagte Eileen. Sie spürte das Zögern des Mannes, anscheinend keine alltägliche Anfrage.

»Ich stelle Sie durch.«

Nach zwei Freizeichen meldete sich eine weibliche Stimme. »Operator 24, United States Marine Corps. Was kann ich für Sie tun?«

Eileen räusperte sich. »Ich heiße Cathryn Simmons und … es ist mir peinlich, aber als mein Mann heute Morgen aus dem Haus gegangen ist, hat er seinen Seesack vergessen. Könnten Sie mir bitte sagen, wie ich ihn erreiche?«

»Es tut mir leid, ich darf am Telefon keine Auskunft über Angehörige des Marine Corps geben.«

»Aber ich bin seine Frau! Können Sie nicht eine Ausnahme machen? Die Wäsche war noch nicht fertig. Mehr als die Hälfte seiner Uniformen ist in dem Sack. Wenn er den nicht erhält, dann bekommt er vielleicht eine Disziplinarstrafe oder Schlimmeres. Ich bitte Sie, von Frau zu Frau …«

Ein Seufzen am anderen Ende der Leitung. »Wie ist sein Name?«

»Simmons. Cord Simmons. Er ist Captain.«

Eileen hörte, wie die Finger der Frau eine Tastatur bedienten.

»Kleinen Augenblick …«, sagte die Stimme, die sich Eileen nur als Operator 24 vorgestellt hatte. »Simmons … hier … Oh.«

Das *Oh* war das Letzte, das Eileen von der Frau zu hören bekam. Es gab ein Knacken in der Leitung. Dann meldete sich auf einmal der tiefe Bass eines Mannes.

»Wer spricht dort?«

»Sind Sie Simmons?«, fragte Eileen.

»Den gibt es hier nicht. Ich wiederhole: Wer spricht dort?«

Eileen legte auf. Sackgasse. Auf diese Art und Weise würde sie nicht an die anderen – wie hatte der General sie genannt? – *Hazarder* herankommen. Sie trank einen Schluck Kaffee und fuhr sich mit der Zunge über die Lippen. Was hatte der General in seiner E-Mail geschrieben? Alle fünfzehn von ihnen wären aktiviert worden. Aber was bedeutete das? Eileen gehörte ebenfalls zu den fünfzehn, aber sie betrachtete sich nicht wirklich als *aktiviert*. Konnte es sein, dass einige der anderen genauso im Dunkeln tappten wie sie und aus dem Verkehr geschafft werden sollten? Leugnete man deswegen Simmons beim USMC, weil er bereits liquidiert worden war?

Gott, Mutter!

Eileen wollte erneut ihre Mutter anrufen, hielt im Wählen aber inne. Selbst wenn ihre Mom zu Hause sein sollte, musste sie davon ausgehen, dass ihr Telefon überwacht wurde.

»Mist.« Sie wechselte in das Nachrichtenmenü und tippte eine E-Mail an ihren Bruder. Da vermutlich seine Mailkonten überwacht wurden, wählte sie eine der Wegwerfadressen, die er für Forenregistrierungen benutzte. Er hatte ihr davon einmal erzählt und sie hoffte, dass er noch die Zugangsdaten dazu besaß.

> *Ron,*
>
> *fahr zu Mom, pack ein paar Sachen zusammen und verlasst die Stadt. Hier ist es nicht mehr sicher. Irgendeine große Schweinerei ist im Gange und ich stehe auf einer Liquidationsliste. Ich will euch nicht mit hineinziehen, aber es ist anzunehmen, dass sie Moms und dein Haus observieren und euch als Druckmittel gegen mich einsetzen, wenn ich mich blicken lasse.*
>
> *Leen*

Sie schickte die Nachricht ab und tippte anschließend eine SMS mit einem einzigen Wort: FREEZONE.

Das war der Anbieter, bei dem Ron Hannigan seine Adresse eingerichtet hatte. Eileen sandte die Kurznachricht und wollte das Blackberry wieder einstecken, als ihr die gelb blinkende Diode auffiel. Sie hatte eine E-Mail von *Demon143a@hotmail.com* erhalten.

Miss Hannigan,

die Dinge haben sich geändert. Der General ist tot. Ich habe vollen Zugriff auf seine Ressourcen und werde Sie nach besten Kräften unterstützen. Allerdings kann ich nicht so frei agieren wie er zuvor. Ich muss vorsichtig sein, damit man mich nicht auch noch erwischt.

Fahren Sie zur Five Points Station und suchen Sie die Damentoilette auf. In der dritten Kabine vom Eingang ist in der Wasserspülung ein Schlüssel befestigt. Mit diesem haben Sie Zugang zum Schließfach 143. Schicken Sie mir eine E-Mail, sobald Sie den Inhalt des Schließfachs sichergestellt haben.

Gwen

Der General war tot? Eileen legte das Blackberry auf den Tisch und lehnte sich in die Polster der Sitzbank. Die Worte des mysteriösen Unbekannten drangen wieder in ihre Erinnerungen. *Trauen Sie niemandem, nicht einmal mir.*

Und Mrs Stylez? Konnte sie ihr trauen?

»Noch Kaffee?« Die Bedienung des Diners riss sie aus den Gedanken. Eileen verneinte und bezahlte mit der Ghost Card. Wie bereits beim Autokauf brauchte sie auch hier nur die Karte in die Hand zu nehmen und den Namen des Kreditkarteninstituts zu sagen, über das sie zahlen wollte. Automatisch bildete sich das aktuelle Hologramm der Karte auf der schwarzen Oberfläche nach, eine Nummer wurde sichtbar und ein Firmenname, der mit jedem Kauf variierte, erschien über den eingestanzten Ziffern. Diese Chamäleontechnik war erstaunlich. Ohne Argwohn nahm die Bedienung die Karte, zog sie durch ihr Lesegerät und sah Eileen an.

»Fünf Dollar Trinkgeld«, sagte die Agentin.

Die Bedienung setzte ein Lächeln auf, addierte das Trinkgeld und schloss die Buchung ab. Sie reichte Eileen die Karte zurück, die in ihrer Hand wieder schwarz und unscheinbar wurde.

»Danke«, sagte die Frau.

»War ein guter Kaffee«, erwiderte Eileen, verstaute Karte und Blackberry in ihrer Lederjacke und stand auf. Draußen kehrte sie zum Motel zurück, um den Wagen zu holen. Sie nahm sich vor, zunächst einmal einen Abstecher in eine Einkaufsmall zu machen und dort einen Koffer, zwei oder drei Garnituren Kleidung und ein paar Hygieneartikel einzukaufen, ehe sie Mrs Stylez' Anweisung folgte und die Five Points Station aufsuchte.

12:37 Uhr

Der Hauptbahnhof Atlantas war sprichwörtlich überlaufen. In der großen Eingangshalle herrschte ein Gedränge, bei dem ein Vorwärtskommen nur noch unter hohem körperlichen Einsatz möglich war. Pausenlos gingen Auskünfte von verspäteten oder bald eintreffenden Zügen über die Lautsprecher. Hin und wieder wurde ein Passagier aufgerufen, der am Telefon oder an einem Ticketschalter verlangt wurde.

Das Gewimmel erinnerte Eileen an einen Bienenschwarm. Scheinbar ziellos, doch letztendlich geplant. Eileen hielt sich am Rand und bewegte sich entlang der Schalter und Verkaufsstände, um dem großen Gewusel in der Hallenmitte zu entrinnen. Sie trug eine sportliche Sonnenbrille und hatte die Lederjacke gegen einen dunklen Trenchcoat getauscht. Ihr Blick wanderte durch die Halle. Unter den vielen Fahrgästen stachen die Uniformierten deutlich hervor. Eileen sah die blauen Mützen von Polizisten. Aber das hatte nichts zu bedeuten. Die Cops taten ihren regulären Dienst an der Bahnstation.

»Lady, nur einen Dollar für einen warmen Kaffee.«

Sie wäre beinahe über den am Boden hockenden Bettler gestolpert. Er trug einen Parka mit amerikanischer Flagge an den Schultern. Dazu eine Cordhose, in der nur noch ein Bein steckte. Vor sich hatte er einen Pappkarton gestellt, in dem ein paar Quarter lagen.

»Bitte«, flehte der Mann und blickte sie aus trüben Augen von unten herauf an.

Eileen besaß noch immer kein Bargeld. Sobald sie wieder in Kontakt mit Mrs Stylez stand, musste sie sie fragen, ob die Ghost Card am Geldautomaten auch Bares ausspuckte.

»Tut mir leid«, sagte Eileen und stieg über die verkrüppelten Beine des Mannes. Sie suchte die Toiletten und fand sie unweit eines Kiosks.

Ein Polizist kam ihr entgegen. Sein Blick streifte sie kurz, dann sah er in eine andere Richtung und ging an ihr vorüber. Eileen erreichte den Kiosk, blieb stehen und interessierte sich für die neuste Ausgabe der *Cosmopolitan*. Während sie nur scheinbar das Magazin durchblätterte, huschten ihre Blicke immer wieder zu den Toiletten hinüber.

»Seite 33«, sagte eine Stimme neben ihr.

Eileen drehte sich um und sah sich einer Rothaarigen mit Sommersprossen und Zöpfen gegenüber. Sie grinste und entblößte eine Zahnspange.

»Bitte?«, fragte Eileen.

»Seite 33. Brad Pitt. Eine ganze Fotoserie. Sollten Sie sich mal ansehen. Der ist *scharf*.«

»Oh.« Eileen lächelte. »Danke für den Tipp.«

Sie wartete, bis die Frau sich umgedreht und gegangen war, dann schob sie das Magazin zurück in den Displayständer und wandte sich den Toiletten zu. Der Vorraum war bereits überfüllt. Frauen, die sich die Hände wuschen, ihr Make-up nachtrugen oder sich einfach nur den neusten Tratsch erzählten. Eileen ging weiter und suchte die dritte Kabine. Sie war verschlossen.

War klar. Stattdessen ging sie in die angrenzende Box und schloss hinter sich die Tür. Sie musterte den Keramiksitz. Er war sauber. Die Spülung bestand aus einem hängenden Wasserkasten über der Toilette, der mittels einer Kette entleert werden musste. Gut. Eileen hatte schon die Befürchtung, es mit einer Druckspülung zu tun zu haben und Fliesen aufstemmen zu müssen.

Sie wartete. Aus der Kabine neben ihr drang ein Ächzen. Dann hörte sie ein hartes Auftreten. Eileen presste ihr Ohr gegen die Wand. Die Tür auf der anderen Seite wurde aufgeschlossen. Schritte entfernten sich.

Eileen stieg auf den Beckenrand, griff nach oben und zog sich hoch. Im nächsten Moment setzte sie über die Trennwand und ließ sich in Kabine Nummer drei wieder heruntergleiten. Rasch zog sie die Tür zu und schob den Riegel vor. Dann drehte sie sich um und wollte auf den Keramiksitz steigen, um an den Wasserbehälter zu kommen. Jedoch lag die Abdeckung bereits neben ihr auf dem Boden. Jemand war ihr zuvorgekommen!

Sofort fuhr sie herum, öffnete die Tür und starrte der Frau hinterher, die vor ihr die Kabine benutzt hatte. Sie befand sich im Vorraum, machte keine Anstalten, sich die Hände zu waschen, sondern arbeitete sich durch das Gedrängel hindurch zum Ausgang.

Sie trug die blaue Uniform des Atlanta Police Departments.

»Das gibt's doch nicht«, murmelte Eileen und setzte der Frau hinterher.

Als sie den Ausgang erreichte, war die Polizistin bereits in dem Getümmel der Bahnhofgäste verschwunden. Eileens Augen verengten sich. Sie sah in Richtung der Schließfächer und erkannte tatsächlich eine blaue Mütze, die aus der Menge hervorragte.

Die Agentin schob sich durch die Reihen der Fahrgäste und behielt auch die anderen Uniformierten im Auge. Ganz gleich woher die Polizei den Tipp bekommen hatte, Eileen konnte jetzt nur tatenlos mit ansehen, wie das Schließfach geleert wurde. Sicherlich wurden die Tresore bewacht. Wenn sie der Frau jetzt den Schlüssel wegnahm und sich selbst an dem Fach zu schaffen machte, würde die Polizei unweigerlich zugreifen.

Abwarten.

Eileen näherte sich den Schließfächern. Weiter hinten standen zwei Polizisten. Sie hielt sich zurück und beobachtete aus den Augenwinkeln, wie die Frau aus der Toilette gezielt zum Fach 143 ging, den Schlüssel aus der Uniformtasche zog, ihn ins Schloss steckte und umdrehte. Die Klappe schwang auf. Mit beiden Händen griff die Polizistin hinein und zog einen Rucksack hervor, den sie in aller Gelassenheit schulterte. Sie ließ das Fach offen, den Schlüssel stecken und drehte sich um, genau in Eileens Richtung.

Eigentlich hatte die Agentin erwartet, dass die Frau zu ihren Kollegen ging und von ihnen eskortiert wurde. Irgendetwas stimmte nicht. Das war entweder keine offizielle Aktion des Atlanta PD oder die Frau war nicht einmal eine echte Polizistin.

Eileen wartete, bis die Frau mit dem Rucksack an ihr vorbeigegangen war. Sie wählte einen Gang, der sie zum Nordausgang des Bahnhofs bringen würde. Oder zu den Gleisen. Eileen folgte ihr, die Hände in den Taschen des Trenchcoats vergraben, die Sonnenbrille noch immer auf der Nase.

Der Gang mündete in eine Treppe, die ins Kellergeschoss führte. Eileen wartete, bis die Frau am Absatz verschwunden war, und folgte ihr dann. Der Gang am Ende der Treppe war menschenleer. Nur etwa zehn oder fünfzehn Meter von ihr entfernt stakste die vermeintliche Polizistin mit dem erbeuteten Rucksack entlang. Eileen beschleunigte ihren Schritt, darauf bedacht, möglichst wenige Geräusche zu verursachen.

Sieben Meter. Sie holte die Hände aus den Taschen und öffnete den Mantel.

Fünf Meter. Die Sonnenbrille verschwand in einer Manteltasche.

Drei Meter. Der Kopf der Polizistin ruckte herum. Sie hatte etwas gehört oder gespürt. Entsetzen stand in ihren Augen, als sie Eileen dicht hinter sich erblickte. Unschlüssig, was sie als Nächstes tun sollte, erstarrte sie.

Kein Profi, Mäuschen.

Eileen war bei ihr, packte sie an der Schulter und setzte einen Fußfeger am Knöchel der anderen Frau an. Plötzlich ihres Gleichgewichts beraubt fiel sie zu Boden, doch Eileen hatte ihr Handgelenk gepackt und verdrehte es. Die Frau schrie auf, landete auf dem Rücken und schrie erneut. Der Rucksack glitt von ihrer Schulter.

Eileen beugte sich über sie. »Für wen arbeitest du?«

Die Frau starrte sie aus großen, dunklen Augen an und schüttelte den Kopf. Vom Treppenabsatz erklangen eilige Schritte. Jemand war ihr gefolgt. Für eine Befragung blieb keine Zeit mehr. Eileens Faust schnellte vor und stieß gegen die Kinnspitze der am Boden Liegenden. Einmal. Zweimal. Dann sackte die Frau bewusstlos in sich zusammen.

Eileen nahm den Rucksack, warf ihn sich über die Schulter und rannte in die andere Richtung los. Als sie eine Nische entdeckte, zwängte sie sich hinein, öffnete eine Tür und fand sich auf der anderen Seite in einem Abstellraum für Reinigungspersonal wieder.

Die Schritte draußen wurden lauter. Stimmen brandeten auf. Eileen sah sich in dem Raum um und fand ein Lüftungsgitter. Groß genug, um dadurch verschwinden zu können. Sie trat dagegen und hievte es aus der Verankerung. Dann bückte sie sich und kroch durch den angrenzenden Schacht. Sie brauchte nicht weit zu gehen. Ein zweites Gitter führte in einen Tunnel des örtlichen Bahnnetzes. Eileen stemmte sich dagegen und stieß das Gitter hinaus auf die Gleise. Sie schob sich vorwärts, fand einen Absatz am Rand des Tunnels und stellte sich darauf.

Sie sah nach rechts. Dunkelheit.

Links. Etwa hundert Meter entfernt war Licht hinter einer Biegung zu sehen. Dort musste sich eine U-Bahnstation befinden. Eileen ließ sich fallen und landete neben den Gleisen. Im selben Moment hörte sie von oben ein Poltern. Ihre Verfolger hatten den Fluchtweg entdeckt und waren ihr auf den Fersen.

Eileen rannte neben den Schienen her und blickte sich um, als hinter ihr ein Scheppern ertönte. Zwei Uniformierte kamen durch den Lüftungsschacht.

»Halt! APD, stehen bleiben!«

Eileens Hand tastete nach der Pistole an ihrer Hüfte. Sie glaubte nicht, dass die beiden Polizisten zu dem Killerkommando gehörten, das irgendjemand auf sie angesetzt hatte, sonst hätten sie sie nicht vorgewarnt. Konnte sie sich auf ein Feuergefecht mit unschuldigen Cops einlassen?

Ein Poltern und Dröhnen nahm ihr die Entscheidung ab. Von hinten flutete Licht durch den Tunnel, als ein Zug über die Gleise rauschte. Eileen schätzte die Entfernung bis zum Bahnsteig. Zu lang. Doch sie sah einen Laufsteg für Wartungsarbeiter auf der anderen Seite. Wenn sie sich beeilte …

»Stehen bleiben!« Ein Schuss donnerte. Das Projektil flog über Eileen hinweg.

»Diese schießwütigen Hitzköpfe.« Sie sprang über die Gleise, achtete darauf, dass sie nicht mit den Innenkontakten der Stromleitungen in Berührung kam und versehentlich den Kreis schloss. Noch ein Schuss. Neben ihr blitzte es auf, als eine Kugel von den Schienen abgefälscht wurde.

Der Zug donnerte heran. Eileen schaffte es nicht mehr zum Steg. Sie drückte die Brust eng gegen die Wand, Arme und Beine von sich gestreckt und den Rucksack zwischen ihren Beinen abgestellt. Eine Böe erfasste sie und drohte sie mitzureißen. Eileen krallte ihre Finger in die Fugen der Wand und hielt sich fest.

Als der Zug vorbei war, tat sie etwas völlig Widersinniges. Sie streckte die Hand am Ende des letzten Waggons nach einem Haltegriff aus, bekam ihn zu fassen und ließ sich von dem fahrenden Zug mitreißen, während sie mit der anderen den Rucksack packte und an sich presste. Der Ruck kugelte ihr fast die Schulter aus dem Gelenk, doch er hob sie auch gleichzeitig in die Luft. Vom Schwung getragen landete Eileen auf dem Übergangssteg, an dem zwei Waggons aneinandergekoppelt werden konnten.

»Tom?« Hinter sich hörte sie die Stimme eines der beiden Polizisten.

Der Zug bremste.

»Tom? *Tom!*«

Eileen biss die Zähne zusammen. Sie drehte sich um und fühlte ihre Ahnung bestätigt. Der Polizist beugte sich über seinen Partner, der beim Vorbeifahren der U-Bahn nicht so viel Glück wie Eileen und der andere Cop gehabt hatte. Offenbar war dies dem Zugfahrer nicht bewusst, denn er ließ die Bahn ganz normal in die Station einlaufen, als wäre nichts geschehen. Eileen öffnete die Sicherheitsleine und danach die Zugangstür. Während die Passagiere mit Ein- und Aussteigen beschäftigt waren, bemerkte niemand, dass sich jemand durch die Verbindungstür Zugang zum Wagen verschaffte.

Eileen überdachte rasch ihr weiteres Vorgehen. Sie konnte die U-Bahn verlassen, wieder über die Eingangshalle der Five Points Station nach draußen gelangen und zu ihrem Fahrzeug zurückzukehren. Aber die Cops in der Halle waren sicherlich jetzt in höchste Alarmbereitschaft versetzt. Besser war, sie fuhr eine Station und ging den Weg zum Lexus zu Fuß zurück.

Fahrgäste stiegen ein. Ganz in der Nähe bemerkte Eileen eine Frau in dunkelblauem Hosenanzug mit weißer Bluse. Sie trug eine Sonnenbrille. Weiter hinten stiegen zwei Männer zu, ebenfalls in dunkelblauen Einreihern.

Bundesagenten, dachte Eileen. Sie erkannte sie an ihrer lauernden Haltung, ihren aufmerksamen Blicken.

Die Fahrt begann jetzt erst richtig.

13:04 Uhr

Eileen versteckte sich hinter einem bulligen Mann und ließ sich auf der Sitzbank zwischen einem Schwarzen mit Aktenkoffer und einer älteren Dame nieder. Von dieser Position konnte sie die anderen Agenten nicht sehen und war zuversichtlich, dass auch diese sie noch nicht entdeckt hatten.

Aber sie würden sie suchen und die Waggons systematisch durchstreifen.

Die Türen schlossen sich. Ein Signal kündigte die Abfahrt an. Die U-Bahn ruckte an und nahm Fahrt auf. Eileen zog das Blackberry aus dem Mantel und wählte das Nachrichtenmenü an. Rasch tippte sie mit den Daumen auf der integrierten Minitastatur eine E-Mail an Mrs Stylez.

> *Gwen,*
>
> *habe das Päckchen. Komplikationen bei der Übernahme. APD war bereits vor mir da. Werde von Bundesagenten in Subway verfolgt. Optionen?*
>
> *E.*

Sie behielt das Blackberry in der Hand und hoffte einfach, dass Mrs Stylez nichts anderes zu tun hatte, als irgendwo vor einem Computer zu sitzen und auf E-Mails von ihr zu warten.

Es dauerte tatsächlich keine Minute, als ein leiser Signalton erklang und eine SMS ankündigte. Eileen wechselte in das entsprechende Menü und las die Nachricht.

Keine E-Mails mehr, bis ich neue Konten eingerichtet habe. Fahren Sie bis Peachtree Center. Ich hacke mich in das Leitsystem des Zuges ein und löse verzögertes Bremsen aus.

G.

Eileen runzelte die Stirn, drückte auf Antworten und tippte aus einem Impuls heraus ein *Danke*. Dann ließ sie das Blackberry in der Manteltasche verschwinden und machte sich bereit. Vor ihr kam Bewegung in die Fahrgäste. Als machten sie jemandem Platz. Eileen dachte sofort an die Frau, die ganz in ihrer Nähe zugestiegen war.

Dann ging alles ganz schnell.

Der Zug fuhr in die Station Peachtree Center ein. Eileen stand auf. Ihr Blick begegnete dem der anderen Agentin. Sie stand keinen Meter von ihr entfernt direkt hinter dem bulligen Mann, der Eileen gedeckt hatte.

Die Hand der Verfolgerin ruckte hoch zum Kehlkopfmikro. Vermutlich wollte sie ihre beiden Partner weiter hinten im Zugabteil warnen. Eileen drängte sich an dem Bulligen vorbei. Mit einer Hand riss sie der anderen Frau das Mikro vom Hals, die andere bohrte sich mit einem präzisen Stoß in den Solarplexus. Die Frau krümmte sich und fiel Eileen förmlich in die Arme. Ihre Sonnenbrille rutschte von der Nase.

Die Fahrgäste wurden unruhig, als der Zug nicht in der Station hielt, sondern einfach durchrauschte. Empörung machte sich breit.

»Ist Ihnen nicht gut?«, fragte Eileen betont laut. Sie bugsierte die andere Frau zu ihrem Sitz und platzierte sie zwischen dem Schwarzen und der älteren Dame. Die beiden sahen sie erstaunt an.

»Ihr ist übel. Dritter Monat«, sagte Eileen mit einem Lächeln.

Der Zug bremste.

Und hielt.

Sie befanden sich bereits wieder im Tunnel, doch der letzte Wagen schloss genau mit dem Ende der Bahnstation ab. Eileen ließ die Agentin, die noch sichtlich mit ihrem Atem rang und gegen die Übelkeit ankämpfte, los und wandte sich der Verbindungstür zu, durch die sie den Waggon betreten hatte. Es waren nur zwei Meter. Der Tumult hinter ihr wurde lauter.

Sie musste sich beeilen, ehe der Fahrer seine Überraschung überwand und den Zug wieder rückwärts in die Station setzte. Falls solch ein Manöver überhaupt zulässig war. Eileen öffnete die Tür, schlüpfte hindurch und sprang auf die Gleise. Direkt neben ihr befand sich der Wartungssteg. Sie stieg hoch und war nach zwei Schritten auf dem Boden des Peachtree Centers. Ohne sich etwas anmerken zu lassen, streifte sie den Rucksack über ihre Schulter, griff in die Manteltasche und förderte ihre Sonnenbrille zutage.

»Coole Aktion, Lady«, rief ihr ein pubertierender Teenager von einem der Wartesitze aus zu. Er spielte mit einer portablen Spielkonsole und hatte aufgeblickt, als der Zug durch die Station bretterte.

Eileen zwinkerte ihm zu, schob sich die Brille auf die Nase und wandte sich zu der Rolltreppe. Bis die Agenten sich durch das Chaos der Empörung, das momentan in dem Zug herrschte, bis zu ihrer Partnerin durchgekämpft hatten und diese wieder einigermaßen Luft holen konnte, würde Eileen bereits wieder zur Five Points Station zurückgelaufen und in ihren Wagen gestiegen sein.

Dortmund, Deutschland
Kanalhafen
12. November, 13:20 Uhr MEZ

Markus de Vries fuhr sich zum wiederholten Mal mit beiden Händen durch das Gesicht. Sein Herz hämmerte wie wild. Der Rücken war schweißnass. Er fühlte sich, als hätte er sich eine Grippe eingefangen. Der Schrecken der wilden Verfolgungsjagd saß ihm noch immer in den Gliedern. Sein ganzer Körper kam ihm vor wie ein Wrack. Er zitterte. Seine Gedanken wirbelten so schnell, als könnten sie jeden Moment sein Gehirn entflammen.

Der Albtraum nahm jedoch kein Ende, denn Markus saß mit seinem wahrscheinlich ärgsten Feind in einem Auto.

Er wusste nicht, wie lange Veronica Pothoff schon zurück war. Sie hatte den BMW am Ende der Drehbrückenstraße über ein Gütergleis gelenkt und war hinter der Lagerhalle einer Verpackungsfirma direkt am Hafenbecken stehen geblieben. Dann war sie zu Fuß losgegangen, um ihnen irgendwo etwas zu essen und Kaffee zu besorgen. Nun saß sie wieder neben Markus im Auto und hielt ihm einen dampfenden Becher unter die Nase. Auf das Armaturenbrett legte sie eingepackte Sandwiches.

»Thunfisch war aus. Ich hab Ihnen Schinken und Käse mitgebracht.«

»Danke.« Markus griff nach dem Becher und probierte. Der Kaffee war heiß und bitter, aber er tat fast augenblicklich seine Wirkung und reduzierte das Zittern.

Danke, dachte er noch einmal, wusste aber nicht, ob er überhaupt einen Bissen von dem Sandwich herunterbekommen würde.

»Wir sollten uns unterhalten«, sagte Pothoff und nippte ihrerseits an einem Kaffee. Anders als bei Markus schien die Schießerei mit dem Hubschrauber keine nachhaltigen, seelischen Schäden bei ihr hinterlassen zu haben. Sie biss herzhaft in ihre Brotecke.

»Ist es hier denn sicher?«, fragte Markus.

Die Mitarbeiterin des MAD hob die Schultern. »Im Moment ist es nirgends sicher.« Sie blickte ihn an. »Ich weiß, Sie vertrauen mir nicht, aber glauben Sie mir, ich stecke genauso in der Scheiße wie Sie selbst. Normalerweise wären Sie mir vielleicht sogar völlig egal, de Vries. Aber es gibt etwas, das uns zusammenschweißt. Jemand will uns ausschalten, und wenn jeder für sich alleine steht, gelingt ihnen das vielleicht auch.«

»Uns?« Markus sah die Frau an. In ihren Augen war eine Spur von Erschöpfung zu lesen, die er heute Morgen auf der Wache noch nicht darin gesehen hatte. Irgendetwas musste seitdem geschehen sein.

»Ich tue jetzt etwas, das mir unter anderen Umständen strengstens untersagt ist: Ich verrate Ihnen Einzelheiten über meine Arbeit. Aber ich glaube, das spielt jetzt keine Rolle mehr. Gestern Vormittag erhielt ich von meiner Dienststelle in Köln den Auftrag, zwei mutmaßliche Terroristen in Dortmund aufzuspüren und zu beschatten. Zur Ergreifung sollte ich Verstärkung anfordern.«

»Die Fotos, die Sie mir vorhin gezeigt haben?«, hakte Markus nach.

Pothoff nickte. »Zumindest zwei von ihnen. Desmond Vandengard und Allegra Lomi.«

Zwei Namen von der Liste, dachte Markus und merkte, wie ihm das Atmen schwerfiel. Schnell trank er noch einen Schluck Kaffee.

»Ich konnte sie schneller aufspüren, als ich gedacht hatte«, fuhr Pothoff fort. »Eigentlich zu schnell. Die Dortmunder Polizei hatte die beiden schon im Auge und gab mir den Tipp, mich im *Kühlschiff* in Unna umzusehen.«

»Sie waren dort?«

»Ja. Allerdings zu spät. Als ich dort eintraf, war die Show schon gelaufen.«

»Und dann?«

»Ich verlor sie aus den Augen, bis uns heute Morgen jemand den Mord an Andreas Weitzki meldete. Von dort war es nur noch ein kleiner Schritt bis zu Ihnen und unserem Verhör von vorhin.«

Markus presste die Lippen zusammen, als er an Andy dachte. Scheiße! »Aber … das ist noch nicht alles, oder?«

Die Agentin schüttelte den Kopf. »Nein. Nachdem Sie das Präsidium verlassen haben, bin ich Ihnen gefolgt. Ich wusste, dass Sie mir etwas verheimlicht haben.«

»Oh, war mir das so leicht anzusehen?«

»Sie sind ein schlechter Lügner, de Vries.« Sie lächelte. Doch dann wurden ihre Züge schlagartig düster, als sie weiter berichtete. »Nachdem Sie bei ihren Freunden in der Wohnung waren, wollte ich meiner Dienststelle Bericht erstatten. Jemand riss meine Wagentür auf, zerrte mich raus und … wollte mich erschießen. Ich konnte den Kerl überwältigen und fand seinen Dienstausweis. Es war ein Ermittler des BKA.«

Der Kaffee schwappte über, als Markus Hand einfach nach unten sackte. Die Nummer wurde mittlerweile nicht nur zu groß, sondern nahm

Ausmaße einer Verschwörung an. Ein Helikopter der Bundespolizei. Ein BKA-Mann, der jemanden vom MAD eliminieren will. Das gehörte in einen Agentenfilm, aber nicht in die Wirklichkeit.

Pothoff strich sich eine rotblonde Strähne aus dem Gesicht. Dann sah sie ihn an. Müde. Abgekämpft. Gestresst. »Das ist die Wahrheit. Ich schwöre es. Ich bin nicht die scheinbare Heldin, die Sie vor dem Hubschrauber gerettet hat, um Ihr Vertrauen zu gewinnen und sie anschließend reinzulegen. Ich *brauche* Ihr Vertrauen, Markus. Ich brauche *Sie*.«

Eine Zeit lang starrten sie sich einfach nur an. Markus glaubte ihr. Er *musste* ihr einfach glauben, denn wenn sich das Ganze anschließend als perfekt geplante Falle entpuppte, hatte er überhaupt keinen Halt mehr. Im Moment schien er ohnehin schon alles Mögliche, was ihm lieb und teuer gewesen war, verloren zu haben. Er dachte an seine Eltern. Seine kleine Schwester. Seine Ex-Freundin. Würde man auch sie aus dem Verkehr ziehen oder als Geiseln gegen ihn einsetzen? Was auch geschah, er musste untertauchen. Schnellstens. Niemand durfte erfahren, wo er sich aufhielt. So konnte niemand mit in den Schlamassel gezogen werden.

Aber wie weit und wie tief konnte man untertauchen, wenn die Polizei und sogar das Bundeskriminalamt hinter einem her waren? Seine einzige Verbündete, sein Anker, der ihn noch in der Realität festhielt und nicht zum Wahnsinn abdriften ließ, war im Moment eine Agentin des Militärischen Abschirmdienstes.

»Ich glaub das alles nicht«, war alles, was er sagen konnte.

»Dann haben wir etwas gemeinsam.« Pothoff seufzte. »Aber es muss etwas geben, warum sie hinter Ihnen *und* mir her sind. Irgendetwas. Eine weitere Gemeinsamkeit.«

»Ihr Name steht auf der Liste.« Jetzt war es raus. Es hatte keinen Sinn mehr, diese Information zu verschweigen. Früher oder später kam die Agentin doch dahinter. Und wenn sie die Wahrheit sagte und genauso mit drin hing, wie er selbst, dann war es besser, ihr Vertrauen zu gewinnen.

Pothoff runzelte die Stirn. »Die Liste. Welche Liste?«

Markus schnalzte mit der Zunge und legte den Kopf schief. »Ich war im Präsidium nicht ganz ehrlich zu Ihnen, aber das wissen Sie ja bereits. Die Namen, die Sie mir zu den Fotos genannt haben, kannte ich zwar nicht, aber sie befinden sich auf einer Liste. Und ja, diesen Vandengard und Signora Lomi hab ich gestern im *Kühlschiff* gesehen. Ich hielt sie für Fixer. Der Typ spritzte ihr irgendeinen Scheiß. Und die Tussi hat eine Dose mit Pillen verloren. Ich hab sie aufgehoben und mitgenommen. Erst später hab ich die Speicherkarte entdeckt.«

Er erwähnte, dass er wegen der Entschlüsselung bei Bernd war. Dann zog er den zusammengefalteten Ausdruck aus seiner Jackentasche hervor und reichte ihn an Pothoff.

»Sie stehen alle drauf«, sagte Markus. »Die Namen zu den Fotos. Vandengard. Lomi. Hannigan. Und auch Sie, Frau Pothoff.«

Er sah, wie sie auf das Blatt Papier starrte. Ihr Blick war undeutbar, doch es war offensichtlich, dass sie die Tatsache schockierte, ihren Namen auf einer Liste internationaler Militärs und Spezialagenten wiederzufinden.

»Ich behaupte einfach mal, wer immer die Jungs vom BKA und der Bundespolizei beauftragt hat, uns auszuknipsen, ist hinter dieser Liste her.«

Veronica Pothoff lehnte den Kopf am Sitz an und starrte durch die Windschutzscheibe nach draußen auf das stille Hafenbecken.

»Sind es grüne Pillen?«, fragte sie.

Markus netzte seine Lippen. »Ja.«

»Und das Zeug, was Vandengard Lomi spritzte, war auch grün?«

»So sah es jedenfalls im Licht der Toilette aus. Warum?«

Er hörte einen tiefen Seufzer. Die MAD-Mitarbeiterin schloss die Augen und sackte so tief es ging in den Fahrersitz des BMW.

»Vor ein paar Tagen bekam ich ein Päckchen nach Hause geliefert. Unbekannter Absender. Es enthielt drei Dinge. Eine Packung grüner Tabletten, einen Kasten mit einer Spritze und einer Ampulle mit einem ebenfalls grünen Serum. Und das hier.«

Pothoff hielt eine Speicherkarte hoch, die sie aus ihrer Tasche zog. Eine microSD, ganz ähnlich der, die Markus in die Hände gelangt war.

»Also kannten Sie die Liste schon.«

Die Frau schüttelte den Kopf. »Nein. Ich hatte das Passwort nicht. Es sollte mir zugespielt werden, sobald ich mir die Injektion gespritzt habe. Was ich natürlich nicht tat.«

»Oh Mann. Im Gegensatz zu Vandengard. So wie es aussieht, hat er sich das Zeugs gespritzt und anschließend dieser Italienerin.« Markus beugte sich vor und deutete auf die Liste in Pothoffs Händen. »Was bedeutet das?«

Sein Finger blieb neben Allegra Lomis Namen liegen und zeigte auf die Buchstabenkürzel AISE. Dann fuhr er herunter bis zu Desmond Vandengard und den dahinter stehenden Buchstaben SAS.

Pothoff sah auf die Liste. »Das sind die Abkürzungen der Einheiten. Die meisten vom Militär, andere Geheimdiensten zugeordnet. Sehen Sie, hinter meinem Namen steht der MAD. Unsere italienische Freundin ist eine Agentin der *Agenzia Informazioni e Sicurezza Esterna,* dem italienischen Pendant zum Bundesnachrichtendienst. Und Vandengard ist Major bei einer britischen Spezialeinheit, den sogenannten *Special Air Services,* etwas vergleichbar mit der deutschen GSG 9 oder der amerikanischen Delta Force.«

Markus rieb sich die Stirn und stöhnte leise. »Ich bin nicht gut in so was. Eigentlich studiere ich Bauingenieurwesen. Aber wenn wir mal die vagen Fakten zusammentragen und den Faden etwas weiterspinnen, können wir vielleicht davon ausgehen, dass jeder auf der Liste in den letzten Tagen ein Päckchen bekommen hat mit dem giftgrünen Zeug, den Tabletten und der Speicherkarte.«

Pothoff rang sich ein Lächeln ab. »Sie sind doch ganz gut darin. Leider wissen wir nur von drei der zwanzig Namen etwas. Ich weiß nicht, ob das ausreicht, um zu verallgemeinern. Aber ja, gehen wir davon aus, dass jeder das Päckchen erhalten hat.«

»Aber wozu?«

Die Agentin schnalzte mit der Zunge. »Fangen wir hinten an. Bei der Liste. Anscheinend soll jeder der Beteiligten die Namen der anderen kennen. Da Vandengard zusammen mit Lomi gesichtet wurde, können wir vielleicht davon ausgehen, dass alle Leute auf der Liste irgendwie zusammengehören. Vielleicht sollen sie sich treffen.«

»Möglich«, sagte Markus. Wenn jeder ein Päckchen bekommen hatte, dann musste es auch zwei für den Briten und die Italienerin geben. Also waren die beiden zumindest im Besitz einer Speicherkarte und einer Tablettendosis. »Und dieses Serum?«

»Ich hab es in Köln zur Analyse ins Labor gegeben«, sagte Pothoff. »Bisher keine Rückmeldung. Aber nachdem, was heute passiert ist, werde ich wohl auch keine bekommen.«

Markus hob die Tablettendose und schüttelte sie. Es raschelte. »Bleiben uns noch die Pillen. Wir könnten sie woanders untersuchen lassen. Vielleicht an der Uni.«

Die Frau hob eine Braue, schüttelte dann den Kopf. »Keine Chance. Wir müssen verschwinden. Die Stadt ist hier nicht mehr sicher. Ganz Nordrhein-Westfalen ist nicht mehr sicher. Wir müssen untertauchen.«

»Aber das ist doch …« Markus presste die Lippen aufeinander. »Wahrscheinlich haben Sie recht.«

»Veronica.« Die Agentin hielt ihm die Hand hin. »Wenn unser Überleben schon voneinander abhängt.«

Er drückte die Hand und sah der Frau dabei in die Augen. »Markus. Wo wir jetzt die Vorstellungsrunde beendet haben … was machen wir?«

Veronicas Blick drückte genau die Hilflosigkeit aus, die Markus in sich fühlte. Sie wusste genauso wenig weiter wie er.

»Wir wissen nicht, wer alles in der Sache mit drin hängt«, sagte sie. »Ergo können wir niemandem trauen. Das Einzige, das uns vielleicht weiterhelfen könnte, wäre der direkte Angriff.«

»Angriff?«, fragte Markus. Ihm war immer noch übel, auch wenn sein Magen knurrte und er sich dabei ertappte, dass er das Sandwich auf dem Armaturenbrett anstarrte. »Aber wen denn? Gerade wolltest du noch aus dem Land verschwinden.«

»Große Auswahl haben wir nicht. Aber zwei von ihnen kennen wir: Vandengard und Lomi.«

Markus fuhr herum. »Du willst die beiden suchen?«

»Eine andere Möglichkeit sehe ich nicht.« Veronica hob resigniert die Schultern. »Wir könnten fliehen. Aber wohin? Wie viel Bargeld haben wir dabei? Es wäre zu riskant, jetzt mit Plastik zu bezahlen oder Geld abzuheben. Außerdem wird uns auch dieser Hahn bald zugedreht.«

»Willst du nicht bei deiner Dienststelle anrufen? Ich meine … dein Arbeitgeber wird dich doch nicht im Stich lassen. Du bist immerhin Beamtin, oder?«

Veronica verzog die Mundwinkel. »Nachdem ein BKA-Mann versucht hat, mich umzubringen? Nein, an genau der Stelle hab ich aufgehört, irgendjemandem zu vertrauen. Nicht mal meinem Chef.«

Markus stieß die Luft aus. Er ließ das Seitenfenster herunter und atmete tief durch. Der Rest des Kaffees wanderte seine Kehle herunter. »Und wie finden wir Vandengard und Lomi?«

»Gar nicht«, sagte Veronica. »Sie werden uns finden. Es gibt da immer noch etwas, das Vandengard unbedingt haben will. Die Pillen. Wir benutzen dich als Köder.«

Das war genau der Moment, an dem Markus' Kopf durch das Seitenfenster schnellte und er sich erbrach.

Irgendwo in Europa
12. November, 13:45 Uhr MEZ

Der Observationsraum war abgedunkelt wie ein Kinosaal bei laufendem Film. Nur das Leuchten von Flachbildschirmen und einigen Dioden, die die Betriebsamkeit von Computern, Festplatten und Netzwerkverbindungen anzeigten, erhellte die Schwärze wie ein gespenstischer, blaugrüner Schleier. Vor den Konsolen saßen Männer und Frauen mit getönten Brillen, die an die ersten Shutterbrillen für 3D-Filme erinnerten: metallisch, die Augenpartien komplett bedeckend und die Inhalte der Bildschirme auf ihren Gläsern reflektierend.

Was einem aufmerksamen Beobachter, hätte er denn Zutritt zu dieser Einrichtung gehabt, zuerst aufgefallen wäre: Es gab keinen Kaffee. Die Tische vor den Konsolen waren bis auf die Tastaturen, Mäuse und Handheldcomputer blitzblank. Keine persönliche Note. Nicht einmal ein Glas Wasser war zu sehen.

Der gesamte Raum wurde von einem tiefen Brummen erfüllt, das seinen Ursprung irgendwo in den Kellerräumen hatte. Lüftungsaggregate, die für eine konstante Temperatur von 17 Grad Celsius sorgten.

Die Mitarbeiter saßen vor ihren Konsolen und arbeiteten schweigsam vor sich hin. Finger tippten auf Tastaturen oder bewegten Icons auf den Touchscreens vor ihnen. Hin und wieder sprach jemand in ein Mikrofon. Leise. Knapp und präzise.

Von all den Leuten hob sich allein eine Blondine ab, die in langer Stoffhose und mit einem schwarzen Rollkragenpullover bekleidet am äußersten Rand des Raumes stand und die Arme vor der Brust verschränkt hielt. In ihrem Ohr steckte ein Funkempfänger. Sie trug keine Sonnenbrille, dafür aber ein leuchtendes Make-up, als müsse sie jeden Moment noch in eine Fernsehtalkshow und einfach gut aussehen. Auf der linken Brustseite steckte ein Namensschildchen im Rolli, das sie als *G. Stylez* auswies.

Es knackte in ihrem Kopfhörer. Sie hob eine Hand, um den Sprechfunk zu aktivieren. »Ja?«

»Machen wir Fortschritte, Mrs Stylez?«

Ihr Blick wanderte zu dem großen Bildschirm am Ende des Observationsraumes, der eine schematische Darstellung der Erde zeigte. Im Bereich der Vereinigten Staaten und in Europa gab es einige grüne und einige rote Icons, die unablässig blinkten.

Fünfzehn an der Zahl. Hinter jedem verbarg sich ein Name.

»Ich fürchte, nur schleppend, General.«

»Berichten Sie.«

Mrs Stylez zog aus der Hosentasche einen Funkstift, der in seiner Verwendung einer Maus glich. Sie konnte damit die Icons auf dem Hauptschirm ansteuern.

»Wie bereits abgesehen haben wir fünf Totalverluste. Lu, Singh, McAlister, Marquez und Currington lassen sich nicht aktivieren.«

»Ich habe auch nicht mehr an ein Wunder geglaubt«, klang die Stimme des Generals aus dem Ohrhörer. »Weiter.«

»Simmons, Phelps und Valois sind aktiv und stehen auf Abruf bereit.« Drei grüne Icons im Raum Washington, San Francisco und Paris blinkten auf und zeigten die Namen der Männer an. Kurz darauf waren zwei rote Icons über Deutschland zu sehen. Daneben erschienen ebenfalls Namen.

»Vandengard und Lomi haben wir an G-Dawn verloren. Sie befinden sich momentan in Deutschland.«

»Können sie uns gefährlich werden?«

»Ja, Sir.«

»Haben wir Agenten in der Nähe?«

»Die wurden alle auf Pothoff angesetzt. Soll ich sie abziehen?«

»Nein. Ich dachte eher an *spezielle* Agenten.«

Stylez bediente den Funkstift. Das Icon über dem Raum Stuttgart blieb blass. »Kommissar Scharbach vom Spezialeinsatzkommando Baden-Württemberg. Aber wir konnten ihn bisher nicht aktivieren. Soll ich Valois auf die beiden ansetzen?«

»Nein. Lassen Sie ihn, wo er ist und wo wir ihn brauchen. Ich hätte nicht gedacht, dass die Reaktivierung der Hazarder dermaßen schwierig verläuft. Wir brauchen jetzt jeden einzelnen, den wir bekommen können.«

Stylez nickte, auch wenn ihr Chef die Geste nicht sehen konnte. Drei von fünfzehn hatten sie auf ihrer Seite, zwei waren ihnen bereits vom Feind abgeluchst worden. Und zwei …

»Wie viele können wir nicht mehr kontrollieren?«

Die blonde Assistentin zuckte innerlich zusammen, als die Frage des Generals genau auf ihren Gedanken abzielte.

»Bisher ist mir nur eine bekannt, Sir. Hannigan ist außer Kontrolle. Alle Versuche, sie zu eliminieren, sind bisher gescheitert.«

»Hat sie Shift-P schon injiziert?«

»Darüber liegen mir keine Informationen vor, Sir«, sagte Mrs Stylez.

»Hat sie das Päckchen erhalten?«

Stylez zögerte und suchte nach Worten, um die neusten Nachrichten aus den Vereinigten Staaten beschönigen zu können. Sie versagte.

»Mrs Stylez? Hat Agentin Hannigan den Neurotransmitter erhalten?«

Stylez biss sich auf die vollen, roten Lippen. »Nach dem letzten Stand, ja. Leider hat sie die eingesetzten lokalen Kräfte überwältigt und ausgetrickst.«

Sie wappnete sich für eine Rüge, doch der General schwieg so lange, dass Stylez schon dachte, er hätte die Verbindung unterbrochen. Dann hörte sie ein langes Ausatmen.

»Wir dürfen nicht zulassen, dass uns ein außer Kontrolle geratener Hazarder dazwischenfunkt. Es ist schon schlimm genug mit den Überläufern von G-Dawn fertig zu werden. An zwei Fronten zu kämpfen war jedoch genauso wenig Teil unseres Plans, wie Verräter in unseren eigenen Reihen aufzuspüren.«

Verräter? Stylez runzelte die Stirn. »Sir? Wovon reden Sie?«

Ein Schmatzen war im Kopfhörer zu vernehmen. »Wir mussten einen der unseren liquidieren.«

»Oh!« Das waren in der Tat schlechte Neuigkeiten. Sofort dachte Mrs Stylez an die Assistenz. Doch sie traute sich nicht, danach zu fragen.

Der General gab ihr trotzdem eine Antwort. »Seine Assistentin konnte entkommen. Es ist zu befürchten, dass sie mit Hazarder Hannigan kooperiert.«

Noch mehr schlechte Nachrichten. Es schien, als gerieten die Dinge komplett aus dem Ruder. Dabei hatten sie nicht einmal angefangen, ihre wirklichen Pläne in die Tat umzusetzen, und befanden sich erst im Anfangsstadium.

»Sir? Würden Sie mir den Vornamen der Assistentin sagen?«

Noch ein tiefes Ausatmen. »Es ist Gwendolyn. Ich hoffe, Sie werden mir jetzt nicht sentimental, Gordana.«

Gordana Stylez schürzte die Lippen und schüttelte langsam den Kopf. »Nein, General. Ich schäme mich für meine Schwester.«

Holiday Inn Select
Atlanta Capitol Conference Center
12. November, 19:53 Uhr EST

Bevor sie das Licht einschaltete, durchmaß Eileen das Zimmer mit großen Schritten, warf im Vorbeigehen den Rucksack auf das große Doppelbett und zog am Fenster die Vorhänge zu. Sie drehte sich um, drückte den Lichtschalter und knöpfte den Mantel auf, ehe sie ihn achtlos zu Boden gleiten ließ. Für morgen war ohnehin wieder ein Kleidungswechsel angesagt.

Sie hockte sich auf die Bettkante, zog die Stiefel aus und warf sie in die Ecke. Dann fuhr sie sich mit den Händen durch das müde Gesicht. Es war ein langer Tag, und nach allem, was gestern und heute geschehen war, reichte das eigentlich für den Rest des Lebens an Aufregung. Eileen hoffte nur, dass ihr Bruder ihre E-Mail erhalten hatte und dass es ihm und ihrer Mutter gut ging. Die Ungewissheit nagte an ihr genauso wie der Tod Adrian Kesslers.

Die ganze Situation ist zum Kotzen!

Nachdem sie von der U-Bahnstation zum Parkplatz zurückgekehrt war, hatte Eileen einige Runden gedreht, um sicherzugehen, dass sie nicht verfolgt wurde. Anschließend deckte sie sich in einem Kaufhaus mit zwei Garnituren neuer Sachen ein. In einem Elektronikladen erwarb sie einen Laptop, der sich über die Bluetooth-Schnittstelle bequem mit dem Blackberry verbinden ließ. Damit würde sie vom Hotel aus ihre Recherche vorantreiben.

Der Blackberry klingelte. Ein unverfängliches Läuten. Nicht so extravagant wie ihr alter CTU-Klingelton. Eileen sah auf das Display. Die Rufnummer wurde unterdrückt. Sie nahm das Gespräch an.

»Hallo?«

»Miss Hannigan, ich bin es, Gwen.«

»Das wurde aber auch Zeit.«

»Tut mir leid, aber ich arbeite so gut ich kann. Ich musste untertauchen. Die Organisation, für die der General gearbeitet hat, hat ihre Agenten auf mich angesetzt.«

Eileen seufzte. »Willkommen im Klub.«

»Haben Sie den Rucksack geöffnet?«, fragte Mrs Stylez, ohne auf die Bemerkung einzugehen.

»Nein, ich hab mir erst einmal ein lauschiges Plätzchen für die Nacht gesucht.«

»Oh. Na gut. Was die E-Mails betrifft, ich habe ein neues Konto eingerichtet, dafür muss ich aber einmal Zugriff auf Ihr Blackberry nehmen.«

Eileen runzelte die Stirn. »Soll ich Ihnen das Gerät unter der Tür durchschieben, oder wie haben Sie sich das vorgestellt?«

Bildete sie es sich ein oder war tatsächlich am anderen Ende der Verbindung ein Kichern zu hören?

»Nein«, sagte Stylez, hörbar amüsiert. »Das Blackberry ist modifiziert und besitzt eine Remotewartung. Ich komme über den Pushmail-Service an Sie heran. Sie müssen gleich nur die Aufforderung bestätigen.«

Bling.

EXTERNER ZUGRIFF. WOLLEN SIE SICHERE VERBINDUNG ZU HOST DEMON 143 GEWÄHREN?

Eileen drückte die Y-Taste. Gleich darauf war auf dem Display ein Statusbalken zu sehen.

»Was hat es eigentlich mit der Zahl 143 auf sich?«

»Keine Ahnung. Der General hat sie bei jeder Gelegenheit benutzt. Miss Hannigan …«

»Sagen Sie Eileen.«

Mrs Stylez räusperte sich. »Eileen. Es gibt zwei Dinge, die wir noch besprechen müssen. Der General sagte Ihnen bereits, dass Sie niemandem trauen sollen. Nicht einmal ihm. Das Gleiche gilt für mich. Trauen Sie mir nicht. Das heißt … im übertragenen Sinn.«

Der Statusbalken näherte sich der Mitte. Eileen hielt sich den Blackberry wieder ans Ohr.

»Das Orakel von Delphi wäre stolz auf Sie, Gwen.«

»Entschuldigung. Ich bemühe mich, Ihnen den Hintergrund zu erläutern. Die Organisation, für die ich arbeite … gearbeitet habe, ist in Zellen strukturiert. Ich weiß nicht viel über das Funktionieren oder die Hierarchie. Darüber hätte Ihnen der General alles erzählen können, wenn er noch leben würde. Doch eines ist sicher: Jeder Zelle sitzt ein General vor und jeder General verfügt über eine Assistentin. Die Organisation ist weltweit vernetzt, die Generäle stehen in ständigem Kontakt zueinander und die Fäden laufen in globalen Operationsbasen zusammen. Wegen des permanenten Kontakts zu seinen … Brüdern, fiel es dem General schwer, sich um Sie zu kümmern, ohne dass die anderen etwas davon erfuhren.«

»Brüder?«, fragte Eileen. Sie sah auf das Display. Fünfundsiebzig Prozent der Übertragung waren abgeschlossen.

»So nennen sie sich untereinander. Genauso wie die Assistentinnen sich als Schwestern sehen.«

»Generäle ohne Namen, die Brüder sind. Und ein Kloster voller Schwestern.« Eileen rieb sich über die Augen. »Womöglich heißen die Modepüppchen alle Mrs Stylez.« Autsch. Jetzt hatte sie definitiv den Bogen überspannt und rechnete damit, dass Gwen einfach einhängte.

Modepüppchen! Muss ich sie unbedingt vor den Kopf stoßen? Ohne ihre Hilfe wäre ich nicht lebend aus der U-Bahn gekommen.

»So ist es«, hörte Eileen die Stimme der anderen aus dem Hörer.

»Was?«

»Wir heißen alle Stylez.«

»Hey, das war ein *Witz!*«

»Sie haben den Nagel aber auf den Kopf getroffen.«

Beinahe hätte Eileen laut losgelacht, sie hielt sich jedoch im Zaum. Verrückt! Aber war das nicht die ganze Angelegenheit? Von einer Minute auf die andere war sie zum Staatsfeind geworden und wurde von sämtlichen Behörden gejagt. Um sie herum starben Leute wie Fliegen und ein verrückter Mann, der sich nur General nannte, erzählte ihr, sie wäre Teilnehmerin eines streng geheimen Experiments, von dem sie nicht einmal das Geringste wusste.

Verrückt war nicht einmal ansatzweise das richtige Wort dafür.

»Seien Sie also vorsichtig, wenn Sie ein anderer General anrufen oder anderweitig kontaktieren sollte«, sagte Mrs Stylez. »Die Verbindung ist sicher, aber man weiß nie, was geschieht. Ich hätte auch nicht erwartet, dass man den General – *meinen* General – aus dem Verkehr zieht. Das Gleiche kann mir heute oder morgen ebenfalls passieren. Und wenn jemand an meine Kommandocodes kommt, wäre es auch möglich, das Blackberry anzuzapfen und Sie aufzuspüren. Also, meldet sich ein General bei Ihnen, bedeutet das, dass ich tot bin. Werfen Sie das Blackberry fort und sehen Sie zu, dass sie schleunigst verschwinden. Und legen Sie jede Mail, jeden Anruf, den Sie von einer Mrs Stylez oder G. Stylez erhalten auf die Waagschale.«

»Jetzt sagen Sie mir bitte nicht, Sie heißen alle Gwendolyn.«

»Das nicht, aber wir haben alle einen Vornamen mit dem Initial G.«

Verrückt, sag ich doch! Eileen verdrehte die Augen und warf erneut einen Blick auf die Statusanzeige.

97 Prozent.

»Ich werde mich ab jetzt jedes Mal mit Gwen melden, damit Sie wissen, dass ich es bin. Und vorsichtshalber sollten wir noch einen Code vereinbaren.«

»Schlagen Sie einen vor.«

»Irgendetwas, das nicht in Ihrer Dienstakte steht und das wir unmöglich wissen können«, sagte Mrs Stylez.

Eileen überlegte. »Der Name meines ersten Haustiers.«

»Ich passe.«

»Hamster.«

»Ein Hamster? Und wie hieß er?«

»Hamster«, sagte Eileen und grinste dabei.

»Oh«, machte Mrs Stylez, dann lachte sie.

100 Prozent. Der Upload war abgeschlossen. Ein Signalton verkündete das Ende der Übertragung.

»Sie haben doch nicht nur ein E-Mail-Konto eingerichtet«, sagte Eileen. »Oder?«

»Ich habe noch neue Sicherheitssoftware eingespielt. Und die Rufnummern ausgetauscht. Ihre und meine sind jetzt im Adressbuch gespeichert. Die alte Mailadresse bei Hotmail ist gelöscht. Sie haben jetzt bereits meine neue bei Youremail.org im Adressbuch stehen.«

Eileen wechselte in das Nachrichtenmenü und fand sofort den Eintrag: demon143@youremail.org. Sehr einfallsreich.

»Wo wir gerade so nett plaudern …«

»Tut mir leid«, unterbrach Stylez sofort. »Ich weiß, Sie haben tausend Fragen und wollen wissen, wer hinter der Organisation steckt. Ich schwöre Ihnen, alles, was ich weiß, habe ich Ihnen gerade gesagt. Die Ziele und Pläne kannte nur der General selbst. Als seine Assistentin bin ich nur ausführendes Organ gewesen. Die Zellen verfolgen eigene Ziele, aber es gibt einen Gesamtplan, über den der General jedoch nicht mehr informiert wurde.«

Eileen legte sich mit dem Rücken auf das Bett und hielt sich das Smartphone ans Ohr. »Ich dachte, die Generäle stünden in permanentem Kontakt zueinander.«

»So ist es. Allerdings äußerte der General den Verdacht, dass er schon seit einiger Zeit ausgegrenzt wurde und nicht mehr Zugang zu allen Informationen besaß. Das war der Zeitpunkt, als er sich entschloss, Sie ins Spiel zu bringen.«

»Mich? Sie meinen, ich stecke nur seinetwegen in dem ganzen Schlamassel?«

»Ja … und nein«, sagte Mrs Stylez. »Wenn der General nicht eingegriffen hätte, wären Sie jetzt vermutlich aktiviert.«

»Was bedeutet das?«

»Ich weiß es nicht.« Schwerer Atem war zu hören. Stylez war nervlich offenbar angeschlagen. »Der General glaubte, dass die Organisation alle Hazarder zu einem bestimmten Zeitpunkt aktiviert, um sie für besondere Operationen einzusetzen. Er kannte aber weder die Einsatzziele, noch den großen Plan, der dahintersteckte.«

Eileen nagte an der Unterlippe. »Dann müssen wir jemanden finden, der diese Dinge kennt.«

»Genau das wird Ihre Aufgabe sein, Eileen«, sagte Mrs Stylez. Ihre Stimmlage veränderte sich. Offenbar war sie kurz davor, das Gespräch zu beenden.

»Eine Sache noch«, sagte Eileen.

»Ja?«

»Eine Sache fehlt noch. Sie sagten, es gäbe zwei Dinge, die Sie mit mir besprechen müssen.«

Eine Pause. Dann ein leiser Fluch. »Das hätte ich beinahe vergessen. Der Rucksack. Öffnen Sie ihn bitte.«

20:07 Uhr

Eileen richtete sich auf der Matratze auf, griff nach dem Rucksack und drückte die Kunststoffclips. Dann zog sie die Kordel auf und weitete den Kragen mit einer Hand, um hineinsehen zu können. Ein Karton. Eine Plastikdose. Sie holte beides heraus.

»Was ist drin?«, fragte Stylez.

»Sie wissen es nicht? Ich dachte, Sie hätten mir das Geschenk vermacht.«

»Nein. Der General hat vermutet, dass die Organisation irgendwo für jeden Hazarder ein Päckchen deponiert hat, um seine Erinnerungslücken wieder aufzufüllen.«

Ach ja! Eileen hatte das geheime Experiment fast verdrängt. Zu viel war in den letzten beiden Tagen geschehen. Und dabei hatte sie vermutlich nicht einmal die Spitze des Eisbergs angekratzt.

Das Experiment. *Misty Hazard.*

Die Frage war, wollte sie sich überhaupt daran erinnern? Irgendetwas riet ihr davon ab, sich damit auseinanderzusetzen. Am liebsten hätte sie den Gedanken an streng geheime Operationen und Forschungen komplett beiseitegeschoben. Es einfach verdrängt. So wie eine gelöschte Erinnerung.

»Ein Kasten mit einer Spritze und einer Ampulle, gefüllt mit einer grünen Substanz«, sagte Eileen, als sie den Deckel des Plastikkartons geöffnet hatte.

»Grün?«, fragte Stylez.

»Ja, sieht aus wie Absinth. Ich wette zehn zu eins, dass es aber nicht so schmeckt. Kennen Sie ein grünes Serum, Gwen?«

Mrs Stylez sog scharf die Luft ein. »Unsere Forschungsabteilung hat mit einem experimentellen Neurotransmitter mit der Bezeichnung Shift-P gearbeitet.«

»Hört sich nach einer Tastenkombination an.«

»Das glaube ich weniger.«

»Und was tut dieser Neurotransmitter?«, fragte Eileen und legte den Karton beiseite. Sie griff nach der Kunststoffdose, die wie ein handelsüblicher Behälter für Aspirintabletten aussah.

»Ich weiß es nicht. Neurotransmitter geben zellulare Informationen über die Synapsen weiter.« Stylez schien etwas auf einer Tastatur zu tippen. Das Klackern war im Hintergrund zu hören. »Natürlich. Jedem Hazarder wurden die Erinnerungen an *Misty Hazard* gezielt gelöscht. Nun ja, nicht direkt gelöscht, eher versteckt, denn die Informationen sind noch in ihnen vorhanden. Shift-P versorgt die entsprechenden Gedächtniszellen mit den Erinnerungen.«

Begeisterung schwang in der Stimme von Mrs Stylez mit. Offenbar glaubte sie, einen genialen Einfall gehabt zu haben.

»Sicher?«

Stylez' Begeisterung schlug um. »Äh … nein, das ist nur meine Vermutung. Wenn wir wüssten, was sich hinter *Misty Hazard* verbirgt, könnten wir die Frage klarer eingrenzen. Was immer man mit Ihnen und den fünfzehn anderen angestellt hat, scheint noch brachzuliegen. Möglicherweise aktiviert Shift-P irgendetwas in Ihnen.«

Aktivieren. Da war das Wort wieder. Die Hazarder aktivieren.

»Was bedeutet das? Verwandele ich mich in eine Atombombe oder werde ich mit einem tödlichen Virus infiziert, um als biologische Waffe Millionen anzustecken?«

»Eileen, ich weiß es nicht!« Die Stimme klang beinahe hysterisch, als wäre Mrs Stylez der Situation nicht gewachsen. Vermutlich war sie das auch nicht. Bisher hatte sie einen Chef im Nacken und war nur ausführendes Organ gewesen. Jetzt musste sie selbst die Logistik übernehmen. Wahrscheinlich hatte sie es noch schwerer, ihre Spuren zu verwischen und trotzdem Eileen mit Informationen zu versorgen, als Eileen selbst. Das fing bereits bei den Finanzen an. Welche Depots die Organisation des Generals auch immer anzapfte, sie waren sicherlich für Mrs Stylez nicht mehr zugänglich. Und Eileen glaubte nicht, dass die Organisation jedem ihrer Mitarbeiter eine Ghost Card aushändigte.

»Schon gut«, sagte Eileen. »Kann ich Ihnen helfen?«

Mrs Stylez stutzte. »Mir helfen? Wobei?«

»Brauchen Sie Geld? Pässe? ID-Cards?«

Ein Aufatmen war in der Leitung zu hören. »Ich habe einen zweiten IDCC. Aber Geld wäre hilfreich. Diese Art von Ressourcen stehen mir nicht mehr zur Verfügung. Die Ghost Card besitzt ein Online-Konto, über das Sie Überweisungen tätigen können. Ich schicke Ihnen den gesicherten Link per E-Mail, inklusive der Passwörter und ein Konto, zu dem Sie mir bitte etwas Kleingeld überweisen.«

»Mache ich.«

»Danke.«

»Wir sitzen im selben Boot, schätze ich«, sagte Eileen. »Kann ich mit der Karte auch Bargeld abheben?«

»Ja. Wenn Sie nach einem Pincode am Automaten gefragt werden, drücken Sie zweimal die Korrekturtaste. Danach können Sie bis zu 5000 Dollar am Tag abheben.«

Eileen pfiff leise durch die Zähne. Gut zu wissen. Auch wenn der General in dieser Sache wohl recht behielt und ausgedehnte Shoppingtouren ausfallen mussten.

»War sonst noch etwas in dem Rucksack?«, fragte Mrs Stylez.

»Eine Dose mit Tabletten.« Eileen öffnete den Deckel und sah hinein. Obenauf, auf einem Berg kleiner, grüner Pastillen, lag eine microSD-Karte. »Nette Überraschung.«

»Was denn?«

»Eine Speicherkarte und grüne Pillen.«

Eileen rutschte von der Bettkante und ging zu dem Schreibtisch an der anderen Wandseite hinüber. Sie ließ sich auf den Holzstuhl nieder, öffnete den Deckel des Laptops und schaltete den Computer ein.

»Das Blackberry hat eine Kartenschnittstelle«, sagte Mrs Stylez.

»Ich weiß. Ist mir aber zu unhandlich, zu telefonieren und gleichzeitig auf das Display zu gucken. Und die Freisprecheinrichtung möchte ich ungern benutzen. Ich habe einen Laptop besorgt.«

Inzwischen ging eine E-Mail auf dem Blackberry ein. Sehr wahrscheinlich die Bankdaten von denen Mrs Stylez gesprochen hatte.

Der Laptop war einsatzbereit. Eileen zog einen Kartenadapter aus dem integrierten Multikartenlesegerät, schob die microSD hinein, um sie auf SD-Größe zu wandeln, und steckte dann den Adapter nebst Speicherkarte in den Slot. Das Betriebssystem erkannte die Karte als Laufwerk, wies ihr einen Buchstaben zu und vermeldete Einsatzbereitschaft.

Eileen öffnete den Dateimanager und zog den Mauscursor auf den Laufwerksbuchstaben. Ein Eingabefenster ging auf.

PASSWORT:

Daneben ein blinkender Cursor.

»Die Karte ist passwortgeschützt«, sagte Eileen ins Telefon.

»War zu erwarten. Findet sich irgendwo ein Hinweis? Auf dem Boden der Dose?«

Eileen seufzte, nahm die Tablettendose und schüttete die grünen Pillen auf dem Tisch neben dem Laptop aus. Sie schaute auf den Grund der Dose. Weiß. Nichts. Sie sah in den Deckel. Ebenfalls nichts. Dann fiel ihr Blick auf die auf dem Tisch verstreuten Pillen.

Eine war anders.

»Das ist seltsam.«

»Was?«

»Eine der Tabletten ist eine Kapsel.« Eileen schob die Pillen beiseite und nahm die ebenfalls grüne Kapsel, die ihr auf den ersten Blick unter all den Pastillen nicht aufgefallen war. »Warten Sie kurz, Gwen.«

Sie legte das Blackberry auf den Tisch und fasste die Kapsel behutsam mit beiden Händen. Dann drehte sie die beiden Hülsen aus Gelatine gegeneinander und zog leicht daran. Die Kapsel öffnete sich und ein gerollter Papierschnipsel fiel heraus. Eileen nahm die winzige Rolle und zwirbelte sie mit den Spitzen von Daumen und Zeigefinger, bis sie sich entrollte. Es war kein Papier, sondern irgendeine Art von Kunststofffolie. Rund.

Eileen nahm den Blackberry. »Eine runde Folie war in der Kapsel eingewickelt, gerade mal so groß wie ein Fingernagel.«

»Ist irgendetwas darauf zu sehen?«

»Nein, sie ist durchsichtig.«

»Oh. Es ist eine Kontaktlinse.«

»Bitte?«

»Ja, eine Nanotech-Entwicklung der Organisation zum Übermitteln von Informationen. Sie müssen die Kontaktlinse in eines Ihrer Augen führen und dann direkt in eine starke Lichtquelle sehen. Dann erscheinen die darauf abgelegten Informationen direkt auf ihrer Netzhaut und Sie können sie *sehen.*«

Also schön. Eileen ging ins Bad, nahm eine der farbigen Fake-Kontaktlinsen heraus, befeuchtete die durchsichtige Folie und setzte sie sich ein. Dann starrte sie in das Licht der Spiegelleuchte und wäre fast rückwärts getaumelt. Direkt vor ihrem rechten Auge hingen schwarze Buchstaben. Eileen blinzelte und streckte eine Hand aus. Es schien, als schwebten die Zeichen direkt vor ihr, doch sie befanden sich in Wahrheit direkt *auf* ihrer Netzhaut. Durch die Lichtquelle temporär hineingebrannt.

Eileen atmete tief durch und konzentrierte sich auf das Geschriebene.

LOGFILE 1: ALLGEMEINE SICHERHEITSSTUFE
PASSWORT: GUNSLINGER

LOGFILE 2: SICHERHEITSSTUFE VIER
PASSWORT: 348+187HKL73? ALPHA 17:ECO

»Das kann sich ja keiner merken.« Eileen kehrte in den Schlafraum zurück und setzte sich vor den Laptop. Sie tippte *gunslinger* ein.

PASSWORT AKZEPTIERT.

Ein Ladebalken war zu sehen. Dann erschien erneut die Aufforderung zur Passworteingabe. Eileen tippte die Kombination aus Zahlen, Buchstaben und Sonderzeichen, die bereits langsam vor ihrem Auge verblasste, in die Tastatur.

PASSWORT AKZEPTIERT.
WILLKOMMEN, LIEUTENANT HANNIGAN.

Der Schirm wurde kurz schwarz. Kurz darauf zeigten sich das Wappen von SOCOM und die Aufforderung, irgendeine Taste zu drücken. Eileen wählte ENTER. Und kurz darauf erschien die ihr bereits bekannte Namensliste der Hazarder auf dem Display des Laptops. Mit einem gravierenden Unterschied.

Name/Vorname	Rang	Einheit
…		
Lu, Ice		GAB
Singh, Harsha		RAW
McAlister, Todd		CSIS
Marquez, Alejandro		CNI
Currington, Steven		RMC

Sie enthielt fünf weitere Namen. Eileen war sich wegen aller Abkürzungen nicht sicher, aber offenbar handelte es sich um Agenten verschiedener weltweiter Geheimdienste und Spezialeinheiten, wie auch bei den anderen fünfzehn Namen. China. Indien. Spanien. Kanada und England.

Sie tastete nach dem Blackberry. »Auf der Speicherkarte ist die Liste, die Sie mir per E-Mail geschickt haben.«

»Die Hazarder?«, fragte Mrs Stylez.

»Ja. Es sind zwanzig Namen. Sagte der General nicht, nur fünfzehn wären an *Misty Hazard* beteiligt gewesen?«

»Davon bin ich auch ausgegangen. Andere Informationen habe ich nicht.«

»Nun, wie es aussieht, existieren noch fünf weitere. Ich weiß nur noch nicht, ob uns das weiterhilft.«

»Schicken Sie mir bitte eine Kopie per E-Mail«, bat Stylez. »Ich werde schauen, ob ich irgendetwas mit den Namen anfangen kann.«

Eileen lehnte sich zurück. »Eine andere Idee hab ich auch nicht. Warten Sie mal.«

Unterhalb der Liste befand sich ein Punkt. Durch eine Bewegung über dem Touchpad war Eileen zufällig mit dem Mauszeiger darüber gefahren und er hatte sich kurz verändert. Sie klickte darauf. Die Liste verschwand und machte für eine Sekunde einem leeren Bildschirm Platz. Dann erschien ein Dokument. Eileen Hannigans Dienstakte bei den Navy SEALs. Darunter die Akte vom USMC. Die der NSA. Homeland Security.

Alles.

Alles, was es über Eileen Hannigan zu wissen gab. Mit Ausnahme des Namens ihres ersten Haustiers, hoffte sie.

Sie klickte sich durch die Dokumente. In ihrer Akte des USMC gab es einen Querverweis zu *Misty Hazard*. Sie folgte ihm. Eine Datei öffnete sich und zeigte am unteren Bildschirmrand die Werkzeugleiste eines Multimediaplayers.

»Eine Videonachricht«, sagte Eileen.

20:35 Uhr

Das Bild wurde hell. Es zeigte ein Büro mit einem großen Schreibtisch und einem ledernen Sessel. Im Hintergrund war das Gemälde eines Segelschiffs zu sehen.

Am Schreibtisch saß eine junge Frau mit langem, blondem Haar, für Eileens Geschmack zu viel Make-up im Gesicht. Ihre blauen Augen blickten in die Kamera. Sie trug eine weiße Bluse und darüber einen dunklen Blazer. Die Hände hielt sie ineinandergefaltet auf dem Schreibtisch abgelegt.

»Miss Hannigan, ich bin Gabrielle Stylez. Sie wurden für das Projekt *Misty Hazard* während Ihrer Dienstzeit beim United States Marine Corps rekrutiert und haben die Experimente erfolgreich abgeschlossen. Ihre Erinnerungen an diese Zeit wurden selektiv gelöscht. Um diese wieder aufzufrischen, benötigen Sie die Tabletten, die wir Ihnen geschickt haben. Bitte nehmen Sie jeden Tag morgens eine mit ausreichend Flüssigkeit zu sich. Ihre Gedächtniszellen müssen schrittweise wieder programmiert werden. Dazu sind dreißig der Tabletten nötig. Wenn Sie die Reaktivierungskur beginnen, bedenken Sie bitte, dass die kontinuierliche Einnahme des Medikaments zwingend erforderlich ist. Sollten Sie die Einnahme vergessen, wird ihr vegetatives Nervensystem kollabieren und sie in ein Schockkoma versetzen. Die letzte Tablette nehmen Sie abends vor dem Schlafengehen ein. Sie wird über Nacht Ihr Erinnerungsvermögen auffrischen, sodass Sie morgens wie aus einem Traum erwachen, den Sie jedoch in vollem Umfang im Gedächtnis behalten.

Da Sie das Päckchen erhalten und die Passwörter für diese Speicherkarte gefunden haben, betrachten Sie sich als aktiviert. Alles, was Sie noch tun müssen, ist sich das Shift-P-Serum in der Ampulle zu injizieren. Der Neurotransmitter setzt Botenstoffe frei, die das zellulare Erinnerungsvermögen reaktivieren, das wir bei Ihnen und den anderen Probanden blockiert haben. Sobald sich Ihre Zellen wieder an das erinnern, wozu wir sie während des Projektes *Misty Hazard* programmiert haben, werden Ihnen die seinerzeit erworbenen Funktionen und Fähigkeiten in vollem Umfang zur Verfügung stehen.

Sobald Sie Shift-P injiziert haben, melden Sie sich bitte bei der für Sie zuständigen Operationsbasis. Die Telefonnummer wird unten eingeblendet. All Ihre Fragen können wir beantworten. Ich werde stets für Sie da sein, Miss Hannigan. Willkommen in der Organisation und auf eine gute Zusammenarbeit. Bis zu Ihrem Anruf.«

Eileen starrte sprachlos auf den Schirm. Gabrielle Stylez' Bild verschwand, die Telefonnummer war noch zu sehen. Rasch kramte Eileen einen Stift aus der Box auf dem Schreibtisch und kritzelte die Zahlen auf einem Notizblock des Hotels. Dann wurde der Schirm dunkel.

»Haben Sie mitgehört?«, fragte Eileen ins Telefon.

»Habe ich«, sagte Gwendolyn Stylez.

»Wissen Sie, wo die Operationsbasis ist?«

»Ich muss leider passen. Zwar bin ich allen meinen Schwestern einmal begegnet, doch niemand von uns kennt die Einsatzorte der anderen. Aber wir haben einen Hinweis und eine Nummer. Sie könnten dort anrufen und sich zum Dienst bereit melden.«

Eileen fuhr sich mit der Zunge über die Lippen. »Nein, ich fürchte, dafür ist es zu spät. Die Organisation hat bereits alles in Bewegung gesetzt, um mich auszuschalten. Ich halte es für keine gute Idee, sich jetzt zu stellen.«

»Was werden Sie dann tun?«, fragte Mrs Stylez.

Eileen zuckte die Achseln, auch wenn die andere Frau das nicht sehen konnte. Noch immer hatte sie das Bild ihres Pendants vor Augen.

»Sie sieht aus wie Sie«, sagte Eileen leise.

»Ich weiß.«

»Zwillinge?«

»Wir sehen alle gleich aus«, erklärte Mrs Stylez. »Ein andermal, okay? Also, was werden Sie tun?«

Auch wenn du die Frage noch ein drittes Mal stellst, werde ich sicherlich keine vernünftige Antwort darauf haben.

»Ich weiß es nicht«, antwortete Eileen aufrichtig. »Ich leg mich jetzt hin und schlaf erst einmal drüber. Manchmal wache ich morgens auf und habe die besten Ideen.«

»Denken Sie bitte noch an die Überweisung?«

»Mache ich. Wir sehen uns.«

Eileen hängte ein und rieb sich die Augen. Eine Zeit lang blieb sie einfach auf dem unbequemen Stuhl sitzen und stierte den Laptop an, ohne diesen wirklich wahrzunehmen. Danach beugte sie sich vor, drückte die ESCAPE-Taste und versuchte, noch weitere Inhalte auf der Speicherkarte aufzuspüren. Sie fand jedoch nichts.

Nach einer Weile gab sie es auf, fuhr den Computer herunter und entfernte die Kontaktlinsenfolie von ihrem Auge, nicht ohne anschließend wieder die braune Linse einzusetzen. Sie ging ins Bad, putzte sich die Zähne und kehrte nackt in den Schlafraum zurück. Ehe sie unter die Decke huschte, fiel ihr letzter Blick auf die Spritze und die grüne Ampulle. Ein eisiger Schauder lief ihr über den Rücken. Sie wusste jetzt schon, dass Albträume sie diese Nacht begleiten würden.

logfile 2

Tausend Spuren

Unna, Deutschland
13. November, 06:14 Uhr MEZ

Es war noch dunkel, als Markus de Vries die Augen aufschlug. Er saß in unnatürlich verrenkter Haltung auf dem leicht zurückgelehnten Beifahrersitz und spürte seine Knochen nicht mehr. Ein Schmerzenslaut kam ihm über die Lippen. Sein Hals ließ sich kaum bewegen und jedes Glied tat ihm weh. Er versuchte, die Steifheit abzuschütteln und schaffte es irgendwie, sich halb auf die Seite zu drehen. Ein Stechen schoss durch seinen Nacken.

Veronica lag auf der Rückbank, die Beine an den Bauch gezogen wie ein Embryo.

Wenigstens einer hat es bequem.

Markus reckte sich so gut es ging und öffnete das Seitenfenster einen Spaltbreit, um frische Luft in den Wagen zu lassen. Erst jetzt merkte er, dass die Scheiben beschlagen waren. Er ließ das Fenster ganz herunter, beugte sich über den Türrahmen und blickte hinaus. Sie standen am Rand der Otto-Hahn-Straße mitten im Industriepark Unna. Den gestrigen Nachmittag hatten sie im Dortmunder Hafen gewartet und waren dann nach Einbruch der Dunkelheit über die Bundesstraße 1 nach Unna gefahren, um sich hier zu verstecken.

Sie hatten bis spät am Abend geredet, ehe Veronica demonstrativ ein lautstarkes Gähnen vernehmen ließ und sich auf die Rückbank ihres Wagens verkroch. Markus hatte lange Zeit nach draußen gestarrt. Tausend Gedanken rasten ihm durch den Kopf. Irgendwann war er dann doch eingeschlafen und mehrmals im Schlaf hochgeschreckt, ohne wirklich wach zu werden.

»Wie spät ist es?« Veronicas Stimme kam nuschelnd aus ihrer Armbeuge, in die sie ihren Mund vergraben hatte.

Markus steckte den Kopf wieder zurück in den Wagen. Langsam lichteten sich die Kondensschleier vor den Fenstern. »Viertel nach sechs. Ich hoffe, du hast besser geschlafen als ich.«

»Das glaubst auch nur du.« Sie richtete sich halb auf und blinzelte. Ihre Schminke war verwischt, die Haare zerzaust. Sie sah aus, als hätte sie die Nacht durchzecht. »Ich brauch eine Dusche. Und danach ein vernünftiges Bett. Und dann wieder eine Dusche und einen starken Kaffee.«

Markus schnalzte mit der Zunge. »Mir sind die Traumprinzen zur

Wunscherfüllung leider gerade ausgegangen. Ich kann nicht mal mit einem Kaffee dienen.«

»Dann verdienst du mich nicht«, sagte Veronica gespielt beleidigt. Sie setzte sich aufrecht hin und ließ auf ihrer Seite das Fenster herunter, um frische Luft zu schnappen.

Seufzend griff Markus in seine Gesäßtasche und förderte seine Geldbörse zutage. Er kam beim Durchzählen der Scheine und dem Kleingeld auf knapp vierzig Euro.

»Wir könnten nach Holzwickede zurückfahren und im Etap einchecken«, sagte Markus. »Mit dem Geld, das ich bei mir habe, bekommen wir ein Zimmer, könnten noch etwas entspannter schlafen und anschließend duschen. Der Rest reicht noch für einen Becher Kaffee bei McDonald's.«

Veronica wühlte in ihrem Mantel, zog eine Brieftasche hervor und checkte ebenfalls ihre Finanzen. »Ich hab fünfundfünfzig Euro.«

»Na prima, dann reicht es für zwei Kaffee und ein Burgeressen.« Markus grinste schief.

»In Ordnung.« Die MAD-Mitarbeiterin schob die Tür auf und stieg aus, um wieder auf dem Fahrersitz Platz zu nehmen. Kurz darauf startete sie den Motor, ließ das Gebläse die übrige Arbeit beim Freimachen der Scheiben tun und fuhr los.

07:57 Uhr

Für den Moment fühlte sich Markus wie ein neuer Mensch. Auch wenn er noch immer die Klamotten von gestern trug, so hatte er zumindest geduscht und wenigstens ein teilweise sauberes Gefühl. Darüber hinaus genoss er den dritten Kaffee des McDonald's-Restaurants in der Nähe des Dortmunder Flughafens und hatte sich den Magen mit Rührei und Speck sowie einem McCroissant vollgeschlagen. Der Tag konnte kommen.

Wenn er jedoch genau darüber nachdachte, was dieser Tag ihm bringen würde, hätte er ihn am liebsten übersprungen.

Veronica schien ebenso zufrieden zu sein, jedenfalls so, wie man es in ihrer Situation sein konnte. Sie wirkte frisch und trotz fehlenden Make-ups fand Markus sie immer noch attraktiv. Ihre rotblonden Locken schimmerten noch feucht. Die blauen Schlafzimmeraugen schauten nach draußen, während Veronica den Rest ihres Kaffees trank.

»Wir könnten den Rest des Tages ein paar startenden und landenden Fliegern zusehen und anschließend ins Kino gehen«, schlug Markus vor und zog gleichzeitig resignierend die Brauen hoch. Nichts dergleichen würden sie tun. Sie mussten auf Verbrecherjagd gehen. Und wenn sie dabei keinen Erfolg hatten, würde dieser Tag ihr letzter auf Erden werden.

Markus dachte an seine Freunde.

Nein, du denkst besser nicht daran. Oder du wirst enden wie sie. Durchsiebt von Kugeln oder flambiert durch eine Luft-Boden-Rakete – du kannst dir deine Todesart bestimmt aussuchen.

Er stellte den leeren Pappbecher ab. »Also, was tun wir?«

»Wieder zurück nach Unna«, sagte Veronica. »Wir können noch so eine Nacht durchstehen, danach müssten wir uns auf den Westenhellweg stellen und ein paar Lieder schmettern, damit wir genug Almosen zusammenbekommen, um eine öffentliche Toilette benutzen zu können.«

»Singen in der Öffentlichkeit ist vermutlich genauso gut, wie sich sofort erschießen zu lassen.«

Veronica nickte. »Apropos. Kannst du schießen?«

Markus stieß die Luft aus. Er hatte bereits auf die Frage gewartet. »Ich war mal in einem Gotcha-Klub und hab beim Bund im P1-Schießen als Kompaniebester abgeschnitten. Aber das ist schon ein Weilchen her.«

»Das muss reichen.« Die Agentin sah an ihm vorbei. Anscheinend überlegte sie, ob sie noch einen Kaffee holte oder vielleicht die anderen drei wegbrachte. »Ich hab im Wagen noch eine zweite Pistole und ein paar Magazine. Mit Nachschub können wir vorerst nicht rechnen.«

Veronica sah ihm fest in die Augen. »Bist du bereit?«

Markus' Herz hämmerte plötzlich und er vermochte nicht zu sagen, ob es an ihrem Blick lag oder an ihrem Vorhaben. Er hob die Schultern. »Nein. Aber wir haben ja keine andere Wahl.«

08:43 Uhr

Sie waren wieder zurück und beobachteten die Aktivitäten am Containerterminal am Ende des Industrieparks. Im Gegensatz zu dem Dortmunder Vorreiter besaß dieser Umschlagplatz keinen Wasseranschluss, sondern be- und entlud die Transportboxen über den Schienenweg.

Momentan war nicht viel Bewegung zu erkennen. Zwei Chassisfahrzeuge warteten bei einem Kran, um beladen zu werden. Auf einer Lagerrampe stand ein Mann und rauchte eine Zigarette.

Markus reichte das kleine Fernglas an Veronica zurück. Bei der Bewegung fühlte er sich mulmig, als er das Gewicht der Pistole unter seiner

Jacke spürte. Die MAD-Agentin hatte nicht nur eine Waffe, sondern auch ein Schulterholster für Markus im Kofferraum gehabt. Während die Pistole, eine Glock 34, unter seiner linken Achselhöhle steckte, befanden sich unter der rechten zwei gefüllte Magazine mit jeweils 17 Patronen.

»Da ist Lomi«, sagte Veronica und deutete in Richtung des Terminals.

Auf der Verladerampe war die Italienerin neben dem Raucher erschienen. Sie trug dunkle Jeans, einen Pulli und darüber einen offenen Ledermantel. Hinter ihr trat der Engländer aus der Lagerhalle. Er ließ sich eine Zigarette und Feuer von dem Mann geben, nahm einen Zug und blies den Rauch in den Himmel aus.

Veronica legte das Fernglas weg und sah Markus von der Seite her an. »Nervös?«

Markus schluckte. »Ja.«

»Bin ich auch. Wenn wir da gleich reingehen, dann denk daran, was sie mit deinen Freunden getan haben und was sie mit dir tun wollen. Die beiden sind eiskalte Killer. Sie werden zuerst schießen, wenn wir es nicht tun. Okay?«

Markus nickte. »Wie sieht dein Plan aus?«

»Oh, da kann ich dich beruhigen.« Veronica grinste. »Ich habe keinen. Die beiden stehen frei auf der Rampe, wir fahren vor. Springen aus dem Wagen und erledigen sie.«

Der kalte Schweiß brach Markus aus. Entsetzt starrte er Veronica an. »Erledigen? Wir erschießen sie? Du meinst, wir bedrohen sie nicht mit den Waffen und fragen sie aus?«

»Ziel auf die Beine. Falls aber einer von beiden Anstalten macht, seine Waffe zu ziehen, erschießt du ihn. Du kümmerst dich um Vandengard. Ich nehme Lomi.«

»War klar. Hey, du bist der Profi von uns beiden. Ich hab das Gefühl, dass der Engländer eine härtere Nuss ist.«

Veronica blickte wieder nach vorn. »Sicher. Aber Lomi ist eine Frau, und da du noch nie auf jemanden geschossen hast, befürchte ich einfach, dass du es bei ihr nicht bringst.«

Er wollte etwas erwidern, aber vermutlich hatte sie recht. Außerdem war da noch eine andere Sache, die in ihm eine unheimliche, nie zuvor gespürte Wut aufkeimen ließ.

Vandengard hat Andy umgebracht!

»Also los.« Veronica startete den Motor, schob einen Gang ein und fuhr an. Der Wagen rollte die Straße entlang. Veronica gab Gas. Gleichzeitig ließ sie alle Seitenfenster herunterfahren.

40 km/h.

Markus griff unter die Jacke und zog die Pistole. Die Kunststoffummantelung des Griffes fühlte sich nicht echt an. Die Waffe war wesentlich leichter als das Walther-Modell, das er während seiner Bundeswehrzeit benutzt hatte.

60 km/h.

Die Einfahrt zum Containerterminal war noch knapp zwanzig Meter entfernt. Veronica zog ebenfalls ihre Waffe, ließ kurz das Lenkrad los, um sie durchzuladen und legte sich die Pistole dann auf den Schoß.

70.

Sie schossen durch die Einfahrt. Der Wagen ruckte, als er über die leichte Bodenwelle bretterte.

75.

Der BMW rauschte direkt auf die Verladerampe zu. Lomi entdeckte ihn als Erste, als sie, vom Motorgeräusch neugierig geworden, aufblickte. Sie hob eine Hand und deutete auf den heranrasenden Wagen.

80 km/h.

Vandengard und der Arbeiter hoben den Kopf. Veronica steuerte den Wagen so, dass ihre Fensterseite in Richtung der Rampe lag. Sie nahm die Waffe und riss sie hoch. Sie zielte kurz und schoss.

Der Knall der im Wageninneren abgefeuerten Pistole betäubte Markus' Ohren. Noch ein Donnern. Dann ein drittes, ehe Veronica das Steuer herumzog, gleichzeitig die Bremse trat und den Wagen auf der Stelle wendete.

Lomi wurde an der Hüfte getroffen und sank zu Boden. Die anderen beiden Schüsse gingen fehl. Dafür zog Vandengard eine Pistole.

Das Heck des BMW federte herum. Ein Kreischen kündete von dem harten Bremsmanöver. Mit einem Ruck kam der Wagen zum Stehen.

Markus sah Vandengard keine zehn Meter vor sich auf der Rampe. Er hielt die Glock nach draußen durch das Fenster. Der Arbeiter lief in Panik davon und ließ die blutende Allegra Lomi zurück.

Vandengards Arm ruckte hoch. Die zweite Hand riss den Verschlussschlitten nach hinten und lud die Waffe durch.

Markus krümmte den Finger.

Vandengard brachte die Pistole in Anschlag.

Mündungsfeuer brach aus Markus' Waffe. Er spürte den Rückstoß nicht einmal, sondern schoss einfach drauflos. Die Kugeln jagten dicht an Vandengard vorbei, doch der Engländer ließ sich nicht beirren und zielte für einen sauberen Schuss. Da streifte ihn ein Geschoss an der Hose und schlitzte den Stoff auf. Vandengard zuckte und sah an sich herunter. Markus konnte nicht erkennen, ob er verletzt war oder nicht.

Er feuerte weiter. Ein Querschläger prallte von einem Gabelstapler ab und sirrte Vandengard um die Ohren. Der SAS-Soldat zog sich zurück und gab einen Schuss ab, doch angesichts des Kugelhagels, mit dem Markus ihn eindeckte, verriss er die Waffe. Das für ihn bestimmte tödliche Projektil schlug in den Fahrzeugbaum ein und hinterließ einen langen Riss in der Windschutzscheibe.

Vandengard verschwand durch das Lagertor. Gleichzeitig hörte Markus auf zu feuern. Der Verschlussschlitten war hinten stehen geblieben. Keine Munition mehr.

Im selben Moment sprang Veronica mit vorgehaltener Waffe aus dem BMW und lief geduckt bis zur Rampe.

Markus merkte, wie seine Hand zu zittern begann.

Nicht jetzt. Nicht jetzt!

Er drückte den Auswurf, ließ das leere Magazin aus dem Griffschacht gleiten und schob ein frisches hinein. Dann entriegelte er den Feststellhebel mit dem Daumen und ließ den Schlitten nach vorne schnellen. Die Glock war wieder geladen und Markus bereits auf dem Weg nach draußen. Er hetzte zur Rampe, sprang hinauf und gab Veronica mit der Waffe Deckung.

»Es ist noch nicht vorbei«, sagte die MAD-Agentin.

Markus sah sie an. »Ich hol ihn mir.«

»Bei deinen Schießkünsten?«

»Meine Vernehmungskünste sind genauso schlecht«, sagte er. »Sieh zu, was du aus ihr rauskriegst.« Mit dem Kinn nickte er in Lomis Richtung. Sie blutete aus der Hüftwunde und hatte sich auf die Seite gerollt. Ihr Gesicht war vor Schmerzen verzerrt und in unregelmäßigen Abständen stieß sie zwischen Stöhnlauten einen italienischen Fluch aus.

Veronica brachte die Waffe und die restlichen Magazine der anderen Frau an sich, packte sie dann an den Schultern und schleifte sie über den Boden aus dem Sichtbereich des Hallentores, um kein leichtes Ziel für Vandengard zu bieten.

»Sei vorsichtig!«

»Bin ich.« Markus löste den Blick von den beiden Frauen und pirschte sich geduckt bis zum Eingang der Lagerhalle heran.

Das Licht war gelöscht worden. Nur durch das Tor und einige Oberlichter drang etwas Helligkeit, die ausreichte, um etwas sehen zu können, sobald sich die Augen daran gewöhnt hatten. Markus spähte in die Halle.

Ein langer, etwa drei Meter breiter Mittelgang bildete den Hauptweg, über den man zu einem Hochregallager Zugang fand. Zu beiden Seiten zweigten weitere Gänge ab, die die gesamte Halle einmal umrundeten.

Von Vandengard keine Spur. Er konnte sich überall zwischen den Regalwänden verbergen. Oder er war inzwischen durch einen Hinterausgang entwischt.

Nein, so leicht gibt der nicht auf. Markus hatte noch deutlich die Szene in der Diskothek vor Augen. Vandengard war ein Jäger. Er war erst zufrieden, wenn seine Beute erlegt am Boden lag.

Die Beute hieß Markus. Und sie hatte 17 Schuss im Magazin und noch einen Reservestreifen im Holster.

Na schön, du verdammtes Arschloch. Ich krieg dich!

»Für Andy«, murmelte er und betrat die Halle.

Als er den ersten Regalabschnitt erreichte, hockte er sich dahinter und ließ seinen Blick durch das Lager schweifen. Die Ausbildung bei der Bundeswehr nutzte ihm herzlich wenig und sein Wissen über Actionkrimis schob er ganz weit in den Hintergrund. Er musste logisch handeln. Und instinktiv. Sein Gegner war Mitglied einer der härtesten Spezialeinheiten. Der ließ sich nicht von einem Anfänger wie Markus ausmanövrieren.

Dieser Gedanke schnürte ihm die Kehle zu. Was glaubte er eigentlich, wer er war? Ein Kleinstadtrambo auf Kriegsfuß? Desmond Vandengard war ihm zwanzig zu eins überlegen, in jeder Hinsicht. Markus hatte nicht den Hauch einer Chance, die Halle lebend zu verlassen.

Dennoch ertappte er sich dabei, wie er die Umgebung sondierte. In den Gängen standen zwei Elektrostapler und Hubameisen. Hier und dort ein Handhubwagen. Er sah zu den Regalstellflächen hinauf. Die meisten waren mit stabilen Kartonpaletten beladen, jedoch gab es genügend Zwischenräume, in denen nichts gelagert wurde.

Markus kehrte zum Eingang zurück, schwang sich auf den Gabelstapler, drehte den Zündschlüssel und sah ein grünes Licht für die Betriebsbereitschaft aufleuchten. Er trat das Pedal, löste die Bremse und schwang das Lenkrad an dem aufgebrachten Griff herum. Der Stapler ruckte an. Seine Gabeln schürften über den Betonboden. Markus fand den Hebel und zog sie etwas hoch. Dann trat er das Pedal bis zum Boden durch.

Summend fegte das Gefährt durch die Halle, den Hauptgang entlang, direkt auf das Ende zuhaltend. Markus behielt die Regale im Auge. Die Glock hielt er schussbereit in der Rechten auf seinem Schoß.

Ein Schuss peitschte und wurde vom Gabelbaum abgefälscht. Markus sah Funken vom Metall wegspritzen und duckte sich instinktiv. Er fuhr weiter, ohne die Geschwindigkeit zu verringern. Wieder knallte es. Diesmal spürte Markus etwas dicht an seinem Kopf vorbeisausen.

Das Herz rutschte ihm in die Hose. Seine Hände verkrampften sich um den Lenkgriff und die Pistole. Jeden Moment würde er Vandengard ein sauberes Ziel bieten.

Ein drittes Mal blitzte es am Gabelbaum auf. Es war erstaunlich, dass noch keine Kugel einen Weg durch die Sichtlücke gefunden hatte. Markus drückte den Hebel nach vorn und fuhr den Baum ein Stück in die Höhe. Er nahm sich dadurch selbst etwas Sicht, aber wenn er den Stapler weiterhin in der Spur hielt, würde er schnurstracks geradeaus weiterfahren.

Das nächste Blitzen war kein Funke mehr, sondern kam vom fernen Ende der Halle. Markus hatte inzwischen die halbe Strecke des Lagers hinter sich gebracht.

»Da steckst du Schwein!« Er sah Vandengard am Ende des Ganges in einem zweiten Stapler, dessen Scheinwerfer aufflammten, als er losfuhr.

Die beiden Fahrzeuge stürmten aufeinander zu. Ihre Elektromotoren surrten wie ein Hornissenschwarm. Bei knapp achtzehn Kilometer in der Stunde hatten sie ihre Höchstgeschwindigkeit erreicht, dennoch kam es Markus wie eine Schussfahrt vor. Der enge Gang und die aufgetürmten Palettenregale vermittelten ein Gefühl von Tempo. Der bevorstehende Zusammenprall tat sein Übriges dazu.

Vandengard hatte das Feuer eingestellt. Er schien sich voll und ganz auf die Kollision zu verlegen.

Markus biss die Zähne aufeinander, fuhr den Baum etwas herunter und schob die Glock durch die Öffnung. Die Mündung blitzte auf. Den Rückstoß spürte Markus bis in seine Schulter. Er sah den Funken einer abgefälschten Kugel am anderen Stapler.

Dann blieb keine Zeit mehr für einen zweiten Schuss.

Zehn Meter.

Die beiden schweren Gefährte donnerten durch die Halle. Keiner der beiden Kontrahenten machte Anstalten auszuweichen.

Fünf Meter.

Markus wusste, dass es zum Zusammenprall kam.

Drei Meter.

Er sprang.

Zwei Meter.

Vandengard segelte aus dem Stapler.

Mit einem irren Kreischen und metallischem Scheppern rasten die beiden Fahrzeuge ineinander, verkeilten ihre Gabeln und wurden durch die

Wucht des Zusammenstoßes in eine Kreiselbewegung versetzt. Wie ein zusammengeschmolzener Klumpen wirbelten sie um ihre eigenen Achsen.

Markus landete auf dem Hallenboden. Fiel. Überschlug sich einmal und stieß gegen eine Regalwand. Er kam hoch, blickte hinter sich und musste in Deckung hechten, als das Heck eines der beiden Stapler gefährlich nahe in seine Richtung schwang.

Vandengard landete wesentlich eleganter und vermutlich auch weniger schmerzvoll. Nach seinem Sprung klammerte er sich an den Stützen des Hochregallagers fest und verschwand hinter einigen Kartonpaletten.

Markus drehte sich um und lief in die entgegengesetzte Richtung. Er bog um das Regalgerüst. Noch immer herrschte ein Mordslärm in der Halle, während die beiden Gabelstapler um die Oberhand kämpften. Sie knallten letztendlich in eine Regalwand. Funken sprühten. Das Schleifen von Metall auf Metall erfüllte das Lager.

Dann Stille.

Die Motoren waren verstummt und die beiden monströsen Maschinen zur Ruhe gekommen.

Doch das Schweigen währte nur eine Sekunde. Im nächsten Moment fielen einige Kartonpaletten von ihren Stellplätzen und schlugen Bomben gleich auf dem Boden auf, wo sie auseinanderbrachen und ihren Inhalt verstreuten.

Markus war abgelenkt und Vandengard nutzte die Chance. Der SAS-Mann trat hinter der Regalwand hervor und schlug sofort zu. Seine Faust bohrte sich in Markus' Bauch und trieb ihm die Luft aus den Lungen. Nur ein Blinzeln später stieß die Fußkante Vandengards gegen Markus' Stirn. Er taumelte rückwärts und sah Flecken vor den Augen. Mit den Armen ruderte er um Gleichgewicht. Für einen Augenblick glaubte er, seine Pistole fallen gelassen zu haben, doch das Leichtgewicht lag noch immer in seiner rechten Hand. Er zog den Arm herum und drückte den Abzug.

Auf diese Entfernung konnte er einfach nicht vorbeischießen. Zumindest fast. Der Schuss streifte Vandengards Schulter. Der Brite wirbelte herum, fluchte und suchte Deckung hinter der parallelen Regalwand. Wo war seine Waffe? Markus hatte sie nicht gesehen. Vielleicht war sie beim Absprung vom Stapler verloren gegangen.

Mit neuem Mut umfasste Markus die Glock mit beiden Händen und behielt sie im Anschlag. Sein Gegner war verwundet.

Er hatte eine Tötungsmaschine Ihrer Majestät, der Königin des Vereinigten Königreiches, verwundet! Der Gedanke gab ihm etwas Machtvolles. Und zugleich lud er zur Leichtsinnigkeit ein. Adrenalin puschte ihn auf. Er ging auf die Verbindungskreuzung zwischen vier Regalwänden zu, trat einen Schritt hinaus und zielte mit der Waffe.

Von Vandengard keine Spur.

Markus pirschte weiter vor. Das Adrenalin schenkte ihm ein wahres Hochgefühl. Für den Moment fühlte er sich unbesiegbar, als könnte er es mit der ganzen Royal Navy aufnehmen und nicht nur mit einem SAS-Soldaten.

Das Gefühl währte nur einen kurzen Augenblick. Dann musste Markus feststellen, dass ein uraltes Sprichwort allgemeine Gültigkeit besaß: Hochmut kam bekanntlich vor jedem Fall.

Ein Karton polterte aus einem der Regale. Markus wirbelte herum und schoss. Die Kugel zerfetzte Pappe. Mehr nicht. Dafür wurde ihm plötzlich der Boden unter den Füßen weggezogen. Er schlug der Länge nach hin. Die Glock entglitt seiner Hand. Er sah einen Fuß die Waffe zur Seite kicken. Dann traf ihn etwas hart in den Bauch.

Markus schrie auf und rollte auf die Seite. Sein Peiniger stand direkt über ihm und deckte ihn mit zwei Fausthieben ein, ehe er ihn an der Jacke packte und auf die Beine stellte.

»Du Stück Scheiße«, sagte Vandengard.

Markus sah den Ellbogen gar nicht kommen, sondern spürte nur dessen Auswirkungen in seinem Gesicht. Sein Kopf flog herum. Er hielt sich nicht länger auf den Beinen, als Vandengard mit einem Tritt nachsetzte. Markus taumelte in die Regale, prellte sich den Schädel und glaubte, sein Kopf müsse jeden Moment platzen.

Wie hatte er ernsthaft annehmen können, dass er auch nur den Hauch einer Chance gegen diesen Mann hatte?

Mit Mühe hielt sich Markus an einer Regalstrebe fest und wandte den Kopf in Richtung des Spezialisten.

»Wir können es sehr langsam und schmerzvoll machen«, sagte Vandengard. »So wie bei deinem Freund Andy. Er hat geschrien und geflennt wie ein kleines Mädchen, als ich ihm die Eier abgeschnitten habe. Aber dann hat er zumindest geredet. Oder wir machen es kurz und ohne Qualen wie bei Bernd.«

Markus drückte sich von dem Regal weg. Er ballte eine Hand zur Faust. »Du. Mieses. Dreckschwein.«

Er fuhr herum, schwang die Faust und starrte ungläubig auf die Stelle, an der Vandengard gerade noch gestanden hatte. Mit Leichtigkeit war der Brite ausgewichen, packte Markus' Arm und hielt ihn hoch. Sein Bein zuckte vor und der gestiefelte Fuß schlug Markus zweimal kurz hintereinander ins Gesicht. Dann verdrehte ihm Vandengard den Arm auf den Rücken und presste Markus mit Wucht gegen die Regalwand.

»Also die schmerzvolle Tour«, raunte der Soldat ihm ins Ohr. »Soll ich dir zuerst die rechte oder die linke Brustwarze abbeißen?«

Markus keuchte und versuchte, sich aus dem Griff zu befreien, doch der andere riss ihm einfach den Arm hoch. Es knackte in der Schulter und ein scharfes Stechen raste durch Markus' Nerven bis ins Gehirn, wo es in einer bunten Kaskade explodierte. Er hörte seinen Schrei nicht.

»Oder lieber ein Ohr abschneiden?«, fragte Vandengard.

Bitte, bitte, lass ein Wunder geschehen! Markus' Gedanken kreisten. Er flehte und bettelte und wusste nicht einmal, zu wem. Niemand konnte ihm jetzt noch helfen. Die Schmerzen waren nicht auszuhalten. Was, wenn Vandengard erst richtig mit der Folter anfing?

Der Brite lachte, als hätte er Markus' Gedanken gelesen. Dann sagte er: »Da du deine Augen sowieso nicht mehr brauchen wirst, wenn ich mit dir fertig bin, kann ich auch damit anfangen.«

Oh nein! Eine Welle der Übelkeit kroch Markus' Speiseröhre herauf. Wenn die Schmerzen nicht augenblicklich nachließen, würde er sich übergeben. Und die Vorstellung, was Vandengard mit seinen Augen anstellen konnte, steigerte das Maß noch ungemein.

Der Brite war mit seinen Drohungen aber noch nicht fertig. Er schien es regelrecht zu genießen, Markus in Angst zu versetzen.

»Ich werde dir ein Auge mit meinen Fingern aus der Höhle pulen«, sagte Vandengard. »Und während es lose herunterhängt und deine Sicht vollkommen gestört ist, trenne ich den Sehnerv durch. Du wirst mit dem anderen Auge zusehen, wie dein Auge zu Boden fällt und dort herumkullert, bis ich es mit meinem Absatz zerquetsche.«

Markus kotzte. Der Schwall Erbrochenes spritzte ihm einfach aus dem Mund, ohne dass er etwas dagegen unternehmen konnte. Das Frühstück von McDonald's und der Kaffee verteilten sich auf einem Pappkarton in dem Regal vor ihm. Spritzer trafen sein Gesicht und offenbar auch das Vandengards, denn der Brite fluchte mit einem Mal.

»Du verdammter Huren…« Weiter kam er nicht. Ein Knall ließ ihn zusammenzucken. Irgendetwas pfiff an den beiden vorbei. Dann war ein metallisches *Pling* zu hören.

Ehe Markus überhaupt begriff, was geschah, ließ Vandengard ihn los und rannte davon. Er verschwand in einem anderen Gang. Sobald er außer Sichtweite war, verstummten seine Schritte. Markus wusste inzwischen, dass der SAS-Soldat sich lautlos bewegen konnte.

Verwirrt blickte Markus auf und wischte sich mit einer Hand die Spritzer aus dem Gesicht. Seine andere Schulter schmerzte und er bewegte vorsichtig den Arm, um wieder ein Gefühl für seine Gelenke zu bekommen. Dann sah er zum Halleneingang und erkannte Veronica Pothoff mit gezogener Pistole.

Sie hatte ihm das Leben gerettet.

Für den Moment.

08:59 Uhr

»Alles in Ordnung?«, fragte Veronica.

Statt in die Halle zu kommen, hatte sie Markus herausgewunken. Er fand seine Pistole, hob sie auf und eilte durch den Hauptkorridor bis zum Eingang zurück. Die Schmerzen, die ihm jeder Schritt in den Gelenken bereitete, konnte er bis zu einem gewissen Maß ignorieren. Doch immer wieder verzog er das Gesicht, stöhnte und blieb kurz stehen. Der Weg bis zum Eingang kam ihm wie eine Ewigkeit vor. Jeden Moment erwartete er, dass Vandengard aus einem der Seitenarme stürmte und ihn niederschlug. Oder dass der Brite seine eigene Waffe wiedergefunden hatte und Markus einfach von hinten erschoss.

Nichts dergleichen geschah. Er erreichte das Tor und folgte Veronica nach draußen in Sicherheit.

Sein Blick fiel auf Lomi, die scheinbar bewusstlos war.

»Es … geht schon«, beantwortete Markus Veronicas Frage, verzog dabei aber seine Mundwinkel und strafte damit seine Worte Lügen. »Was ist mit ihr?«

»Sie hat allen Ernstes versucht zu entkommen. Ich musste sie bewusstlos schlagen.«

Markus runzelte die Stirn. »Vandengard ist immer noch in der Halle.«

»Ich weiß.« Veronica warf einen Blick um die Ecke des Tores. Dann sah sie Markus an. »Hilf mir, Lomi zum Auto zu tragen. Wir haben zumindest einen von beiden. Mit etwas Glück werden wir von ihr alles erfahren, was wir wissen müssen, sobald sie wach ist.«

Markus biss die Zähne zusammen. »Ihn laufen lassen?« Er dachte dabei an Andy.

»Du kannst froh sein, dass du noch lebst.«

Das war wiederum wahr. Markus kämpfte sich hoch auf die Beine und stellte sich an die Schulterseite der Bewusstlosen. Als Veronica ihre Beine anhievte, packte er sie unter die Arme und hob sie an. Gemeinsam schleppten sie sie über eine kleine Metalltreppe von der Laderampe zum BMW hinüber. Mit Ausnahme der gesprungenen Windschutzscheibe hatte der Wagen bei Veronicas Manöver keinen weiteren Schaden genommen.

Sie verfrachteten Allegra Lomi auf die Rückbank.

Vielleicht hat der Spuk jetzt endlich ein Ende, dachte Markus. Sein Blick fiel von der Italienerin zu Veronica. Sie nickte ihm zu und war gerade dabei, die Lippen zu einem aufmunternden Lächeln zu formen, als sich ihr Blick in einen gequälten Ausdruck verwandelte. Sie musste gesehen haben, wie sich Markus' Augen vor Schrecken weiteten. Er starrte an ihr vorbei auf den Eingang der Lagerhalle, aus dem ein Schatten mit wehendem, weitem Ledermantel geschossen kam.

Veronica duckte sich, fuhr herum und riss in der Drehung ihre Pistole hoch.

Im selben Moment flog Vandengard über den Rand der Rampe hinweg. Bevor die MAD-Agentin ihre Drehung vollendet hatte, setzte er neben ihr auf dem Asphalt auf, rammte ihr den Ellbogen in die Seite, entwand ihr die Waffe aus der Hand und zielte durch das Seitenfenster auf die Rückbank.

»Nein!«, schrie Markus.

Die Pistole brüllte auf. Dreimal. Glas zersprang. Die Kugeln fanden ihr Ziel in der Brust und der Stirn der Bewusstlosen. Dann blieb der Verschlussschlitten in der hinteren Stellung stehen. Das Magazin war leer.

Veronica stöhnte.

Vandengard versetzte ihr einen Tritt, der sie zu Boden gehen ließ, warf die Waffe weg und sprang über die Motorhaube. Er lief in Richtung der Containerverladestation.

Ohne nachzudenken, wandte sich Markus um und hetzte ihm hinterher. Seine Beine trugen ihn von alleine. Er sah nur Vandengard vor sich. Und spürte unbändige Wut, die sich in seinem Bauch ausbreitete. Seinen Körper erwärmte. Bis sie gar als lodernde Flamme seine Sicht trübte.

Vandengard erreichte den Ladekran, sprang auf die untere Plattform und schickte sich an hochzuklettern. Was hatte er vor? In dieser Richtung war kein Entkommen möglich. Hinter dem Kran lagen die Bahngleise. Ein Güterzug wartete darauf, mit Containern beladen zu werden. Nach den Gleisen begrenzte ein Zaun das Areal. Dahinter befand sich bereits die Autobahn. Markus war noch knapp fünfzehn Meter vom Kran entfernt. Sein Gegner zog die Tür zum Führerhaus auf, packte den Fahrer und riss ihn vom Sitz. Der Mann stürzte knapp fünf Meter in die Tiefe.

Markus blickte weg, konzentrierte sich auf Vandengard. Im Laufen hob er die Glock. Er fischte das letzte Magazin aus dem Holster und rammte es in den Griffschacht.

Der Brite ließ sich im Sitz nieder und hantierte an den Kontrollen. Im Greifer hing ein 40-Fuß-Container.

Markus Finger krümmte sich um den Abzug. Den anderen aus dieser Entfernung treffen dürfte ein Glücksspiel sein. Er blieb stehen, fasste die Pistole mit beiden Händen. Markus atmete tief aus. Zielte.

In diesem Moment schwang der Greifarm mit dem Container herum. Der Kran vollführte eine 180-Grad-Drehung, und noch bevor Markus einen sauberen Schuss anbringen konnte, befand sich der Blechbehälter über ihm.

Knapp vier Tonnen Metall direkt über seinem Kopf.

Markus erschrak, als er erkannte, was Vandengard vorhatte.

Der Soldat klinkte den Container aus.

09:01 Uhr

Ein riesiger Schatten senkte sich über Markus de Vries. Gedanklich stand er stocksteif da und wartete darauf, dass das Monstrum aus Blech und Stahl ihn unter sich begrub und ihn platt wie eine Flunder walzte. Doch sein Körper reagierte instinktiv. Markus federte vom Boden ab, sprang seitwärts und landete auf dem Asphalt. Er rollte sich mehrmals um die eigene Achse, während irgendwo neben ihm etwas gewaltig krachte und schepperte, als der Container auf dem Boden zerschellte. Metallsplitter fegten durch die Luft. Staub hüllte den Boden in einen feinen Nebel.

Markus stemmte sich auf die Beine, riss die Glock hoch und schoss auf die Fahrerkanzel. Doch Vandengard war schon fort und sprang auf das Dach eines bereits geladenen Containers. Der Lokführer stierte entsetzt aus dem Fenster seines Cockpits. Er hatte mit angesehen, wie Vandengard den Kranfahrer aus der Kanzel geschleudert hatte, und erkannte, dass der Absturz des Containers kein Unfall war. Als dann noch der Schuss aus Markus' Waffe durch die Sichtscheibe des Kranes jagte, suchte der Lokführer sein Heil in der Flucht und schob einen Gang ein.

Ein Ruck ging durch den Zug. Die Lok fuhr an und begann, zwanzig Waggons, stellenweise bereits mit Containern beladen, mitzuziehen. Vandengard strauchelte und schlug auf dem Dach zu Boden, doch er war schnell wieder auf den Beinen.

Markus rannte auf den anfahrenden Güterzug zu, lief parallel zu einem leeren Chassiswaggon, sprang auf einen Trittstieg und federte von dort auf die Ladefläche.

Er befand sich auf dem Zug.

Mit Andys Mörder.

Was zum Teufel tue ich hier?

Er blickte zurück zu dem BMW und sah wie Veronica ihm entsetzt hinterherstarrte. Sie winkte und wollte ihm offenbar signalisieren, dass er Vandengard laufen lassen sollte. Liebend gern wäre er vom Zug abgesprungen, aber der fuhr bereits jetzt schneller, als es der Gabelstapler getan hatte. Der Aufprall nach dem Sprung lag ihm noch schmerzhaft im Bewusstsein. Noch einen solchen Stunt wagte er nicht. Er würde sich wahrscheinlich das Genick brechen.

Oder Schlimmeres.

Ehe er sich versah, befand sich Markus am Rand des Waggons und balancierte über die Kupplung zum nächsten. Beinahe leichtfüßig tänzelte er auf den Metallstreben herum. Der Wagen besaß keinen festen, einflächigen Boden, sondern glich eher einem Gerüst, auf dem einfach nur ein Container abgestellt und mit Klauen und Klammern gesichert wurde.

Markus erreichte den ersten Container. Er starrte an ihm hoch. Dann steckte er die Pistole in den Hosenbund, packte einen Türgriff, stellte ein Bein in eine Kerbe an der Tür und zog sich hoch. Irgendwie schaffte er es, den nächsten Schritt *auf* den Griff zu setzen, sich hochzuwuchten und den oberen Rand des Containerdachs zu greifen. Ohne den nötigen Adrenalinschub hätte er es nicht geschafft. Ja nicht einmal dann, wenn er darüber nachgedacht hätte, was er überhaupt vorhatte.

Er zog sich durch reine Muskel- und Willenskraft hoch. Die Wut gab ihm zusätzliche Energie. Mit einem Aufstöhnen rollte er sich über den Dachrand, kam auf dem Rücken zum Liegen, atmete zweimal durch und stand auf. Er zog die Pistole.

Vandengard erblickte er weiter vorn. Der Soldat hatte die Lok beinahe erreicht, doch ihr Oberleitungsbügel versperrte ihm den Weg zum Führerhaus. Er musste um die Leitungskonstruktion herumklettern und darauf achten, kein Metall zu berühren, wollte er nicht einen tödlichen Stromschlag riskieren.

So, du Schwein. Endstation! Markus ging in die Hocke, stützte den Ellbogen aufs Knie und zielte.

Diesmal würde er den Briten nicht verfehlen.

Diesmal nicht.

Er wurde abgelenkt, als er aus den Augenwinkeln sah, wo ihre Fahrt überhaupt hinführte. Statt rückwärts aus dem Terminal zu rangieren und die Gleisstrecke, die südlich unter der Autobahn herführte, zu nutzen, war der Fahrer einfach vorwärts gefahren. Der Streckenverlauf führte in dieser Richtung in einem nicht vollendeten Kreis direkt auf das Werk eines Baumaschinenverleihers zu.

Markus sah wieder nach vorn, doch die günstige Möglichkeit für einen präzisen Schuss hatte er vertan. Sein Gegner war an dem Oberleitungsbügel vorbei und schwang sich gerade seitwärts der Lok hinunter.

Er wird doch nicht …

Markus ging zum Rand des Containers und lugte nach vorn. Er sah Vandengard gerade noch im Führerhaus verschwinden. Kurz darauf war eine Veränderung zu spüren.

Der Zug beschleunigte!

Markus' Blick verfolgte die Strecke. Sie hatten die halbe Rundung bereits fast hinter sich. Die Schienen führten über die Straße, auf der sich gerade in Höhe des Bahnübergangs ein Lkw befand. Der Fahrer bemerkte den Zug, war sich aber in der Schrecksekunde unsicher, was er tun sollte. Anstatt zu bremsen, beschleunigte er, bretterte über die Gleise.

Die E-Lok rammte den hinteren Teil seines Aufliegers, schleuderte ihn herum und trieb ihn bis zum Rand der Straße. Während der Zug vorbeirauschte, bremste der Fahrer und steuerte so gut es ging dagegen, damit der im Kippen befindliche Auflieger nicht den ganzen Lkw mitriss.

Der Container, auf dem sich Markus befand, passierte den Bahnübergang. Im selben Moment sah Markus, dass die Lok der Weichenführung folgte und genau auf den Prellbock vor der Lagerhalle des Baumaschinenverleihers zuhielt.

»Dieser Wahnsinnige …!«

Im nächsten Augenblick geschah es. Die Lok rammte den Prellbock, doch die Endgeschwindigkeit war noch lange nicht hoch genug, um ihn einfach aus dem Weg zu räumen.

Stattdessen hievte sie der Gleisabschluss einfach von den Schienen. Ein Ruck ging durch den Zug. Markus verlor das Gleichgewicht, landete flach auf dem Bauch auf dem Container und hielt krampfhaft die Pistole fest. Die Lok scherte aus, ratschte sich die Seite an den Pfosten des Prellbocks auf und rutschte über den Grasboden auf die Lagerhalle zu. Nur die beiden ersten mit Containern beladenen Waggons folgten ihr. Die anderen waren durch den Aufprall auf den Gleisabschluss abgekoppelt worden und schossen auf das Schienenende zu.

»Ach du meine Fresse!« Markus kam auf die Beine, rannte auf dem Containerdach wieder bis zum Ende zurück und ließ sich auf die Knie nieder. Er verstaute die Waffe erneut im Hosenbund und ließ sich am Dachrand herunter. Den letzten Meter sprang er, landete auf dem Chassiswagen und federte sofort wieder ab.

Während der erste Waggon Bekanntschaft mit dem Prellbock machte und ebenfalls entgleiste, ging ein mörderischer Ruck durch die anderen, der die Container aus ihren Klammern riss und von den Wagen bugsierte.

Markus landete im Gras. Wieder fuhr ein stechender Schmerz durch seine Schulter, als er es nicht rechtzeitig schaffte, sich ein- und dann abzurollen.

Noch mal mach ich das nicht mit …

Er sah auf und bekam gerade noch mit, wie die Lok zusammen mit den ersten beiden Waggons in die Fertigungshalle knallte, die Wand einfach einriss, als bestünde sie aus Pappe, und dann in einem ausgefransten, gähnenden Loch verschwand.

Der Prellbock hielt dem zweiten Ansturm nicht stand und wurde rechts aus den Gleisen geschoben, während sich der erste Waggon quer stellte und von den nachrückenden zermalmt wurde. Alle anderen schoben sich auf ihn drauf und gaben dabei ein Bild wie von einer zusammengefalteten Ziehharmonika ab. Wie ein gewaltiges Blechknäuel aus ineinander verkeilten Büchsen sprengte der restliche Zug ebenfalls in die Wand der Halle. Unmittelbar neben dem ersten Durchbruch entstand ein zweiter, riss die Metallplanken mit sich und ließ das Vorderdach einstürzen. Ein dunkler Schlund nahm den Zug auf, verschlang ihn jedoch nicht ganz. Drei der leeren Chassiswagen schafften es nicht mehr, vom Schwung bis in die Halle getragen zu werden, und blieben mit einem Ächzen und Kreischen auf dem Rasen vor dem Gebäude stehen.

Markus raffte sich mühsam auf und hustete. Die Luft war staubgeschwängert. Sicherlich befanden sich auch Metallpartikel darin, die vom Aufprall weggefegt worden waren. Markus taumelte auf die Halle zu und wedelte sich mit einer Hand den Rauch vor den Augen fort. Er blinzelte durch die Wolke und bemühte sich, irgendetwas in der Halle zu erkennen, doch die Waggons verwehrten ihm zusätzlich zu dem Staub die Sicht.

Das konnte unmöglich jemand überlebt haben, der sich in der Lok befunden hatte. Aber warum sollte Vandengard sich selbst umgebracht haben? Und dann noch auf so drastische Weise?

Ein Motorenröhren riss Markus aus den Gedanken. Er humpelte über die Wiese an der Lagerhalle vorbei, bis er den Rand erreichte. Dahinter befanden sich die Laderampen für Lkws, von denen nur zwei besetzt waren. Auf der gegenüberliegenden Seite gab es einen Parkplatz für die Arbeiter und Angestellten der Firma. Genau in dem Moment, in dem Markus um die Ecke bog, schoss ein Wagen vom Hof. Ein dunkler Audi A4 mit Dortmunder Kennzeichen. Er jagte an Markus vorbei, vollzog eine Wende und fuhr dann mit durchdrehenden Reifen aus der Ausfahrt hinaus.

Der Fahrer war Desmond Vandengard.

09:16 Uhr

Es war vielleicht einfacher aufzuzählen, welcher Körperteil ihm nicht schmerzte. Jeder Schritt zurück zum Containerterminal war eine Qual. Darüber hinaus verlor er wertvolle Zeit. Nach dem Crash des Zuges in die Baumaschinenhalle würde es keine zehn Minuten mehr dauern, ehe die Gegend von Polizei, Feuerwehr und Krankenwagen nur so wimmelte. Auch wenn Markus nicht wusste, ob es in der Halle selbst Opfer gegeben hatte, so war zumindest der Lokführer tot.

Die Schlinge um meinen Hals zieht sich immer weiter zu. Vandengard ist entkommen. Die Bullen sind sowieso hinter mir her. Die Chancen, meine Unschuld zu beweisen, sind gerade auf Null zusammengeschrumpft.

Mit vor Schmerz verkniffenem Gesicht erreichte er das Terminal. Er fühlte sich wie gerädert, dreimal überfahren, auseinandergerissen und nur notdürftig wieder zusammengeflickt.

Veronica Pothoff stand neben dem BMW und sah ihm entgegen. Als er vor ihr stand, wanderte sein Blick zu der Rückbank. Die Tote lag noch immer dort.

»Alles … in Ordnung?«, fragte Veronica.

Er sah sie an und schüttelte den Kopf. »Er ist mir entwischt.«

Die Frau starrte ihn entgeistert an. »Dir entwischt? Ja, wieso bist du ihm überhaupt hinterhergelaufen? Du kannst von Glück sagen, dass er dich nicht unter die Erde gebracht hat.«

Markus machte eine abwehrende Handbewegung. »Eh egal. Ist keiner mehr da, der sich Sorgen machen müsste.«

»Vielleicht hab *ich* mir Sorgen gemacht«, sagte Veronica und deutete demonstrativ auf sich selbst.

Markus blieb die Luft weg. Er merkte, wie sein Mund trocken wurde. Die Hände sich feucht anfühlten. Erstaunt blickte er die MAD-Agentin an.

»Ich …« Mehr brachte er nicht heraus.

Veronica lächelte verlegen. Dann nickte sie in Richtung des Wagens. »Ich hab einen riesigen Knall gehört. Was war dahinten los?«

»Oh. Wir sollten zusehen, dass wir von hier wegkommen. Das wird hier gleich nur so von Bullen wimmeln.« Markus humpelte um den BMW und stieg ein. Er lehnte den Kopf an die Nackenstütze und schloss die Augen. Nur am Rande registrierte er, dass sich auch die Fahrertür schloss und gleich darauf der Motor mit einem leisen Stottern ansprang. Vor seinen Augen tanzten die Bilder eines Höllentrips. Ein entgleisender Zug. Ineinander verkeilte Gabelstapler.

Tote Menschen.

Scheiße!

09:35 Uhr

Veronica war vom Industriepark Unna zu einer kleinen Ortschaft mit dem klangvollen Namen Kessebüren gefahren und hatte den BMW etwas außerhalb der Gemeinde in einem Feldweg nahe eines Waldrands geparkt. Trotz der Kühle ließen sie die Türen und Fenster des Wagens offen. Beiden war einfach nach viel frischer Luft zumute.

Bevor sie sich der Toten auf der Rückbank widmeten, untersuchte Veronica Markus' Verletzungen. Er hatte einige Schürfwunden davongetragen, sich ein paar Knochen geprellt und sah schlimmer aus, als er sich fühlte.

»Wenn ich Ärztin wäre, würde ich dir ein heißes Bad und zwei Tage Bettruhe verordnen.«

»Die Zeit haben wir wohl nicht.«

Sie schüttelte den Kopf. Dann drehte sie sich um und sah in den Fond des Wagens.

»Jetzt kommt der üble Teil des Geschäfts, hm?«, sagte Markus und überlegte, ob er nicht aussteigen und einen kleinen Spaziergang am Waldrand entlang unternehmen sollte, während sich Veronica um die Leiche kümmerte. Doch er ertappte sich dabei, wie er sich ebenfalls umdrehte.

»Hilf mir mal.« Veronica stieg aus und machte Anstalten, Lomis Körper von der Sitzbank ins Freie zu zerren.

Markus seufzte, ging ihr dann jedoch dabei zur Hand. Er versuchte, der Toten nicht ins Gesicht zu sehen, doch die Schönheit, die von dem rot umrundeten Loch in der Stirn zerstört wurde, zog ihn mit morbider

Faszination an. Er würgte, behielt seinen Mageninhalt aber bei sich. Vermutlich hatte er vorhin schon alles erbrochen, was überhaupt in ihm steckte.

Sie legten die Leiche ins Gras neben dem Wegesrand. Sofort beugte sich Veronica hinunter und begann, Lomis Taschen zu durchsuchen. Sie fand eine Waffe, eine Geldbörse und ein Telefon.

Markus beugte sich neugierig herunter. Die Pistole steckte Veronica ein. Dann öffnete sie das Portemonnaie und stöberte darin herum. In dem Geldscheinfach fand sie hundert Euro in 20ern. Kein Hartgeld. Dafür eine italienische VISA Card und einige Bonuskarten diverser Tankstellen und Schmuckläden.

»Kann uns die Kreditkarte helfen?«, fragte Markus. Etwas Kleingeld zu haben wäre in ihrem Fall nicht schlecht. Er sträubte sich gegen den Gedanken, irgendjemanden überfallen zu müssen, nur weil ihnen die Tankfüllung ausging.

Veronica hob die Schultern. »Wenn ich zur MAD-Zentrale nach Köln käme, bekämen wir die PIN-Nummer heraus. Zumindest ihre Unterschrift kann ich nachmachen und wir können versuchen, mit der Karte zu bezahlen. Ich hoffe nur, niemand hat Lomi überwacht und verfolgt ihre Transaktionen.«

»Aber wir können nicht nach Köln, stimmt's?«

»Nein.« Sie stöberte weiter und fand noch ein halbes Dutzend Ausweise verschiedener Nationalitäten. ID-Cards von Geheimdiensten, diversen Behörden in Europa und zwei Reisepässe. Alle ausgestellt auf verschiedene Namen. Alle mit Allegra Lomis Konterfei.

»Hier ist nichts mehr, was uns weiterhelfen könnte. Hast du die Speicherkarte noch?«, fragte Veronica.

Markus nickte. »Bernd hat bereits die beiden Passwörter geknackt. Ich weiß nicht, ob noch mehr darauf ist als die Liste.«

»Wir sehen sie uns an.«

Markus stieß geräuschvoll die Luft aus. Im selben Augenblick klingelte Lomis Handy.

Atlanta, Georgia
13. November, 03:35 Uhr EST

Die Leuchtziffern des Weckers auf dem Nachttisch sahen sie an wie teuflisch rote Augen, die nur eines im Sinn hatten: ihren Schlaf zu stören und mit Albträumen zu segnen. Eileen Hannigan wurde zum dritten Mal in der Nacht wach. Ihre Haare klebten feucht am Kissen und ihr Körper war nass. Sie wälzte sich auf die andere Seite, doch statt wieder einzuschlafen, öffnete sie die Augen und sah auf die Uhr.

»Verdammt, das ist nicht fair«, nuschelte sie und schlug die Bettdecke beiseite. Sie stand auf und ging ins Bad. Ihr Spiegelbild kam ihr vage bekannt vor, nur auf den ersten Blick fiel ihr beim besten Willen nicht ein, woher.

Verflucht! Eileen drehte den Wasserhahn, tauchte die Hände unter den Strahl und schöpfte etwas davon, um es sich ins Gesicht zu spritzen. Es half nicht viel. Kurzerhand stieg sie in die Duschkabine, zog die Tür hinter sich zu und begann mitten in der Nacht zu duschen.

Als sie in ein Handtuch gewickelt wieder in den Schlafraum zurückkehrte, fiel ihr Blick auf den kleinen, geöffneten Kasten auf dem Schreibtisch. Die Spritze. Die Dose mit den Tabletten.

Sie erinnerte sich an ihre Träume. Bilder von grünem Schaum und Schleim stiegen vor ihrem inneren Auge auf. Sie watete durch eine gallertartige Masse und kam nicht von der Stelle.

Eileen presste die Lippen aufeinander. Sie stand vor dem Schreibtisch und verfolgte ohnmächtig mit, wie sie ihre Hand nach der Spritze ausstreckte. Das kühle Glas des Tubus verursachte ein Kribbeln auf ihrer Haut. Ihre Finger fuhren die Röhre entlang bis zum verchromten Griff des Kolbens. Ihr Atem ging schneller. Ihr Puls begann zu rasen. Eileen bekam plötzlich keine Luft mehr. Irgendetwas in ihr drängte sie, die Spritze aus der Einfassung im Karton zu nehmen.

Eileens Augen weiteten sich. Sie hielt das medizinische Instrument in der Hand. Ihr Blick schweifte darüber, als versuche er, Fehler in der Präzision des Gerätes zu entdecken. Während sie auf die Spritze starrte, griff ihre andere Hand nach der Ampulle, balancierte sie um die Finger und hielt sie dann so, dass sie direkt über der Kanüle zum Ruhen kam. Eileen stach die Nadel durch die Membran und zog die Spritze auf.

Ihr Blick wurde von der tropfenden Kanüle wie magisch angezogen.

Sie drückte den Kolbengriff und stieß die Luftblase hinaus. Dann schluckte sie.

Meine Güte, was tue ich da?

War es nicht gleichgültig? Eileen besaß keine Identität mehr und wurde von den Behörden grundlos gejagt. Am Ende stand keine ordentliche Gerichtsverhandlung mit der Aussicht, die Missverständnisse aufzuklären, sondern eindeutig der Tod.

Es gab nichts mehr. Das Leben hatte seinen Wert verloren. Sie war allein und würde ewig auf der Flucht bleiben, bis sie eines Tages nicht mehr clever genug für ihre Verfolger war. Nicht einmal zu ihrer Familie konnte sie zurück, ohne diese zu gefährden. Wenn ihre Mutter und ihr Bruder überhaupt noch lebten. Eileen hatte nichts mehr zu verlieren.

Es gab nur noch sie und die Organisation. Es war sinnlos gegen eine solch mächtige Gruppe kämpfen zu wollen. Warum hatte sie der General da herausgerissen? Nur, weil er die Pläne seiner Komplizen nicht kannte, weil sie ihn aus ihrem großen Heiligtum ausgeschlossen hatten? Vielleicht wäre sie besser dran, wenn sie ihm nicht auf den Leim gegangen wäre.

Die Organisation konnte ihr eventuell helfen.

Bei dem Gedanken reifte in Eileen ein Plan heran.

Sie rammte die Kanüle in ihren Arm und drückte den Kolben so schnell zusammen, dass sie keine Zeit hatte, es sich anders zu überlegen. Sie spürte den Strom grüner Flüssigkeit in ihren Adern. Ein Feuer breitete sich sogleich in ihrem Unterarm aus.

Die Atemnot war wie weggeblasen, doch dafür verschwamm der Tisch vor ihren Augen. Der Raum schien sich in Bewegung zu setzen und begann, um sie zu kreisen. Eileen streckte die Hände aus, wollte sich irgendwo festhalten. Sie hörte, wie die Spritze zu Boden fiel.

Das Feuer schoss durch ihren Arm die Schulter hinauf, erreichte ihren Kopf und schien ihn in Brand zu setzen. Die Hitze war gewaltig und stieß Eileen wie einen Spielball durch den Raum. Sie stolperte gegen die Bettkante und fiel auf die Matratze. Danach senkte sich gnädige Nacht über ihre Augen.

Kessebüren, Deutschland
13. November, 09:36 Uhr MEZ

»Geh du ran«, sagte Markus und deutete auf das Handy der Italienerin. »Sie erwarten eine Frauenstimme. Außerdem bist du eine derjenigen, die auf der Liste stehen.«

Veronica Pothoff seufzte, drückte die Hörer-Taste und hielt sich das Telefon ans Ohr.

»Ja?«

Markus beobachtete die Frau. Bemerkte ihr Stirnrunzeln, die sich verkleinernden Pupillen, während sie einfach nur dem Teilnehmer am anderen Ende der Leitung lauschte.

»Ich … bin nicht allein«, sagte sie nach einer Weile. »Und das ist Teil der Bedingung. Mein Begleiter kommt mit.«

Wieder hörte sie zu. Dann: »In Ordnung. Wenn Sie mich hereinzulegen versuchen, werde ich die Dose mit den Tabletten vernichten.«

Sie drückte die rote Taste und beendete die Verbindung.

»Wer … wer war das?«, fragte Markus.

Veronica blickte ihn an. Ihre Augen schimmerten seltsam. Eine Spur von Angst. Sie senkte das Handy.

»Er will uns sehen.«

Markus legte den Kopf schief. »Wer?«

»Er nannte sich nur … Jae«, sagte Veronica und schüttelte dabei sichtlich verwirrt den Kopf.

Markus seufzte, trat auf sie zu und nahm ihr das Handy aus der Hand. Sie ließ es zu. Er blickte auf das Display und prüfte die Nummer des letzten Anrufers. Unbekannt. Dann sah er Veronica wieder an.

»Es wäre schön, wenn du mir von dem kompletten Gespräch berichtest.«

Veronicas Blick klärte sich. »Es war nicht viel. Er sagte, er heiße Jae und es täte ihm außerordentlich leid, dass mir Unannehmlichkeiten bereitet worden wären. Wenn er für mich etwas tun solle, dann solle ich mich mit ihm treffen.«

»Was tun?«

»Mein Überleben garantieren. Er versprach, mich in Ruhe zu lassen, wenn wir damit aufhören, Vandengard hinterherzujagen.«

Markus verschränkte die Arme vor der Brust.

Sein Herz schlug vor Aufregung so heftig, dass es schmerzte. Noch immer war sein Körper vom Adrenalin aufgeputscht. Er brauchte dringend etwas Ruhe.

»Dann lass uns die Scheißtabletten wegwerfen und wir haben unsere Ruhe.«

»Vandengard hat nicht den BKA-Mann auf mich gehetzt«, sagte Veronica. »Und auch nicht den Hubschrauber geschickt, der dich angegriffen hat. Wenn wir die Tabletten wegwerfen und uns dieser Jae in Ruhe lässt, dann haben wir noch immer die Behörden im Nacken. Er sagte, er könne mir … *uns* … helfen.«

»Uns?«, fragte Markus. »Das hat er aber erst gesagt, nachdem du ihn darum gebeten hast, dass ich dabei bin, oder?«

Sie nickte. »Es ging niemals um dich in dieser Sache. Du warst nur zufällig zur falschen Zeit am falschen Ort. Wenn du nicht Lomis Tabletten mitgenommen hättest, hättest du jetzt nichts zu befürchten.«

Die Tabletten! Andy würde noch leben. Bernd und Anna auch. *Scheiße!*

Markus merkte, wie ihm erneut übel wurde. Er hielt sich am Dach des BMW fest, um nicht hinzufallen.

Veronica machte einen Schritt auf ihn zu und stützte ihn. »Es ist nicht deine Schuld«, sagte sie. »Du hast das alles gar nicht wissen können. Genauso wenig wie ich. Woher auch?«

Er atmete tief durch. Zweimal. Dann wandte er langsam den Kopf, während er mit den Tränen kämpfte und dem Gefühl, sich übergeben zu müssen.

»Und du meinst, alles wird gut, wenn wir uns mit einem Typen treffen, der sich *Jae* nennt?«, fragte er leise.

»Nein.«

»Traust du ihm?«

»Nein.« Veronica schüttelte den Kopf. »Aber wir können nicht so weitermachen wie bisher. Selbst wenn es uns gelingt, Lomis Kreditkarte zu benutzen, irgendwann ist das Limit erreicht oder die Transaktionen werden überwacht. Wie lange wollen wir uns verstecken? Eine Woche? Und dann? Sie werden uns schnappen.«

»Buchen wir doch einfach einen Flug in die Südsee.«

»Und wovon willst du leben?«

»Hey, komm, wir wären nicht die Ersten, die untergetaucht wären und sich die Sonne auf den Bauch scheinen und es sich gut gehen lassen.«

»Du bist ein Träumer«, sagte Veronica. »Und du hast zu viele schlechte Filme gesehen. Wir kommen aus dem ganzen Mist nur heraus, indem wir alle Informationen, die wir bekommen können, zusammentragen und auswerten. Vielleicht finden wir etwas Verwertbares, das uns weiterhilft. Und unser nächster Anhaltspunkt ist dieser Jae. Ich werde ihn treffen, und ich rate dir einfach … nein, ich *bitte* dich, mit mir zu kommen.«

Welche Alternative hatte er schon? Nach Hause konnte er nicht. Da warteten bestimmt schon die Bullen auf ihn. Und wenn die genauso schießwütig waren wie die Bundespolizei, dann konnte er gleich einen Sarg beim örtlichen Bestatter ordern.

»In Ordnung«, sagte Markus und stieß die Luft so laut aus, dass er ein Pfeifen vernahm.

»Geht's dir gut?«, fragte Veronica. Echte Sorge schwang in ihrer Stimme mit.

Markus nickte. »Wird schon. Vielleicht hat dieser Jae ja einen Arzt an der Hand, der mich mal durchchecken kann. Also, wo sollen wir hin?«

»Halde Schwerin in Dingen«, sagte Veronica. »Weißt du, wo das ist?«

»Das liegt auf der anderen Seite von Dortmund, wenn ich mich richtig erinnere. Eine alte Müllhalde, umfunktioniert zu einem Parkgelände. Wann?«

»In zwei Stunden. Aber vorher will ich mir diese Speicherkarte ansehen.«

Markus griff in seine Tasche und förderte die Plastikdose mit den Tabletten zutage. Die microSD befand sich ebenfalls darin. »Du hast nicht zufällig einen Laptop im Kofferraum?«

»Zufällig doch.« Veronica grinste und umrundete den Wagen, um die Haube zu öffnen. »Mein Dienstnotebook.«

»Was machen wir mit ihr?« Markus nickte in Richtung der Toten, die noch immer auf der Rückbank des Wagens lag.

Veronica holte einen Laptoprucksack aus dem Kofferraum und ließ die Luke offen. »Wir verfrachten sie hier herein und geben sie *ihm*.«

Markus biss die Zähne zusammen und half Veronica dann, die Leiche in den Kofferraum zu tragen. Die Blutspuren auf der Rückbank würden sie in diesem Leben nicht einmal mehr mit dem besten Fleckenentferner herausbekommen.

09:57 Uhr

Es war Markus gar nicht aufgefallen, dass eine der Tabletten sich in der Form von den anderen unterschied. Veronica hatte die Kapsel geöffnet und die flexible Kontaktlinse gefunden, die ihnen den Zugang zu den beiden Passwörtern ermöglichte, die notwendig waren, um die Verschlüsselung zur Speicherkarte zu knacken.

Zwar war Kiffer bereits mit einem Hackprogramm die Kennungen umgangen, doch dieses Programm hielt das Hintertürchen nur solange offen, wie es selbst aktiv war.

Die Hackersoftware befand sich aber auf Bernd Lohmanns PC. Und dieser wiederum war mit Hilfe einer Luft-Boden-Rakete in den Himmel aller Rechner und CPUs befördert worden.

Friede deinem Silizium. Markus erschrak über den Gedanken und dachte an Bernd und Anna, die ebenfalls nicht verschont worden waren.

Und Friede eurer Asche, Bernd und Anna.

Er schluckte.

Sie saßen im Wagen und hatten die Hälfte der Strecke zwischen Kessebüren und der Gemeinde Dingen hinter sich gebracht. Veronica hatte auf einem Park-and-Ride-Parkplatz gehalten, um sich den Inhalt der Speicherkarte anzusehen. Nach Eingabe der Passwörter erschien die Liste, die Markus schon kannte und von der er einen Ausdruck besaß.

Zwanzig Namen. Einen davon konnten sie streichen. Allegra Lomi.

Dann lief das Video ab. Eine Frau mit blonden langen Haaren, die sich selbst als Gloria Stylez vorstellte, begrüßte Allegra Lomi auf Italienisch und machte einige Ausführungen, ehe unten im Bild eine Telefonnummer eingeblendet wurde. Markus fand im Handschuhfach einen Stift und notierte die Ziffern auf der Innenseite seiner Handfläche. Dann sah er Veronica an.

»Hast du irgendwas verstanden, was die Tussi erzählt hat?«

Sie war kreidebleich. Ihr Blick starrte unverwandt auf den Laptop. Mit einem Mal war Markus klar, dass Veronica zumindest einige Brocken Italienisch verstand. Sie drehte langsam den Kopf zu ihm. Ihre Augen schimmerten feucht.

»Rede mit mir«, bat er und deutete auf den Computer auf ihrem Schoß. »Sonst lass ich es noch mal abspielen und jage es durch Babelfish.«

Veronica schob das Kinn vor. »Nicht nötig.«

Sie erzählte ihm fast Wort für Wort, was Gloria Stylez in der Videodatei von sich gegeben hatte.

»Scheiße!«, sagte Markus, als Veronica endete.

Holiday Inn Select
Atlanta, Georgia
13. November, 05:16 Uhr EST

Eileen Hannigan erwachte schweißgebadet und fror am ganzen Leib. Sie schüttelte sich. Ihre Muskeln zuckten unkontrolliert. Sie schlug die Augen auf, doch es blieb dunkel. Schnell drehte sie sich auf die Seite, um wenigstens etwas Licht vom Fenster zu erhaschen, doch sie konnte nichts sehen.

Verdammt, was war mit ihr los? Sie konnte sich daran erinnern, dass sie sich die Spritze mit dem grünen Teufelszeug gesetzt hatte. Danach war sie umgekippt und in einen traumlosen Schlaf gefallen.

Sie zog die Bettdecke bis zum Hals herauf, drehte sich zur Seite und fiel von der Bettkante. Für einen Moment blitzte Licht vor ihren Augen auf, doch das war vermutlich nur ein Nervenreflex.

Ich hätte mir dieses gottverdammte Zeug nicht spritzen sollen!

Vage erinnerte sie sich an die Belehrungen von Gabrielle Stylez in dem Video. Die Tablettenkur. Vielleicht lag es ja nur daran. Sie musste ihre erste Pille nehmen, sonst kollabierte das Nervensystem.

Eileen kroch über den Boden und hoffte, dass sie sich auf dem Weg zum Schreibtisch befand. Sie zitterte. Nur der Rand des Bettes wies ihr den Weg, sonst wäre sie hoffnungslos aufgeschmissen gewesen.

Irgendwann prallte sie mit der Stirn gegen irgendetwas Hartes.

»Au!«

Sie streckte einen Arm vor und berührte das Bein des Stuhls. Noch etwas weiter. Sie nahm die zweite Hand zu Hilfe und zog sich an dem Stuhl nach oben. Blind tastete sie mit den Fingern über die Tischoberfläche und stieß dabei gegen den Laptop. Dann gegen die Spritze und den Karton. Endlich bekam sie die Kunststoffdose mit den Tabletten zu fassen und öffnete sie. Eine der Pillen verschwand in ihrem Mund. Eileen sammelte etwas Speichel auf der Zunge und schluckte die Tablette hinunter. Sie ließ sich einfach fallen und merkte nicht einmal mehr, wie sie auf dem Teppichboden aufschlug.

Das Zittern wurde heftiger. Vor ihren Augen begannen sich farbige Kreise zu bilden. Zuerst rote. Dann gesellten sich blaue, gelbe und grüne hinzu, die in immer größeren, nicht enden wollenden Spiralen vor ihr tanzten und sie in eine schwarze Tiefe zogen. Eileen wehrte sich, kämpfte gegen den Strudel an, doch so sehr sie sich auch auf dem Boden wälzte und sich anstrengte, dem dunklen Schlund zu entkommen, desto schneller schien sie zu fallen.

Sie stürzte in ein Loch aus Nichts. Immer weiter. Immer tiefer. Ein langer schriller Laut begleitete ihren Fall. Sie brauchte eine Weile, um zu begreifen, dass es ihr Schrei war.

Plötzlich war es vorbei.

Eileen schlug die Augen auf und war hellwach. Sie fühlte sich ausgeruht und vital. Abrupt setzte sie sich auf und lockerte ihre Gelenke. Ihre Haut war trocken, keine Anzeichen von Schweiß. Irritiert blickte sie auf den Wecker auf dem Nachttischchen. Es war kurz vor halb sechs. Lange konnte der Psychotrip nicht gedauert haben. Allerhöchstens ein paar Minuten.

Leichtfüßig tapste Eileen über den Teppich zu den Vorhängen hinüber, zog diese auf und öffnete das Fenster. Frische Morgenluft strömte kalt in das Zimmer und umschmeichelte sie wie ein eisiger Mantel. Die Agentin genoss die Novemberkühle auf ihrer nackten Haut und schloss die Augen. Für einen seligen Moment war sie in der Lage, all ihre Gedanken, Sorgen und Befürchtungen mental auszublenden.

Es gab nur sie.

Die Kälte. Den Morgen.

Morgen, dachte sie und schöpfte aus dem Wort so viel Hoffnung, dass es auch für sie noch ein Morgen geben würde. Ganz gleich, was sie getan hatte.

Eileen kehrte dem Fenster den Rücken zu und ging zu der Reisetasche, die sie neben dem Schreibtisch abgestellt hatte. Aus ihrem Einmalfundus zog sie einen noch verpackten Slip, riss die Folie auf und schlüpfte in die Unterwäsche. Ebenfalls frisch aus der Verpackung nahm sie ein schwarzes T-Shirt, zog es sich über und setzte sich dann auf den Holzstuhl vor dem Tisch. Rasch programmierte sie auf dem Blackberry ein tägliches Wecksignal für fünf Uhr in der Früh. Noch einmal würde sie sich nicht in eine Leere saugen lassen. Sie musste rechtzeitig jeden Morgen eine der grünen Tabletten nehmen.

Tag eins hatte begonnen. Der 13. November. Wenn sie die letzte Pille nahm, würde der 12. Dezember sein. An jenem bedeutungsvollen Tag sollte sie über alle Erinnerungen im Zusammenhang mit dem Projekt *Misty Hazard* verfügen. Wenn Mrs Stylez sie nicht angelogen hatte. Die andere Mrs Stylez.

Eileen wechselte vom Kalender ins Telefonmenü und wählte die Nummer, die Gwen ihr dort hinterlassen hatte. Nach dem achten Klingeln ertönte das Besetztzeichen. Vielleicht schlief Stylez noch. Oder konnte oder wollte nicht mit ihr reden.

Na gut. Sie rief das Nachrichtenmenü auf und verfasste eine E-Mail.

Guten Morgen, Gwen!

Da Sie nicht ans Telefon gegangen sind, erfahren Sie es eben per Mail. Vor zwei Stunden habe ich Shift-P gespritzt und heute Morgen eine der Tabletten genommen.

Egal, was Sie jetzt denken, ich bin sicher, das war der einzige Weg, um wirklich weiterzukommen.

Sie müssen mir einen Gefallen tun. Ich werde gegen 08:00 Uhr Ihre Schwester unter der im Video genannten Nummer anrufen und einen Treffpunkt vereinbaren.

Bitte rufen Sie mich so schnell es geht an. Ich habe einen Plan.

Eileen.

Sie schaltete das Blackberry auf Stand-by, legte es auf den Tisch zurück und beschloss, erst einmal ausgiebig zu duschen. Eine Stunde darauf hatte sie ihre Sachen gepackt, am Kreditkartenschalter elektronisch ausgecheckt und saß bereits in dem Lexus. Spätestens nach dem Treffen mit Gabrielle Stylez würde sie den Wagen loswerden und sich nach einem anderen fahrbaren Untersatz umsehen müssen.

Es war Viertel vor acht, als ihr Handy klingelte und Gwen sich meldete. In knappen Sätzen erklärte Eileen der anderen Frau ihren Plan. Sie stieß auf stärkeren Widerstand, als sie gedacht hatte, und brauchte all ihre Überredungskunst, um Gwen von ihrem Vorhaben zu überzeugen. Oder vielmehr, sie für ihr eigenes Mitwirken an dem Plan zu gewinnen.

10:15 Uhr

Die Plazamall war gut besucht. Es gab keinen Wochentag, an dem hier nicht Tausende von Menschen zum Shoppen hinkamen. Oder einfach nur zum Bummeln. Eileen kannte andere Einkaufsmeilen, die genauso überlaufen waren. Zu jeder Zeit. Da fragte man sich ernsthaft, ob all diese

Leute keine Arbeit hatten, wenn sie tagein, tagaus zum Einkaufen, Klönen oder Kaffeetrinken einer Mall einen Besuch abstatten konnten.

Eileen war der Massenauflauf nur recht. Vor etwas über zwei Stunden hatte sie die Nummer der Organisation angerufen und mit Mrs Stylez gesprochen. Es war erstaunlich, wie ähnlich ihre Stimmen klangen. Eileen hatte während des Gesprächs das Gefühl, sie spräche mit Gwen. Aber sie war es nicht, sondern ihre *Schwester* Gabrielle, was auch immer *Schwester* in dem Zusammenhang bedeuten mochte.

Gabrielle zeigte sich außerordentlich überrascht, von Eileen zu hören. Offenbar hatte man sie bereits abgeschrieben, wenn sie den Worten der anderen Frau Glauben schenken konnte.

»Ich bin außerordentlich erfreut, dass Sie sich dazu entschieden haben, nach Hause zu kommen«, hatte Gabrielle gesagt.

»So sehr freut es mich allerdings nicht. Ich traue Ihnen nicht.«

»Das ist verständlich. Ich schlage vor, wir treffen uns ganz unverbindlich zu Ihren Bedingungen.«

Eileen grinste. Die Bedingungen waren einfach. Stylez sollte sie in der Plazamall am helllichten Tag in der Fast-Food-Oase treffen. Hunderte von Zeugen. Niemand würde wagen, sie dort zu entführen oder einfach zu eliminieren. Sie dachte an die Namensliste. Wahrscheinlich lag der Organisation nicht so sehr etwas daran, sie einfach aus dem Weg zu schaffen, wenn sie sie für sich gewinnen konnten. Sie hatten bisher nur Jagd auf sie gemacht, weil sie Eileen verloren glaubten.

Dem toten General sei Dank.

Eileen stand auf einer Galerie und sah nach unten ins Rund der Fressmeile. Etwa fünfzehn Fast-Food-Stände boten ihre Waren feil. Von McDonald's über Burger King, Subway bis hin zu einigen indischen und italienischen Anbietern war alles dabei. Wer seinen Einkaufshunger mit einem Burger stillen wollte, wurde genauso gut bedient wie jemand, dem der Sinn eher nach einer Pizza, nach Sandwiches, Nachos oder einer Fajita stand. Die Stände waren im äußeren Rund einer Kuppelhalle aufgebaut, während die Mitte von unzähligen Tischen und Stühlen gefüllt wurde. An den Seiten türmten sich gigantische Farne und Drachenbäume hoch.

Aufmerksam beobachtete Eileen die Massen und versuchte, Stylez in der Menge auszumachen. Sie sollte sich auf einen Platz in der Mitte der Halle setzen und eine auf dem Tisch bereitliegende Fahne der Kette Burger King heben.

Eileen hatte eine Reinigungskraft dafür bezahlt, den Tisch als *reserviert* zu verteidigen. Und ebenfalls ein Mädchen der Fast-Food-Kette für eine spezielle Aufgabe. Für das Geld hätte sie sich getrost fünf komplette Menüs kaufen können.

Eileen trug Bluejeans, Stiefel mit flachen Sohlen, darüber eine weiße Bluse und eine schwarze Lederjacke. Eine Sonnenbrille zur Tarnung wäre zu auffällig gewesen, daher hatte sie sich heute Vormittag eine Perücke mit graublondem Haar besorgt und eine modische Brille mit Fensterglas.

Sie sah auf die Uhr. Die vereinbarte Zeit war vor zwei Minuten abgelaufen. Eileen gab der anderen Frau noch drei Minuten. Sollte sie bis dahin nicht auf der Bildfläche erscheinen, würde sie die Aktion abblasen. Sie war ohnehin sicher, dass ihr eine Falle gestellt werden sollte.

In dieser Sekunde setzte sich jemand an den Tisch. Groß, schlank, blond. Die Frau trug einen beigefarbenen Trenchcoat und über der Schulter eine Handtasche. Sie griff nach dem Fähnchen und schwenkte es zweimal.

Sofort kam die Bedienung des Burger-King-Standes herangelaufen und servierte einen Pappbecher. Sie kassierte und war wieder verschwunden.

Eileen lächelte, als sie sah, wie Stylez den leeren Becher schüttelte und den Deckel öffnete, um die darin versteckte Botschaft zu lesen. Das war der Moment, in dem Eileen das Mikrofon auf die andere Frau richtete und sich den kleinen Hörer ans Ohr gepresst hielt.

Kein Laut. Kein Wort.

Stylez gab die Information des Zettels nicht an andere Lauscher weiter. Sie sah sich nicht einmal zu etwaigen Beschattern um, sondern stand einfach auf und ging in Richtung des Zwischengangs, der zu der Einkaufshalle führte.

Keine anderen Agenten? Eileen schob das Mikro zurück in die Tasche und wandte sich von der Galerie ab. Sie eilte die Rolltreppe hinunter, tauchte in die Menge ein und steuerte das Starbucks auf der anderen Seite der promenadenartigen Halle an. Stylez verschwand gerade in dem Eingang und saß auf einem der Sofas, als Eileen den Kaffeeladen betrat.

Als Stylez sie erblickte, trat ein Funkeln in ihre Augen. Sie erhob sich und streckte Eileen zur Begrüßung die Hand hin.

Diese ergriff sie nicht, sondern nickte in Richtung der Toiletten.

»Nicht hier«, sagte sie. »Gehen Sie bitte voraus.«

Stylez nickte, drehte sich um und durchquerte den Raum. Sie öffnete die Tür zu den *Rest Rooms*. Dahinter befand sich ein schmaler Gang. Der erste Abzweig führte zum Herrenklo. An der zweiten Tür – der Damentoilette – hing ein Aufkleber mit der Aufschrift: AUSSER BETRIEB.

»Nach Ihnen«, sagte Eileen und deutete auf die Tür.

Stylez nickte kurz und betrat den Raum. Eileen war verblüfft, wie ähnlich die Haltung, der Gang, ja ihre komplette Art der ihrer Zwillingsschwester waren.

An den Waschbecken blieb Gabrielle Stylez stehen und drehte sich um. Die Hände hielt sie über dem Mantel, wohl um Eileen zu signalisieren, dass sie keine bösen Absichten hegte.

»Da bin ich«, sagte Mrs Stylez.

»Fein.« Eileen griff mit der Linken in die Tasche ihrer Lederjacke und umschloss etwas Kleines, Handliches. Sie streckte die Rechte aus, um die Geste der Begrüßung von eben nachzuholen. »Ich bin Eileen Hannigan.«

Stylez lächelte und streckte ihr tatsächlich die Hand entgegen. Im selben Moment traf Eileen ein Lichtreflex. Etwas blitzte vom Handgelenk der anderen Frau auf.

Eine Nadel!

Eileen war schneller. Sie zog den Gegenstand aus der Jacke und presste ihn auf Stylez' Handrücken. Mit einem Zischen entlud sich die Injektion und schoss in Stylez' Blutbahn.

Erschrocken zuckte die Frau zurück, stieß mit dem Rücken gegen das Waschbecken und hielt sich daran fest.

»Was …?« Ihre Augenlider begannen zu flattern. Als sich eine Kabinentür der Damentoilette öffnete und Gwendolyn heraustrat, schlug sie die Augen für eine Schrecksekunde unnatürlich weit auf. Dann brach Gabrielle zusammen und blieb zuckend am Boden liegen.

Gwen beugte sich über die paralysierte Frau und drehte ihr das Handgelenk um. »Ein Betäubungsmittel. Das war eine Falle.«

»Wie ich es mir gedacht habe.« Eileen hockte sich ebenfalls neben Stylez und schlug ihr zweimal mit der flachen Hand ins Gesicht.

Die Frau regte sich. Sie murmelte etwas. Speichel rann aus ihrem Mundwinkel, aber ihre Augenlider blieben geschlossen.

»Gabrielle? Können Sie mich hören?«

»Ws …? Ja …« Sie nuschelte. Aber die Droge tat bereits ihre Wirkung.

»Ich habe Ihnen Natrium-Thiopental gespritzt«, sagte Eileen. »Sie werden mir jetzt meine Fragen beantworten.«

»Gerne.«

»Kennen Sie den großen Plan Ihrer Organisation?«

Gabrielle schüttelte heftig den Kopf. »Nur der General.«

»Was ist mit den Hazardern? Wer hat sie aktiviert?«

»Die … Organisation.«

»Wo sind sie jetzt?«

»Verstreut … nicht alle sind aktiv.«

»Warum nicht?«

Stylez schlug um sich und warf den Kopf wie wild geworden hin und her. Weiterer Speichel troff aus ihrem Mund. Eileen hoffte, dass sie das Thiopental nicht überdosiert hatte. Gwen hielt ihre Schwester fest.

»Warum sind nicht alle Hazarder aktiv?«, fragte Eileen erneut.

»Schwierigkeiten bei der Aktivierung«, sagte Gabrielle. Ihre Lider flatterten. »Nicht alle sind bereit, das Päckchen anzunehmen …«

Das Päckchen! Eileen dachte an den Rucksack, der in der Central Station im Schließfach für sie aufbewahrt worden war. Anscheinend hatte man für jeden einzelnen Hazarder weltweit diese Pakete mit Injektion, Tabletten und Speicherkarte bereitgestellt. Aber nicht jeder hatte bisher Shift-P injiziert.

»Wen haben Sie bereits?«

Stylez' Körper zuckte unkontrolliert und Gwen hatte Mühe, die Frau festzuhalten.

»Die Dosis war zu stark«, sagte Gwen. »Sie stirbt uns weg. Sie müssen Ihr das Adrenalin geben.«

»Noch nicht.« Eileen schnaubte. »Zuerst muss sie uns alles sagen, was sie weiß. Wir haben keine zweite Chance.«

»Also schön.« Gwens Tonlage ließ durchsickern, dass ihr das Vorgehen überhaupt nicht gefiel.

Eileen wandte sich wieder an Gabrielle. »Wen haben Sie bereits? Sagen Sie es mir!«

Die Frau spuckte Schaum. »Valois …«

Eileen schloss die Augen und rief sich die zwanzig Namen der Liste in Erinnerung. Valois, Philippe. Ein Franzose. Angehöriger des Marinespezialkommandos Hubert.

»Weiter!«

»Simmons.«

Eileen presste die Lippen aufeinander. Simmons war der Captain des USMC, den sie bereits versucht hatte zu erreichen.

»Phelps«, sagte Stylez freiwillig.

Eileen erinnerte sich an den Namen und konnte ihn als Angehörigen der US Army zuordnen.

»Wen noch?«, fragte sie.

Stylez bäumte sich auf. Ein Schwall weißer Schaum schoss aus ihrem Mund und tropfte aus ihren Nasenlöchern. Blut rann aus ihren Ohren.

»Eileen!«, sagte Gwen und sah sie flehend an. »Sie stirbt.«

»Warten Sie noch.« Eileen beugte sich vor und hob den Kopf der Frau an. »Noch jemand?«

»N-nein … zwei an G-Dawn verloren.«

»Wen?«

Sie zuckte erneut.

Eileen rüttelte sie an der Schulter

»Hannigan, das reicht!«

Sie ignorierte Gwen und schlug der anderen Frau ins Gesicht. Die riss auf einmal die Augen auf. Ihre blaue Iris war verschwunden und machte einem schwefeligen Gelb Platz. Das Weiß ihrer Augäpfel hatte sich blutrot verfärbt.

»Wo befindet sich Ihr Stützpunkt, Gabrielle. *Wo?«*

Das letzte Wort hatte sie geschrien.

Gabrielle blubberte etwas vor sich hin. Immer wieder spritzte Schaum aus ihrem Mund. Sie stammelte augenscheinlich unverständliches Zeug. Doch Eileen verstand sie. Eine Adresse. Eine Adresse in Lynchburg, Virginia. Die Zuckungen verebbten. Mrs Stylez sackte in sich zusammen. Ihre gelbroten Augen starrten an die Decke. Ein Rinnsal weißen Sekrets lief ihr aus den Mundwinkeln.

Gwen sah Eileen an.

»Sie ist tot«, sagte sie.

Eileen nickte. »Es tut mir leid. Aber sie wäre uns nur im Weg gewesen, wenn wir das hier durchziehen wollen.«

Gwendolyns Augen weiteten sich vor Entsetzen und plötzlichem Verstehen. »Sie hatten gar nicht vor, sie zu retten?«

»Ich habe nicht einmal Adrenalin dabei«, gestand Eileen und blickte der anderen fest in die Augen. »Gwen, die haben Ihren General ausgeknipst und sind hinter Ihnen her. Meinen Sie, irgendwer von denen wird Ihr Leben schonen, wenn man Sie in die Finger bekommt?«

Stylez sah sie nur emotionslos an.

»Die haben einen Krieg begonnen«, sagte Eileen. »Wir schießen jetzt zurück. Und Gefangene sind auf beiden Seiten einfach nicht vorgesehen. Zur Hölle mit irgendwelchen Konventionen.«

Gwen rührte sich noch immer nicht. Ihr Blick wurde glasig. Die Lippen teilten sich. Zitterten.

Eileen legte eine Hand auf ihre Schulter, fuhr hoch zu ihrer Wange und berührte sie. »Gwen? Schaffen Sie das?«

Die andere schluckte. Endlich blinzelte sie. Eine Träne kullerte aus ihrem Augenwinkel, lief die Wange herab und heftete sich an Eileens Finger. Gwen schluckte erneut. Der Laut war deutlich zu hören. Sie blinzelte und schaute Eileen in die Augen.

»Ja. Ich schaffe das.«

Eileen nickte ihr aufmunternd zu und ließ ihre Wange los. »Gut. Dann helfen Sie mir, sie auszuziehen. Sie müssen ihre Kleidung tragen. Haben Sie mitgebracht, worum ich Sie gebeten habe?«

Gwen schnäuzte und erhob sich dann. Sie ging zu der Toilettenkabine zurück und kam mit einem zusammengefalteten schwarzen Sack zurück.

»Sie sagten, Sie wollten ihn für eine Finte benutzen«, sagte Gwen und entrollte den stabilen Foliensack, an dem ein Reißverschluss angebracht war. Es handelte sich dabei um nichts anderes als einen Leichensack. »Sie hatten nie vor, ihn für sich zu benutzen, oder?«

Eileen schüttelte den Kopf. »Nein. Wir müssen ihre Leiche so lange verstecken, bis wir alle Informationen haben. Wenn jemand die Tote zu früh entdeckt, wird die Organisation gewarnt und alles war umsonst. Es tut mir leid, dass ich Sie belogen habe, aber wenn ich Ihnen am Telefon gesagt hätte, dass ich vorhabe, Gabrielle nicht am Leben zu lassen, wären Sie erst gar nicht gekommen.«

»Da könnten Sie recht haben.« Gwen straffte sich und half Eileen dabei, die Leiche zu entkleiden. Anschließend zog sich Stylez die Sachen der Toten über und verstaute ihre eigenen zusammen mit dem Leichnam in dem Sack. Danach zogen sie den Reißverschluss zu und verfrachteten die Tote in einen Abstellraum hinter den Toiletten. Eileen hatte bewusst dieses Kaffeehaus gewählt, weil sie die Örtlichkeiten von einem früheren Besuch kannte. Mit einem Messer sabotierte sie anschließend das Schloss und hoffte, dass das Reinigungspersonal erst heute Abend Zugang zu dem Raum benötigte.

10:46 Uhr

Die Fahrt bis Lynchburg würde mit dem Auto über sieben Stunden dauern. Gabrielle Stylez konnte den Weg nach dem Telefonat mit Eileen unmöglich über die Straße zurückgelegt haben. Sehr wahrscheinlich war sie geflogen. In den Taschen der Toten hatten sich jedoch keinerlei Hinweise gefunden. Nur eine Geldbörse, ein Handy und eine ID-Card. Stylez war nicht einmal bewaffnet gewesen – von der Injektionsnadel am Handgelenk abgesehen. Sie war auch nicht verdrahtet und besaß kein Funkgerät, das sie mit einem Überwachungsteam verband. Offenbar war sie tatsächlich allein hergekommen. Aber die Organisation würde Verdacht schöpfen, wenn sie sich nicht zurückmeldete oder gar sieben Stunden mit einem Auto durch die Gegend fuhr.

Eileen drängte darauf, erneut die Nummer anzurufen, über die sie selbst mit Mrs Stylez Kontakt aufgenommen hatte.

Gwen benutzte dafür das erbeutete Handy. Am Ende der Leitung meldete sich eine männliche Stimme. Sie klang monoton und etwas schleppend. Es war definitiv nicht der General.

»Hier ist Stylez«, sagte Gwen.

»Haben Sie das Schäfchen?«, fragte der Mann.

»Bedauerlicherweise nicht. Hannigan hatte mir eine Falle gestellt, um mich auszuhorchen.«

»Dann lebt sie noch?«

»Sie ist tot«, sagte Gwen. »Ich wollte sie betäuben, aber sie hat die Nadel zu früh entdeckt. Wir gerieten in ein Handgemenge. Ich musste ihr die Nadel ins Herz stoßen.«

»Das ist bedauerlich. Ich werde den General informieren.«

»Gut.« Gwen zögerte, dann setzte sie alles auf eine Karte. »Wäre schön, wenn ich eine Rückfahrgelegenheit bekomme.«

»Ich informiere Skyhawk und lasse Sie abholen. Begeben Sie sich zu der Lichtung am Boulevard Drive Southeast. Skyhawk wird in einer Stunde dort auf Sie warten. Over.«

»Ich hab ein beschissenes Gefühl bei der Sache«, sagte Gwen, als die Verbindung beendet war.

»Wir ziehen das jetzt durch.« Eileen sah auf die Uhr. »In dem Park kann nur ein Helikopter landen. Gehen wir davon aus, dass er sich in der Nähe aufhält. Ein Flug bis Lynchburg wird ungefähr drei Stunden mit einem Hubschrauber dauern. Ich werde mir einen neuen Wagen zulegen und mich über die Interstate 85 auf den Weg machen. Wenn Sie in Lynchburg landen, werde ich mit etwas Glück Greensboro erreicht haben und befinde mich auf der US-29 in Richtung Ziel. Ich werde dann aber noch zwischen drei und vier Stunden bis Lynchburg benötigen. So lange müssen Sie durchhalten und so viele Informationen besorgen, wie Sie nur kriegen können.«

»Ich bemühe mich.« Stylez nickte Eileen zu, schloss den mittleren Knopf des Trenchcoats und gürtete ihn vorn zu. »Wie sehe ich aus?«

Eileen musterte die Frau von Kopf bis Fuß und zwinkerte ihr zu. »Wie eine Stylez.«

Sie entlockte der anderen damit tatsächlich ein Lächeln.

Gwen beschloss, ein Taxi bis zum Park zu nehmen. In der Zeit wollte Eileen den Lexus bei einem Gebrauchtwagenhändler verkaufen und sich einen neuen Wagen besorgen. Ihr war bei der ganzen Aktion genauso mulmig zumute wie Stylez. Schließlich wagten sie sich in die Höhle des Löwen, und sollte Gwen auffliegen, würde sie das gleiche Schicksal ereilen wie ihre Schwester.

Eileen sah Stylez nach, wie sie ein Taxi heranwinkte. Dann machte sie sich selbst auf den Weg.

Wird schon schiefgehen, dachte sie.

Dingen, Deutschland
13. November, 11:34 Uhr MEZ

Die Halde Schwerin befand sich auf dem ehemaligen Gelände der Zeche Graf Schwerin, die nach ihrer Schließung mit Erdreich aufgeschüttet und anschließend mit Jungbäumen bepflanzt worden war. Sie lag am westlichen Rand Dortmunds in der Nähe des Wasserschlosses Bodelschwingh und gehörte zum Kreis Recklinghausen. Zwischen den Baumreihen der Grünanlage schlängelten sich Fußwege rund um das Areal und hinauf zu dem künstlich angelegten Gipfel. Auf diesem fand sich eine Lichtung als höchste Erhebung von Castrop-Rauxel. Von dort aus konnte man bei klarem Wetter bis zum fast fünfzig Kilometer entfernten Gasometer in Oberhausen sehen. Der Rundumblick war überwältigend. Imposant war jedoch auch die aus Metallpfeilern auf der Lichtung erbaute Sonnenuhr. Vierundzwanzig Edelstahlstelen waren von Jan Bormann im Jahr 1993 für die Internationale Bauausstellung Emscherpark in einem groß angelegten Kreis errichtet worden.

Außer dem normalen, stetig ansteigenden Fußweg bis zum Gipfel gab es vier weitere, terrassenförmige Aufgänge, deren Treppenstufen aus Bahnschwellen bestanden. Aus jeder Himmelsrichtung führte ein Aufstieg direkt zu der Sonnenuhr.

Markus de Vries vergrub die Hände in den Taschen seiner Jacke und drehte sich langsam im Kreis, um die Aussicht zu genießen. Kühler Wind fegte durch sein Haar und brannte auf seinen Wangen. Er blickte nach Osten und sah die fünf Windräder, die auf einem Feld nahe der Straße postiert waren. Dahinter konnte er die Turmspitze des Wasserschlosses erkennen, dem heutigen Wohnsitz des Freiherrn zu Inn- und Knyphausen und seiner Familie. Die Bauweise des Schlosses hatte Markus von jeher beeindruckt, auch wenn er bisher nur ein oder zwei Mal hier gewesen war. Von seiner Heimatstadt Werne aus war es nur ein Katzensprung bis zu Schloss Cappenberg, bei dem er öfter vorbeikam.

Du bist definitiv vollkommen bescheuert! Gleich triffst du ein paar der finstersten Gesellen, die du dir vorstellen kannst – und du beschäftigst dich mit Schlössern und Burgen …

Heute würde kein edler Ritter auf einem strahlend weißen Ross mit blankgezogener Klinge daherkommen, um Markus zu retten. Er drehte sich gefrustet um und blickte zu Veronica Pothoff, die sich auf die Besucherbank am südwestlichen Gipfelplateau gesetzt hatte und in die Ferne starrte. Markus schlenderte hinüber zu ihr und hockte sich neben sie.

»Die zwei Stunden sind fast um«, sagte er.

»Ich weiß.«

»Was, wenn sie nicht kommen?«

Sie sah ihn von der Seite an und schenkte ihm einen Blick, der ihn am liebsten ihre ganze verfluchte Situation vergessen lassen wollte. Er konnte sich gut vorstellen, jetzt mit ihr in einem Café zu sitzen, einen Cappuccino zu schlürfen, sich dabei verträumt in die Augen zu sehen und anschließend Arm in Arm spazieren zu gehen. Und danach …

Zu mir oder zu dir?

Markus schob die Gedanken beiseite. Pures Wunschdenken half hier nicht weiter. Er musste sich damit abfinden, dass er sich momentan im Vorhof zur Hölle befand. Ein dumpfes, monotones Rattern unterbrach seine Gedanken. Von irgendwoher näherte sich ein Hubschrauber.

»Sie kommen«, sagte Veronica, nahm Markus' Hand und drückte sie kurz. Dann stand sie auf.

Der Hubschrauber flog tief von Westen an, passierte den imposanten Hammerkopfturm und gewann dann an Höhe, um dicht über die Baumwipfel auf Markus und Veronica zuzuschweben.

Markus blickte sich um. Trotz der Größe der Lichtung, auf der normalerweise zwei Hubschrauber Platz gefunden hätten, gab es keine Landemöglichkeit. In der Mitte des Gipfelplateaus befand sich die Sonnenuhr. Ihre beiden Querstreben verhinderten ein Aufsetzen. Der Rest der Lichtung war zu allen Seiten hin abschüssig. Dennoch unternahm der Pilot einen Versuch und senkte die Maschine ab. Sie flog über die Sonnenuhr hinweg und ging an der Nordseite des Plateaus nieder. Räder fuhren aus dem Rumpf heraus. Der Hubschrauber schwankte in der Luft. Seine Rotoren entfachten einen Sog, gegen den Markus ankämpfen musste. Veronica erging es ähnlich. Der Sturm war ungleich stärker als der Wind, der wetterbedingt über das Areal fegte.

In leichter Schräglage setzten die Räder auf. Das stählerne Ungetüm, ein Sea King, wenn sich Markus aus seiner Bundeswehrzeit richtig erinnerte, passte knapp in den Zwischenraum von Sonnenuhr und Waldrand. Wäre er nur einen Meter länger gewesen, hätte der Heckrotor die Bäume gerodet.

»Gewagtes Manöver«, sagte Veronica und hielt sich an Markus' Seite.

»Ist mir eigentlich scheißegal. Ich will nur, dass wir das hier schnell hinter uns bringen.«

Veronica streckte ihre Hand nach seiner aus und ergriff sie. »Ich will dir ja nicht die Laune verderben, aber das wohl ist erst der Anfang.«

Der Sea King ließ die Rotoren laufen. Seitwärts wurde eine Tür zurückgeschoben und zwei schlanke, schwarze Gestalten sprangen heraus. Markus staunte nicht schlecht, als er die beiden Frauen sah. Die eine trug ihr blondes Haar nackenlang. Der Wind der Rotorblätter fuhr durch das lange, brünette Haar der zweiten. Sie waren in knöchellange Ledermäntel gehüllt, die sich bei jedem Schritt vorn so weit teilten, dass Markus darunter schwarze Lackstiefel und ebenfalls schwarze, eng anliegende Stretchhosen erkannte.

Ihnen folgte ein geschniegelter Typ mit dunklem Haar, hellbraunem Trenchcoat und Gucci-Schuhen. Der Mantel bauschte in einer Böe auf und offenbarte einen teuren Anzug mit Weste und Krawatte. Markus mochte den Kerl nicht. Er schob ihn automatisch in die Kategorie Playboy, Anwalt, Politiker, Gangsterboss – alles das gleiche Pack.

Das Dreiergespann duckte sich unter dem Wirbelwind des Hauptrotors und kam zu ihnen herüber. Markus und Veronica hielten sich innerhalb des Metallkreises der Sonnenuhr auf.

»Mir gefällt das nicht«, sagte Markus.

Veronica erwiderte nichts.

Noch zwei Schritte, dann waren die drei innerhalb des Kreises. Die Blonde baute sich rechts von dem Typen auf und verschränkte ihre Arme vor der Brust. Im Gegensatz zu der Brünetten, die sich die Haare aus dem Gesicht strich und ihre Hände in die Taschen des Ledermantels vergrub. Sie blieb auf der linken Seite stehen. Beide Frauen blickten Markus und Veronica ausdruckslos an. Gleichzeitig wanderten ihre Blicke umher und schweiften über die Lichtung. Aufmerksam. Gespannt.

Markus zweifelte nicht daran, dass diese beiden weiblichen Bodyguards unter ihren Mänteln bis an die Zähne bewaffnet waren und in Nullkommanichts jeden Gegner eliminieren konnten, der ihren Boss angreifen wollte. Spontan erinnerten ihn die beiden Frauen an Trinity aus den Matrix-Filmen. Nicht nur wegen ihres Aufzugs. Die Art und Weise, wie sie sich zuvor bewegten und jetzt einfach nur dastanden, hatte etwas Bedrohliches an sich.

Der Mann im Versace-Mantel trat vor und lächelte. Sein Blick musterte Markus kurz und eher geringschätzig und verweilte dann etwas länger auf Veronica.

»Es freut mich, dass Sie gekommen sind«, sagte er auf Deutsch, aber mit eindeutig britischem Akzent.

Alarmiert horchte Markus auf. Irgendwie erinnerte ihn der Typ an Vandengard. Wie auf ein Stichwort sprang der SAS-Soldat aus dem Helikopter und gesellte sich zu den anderen. Er hielt eine microSD-Karte hoch und reichte sie dem geschniegelten Kerl.

»Ich bin Lord James Edward of Narwick«, sagte er. »Aber bitte, nennen Sie mich einfach Jae.«

Veronica keuchte. Markus' Blick fixierte Vandengard. Der Mann stand für alles, was er verachtete. Für alles, was ihm genommen worden war. Markus brauchte all seine Selbstbeherrschung, um sich nicht blind auf den Kerl zu stürzen.

»Das sind Paula«, Jae deutete zu seiner blonden Begleitung und sprach den Namen englisch aus, dann zu der Brünetten, »und Sandra.« Die Betonung war deutsch, wenn auch gewürzt mit seinem britischen Akzent.

»Unsere Namen dürften Sie kennen«, sagte Veronica einfach.

Jae verzog die Lippen zu einem Lächeln, das einfach nur aufgesetzt wirkte und nicht echt war. »Wir haben leider nicht viel Zeit. So einfach in der Landschaft zu landen hat sicherlich die Einwohner aufgeschreckt. In ein paar Minuten dürften wir mit Polizei rechnen.«

»Damit kennen Sie sich ja gut aus«, sagte Markus.

Der Brite hob die Hände. »Sie können mir vieles anhängen, Herr de Vries, aber das nicht. Mit dem Polizeieinsatz hatten wir nicht das Geringste zu tun. Haben Sie das Video auf der Speicherkarte gesehen? Gut, dann wissen Sie, dass es eine Organisation gibt, die hinter all dem steckt. Eine Organisation, die dieses Serum und die Tabletten entwickelt hat und die dabei ist, die Menschheit in den Ruin zu stürzen.«

»Was meinen Sie damit?«, fragte Veronica.

»Haben Sie sich nicht gefragt, warum man vor einigen Jahren zwanzig Menschen in ein Experiment steckte und ihnen anschließend die Erinnerung nahm?«

»Doch schon, aber …«

»Schläfer, meine Liebe. Die so genannten Hazarder sind Schläfer. Sie wurden stillgelegt und wieder in die Gesellschaft integriert, um sie zu einem günstigen Zeitpunkt zu wecken.«

»Und wofür? Sind sie Terroristen, oder so was?« Markus' Blick wanderte von Jae zu Vandengard, dann wieder zurück zu dem geschniegelten Typen. Er fragte sich, ob der Lord-Titel echt war oder nur zu seiner Fassade gehörte.

Jae deutete auf den wartenden Helikopter. »Ich schlage vor, das alles besprechen wir auf dem Flug.«

»Wohin?«

»Zu unserer Basis.«

Markus sog scharf die Luft ein und schaute hinüber zu Veronica, die sich innerlich offensichtlich ebenso sträubte, dem Löwen in seine Höhle zu folgen.

»Ich verstehe Ihre Vorsicht«, sagte Jae. »Aber ich versichere Ihnen, dass wir Ihnen kein Haar krümmen werden.«

»So wie Andy?«, fragte Markus geradewegs heraus und schleuderte Vandengard einen vernichtenden Blick entgegen. »Wenn Sie schon nicht hinter dem Hubschrauberangriff in Dortmund stehen, dann können Sie aber nicht leugnen, dass dieser Mann«, er deutete auf den Killer, »meinen Freund Andy umgebracht hat.«

»Ein bedauerlicher Zwischenfall.«

»Oder wie Allegra Lomi?« Veronicas Worte kamen scharf und ließen Jae sichtlich zusammenzucken. Seine Nasenflügel bebten und seine Augen verengten sich. Lomis Tod war offensichtlich nicht vorgesehen gewesen und der Lord schien mit Vandengards Initiative nicht einverstanden zu sein.

»Ein ebenso bedauerlicher …«, begann er zwischen den Zähnen hervorzupressen, doch dann unterbrach er sich und richtete den Mantelkragen. »Darf ich fragen, was Sie mit Signorina Lomis Leichnam gemacht haben?«

Markus nickte mit dem Kinn den Hügel hinunter, wo Veronicas BMW parkte. »Sie liegt im Kofferraum.«

»Holt sie!«, bedeutete Jae seinen Bodyguards. Sofort setzten sich Paula und Sandra in Bewegung, huschten leichtfüßig und mit im Wind flatternden Mänteln die Ostroute des Terrassenwegs hinunter.

Veronica hielt die Wagenschlüssel hoch. »Wäre es nicht sinnvoller gewesen, die hier mitzunehmen?«

Jae lächelte. »Die beiden haben ihre Mittel. Den Wagen können Sie ohnehin nicht weiter fahren, wenn Ihnen die Polizei auf den Fersen ist. Falls Sie sich gegen mein Angebot entscheiden, beschaffe ich Ihnen ein neues Fahrzeug.«

»Was für ein Angebot?«, fragte Markus, obwohl er die Antwort bereits erahnte.

Jae drehte sich um und ging zum Hubschrauber zurück. »Für mich zu arbeiten«, sagte er. Vandengard folgte ihm.

Markus drehte sich zu Veronica um, die mit ausdruckslosem Blick zurücksah.

Willkommen im Käfig des Wahnsinns!, dachte Markus und ertappte sich dabei, wie er ebenfalls in Richtung des Sea King losstapfte.

Lynchburg, Virginia
13. November, 14:00 Uhr EST

Der Ausdruck »die Kehle zuschnüren« gewann in dem Moment eine neue Form des Schreckens, als Gwendolyn Stylez aus dem Hubschrauber stieg und, eskortiert von zwei Bewaffneten, auf das kleine Häuschen am Rand des Dachlandefelds zuging. Vor der Tür, hinter der eine Aufzugkabine wartete, befanden sich weitere Wächter. Beide in Zivil, brauner Trenchcoat, die Augen mit einer Sonnenbrille bedeckt. Die Kragen hatten sie ob der Novemberkälte hochgeschlagen. Ihre Wangen und Nasenspitzen waren vom Stehen in der Kühle gerötet. In ihren Händen hielten sie handliche Maschinenpistolen und in den Gesichtern stand ein Ausdruck, der darauf hinwies, dass sie sie auch, ohne zu zögern, benutzen würden.

Gwen nickte ihnen zu und hoffte, dass nicht bereits diese kleine Geste ihre Scharade verriet. Sie kannte niemanden aus der Lynchburg-Zelle der Organisation. Wenn es irgendetwas gab, das irgendwer gestern oder gar heute mit der toten Gabrielle besprochen hatte, würde Gwen sofort auffliegen, sobald sie jemand darauf ansprach. Sie konnte nur hoffen und beten, dass sie sich keinen Fehler erlaubte, solange sie in der Basis war. Es musste einfach schnell gehen.

Rein, zuschlagen und wieder raus.

Gwen betrat den Lift. Die beiden Männer aus dem Helikopter folgten ihr. Einer von ihnen zog eine Plastikkarte durch einen Schlitz an dem Bedienpaneel und drückte anschließend auf den Knopf für den Keller. Die Türen schlossen sich. Dann ruckte der Aufzug und sackte in die Tiefe. Gwen bemühte sich, einfach stur geradeaus zu gucken und keinen der beiden Bodyguards anzusehen. Aus den Augenwinkeln sah sie die Anzeige der Etagen. Als relativ kleine US-Stadt mit knapp 65 000 Einwohnern am Fuße der Blue Ridge Mountains, besaß Lynchburg nur wenige Gebäude, die wegen ihrer Bauhöhe als Wolkenkratzer bezeichnet wurden. Auf einem davon waren sie gelandet, doch er war mit keinem der Gebäude der großen Metropolen zu vergleichen. Es ging fünfundzwanzig Stockwerke in die Tiefe, dann leuchtete das Kellergeschoss auf, doch die Kabine hielt nicht.

Gwen spannte sich unwillkürlich an. Zwar hatte sie nicht damit gerechnet, dass im Keller Endstation war, doch der Gedanke, mit den beiden Bewaffneten noch tiefer unter die Erde zu müssen, beunruhigte sie.

Sie versuchte, ruhig zu atmen und sich nichts von ihrer Nervosität anmerken zu lassen.

Die Kabine wurde sanft abgebremst und blieb schließlich stehen. Ein heller Glockenton erklang. Die Türen schoben sich zur Seite und gaben den Anblick auf einen langen Gang frei, zu dessen beiden Seiten Türen abzweigten. Gwen war mit der Einrichtung vertraut. In einer ähnlichen hatte sie vor zwei Tagen noch gearbeitet.

Bevor sie in die Luft gesprengt und alle Mitarbeiter der Zelle, inklusive des Generals, getötet worden waren.

»Nach Ihnen, Ma'am«, sagte einer der beiden Leibwächter.

Gwen spürte einen kalten Schauer ihren Rücken herunterlaufen. Die feinen Härchen in ihrem Nacken stellten sich auf.

Ganz ruhig, ermahnte sie sich. *Du bist Gabrielle Stylez und schon Hunderte Male hier ein und aus gegangen. Das ist dein Zuhause.*

Gwen trat aus der Kabine. Die beiden Wächter rührten sich nicht. Als Gwen sich umwandte sah sie, wie einer der beiden bereits die Hand nach dem Schaltpaneel ausstreckte.

»Will der General mich sehen?«, fragte sie.

Der Mann schüttelte den Kopf. »Nein, Ma'am. Davon hat er nichts gesagt.«

Gut. Dann musste sie sich beeilen. Sie drehte sich um, ohne die beiden Männer zu verabschieden, und ging den Flur entlang. Als sie das Schließen der Aufzugtüren hörte, beschleunigte sie ihren Gang. Sie sah einmal zu einer der Türen, die nur angelehnt war. Ein Mann saß an einem Schreibtisch und telefonierte. Er musste sie bemerkt haben, denn er wandte den Kopf in ihre Richtung und winkte ihr.

Gwen hob kurz die Hand und marschierte weiter. Die anderen Bürotüren waren verschlossen. Am Ende des Flures befand sich eine T-Kreuzung. Rechts ging es zu den Labors und zum Büro des Generals. Der linke Korridor führte zu weiteren Büros und der Kommunikationszentrale. Genau dorthin wollte sie. Wenn sie Informationen beschaffen wollte, fand sie sie dort. Der Haken war nur, dass sie nicht allein sein würde. *Wird schon schiefgehen.*

Sie folgte der linken Abzweigung. Eine Tür öffnete sich und ein Mann in hellem Anzug kam heraus, in der einen Hand einen PDA, in der anderen ein Mobiltelefon.

»Oh, hallo Mrs Stylez. Ich habe Ihnen meinen Bericht über die Auswirkungen von Renegade Alpha auf den Tisch gelegt. Wenn Sie sie bitte abzeichnen würden, damit der General …«

»Wird erledigt«, sagte Gwen und ging einfach weiter.

Der Mann bedankte sich und telefonierte wieder, während er den Gang in die andere Richtung marschierte.

Kurz bevor sie die Doppeltür zur Kommunikationszentrale erreichte, öffnete sich auf der rechten Seite erneut eine Bürotür. Gwen erkannte die Silhouette, bevor sie ihr Gesicht richtig sehen konnte.

Er war es!

Der General.

Gwen erstarrte und schluckte. Ein Schatten fiel auf ihr Gesicht. Die imposante Gestalt überragte sie um mindestens zwei Köpfe. Sie trug einen dunkelgrauen Nadelstreifenanzug mit Krawatte, hatte breite Schultern und einen kahlen Schädel. In dem Mundwinkel des breiten Gesichts mit den eisgrauen Augen hing eine glimmende Zigarre.

»Mrs Stylez«, sagte der General mit einem Anflug von Freude in der Stimme. »Freut mich, dass Sie wieder zurück sind. Ich hoffe, Ihr Außeneinsatz hat Sie nicht allzu sehr gestresst.«

»Es geht schon«, hörte Gwen sich sagen, obwohl ihre Gedanken wie gelähmt zu sein schienen.

Eine blaue Dunstwolke umnebelte das Gesicht des Generals. Er paffte an seiner Zigarre und schürzte die Lippen. »Tapfer. Das schätze ich an Ihnen, Mrs Stylez. Mir ist jedoch wohler, wenn wir auf solche Einsätze verzichten können. Ich brauche Sie hier. Nicht auszudenken, wenn Hannigan Sie überwältigt hätte.«

»Ja, Sir. Die Angelegenheit ist ja jetzt erledigt.«

»Das beruhigt mich.«

Gwen fasste endlich mehr Mut und reckte das Kinn in die Luft. »Leider ist es mir nicht gelungen, Hannigan auf unsere Seite zu ziehen.«

»Es war einen Versuch wert.« Der General musterte sie von oben bis unten. In seine Augen trat ein lüsterner Blick, der Gwen bekannt vorkam. Auch ihr General hatte sie zeitweise so angestarrt. Annäherungsversuche gab es jedoch nie.

»Ich würde es begrüßen, wenn Sie mir nach der Aufregung heute Abend beim Dinner Gesellschaft leisten, Mrs Stylez.«

»Gerne«, sagte Gwen, wohl wissend, dass sie heute Abend schon lange nicht mehr hier sein würde. Vorausgesetzt natürlich, alles ging glatt über die Bühne.

Der General verabschiedete sich und ging Zigarre rauchend davon. Gwen blickte ihm hinterher, bis er im anderen Gang verschwunden war. Dann erst atmete sie tief und erleichtert aus.

Sie drehte sich um und öffnete die Tür zur Kommunikationszentrale. Der Raum war genauso, wie sie ihn aus der Basis *ihres* Generals in Erinnerung hatte. Groß, aber vollgestopft mit langen Tischreihen, auf denen Tastaturen und Bildschirme standen. Vor jedem Terminal saß ein Mann oder eine Frau, durch dunkle Brillengläser auf das Display starrend. Es gab kein Licht. Die einzige Beleuchtung rührte von den Schirmen und den Dioden der betriebsbereiten Geräte her. Keiner der Arbeitsplätze besaß eine persönliche Note. Keine Getränke auf den Tischen. Keine eingepackten Sandwiches für einen Snack zwischendurch. Das Herz einer Organisationszelle war so steril und nüchtern wie das, was es beschaffen sollte: nackte Informationen.

Gwen ging zur ihrem Posten – vielmehr zu der Station, die zuvor ihrer toten Schwester Gabrielle bestimmt war. Sie nahm die Brille, die äußerlich große Ähnlichkeit mit einer Panoramasonnebrille besaß, und setzte sie auf. Bei dem Stück handelte es sich um ein Produkt modernster und ausgefeilter Technik. Auf den Innenseiten projizierte eine ultradünne Membran Bilder und Filmschnipsel direkt auf die Netzhaut des Trägers, während über die eingebauten Miniaturlautsprecher Ton in die Gehörgänge übertragen wurde. Gwen hatte von Plänen der europäischen Zellen gehört, die Technologie mit Nanoimplantaten noch zu verfeinern und eine direkte Verbindung zum menschlichen Nervensystem zu ermöglichen.

Eine wahre Informationsflut zuckte über die Netzhäute. Gwen berührte den Touchscreen vor sich und selektierte den Datenstrom. Sie musste sich auf die primären Nachrichten beschränken.

Also schön, was wollen wir wissen?

Sie griff in ihre Manteltasche und aktivierte die WiFi-Funktion des Blackberrys. Gleichzeitig stellte sie eine Verbindung zwischen dem Smartphone und der virtuellen Datenbrille her.

Sie begann die Datenbanken der Organisation zu durchforsten. Die Brille, über eine feine Hornhautsensorik nur auf die DNS einer Stylez zugeschnitten, autorisierte sie automatisch zur Einsicht geheimer Daten, ohne lästige Passwortabfragen. Ohne Umschweife suchte sie nach dem Begriff *Misty Hazard.* Kurz darauf wurde die Namensliste auf dem Brillendisplay angezeigt.

Zwanzig, nicht fünfzehn Teilnehmer. Hannigan hatte ihr bereits erzählt, dass auf der Liste des Speicherchips ebenfalls fünf weitere Namen aufgetaucht waren.

Eine Weltkarte wurde eingeblendet und zeigte die Namen als Icons an verschiedenen Punkten des Globus. Drei grüne. Zwei rote. Ein orangefarbener Kreis. Ein weißer. Gwen bewegte einen Zeiger über die entsprechenden Markierungen und Infoblasen zeigten die den Icons zugeordneten Daten an.

Cord Simmons in Washington. Nicholas Phelps in San Francisco. Philippe Valois, Paris. Das waren die grünen. Jeder war mit dem Status *aktiviert* gekennzeichnet. Die drei waren fest in der Hand der Organisation.

Der orangefarbene Kreis war vage im Raum Atlanta zu sehen. Eileen Hannigan. Status: außer Kontrolle.

Der weiße Kreis im Raum Deutschland stand für eine Frau namens Veronica Pothoff. Ihr Status wurde als *Bereitschaft* angegeben. Dann waren da noch die beiden roten Icons, ebenfalls im deutschen Bereich. Vandengard und Lomi. Beide mit dem Begriff *G-Dawn* markiert.

Gwen wechselte in eine andere Menüstruktur und rief eine Suchmaske auf. Über den Touchscreen forderte sie Einsatzbefehle an, doch die waren mit der höchsten Priorität gesperrt und offenbar nur für den General zugänglich.

Mist! Sie rief die Akten von Simmons, Phelps und Valois auf und lud sie über die drahtlose Verbindung auf das Blackberry. Dann suchte sie nach dem Begriff G-Dawn und fand ihn als Abkürzung für eine Organisation namens *Gaia's Dawn,* deren Hauptquartier in England vermutet wurde. Gwen kopierte die Daten ebenfalls.

Sie zuckte zusammen, als einer der bisher schweigenden Operatoren sich meldete.

»Mrs Stylez, wir haben eine positive Meldung aus Haifa. Agentin Strauss ist soeben aktiviert worden!«

Gwen sah durch die Brille auf das große Display an der gegenüberliegenden Wand. In Israel leuchtete ein grünes Icon auf.

»Und eine weitere Bestätigung aus Washington, Ma'am«, meldete sich ein weiblicher Operator, ohne sich umzudrehen, oder ihren Blick von dem Bildschirm zu nehmen. »Hazarder Simmons ist es gelungen, Agent Callahan zu aktivieren.«

Ein weiteres grünes Icon blinkte neben dem ersten in Washington. Gwen fuhr mit dem Zeiger darüber und rief sich die Dateien auf. Callahan gehörte zur CIA. Strauss war Feldagentin des israelischen Geheimdienstes Mossad.

Für einen Moment war Gwen versucht, einfach weiterzumachen, doch dann spürte sie, dass sie etwas extrem Wichtiges übersehen hatte. – Der General. Unverzüglich berührte sie eine Taste an ihrem Headset und wartete, bis die sonore Stimme des Mannes durch den Kopfhörer erklang.

»Mrs Stylez?«

Gwen betete, dass sie jetzt alles richtig machte. »Sir, wir haben neue Bestätigungen aktivierter Hazarder.«

»Sehr schön. Wen?«

»Callahan und Strauss.«

»Erfreuliche Nachrichten. Damit steht es fünf zu zwei. Wir sind auf gutem Weg, G-Dawn zu überbieten. Es wurde auch Zeit. Ich genehmige hiermit Einsatzziel *Renegade* für Agent Simmons. Im wievielten Tag ist er?«

Gwen geriet in Panik. Sie verstand die Frage nicht. Rasch rief sie Simmons' Datei auf und versuchte, dem General eine Antwort zu geben. Doch an ihrer Stelle antwortete ein Operator.

»Fünfundzwanzig, Sir.«

»Er ist fast so weit«, sagte der General. »Mrs Stylez, informieren Sie die anderen Zellen, dass Renegade anläuft. Falls Simmons Unterstützung benötigt, stellen Sie ihm Phelps zur Seite.«

»Ja, Sir«, sagte Gwen, spürte aber selbst die Unsicherheit in ihrer Stimme. Sie hörte das Ausblasen von Zigarrenrauch im Kopfhörer. Der General ahnte etwas!

»Mrs Stylez?«

»Ja, Sir?«

Ein Schmatzlaut ertönte. »Haben Sie einen Einwand?«

»Nun, Sir, ich …«

»Sie haben recht. Jetzt, wo wir fünf Hazarder auf unserer Seite haben, können wir auch eine offene Konfrontation wagen. Wir haben Valois bisher für eine andere Mission zurückgehalten, doch jetzt, mit Strauss an unserer Seite, können wir das durch sie erledigen lassen. Ich werde mich mit den anderen beraten und lasse Sie unsere Entscheidung zu Valois wissen.«

Gwen verstand nicht ansatzweise, was das bedeutete. Sie wollte die Verbindung unterbrechen, als der General noch einmal einlenkte.

»Mrs Stylez?«

»Ja, General?«

»Gute Arbeit. Ich weiß es zu schätzen, dass Sie mitdenken.«

»Danke, Sir.«

Die Verbindung wurde beendet. Sofort rief Gwen weitere Dateien auf und suchte nach *Renegade*. Sie verschwendete keine Zeit darauf, sich die Daten anzusehen, sondern speicherte sie direkt auf dem Blackberry. Dann schloss sie alle geöffneten, virtuellen Ordner und drückte eine Senden-Taste an dem Smartphone, das nun eine einzige Datei an die Datenbrille übertrug, die sie wiederum in das System der Kommunikationszentrale einspeiste. Die Datei enthielt ein Virus, das dafür sorgte, Gwens Spuren zu verwischen, und gleichzeitig einen Uplink einrichtete, über den Gwen Zugang von außen erhalten sollte.

Sie hoffte, dass es funktionierte. Jetzt musste sie so schnell wie möglich verschwinden.

Gwen legte Datenbrille und Headset ab, warf einen letzten Blick in die Runde und verließ die Kommunikationszentrale. Sie ging den Weg zurück bis zum Aufzug, wo noch immer die beiden Bodyguards warteten. Die wurde sie wohl nicht los. Aber gut, damit hatte sie gerechnet.

Sie sah auf die Uhr. Hannigan konnte in frühestens zwei Stunden in Lynchburg sein.

»Ma'am?«, fragte einer der Wächter.

»Ich muss kurz hoch«, sagte sie.

Der Mann nickte und gab die Kabine frei. Beide Wächter stiegen zu und wieder wurde die Plastikkarte durch einen Schlitz am Paneel gezogen. Gwen streckte den Arm aus und drückte den Knopf für das Erdgeschoss.

Die Türen schlossen sich und die Kabine fuhr nach oben. Gwen schob die Hände in ihre Manteltaschen und umfasste das kleine Injektionsgerät, das Hannigan bereits bei Gabrielle verwendet hatte. Nur, dass es diesmal nicht mit einem Wahrheitsserum bestückt war.

Das Kellergeschoss leuchtete auf. Gwen zog die Hand aus dem Mantel, setzte den Injektor an den Hals des Mannes neben ihr und drückte ab. Der zweite Wächter hörte das Zischen der Hochdruckpistole. Sein Kopf fuhr herum, doch da hatte Gwen ihm bereits eine Injektion versetzt.

Der Paralyzer unterbrach die Kommunikation der Synapsen zu den Muskeln und würde die beiden Männer für die nächste halbe Stunde vollkommen bewegungsunfähig zurücklassen. Sie konnten atmen, ihr Herz schlug, ja sie hielten sich sogar auf den Beinen – aber sie waren nicht in der Lage, einen Schritt zu tun. Und sie würden sich an nichts erinnern, sobald die Wirkung des Paralyzers nachließ.

Die Kabinentüren schoben sich beiseite. Gwen verließ den Fahrstuhl und durchmaß die mit Fliesen belegte Eingangshalle des Bürogebäudes. Während sich hinter ihr die Aufzugtüren schlossen, winkte ihr der Pförtner zu.

»Mrs Stylez, ich dachte, Sie wären außer Haus.«

»Ich bin vor einer halben Stunde zurückgekehrt.« Sie lächelte ihn an und hoffte, er würde nicht nach irgendwelchen Details fragen. Sicherlich wusste er über Gabrielle Stylez nur, dass sie Sekretärin für irgendeine in dem Gebäude ansässige Firma war. Von den Büroräumen der Organisation tief unterhalb des Kellergeschosses ahnte er nichts. So war es auf der ganzen Welt. Die Organisation betrieb Scheinfirmen, um ihre wahre Existenz zu verschleiern. »Und schon bin ich wieder weg.«

»Einen schönen Tag, Mrs Stylez.«

»Ihnen auch.« Im Vorbeigehen sah sie sein Namensschild. »Harry.«

Der Mann strahlte über beide Backen.

17:15 Uhr

Eileen gabelte Gwen nach einem kurzen Telefonat etwa drei Meilen nordöstlich von Lynchburg an einer Raststätte an der US-29 auf. Sie fuhren weiter nach Norden Richtung Charlottesville und hielten in einem kleinen Nest namens Covesville bei einem Diner. Während der Fahrt sprachen sie nicht, sondern beobachteten nur aufmerksam die ländliche Umgebung und behielten den Rückspiegel im Auge. Soweit sie sehen konnten, gab es keine Verfolger. Das bedeutete aber nicht, dass man sie möglicherweise nicht aus der Luft überwachte. Soweit Eileen verstanden hatte, verfügte die Organisation über Möglichkeiten, die manchen Geheimdienst vor Neid erblassen ließen. Satellitenortung gehörte ebenso dazu, wie Gwendolyn ihr verriet.

Das Ländliche wich einer Waldgegend, durch die die US-29 ihren Weg weiter nach Norden suchte.

Eileen fuhr einen Porsche Cayenne, den sie in Atlanta einem Autohändler gegen den Lexus abgeschwatzt hatte. Sie musste noch einiges draufzahlen, was mit Hilfe der Ghost Card aber das kleinste Problem war.

Der Wagen stand draußen in Sichtweite. Es war merklich kälter geworden und der Wetterbericht hatte für morgen Schnee angesagt. Covesville war nur eine kleine Gemeinde in Albermale County, knapp zwanzig Meilen von Charlottesville entfernt. Es bestand weitgehend aus einer Hauptstraße, der US-29, und einigen abzweigenden Nebenstraßen – von Wald, Feldern und Gebirge umgeben.

Eine Bedienung schenkte Kaffee aus einer Kanne ein und nahm die Bestellung auf. Eileen orderte eine Portion Chili, während sich Mrs Stylez mit einem Chicken-Sandwich begnügte. Die beiden saßen in der hintersten Ecke des Diners. Nur zwei weitere Gäste waren um diese Zeit anwesend. Ein Waldarbeiter in kariertem Hemd und Steppweste saß am Tresen und schlürfte einen Kaffee, während er sich in eine Zeitung vertiefte. Und am anderen Ende des Lokals hockte ein Mann, der sich über eine Portion

Rührei mit Speck hermachte. Aus den Lautsprechern drang leiser New-Country-Sound von Brian McComas.

Eileen nippte an dem Kaffee und nahm dankbar dessen Wärme in sich auf. »Na schön, dann schießen Sie mal los.«

Die andere Frau nickte und strich sich eine Strähne ihres langen, blonden Haares aus der Stirn. Sie zog das Blackberry aus der Tasche und legte es auf den Tisch. Dann begann sie ein paar Tasten zu drücken, während sie Eileen von ihrem Besuch in der Basis der Organisation berichtete.

»Okay«, sagte Eileen, nachdem Mrs Stylez mit ihrem Bericht fertig war. »Wie hilft uns das jetzt weiter?«

Gwen blickte sie an. »Ich habe hier diese Dateien.« Sie schob das Blackberry zu Eileen herüber.

Auf dem Display war Cord Simmons' Dienstakte in verkleinerter Darstellung zu sehen.

»Zwanzig Probanden«, sagte Mrs Stylez. »Fünfzehn haben offensichtlich *Misty Hazard* überlebt. Fünf von ihnen sind aktiviert worden. Sie haben sich Shift-P gespritzt, machen jetzt die Tablettenkur und haben sich bei der zuständigen Basis der Organisation auf Abruf bereit gemeldet.« Die Blonde sah Eileen an und stockte. Offenbar betraf es die Sache mit dem Serum, das jetzt auch in Eileens Blutbahn kreiste.

Die Bedienung brachte das Essen und stellte Eileen einen dampfenden Teller mit Chili auf den Tisch. Stylez bekam ihr Sandwich.

»Sonst noch einen Wunsch, Ladys?«

»Im Moment nicht«, sagte Eileen und wartete, bis die Frau wieder zum Tresen zurückgekehrt war. Dann schob sie den Teller beiseite, zog den Laptop-Rucksack zwischen ihren Beinen hoch und stellte den Inhalt auf die Tischplatte neben dem Chili. Sie klappte das Display hoch und weckte den Rechner aus dem Stand-by. Eine Textdatei war geöffnet und zeigte die Namensliste der Hazarder.

Eileen markierte mit dem Touchpad die fünf Namen der aktivierten Personen und wies ihnen eine rote Schriftfarbe zu.

Simmons, Cord	Cpt.	USMC
Phelps, Nicholas	Msgt	U.S. Army
Valois, Philippe	Lt.	CH
Strauss, Zaira	Lt.	Mossad
Callahan, Bruce	SA	CIA

»Warum rot?«, fragte Stylez als sie mit vollen Backen um die Ecke auf das Display schielte. »Auf der Weltkarte waren sie grün.«

»Weil sie für die Organisation etwas Positives darstellen«, erklärte Eileen. »Für uns sind sie aber der Feind.« Sie ließ ihren Finger wieder über das Touchpad fahren und markierte noch zwei weitere Namen und wies ihnen eine violette Farbe zu.

Vandengard, Desmond	Mj.	SAS
Lomi, Allegra		AISE

»Das sind auch nicht unsere Freunde«, bemerkte Mrs Stylez.

Eileen schüttelte den Kopf. »Das wissen wir noch nicht. Also, fünf bei den Generälen. Zwei auf der anderen Seite. Wie heißt noch diese Clique?«

»Gaia's Dawn.« Stylez drückte eine Taste am Blackberry und rief die entsprechende Datei auf. »Das war bereits einer der Punkte, den die anderen Generäle vor uns geheim gehalten haben. Hier steht, Gaia's Dawn, oft auch nur als G-Dawn bezeichnet, wäre eine Sekte, die rund um den Globus verteilt operiert und ihre Mittel aus Finanzspritzen bedeutender Konzerne erhält. Ihr Vorsitzender ist ein britischer Lord mit Namen James Edward of Narwick. Ich bin einigen Querverweisen gefolgt. Offenbar liegen die Ziele von G-Dawn in der Durchsetzung einer neuen Weltordnung. Gaia repräsentiert in dem Zusammenhang die Göttin der Erde, die Erdmutter.«

»Eine neue Welt«, sagte Eileen. »Und wie soll die aussehen?«

Stylez hob die Schultern. »Ich bin nicht sicher. Aber ich habe eine vage Ahnung. Sehen Sie.« Sie tippte auf das Display und rief eine Liste auf. »All diese Firmen unterstützen G-Dawn finanziell. Natürlich nicht über offizielle Kanäle. Aber schauen Sie sich die Konzerne an. First Solar Concept ist ein amerikanischer Hersteller von Solarpaneelen. Futurestorm aus Belgien setzt auf Windkraftanlagen. Dr. Meissner aus Deutschland arbeitet an batteriebetriebenen Motoren für Kraftfahrzeuge. Die Natural Chemicals Inc. aus Indien betreibt Forschungen an natürlichen Düngemitteln. Noch einige andere Konzerne, die in ähnlichen Richtungen tätig sind.«

Eileen schürzte die Lippen. Inzwischen wurde McComas durch Carrie Underwood abgelöst und *Jesus, take the wheel* plärrte aus den Lautsprechern. »Also all diese Firmen stecken in alternativen Forschungen und Energien«, sagte sie.

Mrs Stylez nickte. »Auf dem Weltmarkt können sie sich nicht durchsetzen, sondern nur einigen wenigen Abnehmern ihre Produkte anbieten.«

»Die Erdölkonzerne sind ihnen im Weg. Ein Durchsetzen alternativer Energien und Heizmethoden würde zumindest den Bedarf an Treibstoffen und Heizöl global senken.«

»Richtig. Und die Liste geht noch weiter. New Nanotech Industries in England hat die Nase vorn bei der Erforschung alternativer Kunststoffproduktionsketten, hauptsächlich auf Cellulose basierend. Stone Plastics Ltd. in Japan ist in Ansätzen bereits erfolgreich, einen Kunststoffersatz aus Erz- und Gesteinsverbindungen zu produzieren.«

Eileen lehnte sich zurück. »Die würden alle zum Zug kommen, wenn G-Dawn die Weichen stellt?«

»Vermutlich«, sagte Mrs Stylez. »Aber ich habe keinen Schimmer, wie dieses Weichenstellen aussieht. Momentan scheint G-Dawns Interesse darin zu bestehen, die Hazarder für sich zu gewinnen.«

»Zwei haben sie.«

»Das wird nicht reichen. Die Organisation hat offensichtlich schon fünf unter ihren Fittichen.«

»Okay. Lassen wir G-Dawn mal außen vor. Was ist mit Simmons und Renegade?«

Mrs Stylez biss vom Sandwich ab und schob kauend das Essen auf eine Backenseite. »Zu *Renegade* hab ich verschiedene Verweise gefunden. Eine Terrororganisation amerikanischer Islamisten. Ein Computerchip auf Basis von 256-Bit-Technologie, der sich noch im Entwicklungsstadium befindet. Ein Virus, über das allerdings nichts bekannt ist. Und natürlich als Begriff für die Verwendung eines Verkehrsflugzeugs als Waffe.«

Eileen aß ihren Chili und leckte sich mit der Zunge über die Lippen. Es prickelte und ihre Kehle dürstete nach was anderem als nach Kaffee. Sie winkte der Bedienung und bestellte eine Cola. Als die Frau wieder gegangen war, sah Eileen Stylez an.

»Was denken Sie kommt davon hier infrage?«

»Ich bin nicht so gut im Raten, also hab ich mir Simmons' Missionsziel angeschaut. Es liegt auf Devon Island in Kanada.«

Eileen schnippte mit den Fingern. »Moment, da kam doch was in den Nachrichten.«

»Der Kontakt zu dem Mars-Habitat der Mars Society ist vor einigen Tagen abgebrochen«, sagte Mrs Stylez. »Keine Ahnung, ob da ein Zusammenhang besteht. Aber ich denke, dass wir den Computerchip und das Verkehrsflugzeug ausklammern können.«

»Die Terrororganisation auch«, sagte Eileen. »Was sollten die dort tun?«

»Sie tendieren also zu dem Virus?«

»Definitiv. Möglicherweise gibt es außer dieser Marsstation noch irgendwen auf der Insel, der Forschungen betreibt?«

Stylez stieß prustend die Luft aus. »Also bleibt uns nichts anderes übrig, als uns Simmons an die Fersen zu heften. Dann wäre da noch die Sache in Deutschland.«

»Und Strauss.«

»Richtig.« Stylez tippte wieder auf dem Blackberry. »Veronica Arabella Pothoff hat den Status *In Bereitschaft*. Was hat das zu bedeuten?«

»Vielleicht reißen sie sich um sie?« Eileen schob den Teller Chili beiseite. Sie war satt und trank durstig das Glas Cola leer, um den feurigen Geschmack im Hals zu verdrängen. »Nehmen wir an, Pothoff hat das Päckchen mit Shift-P erhalten, sich die Droge injiziert, aber sich noch nicht an die Organisation oder G-Dawn gewandt. Übrigens, hat diese …«, sie fuchtelte mit den Händen und machte mit den Fingern imaginäre Anführungsstriche, »… *Organisation* auch einen Namen?«

Stylez zuckte die Achseln. »Die Zellen operieren als Tarnfirmen. Ich hab den General des Öfteren vom *Verbund* reden hören, der wohl die Summe aller Zellen darstellt. Aber den wahren Namen dieses Verbundes kenne ich nicht … Eileen?«

»Hm?«

»Ich frage mich, ob wir Pothoff aufsuchen sollten?«

Eileen schürzte die Lippen. »Als Verbündete? Ich weiß nicht. Vorrang hat Simmons. Was G-Dawn vorhat, ist sicher nicht gut. Aber genauso wenig scheint die Organisation … der *Verbund* Gutes im Schilde zu führen. Wir müssen das verhindern, was immer die vorhaben.«

Mrs Stylez nickte und leerte ihren Kaffee. »Unsere Wege werden sich wieder trennen, Eileen. Nehmen Sie mich bis Charlottesville mit, danach werde ich mir einen Wagen organisieren.«

Eileen blickte überrascht auf. »Warum? Wir sind doch ein gutes Team.«

»Ich bin keine Feldagentin.«

»In Lynchburg waren Sie klasse.«

»Danke.« Stylez lächelte. »Aber das ist nicht mein Metier. Außerdem sollten wir nicht zu oft zusammen gesehen werden. Falls uns irgendwer auf die Schliche kommt, wäre es gut, wenn man uns nicht beide einkassiert.«

»Sie haben recht.« Eileen winkte der Bedienung, um zu zahlen, und zückte bereits die Ghost Card. »Ich hatte mich aber fast an Sie gewöhnt.«

18:00 Uhr

Mrs Stylez schlug die Tür des Cayenne zu und drehte sich zum Abschied noch einmal um. Eileen ließ das Seitenfenster herunter.

»Passen Sie auf sich auf, ja?«

»Sie auch«, sagte Eileen. »Wir bleiben in Kontakt. Ach noch etwas, Sie sagten, Sie hätten ein Softwarevirus in die Basis der Organisation geschmuggelt. Hilft uns das weiter?«

»Vielleicht.« Stylez beugte sich in das Fenster. »Aber allzu große Hoffnungen mache ich mir nicht. Inzwischen werden sie Gabrielle Stylez vermissen und möglicherweise auch schon ihre Leiche gefunden haben. Kann sein, dass sie einen Eindringling vermuten und ihr System checken. Warten wir ab, ob wir Glück haben.«

Sie winkte, drehte sich dann um und ging. Eileen hatte unterwegs mit der Ghost Card noch einmal einen Batzen Bargeld abgehoben, um Mrs Stylez unter die Arme zu greifen. Zusammen mit dem, was sie ihr auf ein neutrales Konto überwiesen hatte, würde sie erst einmal über die Runden kommen.

Stylez wandte sich um und marschierte in die Fußgängerzone, einer historischen und denkmalgeschützten Promenade in der Main Street, die mit Ziegelsteinpflaster ausgelegt war und mit zahllosen Pflanzenarrangements und Bäumen sowie Bänken zum Bummeln und Verweilen einlud. Obwohl es merklich kühler geworden war, sah Eileen unter den Markisen einiger geöffneter Cafés und Restaurants noch Tische und Stühle im Freien stehen. Tatsächlich saßen sogar einige Passanten draußen, tranken Kaffee und genossen die Novembersonne, die vereinzelt über die Dächer hinweg das Pflaster beschien.

Eileen wendete den Wagen in der Old Preston Ave und wollte Gas geben, als ihr Blick in den Rückspiegel nicht nur Mrs Stylez, sondern auch noch zwei Anzugtypen streifte. Einer kam aus einem One-Dollar-Shop und bog direkt in Stylez' Richtung ein. Er trug einen dunklen Zweireiher und Sonnenbrille. Der Zweite saß auf einer Bank und las Zeitung, faltete sie plötzlich zusammen und warf sie in einen nahe stehenden Mülleimer. Er folgte Stylez ebenfalls und trug einen dunklen Blazer und eine Cordhose.

Eileen trat auf die Bremse.

Mist!

Ihr erster Impuls war das Blackberry. Sie verwarf die Idee, Stylez anzurufen, sofort wieder und griff nach der USP, entsicherte sie und legte sie neben sich auf den Sitz. Zuerst war sie versucht, aus dem Wagen zu springen und den beiden Verfolgern zu Fuß hinterherzurennen.

Das dauert zu lange.

Eileen gab Gas und riss das Lenkrad herum. Der Cayenne beschleunigte. Sein Heck schleuderte herum und der Wagen drehte sich fast auf der Stelle um 180 Grad. Eileen ließ das Lenkrad zurückschnellen und trat das Pedal bis zum Anschlag durch. Mit quietschenden Reifen beschleunigten die 550 PS des Cayenne Turbo S und katapultierten den SUV von der Preston in den verkehrsberuhigten Bereich der Main Street. Der Porsche sauste zwischen einem Hydranten und einem Zierpfeiler vorbei. Menschen sprangen beiseite. Schimpften.

Eine Frau mit Kinderbuggy blieb wie angewurzelt stehen. Eileen riss am Lenkrad und bugsierte den Wagen mit schlingerndem Heck um einen Laternenpfosten. Der linke Kotflügel nahm einen Blumenkübel aus Ton mit, der auseinanderbrach, Erde und Pflanzen wie eine Fontäne in die Luft spritzte und auf die Passanten niederprasseln ließ.

Eileen fuhr ungerührt weiter und überzeugte sich mit einem raschen Blick in den Rückspiegel davon, dass die Frau mit dem Kinderwagen unversehrt war. Sie wich weiteren Leuten aus, die nicht rechtzeitig beiseitesprangen. Weiter vorn, wo die Besucher der Downtown Mall noch nicht registriert hatten, was hinter ihnen geschah, sah Eileen einen blonden Schopf in einem Café verschwinden. Die beiden Anzugträger liefen los und stürmten hinter ihr her.

Der Cayenne rammte einen Tisch und stieß einige Stühle beiseite. Menschen duckten sich unter herumfegenden Trümmern und Splittern. Zweifelsohne würde es Verletzte geben. Eileen kümmerte dies im Moment nicht. Was zählte, war das Leben Mrs Stylez' zu retten – ihre einzige Verbündete auf dieser Welt.

Die beiden Männer sprangen in das Lokal.

Eileen bremste scharf, als ein Mann mit Hut, dunkler Sonnenbrille und einem Gehstock in der Hand hinter einem Ungetüm von einem Baum hervortrat, der in der Mitte der Einkaufsmeile gepflanzt worden war.

Der Wagen stellte sich quer, schlitterte über das Ziegelsteinpflaster und wurde auf der Beifahrerseite von einer vierarmigen Laterne gestoppt. Der Seitenairbag zündete. Eileen griff nach der Pistole, stieß die Fahrertür auf, löste den Gurt und sprang aus dem Fahrzeug.

Menschen schrien auf und wichen zurück, als sie ihre Waffe sahen. Jemand rief um Hilfe. Irgendwo wurden Schreie nach Polizei laut.

Eileen setzte über die Motorhaube hinweg, zwängte sich zwischen zwei vor Entsetzen erstarrten Männern hindurch und sprang über den umgestürzten Stuhl vor dem Café. Sie stieß einen Kellner beiseite, dessen Tablett mit Cola, Kaffee und Kuchen in hohem Bogen davonsegelte und den Inhalt auf der Fensterscheibe des Lokals verteilte. Es klirrte. Glas schepperte.

Eileen betrat das Lokal.

Leicht geduckt verschaffte sie sich schnell einen Überblick. Zehn bis fünfzehn Tische, ein runder Tresen links mit zwei Bedienungen. Etwa ein halbes Dutzend Gäste. Eine Serviererin an einem Tisch. Links eine Art Galerie mit weiteren Tischen und vielleicht drei oder vier Gästen. Hinten links der Aufgang in Form einer Wendeltreppe. Daneben der Zugang zu den Toiletten.

Und die beiden Männer.

Einer von ihnen wirbelte herum und zog seine Waffe.

Eileen sprang reaktionsschnell hinter einem Tisch in Deckung, stieß das Möbelstück um und riss dabei unweigerlich einen der Gäste mit sich. Ein Schuss peitschte und zersprengte das große Fenster des Lokals hinter Eileen.

Der Knall zerriss den Bann, der die Gäste und Bedienungen wie gelähmt zusehen ließ. Plötzlich brandete Tumult auf. Alles schrie und lärmte. Tische und Stühle wurden umgeworfen. Die Leute stürmten in Panik zum Ausgang und verwehrten Eileen so ein freies Schussfeld auf die beiden Typen.

Eileen kam hinter ihrer Deckung hoch und hielt sich links. Sie nutzte die Nischen zwischen Tischen und Wand und befand sich direkt unter dem Galerieaufbau. Die Männer sahen sie nicht, sondern suchten sie vermutlich unter den fliehenden Menschen. Einer von ihnen lief die Wendeltreppe hinauf, während der andere mit schussbereiter Waffe an ihrem Fuß stehen blieb.

Endlich waren die Gäste aus dem Schussfeld und drängten nach draußen. Eileen hob die Pistole, zielte sorgfältig und schoss. Die Kugel bohrte ein fingerdickes Loch in die Stirn des Mannes und trat an seinem Hinterkopf begleitet von einer Wolke aus Blut und Gehirnmasse wieder aus. Die Tür zu den Toiletten war rot gesprenkelt.

Von oben dröhnten zwei, drei weitere Schüsse. Wohin sie gingen, konnte Eileen nur erahnen.

Sie drückte ihren Rücken gegen die Wand und pirschte sich weiter vor. Eileen hatte fast den Fuß der Treppe erreicht, als Sirenengeheul ertönte.

Verflucht! Sie blickte zum Eingang. Der Laden war wie leergefegt.

Draußen vor dem Fenster bildete sich eine Menschentraube Schaulustiger, die sowohl das Vorrücken der Polizei als auch des Rettungsdienstes behinderten. Außerdem gefährdeten sich diese Menschen nur unnötig selbst, indem sie riskierten, sich eine verirrte Kugel einzufangen.

Eileen stieß mit einem Fuß gegen den Leichnam. Sie bückte sich, hob dessen Waffe auf und schob sie sich hinter den Gürtel. Dann wirbelte sie mit schussbereiter Pistole um den Treppenabsatz. Sie erinnerte sich an die Gäste, die oben gesessen hatten. Von ihnen hatte sie niemanden herunterkommen sehen.

Das Sirenengeheul wurde lauter. Die Cops konnten jeden Moment eintreffen. Eileen setzte alles auf eine Karte und stürmte die Treppe hinauf. Oben angekommen bot sich ihr ein schreckliches Bild. Drei Gäste des Lokals lagen im eigenen Blut zwischen umgestürzten Tischen und Stühlen. Gwens Verfolger hatte sie eiskalt umgebracht, vermutlich, um sie daran zu hindern, ihn in Panik nach den ersten Schüssen zu überrennen.

Eileen wandte sich mit der Pistole im Anschlag um. Die Galerie mündete in einer Tür mit der Aufschrift: *Nur für Personal.* Sowohl Stylez als auch ihr Verfolger mussten dahinter verschwunden sein.

Eine Polizeisirene drang schrill von draußen zu ihr hinauf. Am Eingang wurden Stimmen laut. Schritte ertönten. Die Cops.

Eileen ging eilig auf die Tür zu, stieß sie mit einem Fuß auf und sicherte den schmalen Flur dahinter. Rechts zweigte eine Tür zu der Personaltoilette ab. Links hing ein kleines Messingschild mit der Aufschrift: *Büro.* Der Gang endete an einem schmalen Fenster, hinter dem eine Feuerleiter zu sehen war.

Das Fenster stand offen.

Eileen atmete durch, warf rasche Blicke in Toilette und Büro, um keine bösen Überraschungen zu erleben, und fand beides leer vor. Das Fenster war ihr nächstes Ziel. Sie stieg über den Sims und landete auf dem Gitter. Die Leiter war ausgefahren. Keine zwanzig Meter von ihr entfernt in einer Hintergasse lag der Anzugträger reglos auf dem Boden. Eileen stieg die Leiter hinunter, lief zu dem Mann und sah den dunkelroten Fleck auf seinem Sakko, der sich noch weiter ausbreitete. Seine Augen waren vor Schreck weit aufgerissen und starrten leer in den Himmel.

Von Gwendolyn Stylez keine Spur.

Weiteres Sirenengeheul.

Irgendwo quietschten Reifen. Türen wurden zugeschlagen. Hektische Stimmen.

Eileen rannte bis zum Ende der Gasse und sah nach Süden.

Der Weg führte zurück zur Downtown Mall. Dann blickte sie nach Norden in Richtung der Market Street, der nächst größeren Hauptstraße.

Es ging alles so schnell, dass Eileen nicht sicher war, ob das, was sie sah, wirklich so geschah, wie sie es wahrnahm. Ein blonder Haarschopf verschwand in einem Van. Die Tür wurde zugeschoben und rastete ein. Eine Frau in dunkler Kleidung und mit langem, braunem Haar sprang in das Fahrzeug, das gleich darauf mit durchdrehenden und kreischenden Reifen anfuhr, auf die Market Street bog und sich nach Osten in den Verkehr einreihte.

Außer Sicht. Verschwunden. Eileen fluchte innerlich und überlegte, ob sie den Cayenne noch für eine Verfolgung nutzen könnte, als ihr ein scharfes Klicken direkt hinter ihr die Entscheidung abnahm.

»Keine Bewegung. Polizei!«

Eileen hob langsam die Hände und wagte es nicht, sich umzudrehen. Ein ängstlicher oder schießwütiger Cop konnte rasch alles zunichtemachen.

»Lassen Sie die Waffe fallen!« Seine Stimme war energisch, aber ruhig und beherrscht. Er würde nicht in Panik verfallen, wenn sie eine falsche Bewegung machte.

Er würde sie erschießen.

Eileen ließ den Griff der Heckler & Koch los, sodass die Waffe nur am Bügel um ihren Zeigefinger baumelte. Dann rutschte sie davon herunter und fiel zu Boden.

»Die Hände auf den Rücken!«

»Sie haben die Falsche«, sagte Eileen, gehorchte allerdings der Anordnung. Nur einen Lidschlag darauf schnappten kalte Stahlringe um ihre Handgelenke. »Ich bin Bundesagentin beim FBI.«

»Sicher«, sagte der Polizist, packte sie an der Schulter und bugsierte sie die Gasse in Richtung Downtown Mall. Er machte nicht einmal den Versuch, sie umzudrehen und ihr ins Gesicht zu blicken.

»Ich bin Special Agent Cathryn Richardson. Sie finden meinen Dienstausweis in meiner linken Jackeninnentasche.«

Zwei Uniformierte kamen aus der Main Street mit gezogenen Waffen auf sie zugelaufen. Sie hielten Eileen in Schach, während der Cop, der sie gefangen genommen hatte, ein paar Schritte zurückging und ihre Waffe aufhob. Dann trat er endlich in ihr Blickfeld. Er war einen Kopf größer als sie, schlank mit kurzem, braunen Haar und Geheimratsecken. Sein Blick verriet, dass er nicht älter als fünfunddreißig sein konnte. Er trug Jeans und eine Bomberjacke.

»Würden Sie sich jetzt *bitte* meinen Ausweis ansehen, Detective!«, sagte Eileen. »Sie behindern eine Bundesagentin in Ausübung ihrer Pflicht.«

Sein Mundwinkel zuckte. Offenbar lag ihm eine spitze Bemerkung auf der Zunge. Doch er sagte nichts, sondern griff tatsächlich in Eileens Jackentasche. Dabei streifte er mit seiner Hand ihre Brust, anscheinend unabsichtlich, denn er zuckte kurz zusammen. Er fischte das aufklappbare Lederetui aus der Jacke und warf einen Blick auf den Plastikausweis hinter der Klarsichttasche. Seine Stirn umwölkte sich.

»Also schön, Special Agent Richardson«, sagte er und atmete tief durch. »Sie wissen, dass ich Ihre Identität überprüfen muss. Nach der Schweinerei im Lokal kann ich Sie nicht einfach gehen lassen, nur weil Sie mir diesen Ausweis gezeigt haben.«

Eileen seufzte. Es hatte keinen Zweck, mit ihm zu diskutieren. Außerdem brauchte niemand zu wissen, dass Mrs Stylez involviert und entführt worden war. Das würde nur zu viele Fragen aufwerfen, die Eileen nicht beantworten konnte oder wollte. Eine von ihnen nagte ganz besonders in ihrem Kopf. *Wer* hatte Gwen Stylez gekidnappt? Der Tote in der Gasse bewies, dass es noch eine zweite Partei geben musste, denn sie glaubte nicht, dass Stylez den Mann erschossen hatte.

Der Reihe nach …

Eileen ließ sich von den Polizisten zu dem nächstgelegenen Streifenwagen auf der Promenade abführen. Ihr Blick wanderte zu dem Porsche Cayenne, der noch immer mit verbeulter Seite an dem Laternenpfosten vor dem Café stand. Der Laptoprucksack befand sich auf dem Rücksitz. Im Kofferraum lag die Reisetasche mit frischen Kleidungsstücken. Die waren ersetzbar. Die Daten auf dem Computer nicht.

»Was ist mit meinem Wagen?«, fragte Eileen, während sie auf der Rückbank des Streifenwagens Platz nahm.

»Wir stellen ihn sicher«, sagte der Polizist und steckte seine Pistole ins Holster.

»Ich will nicht, dass man darin herumschnüffelt.« Eileen blickte durch die offene Tür zu ihm hoch. »Sobald Sie meine Identität überprüft haben, würden Sie es bereuen, Detective …«

Der Mann schnalzte mit der Zunge. »Davies. Miles Davies. Wir schleppen das Fahrzeug ab und lassen es unberührt. Sollten Sie mich verschaukeln, Agent Richardson, gehört der Wagen mir.« Er schlug die Tür zu und wollte zu einem anderen Fahrzeug gehen, als er noch einmal innehielt und sich zum Fenster herunterbeugte. Offenbar plagte ihn ein schlechtes Gewissen. »Sie … verstehen ja, warum ich das tun muss, ja?«

Eileen verdrehte die Augen. »Fahren Sie mich zum Revier und bringen wir das schnell hinter uns. Ich verfolge eine Spur, die so langsam kalt wird, während wir hier Zeit verschwenden.«

Davies klopfte dem Wagen aufs Dach, woraufhin der Fahrer den Motor startete und sich lautstark durch den Einsatz der Sirene Gehör und Platz auf der Mall verschaffte. Eileen warf einen letzten Blick zur Seitengasse und fixierte den Punkt, an dem Gwendolyn Stylez in den Van verfrachtet worden war.

Verdammter Mist!, dachte sie.

Luftraum über dem Ärmelkanal
13. November, 11:53 Uhr MEZ

Sie befanden sich in der Luft. Markus de Vries vermied es, aus dem Fenster zu schauen. Zwar war er schon einmal geflogen, jedoch nur mit größeren Passagiermaschinen und niemals zuvor mit einem Hubschrauber. Der Anblick der unter ihm dahinhuschenden Meereslandschaft und die ruckenden Bewegungen beim Kurswechsel verursachten Übelkeit und ein flaues Gefühl im Magen. Der Lärm der Rotoren wurde durch den schweren Kopfhörer, den alle Passagiere trugen, gedämpft.

Markus saß in Fahrtrichtung. Rechts von ihm befand sich Veronica Pothoff, die direkt neben Lord James Edward of Narwick saß. Markus gegenüber hatte die dunkelhaarige Deutsche Platz genommen. Sandra. Obwohl sie durchaus attraktiv war, wäre Markus nie auf die Idee gekommen, sie als hübsch oder schön zu bezeichnen. Dafür besaß sie einen zu kurzen Hals, die Wangen wirkten etwas zu füllig und die Nase zu breit. Von der Bettkante hätte Markus sie sicherlich nicht gestoßen, aber er bemerkte etwas in ihrem Blick, das ihm nicht gefiel. Diese Frau hatte bereits Menschen getötet. Das wusste er instinktiv. Sie war eine Killerin. Eiskalt und aalglatt.

Genau wie ihre britische Mitstreiterin Paula hatte Sandra ihren Ledermantel im Hubschrauber abgelegt. Darunter offenbarten beide Frauen hinreißende Formen, mit denen sie zwar nicht unbedingt einen Modelcontest gewonnen hätten, die aber durchaus ansehnlich waren. Sportlich. Weiblich.

Beide trugen enge, schwarze Stretchhosen und gleichfarbige langärmelige Rollkragen-Shirts. Dazu kniehohe Lackstiefel. Sowohl Sandra als auch Paula waren mit schweren Desert-Eagle-Pistolen bewaffnet, die in Hüftholstern steckten. Dass die Reise ein schöner Rundflug über Dortmund werden würde, hatte sich Markus bereits beim Einsteigen abgeschminkt. Er wich dem durchdringenden Blick von Sandras braunen Augen aus und versuchte, seine Aufmerksamkeit auf etwas anderes zu lenken, streifte dabei jedoch nur Paula. Sie war etwas größer als ihre Kollegin, trug die blonden Haare kürzer, und ihre Kurven waren nicht ganz so elegant wie die der anderen Leibwächterin. Dafür verfügte sie über zwei erschlagende Argumente, die sich deutlich unter dem eng anliegenden Shirt abzeichneten und Markus' Fantasie anregten. Ihre Augen schimmerten blaugrau. Als sich ihre Blicke flüchtig trafen, zwinkerte sie Markus zu und schenkte ihm ein Lächeln, das er jedoch angesichts der Situation, in der er sich befand, nicht einzuordnen vermochte.

»Wir sind bald da«, sagte Jae und nickte mit dem Kinn aus dem Fenster des Sea-King-Helikopters.

Veronica beugte sich vor und pfiff leise. »Beeindruckend.«

Markus konnte nichts sehen. Der Winkel, in dem der Hubschrauber flog, war von seinem Platz aus ungünstig.

»Hat ein kleines Vermögen gekostet«, sagte der Lord und schnalzte mit der Zunge. »Aber wir haben großzügige Sponsoren, denen es ebenso wichtig ist, eine gut funktionierende Operationsbasis zu besitzen, wie mir.«

Markus seufzte innerlich und überlegte, ob er sich losschnallen und einfach zur anderen Seite gehen sollte. Doch dann machte der Sea King einen Schwenk und er konnte die volle Aussicht auf das genießen, was sich unten in der Meerenge befand.

»Willkommen bei Gaia's Dawn«, sagte Jae Narwick. »Wir machen dort weiter, wo Greenpeace an seine Grenzen stößt. Unsere Organisation beschäftigt sich mit der Erforschung und der Akquisition alternativer Technologien zur Entlastung der Umwelt, Erschließung neuer Rohstoffquellen für die Energiegewinnung und der Produktion von Materialien auf alternativer, von Erdöl unabhängiger Basis, wie beispielsweise Kunststoff.«

»Sie sind also eine … Art Firma?«, fragte Markus und konnte den Blick von dem, was Narwick als Operationsbasis bezeichnet hatte, nicht lösen. Unter ihnen schwamm im Ärmelkanal eine für zivile Zwecke umgebaute Fregatte mit einem geräumigen Hubschrauberlandeplatz auf dem Achterdeck. Die Aufschrift am Bug kennzeichnete das Schiff als die *La Lumière*.

»Beeindruckend, nicht?«, fragte Narwick und lächelte Markus an. »Eine ausgemusterte britische Fregatte der *Broadsword*-Klasse. Für unsere Zwecke umgebaut. Knapp hundertfünfzig Meter lang und macht zweiunddreißig Knoten. Wir haben die Mannschaftsquartiere um- und ausgebaut, um mehr Platz und Komfort zu schaffen. Statt der ursprünglichen Besatzung von zweihundertfünfundsechzig Mann haben wir jetzt Raum für knapp sechzig Personen. Neben der eigentlichen Besatzung hält sich eine wissenschaftliche Rumpfcrew an Bord auf.« Narwicks Lächeln wurde breiter. »Und die *La Lumière* ist natürlich mein Zuhause und das meiner Mädchen.«

Er zwinkerte den beiden Frauen in engem Schwarz zu.

Meine Mädchen. Markus verdrehte die Augen.

Waren die beiden nicht nur seine Leibwächter, sondern auch noch zu seinem Vergnügen da? Markus seufzte. Der geschniegelte Brite konnte es sich sicher leisten.

Sie landeten auf dem Hubschrauberdeck achtern. Noch während die Rotoren ausliefen und der Motor des Sea King erstarb, wurden Markus und Veronica getrennt.

»Sandra wird Ihnen Ihr Quartier zeigen, Herr de Vries«, sagte Narwick und wies in eine Richtung an Deck, während er selbst, Veronica und Paula einen anderen Weg einschlugen.

Markus wollte ihnen nach, da spürte er eine Hand auf seiner Schulter.

»Hier entlang.«

Er sah Sandra an. »Aber …«

»Keine Sorge, passiert schon nichts.« Sie hatte sich den Ledermantel übergeworfen und ging voran über das Landedeck zu einer Luke. Davor standen zwei Männer in schwarz-blauen Overalls und dicken Parkas, mit Maschinenpistolen bewaffnet.

Markus wurde unwillkürlich übel. *Wir machen da weiter, wo Greenpeace an seine Grenzen stößt,* dachte er an Narwicks Worte, während sich sein Blick auf die Waffen der Wächter heftete. Alles in allem schien es keine friedliche, sondern eher eine radikale Revolution zu werden. Wer baute sich schon eine militärische Fregatte zur Operationsbasis um, wenn er nicht auch daran dachte, ihr Potenzial zu nutzen? Ganz zu schweigen von ihrer Kampfkraft. Auch wenn Markus beim Anflug keine Geschütztürme entdeckt hatte, war ihm alles andere als wohl bei dem Gedanken, sich auf einem ehemaligen Kriegsschiff in der Gesellschaft dubioser Fanatiker aufzuhalten.

Er folgte Sandra durch einen engen, niedrigen Korridor bis zu einer Abzweigung. Der Gang wurde breiter, die Decke höher. Offenbar befanden sie sich jetzt in dem ausgebauten Teil der *La Lumière,* in dem die militärische Kälte und Schlichtheit einer komfortablen Eleganz weichen musste. Die Wände waren nicht mehr nackt, sondern mit etlichen gerahmten Bildern verziert. Davon bestanden die meisten aus Kunstdrucken mit Landschafts- oder Stadtaufnahmen. Der Boden war mit einem Teppich ausgelegt. Zu beiden Seiten daneben konnte Markus den Stahl des ursprünglichen Korridors sehen, der zu einer Zeit, da die Fregatte noch im Dienst der Royal Navy gestanden hatte, überall vorherrschte.

Sandra führte Markus zu einer weiteren Abzweigung. Sie bogen nach links ab und blieben vor einer Tür stehen, die alles andere als ein Schott mit Schließrad darstellte. Die Frau betätigte einen Schalter an einem

Paneel neben dem Eingang, woraufhin sich die Metallwand beiseiteschob. Sandra machte eine einladende Geste in Richtung des dahinter liegenden Raumes.

»Ihr Quartier«, sagte sie.

Licht flammte auf der anderen Seite auf. Das *Quartier* glich eher eine Suite. Ein riesiger Raum mit Sitzecke, großem Flachbildschirm an einer Wand, einem Tresen mit Barhockern auf der gegenüberliegenden Seite und genug Raum, um an einem halben Dutzend Stehtischen eine kleine Party zu feiern.

»Es wäre nicht notwendig gewesen, mir gleich die Präsidentensuite zu geben«, sagte Markus. »Ich bin doch nur ein kleines Licht.«

»Deswegen bekommen Sie auch nur das Kabuff.« Sie zwinkerte ihm zu. »Kleinere Quartiere haben wir nicht an Bord. Alles wurde auf den Luxus und Komfort der Wissenschaftler und Techniker ausgerichtet, die für uns arbeiten. Machen Sie es sich einfach bequem. Wir rufen Sie, wenn wir Sie brauchen oder es etwas gibt, das Sie wissen müssten.«

Markus betrat den Raum. Hübsch war es ja, das konnte er nicht abstreiten. An den Wänden hingen Poster von Walen und Delphinen. Drei Bullaugen ließen Tageslicht in die Suite. Sie wurden von kleinen roten Schals eingerahmt. Von der Decke hing ein kleiner Leuchter, dessen sechs Halogenspots jeden Winkel des Raumes fluteten. Markus erkannte am Ende des Zimmers eine Tür, die vermutlich zum Schlafraum und Bad führte.

Er drehte sich um.

»Ich hoffe, es gefällt Ihnen«, sagte Sandra. »Bedienen Sie sich an der Bar. Dinner gibt es um sechs in der Messe.« Sie musterte ihn kurz, dann nickte sie mit dem Kinn zu der Tür am Ende des Raumes. »Im Schlafzimmerschrank finden Sie etwas zum Anziehen. Sollte Ihnen passen.«

»Bin ich Gefangener oder Gast?«

Sandra lächelte und ließ die Tür ins Schloss fallen. Da sie nicht verriegelt wurde, beantwortete das Markus' Frage zumindest zum Teil. Aber selbst wenn er sich als Gefangenen betrachten sollte – fliehen konnte er nirgendwohin. Es war unwahrscheinlich, ein Beiboot kapern zu können. Genauso wenig konnte er den Hubschrauber fliegen. Damit *war* er ein Gefangener.

Markus stieß die Luft aus, schlenderte zur Bar und beugte sich über den Tresen. Er griff nach einer Wodkaflasche, schenkte sich zwei Fingerbreit davon in ein Glas und kippte den Inhalt in einem Zug hinunter.

Was für zwei beschissene Tage!

Er goss etwas Wodka nach, besah sich Glas und Flasche und nahm beides mit zu der gepolsterten Rundecke, auf die er sich niederließ. Markus streifte die Schuhe ab und rümpfte die Nase, als sich ein Schwall üblen Schweißgestanks von den Füßen in seine Richtung ausbreitete. Hastig leerte er das Glas und schenkte erneut nach. Dann stellte er die Flasche auf dem Tisch neben der Couch ab, legte die Füße hoch und griff nach der Fernbedienung. Er kam noch dazu, den Einschalter zu betätigen, aber welches Bordprogramm G-Dawn auch immer bieten mochte, Markus bekam es nicht mehr mit. Vor Erschöpfung entglitt ihm die Fernbedienung und er schlief übergangslos ein.

14. November, 01:11 Uhr MEZ

Er konnte nicht mehr einschlafen. Es war zum Verrücktwerden. Bis zum Abendessen hatte Markus durchgeschlafen, dann war er von Sandra geweckt worden. Nach einer kurzen Dusche schlüpfte er in frische Sachen aus dem Schlafzimmerschrank. Er entschied sich für Jeans, einen grauen Strickpullover und bequeme Sportschuhe. Die Kleidung passte tatsächlich. Wem auch immer sie vorher gehört haben mochte, er musste in etwa von Markus' Statur sein.

Das Abendessen war eher belanglos. In der Messe gesellten sich zu Narwick und den beiden Leibwächterinnen noch der Kapitän der *La Lumière,* sein Zweiter Offizier und eine dritte Frau, die genauso wie Sandra und Paula in enge Stretchhosen, einen schwarzen Rolli und kniehohe Lackstiefel gekleidet war. Sie war größer als die beiden anderen, vielleicht 1,78 Meter, sehr schlank und trug ihr langes, brünettes Haar genauso gelockt wie Sandra. Ihr Gesicht war oval mit hohen Wangenknochen. Sie wirkte distanzierter als die beiden anderen Leibwächterinnen, dennoch nicht minder attraktiv. Jae Narwick stellte sie Veronica und Markus als Juliette vor.

Multikulturell, der kleine Lord, dachte Markus, während er sich an den Tisch neben Veronica setzte. *Eine Deutsche, eine Britin und noch eine Französin.*

Es gab verschiedene Speisen, angefangen von Seezunge bis hin zu einem Filetsteak. Die Speisekarte der *La Lumière* war außerordentlich großzügig. Markus, der sich seit drei Tagen nur von ein paar Happen bei McDonald's ernährt hatte, langte ordentlich zu. Aus den Gesprächen zwischen Narwick und Veronica erfuhr er kaum etwas Neues. Der britische

Lord erzählte großspurig von den hohen Zielen G-Dawns zur Rettung und Verbesserung der Welt. Er ließ jedoch offen, wie genau diese Ziele erreicht werden sollten.

Markus war von dem Essen und dem Wein schläfrig geworden und zog sich rasch wieder zurück in sein Quartier. Doch statt einzuschlafen, blieb er wach auf der Couch liegen und zappte sich durch die Programme des Satellitenfernsehens. Er bekam einige britische Sender, zwei Holländer und einen Dänen herein. Die deutschen Programme waren entweder nicht gespeichert oder wurden nicht über den Satellit ausgestrahlt.

Als es weit nach Mitternacht war, Markus keine Lust auf weiteren Wodka mehr verspürte – er hatte die Flasche zu einem Viertel geleert –, beschloss er, ein wenig an die frische Luft zu gehen. Vielleicht brachte die ihn auf andere Gedanken oder sorgte dafür, dass er endlich einschlafen konnte.

Die Tür war nicht verschlossen, ganz wie am Nachmittag. Markus suchte sich aus dem Schrank im Schlafzimmer einen Parka, warf ihn sich über und trat vor die Kabine. Er wandte sich nach links und ging den Korridor entlang, den er auch zur Messe genommen hatte. Besser, er hielt sich an bekannte Wege, statt das Schiff auf eigene Faust zu erkunden und dabei Gefahr zu laufen, sich hoffnungslos zu verirren. Immerhin hatte ihm niemand verboten, sich frei zu bewegen.

Markus stieg eine Leiter hoch und öffnete das Schott nach draußen. Er fand sich auf einer schmalen Gangway wieder. Zur rechten Seite befand sich die Wand eines Turms, zur linken ein Geländer. Es war stockfinster draußen. Nur die Positionslichter und einige Notbeleuchtungen an Deck der *La Lumière* sorgten für ausreichend Licht, um sich an Bord zu orientieren. Markus zog den Reißverschluss des Parkas bis zum Hals zu und schlug sich die Kapuze über den Kopf. Es war verdammt kalt. Der Wind wehte eisig über das Deck und trieb Markus die Tränen in die Augen.

Am Himmel konnte Markus nur vereinzelt Sterne sehen. Der Rest war mit dunklen Wolken bedeckt. Er fragte sich, welchen Kurs die *La Lumière* eingeschlagen hatte und wo ihre Reise hinging. Darüber hatte Lord Narwick während des Dinners kein Wort verloren. Allerdings vermutete Markus, dass Veronica es wusste.

Sie ist die wichtige Person hier an Bord, dachte er. *Ich bin nur Ballast, der zur falschen Zeit am falschen Ort gewesen ist.*

Fast wünschte er sich, er wäre auf der Halde Schwerin zurückgeblieben. Aber was hätte er dann tun sollen? Er glaubte nicht, dass Narwick ihn am Leben gelassen hätte. Außerdem gab es offenbar noch andere, die sich an der Jagd nach ihm beteiligten. Wenn hinter dem Hubschrauberangriff auf Andys Wohnung nicht Narwick steckte, dann stand Markus vermutlich auf der Abschussliste von Kräften, die gegen Gaia's Dawn arbeiteten.

Die Hazarder oder wer auch immer.

Mit in den Taschen des Parkas vergrabenen Händen schlenderte Markus ziellos über das Deck, stieg eine Leiter hoch, umrundete einen Turm, nahm weitere Stufen mit und fand sich unversehens vor dem Eingang der Brücke wieder. Er glaubte nicht, dass der Kapitän oder einer seiner Offiziere sonderlich erbaut davon wäre, wenn er jetzt bei ihnen hereinschneiete. Markus machte auf dem Absatz kehrt, hielt jedoch in der Bewegung inne, als er Stimmen vernahm. Er drehte sich um und spähte an einem Notlicht über einer Deckwand vorbei. Das Außenschott zur Brücke stand offen.

Der Wind trieb vereinzelte Wortfetzen zu Markus herüber. Doch er konnte darin keinen Zusammenhang erkennen.

Was soll's?, dachte er. Er machte einen Schritt auf die Brückentür zu. Dann noch einen. Schließlich fasste er seinen Mut zusammen und lief geduckt zum Eingang hinüber. Die Stimmen wurden lauter. Markus drückte sich mit dem Rücken an die Turmwandung und tastete sich weiter vor bis zur Tür.

»Wie spät ist es jetzt an der Ostküste?« Das war Narwicks Stimme. Eine kurze Pause. Dann antwortete Juliette auf Englisch: »Viertel nach sieben, abends.«

»Ruf an.«

Markus spähte um die Ecke. Auf der Brücke befand sich ein Mann in blaugrauer Uniform, wie sie auch der Kapitän und sein Zweiter Offizier beim Dinner getragen hatten. Markus kannte ihn nicht, vermutete aber, dass es sich um den Ersten Offizier handelte. Am Steuer saß ein weiterer Mann der Crew. Vor dem Radarschirm standen Narwick, in einem langen Mantel, und Juliette. Markus fielen fast die Augen aus dem Kopf, als er die Leibwächterin sah. Sie war in einen engen Lackanzug gehüllt, der wie eine zweite Haut an ihrem Körper anlag und ihre Kurven betonte.

Puh! Markus' Blick heftete sich an dem wohlgeformten Hintern der Frau fest. *Willkommen im Dominastudio. Von der würde ich mich auch gerne mal auspeitschen lassen.* Er schluckte. *Oder lieber nicht.*

Sein Blick fand eine taktische Karte mit Leuchtmarkierungen, die ihre gegenwärtige Position zeigte. Demnach befand sich die *La Lumière* irgendwo nordöstlich der schottischen Küste. Markus hatte nicht die geringste

Ahnung, wohin sie fuhren. Er lauschte dem Gespräch der beiden und sah, dass sie eine Art Bildtelefon benutzten. Zwischen Narwicks und Juliettes Körpern konnte er den Schirm und das Gesicht einer Blondine erkennen.

»Guten Abend, Inga«, sagte Narwick.

»Hallo, Jae.«

»Wie war es beim Fischen?«

Die Blonde – Inga – lächelte. Sie sprach fast akzentfreies Englisch. Markus tippte, dass sie aus dem skandinavischen Raum stammte. Schweden oder Norwegen.

»Uns ist ein kleiner Fisch ins Netz gegangen«, sagte sie. »Aber als Köder dürfte er zu einem größeren Brocken führen.«

»Die Leitung ist sicher, Sir«, sagte der Erste Offizier.

Narwick nickte in seine Richtung und wandte sich dann wieder dem Bildschirm zu. »Wir können frei reden. Also, schieß mal los. Habt ihr Hannigan?«

Hannigan!

Markus merkte, wie ihm ein Schauder über den Rücken lief. Unwillkürlich stieg vor seinem geistigen Auge das Bild der Frau auf, das Veronica ihm gezeigt hatte. Eileen Hannigan. Sie waren hinter ihr her?

»Wir haben eine Stylez aufgegabelt«, sagte Inga.

Narwick räusperte sich. »Eine? Also stimmt unser Verdacht, dass es mehr von ihnen gibt?«

Inga schnalzte mit der Zunge. »Zumindest haben wir in Atlanta eine weitere gefunden. Tot. Versteckt in der Toilette einer Gaststätte in der Hannigan zuvor gewesen ist. Sie gleicht unserem Fang bis aufs Haar.«

Narwick drehte den Kopf in Juliettes Richtung. »Sie klonen sie. Genau wie die Generäle.«

»Vielleicht«, sagte der weibliche Bodyguard. »Vielleicht ist es aber auch etwas anderes. Wenn sie geklont sind, müssten sie alle zum gleichen Zeitpunkt gezeugt worden sein. Wir haben fünfzehn Zellen des Verbunds lokalisiert. Es erscheint mir unwahrscheinlich, dass man vor knapp dreißig Jahren damit angefangen hat, gezielt diese Stylez zu züchten. Und was ist mit den Generälen?«

»Keine Ahnung.« Narwick zuckte die Achseln. Er wandte sich wieder Inga zu. »Hat sie geredet?«

Die Blonde schüttelte den Kopf.

»Wird sie kooperieren?«

»Eher wird sie sterben«, sagte Inga. »Aber wir haben ihr Mobiltelefon und die Nummer Hannigans. Ich glaube nicht, dass Hannigan sie im Stich lassen wird. Wir haben die beiden von Lynchburg bis Charlottesville verfolgt. Sie haben bisher zusammengearbeitet.«

»Gut, dann lockt sie heraus. Sobald ihr Hannigan habt, gebt mir Bescheid. Wir sind auf dem Weg nach Neufundland und dürften«, Narwick blickte auf seine Uhr, »morgen am Spätnachmittag in St. John's eintreffen. Das dürfte dann etwa Mittag eurer Zeit sein. Seht zu, dass ihr Hannigan mitbringt.«

»Wir tun unser Bestes.«

»Das weiß ich.«

»Was, wenn sie nicht kooperativ ist?«, fragte Inga.

»Wir werden unser Ziel nicht aus den Augen verlieren«, sagte Narwick. »Ganz gleich, ob mit Hannigan an Bord oder ohne sie.«

Markus schob sich wieder die Wand entlang zurück, als er merkte, dass der Erste Offizier in seine Richtung kam. Er lief geduckt bis zur nächsten Luke, öffnete sie und verschwand in dem Gang dahinter. Erst dann blieb er stehen und holte tief Luft.

Sie waren also hinter Eileen Hannigan her. *Und unsere Reise geht nach St. John's, Neufundland.* Er wusste zwar nicht, wo das genau lag, hatte jedoch eine ungefähre Vorstellung von der kanadischen Nordostküste.

Markus kehrte über Umwege zurück zu der Luke, von der er gestartet war. Von dort aus war es leicht, zu seinem Quartier zurückzufinden. Er hielt kurz inne und überlegte, ob er Veronica aufsuchen und ihr von seiner Entdeckung erzählen sollte. Einer plötzlichen Eingebung folgend entschied er sich dagegen. Seit ihrer Ankunft auf dem Schiff hatte sie sich nicht bei ihm blicken lassen. Ihm erschien es sogar, als ginge sie ihm absichtlich aus dem Weg. War sie etwa bereit, sich Jae Narwick anzuschließen?

Ganz toll!

Markus kehrte in sein Quartier zurück und hockte sich wieder auf die Couch.

Neufundland. Hannigan. Er hoffte, dass Hannigan sich ihm und Veronica anschloss. Und dann? Er wusste es nicht. Markus blickte auf die Uhr. Es war halb zwei durch. Vielleicht sollte er doch noch versuchen, etwas Schlaf zu finden. Er genehmigte sich noch einen Schluck Wodka und schlenderte dann ins Schlafzimmer.

Charlottesville, Virginia
13. November, 19:27 Uhr EST

Eileens Hände legten sich um die heiße Tasse Kaffee. Sie starrte vor sich hin und wartete, bis Detective Davies zurückkehrte. Er hatte sie mit auf das Polizeirevier genommen und ihr einige Fragen gestellt, ihr bereitwillig einen Kaffee und eine Zigarette angeboten, wobei sie Letztere abgelehnt hatte, und war dann zusammen mit ihrem gefälschten Dienstausweis verschwunden. Nun würde sich zeigen, wie gut die Nachahmungen des IDCC wirklich waren. Was würde geschehen? Im besten Fall rief Davies die FBI-Zentrale in New York an, gab die auf dem Ausweis eingravierte Dienstnummer und den Namen der Agentin an. Cathryn Richardson. Die Zentrale sah im Computer nach und konnte bestätigen, dass eine ihrer Bundesagentinnen mit diesem Namen existierte. Vielleicht war damit seine Neugier befriedigt. Im schlimmsten Fall ließ er sich mit der Abteilung verbinden, der Cathryn Richardson unterstellt war. Pech! Es gab keinen Kollegen, der diese Frau kannte.

Die Tür schwang auf. Davies kam mit einer Akte unter dem Arm und einem Becher Kaffee herein. Er umrundete den Tisch und hockte sich rittlings auf den Stuhl auf der anderen Seite. Mit den Fingern schnippte er ihr den scheckkartengroßen Dienstausweis herüber.

Eileen sah ihn an. Dann nippte sie an dem Kaffee und spürte die wohlige Wärme ihre Kehle herunterrinnen. Doch sie schaffte es nicht, die Kälte, die sich bei der Sorge um Mrs Stylez' Wohlergehen in ihr ausgebreitet hatte, zu vertreiben.

»Ihr Ausweis ist in Ordnung«, sagte Davies und trank einen Schluck aus seinem Becher. »Sorry für die Umstände, Special Agent Richardson.«

Eileen griff nach dem Ausweis und verstaute ihn in einem Lederetui, das sie in ihrer Kleidung verschwinden ließ.

Davies schob ihr das Blackberry hinüber, das Eileen ebenfalls wortlos ergriff.

»Sie tun nur ihre Pflicht«, sagte sie dann. Sie bemerkte, dass er ihr noch immer nicht die Pistole ausgehändigt hatte. Er schien sie nicht einmal bei sich zu haben. Etwas war faul. Eileen spannte sich innerlich an.

»Richtig.« Davies stellte seinen Becher ab.

Dann geschahen mehrere Dinge gleichzeitig.

Das Blackberry klingelte.

»Deswegen habe ich auch noch etwas tiefer recherchiert«, sagte Davies.

Oh-oh, er weiß es!

Eileen streckte die Hand nach dem Telefon aus. Sie sah auf das Display. Ein unbekannter Anrufer.

»Wissen Sie, was mir merkwürdig an der ganzen Sache erscheint?«, fragte Davies.

Wer außer Gwen Stylez kannte noch diese Nummer?

»Nein, aber Sie werden es mir sicherlich gleich sagen, Detective.«

Eileen hob das Blackberry an.

»Ich habe mir die beiden Leichen etwas genauer angeschaut.« Davies starrte sie unverwandt an, ohne mit der Wimper zu zucken. Er schob den Kaffeebecher von sich, als brauche er Platz auf dem Tisch oder wolle ihn nicht umstoßen, wenn er plötzlich reagierte.

Scheiße! Eileen drückte die Verbinden-Taste. »Kleinen Augenblick.«

Davies nickte.

»Ja?«, sagte Eileen in das Blackberry.

Die Stimme am anderen Ende war weiblich. »Hallo Hannigan. Ich habe etwas, das Sie vermutlich schon schmerzlich vermissen.«

Eileen sog scharf die Luft ein. Ihr Blick wanderte zu Davies, der sie aufmerksam beobachtete.

»Wer ist da?«, fragte sie ins Telefon.

»Wenn Ihnen Namen so wichtig sind, ich heiße Inga.«

»Was wollen Sie?«

»Ihnen ein Angebot machen.«

Davies kippelte auf dem Stuhl. Seine Hände waren angespannt. Er schien nur auf ein Zeichen zu warten oder eine falsche Bewegung, um seinen letzten Trumpf auszuspielen. Eileen war sich bewusst, dass sie in der Falle saß.

»Ich bin im Moment nicht interessiert«, sagte sie.

Ein leises Kichern war am anderen Ende der Leitung zu vernehmen. »Verständlich. Aber wir können Sie da herausholen.«

Eileen runzelte die Stirn. »Woher wissen Sie …?«

»Ihre Freundin Stylez war so freundlich, uns Ihren Decknamen zu geben. Wir haben uns beim FBI eingeloggt und die Anfrage eines Detectives Davies aus Charlottesville gesehen. Auch wenn Ihr Handy nicht zu orten ist, kann ich mir gut vorstellen, dass Sie jetzt gerade auf einem recht unbequemen Stuhl in einem kalten, schmucklosen Verhörraum im Polizeirevier von Charlottesville sitzen. Ist Davies bei Ihnen?«

»Ja.«

»Wird er Sie gehen lassen?«

»Das glaube ich weniger.«

»Hm … Ihre Tarnung ist eigentlich gut, also muss er etwas anderes gefunden haben, das ihn stutzig gemacht hat«, sagte Inga.

Eileen drehte sich seitwärts auf dem Stuhl und neigte den Kopf so, dass Davies ihr Gesicht nicht sehen konnte. Aus den Augenwinkeln erkannte sie, dass er zusehends unruhiger wurde. Das Telefonat kam ihm offenbar sehr ungelegen für seinen fulminanten Auftritt. Wahrscheinlich verfluchte er sich im Stillen dafür, Eileen das Blackberry zurückgegeben zu haben.

»Vermutlich«, sagte sie.

»Ihnen ist klar, dass ich Stylez nur gehen lassen kann, wenn Sie kooperieren. Ich kann Sie aus dem Revier holen lassen. Es kostet mich nur einen Anruf und zwei Agenten einer Bundesbehörde werden Sie sicher zu mir eskortieren.«

»Und dann?«, fragte Eileen. »Werde ich den General sehen?«

Stille. Eileen riskierte einen Seitenblick. Davies machte einen zerknirschten Eindruck. Seine Finger schlossen und öffneten sich permanent. Das Kippeln auf dem Stuhl nahm zu.

»Der General?«, fragte Inga. »Ich hoffe, Sie sind nicht allzu enttäuscht, wenn ich Ihnen sage, dass ich für jemand anderen arbeite.«

G-Dawn!, dachte Eileen, aber sie sprach es nicht laut aus.

»Dauert es noch lange?«, fragte Davies ungeduldig.

»Ich muss Schluss machen«, sagte Eileen ins Telefon. »Sie können sich Ihren Anruf allerdings sparen, da ich glaube, dass Sie nicht mehr rechtzeitig hier sein können.«

»Ich verstehe.« Ingas Stimme am anderen Ende klang gepresst. Augenscheinlich hatte sie diese Entwicklung der Ereignisse weder erwartet noch vorhergesehen. »Ich schicke Ihnen eine Kurzmitteilung auf Ihr Handy. Unter der Nummer können Sie mich erreichen, wenn Sie … *frei* sind. Viel Glück.«

»Danke.« *Ich kann es brauchen.*

Eileen unterbrach die Verbindung, ließ das Blackberry in ihrer Jackentasche verschwinden und sah zu Davies auf. »Nun, wo waren wir stehen geblieben?« Sie setzte ein unschuldiges Lächeln auf, schien den Polizeibeamten damit jedoch nur noch mehr zu reizen.

»Ich sagte, ich habe etwas tiefer recherchiert.« Davies schob den Stuhl leicht zurück, als wollte er aufstehen.

Doch er blieb sitzen, die Finger beider Hände ineinander verschränkt.

Gleich lässt er die Bombe platzen. Eileen überlegte, ob sie den Detective überwältigen sollte. Vor der Tür warteten sicherlich Wachen. Es hatte keinen Sinn, jetzt schon einen Fluchtversuch zu unternehmen.

»Ist das noch wichtig für unser Gespräch?«, fragte sie. »Ich würde jetzt gerne mit meiner Dienststelle Kontakt aufnehmen. Mein Auftrag ist noch nicht beendet.«

Davies bleckte die Zähne. »Aber genau darum geht es ja. Sie haben zwei Männer erschossen.«

»Einen, um genau zu sein.« Eileen hob die Schultern. »Der zweite war bereits tot, als ich die Feuerleiter hinunterlief.«

Davies runzelte die Stirn. Offensichtlich hatte ihn Eileens Eröffnung aus dem Konzept gebracht.

»Und wer sollte ihn Ihrer Meinung nach erschossen haben?«

»Gesehen habe ich es nicht, aber die Fahrer des Vans, der losgefahren ist, bevor Ihre Leute mich gestellt haben, könnten es gewesen sein.«

»Welcher Van?«

»Ich sehe, Sie haben Ihre Hausaufgaben doch nicht richtig gemacht, Detective.« Eileen grinste. »Meine Partnerin, Agent Carson, ist entführt worden.«

Eine Schweißperle lief über Davies' Stirn. Er schien nun total verunsichert zu sein. »Aber warum haben Sie … da stimmt doch was nicht. Die beiden Männer trugen Dienstausweise der Homeland Security bei sich!«

Autsch! Das war also der springende Punkt und die Lücke in ihrer Tarnung.

»Warum erschießt eine FBI-Agentin einen anderen Bundesagenten?«

Tja, das werde ich ihm wohl nicht mehr erklären können. Eileen setzte dazu an, über den Tisch zu springen und Davies rasch zu überwältigen, seine Waffe an sich zu bringen und sich den Weg aus dem Polizeirevier notfalls freizuschießen.

Sie kam nicht mal dazu, den ersten Teil ihres Vorhabens in die Tat umzusetzen. Die Tür schwang ohne Vorwarnung auf. Davies' Kopf ruckte hoch und Eileen drehte sich um. Drei Männer in grau-beigem Anzug mit Krawatte und jeweils mindestens einer ausgebeulten Stelle am Sakko, unter der Achselhöhle oder an der Hüfte. Bundesagenten. Der vordere zückte auch gleich einen Ausweis, ließ ihn aufschnappen. Auf der rechten Seite war eine goldene Dienstmarke zu sehen, auf der linken der mittlerweile scheckkartengroße Einheitsausweis, den Eileen mit dem IDCC nachgemacht hatte.

»Ich hoffe, ich störe Ihre Party nicht, Detective«, sagte der Mann. »Agent Callahan, Homeland Security. Das sind die Agents Lloyd und Fitzgerald. Danke, dass Sie uns verständigt haben, Detective Davies. Ab hier übernehmen wir.«

Eileen starrte den Mann an und stufte ihn sofort als gefährlich ein. Vielleicht hätte sie nicht so lange damit warten sollen, aus dem Polizeirevier zu fliehen. Jetzt war es zu spät. Der Verbund, die Organisation der Generäle, hatte sie.

Callahan bedeutete seinen beiden Begleitern, sich um Eileen zu kümmern. Sie gingen nicht gerade zimperlich mit ihr um, nahmen zu beiden Seiten von ihr Aufstellung und packten sie grob an der Schulter. Eileen stand freiwillig auf und ließ sich von den Männern hinausführen.

»Sie haben Ihre Sache gut gemacht, Detective«, hörte sie die Stimme Callahans hinter sich sagen. »Ihr Land ist stolz auf Sie.«

»Danke, Sir.«

Schritte klangen hinter Eileen auf. Sie wurde durch einen schmalen Korridor zum Hinterausgang des Reviers geführt, wo bereits ein silberner Buick Enclave mit laufendem Motor wartete. Am Steuer saß ein weiterer Mann im Anzug und mit Sonnenbrille. Einer der beiden Agenten der Heimatschutzbehörde öffnete den Wagenschlag und ließ Eileen einsteigen. Die Rückbank bot Platz für drei Personen, zwei weitere konnten dahinter sitzen. Als Eileen saß, stieg Fitzgerald von der anderen Seite zu, während sich sein Kollege Lloyd auf dem Beifahrersitz niederließ. Callahan setzte sich neben Eileen, sodass sie zwischen ihm und Fitzgerald beinahe eingeklemmt war.

Als Callahan die Tür zuzog, fuhr der Enclave an. Eileen blickte zum Fenster hinüber, wo der zerbeulte Porsche Cayenne stand. Ihr Laptop mit all den gesammelten Daten, der SD-Card und dem IDCC befanden sich noch darin.

»Gehören die anderen zu Ihnen?«, fragte Eileen.

Callahan antwortete nicht.

Der Wagen bog von dem Vorplatz des Reviers auf die East Market Street in Richtung Osten. Dann ging es an der nächsten großen Kreuzung nach Süden weiter. Eileen konnte sich zusammenreimen, wohin die Fahrt ging, als sie die ersten Schilder zur Interstate 64 erblickte. Etwa fünfzig Meilen nach Osten bis Richmond. Von dort aus nur noch knapp achtzig Meilen nördlich bis Washington D.C. Wahrscheinlich sollte die Fahrt den Anschein erwecken, dass man sie in die Hauptstadt brachte und dort ihrem letzten Brötchengeber Homeland Security übergab.

Unwahrscheinlich. Eileen stand bereits auf der Abschussliste, noch bevor sie wusste, was überhaupt gespielt wurde. Inzwischen war sie um einiges schlauer und stellte eine nicht zu unterschätzende Gefahr sowohl für den Verbund als auch für Gaia's Dawn dar. Entweder servierte man sie irgendwo auf dem Weg am Straßenrand ab oder sie war es wert, die Bekanntschaft eines weiteren Generals zu machen. Dann musste sich auf dem Weg zwischen Charlottesville und Washington eine weitere Basis des Verbunds befinden.

20:05 Uhr

Sie irrte sich. Der Buick Enclave ließ die Interstate links liegen und fuhr weiter nach Süden auf die US-29. Zurück nach Lynchburg.

Verdammt!

»Wie lange sind Sie schon dabei, Fitzgerald?«, fragte Eileen geradewegs heraus.

»Antworten Sie ihr nicht«, sagte Callahan. »Sie ist gefährlich. Zweite Priorität?«

»Kein Kontakt mit der Gefangenen.« Das war Lloyd vom Beifahrersitz aus gewesen. Der Kerl drehte sich nicht einmal um, sondern starrte stur geradeaus durch die Windschutzscheibe. Auch der Fahrer ließ sich nichts anmerken.

»Wovor haben Sie Angst, Callahan?«, fragte Eileen, ohne den Blick von Fitzgerald zu nehmen. »Was soll ich schon ausrichten? Sie haben mich, sind in der Überzahl und die Fahrt zurück nach Lynchburg kann ohne eine nette Konversation ziemlich langweilig werden.«

Ein Wangenmuskel zuckte in Fitzgeralds Gesicht.

Bingo! Der Hinweis auf Lynchburg war ein Treffer. Offenbar wusste der Agent nicht, wohin sie fuhren, und hatte wie Eileen damit gerechnet, dass ihre Route sie nach Washington führte. Er schaute nun aus dem Fenster und schien nach dem nächsten Wegweiser Ausschau zu halten. Lloyd beugte sich vor und schaltete das Autoradio ein. Bad Company tönte mit dem gleichnamigen Titel aus den Lautsprechern des Enclaves.

Wie passend, dachte Eileen. *Das Schicksal neigt zum Sarkasmus.*

»Kennen Sie Chief Wilkins, Fitz?«

»Halten Sie endlich die Klappe, Hannigan!« Callahans Stimme war nur mühsam beherrscht, ließ jedoch keinen Zweifel, dass er Eileen notfalls mit Gewalt zum Schweigen bringen würde.

»Hannigan?«, fragte Fitzgerald und wandte das erste Mal den Blick. »Sie … sind Agent Hannigan?«

Lloyd stellte die Musik lauter. »Mensch, Fitz, beruhig dich.«

Der Fahrer warf ihm einen fragenden Seitenblick zu, konzentrierte sich dann jedoch wieder auf die Straße.

»Wieso fahren wir nach Lynchburg, Callahan?«, fragte Fitz.

Es geschah so unglaublich schnell, dass Eileen beinahe ihre Chance verpasst hätte, doch ihre antrainierten Reflexe ließen sie im entscheidenden Moment nicht im Stich.

Lloyd wirbelte vom Beifahrersitz herum und drückte den Abzug seiner entsicherten Waffe durch. Mit einem schallgedämpften Ploppen jagte er Fitzgerald eine Kugel in den Schädel. Eileen nutzte die Gelegenheit und rammte ihren Ellbogen gegen Callahans Kehle, der röchelnd aufstöhnte. Im selben Moment verriss der Fahrer das Lenkrad. Ein Ruck ging durch den Wagen und er schlingerte von der Fahrbahn. Die plötzliche Bewegung rettete Eileen das Leben, denn der zweite Schuss Lloyds bohrte sich nur wenige Millimeter neben Eileens Kopf in die Rückenlehne der Sitzbank.

Eileen bekam den Griff von Fitzgeralds Waffe zu fassen und riss sie aus dem Hüftholster des Mannes. Ehe Lloyd ein drittes Mal feuern konnte, durchschlugen drei Geschosse den Sitz und zerfetzten Lloyds Oberkörper auf der anderen Seite. Blut spritzte zum Fahrzeughimmel hinauf. Der Fahrer brüllte, wollte bremsen, trat in der Panik jedoch das Gaspedal. Holpernd donnerte der Enclave eine Böschung von der Monacan Trail Road hinunter direkt in den Wald hinein. Ein Baum stoppte abrupt ihre Schussfahrt. Eileen, der blau angelaufene Callahan und Fitz' Leiche knallten gegen die Rückenlehnen der Vordersitze. Die Airbags zündeten während des Aufpralls und begruben den Fahrer und Lloyds toten Körper in einem Weiß aus Plastik und Luft.

Eileen stemmte sich von dem Sitz ab, kletterte über Fitzgeralds Körper und stieß die Tür auf. Sie brachte ein Magazin an sich und rannte los. Nach zwei Metern rutschte sie aus, stürzte und rollte die Böschung weiter hinunter. Oben erklang das Schlagen von Türen. Dann Stimmen. Sie hatte Callahan nicht hart genug getroffen. Er war nicht einmal außer Gefecht.

Ein Schuss peitschte. Dann ein dumpfer Aufprall.

Der Fahrer.

Anscheinend waren er und Fitzgerald tatsächlich Bundesagenten gewesen, während Callahan und Lloyd für die Generäle arbeiteten.

Eileen rannte weiter durch das Unterholz.

Sie hielt sich am Fuß der Böschung und sah nach oben durch die Baumwipfel. Der Himmel dazwischen war beinahe schwarz, nur noch ein Restglimmen der bereits untergegangenen Sonne zeichnete sich schwach ab. Zu wenig, um sich zu orientieren. Und zu bewölkt, um Sterne oder Mond sehen zu können. Eileen stolperte durch das Dickicht. Mehr als einmal peitschten ihr Zweige ins Gesicht und hinterließen blutige Striemen und Schrammen. Als sie glaubte, weit genug von der Unfallstelle fort zu sein, blieb sie stehen, schöpfte kurz Atem und begann, die Böschung hinaufzuklettern. Aus den Augenwinkeln nahm sie ein Licht wahr. Sie sah in die Richtung und bemerkte ein Schimmern zwischen den Bäumen. Sie wusste einzig, dass sie sich irgendwo südlich von Charlottesville in einem riesigen Waldgebiet befand, durch das die US-29 durch mehrere kleinere Orte über Amherst nach Lynchburg führte. Auf dem Weg waren sie an mehreren Stichstraßen, die nördlich und südlich der Straße in den Wald führten, vorbeigefahren. Eileen vermutete, dass es sich dabei um Privatstraßen handelte, die jeweils zu einem Anwesen oder einer Farm führten. Möglicherweise sah sie nun das Licht eines solchen Grundstücks. Statt weiter die Böschung hinaufzukraxeln, änderte sie den Kurs und hielt auf den Schein zwischen den Bäumen zu. Es war so gut wie unmöglich, in der aufziehenden Dunkelheit keine Geräusche zu verursachen. Unter ihren Füßen knackten Zweige und Äste, raschelte Herbstlaub, und hin und wieder stieß Eileen gegen einen Baum, der sich plötzlich schemenhaft vor ihr auftürmte und den sie nicht mehr rechtzeitig sehen, geschweige denn ihm ausweichen konnte.

Sie trat auf eine Lichtung hinaus und blieb stehen. Angestrengt lauschte sie in die Dunkelheit hinein.

Das Rufen eines Uhus. Grillenzirpen. Hier und da vorbeifahrende Autos auf der US-29. Leise Stimmen aus der Richtung des Anwesens.

Sie konnte keine verräterischen Laute hinter sich hören. Offensichtlich war Callahan ihr nicht gefolgt. Vielleicht musste er auch immer noch nach Luft ringen, wenn ihr Stoß gegen seinen Kehlkopf effektiv gewesen war.

Eileen schob das Ersatzmagazin der Pistole in ihre Jackentasche und warf einen kurzen Blick auf die Waffe selbst. Im Lichtschein erkannte sie das Fabrikat. Eine Beretta 92, neun Millimeter, fünfzehn Schuss im Magazin. Drei davon bereits in Lloyds Brustkorb. Nicht gerade ihre Wahl, aber sie würde genügen. Leicht geduckt näherte sie sich dem Haus. Sie setzte über einen hüfthohen Zaun und überquerte ein Rasenfeld, bis sie zur Kieseinfahrt gelangte. Das Haus stellte eine Art Farm dar. Es war zweistöckig mit Spitzdach und bot, der Größe nach zu urteilen, genug Lebensraum für eine Familie mit mehreren Kindern. An das Haupt- und Wohngebäude grenzte ein Heuschober an, dahinter befand sich ein kleines Gehege, vermutlich für Hühner oder Gänse. Auf der anderen Seite erspähte Eileen einen Carport, in dem ein Dodge Caravan parkte. Vor dem Haus stand als Zweitwagen ein Chrysler Sebring Cabrio. Eileen schmunzelte. Wenn sie schon einen Wagen stehlen musste, dann einen mit Stil.

Sie sprang über den Türrand in den offenen Wagen. Der Schlüssel steckte.

»Sorry«, murmelte sie und startete den Motor. Sie war bereits mit aufheulendem Motor über den Kiesweg bis zur Toreinfahrt vorgeprescht, ehe der Eigentümer etwas bemerkte. Auf der Veranda flammte Licht auf. Eine Tür wurde aufgerissen. Im Rückspiegel sah Eileen eine wild mit den Armen rudernde Gestalt aus dem Haus stürmen. Sie ignorierte sie, schoss durch das Tor und fuhr den Wagen auf die asphaltierte Anliegerstraße hinaus. Flüchtig sah sie im Scheinwerferlicht des Sebrings das Straßenschild aufblitzen. *Goodwin Farm Lane.* Wenn sie in Sicherheit war, würde sie Mr Goodwin einen Scheck für den Wagen und die Umstände schicken.

Falls sie in Sicherheit kam.

Der Chrysler jagte die etwa zweihundert Meter lange Straße hinunter, die direkt in der US-29 mündete. Eileen bremste ab und orientierte sich kurz. Süden oder Norden? In der einen Richtung lag Lynchburg – dorthin wollte sie auf keinen Fall. Außerdem galt es, Gwen irgendwie aus den Händen von G-Dawn zu befreien. Aber im Norden würde sie vermutlich Callahan finden. Vielleicht konnte sie ihn ausquetschen und erfahren, worum es dem Verbund der Generäle überhaupt ging und was es mit *Misty Hazard* auf sich hatte.

Keine gute Idee. Bestimmt hatte Callahan längst Verstärkung angefordert. Sie musste fliehen. So weit wie möglich fort von hier.

Eileen beugte sich vor und schaltete das Navigationsgerät des Sebrings ein. Standortlokalisation. Sie sah auf der Kartendarstellung, wo sie sich befand.

»Bitte geben Sie eine Route ein«, ertönte eine weibliche, wohlmodulierte Stimme.

Eileen gab Gas und fuhr nach Süden. Bis Lynchburg gab es noch einige Abzweigmöglichkeiten. Sie musste ihre Verfolger auf eine falsche Fährte locken. Schon nach dreihundert Metern machte die Monacan Trail Road einen scharfen Linksknick. Dahinter kam eine Kreuzung. Eileen blieb auf der US-29. Sie verkleinerte den Kartenausschnitt auf dem Display des Navigationsgerätes, um sich besser orientieren zu können. Sie konnte bis zur nächsten kleineren Ortschaft fahren und dort nach Nordwesten abbiegen. Über einen Umweg konnte sie von dort wieder die Interstate 64 erreichen und zurück nach Charlottesville fahren. Sie tastete nach dem Blackberry in ihrer Jackentasche, doch sie kam nicht dazu, es herauszuziehen. Grelles Scheinwerferlicht stach ihr ins Gesicht. Im nächsten Moment brach um sie herum das Chaos aus.

20:17 Uhr

Ein Konvoi aus drei oder vier Streifenwagen näherte sich von vorn. Über die Scheinwerfer hinweg erkannte Eileen eine Straßensperre. Das Blaulicht zuckte unablässig rot und blau über die US-29. Irgendwo über ihr war das dumpfe Hämmern von Rotorblättern zu hören.

Callahan hatte keine Sekunde gezögert und Verstärkung angefordert. Und um sicherzugehen, gleich alles, was ihm zur Verfügung stand.

Mist!

Eileen riss das Lenkrad herum. Der Chrysler schoss über den grünen Mittelstreifen des Highways in den Gegenverkehr hinein. Auch wenn um diese Zeit auf dieser Strecke nicht viele Fahrzeuge unterwegs waren, blendete dennoch das Scheinwerferpaar eines Trucks auf. Der Sebring holperte, sein Heck brach aus, als Eileen die Handbremse zog und gleichzeitig Gas gab. Protestierend brüllte der Motor auf. Das Signalhorn des Trucks dröhnte in Eileens Ohren. Mit einem Satz schnellte der Sebring vor und schoss vor dem Lkw davon. Durch den Rückspiegel nahm Eileen ein heftiges Blitzgewitter der aufgeblendeten Lichthupe wahr. Sie hielt sich nicht lange damit auf, sondern steuerte den Wagen rechts in eine Einfahrt.

Arrowhead Farm Lane. Vermutlich wieder nur eine Stichstraße, die irgendwo im Wald vor einer Farm endete. Goodwins Nachbar war sicherlich nicht begeistert, wenn dessen Wagen durch sein Scheunentor donnerte. Die Straße verlief etwa hundert Meter parallel zur US-29 und bog dann im rechten Winkel nach rechts ab. Sie führte schnurstracks in den Wald hinein. Hinter sich hörte Eileen die Polizeisirenen. Das Wummern des Hubschraubers näherte sich.

Im selben Moment klingelte ihr Blackberry.

Eileen zog das Telefon aus der Tasche, warf einen Blick in das Display und sah eine Nummer. Auch wenn sie die SMS noch nicht gelesen hatte, konnte es sich nur um die Anruferin von G-Dawn handeln.

Die Straße führte über einen Bach. Dem Wummern der Rotorblätter gesellte sich ein zweites hinzu. Dann ein weiteres. Sie kamen mit gleich *drei* Hubschraubern.

»Ja?«, sagte Eileen ins Telefon.

»Da haben Sie sich ja was Hübsches eingebrockt.« Inga. Ihre Stimme klang ernst und ganz und gar nicht amüsiert.

»Hat sich so ergeben.«

Im Scheinwerferlicht blitzte ein Bahnübergang auf. Eileen warf einen Blick auf das Navigationsgerät.

»Biegen Sie an den Gleisen links ab«, sagte Inga.

»Sie können mich sehen?« Eileen war kurz versucht, auf die Bremse zu treten und stehen zu bleiben.

»An Bord eines der Helikopter arbeitet ein Mann für uns. Wir haben Sie im Blick, aber es sind zu viele Cops und Bundesagenten im Einsatz, als dass wir jetzt eingreifen könnten. Wir müssen Sie erst aus dem Schlamassel herausholen.« Inga holte Luft. »Die Bahnstrecke führt entlang der US-29 nach Norden direkt nach Charlottesville, dann weiter über einen Hub nach Orange und von dort bis Washington.«

»Bis dahin sind die Reifen, Felgen und Achsen platt«, sagte Eileen trocken. Sie war bei dem Bahnübergang und riss das Lenkrad herum. Wenn sie dem Navi vertrauen konnte, endete die Arrowhead Farm Lane ohnehin fünfzig Meter hinter den Gleisen in der Dunkelheit. Der Chrysler Sebring schlug auf die Bahnschwellen auf. Die Holperfahrt begann. Eileen schaltete das Fernlicht ein.

»Etwa fünfhundert Meter«, sagte Inga am anderen Ende der Verbindung. »Dann kreuzt erneut eine Straße. Sie müssen das jetzt sehr präzise timen, Hannigan.«

»Was denn?« Eileen hatte Mühe das Telefon bei dem ständigen Auf und Ab des Wagens zu halten. Sie klemmte sich das Blackberry unters Kinn und hielt das Lenkrad mit beiden Händen fest. Irgendwo über, vor und hinter ihr wummerten die Helikopter.

»Die Hubschrauber sind im Anflug, aber sie können Sie noch nicht aus der Luft sehen. Sie folgen den Hinweisen der Streifenwagen, die Ihnen auf den Fersen sind.«

Eileen blickte in den Rückspiegel. Irgendwo hinter ihr blitzte es blaurot auf, doch von den Cops war noch nichts zu sehen. Sie mussten sich aber bereits auf der Arrowhead Farm Lane befinden.

Ein Vorderrad schrammte am Gleis entlang. Für eine Sekunde schien Eileen die Kontrolle über den Wagen zu verlieren. Sie steuerte gegen. Ihre

Hände krampften sich förmlich um das Lenkrad. Sie nahm etwas Gas zurück, bis der Sebring wieder in der Spur war, und beschleunigte erneut.

»Am Bahnübergang biegen Sie rechts ab. Die Poorhouse Road führt entlang der Gleise bis hoch zur US-29.«

Eileen sah es auf der Kartendarstellung des Navigationsgerätes. Die Straße mündete in dem Knick, den sie vorhin passiert hatte. Nur wenig weiter befand sich die Goodwin-Farm, von der sie diesen Wagen gestohlen hatte.

»Ich fahre im Kreis, Herzchen.«

»Das sollen die Cops denken«, sagte Inga. »Wenn Sie auf der Poorhouse sind, passieren Sie einen Bachübergang und lenken den Wagen in den Bach.«

»Fein, schwimmen.«

»Es wäre hilfreich, wenn Sie ernst bleiben.«

»Es wäre hilfreich, wenn Sie nicht so einen Scheiß erzählen!«, erwiderte Eileen giftig.

Inga überging die Antwort. »Jetzt kommen wir zum Timing. Steigen Sie aus dem Wagen und folgen Sie zu Fuß dem Bachverlauf bis zu den Gleisen. In exakt zwei Minuten und dreißig Sekunden wird der Comet Star R95 aus Süden diese Strecke passieren.«

»Ich soll auf einen Personenzug aufspringen?« Eileen hatte wieder Mühe, den Wagen unter Kontrolle zu halten. Hinter ihr blitzte das Blaulicht der Streifenwagen auf. Die Spürhunde hatten die Verfolgung aufgenommen und bogen nun ebenfalls auf die Bahnlinie.

»Ich bin schnell, aber nicht so schnell wie der Flash«, sagte Eileen.

Inga seufzte. »Der Zug wird an der Stelle das Tempo verlangsamen. Sie können gefahrlos aufspringen.«

Die Holperfahrt endete jäh, als Eileen die Kreuzung zur Poorhouse erreichte. Für eine Sekunde überlegte sie, ob sie statt rechts nach links direkt auf die US-29 fahren sollte, doch sie hörte Sirenengeheul aus der Richtung. Die Polizei sperrte bereits die Zufahrt ab und würde jeden Moment mit ihren Streifenwagen die Straße herunterjagen. Eileen bremste ab, fuhr rechts in die Poorhouse und nahm sofort die Kurve nach links. Die Straße führte knapp zweihundert Meter parallel zu den Bahngleisen, dann bog sie rechts ab und beschrieb anschließend wieder eine lange Linkskurve. Dort befand sich der Bachlauf. Eileen atmete tief durch. Sie trat das Gaspedal bis zum Anschlag. Der Sebring schnellte über den Straßenrand, segelte zwei, drei Meter durch die Luft und klatschte in den engen Bach. Wasser spritzte zu beiden Seiten. Die Reifen drehten durch, und der Wagen schlitterte durch Laub und Wasser, bis er vielleicht nach fünfzig, sechzig Metern zum Stillstand kam.

Eileen stieß die Tür auf, griff nach der Pistole und stürmte aus dem Auto. Sie lief am Bach entlang. Das Licht der Scheinwerfer begleitete sie eine Weile und leuchtete ihr den Weg. Als nur noch ein paar funkelnde Augen in der Dunkelheit zu sehen waren, verringerte Eileen ihr Tempo. Zweimal trat sie daneben und ins Wasser. Sie eilte einen Abhang hinauf und kam aus dem Wald an die Gleise heran.

»Eine Minute«, sagte Inga aus dem Telefon.

Eileen bereitete sich vor. »Ich hänge jetzt ein und rufe Sie an, sobald ich im Zug bin.«

»In Ordnung. Viel Glück, Hannigan.«

Du mich auch! Eileen unterbrach die Verbindung und ließ das Blackberry in ihrer Jacke verschwinden.

Sie blickte auf die Uhr.

46 Sekunden.

Dann begann sie in Gedanken zu zählen und duckte sich leicht, um im richtigen Winkel zwischen zwei Waggons aufspringen zu können. Sie hoffte, dass sie das Tempo des Zuges erreichte und sich irgendwo festhalten konnte.

39 Sekunden.

Das Wummern der Hubschrauber wurde unerträglich laut. Ein Helikopter schoss über den Waldrand über ihrem Kopf hinweg. Ein Suchscheinwerfer tauchte die Abenddämmerung in ein grelles Weiß und tanzte systematisch über den Boden, erfasste die Gleise und fuhr dicht an Eileen vorbei. Er würde bald zurückkehren.

27 Sekunden.

Eileen blickte über die Schulter zurück in die Richtung, aus der der Zug kommen musste.

Das Sirenengeheul der Streifenwagen schwoll an. Eileen hörte brechende Zweige und knackende Äste. Eine Suchmannschaft der Polizei war bereits in den Wald eingedrungen und folgte ihrer Spur.

23 Sekunden.

Auch von der anderen Seite waren Geräusche zu hören. Eileen spähte in die Dunkelheit. Jenseits der Bahngleise lag eine kleine Baumformation, dahinter konnte sie im Licht des Suchscheinwerfers eine kleine Straße erkennen, die parallel zu dem Highway führte. Ein Forstweg.

14 Sekunden.

Eileen holte tief Luft und spannte ihren Körper an.

»Dort vorn!«, rief jemand.
»Hier ist eine Spur.«
Mist, verdammt!
12 Sekunden.
Der Zug musste jeden Moment um die Ecke fahren, wenn er pünktlich war. Der Lichtkegel des Suchscheinwerfers kam zurück und plötzlich befand sich Eileen in einer Flut aus stechendem, blendendem Weiß.
8 Sekunden.
Ein Sog erfasste sie. Die Rotorblätter entfachten über ihr einen Orkan. Sie duckte sich tiefer.
3 Sekunden.
»Da ist sie!«
Das wird eng. Eileen hätte den Zug jetzt sehen müssen. *Komm schon!*
1 Sekunde.
Es knackte über ihr. Dann erklang eine leicht verzerrte Stimme hallend aus dem Bordlautsprecher des Hubschraubers.
Die Zeit war um. Der Zug war überfällig.
»Miss Richardson. Werfen Sie die Waffe weg und heben Sie die Hände hoch.«
Eileen blickte panisch um sich. Auf der anderen Seite brachen drei Polizisten aus dem Unterholz. Sie leuchteten mit Taschenlampen und zielten mit ihren Pistolen auf sie.
»Stehen bleiben! Keine Bewegung!«
Eileen sah nach Süden.
Der Zug kam nicht.
»Leisten Sie keinen Widerstand!«, tönte es aus dem Lautsprecher des Helikopters. Der Wald hinter ihr war vom Wechselspiel blau und rot leuchtender Farben erfüllt. Mehr Cops traten an die Gleise heran. Im Nu waren es ein Dutzend.
Das Blackberry klingelte.
Jetzt brauchst du mir auch nicht mehr zu sagen, dass der Zug bereits von den Cops gestoppt wurde, Süße, dachte Eileen. Sie ließ das Telefon klingeln, warf die Beretta zwischen die Gleise und hob die Hände hinter den Kopf. Kaum ein Augenzwinkern später ergriff man ihre Handgelenke. Jemand riss ihr die Arme auf den Rücken, verdrehte sie brutal und ließ die Schellen zuschnappen. Die Cops hatten sie umstellt. Callahan war auf alles vorbereitet gewesen, als er sie aus dem Polizeirevier in Charlottesville abholte. Er musste die Cops und Hubschrauber in Bereitschaft gehalten haben, damit sie so schnell reagieren konnten.

»Richardson!« Da war er auch schon. Diesmal beging er nicht den Fehler, Eileen bei ihrem richtigen Namen zu nennen. Er kam über die Gleise gelaufen. Eine Hand massierte noch immer seine Kehle, die andere hielt eine Pistole. Eileen wurde bewusst, dass ihr die Flucht geglückt wäre, wenn sie Callahan sofort getötet hätte. Ein Fehler, den sie nicht noch einmal begehen würde – sofern sie eine Chance dazu bekam.

»Sie haben sich tiefer in die Scheiße geritten, als Ihnen lieb sein kann«, sagte Callahan und zielte mit der Waffe auf Eileen. »Geben Sie mir einen Grund, nur einen, warum ich Sie jetzt nicht auf der Stelle erschießen sollte. Jeder der hier umstehenden Cops würde es verstehen. Statt zwei gehen jetzt insgesamt fünf Bundesagenten auf Ihr Konto.«

So ist das also. Eileen sah ihn an, lieferte ihm aber keinen Grund, sie zu erschießen. Wenn der Verbund der Generäle sie tot sehen wollte, hätte Callahan sie bereits ausgeschaltet. Nein, sie wollten sie lebend – zumindest jetzt wieder. Möglicherweise hatten sie herausbekommen, dass Eileen Shift-P injiziert hatte, und spekulierten nun darauf, sie für ihre Sache gewinnen zu können.

Callahan starrte sie an, als rechnete er damit, dass sie doch noch eine falsche Bewegung machte, die ihn dazu veranlassen könnte, sie zu töten. Doch dann nickte er einem der Beamten zu. Der Polizist hielt eine etwas klobige Pistole in den Händen, die futuristisch anmutete.

Eileen hielt die Luft an. Sie wusste, was jetzt kam. Schon schossen aus dem Taser zwei Kontaktprojektile und trafen auf Eileens Körper auf. Nur eine Sekunde darauf jagten Stromstöße mit einer Spannung von 50 000 Volt durch ihren Leib. Der Schmerz explodierte in ihrem Gehirn und sie war dankbar, dass ihm schnell eine tiefe, schwarze Nacht folgte.

20:43 Uhr

Die große, blonde Frau hängte auf und schürzte die Lippen. Sie wirkte nicht gerade begeistert. Ihre Kollegin gesellte sich zu ihr. Sie war etwas kleiner, besaß eine Model-Figur, von der Gwendolyn Stylez nur träumen konnte, und passte hervorragend in den Latexcatsuit, den sie ebenso trug wie Inga. Sie hörte auf den Namen Amandine und war entweder Französin oder Kanadierin. So genau hatte Gwen das noch nicht herausgefunden, da in ihrem Englisch ein unbestimmbarer Akzent mitschwang, der mit etwas Fantasie nach Montreal klang, aber genauso gut auch europäischen Ursprungs hätte sein können.

Amandine trug ihre hellbraune Löwenmähne offen und bis zum Gesäß. Die Haare waren von feinen, blonden Strähnen durchsetzt. Sie besaß ein schmales, hübsches Gesicht und dunkle, etwas zu eng beieinanderstehende Augen.

»Probleme?«, fragte sie.

Inga schnalzte mit der Zunge und ließ das Mobiltelefon sinken. »Schätze, wir machen ohne Hannigan weiter.«

»Sie kommt nicht?«

Inga wandte sich zu ihrer Partnerin um. »Sie schafft es nicht.«

Gwen merkte, wie ihr die Worte der anderen Frau die Kehle zuschnürten. Sie saß mit Handschellen an einen Stuhl gekettet und befand sich in irgendeinem fensterlosen Raum, vermutlich im Kellergeschoss eines Gebäudes. Zwar hatte man ihr nicht die Augen verbunden oder sie bei der Entführung betäubt, doch im hinteren Bereich des Vans hatte sie keinerlei Gelegenheit gehabt hinauszublicken, um zu sehen, wohin sie fuhren. Die Fahrt war jedoch relativ kurz gewesen, daher vermutete Gwen, dass sie sich noch innerhalb der Stadtgrenzen von Charlottesville befanden.

Sich gegen die beiden Frauen zur Wehr zu setzen, war zwecklos gewesen. Sie waren ausgebildete Killer, die sich sowohl auf den bewaffneten wie waffenlosen Kampf verstanden. Völlig durchtrainiert und vermutlich sogar Eileen Hannigan ebenbürtig. Aber sie waren keine Hazarder, denn ihre Vornamen tauchten nicht auf der berüchtigten Liste auf.

»Dann sollten wir sofort nach Richmond aufbrechen, um unseren Flug zu kriegen«, sagte Amandine.

Inga presste die Lippen aufeinander und sah zu Gwen hinüber. »Und was ist mit ihr?«

Auch Amandines Kopf drehte sich zu ihr herum. In ihren Augen blitzte es mordlüstern auf. »Sie wäre uns nur ein Klotz am Bein.«

»Sie hat vielleicht wertvolle Informationen über die Generäle.«

»Sie wird uns nur Schwierigkeiten machen.«

Inga trat vor, stellte sich direkt vor Gwen und musterte sie von oben herab. Sie verschränkte ihre Arme vor der Brust. Im Gegensatz zu Amandine trug sie eine ärmellose Variante des Lackanzugs mit Schulterträgern und einem tiefen Ausschnitt. Gwen bezweifelte, dass die Mädels einen Modewettbewerb gewinnen wollten, sondern vermutete eher, dass die Kleidung einem bestimmten Zweck diente. Der Verbund der Generäle erforschte ebenfalls synthetisches Material, das in Kampfkombinationen des Militärs Verwendung finden sollte.

»Machst du uns Schwierigkeiten, Schätzchen?«, fragte Inga.

»Lassen Sie mich frei und Sie werden nie wieder etwas von mir hören«, sagte Gwen, auch wenn sich die Worte selbst in ihren Ohren schal anhörten.

Inga schüttelte den Kopf. »Du verstehst sicherlich, dass ich das nicht glauben kann. Du weißt zu viel über uns und kannst uns gefährlich werden. Als Geisel im Austausch für Hannigan taugst du nichts mehr, aber vielleicht gibt es noch einiges über die Organisation zu erfahren, für die du arbeitest.«

»Gearbeitet habe«, verbesserte Gwendolyn. »Mein Arbeitgeber ist tot. Verraten von seinen Kollegen. Ich arbeite jetzt mit Hannigan zusammen.«

»Du *hast* mit ihr zusammengearbeitet«, korrigierte Inga und lächelte in Anspielung auf die passende Erwiderung Gwendolyns bezüglich ihres Arbeitgebers.

»Da wäre ich mir an Ihrer Stelle nicht so sicher.«

Inga zog eine Braue hoch. »Du glaubst, deine Freundin würde das überleben? Die Bullen haben sie und so, wie es aussieht, ist mindestens einer der Hazarder bei ihr.«

Gwen ließ sich ihren Schrecken nicht anmerken. In Gedanken ging sie das durch, was sie in Lynchburg erfahren hatte. Es kamen nur zwei der aktiven Hazarder infrage. Entweder Simmons oder Callahan. Beide hatten sich kürzlich erst in Washington befunden. Von der Hauptstadt bis nach Charlottesville war es ein Katzensprung.

Simmons war für die Operation Renegade eingeplant, dachte Gwen. *Also werden sie Callahan geschickt haben. Der dürfte aber beim Shift-P-Status nicht viel weiter sein als Eileen. Wenn Simmons ihn erst heute aktiviert hat, wird er sich das Serum nicht vorher gespritzt haben.*

Sie lächelte Inga an, antwortete aber nicht.

»Wir nehmen Sie mit«, entschied die Blonde. »Soll Jae entscheiden, was aus ihr wird.«

»Solange er sie nicht im Team haben will«, murmelte Amandine, kam auf Gwen zu und packte sie unsanft an der Schulter. Sie löste die Handschellen. Ehe Gwen jedoch eine Möglichkeit hatte, diesen Vorteil zu nutzen, band ihr die andere Frau mit Metallfesseln die Hände auf dem Rücken zusammen.

»Gehen wir«, sagte Inga und warf sich einen langen Ledermantel über. »Ein Flieger wartet auf uns.«

Amandine stieß Gwen vorwärts. Sie gingen durch ein schmales Treppenhaus nach oben und kamen auf der Rückseite eines baufälligen Lagerhauses heraus. Dort stand der Van, in den Amandine Gwen bugsierte.

Ehe sich die Türen des Fahrzeugs vor ihrer Nase schlossen, erhaschte Gwendolyn Stylez noch einen Blick auf die Abendlichter der Innenstadt. Sie hoffte, dass Eileen irgendwo da draußen war und den Cops und Callahan ein Schnippchen schlagen konnte.

Hol mich hier raus!

Die Schiebetür fiel ins Schloss. Inga klemmte sich hinter das Steuer. Amandine nahm auf dem Beifahrersitz Platz. Nur eine Sekunde darauf erwachte der Motor mit einem tiefen Knurren zum Leben. Der Van ruckte an. Gwen lehnte sich mit dem Kopf an die Wand des Fahrzeugs, schloss die Augen und tat dann etwas, das sie noch nie zuvor in ihrem Leben getan hatte.

Sie betete.

21:04 Uhr

Langsam erwachte Eileen aus der Bewusstlosigkeit. Vereinzelt blitzten Bilder vor ihrem inneren Auge auf. Die Reste von Träumen, die sie plagten. Sie sah Gwendolyn Stylez an ein Gleis gefesselt, während ein tonnenschwerer Zug auf sie zufuhr. Eileen stand daneben und schwenkte eine Fahne, als wollte sie den Zugführer dadurch zum Bremsen bewegen. Widersinnig sprang sie dann auf die Schienen und rannte dem Koloss entgegen. Doch bevor sie ihn stoppen konnte, schrak sie bei einem kleinen Klickgeräusch zusammen.

Ihre Lider flatterten. Undeutlich nahm sie die Umgebung wahr. Direkt vor ihr stand ein Schreibtisch. Darauf sah sie eine dunkelbraune Unterlage, eine Tischlampe, mehrere Stapel mit Aktendeckeln sowie ein Mobiltelefon und einen Laptop. Eileens Blick wanderte höher. Hinter dem Tisch saß ein großer, breiter Mann mit kahlem Kopf. Sein Alter war schwer zu schätzen. Vielleicht Mitte fünfzig, vielleicht auch schon weit jenseits der sechzig.

In seinem Mundwinkel steckte eine Zigarre, die er sich gerade erst angezündet haben musste. Das Klickgeräusch, das Eileen geweckt hatte, rührte von dem Zigarrenschneider her, den er in seinen Händen hielt. Er schnippte hin und wieder in der Luft und stieß den Rauch der dicken Zigarre in Kringeln aus. Links vom Schreibtisch stand der CIA-Mitarbeiter Bruce Callahan und lehnte lässig an der Wand. Sein Sakko war geöffnet. Die Pistole im Gürtelholster lugte griffbereit hervor.

Eileens Blick wanderte zurück zu dem Tisch.

Auf der rechten Seite, in Reichweite der Hand des wuchtigen Mannes, lag ihre Heckler & Koch USP, die ihr Detective Davies abgenommen hatte. Ebenso ihr IDCC und die Ghost Card.

Das war es also mit dem Luxusshopping.

»Guten Abend, Miss Hannigan«, sagte der Mann hinter dem Schreibtisch, paffte an seiner Zigarre und stieß einen Rauchkringel aus. »Ich erspare mir die üblichen Floskeln und billigen Sprüche.«

»Das kommt mir gelegen«, murmelte Eileen.

»Kaffee?« Ein weiterer Rauchkringel stieg auf.

Eileen wollte erst gar nicht antworten, doch sie spürte einen unangenehmen pelzigen Belag auf ihrer Zunge. Ihre Mundhöhle war trocken. Vermutlich eine Nebenwirkung von der Taserentladung. »Ein Wasser, bitte.«

Der General lächelte. »Gerne … oh …« Er schlug sich gekünstelt gegen die hohe Stirn. »Da fällt mir ein, meine Sekretärin ist gar nicht da. Aber nicht, weil sie dienstfrei hat, sondern weil Sie sie *umgebracht* haben!« Die letzten Worte hatte er förmlich herausgebrüllt und sich dabei weit über den Schreibtisch nach vorn gebeugt.

»Geben Sie mir einen Grund, warum ich Sie überhaupt noch am Leben lassen sollte!«

»Den Gefallen hab ich schon Callahan nicht getan«, sagte Eileen trocken und zwinkerte dem Agenten herausfordernd zu.

Callahan rührte sich nicht und der General schien sich wieder zu beruhigen. Er lehnte sich in seinem Sessel zurück und drückte die Zigarre in einem Ascher aus. Dann faltete er die Hände ineinander.

»Wissen Sie, was ich jetzt am liebsten tun würde?«

Eileen zuckte die Achseln. »Wenn ich je Gedanken lesen konnte, muss diese Fähigkeit wohl irgendwann auf der Strecke geblieben sein.«

Der General überging ihren Sarkasmus. In seinen Blick trat eine Art von Lüsternheit, die Eileen gar nicht gefiel.

»Ich würde Ihnen am liebsten jetzt den Arsch aufreißen«, sagte der Mann hinter dem Schreibtisch. »Wörtlich, Sie verstehen?«

Eileen runzelte die Stirn. Er meinte doch nicht …

Der General leckte sich mit der Zunge über die Lippen.

Oh doch, er meinte!

»Ich würde Ihnen die Hosen runterreißen, Sie hier auf den Schreibtisch werfen und Sie von hinten nehmen. Bis Ihre Rosette wie ein Vulkan brennt.«

Eileen schluckte und starrte den Mann entgeistert an. »Sie sind krank.«

Der General seufzte. »Da haben Sie nicht ganz unrecht. Denn es würde mir absolut keine Befriedigung verschaffen.«

»Warum? Sind Sie schwul und brauchen lieber ein Stück Schwanz in Ihrem Hintern?«

Eileen nahm eine Bewegung aus den Augenwinkeln wahr. Callahan hatte sich versteift und war bereit einzugreifen, sollte das Gespräch aus dem Ruder laufen. Für Eileen war es das längst. Sie rechnete sich bereits zum zweiten Mal ihre Chancen aus, über den Tisch zu springen, die USP an sich zu bringen, Callahan zu erschießen und den General mit der Waffe zu bedrohen, damit er sie aus dieser Einrichtung hinauslotste.

Zwei Variablen sprachen dagegen: Callahan war kein Anfänger und durchaus schnell. Und sie kannte die Reflexe des Generals nicht.

»Ich kann keinen Orgasmus bekommen«, sagte der General.

»Wie bitte?«

»Es geht nicht. Ein genetischer Fehler. Keine Samenproduktion, kein Höhepunkt. Nicht mal ein trockener. Ich würde Sie vögeln, bis wir beide vor totaler Erschöpfung zusammenbrechen. Und dennoch würde meine Lust, meine Gier nicht versiegen. Mit jedem Stoß würde ich wahnsinniger und verlangender werden, ohne dass ich je meinen Durst stillen könnte.«

Für eine Minute schwiegen sie und starrten sich einander nur an.

»Scheint, als wäre heute mein Glückstag«, sagte Eileen.

Der General schürzte die Lippen. »Sehr scharfsinnig. Warum haben Sie Mrs Stylez getötet?«

Eileen presste die Lippen aufeinander. So, wie er es sagte, hörte es sich beinahe an, als wäre Gwen tot. *Gabrielle,* erinnerte sie sich. *Nicht Gwendolyn.* »Ich habe mich bei der Dosierung eines Wahrheitsserums verschätzt«, sagte Eileen.

»Schwachsinn!« Der General schlug mit der flachen Hand auf die Tischplatte. »Sie wissen ganz genau, welche Dosen Sie anwenden können.«

»Na schön, ich konnte sie nicht am Leben lassen. Sie war eine lästige Zeugin.«

»Na sehen Sie, geht doch.« Der Mann verschränkte die Arme vor der Brust. »So sehr mich der Verlust von Mrs Stylez auch schmerzt … es gibt da etwas, für das ich Sie brauche.«

Eileen zog eine Braue hoch. »Sie wollen mich für eine Gegenleistung leben lassen?«

»Sie sind wertvoll, Hannigan, auch wenn Sie das noch nicht wissen oder wahrhaben wollen.«

»So wertvoll, dass Ihre Organisation alles dransetzt, um mich auszuschalten?«

»Eine bedauerliche Fehlentscheidung«, sagte der General. »Aber auch eine notwendige.«

»Ich verstehe nicht.« Eileen legte den Kopf schräg. »Sie wollen nicht und wollen doch? Ist das so, wie mit Ihrer Lust, die Sie nicht befriedigen können?«

»Ich lasse mich nicht provozieren.« Ein Lächeln huschte über die Lippen des Generals. »Wir wollten Sie natürlich für uns gewinnen. Als Hazarder in unseren Dienst stellen. Leider kam uns ausgerechnet unser abtrünniger Bruder in Atlanta in die Quere. Wir erfuhren, dass er etwas im Schilde führt.«

»Und da haben Sie Killerkommandos auf mich angesetzt, damit er seine Beute nicht bekommt?«

Der General nickte. »Den Rest der Geschichte kennen Sie.«

»Ja, vor allen Dingen den Teil, in dem eine Menge Unschuldiger gestorben sind.« Eileen verzog den Mund und schüttelte den Kopf. »All das hätte vermieden werden können. Mein Partner bei Homeland Security ist tot. Ich musste FBI-Agenten erschießen, nur weil die dachten, Sie wären hinter einer Terroristin oder so etwas Ähnlichem her. Das waren doch FBI-Agenten, oder?«

Wieder nickte der General.

»Kommen Sie mir nicht mit *bedauerlich*. Also, was soll ich für Sie tun, was ist der Preis für mein Leben?«

Der General lachte. Callahan schien sich wieder zu entspannen.

»Sie kommen schnell auf den Punkt«, sagte der General. »Also schön. Ich brauche Sie. Normalerweise würde ich Callahan mit der Sache betrauen, aber Sie haben ihm gegenüber einen nicht von der Hand zu weisenden Vorteil: Gaia's Dawn kennt Sie.«

»Darum geht es also? Um G-Dawn?«

»So ist es.« Der General ließ die Finger knacken. »G-Dawn hat etwas in seinem Besitz, das ich haben will. Oder besser gesagt, dass *wir* haben *müssen*.«

»Ein Potenzmittel?«

Eileen sah, wie Callahan von seiner Position aus zuckte. Sie schien ihm mit ihrem Sarkasmus auf die Nerven zu gehen. *Gut so.*

Sie sah den General an. Er schien zu überlegen. Offenbar wog er ab, wie viel er ihr erzählen konnte. Dann machte er plötzlich eine Handbewegung in Richtung Callahan.

»Bruce, würden Sie uns bitte für einen Moment entschuldigen?«

Der Agent starrte seinen Vorgesetzten an, als zweifelte er an dessen Verstand. »Sir?«

»Das war ein Befehl!«

Callahan schluckte. Sein wütender Blick suchte den Eileens. Sie sah, wie der Zorn in ihm brodelte. Aber er gehorchte, wenn auch widerwillig. Ohne ein weiteres Wort zu verlieren, verließ er das Büro.

»Haben Sie keine Angst?«, fragte Eileen.

Der General schürzte die Lippen. »Sie mögen gut sein, Miss Hannigan, aber so gut nun doch nicht. Außerdem ist Ihre 30-Tage-Frist noch nicht abgelaufen. Shift-P braucht seine Zeit, um sich zu entfalten.«

»Und wenn sie abgelaufen wäre, hätten Sie dann Angst?«

»Das kommt drauf an, auf welcher Seite Sie dann stehen.«

Eileen atmete tief durch. *Auf deiner ganz bestimmt nicht.* Sie beschloss, sich zumindest anzuhören, was er von ihr wollte. Zum einen blieb sie dadurch länger am Leben und hatte vielleicht eine Chance, Gwen zu retten. Zum anderen erfuhr sie vielleicht endlich etwas über die Hintergründe der Organisation oder über Gaia's Dawn.

»Callahan war nicht sehr erfreut, dass Sie ihn weggeschickt haben.«

»Er wird sich wieder fangen«, sagte der General. »Aber es ist noch zu früh, ihn in alles einzuweihen.«

»Und mir wollen Sie das große Geheimnis offenbaren, obwohl ich nicht einmal auf Ihrer Gehaltsliste stehe?«

Der General sah sie an. »Ich werde Ihnen so viel verraten, wie Sie für die Erfüllung Ihres Auftrags wissen müssen.«

»Wenn ich ihn annehme.«

»Das sollten Sie.« Der General bleckte die Zähne. »Ihr Leben hängt davon ab. Und das von einer anderen Mrs Stylez, wenn ich richtig informiert bin.«

Er wusste es. Natürlich. Damit bewegte er sie dazu, zumindest eine Zeit lang für ihn zu arbeiten. »In Ordnung«, sagte Eileen und seufzte dabei. »Sagen Sie mir, was ich wissen muss.«

Der General lehnte sich tiefer in die Polster seines breiten Sessels. Er zog aus einem Humidor eine weitere Zigarre, köpfte das Ende und schob sie sich in den Mundwinkel. Ein Feuerzeug flammte auf. Er zog dreimal und blies den Rauch aus. Das Feuerzeug legte er neben Eileens USP.

»Haben Sie von Devon Island gehört?«

Eileen horchte auf. »Das Mars-Habitat? Es kam was in den Nachrichten. Ein Unfall, heißt es. Aber ich habe es nicht weiter verfolgt.«

»Weil es nichts zu verfolgen gab«, sagte der General. »Die Medien berichteten von dem Unfall und das war es. Keine Berichte von Rettungsaktionen, keine Untersuchungen, keine Ergebnisse, keine Interviews. Die Sache wird totgeschwiegen.«

»Warum?«

Der General lächelte. »Weil der Angriff eines russischen Atom-U-Bootes auf kanadisches Hoheitsgebiet sicherlich für einige internationale Zwischenfälle sorgen könnte.«

»Die Russen? Ich verstehe nicht.«

»Die Russen waren auf Devon Island auf der Suche nach etwas, das seit Jahrtausenden im Eis eingefroren liegt. Als sie es schließlich entdeckten und das Potenzial und die Gefahr erkannten, die davon ausging, beschlossen sie, es zu vernichten und jegliche Spuren zu tilgen.«

»Moment … das Mars-Habitat auf Devon Island wurde von einem russischen U-Boot angegriffen?«

Der General nickte. »Und komplett vernichtet. Ebenso wie der Bergungskreuzer der Mars Society, der die Mitglieder der Expeditionscrew auf der Insel abgesetzt hat und mit Vorräten versorgte.«

»Und niemand ist eingeschritten?«

Der General schürzte die Lippen und stieß erneut einen Rauchkringel aus, geradezu als hauchte er Eileen einen Kuss zu. »Da draußen wäre die Hölle los gewesen. Russlands Erstschlag gegen Kanada! Ich sehe die Schlagzeilen deutlich vor Augen. Die NATO hätte sofort reagiert und mobilgemacht. Solche Dinge muss man unter den Teppich kehren, Hannigan. Das sollten Sie doch aus Ihrer Zeit bei der NSA kennen.«

Eileen sog die Luft ein. Allerdings. Verschleierungstaktik bei Übeln, um noch größere Übel zu vermeiden, waren ihr durchaus geläufig. »Und was hat das jetzt mit mir zu tun? Sie sagten, die Russen hätten etwas im Eis entdeckt.«

»Ja.« Der General lehnte sich in dem Sessel zurück. »Ein Virus, um genau zu sein. Wir nennen es das Renegade-Virus.«

Renegade! Eileen versuchte, sich ihre Überraschung nicht anmerken zu lassen. Das Wort hatte Gwen von ihrem Ausflug in diese Einrichtung mitgebracht. Also war Operation Renegade nichts weiter als die Bergung dieses Virus. Wenn die Russen es aber vernichtet hatten, dann …

»Und Sie wollen es haben«, sagte Eileen.

Der General nickte. »So gründlich die Russen auch gewesen sein mögen, ich bin sicher, sie hätten die ganze verdammte Insel versenken müssen, um alle Spuren des Virus zu tilgen.«

Er schickt Simmons, dachte Eileen. Im nächsten Moment bestätigte der General ihre Vermutung.

»Einer unserer Agenten ist bereits auf dem Weg nach Devon Island, um dort nach Spuren des Virus zu suchen.«

»Lassen Sie mich raten, Ihre Gegner von G-Dawn sind ebenfalls auf dem Weg dorthin und wollen Ihnen die Beute wegschnappen.«

Ein Grunzen ertönte von der anderen Seite des Schreibtisches, dann nickte der Mann dahinter wieder. »Richtig. Aber das soll nicht Ihr Problem sein. Unser Agent hat einen entsprechenden Vorsprung und er ist ein Hazarder. G-Dawn hat ihm nichts entgegenzusetzen.«

Lomi und Vandengard, dachte Eileen, sprach es aber nicht laut aus. *Erzähl ruhig weiter. Erzähl mir, was ich wissen muss!*

Der General beugte sich vor und faltete die feisten Finger ineinander. Die Zigarre schob er von dem rechten in den linken Mundwinkel. »Das Renegade-Virus ist für sich allein nicht schlimmer als eine Ebola-Variante, wenn es auch schneller und verheerender wirkt.«

»Nicht ... *schlimm?«*

Ein Lächeln umspielte die Lippen des Mannes. »Gemessen an dem, was Renegade in Verbindung mit seinem Zwilling anrichten kann. Renegade verflüssigt die Organe und Hornhaut. Erste Anzeichen und auch schon Todesmerkmale sind Nasen- und Augenbluten. *Sich die Augen ausheulen* bekommt hier eine ganz neue Bedeutung, wenn Sie verstehen, was ich meine.«

Eileen schüttelte sich. Sie wollte sich die Auswirkungen einer solchen Virusinfektion nicht bildlich vorstellen.

»Darüber hinaus besitzt Renegade erstaunliche Übertragungswege. Seine Rezeptoren sind in der Lage, sich an Luftmoleküle zu heften. Renegade besitzt eine Zwillingsmutation, die wir Defector-Virus nennen. Paaren sich Renegade und Defector, entsteht eine neue Kombination, die hochgradig ansteckend ist, sich über Hautkontakt und sogar Luftmoleküle verbreitet und binnen Sekunden tödlich ist. Renegade-Defector durchdringt viele Arten von Textilien, Kunststoffe und Kautschuk. Sie haben nicht einmal die Möglichkeit, in einem ABC-Schutzanzug zu überleben.«

Eileen stieß langsam die Luft aus und sah den General erschrocken an.

»Dieses Supervirus war vor langer Zeit bereits einmal aktiv und hat eine antike Hochkultur, deren Name längst in Vergessenheit geraten ist, komplett ausgelöscht. Die wenigen Überlebenden schafften es, das Virus zu vernichten, doch ihre beiden Urheber Renegade und Defector befanden sich in ihren Körpern. Sie hatten Antigene entwickelt und waren gegen eine Seuche immun, doch die Verbindung der männlichen und weiblichen Überlebenden hätte eine Verschmelzung der beiden Virenstämme zur Folge gehabt.«

»Wir reden hier über Chromosomen, richtig?«

»Richtig. Frauen trugen in ihrem DNA-Strang die Defector-Variante. Die Männer hingegen den Renegade-Stamm. Um den Ausbruch einer Pandemie und den Untergang weiterer Kulturen zu verhindern, trennten sich die Geschlechter. Die Frauen wanderten nach Süden, die Männer nach Norden. Als eine der ersten Eiszeiten diesen Planeten überkam, wurden zusammen mit ihrem Volk auch die beiden Virenstämme im ewigen Eis eingefroren.«

»Und … G-Dawn hat bereits den Defector.«

»Ganz recht. Vor einigen Monaten ist es Teams von G-Dawn gelungen, gefrorene Körper in der Antarktis zu bergen. Ihre DNA enthält den Defector-Virus. Deswegen brauchen wir Sie, Hannigan. G-Dawn kennt Sie und will Sie für ihre Sache gewinnen. Wenn Sie zum Schein darauf eingehen und Defector sicherstellen können, hat G-Dawn nichts mehr in der Hand, was der Welt gefährlich werden könnte.«

Eileen sah den General an. Was er sagte, klang plausibel. Aber warum sollte sie ihm vertrauen? Wenn Sie das Virus aus G-Dawns Händen stahl und Simmons auf Devon Island erfolgreich war, befand sich der Verbund der Generäle im Besitz der mächtigsten biologischen Waffe, die die Welt je gesehen hatte. Vorausgesetzt, die Geschichte, die ihr der General aufgetischt hatte, entsprach der Wahrheit. Eine Hochkultur, die vor so langer Zeit ausgelöscht worden war, dass selbst ihr Name in Vergessenheit geraten sein sollte, klang nach einem Ammenmärchen. Aber Eileen glaubte nicht, dass die Generäle oder eine Organisation wie G-Dawn Himmel und Hölle aufgrund eines Ammenmärchens in Bewegung setzten. Es musste also etwas Wahres dran sein.

Eileen nickte. »In Ordnung. Ich helfe Ihnen. Das bedeutet aber nicht, dass ich damit Ihrer Organisation beitrete. Dieser Job, und danach lassen Sie mich in Ruhe.«

Der General verschränkte die Arme vor der Brust. »Es wäre eine Verschwendung, einen Hazarder gehen zu lassen.«

»Ich bin drin oder raus, es liegt bei Ihnen.«

Ein Stirnrunzeln. Kurz darauf stieg ein Rauchkringel auf. Dann lächelte der General.

»Ganz wie Sie wollen, Hannigan. Bringen Sie mir Defector und Sie können danach tun und lassen, was Sie wollen.«

Sie glaubte ihm kein Wort. Er würde sie jagen. Als Hazarder war sie auf freiem Fuß und außer Kontrolle zu gefährlich für die Organisation. Ganz gleich, an welchem Punkt der Welt sie sich befand.

Der General legte eine Hand auf den Schreibtisch und berührte das Blackberry. Mit einer schnellen Bewegung schob er es zu Eileen herüber. Kurz darauf folgten die Ghost Card, der IDCC, die Dose mit den Tabletten, die sie nach der Injektion von Shift-P regelmäßig dreißig Tage lang nehmen musste, sowie ihre Heckler & Koch USP. Das Magazin steckte. Zwei Ersatzmagazine lagen neben der Waffe. Offenbar war der General sehr zuversichtlich, dass sie nicht einfach die Pistole ergreifen und ihn erschießen würde.

Und er hat recht. Töte ich ihn jetzt, komme ich niemals lebend hier heraus.

Eileen nahm ihre Sachen und ließ sie in ihrer Jackentasche verschwinden. Dann stand sie auf, um dem General zu bedeuten, dass das Gespräch für sie beendet war.

»Retten Sie die Welt, Hannigan.«

Die Frage ist nur, vor wem? Vor G-Dawn oder dir?

»Ich werde tun, was ich kann«, sagte Eileen. »Wenn ich allerdings jetzt G-Dawn kontaktiere, kann es gut sein, dass man mir nicht glaubt, der Straßensperre entkommen zu sein.«

»Lassen Sie sich etwas einfallen.«

Eileen nickte, machte auf dem Absatz kehrt und verließ das Büro. Draußen marschierte sie an Callahan vorbei und schenkte ihm ein zuckersüßes Lächeln, das er mit einem Schnauben quittierte.

logfile 3

La Lumière

St. John's, Halbinsel Avalon
Neufundland, Kanada
15. November, 12:33 Uhr Ortszeit

Am Pier des Containerterminals des St. John's Harbour lag ein großes Frachtschiff, das mithilfe von zwei großen, stationären Kränen ent- und wieder beladen wurde. Eileen Hannigan stellte den Kragen des Mantels hoch und schob die Hände tiefer in die Taschen, als sie das Treiben am Hafen verfolgte.

Mehrere andere Frachtschiffe lagen an den Anlegestellen des Kais entlang des Harbour Drives. Auf der anderen Seite der Hafenbucht herrschte zu dieser Stunde ebenfalls ein reges Treiben. Lkws fuhren über die Southside Road und lieferten Güter und Waren an, die gleich in den entsprechenden Schuppen kommissioniert wurden.

Auf einem Schild nahe dem Pier las Eileen die Hinweise für Touristen. Demnach hatte St. John's als Hauptstadt der Provinz Neufundland und Labrador knapp über 100 000 Einwohner und befand sich am nordöstlichen Zipfel der Halbinsel Avalon, wurde jedoch dem Südosten Neufundlands zugerechnet, da die Halbinsel als Anhang ihrer großen Mutter im südlichen Bereich lag. St. John's galt ursprünglich als die älteste britische Kolonie. Ihre Gründung lag etwa im Jahr 1583 und wurde für die britische Krone von Sir Humphrey Gilbert beansprucht. Die meisten Einwohner waren heute Nachkommen der ursprünglichen Einwanderer aus Waterford in Irland. Dementsprechend klang auch der Akzent, der hier gesprochen wurde, wie Eileen bei den Begegnungen mit Einheimischen feststellen durfte.

Die Agentin sah auf die Uhr und entschied, dass es Zeit war weiterzugehen, wenn sie ihre Verabredung einhalten wollte. Nachdem sie die geheime Basis des Generals in Lynchburg verlassen hatte, war sie mit einem Inlandsflug nach Washington geflogen. Von dort hatte sie ein Flieger der Air Canada nach Halifax gebracht. Eileen nutzte den Aufenthalt in der Provinzhauptstadt Neuschottlands, um sich komplett neu einzukleiden. Im Hinblick auf ihr Ziel im hohen Norden, kaufte sie mit der Ghost Card vornehmlich warme Sachen. Zuvor hatte sie bereits die Nummer Ingas gewählt und der Frau von G-Dawn mitgeteilt, dass sie den Straßensperren entkommen konnte und untergetaucht war. Inga nannte ihr einen Treffpunkt in St. John's.

Von Halifax aus war Eileen mit dem Bus nach North Sydney gefahren und hatte dort eine Fährenüberfahrt nach Argentia auf Neufundland gebucht. Danach ging es mit einem gebraucht gekauften Ford Fusion etwa sechzig Kilometer über die Bundesstraße 100 und die Canadian One über Mount Pearl nach St. John's.

Eileen passierte nun zu Fuß einen blauen Schüttgutfrachter und wich einem Gabelstapler aus, der dabei war, einige Kisten mit Vorräten an Bord zu heben, und ignorierte die wütenden Rufe des Fahrers. Sie blieb auf dem Harbour Drive und gelangte zu einer riesigen Fläche, die auf den ersten Blick wie ein Hubschrauberlandeplatz aussah. Tatsächlich war die Kaimauer an dieser Stelle abgeflacht und verlief als Schräge direkt in das Hafenbecken. An diesem Pier legten Luftkissenfähren oder RoRo-Schiffe an. Inga hatte diesen Kai als Treffpunkt genannt. Eileen blickte erneut auf die Uhr. Noch drei Minuten.

In der Ferne, über den Lärm des Hafens und des Verkehrs der Stadt in ihrem Rücken hinweg, hörte Eileen ein unterschwelliges Brummen. Sie blickte nach Nordosten zur Mündung des natürlichen Hafenbeckens. Fast rechnete sie damit, ein Luftkissenboot um die Landzunge schießen zu sehen, doch stattdessen zog ein Punkt am Himmel ihre Aufmerksamkeit auf sich. Das Brummen rührte von einem Helikopter her. Einem ziemlich großen.

Der Sikorsky S-61 Sea King war grün gestrichen und trug keine sichtbaren Hoheitsabzeichen, als er über die Hügelkette der Ostzunge des Hafens hereinschwebte. Er flog über die Southside Road und überquerte das knapp dreihundert Meter breite Hafenbecken.

Eileen legte den Kopf in den Nacken, als der Rumpf des Hubschraubers wie eine gewaltige Hummel mit hämmernden Rotoren über sie hinwegglitt. An der Bauchseite waren keinerlei Rufzeichen aufgemalt. Der Sea King glänzte einfach grün im Licht der Novembersonne. Er drehte eine Runde über dem Anlegeplatz und senkte sich dann in Ufernähe. Noch bevor die Räder auf der Betonpiste aufsetzten, wurde die große Seitentür aufgeschoben. Zwei Gestalten in eng anliegenden schwarzen Lacksuits sprangen heraus. Die eine war groß und trug ihr langes, blondes Haar gelockt. Eileen tippte auf Inga. Die zweite Frau hatte hellbraunes Haar mit blonden Strähnchen und war fast einen Kopf kleiner als Inga. Ihre Haut besaß einen dunklen Teint. Sie mochte arabischer Abstammung sein.

Über ihrem Lacksuit trugen die Frauen einen weiten, offenen Ledermantel. Eileen entgingen nicht die Waffen, die in den Holstern an den

Hüften der beiden baumelten. SIG Sauer P226 mit aufgesetzten Kompensatoren, die sie bulliger wirken ließen, als sie in Wirklichkeit waren.

Die beiden blieben am Eingang des Helis stehen. Inga winkte Eileen zu, doch die blieb, wo sie war, und breitete eine Hand aus, wie um zu zeigen, dass noch etwas fehlte. Inga wandte den Kopf in Richtung Innenraum des Sea King und machte eine knappe Geste. Kurz darauf erschien Gwendolyn Stylez in der Luke. Ihre Hände waren mit Handschellen gefesselt, die die andere Frau jetzt löste. Inga und ihre Kameradin nahmen Mrs Stylez in die Mitte und führten sie etwa fünfzehn Meter vom Hubschrauber fort auf Eileen zu.

»Haben wir eine Abmachung?«, rief Inga.

Eileen nickte und setzte sich in Bewegung. Sie hob leicht die Hände, um den anderen zu bedeuten, dass sie keine Waffe gezogen hatte. Die USP steckte in ihrem Kreuz zwischen Gürtel und Pulli, aber Eileen würde sie nicht schnell genug ziehen können, um die beiden Frauen zu erschießen. Außerdem musste sie jetzt andere Prioritäten setzen. Sie hatte sich geschworen, dieses Spiel mitzuspielen, bis die beiden Virenstämme sichergestellt oder vernichtet waren. Ihre einzige Chance, weiter im Rennen zu bleiben, bestand darin, den beiden Frauen von G-Dawn zu folgen.

Als sie sich knapp fünf Schritte voneinander entfernt gegenüberstanden, hielt auch Eileen inne. Sie blickte Mrs Stylez an. Ringe hatten sich unter ihren Augen gebildet, als hätte sie die beiden letzten Tage nicht geschlafen. Ihr Haar war zerzaust, das Make-up nicht mehr vorhanden. Sie wirkte müde.

»Alles in Ordnung, Gwen?«, fragte Eileen.

Die Blonde nickte.

»Geben Sie uns zwei Minuten«, sagte Eileen an Inga gewandt.

Die Frau tauschte einen schnellen Seitenblick mit ihrer Gefährtin. »Okay, aber nicht länger. Und keine Dummheiten, wir behalten Sie im Auge.«

Wie zur Unterstreichung ihrer Worte zog die kleinere Brünette ihre Pistole und legte den Sicherungsbügel um. Offenbar war die Waffe bereits durchgeladen.

Inga stieß Mrs Stylez vor. Eileen fasste sie am Arm und zog sie zwei, drei Schritte zurück, um, wie sie hoffte, außer Hörweite der beiden zu sein. Mrs Stylez zuckte kurz. Es sah so aus, als wollte sie Eileen in die Arme schließen, hielt sich jedoch zurück.

»Ist wirklich alles okay?«, fragte Eileen.

»Ja, es geht. Was ist mit Ihnen. Was haben die vor?«

Eileen antwortete nicht. »Es ist nicht klug, jetzt darüber zu reden. Sie sollten als Erstes Ihre komplette Garderobe wechseln.« Sie griff in ihre Jacke und holte ein ledernes Etui hervor, das die Ghost Card und den IDCC beinhaltete.

»Aber …«

Eileen schüttelte den Kopf. »Sie brauchen das jetzt nötiger als ich.« Dann gab sie ihr das Blackberry. »Das werfen Sie am besten sofort weg. Ich gehe davon aus, dass es nicht mehr sauber ist.«

Mrs Stylez runzelte die Stirn und wollte etwas fragen, aber sie hielt plötzlich inne und nickte leicht. Sie nahm von Eileen einen zusammengefalteten Zettel entgegen, öffnete ihn, überflog in kurz und gab dann ein zustimmendes Brummen von sich. Auf dem Zettel befand sich die Adresse und der Code eines Schließfachs in Halifax, in dem Eileen einen Brief deponiert hatte, der Mrs Stylez über das Wichtigste aufklären würde.

»Wie … soll ich Sie erreichen?«, fragte die Ex-Assistentin des Generals aus Atlanta.

Eileen hob die Schultern. »Vielleicht fällt Ihnen was ein.« Sie nickte mit dem Kinn in Richtung des Zettels und der Adresse. Wenn Stylez erst einmal über das Zusammenwirken der beiden Virenstämme informiert war, fand sie hoffentlich eine Möglichkeit, Eileen auf der Spur zu bleiben. Immerhin würde sie dann wissen, wohin die Reise und worum es überhaupt ging.

»Machen Sie's gut«, sagte Eileen und zögerte nicht, die andere Frau zu umarmen. Sie spürte, wie Mrs Stylez sich für einen Moment hilflos an sie klammerte, doch als Eileen sie sanft fortschob, ließ sie sofort los.

»Vielen Dank, dass Sie mich da herausgeholt haben«, sagte Gwendolyn Stylez.

»Ich hatte gerade nichts Besseres zu tun.« Eileen lächelte und deutete mit dem Daumen hinter sich. »Unten am Harbour Drive parkt ein silberner Chevy Cobalt. Nehmen Sie den und sehen Sie zu, dass Sie so schnell und weit wie möglich von hier verschwinden.«

Sie gab Mrs Stylez die Schlüssel des Fusions. Als diese das Ford-Logo darauf erkannte, lächelte sie. Sie hatte verstanden.

»Wir sehen uns, Eileen.«

»Das hoffe ich.«

Gwen Stylez ging an Eileen vorbei. Noch bevor die Schritte hinter ihr verklungen waren, erklang das Platschen von Wasser. Stylez hatte das Blackberry fachgerecht entsorgt. Ein Lächeln umspielte Eileens Lippen, als sie auf die beiden Frauen von G-Dawn zuging. Während die Brünette sie mit der SIG Sauer in Schach hielt, durchsuchte Inga Eileen nach Waffen. Sie fand die USP in ihrem Gürtel und in der Jackentasche das Döschen mit den Tabletten. Letzteres ließ sie ihr. Die Pistole steckte sie ein.

»Ich bin Inga«, stellte sich die große Blondine vor. »Aber das haben Sie sich sicher schon gedacht. Das ist meine Freundin Amandine.«

Eileen sah die andere an, die inzwischen ihre Pistole sicherte und ins Holster zurücksteckte. Anscheinend glaubte sie, von Eileen drohte keine Gefahr mehr. Vielleicht ein Fehler, aber möglicherweise waren auch die beiden Lackmiezen nicht zu unterschätzen.

»Amandine? Klingt französisch.«

Die Brünette zog einen Mundwinkel hoch. »Kanadierin. Ich bin in Montreal geboren.«

»Sie sehen aber nicht wie eine Kanadierin aus.«

»Meine Mutter stammt aus Quebec, mein Vater ist … war Algerier.«

»Da wir uns nun alle kennen, sollten wir an Bord gehen«, sagte Inga. »Wir haben einen engen Zeitplan.«

Amandine ging voraus.

Die Blondine wartete, bis Eileen sich in Bewegung setzte und ihrer Kameradin folgte. Sie duckten sich unter den schwingenden Rotorblättern des Sea King hinweg und stiegen ins Innere. Eileen nahm neben Amandine Platz, während sich Inga ihnen gegenüber niederließ und die Schiebetür zuzog. Sie setzten sich Kopfhörer auf und Inga gab mit einem Fingerzeig zu verstehen, dass der Kanal 3 für die interne Funkfrequenz gewählt wurde.

»Wir können los«, sagte die Blonde zu dem Piloten.

Kurz darauf ging ein Ruck durch den Sea King. Eileen blickte aus dem Fenster und sah als kleinen Punkt Gwendolyn Stylez, die die Seitenstraße erreichte, in der sie den Ford Fusion geparkt hatte.

13:16 Uhr

Eine Zeit lang hatte Eileen auf ihrem Flug noch die Landzüge Neufundlands durch das linke Fenster des Hubschraubers sehen können. Demnach waren sie Richtung Norden unterwegs. Doch dann nahm Inga von einem Wandhaken einen kleinen Kasten mit Bildschirm in die Hand, schaltete ihn ein und gab dem Pilot mehrere Anweisungen für Kurskorrekturen.

Augenscheinlich kannte der Hubschrauberführer ihr Ziel nicht. Aber wie war er dann hergekommen?

Eileen beugte sich vor. »Probleme?«

Inga sah sie an und schüttelte den Kopf. Sie gab dem Piloten einen weiteren Kurs vor.

»Wir können unser Ziel nicht direkt anfliegen.« Amandines Stimme erklang in den Kopfhörern. »Die *La Lumière* strahlt ein Radarstörsignal aus, um unentdeckt in den kanadischen Gewässern zu fahren.«

Ein Geisterschiff!, dachte Eileen.

Es folgten weitere Kurswechsel, wohl auch, um etwaige Verfolger abzuschütteln. Die Frage war jedoch, was G-Dawn tat, um ein Aufspüren des Hubschraubers zu vermeiden. Wenn dieser unter Satellitenortung stand, würde man seinen Zickzackkurs bis zum Schiff verfolgen können. Doch die Frage beantwortete sich beim nächsten Kurswechsel von selbst.

»ECM aktivieren«, sagte Inga in das Mikrofon an ihrem Kopfhörer.

Der Sea King verfügte über elektronische Störmaßnahmen, um feindliches Radar oder möglicherweise auch Satellitenüberwachung zu verwirren. Der Pilot bestätigte den Befehl. Kurz darauf erhielt er wieder eine Kurskorrektur von Inga. Jetzt würden sie sich vermutlich tatsächlich erst auf den Weg zu den richtigen Koordinaten der *La Lumière* machen.

Amandine beugte sich vor und zog unter dem Sitz vor sich eine Lade auf. Kalter Dampf stieg auf. Sie fischte eine Dose Cola heraus und bot sie Eileen an, die sie dankbar annahm.

Der Flug dauerte eine knappe Dreiviertelstunde. Irgendwann schlug Amandine Eileen gegen das Knie und deutete aus dem Fenster. Sie beugte sich seitwärts vor und musste beinahe mit ihrer Wange die der anderen Frau berühren, um etwas erkennen zu können.

Eileen erkannte den Schiffstyp sofort. Während ihrer Ausbildung beim United States Marine Corps musste sie Schiffstypen identifizieren und klassifizieren. Das da unten war eine britische Fregatte der *Broadsword*-Klasse. Leicht modifiziert, wie sie sofort erkannte, denn die Geschütztürme waren nicht sichtbar – was nicht bedeutete, dass sie nicht vorhanden wären.

»Da wären wir«, sagte Inga.

Der Sea King setzte zum Landeanflug am Heck des Schiffes an. Wartungspersonal hielt sich am Rand und ein Lotse wies den Hubschrauber ein. Als das stählerne Ungetüm auf der Landeplattform aufsetzte, riss sich Amandine den Kopfhörer von den Ohren und zog die Seitentür auf. Mit einem Satz war sie draußen und bedeutete Eileen, ihr zu folgen. Geduckt liefen sie unter den Rotorblättern zum großen Hangartor am Achterdeck hinüber, wo bereits zwei weitere Frauen in engen Lacksuits warteten.

»Paula und Sandra.« Amandine wies auf ihre beiden Gefährtinnen. »Das ist Eileen Hannigan.«

Paula lächelte. »Das wurde aber auch Zeit.«

Sie warteten auf Inga und gingen dann in den Hangar. Dort hielten sie sich an der seitlichen Galerie, die weiter ins Schiffsinnere führte. Eileens Blick schweifte über die Anlagen im Hangarinneren, doch sie konnte nichts Außergewöhnliches erkennen. Wartungscrews in blaugrauen Overalls, Werkzeugbänke, eine Hydraulikvorrichtung und Treibstoffschläuche. Eileen sah auch die beiden Wächter in Drillich-Uniform und mit FN P90 Maschinenpistolen bewaffnet.

Inga ging voran und öffnete ein Stahlschott, das zu einem Nebengang führte. Der angrenzende Bereich erinnerte kaum mehr an ein militärisches Schiff, sondern wirkte eher wie der Korridor zu der Deluxe-Suite des Hilton-Hotels am Time Square in New York. Nicht, dass Eileen je dort eingecheckt hätte, aber im Rahmen ihrer NSA-Tätigkeit war sie einmal dort für eine Überwachung stationiert gewesen.

Am Ende des Ganges war das Drehschott durch eine Panzerschiebetür ersetzt worden. Auf eine Codeeingabe Ingas hin schob sie sich in die Fugen zurück und gab den Blick auf einen weiteren Gang frei. Zu beiden Seiten zweigten Türen ab, ebenfalls ohne Drehradverriegelung, ganz wie auf einem Luxusliner. Die *La Lumière* schien jeglichen militärischen Anstrich verloren zu haben, dennoch war sich Eileen ziemlich sicher, dass im Bauch des Wals noch immer ein beeindruckendes Waffenarsenal schlummerte.

Inga blieb vor einer Tür stehen, öffnete sie und wies dann in den angrenzenden Raum.

Das Zimmer war luxuriös, nicht ganz der Komfort einer Deluxe-Suite, aber annahernd so gut ausgestattet. Eileen sah eine Bar, einen großen Wohnraum mit Medienwand, bequemen Polstern und zwei weiteren Türen.

»Ihr kleines Reich auf unserer Fahrt«, sagte Inga. »Machen Sie es sich bequem.«

Eileen drehte sich um und sah die Blonde an. Während diese und die beiden anderen Frauen im Gang warteten, war Amandine ebenfalls in das Zimmer getreten. »War es das?«

»Nein«, sagte Amandine. »Wir müssen sichergehen, dass Sie nicht verwanzt sind. Bitte entkleiden Sie sich komplett und duschen sich nebenan.

Wenn Sie fertig sind, werde ich Sie scannen und Sie bekommen frische Sachen zum Anziehen.«

Inga schloss die Tür von außen.

Eileen runzelte die Stirn und sah Amandine an. »Bekomme ich dann auch eines von diesen schmucken Domina-Outfits? Ich wollte schon immer mal die Peitsche schwingen.«

Amandine deutete auf die rechte Tür und bugsierte Eileen sanft in die Richtung. Dahinter befand sich ein geräumiges Bad mit Wanne, getrennter Duschkabine und einem Waschbecken. Daneben fanden sich eine Toilette und ein Bidet. Der Boden war marmoriert und mit zwei Frotteeteppichen ausgelegt. An einer Wand gab es ein Bullauge, das einen Blick nach draußen gewährte.

»Die *Domina-Outfits* sind Körperpanzer und bestehen aus Nanofasern, die Geschosse abfangen und ablenken. Weitaus sicherer als bisherige Schutzwesten.«

Eileen hatte sich so etwas schon gedacht. Aber eine Bestätigung war besser als eine Vermutung.

Also bei den Dominas immer hübsch auf den Kopf zielen.

»Ich warte so lange im Wohnraum«, sagte Amandine.

Eileen verriegelte die Tür hinter sich. Sie nahm einen Hocker, stellte ihn vor das Bullauge und stellte sich darauf. Außer dem weiten Blau des Atlantiks und eines leicht bewölkten Himmels war nichts zu sehen. Das Bullauge war im Durchmesser zu schmal, um hindurchschlüpfen zu können. Eileen entledigte sich ihrer Sachen, stellte die Dusche an und genoss ein paar Sekunden später den heißen Wasserstrahl auf ihrer Haut.

Ein Klopfen an der Tür erinnerte sie daran, dass sie nicht in einem Luxushotel wohnte, sondern eine Aufgabe zu erledigen hatte. Eileen drehte den Wasserhahn ab, griff nach einem großen Badetuch, wickelte sich darin ein und ging zur Tür.

»War zu schön, um noch länger zu dauern«, sagte sie.

»Sie können die Tür ruhig ganz öffnen.« Amandine stand direkt davor und lugte durch den Spalt.

»Wie wäre es mit frischen Sachen?«

»Nach dem Scan«, sagte die Kanadierin. »Nicht so schüchtern. Sie sind nicht die erste Frau, die ich nackt sehe.«

Seufzend schob Eileen die Tür auf und ließ das Badetuch fallen. Sie hob leicht die Arme an und wartete darauf, dass Amandine mit einem Handsensor ihren Körper auf Wanzen abtastete. Das Gerät schlug nicht aus.

»Sauber.« Die Frau lächelte und wandte sich um. »Sie finden im Kleiderschrank des Schlafraums eine Auswahl. Ich hole Sie in fünfzehn Minuten ab.«

»Captain's Dinner?«, fragte Eileen, während sie das Badetuch aufhob und sich um Hüften und Brust schwang.

»So etwas Ähnliches.«

Amandine verließ das Quartier.

Barfuß lief Eileen quer durch den Wohnraum zu der zweiten Tür. Sie staunte nicht schlecht. Ein breites Himmelbett, eine begehbare Schrankwand, eine Kommode mit Spiegel und ein flauschiger Teppich erweckten tatsächlich den Eindruck, in einem noblen Hotel irgendwo auf dem Festland untergebracht zu sein.

Sie setzte sich auf die Bettkante und stützte das Gesicht in beide Hände. Für eine Minute dachte sie nach, überlegte, ob es irgendetwas gab, das sie tun konnte. Stylez war in Sicherheit. Damit war ihre erste Priorität erfüllt. Nun galt es, irgendwie an das Defector-Virus zu gelangen – doch damit war das Spiel noch nicht zu Ende. Sie musste irgendwie auch den Renegade-Stamm an sich bringen. Weder G-Dawn noch der Verbund der Generäle durften im Besitz des einen oder anderen Virenstammes sein. Es war nicht auszudenken, was diese biologischen Waffen in den Händen solch mächtiger Organisationen auszurichten vermochten.

Im Moment konnte Eileen jedoch nichts tun. Auch wenn G-Dawn sie auf ihre Seite ziehen wollte, war sie zunächst einmal nichts anderes als eine Gefangene an Bord der *La Lumière*. Sie musste wohl oder übel mitspielen. So lange, bis sich eine Gelegenheit ergab.

Eileen stand auf, wickelte sich aus dem Handtuch und öffnete den Kleiderschrank. Sie pfiff leise durch die Zähne. Die Garderobe war exorbitant und ließ jedes Frauenherz höher schlagen. Abendkleider, Freizeitanzüge, Business-Outfits, Sportkleidung, Schuhe und Stiefel in allen möglichen Varianten. Es schien an nichts zu mangeln.

»Na, mal bloß gut, dass ich die Ghost Card gerade abgegeben habe.« Vielleicht hätte sie sich für ein echtes Galadinner mit dem Kapitän eines Luxusdampfers tatsächlich in einem Abendkleid in Schale geworfen. Doch an Bord der *La Lumière* war zweckmäßige Kleidung angesagt. Sie wählte Sport-BH und Slip, dazu schwarze Söckchen, absatzlose Halbstiefel, eine dunkelblaue Jeans und einen schwarzen Rolli. Die Sachen passten perfekt, als hätte sie jemand ausschließlich für sie gekauft und hier bereitgehalten. Als Eileen fertig angezogen war und ihr Haar geföhnt hatte, klopfte es an der Zimmertür.

Amandine. Die Kanadierin musterte Eileens Outfit und nickte dann. »Kommen Sie. Der Boss wartet bereits.«

15:20 Uhr

Trotz der Vorsichtsmaßnahme mit dem falschen Wagen, hatte Gwendolyn Stylez den Ford Fusion bereits in Mount Pearl einfach an einem Straßenrand stehen lassen und sich mithilfe der Ghost Card beim nächsten Autohändler einen anderen, unauffälligen Gebrauchtwagen gekauft. Wie Eileen es ihr geraten hatte, kleidete sie sich auch komplett neu ein und warf ihre alten Sachen in eine Mülltonne. Von Neufundland nahm sie die Fährverbindung zum kanadischen Festland nach Neuschottland und fuhr nach Süden bis Halifax.

Erneut parkte sie den Wagen irgendwo in einer leeren Seitengasse und fuhr mit dem Bus einige Stationen, bis sie einen Wagenhändler entdeckte. Dort kaufte sie einen nagelneuen GMC Sierra 2500HD Pick-up für knapp 40 000 Dollar – Geld spielte keine Rolle.

Gwen besorgte sich einen Laptop und suchte sich einen öffentlichen W-LAN-Spot, um Zugang zum Internet zu erhalten. Ehe sie loslegen konnte, musste sie die erforderlichen Sicherheitsprotokolle installieren. Sie musste quasi bei null anfangen. Es gab rund um den Globus verstreut einige Verstecke des Verbundes und auch der Abteilung Atlantas, in denen sichere Geräte und Waffen lagerten. Leider war Gwen in Halifax weitab eines jeglichen dieser Schlupfwinkel, sodass sie improvisieren musste. Sie lud sich von einer freien Seite eine Antivirensoftware und ein Firewallprogramm herunter, installierte beides und brachte es auf den neuesten Stand. Dann gab sie in dem Webbrowser eine IP-Adresse ein, die sie augenblicklich zu einer gesicherten Verbindung umroutete.

Eine Passwortabfrage.

Zwei Sicherheitsfragen, die beantwortet werden mussten.

Dann ein weiteres Passwort, bestehend aus einer dreizehnstelligen Kombination, die sowohl alphanumerische als auch Sonderzeichen enthielt. Der Browser wurde automatisch in den Vollbildmodus geschaltet. Der Hintergrund wurde schwarz, und in gelber Schrift prangte folgende Botschaft im Zentrum des Displays:

WILLKOMMEN, MRS STYLEZ

Gwen lächelte. Sie war drin. Rasch griff sie in ihre Hosentasche und förderte einen USB-Speicherstick hervor, den sie in einen freien Port am Laptop steckte. Dann huschten ihre Finger über die Tastatur.

LOGON CISC, OVERRIDE

Die Botschaft verschwand vom Schirm und machte einem blinkenden Cursor Platz, der in Sekundenabständen nach rechts wanderte und jeweils einen Punkt hinterließ. Nach dem fünften Punkt klärte sich der Schirm. Darauf erschien kurz das kanadische, rote Ahornblatt. Dann schob es sich in die linke obere Ecke, wurde weiß und mit den Buchstaben CISC darunter und SCRC rechts daneben versehen. Gwen befand sich im Zentralrechner der *Criminal Intelligence Service Canada.* Die zweiten vier Buchstaben standen für die französische Abkürzung *Le Service canadien de renseignements criminels.* Gwen wählte als Benutzersprache Englisch aus und erzeugte über den Override-Modus des Verbunds eine neue ID.

NAME: _

Gwen fuhr sich mit der Zunge über die Lippen. Etwas Schlichtes. Etwas, das nicht so sehr auffiel.

NAME: KATE McDERMOTT

Nacheinander vervollständigte sie die Angaben über Größe, Gewicht, Augen- und Haarfarbe, lud über einen Querverweis zum Computer des Verbunds einen vorbereiteten Lebenslauf hoch und bestätigte ihre Eingaben am Schluss mit der ENTER-Taste. Dann holte sie den von Eileen überlassenen IDCC hervor und aktivierte die drahtlose Verbindung. Sie hielt das Gerät auf Armeslänge und schoss ein Passfoto von sich. In den nächsten Sekunden übertrug sie das Foto in die vorgefertigte Akte des CISC und lud dann eine Kopie auf den IDCC, der ihr einen scheckkartengroßen Ausweis auf einem Plastikrohling erstellte.

Gwen war jetzt Police Detective Kate McDermott beim CISC. Wenn ihr auch die Polizeimarke fehlte. Sie hoffte, dass bei einer flüchtigen Vorstellung niemand danach fragte. Der Ausweis allein wirkte nicht nur echt, er *war* echt.

Gwen trennte die Verbindung zum Zentralrechner der kanadischen Polizei und befand sich wieder auf der Verbundoberfläche. Sie lud die

Standorte von Schlupfwinkeln herunter, loggte sich danach aus und spielte die Daten des USB-Sticks auf den Laptop. Das Speichermedium enthielt ein von Eileen vorbereitetes Textdokument, das Gwen über alles informieren sollte, was Eileen bereits herausgefunden hatte. Angefangen von ihrem Gespräch mit dem General von Lynchburg, dem Defector- und dem Renegade-Virus, Simmons' Aufgabe in Nordkanada und Eileens Mission bei G-Dawn.

Im letzten Absatz berichtete Hannigan davon, dass sie beide Parteien ausstechen und die Virenstämme an sich bringen wollte, um sie zu vernichten. Gwen sog scharf die Luft ein. Sie starrte auf den Text. Die Nachricht war unglaublich. Eileen hatte recht, G-Dawn und die Generäle mussten gestoppt werden. Renegade war die geheime Operation, von der ihr verstorbener General ausgeschlossen worden war, weil man ihm nicht mehr getraut hatte. Das steckte also dahinter!

Eileen konnte das allein niemals schaffen. Irgendetwas musste Gwen unternehmen können, um der anderen Frau beizustehen.

Aber was?

Sie löschte den Text, formatierte den Speicherstick neu und blickte auf. In der Nähe des Hafens wuchsen die beiden ungleichen Türme von Purdy's Wharf über der Stadt empor. Nur auf den ersten Blick erinnerten sie an das frühere World Trade Center, doch sie hatten nicht viel mit den beiden berühmten Zwillingstürmen gemeinsam. Purdy's Wharf war ein verspiegelter, gläserner Bürokomplex mit zwei unterschiedlich hohen Türmen, die vielleicht nicht einmal als Wolkenkratzer bezeichnet werden konnten. Der erste Turm war 74 Meter hoch und besaß 18 Stockwerke, während sein größerer Bruder 22 Etagen umfasste. Die beiden Türme wurden zwischen 1980 und 1985 direkt am Hafen von Halifax an der Anlegestelle Purdy's Landing gebaut und wurden im unteren Drittel über einen Skywalk miteinander verbunden.

Als Gwen die beiden Hochhäuser betrachtete, die die Skyline von Halifax seit jeher prägten, kam ihr eine Idee.

»Du reitest dich wieder mal in die größte Scheiße«, murmelte sie, klappte den Laptop zu und stieg in den Pick-up. Ihr nächstes Ziel war Purdy's Wharf. Was danach kam, existierte bisher nur in ihrer überdrehten Fantasie.

15:34 Uhr

Eileen lernte auch die fünfte persönliche Leibwächterin des Chefs von G-Dawn kennen. Ob es wirklich notwendig war, den ganzen Tag über in den Lacksuits herumzulaufen, wagte sie zu bezweifeln. Wahrscheinlich schliefen die Mädchen sogar darin. Neben den fünf unterschiedlichen Versionen einer modernen Emma Peel befanden sich in der Schiffsmesse noch einige andere Gestalten. Den Mann im Maßanzug mit gegeltem Haar ordnete sie gleich richtig zu. Er stellte sich als Lord James Edward of Narwick zu, wollte jedoch, dass sie ihn schlicht Jae nannte. Zwei der anderen kannte Eileen aus der Logdatei des Speicherchips: Major Desmond Vandengard von den britischen Special Air Services und Veronica Arabella Pothoff vom deutschen Amt für den Militärischen Abschirmdienst.

Ein weiterer Mann, den Eileen nicht zuordnen konnte, stand am Rand in Pothoffs Nähe und gaffte sie förmlich an. Er schien sie mit seinen Blicken ausziehen zu wollen.

Darüber hinaus befanden sich noch zwei Bedienstete in Livree im Saal, die den Anwesenden Getränke einschenkten. Jae Narwick hatte ein Buffet als Nachmittagssnack vorbereiten lassen. Nichts Opulentes, wie er sagte, doch Eileen erblickte eine reich gedeckte Tafel mit allerlei schmackhaften Köstlichkeiten, angefangen von verschiedenen Brotsorten mit Wurst- und Käseauflagen, frischem Obst und einigem Gebäck.

Jae machte die Anwesenden untereinander bekannt. Zum Schluss hielt er bei dem jungen Mann inne, der in Pothoffs Nähe stand. Für einen Moment schien es, als würde er ihn übergehen wollen, doch dann gab er sich einen Ruck.

»Und der werte Herr an Frau Pothoffs Seite ist Markus de Vries, der eher unfreiwillig hier ist.« Narwick lächelte. »Manchmal ist man eben zur falschen Zeit am falschen Ort.«

De Vries senkte verlegen den Blick, schaute jedoch aus den Augenwinkeln verstohlen in Eileens Richtung.

»Bitte bedienen Sie sich an dem Buffet«, sagte Narwick. »Und danach sollten wir uns alle einmal über das unterhalten, wozu wir uns hier eingefunden haben.«

15:39 Uhr

Markus de Vries bekam keinen Bissen herunter. Seine Kehle war wie zugeschnürt. Er hatte sogar Schwierigkeiten, den Ausführungen Narwicks zu folgen, die diesmal mit Rücksicht auf Hannigan auf Englisch geführt wurden. Das lag aber nicht an der Verständigung. Narwicks Aussprache war reinstes Oxford-Englisch. Er sprach langsam, betont und deutlich. Markus brauchte in Gedanken erst gar nicht nach den passenden Vokabeln zu suchen. Die Ablenkung beruhte eher darauf, dass *sie* anwesend war. Hannigan.

Als sie am Tisch saßen, sah er immer wieder in ihre Richtung. Er hatte sich ein Glas Cola genommen und hielt es krampfhaft fest. Neben ihm nahm Veronica Platz, auf der anderen Seite hockte sich Sandra hin. Narwick selbst saß vor Kopf, während Eileen Hannigan einen Platz direkt Markus gegenüber gewählt hatte und seitwärts von zwei weiteren Leibwächterinnen Narwicks flankiert wurde. Amandine und Inga, wenn Markus die Namen richtig in Erinnerung hatte.

Er konnte nicht glauben, dass Hannigan hier war. Vor knapp vier Tagen hatte er das erste Mal ein Foto von ihr gesehen, das ihm Veronica im Dortmunder Polizeirevier gezeigt hatte. Seine Traumfrau. Schöne Scheiße! Jetzt saß er ihr genau gegenüber und wusste nicht, wer sie war, was sie hier suchte und warum zum Teufel sie zusammen mit Veronica und Vandengard auf dieser Liste stand, derentwegen Andy gestorben war.

Und Kiffer und Anna, sagte sich Markus.

Narwick begann mit seinen Ausführungen und berichtete etwas über eine streng geheime Organisation, die nur als der *Verbund der Generäle* bekannt war und die angeblich so ziemlich jede nennenswerte Regierung auf der Welt unterwandert hatte, um ihre Ziele zu verfolgen. Welcher Natur diese waren, wusste Narwick offenbar nicht. Er stellte noch einmal Gaia's Dawn als aktiven Gegenpart dieses Verbundes dar. Die Gruppierung wurde von Konzernen gestützt, die sich die Erforschung, Herstellung und den Vertrieb von Technologien zur Gewinnung alternativer Energien auf die Fahne geschrieben hatten.

»Vor einigen Jahren hat der Verbund ein militärisches Experiment mit dem Codenamen *Misty Hazard* veranlasst«, sagte Narwick und hielt einen Moment inne. Alle Blicke schweiften in die Runde und verharrten auf Hannigan, Vandengard und Veronica. »Fünfzehn Teilnehmer sind erfolgreich getestet worden, davon sitzen drei von ihnen heute an unserem Tisch. Ein Beweis dafür, dass der Verbund nicht unfehlbar ist, wenn es uns gelungen ist, drei ihrer – verzeihen Sie den Ausdruck – Laborratten auf unsere Seite zu ziehen.«

Markus sah Hannigan an. Sie zog die Brauen hoch, als sie seinen Blick bemerkte. Er verzog einen Mundwinkel und seufzte leise.

»Sie wissen, was es mit *Misty Hazard* auf sich hat?«, fragte Veronica.

Jae Narwick schüttelte den Kopf. »Nein, aber ich denke, wir werden es gemeinsam herausfinden. Mr Vandengard ist beim fünften Tag angelangt. Soweit wir wissen, löst sich die Gedächtnisblockade 30 Tage nach der Einnahme von Shift-P. Miss Hannigan ist ebenfalls als Shift-P-positiv gescannt worden.«

Hannigan sog scharf die Luft ein. »Deshalb haben Sie mich gescannt«, sagte sie zu Amandine, die mit einem Lächeln nickte.

Narwick wandte sich in ihre Richtung. »Sie dürften bei Tag 3 sein, richtig?«

»Richtig. Am 12. Dezember wissen wir mehr.«

»Und Sie, Miss Pothoff?« Narwick drehte sich zu Veronica um. »Was ist mit Ihnen?«

Die MAD-Agentin schürzte die Lippen. »Ich … warte lieber, wie sich die Sache bei Vandengard und Hannigan entwickelt. Danach kann ich mich ja immer noch entscheiden, welcher Religion ich beitrete, oder?«

Narwick sah sie durchdringend an. Seine Augen funkelten im Licht der Deckenbeleuchtung. Für einen Moment sah es so aus, als lag ihm eine scharfe Erwiderung auf der Zunge, als wüsste er etwas, das er vor den anderen geheim hielt. Doch dann sagte er einfach nur: »Ganz wie Sie meinen, Miss Pothoff. Das ist natürlich Ihr gutes Recht. Und wenn es unserer Organisation zugutekommt, werden wir natürlich geduldig sein.«

»Danke«, sagte Veronica.

Narwick faltete die Hände ineinander und drückte die Finger durch, dass die Gelenke knackten. »Fein. Kommen wir nun auf unsere derzeitige Mission zu sprechen.«

Der größte Teil dessen, was nun kam, war Markus zu technisch, sodass er nur mit halbem Ohr hinhörte. Narwick erzählte etwas von einer ausgelöschten Urkultur, verschiedenen Virenstämmen und einer globalen Pandemie, wenn diese zusammengeführt und freigesetzt würden. Als er die Auswirkungen dieser biologischen Killer beschrieb, wurde Markus jedoch aufmerksam und starrte den Engländer mit vor Schreck geweiteten Augen an.

»Allein kann jeder der beiden Virenstämme ein Menschenleben in Sekunden auslöschen. Sie vermehren sich bei Temperaturen über dem Gefrierpunkt. Je wärmer, desto besser für sie. Wir haben einen Impfstoff für den Defector-Stamm entwickelt, der uns vor einer Infektion schützt. Jetzt ist es wichtig für uns, auch den Renegade-Abkömmling in die Hände zu bekommen. Einmal, um auch gegen diesen Virenstamm ein Heilmittel zu erforschen, und zum anderen, um zu verhindern, dass der Verbund der Generäle dieses Virus als biologische Waffe zum Einsatz bringen kann.«

»Und wo befindet sich Renegade?«, fragte Veronica. »Wenn ich es richtig verstanden habe, befindet sich Defector bereits in Ihrem Besitz.«

Narwick nickte. »Wir fanden Defector in eingefrorenen Leichen in der Antarktis, haben diese geborgen und das Virus aus ihrer DNA extrahiert.«

»Renegade befindet sich, wie Jae vorhin schon erwähnte, auf der anderen Seite des Erdballs«, sagte Juliette. »Am Nordpol, wo sich der männliche Stamm der untergegangenen Hochkultur niederließ.«

Markus räusperte sich. »Und ... wie hieß diese angebliche Hochkultur?« Er stockte, als er sah, wie sich plötzlich alle Blicke auf ihn richteten.

Scheiße! Er hatte nur etwas zu dem Gespräch beitragen wollen, anstatt nutzlos am Tisch zu sitzen. Jetzt merkte er, dass er einen Fehler gemacht hatte und die Aufmerksamkeit der anderen auf sich zog. Es schien, als registrierten sie nun überhaupt erst, dass er anwesend war.

Narwick beugte sich vor. »Es gibt kaum Überlieferungen, aber wir sind im Besitz von Kopien dreitausend Jahre alter Originalschriftrollen, die ihre Existenz belegen. Sie nannten sich selbst die Antaradim.«

Markus sah aus dem Augenwinkel, wie Eileen Hannigans Kopf hochschoss.

»Sie kennen ihren Namen?«, fragte sie. In ihrer Stimme lag eine Spur Verwirrung, das hörte Markus deutlich heraus.

Jae Narwick lächelte. »Selbstverständlich. Ihren Ursprung hatten sie im syrischen Mittelmeerraum. Den Überlieferungen zufolge gründeten sie dort eine Stadt namens Antaradia, die sehr wahrscheinlich nach ihrem Fortgang etwa zweitausend vor Christi Geburt von einem Beben erschüttert wurde und im Sand verschwand. Später siedelten dort Nomaden an und errichteten kleinere Dörfer. Erst zu Zeiten des ersten Kreuzzugs gründete sehr wahrscheinlich das Heer von Raimund von Saint-Gilles die Stadt neu und nannte sie Antartus und Tortosa, woraus später das lateinische Antaradus abgeleitet wurde – das heutige Tartus in Syrien.«

Hannigan bemerkte Markus' fragenden Blick und sah auf ihre Hände. Etwas an Narwicks Eröffnung, den Namen dieser untergegangenen Zivilisation zu kennen, schien sie zu beunruhigen. Vielleicht gab es im Anschluss an dieses Meeting eine Möglichkeit, privat mit ihr zu reden.

Bist du wahnsinnig? Du hast dich für heute schon genug blamiert.

»Unser Ziel ist also der Nordpol«, sagte Veronica und rettete Markus vor einem weiteren peinlichen Moment.

Narwick nahm einen Schluck Wasser und nickte leicht, während er seinen Blick über die Anwesenden schweifen ließ. »Fast. Devon Island. Wir werden jedoch nicht die Einzigen sein. Sicherlich hat der Verbund bereits einen Hazarder ausgesandt.«

Markus beschloss, sich nach der Besprechung im Internet etwas über Devon Island zu informieren. Sicherlich fand er bei Google einige Antworten auf die unzähligen Fragen, die ihn bedrängten, die er sich jedoch nicht zu stellen getraute. Viren. Er hasste Viren.

17:23 Uhr

Das Gespräch mit Narwick und den anderen hatte ihn ermüdet. Zu viele Dinge schwirrten in seinem Schädel. Markus wollte sich einfach nur noch auf die Couch werfen, die Augen zumachen und ein oder zwei Stunden schlafen. Etwas anderes außer schlafen, essen oder sich mit der Mediawand in seinem Quartier beschäftigen konnte er ohnehin nicht tun. Den Gedanken, noch im Internet zu recherchieren, verwarf er wieder.

Er ließ die Tür hinter sich ins Schloss fallen und steuerte das einladende Sofa an. Just in dem Moment, in dem er sich in die Polster fallen lassen wollte, klopfte es an der Tür. Markus seufzte und drehte sich um.

»Ja?« Vermutlich Sandra. Ihm war nicht entgangen, dass sie ihn während des Meetings gemustert hatte, genau wie schon auf dem Flug zur *La Lumière.* Hatte sie irgendwelche Absichten? Kaum, dass er den Gedanken zu Ende gedacht hatte, schalt er sich schon dafür. Das war hochgradiger Schwachsinn.

»Ich bin es«, sagte eine weibliche Stimme jenseits der Tür. Sie schien absichtlich leise zu sprechen und klang nur dumpf zu ihm durch, sodass er sie kaum einordnen konnte. Es gab viele Frauen an Bord. Die Stimme konnte jeder gehören.

»Klar, und hier bin ich. Ein Name wäre hilfreich.«

Es klopfte erneut. Markus ging zur Tür und zog sie auf.

Sie war es. Eileen Hannigan.

Markus stand stocksteif da und konnte sie nur anglotzen, doch ehe der Moment peinlich werden konnte, stieß Hannigan die Tür auf, schubste Markus in den Raum und verriegelte den Ausgang hinter sich.

»Was …?« Weiter kam er nicht. Sie versetzte ihm einen weiteren Stoß. Diesmal so heftig, dass er bis zum Couchtisch zurücktaumelte, darüber stolperte und rückwärts in die Polster des Sofas fiel.

»Hey, Moment mal!«

Hannigan war über ihm und drückte ihn mit einem Fuß in die Polster. Ihre Augen blitzten wütend.

»Also, was hast du mit der ganzen Sache zu tun?«, fragte sie.

Markus sah sie überrascht an. »Ich? Wieso, ich? Ich hab doch …?«

»Was sollte die Gafferei während der Besprechung? Für wen arbeitest du?«

Markus atmete tief durch. »Ich arbeite für niemanden. Es ist so, wie dieser Kerl gesagt hat, ich war zur falschen Zeit am falschen Ort. Als ich das erste Mal Veronica traf, zeigte sie mir ein Foto von dir, Vandengard und Lomi. Ich war total überrascht, dich hier zu sehen.« Wohlweislich verschwieg er ihr, sich in sie verknallt zu haben. Das war lächerlich.

»Lomi?« Hannigan lockerte den Druck auf seiner Brust etwas. »Was weißt du über sie?«

Markus rang nach Luft. »Sie ist tot.«

»Tot?«

»Mausetot. Ich hab es mit eigenen Augen gesehen.« Er deutete auf den Fuß direkt vor seinem Kinn, und die Frau hatte ein Nachsehen und nahm ihn fort. Markus wagte es, sich ein wenig aufzurichten.

»Ein Hazarder ist tot«, sagte Hannigan leise. »Und wie?«

Ein Schwindelgefühl überkam Markus, als die Bilder noch einmal an seinem inneren Auge vorbeischossen. Er richtete sich noch etwas weiter auf und setzte sich in eine bequemere Position auf das Sofa. Dann erzählte er Hannigan alles. Angefangen von seiner Nacht in der Disco, der Verfolgung durch Vandengard. Andys Tod. Der Vernehmung auf dem Polizeirevier. Dem Hubschrauberangriff auf Kiffers Wohnung. Wie er sich mit Veronica zusammengetan hatte und letztendlich in Jae Narwicks Hände fiel.

Als er den letzten Satz vollendete und erschöpft in die Polster sank, ging Hannigan zur Bar, schenkte einen Whiskey ein und hielt Markus das Glas hin. Obwohl er das Zeug eigentlich nicht mochte, nahm er es dankbar entgegen und spülte den Inhalt in einem Zug herunter. Der Whiskey brannte wie Feuer in seiner Speiseröhre und schien sich wie eine gierig leckende Flammenzunge bis zu seinem Magen herunterzubohren, um dort eine Glut zu entfachen. Aber er tat gut. Gut gegen die seelischen Schmerzen.

»Ich bin Eileen«, sagte die Frau und bot ihm ihre Hand dar.

Markus sah sie an und ergriff sie. Ihr Griff war fest und warm.

»Markus.«

Sie lächelte. »Also hast du einen echt beschissenen Tag gehabt. Genau wie ich.«

»Du glaubst mir also?«

Sie zuckte die Achseln. »Mir bleibt kaum was anderes übrig. Aber was ist mit dir? Vertraust du Pothoff?«

Er nickte. »Sie ist mit mir durch dick und dünn gegangen. Genauso gut hätte sie mich hängen lassen und allein zu Narwick gehen können. Es war ihre Bedingung, dass ich dabei bin, wenn sie sich ihm anschließen soll.«

Eileen legte den Kopf schief und hockte sich auf die Sesselkante genau Markus gegenüber. »Und warum, denkst du, hat sie das getan?«

»Um mich zu schützen«, sagte Markus. »Vandengard hat zwar Andy umgebracht, aber er und Narwick schwören Stein und Bein, dass sie nicht den Hubschrauber geschickt haben, der wie im Kriegseinsatz ein ganzes Haus in Schutt und Asche gelegt hat. Ich nehme an, diese Generäle haben etwas damit zu tun. Wenn sie Regierungsstellen auf der ganzen Welt kontrollieren, sollte es ihnen ein Leichtes sein, Polizei, Spezialeinheiten oder Militär zu Einsätzen zu schicken.«

Eileen stieß die Luft aus. »Ja. Die Möglichkeit haben sie.«

Markus blickte sie an. »Scheint, als hättest du auch schon Bekanntschaft mit ihnen gemacht.«

»FBI, Heimatschutz, Polizei.« Eileen verzog einen Mundwinkel. »Sie haben mir alles Mögliche auf den Hals geschickt. Und auch ich habe jemanden verloren. Mein Partner Adrian war auch mein Freund. Wir haben über ein Jahr im gleichen Team gearbeitet.«

Sie schwiegen eine Zeit lang. Dann sagte Markus: »Das tut mir leid.«

Eileen machte eine abwehrende Handbewegung.

»Und wie kommen wir aus der Scheiße wieder raus?«, fragte Markus.

»Wir werden sehen.« Eileen strich sich eine Strähne aus dem Gesicht. Sie wollte anscheinend noch etwas sagen, wurde jedoch von einem durchdringenden Heulen unterbrochen.

Plötzlich wurde das gesamte Zimmer in ein tiefrotes Licht getaucht.

Die *La Lumière* wurde in den Alarmzustand versetzt!

Nordatlantik
***La Lumière,* modifizierte Fregatte**
15. November, 18:16 Uhr

Eileen wandte sich um und hetzte aus dem Quartier. Sie hörte, wie Markus ihr folgte, und machte sich im ersten Moment keinerlei Gedanken darüber. Eigentlich hatte sie erfahren wollen, ob er mehr wusste und warum er sie während des Meetings die ganze Zeit über angestarrt hatte. Aber er war nur eine weitere Sackgasse.

Während sie den Korridor zum nächsten Hauptgang entlangrannte, dachte Eileen über Narwicks Eröffnung nach, den Namen der untergegangenen Hochkultur zu kennen, die das Virus in ihrer DNA trug. Antaradim. War das wichtig? Warum hatte der General sie belogen?

Ganz einfach, Mädchen, dachte sie. *Du bist ihm auf den Leim gegangen. Er hat niemals vorgehabt, dich für diesen Einsatz zur Sicherung des Defector-Virus zu gewinnen. Du bist nur der Köder für den Standort dieses Schiffes.*

Aber wie? Eileen war gescannt worden. Niemand hatte eine Wanze bei ihr gefunden. Die *La Lumière* war elektronisch getarnt, es gab keine Möglichkeit, sie aufzuspüren. Eileen beschloss, zuerst auf der Brücke der Fregatte nachzuhören, was überhaupt den Alarm ausgelöst hatte, ehe sie voreilige Schlüsse zog. Vielleicht waren sie auch nur einem Riff oder Eisberg zu nahe gekommen oder sie fuhren in eine Sturmfront.

»Was ist passiert?«, rief Markus hinter ihr.

»Ich habe keine Ahnung.« Eileen hielt vor einem Panzerschott. Die Tür war gesichert. Sie nahm einen Nebengang und stürmte nach draußen auf den Laufsteg, der entlang der Schiffswand bis zur oberen Bugsektion führte. Die Sonne war bereits hinter dem Horizont verschwunden. Kalter Nordwind schlug Eileen entgegen. Sie hätte eine Jacke mitnehmen sollen, doch für eine Umkehr zu ihrem Quartier war es jetzt zu spät.

Hinter ihr fluchte Markus. Eine Gischtwelle spritzte die Bordwand hoch und setzte einen Teil des Laufstegs unter Wasser.

Eileen sprang auf die zweite Sprosse einer Leiter und zog sich gewandt hoch.

»Langsamer!«, rief Markus, doch sie ignorierte ihn.

Eileen duckte sich an einem, über ihr in den Halterungen schwankendem Beiboot hinweg. Während sie den oberen Laufgang in Richtung Brücke entlangeilte, hielt sie Ausschau nach etwas Ungewöhnlichem.

Doch sie konnte weder im dunklen Meer noch an dem in Sternenlicht getauchten Himmel eine Gefahr erkennen.

Ein Wachtposten hielt sich an der Reling fest und zog sich den Kragen seines Parkas höher. Er sah Eileen und Markus und stellte sich ihnen in den Weg.

»Warten Sie, wohin …« Weiter kam er nicht. Eileen ließ sich fallen, schlitterte über den Laufsteg und fegte dem Mann die Beine weg. Er ruderte mit den Armen, schlug der Länge nach hin, und ehe er sich wieder aufraffen konnte, waren Eileen und Markus schon über ihn hinweggesprungen und auf dem Weg zur Brücke.

»Bleiben Sie stehen!«, rief er, doch der Wind riss ihm die Worte von den Lippen.

Eileen hoffte, dass er keinen Feuerbefehl von Narwick erhalten hatte. Sie schwang sich die Leiter zum Brückendeck hoch, schob einen weiteren Wachposten beiseite, der Anstalten machte, ihr den Weg zu verstellen, und befand sich in der Kommandozentrale.

Am Steuer stand Juliette, die Eileen und Markus einen kurzen Blick zuwarf. Narwick war ebenfalls anwesend und hatte seinen Anzug gegen Jeans und einen dicken Pullover ausgetauscht. Er trug darüber eine gelbe Regenjacke mit zurückgeschlagener Kapuze. An seiner Seite befanden sich Pothoff und Inga sowie der Kapitän der *La Lumière,* der Eileen bisher nicht vorgestellt worden war. Das Namensschild auf seiner grauen Uniform wies ihn als Dirk Rurting aus.

»Was ist los?«, fragte Eileen, während hinter ihr Markus nach Luft schnappe.

Narwick warf ihr einen Blick zu. »Wir haben Radarsignale von zwei Flugzeugen aufgefangen, die sich direkt auf uns zubewegten. Das kann natürlich Zufall sein, deswegen habe ich einen Kurswechsel veranlasst.«

»Und?«

»Sie haben ihren Kurs ebenfalls korrigiert.«

Eileen starrte ihn entgeistert an. »Das heißt, die können uns orten?«

Narwick blickte wieder durch das große Brückenfenster auf den Ozean hinaus und rieb sich mit einer Hand über das Kinn. »Sieht so aus.«

»Meine Pistole!«, sagte Eileen und wandte sich dabei an Inga.

Die Blonde warf ihrem Boss einen kurzen Blick zu und interpretierte sein leichtes Nicken als Zustimmung. Sie drückte einen Taster an einer Lade unter dem Instrumentenpult und förderte eine SIG Sauer zutage, die sie Eileen zuwarf.

»Nein, ich brauche *meine* Pistole!«, sagte sie.

»Was ist so Besonderes daran, ich bin sicher Sie schießen mit der SIG…«

Eileen fuhr Inga ins Wort. »Sie verstehen nicht! Sie haben mich gefilzt und gescannt, ich war sauber. Mein Telefon habe ich Stylez gegeben. Das Einzige, was Sie von mir einbehalten haben, ist die USP gewesen.«

Plötzliches Verstehen zeichnete sich auf Ingas Gesicht ab. »Die befindet sich unten im Arsenal.«

»Haben Sie sie geprüft?«

Inga schüttelte den Kopf.

»Wahrscheinlich enthält eine der Patronen einen Sender«, sagte Eileen. »Schnell, wir müssen sie loswerden.«

Wieder holte sich Inga mit einer stummen Aufforderung eine Bestätigung von Narwick ein und ging dann an Eileen vorbei zum Ausgang.

»Kommen Sie.«

Eileen zögerte. »Wie viel Zeit bleibt uns, bis die Flieger hier sind?«

»Drei, vielleicht vier Minuten«, sagte Narwick.

»Welche Verteidigungsmaßnahmen hat das Schiff?«

Narwick sah sie an. Er überlegte eine Sekunde lang, ob er ihr die Geheimnisse seines Bootes offenbaren sollte, und rang sich dann schließlich dazu durch. »Die ursprüngliche Bewaffnung der *La Lumière* ist weitgehend intakt. Wir haben Sea Wolf SAMs, um die Vögel aus der Luft zu holen, sobald sie in Reichweite sind. Und einen Goalkeeper, wenn wir mit Lenkwaffen beschossen werden.«

»Ich empfehle Ihnen, beides feuerbereit zu halten«, sagte Eileen, lud die SIG Sauer durch, die Inga ihr gegeben hatte, und folgte der Blonden dann durch die Tür nach draußen.

18:22 Uhr

Inga schlitterte elegant die Leiter herunter und rannte in einer katzenhaften, geschmeidigen Art den Laufsteg entlang. Eileen folgte ihr dichtauf und studierte die Bewegungen der anderen Frau. Für den Fall, dass es zur Konfrontation zwischen den beiden kommen sollte – Eileen war sich sicher, dass es so sein *würde* –, war es besser, seinen Gegner genau zu kennen und im Vorfeld schon Schwächen auszuloten. Eileen fand keine. Die blonde Skandinavierin war definitiv eine Kämpferin. Sie würde ein harter Brocken werden. Der Haken an der Sache war, dass sich Eileen ihr nicht allein gegenübersah, sondern auch noch ihren vier Kameradinnen, die jede für sich wahrscheinlich über das gleiche Kampfpotenzial verfügte wie Inga.

Eileen schob die Gedanken vorerst beiseite. Noch war es nicht so weit. Sie musste zunächst einmal diesen Angriff überleben und dann das Defector-Virus lokalisieren. Erst, wenn sie sich sicher sein konnte, dass der Erreger in G-Dawns Händen keine Gefahr mehr darstellte, würde sie ihre wahren Absichten offenbaren.

Aber sie hatte bisher schon einen Fortschritt erzielt. Eileen besaß jetzt eine Waffe.

Sie brauchten zwei Minuten, um über Deck an der Reling entlang zum nächsten Verbindungsschott zu kommen. Ehe sie durch den Eingang schlüpften, suchte Eileen den Himmel ab. Von den Flugzeugen gab es noch keine Spur. In spätestens einer oder zwei Minuten würde sich die Situation rapide ändern. Eileen registrierte, wie sich der Katapult der Sea Wolf SAM entsprechend ausrichtete und auch der Turm des Goalkeeper Verteidigungssystems herumschwenkte.

»Weiter!«, drängte Inga und schlüpfte durch das Schott.

Sie folgten einem Gang, bogen an einer Abzweigung rechts um die Ecke und wurden von einem Wachmann mit erhobenem P90 angehalten. Als er Inga erkannte, senkte er die Waffe und ließ sie passieren. Direkt hinter dem Wächter befand sich eine Gangbiegung, die an einem Schott endete, vor dem ein weiterer Mann mit Waffe stand.

»Öffnen!«, befahl Inga.

Der Mann nickte, hängte sich die FN P90 an einer Trageschlaufe um die Schulter und drehte das Rad am Schott. Er zog eine Sicherheitskarte durch einen Schlitz am Code-Panel, gab seinen persönlichen Code über den Zehnertastenblock ein und setzte seinen Daumen auf das Sensorfeld.

Sie hatten eine weitere Minute verloren. Die Flugzeuge mussten jetzt bald hier sein.

18:25 Uhr

Markus' Augen irrten zwischen den Radarkonsolen und dem Panoramafenster hin und her. Er versuchte, am mittlerweile dunklen Himmel irgendetwas auszumachen. Lichter. Punkte. Angestrengt lauschte er, doch außer dem Summen der Instrumente auf der Brücke, dem Atmen der anderen Anwesenden und den zwischendurch gesprochenen Statusmeldungen und Befehlen war nichts zu hören. Aber der Radarschirm zeigte deutlich die beiden sich nähernden Flecken. Sie kamen aus Südwesten und näherten sich beständig dem Zentrum des Schirms.

Aus den Augenwinkeln registrierte Markus eine andere Bewegung. Es war nur ein kurzes Flackern gewesen. Genug, um seine Aufmerksamkeit zu erregen. Er wandte den Kopf und sah neben Juliette am Steuer einen weiteren Schirm, über dem Zahlenkolonnen und grafische Kurven flossen. Dann ein Ausschlag. Niemand anderer schien ihn bemerkt zu haben. Alles konzentrierte sich auf das Radarbild.

Markus trat einen Schritt vor. »Was ist das?«, fragte er und deutete auf den Bildschirm.

»Das Sonar«, sagte Juliette. Ihr Blick folgte seinem Finger. Dann stöhnte sie auf. »Merde!«

»Was ist?«, fragte Jae Narwick und trat ebenfalls vor.

»Ein Ausschlag auf dem Sonar. Wir bekommen Gesellschaft.«

»Verdammter Mist!« Der Kapitän der *La Lumière* hämmerte eine Taste an seinem Lehnenpult nieder. »Hier ist der Captain. Sämtliche Zugänge an Deck sichern. Landeplattform besetzen. Halten Sie Ausschau nach einem auftauchenden U-Boot!«

»Ein U-Boot?« Markus schluckte. »Sie glauben, dass die uns entern wollen?«

Narwick nickte.

»Und was, wenn die uns einfach einen Torpedo vor den Latz knallen?«, fragte Markus.

»Wir haben etwas, das die wollen«, sagte Narwick. »Sie werden es erst an sich bringen und uns danach versenken.«

»Das verstehe ich nicht. Was ist mit den Fliegern?«

»Die dienen der Ablenkung und Verwirrung. Sie werden uns mit ihrem Angriff schwächen und es den Enterkommandos einfacher machen.«

Markus merkte, wie ihm die Knie weich wurden und ein flaues Gefühl langsam von der Magengegend seine Speiseröhre hinaufwanderte. Er malte sich in Gedanken aus, wie ein Angriff von Spezialeinheiten auf die *La Lumière* enden würde, und sah sich bereits in einer Lache aus sattem Rot irgendwo auf dem Deck liegen.

Narwick wandte sich an Veronica. »Kann ich auf Sie zählen, Veronica?«

Die blonde Deutsche nickte.

»Waffenausgabe«, sagte Narwick.

Captain Rurting ging zu einem Schrank in seinem Rücken und öffnete ihn über ein Tastenpaneel. Hinter der Tür befanden sich zwei G-36-Gewehre, drei FN P90 und einige Pistolen diverser Fabrikate. Rurting verteilte die Waffen, warf Veronica eines der größeren Gewehre zu, behielt eines für sich und reichte Juliette und Narwick jeweils eine der kompakten Maschinenpistolen.

Markus bekam eine P8, wie er sie aus seiner Bundeswehrzeit kannte. Er prüfte kurz das Magazin, zog den Verschlussbügel zurück und entspannte den Hahn. Das leise Klicken schlug ihm auf den Magen.

18:26 Uhr

Rasch sah sich Eileen in der Waffenkammer um, doch Inga hatte bereits gefunden, wonach sie suchten. Die Heckler & Koch USP, die man ihr abgenommen hatte, befand sich in einem Pistolenregal auf der linken Seite.

Inga nahm die Waffe und reichte sie Eileen.

»Sie muss von Bord«, sagte diese.

Die Skandinavierin nickte, bewaffnete sich mit einer MP7 und warf auch Eileen eine der handlichen Maschinenpistolen zu, die mit Rotpunktvisier und Lasermodul ausgestattet waren.

Gemeinsam verließen sie die Waffenkammer wieder. Inga gab dem Wachtposten den Befehl, die Tür zu verriegeln, den dieser mit einem abgehackten »Ja, Ma'am!« quittierte.

Noch ehe Eileen und Inga jedoch den Korridor zurückrennen konnten, hörten sie das tiefe Rauschen über ihren Köpfen. Die Flugzeuge waren da!

18:26 Uhr

»Verdammte Scheiße, was ist denn das?«, rief Markus aus und deutete auf die beiden schwarzen Schemen vor dem dunklen Horizont. Sie hatten die Positionslichter ausgeschaltet, doch im Sternen- und Mondlicht hoben sich die Umrisse der beiden stählernen Kolosse deutlich ab.

»Flugzeugtypen identifiziert«, sagte Juliette und drehte sich zu Narwick um. »Zwei A-10 Thunderbolt.«

»Mist!«

»Raketenwarnung!«, rief Captain Rurting.

18:27 Uhr

Eileen nahm immer zwei Treppenstufen auf einmal und eilte den Gang hinauf ans Deck. Sie stieß die Tür auf und wäre beinahe über die Reling gestolpert. Die USP in der Hand holte sie weit aus und warf die Pistole in hohem Bogen über Bord. Sie sah, wie die Waffe in den Atlantik stürzte und dann von den aufpeitschenden Wellen verschlungen wurde.

Inga kam hinter ihr die Leiter hoch und sah sich um. »Dort sind sie.«

Eileen folgte dem Fingerzeig und sah die beiden dunklen Schatten am Himmel. Sie erkannte die urtümliche Form der beiden auf dem Heck montierten Triebwerke, die den Kampffliegern den Beinamen Warthog verschafft hatte.

Im selben Moment lösten sich von jedem der beiden gepanzerten Flugzeuge zwei grelle Spuren, die wie Lanzen durch den Abendhimmel stachen und direkt auf die *La Lumière* zufegten.

AGM-65-Maverick-Raketen. Eileen starrte auf die Leuchtspuren, die die Triebwerke der schlanken Luft-Boden-Geschosse hinter sich herzogen. Der Einschlag musste jede Sekunde erfolgen.

»In Deckung!«, rief Eileen.

Bevor sie jedoch einen Unterschlupf suchen konnte, schwenkte der Goalkeeperturm plötzlich in die Richtung der herannahenden Geschosse. Sein Radar hatte die Mavericks erfasst, verarbeitete deren Fluggeschwindigkeit, ihren Annäherungswinkel und die Zeit bis zur Zündung.

»Warten Sie«, sagte Inga.

Der Goalkeeper reagierte. Seine GAU-8 Gatlingkanone begann, in einem ohrenbetäubenden Stakkato loszuhämmern, und spie 30-mm-Geschosse wie einen Schwarm wütender Hornissen den angreifenden Raketen entgegen.

Siebzig Schuss in der Sekunde.

Schnell. Präzise. Effektiv.

Ehe die beiden Mavericks in Detonationsreichweite gelangten, lösten sie sich in goldroten Feuerbällen auf, die die Nacht über dem Atlantik für kurze Zeit taghell werden ließen.

Eileen schloss geblendet die Augen und hob eine Hand. Die Hitze der Explosionen war nicht zu spüren, wohl aber die darauf folgende Druckwelle, die wie ein leichtes Beben die Decks der *La Lumière* erschütterte. Eileen stemmte sich dagegen und wurde plötzlich von Inga zu Boden gerissen. Über ihnen jagte ein Schrapnell hinweg, bohrte sich in die Bordwand und riss ein klaffendes Loch hinein.

Weitere Splitter der explodierenden Raketen schwirrten über das Schiffsdeck hinweg. Manche verloren sich in der Ferne, andere landeten im Wasser an der Steuerbordseite der Fregatte. Wieder andere pflügten über das Deck, blieben im Rumpf stecken oder prallten von ihm ab.

Die beiden Feuerbälle am Himmel verblassten. Mit einem wütenden Röhren schossen die Warthogs über Eileens und Ingas Köpfe hinweg. Im selben Moment reagierte die Sea-Wolf-Verteidigung der *La Lumière* und startete zwei SAMs vom Abschusskatapult. Die Sea Wolfs beschleunigten auf Mach zwei und jagten den davonfliegenden Unterschallflugzeugen hinterher.

Es dauerte nur zwei, drei Augenblicke, da fand die erste Boden-Luft-Rakete auch schon ihr Ziel.

Ihr Sprengkopf detonierte knapp hinter dem A-10 und riss das Leitwerk des Kampfflugzeugs in Stücke. Eine Flammenzunge schoss auf das andere Triebwerk über, teilte sich und rannte wie ein Lauffeuer über den Rumpf zum Cockpit. Die Maschine trudelte, ging gefährlich in Schräglage und fiel dann wie ein Stein vom Himmel. Doch sie war weit davon entfernt, in den Ozean zu stürzen.

Die Cockpitkanzel wurde fortgesprengt. Noch bevor die Düsen des Schleudersitzes zünden konnten, verging das Flugzeug in einem Feuerball, der den zuvor explodierenden Mavericks in nichts nachstand.

Der zweite Pilot hatte etwas mehr Glück. Er kippte sein Warthog auf die Steuerbordfläche und ging in den Sturzflug über. Gleichzeitig stieß die A-10 Thunderbolt Täuschkörper aus. Die Flares schossen Sternschnuppen gleich in alle Himmelsrichtungen davon, um den Wärmesucher der Rakete zu irritieren. Die Sea Wolf arbeitete jedoch mit Radar, das wiederum von dem, unter den Tragflächen des Thunderbolt montierten, Behälter des AN/ALQ-184-Systems gestört wurde.

Die Sea Wolf schoss in den Himmel hinauf und verlor sich bald irgendwo in der Dunkelheit.

Dafür kehrte das Warthog zurück. Der Angriffsflieger nutzte seine Schräglage, beschrieb eine Kampfkurve und war wieder auf Kurs auf die *La Lumière*. Er war zu nah, um eine weitere Maverick abzufeuern. Zu niedrig, um Streubomben ausklinken zu können. Aber er war nicht mittellos. Nur eine Sekunde darauf entfesselte die frontmontierte Gatling-Kanone des Thunderbolts die Hölle auf dem Deck der *La Lumière*. Die Waffe war baugleich mit der des Goalkeeper-Systems. Sie benutzte die gleiche Munition und spuckte die Geschosse mit der gleichen Geschwindigkeit aus ihren Rohren hervor.

Eileen rollte sich auf den Bauch und sah, wie Leuchtspurgeschosse über das Deck prasselten und faustgroße Löcher in die Stahlplanken und Wände stanzten. Querschläger verursachten hohle Geräusche, wo sie von Lüftungsrohren abprallten. Ein Funkengewitter begleitete den Regenguss der Leuchtspurmunition. Fensterscheiben barsten. Antennen knickten ab oder zersplitterten durch die Wucht der auftreffenden Geschosse. Eileen sah, wie zwei der Paramilitärs über den Laufsteg rannten und von einem Hagel buchstäblich zerfetzt wurden. Ihre Körper platzten auseinander und hinterließen kaum mehr als eine Wolke aus Rot, die langsam zu Boden rieselte.

Schreie tönten von der anderen Seite des Schiffes. Ein dumpfes Hämmern schwoll an. Dann brach irgendwo eine Explosion aus. Eine Stichflamme stieg zum Himmel auf.

Eileen stemmte sich hoch.

»Wo wollen Sie hin?«, rief Inga ihr hinterher.

Sie ignorierte die andere Frau und rannte den Laufgang entlang bis zur nächsten Tür. Auf dem Weg blickte sie über die Reling. Unter ihr gab es einen weiteren Außensteg, der zu den SAM-Werfern führte. Weiter vorn war der Aufgang für den Brückenturm, der just in diesem Moment von einem Hagel aus blauen und roten Streifen durchschossen wurde. Die Leuchtspurmunition jagte wie Lichtblitze durch die Stahlschotten und arbeitete sich wie ein übernatürlicher Dosenöffner durch die Konstruktion des Brückenturms. Wände wurden zerfetzt. Luken davongesprengt. Glas barst und zerschmolz in der Hitze kleinerer Explosionen. Wer auch immer noch auf der Brücke gewesen war, würde sich jetzt in feine Breiportionen zerteilt, mit Stahlsplittern vermischt an der Rückwand des Turms wiederfinden.

Eileen duckte sich und gelangte zum Schott. Es war verschlossen und besaß kein Drehrad. Am Rand war ein Zugangspaneel eingelassen. Eileen drehte sich zu Inga um, die mittlerweile aufgeschlossen hatte.

Das Brummen der A-10 Thunderbolt erfüllte die Luft. Inzwischen war das Flugzeug zu nah für weitere Schüsse und würde vermutlich einen dritten Angriff fliegen.

In diesem Moment ratterte der Goalkeeper los und bestrich die titangepanzerte Cockpitwanne mit einer Salve aus allen Rohren. Die ersten dreißig oder vierzig 30-mm-Geschosse prallten Funken sprühend zu allen Seiten vom Rumpf des Fliegers ab und tauchten es für den Bruchteil eines Augenblicks in einen fantastischen Sternenglanz. Doch in derselben Sekunde schlug noch einmal die gleiche Anzahl an Projektilen aus abgereichertem Uran direkt *durch* den Rumpf; die Geschosse pflückten ihn mit jedem Treffer ein Stück auseinander.

Dreißig Geschosse, die in der ersten Sekunde des Aufschlags durch die Kanzel und die Bugnase rasten. Siebzig weitere Projektile in der zweiten und noch einmal die gleiche Zahl in der dritten Sekunde.

Die Fairchild A-10 Thunderbolt explodierte und ließ für einen Moment eine Miniatursonne am Himmel entstehen. Wer noch lebte, starrte automatisch hinauf und hoffte, dass die Gatlingkanone des Goalkeepers genau den richtigen Trefferaugenblick abgepasst hatte, um zu vermeiden, dass davongeschleuderte Trümmerstücke des Flugzeugs auf die *La Lumière* niedergehen konnten.

Ein Stöhnen ließ Eileen herumfahren.

»Mein Gott!«, stieß Inga hervor und starrte auf den grellen Flammenball am Himmel.

Eileen sah Inga an, dann an ihr vorbei, als sie hinter ihr auf dem Ozean eine Wellenbewegung erkannte, die einige Meter hochpeitschte. Wie ein gigantischer Wal schoss der mattschwarze Rumpf eines U-Boots durch die Oberfläche des Atlantiks und klatschte auf das Wasser.

»So eine gottverdammte Scheiße!« Eileen glaubte ihren Augen nicht zu trauen. Das U-Boot war längsseits zur *La Lumière* aufgetaucht und der Größe und Form nach ein nuklear angetriebenes U-Boot der *Los Angeles*-Klasse. Am Turm waren im Licht des noch glühenden Feuerballs der explodierten Thunderbolt drei Buchstaben und Ziffern zu sehen: SSN-723.

Inga drehte sich um und wäre beinahe rückwärtsgestolpert, als sie Eileens Blick zum U-Boot folgte.

»Mist. Wir müssen sofort zur Brücke.«

Eileen sah die Blonde an und streckte eine Hand zum Kommandoturm aus. »Dorthin? Wen glauben Sie da noch zu finden?«

Für einen Moment schien Inga sich gar nicht mehr regen zu können. Sie starrte entgeistert vom U-Boot zum in Flammen stehenden Turm am Bug. »Irgendetwas müssen wir … tun.«

»Ja. Herausfinden, was die vorhaben. Das U-Boot ist die *USS Freeport* und gehört der US-Navy, Herzchen. So langsam krieg ich richtig Angst, wenn ich bedenke, über welche Mittel diese Generäle verfügen.«

»Sie heißen nicht umsonst Generäle«, sagte Inga tonlos.

Eileen stieß die Luft aus. Sie sah zum U-Boot hinüber. Das Wasser perlte von seinem Rumpf ab. Im nächsten Moment wurden Luken an der Oberfläche aufgestoßen und auf dem Aussichtsturm erschien eine Gestalt, die ein Maschinengewehr auf eine Lafette montierte.

»Wir sollten uns darauf vorbereiten, geentert zu werden«, sagte Eileen. Dann entdeckte sie die Wulst hinter dem Turm des U-Bootes und bekam eine Gänsehaut. Es handelte sich dabei um ein sogenanntes Dry Deck Shelter, das es Tauchern ermöglichte, problemlos ein getauchtes U-Boot zu verlassen oder zu betreten.

»Ich glaube, wir sind bereits geentert worden«, sagte Eileen auf einmal.

»Was meinen Sie?«, fragte Inga.

Eileen deutete auf den DDS am Rumpf der *Freeport.* »Die haben sicher ein SEALs-Team an Bord. Los, alarmieren Sie Ihre Freundinnen, wenn sie noch leben. Wir müssen uns auf das Schlimmste gefasst machen!«

18:32 Uhr

Als die Thunderbolt wendete und zur *La Lumière* zurückkehrte, rettete Captain Rurtings Entscheidung allen auf der Brücke das Leben.

»Raus hier! Alle sofort raus!«

Narwick war der Erste an der Tür. Er wandte sich zur Backbordseite und wartete, bis Veronica und Juliette durch die Tür gestürmt waren. Dann ging er selbst.

»Sie auch, verdammt!«

Das galt Markus. Er sah den Captain an, als wüsste er nicht, was er tun sollte; dann gehorchte sein Körper von ganz allein. Er rannte an dem Captain vorbei, stürzte ins Freie und hangelte sich am Laufgang entlang. Seine Hände waren feucht. Die Pistole drohte ihm zu entgleiten, so schob er sie sich in den Hosenbund und bemühte sich, zu den anderen aufzuschließen, die mittschiffs eine Treppe hinunterhetzten. Kurz darauf brach das Inferno los und verwandelte die Brücke in eine Trümmerlandschaft.

»Warum schießen Sie nicht zurück?« Markus' Frage war beinahe ein Kreischen.

»Der verfickte Flieger ist zu nah für die Sea Wolfs«, sagte der Captain hinter ihm. »Der Goalkeeper legt erst ab einer bestimmten Entfernung los.«

Das Hämmern der Bordwaffen der A-10 dröhnte in Markus' Ohren und ging ihm durch Mark und Bein. Er taumelte an der Reling entlang, erreichte einen Treppenabsatz und eilte hinunter. Rechts in der Bordwand befand sich eine Luke, an der Juliette wartete. Sie winkte Markus und Captain Rurting durch und hielt sich eine Hand an ein Ohr. Als die beiden Männer im angrenzenden Gang waren, verriegelte sie das Schott. Kurz darauf war eine Explosion zu hören. Eine leichte Erschütterung ging durch das Schiff.

»Jae, das ist Amandine«, sagte Juliette, die offenbar in ihrem Ohr einen Funkempfänger verborgen hatte. »Sie ist mit Vandengard an der Landeplattform und hat Steuerbord ein U-Boot beobachtet, das aufgetaucht ist.«

Narwick schnitt eine Grimasse. »Meine Damen, die Herren, ich fürchte, jetzt sitzen wir wohl so richtig im Schlamassel.«

»Was wollen die?«, fragte Veronica.

»Defector«, sagte Narwick. »Sie werden Kommandos an Bord schicken. Juliette, informiere Paula und Sandra, sie sollen uns zusammen mit Amandine beim Hubschrauber treffen.«

»Sie wollen von Bord?« Markus beeilte sich mitzuhalten, als die anderen sich wieder in Bewegung setzten und einen Gang hinunterstürmten.

»Unsere einzige Chance«, sagte Narwick.

Sie passierten ein Schott. Zwei Wächter kamen ihnen entgegen. Juliette erteilte ihnen knappe Befehle, die Zugänge zu sichern. Dann liefen sie weiter. Sie stiegen eine Treppe hinunter, überquerten eine Kreuzung und nahmen dahinter einen anderen Gang, der bogenförmig in die Tiefe führte.

Markus hatte längst die Orientierung verloren. Er klammerte sich an den Gedanken, bald im Hubschrauber zu sitzen, noch bevor irgendwelche schießwütigen Jungs auftauchten.

Die Hoffnung starb in dem gleichen Moment wie Captain Rurting. Es ging alles so schnell, dass Markus kaum mitbekam, was genau geschah. Hinter ihm erklang ein Poltern, gefolgt von ploppenden Lauten. Markus drehte sich um und sah den Captain von einem halben Dutzend Kugeln getroffen zu Boden sinken. Hinten im Gang stand ein Mann mit Maschinenpistole in einem nassen Tauchanzug. Der Lauf der schallgedämpften Waffe richtete sich auf Markus. Im selben Moment packte ihn eine Hand und riss ihn in den nächsten Korridor. Es ploppte erneut. Funken stoben von einer Wand, als ein Kugelhagel darauf niederging und von dem Stahl abprallte.

Dankbar sah Markus Veronica an, die ihm das Leben gerettet hatte. Doch er kam nicht dazu, es auszusprechen, denn sie wirbelte bereits herum und zog ihn einfach mit sich. Weitere Schüsse peitschten auf und fegten Markus und Veronica um die Ohren. Sie verschwanden rechtzeitig im nächsten Gang, doch Markus spürte einen feinen Lufthauch, gefolgt von einem Brennen, als ein Projektil um Haaresbreite an seinem Nacken vorbeiflog.

»Durch die Tür!«, rief Juliette. Sie entriegelte ein Schott mit ihrer ID-Card und Sicherheitscode. Als die Tür beiseitefuhr, prasselte eine Salve auf sie nieder. Juliette wurde zurückgeworfen. Narwick schrie auf.

»In Deckung!« Veronica ging in die Knie, legte das G36 an und schickte zwei Feuerstöße in den angrenzenden Gang. Sie stieg über Narwick, der sich den Arm hielt und auf dem Boden wälzte, nahm Juliette die ID aus der Hand und schob sie in den Schlitz am Eingabepaneel.

Noch mehr Schüsse hallten durch den Korridor. Markus duckte sich und hob schützend eine Hand vor das Gesicht. Links und rechts von ihm schlugen Geschosse ein, prallten von den Wänden ab und sirrten ihm um die Ohren oder blieben im Boden stecken. Er spürte einen scharfen Stich am Oberschenkel und biss die Zähne zusammen.

Ich bin getroffen! Herrgott, ich bin getroffen!

Er zog die Pistole aus dem Hosenbund und fuhr herum. Der Schuss löste sich in derselben Sekunde, in der der Mann im Taucheranzug um die Ecke spähte. Die Kugel zerfetzte dem Angreifer die Halsschlagader und ließ ihn zurücktaumeln. Im Fallen leerte er das Magazin seiner Maschinenpistole. Die Garbe jagte in die Gangdecke und durchsiebte Platten und Leuchtkörper, die in einem Funkenschauer zerplatzten.

Markus starrte entsetzt die Waffe in seiner Hand an. Er hatte soeben einen Menschen erschossen!

»Komm!« Veronicas Stimme riss ihn aus seiner Lähmung. Sie half ihm hoch auf die Beine. »Guter Schuss.«

Markus wurde wieder übel. Wenn er vom Adrenalin nicht so aufgeputscht gewesen wäre und die Gefahr, in der sie sich befanden, nicht immer noch bestünde, hätte er sich auf der Stelle übergeben. Doch der Kampfeslärm von der anderen Seite der Tür spornte ihn an, um sein Leben zu rennen. Er sah zurück. Juliette lebte. In ihrem Lacksuit sah Markus mehrere deformierte Stellen, wo die Kugeln einfach abgeprallt waren. Sie stand auf und stützte den verwundeten Narwick. Beim Anblick des in Blut getränkten linken Armes des Lords erinnerte sich Markus an das ziehende Gefühl in seinem Bein. Ganz automatisch blickte er an sich herab und sah den aufgetrennten Hosenfetzen, unter dem seine Haut rot schimmerte. Ein Streifschuss. Nichts Ernstes. Nicht mehr als ein Kratzer. Dennoch sollte der blutige Striemen desinfiziert und verbunden werden, doch dafür war momentan keine Zeit.

»Wir müssen den Weg zurück, den wir gekommen sind«, sagte Juliette. »Schnell!«

Sie rannten zurück.

Markus hielt die Pistole mit beiden Händen. Sein Zeigefinger zitterte am Abzug. Er hoffte, dass er die Waffe nicht versehentlich vor Schreck oder Angst auslöste.

Vor ihm auf dem Boden lag der Mann, den er erschossen hatte. Eine rote Lache breitete sich unter seinem Körper auf dem Gang aus. Die Waffe war leer und lag neben der Leiche, doch im Funktionsgürtel steckten noch zwei volle Magazine. Markus presste die Lippen aufeinander, sicherte die P8 und schob sie erneut in den Hosenbund. Er spürte die Hitze des erwärmten Metalls und schluckte. Dann bückte er sich, brachte die mit einem Schalldämpfer versehene MP7 des Toten an sich, griff nach den beiden Magazinen und schob eines in den Schaft direkt vor dem Abzugbügel. Das zweite Magazin ließ er ebenfalls im Hosenbund verschwinden. Er richtete seinen Blick geradeaus und vermied es, die Leiche anzusehen.

»Das ist ein SEAL«, sagte Juliette.

»Wir sind erledigt.« Das war Veronica direkt neben Markus. Sie sicherten den Gang mit ihren Waffen und bogen um die Ecke, wo die Leiche Captain Rurtings lag. Dahinter gab es eine Abzweigung.

»Halten Sie sich rechts«, sagte Juliette. »Wir kommen zu einem Turmaufbau und versuchen es über den äußeren Laufsteg zum Hangar.«

»Wo sind die anderen?«, fragte Narwick und verzog dabei sein Gesicht.

»Ich weiß nicht, ob es eine gute Idee ist, jetzt Positionen durchzugeben, Jae.« Juliette blieb stehen, zerriss den Ärmel von Narwicks Hemd und zerrte zwei Streifen aus dem Stoff. Damit verband sie provisorisch den Arm oberhalb der Wunde. »Ein glatter Durchschuss. Ich kann so die Blutung stoppen. Sieht nicht so aus, als wäre die Arterie verletzt. Versorgen werde ich dich, wenn wir hier raus sind.«

»Du meinst, die SEALs hören unsere Frequenzen ab?«

Juliette nickte. Als Narwicks Arm halbwegs verbunden war, gingen sie weiter und hielten sich rechts, den Korridor entlang, der zu einem Außenschott führte. Als Veronica die Tür öffnete, war draußen bereits die Hölle los.

18:41 Uhr

Nachdem der Donner der Explosion der Thunderbolt verklungen war, trug der Wind neue, beunruhigende Geräusche an Eileens Ohren heran. Schüsse. Ganze Salven. Sie kamen aus jeder Richtung. Überall auf der *La Lumière* schien es Scharmützel zu geben. Die paramilitärischen Wachen G-

Dawns lieferten sich Feuergefechte mit den Eindringlingen. Zweimal hatte Eileen bereits welche von ihnen über das Deck huschen sehen. In ihren schwarzen Taucheranzügen verschmolzen sie mit der Dunkelheit und wurden so zu nahezu unsichtbaren, tödlichen Gegnern.

Die Generäle gingen nicht gerade zimperlich mit ihrer Auswahl an Mann und Material um, wenn sie ihre Ziele erreichen wollten. Eileen würde es nicht wundern, auch noch einen Flugzeugträger zu Gesicht zu bekommen, nachdem, was der Verbund bisher gegen sie aufgefahren hatte, nur um an das Defector-Virus zu gelangen. A-10 Thunderbolts, ein Atom-U-Boot und jetzt Navy SEALs.

Das Spielchen kann noch heiter werden …

Eileen hatte damit gerechnet, dass ihr der General aus Lynchburg nicht vertraute. Sie wusste, dass man zumindest das Blackberry verwanzt hatte, aber dass auch eine Geschosspatrone einen Sender enthielt, mit dem man sie verfolgte, darauf wäre sie niemals gekommen. Und sie hatte nicht damit gerechnet, dass man so früh zuschlagen würde. Zumindest etwas mehr Zeit hätte man ihr bei der Beschaffung des Virus geben können.

Eileen sah zum Heck der Fregatte. Überall blitzten grelle Punkte von Feuerstößen und abgefälschten Querschlägern in der Dunkelheit auf. Ein Sternenzauber ohnegleichen, der beinahe schön und faszinierend anzusehen war, würden all die funkelnden Sternchen nicht tödliche Schüsse darstellen, die sicherlich schon das ein oder andere Opfer gefunden hatten.

»Gibt es für solche Fälle eine Art Notfallprotokoll?«, fragte Eileen an Inga gewandt.

Sie duckten sich unter einem Schott durch und fanden sich in einem schmalen Korridor wieder, von dem eine Luke hinunter zum Maschinenraum abzweigte. Rechts daran vorbei schloss ein Gang an. Inga schritt voran.

»Den Hubschrauber und die Beiboote sichern«, sagte die Blonde. »Paula und Sandra müssten sich an der Landeplattform befinden. Amandine bei den Booten, wo ich im Normalfall jetzt auch wäre. Juliette sichert Jae und wird ihn zu einer der beiden Positionen bringen.«

Sie liefen den Gang entlang. Am Ende befand sich ein Schott mit Drehrad. Inga öffnete es und stieß die Stahltür auf. Draußen erwartete sie wieder das an- und abschwellende Gewitter von Waffenfeuer.

Eileen legte eine Hand auf Ingas Schulter, sodass diese sich zu ihr herumdrehte und sie anblickte.

»Wo ist Defector?«, fragte Eileen.

In den Augen der anderen Frau funkelte etwas, doch bevor sie falsche Schlüsse ob Eileens Frage ziehen konnte, fügte diese hinzu: »Diese SEALs sind hinter dem Virus her. Wir dürfen es ihnen nicht in die Hände spielen. Entweder müssen wir es bergen oder vernichten.«

Die Züge Ingas entspannten sich, und Eileen war froh, dass es nicht zur Konfrontation zwischen ihr und der anderen kam. Zumindest noch nicht.

»Das Virus ist nicht an Bord«, sagte Inga.

»Wie bitte?« Eileen wusste, dass sie durch den überraschten Ausruf wieder alles zunichtemachen konnte. »Aber das verstehe ich nicht. Warum sollten die uns dann angreifen?«

Inga legte den Kopf schief. »Mit Sicherheit vermuten sie, dass es hier ist.«

Eileen wollte gerade fragen, wo G-Dawn Defector aufbewahrte, als sie irgendwo hinter sich ein Geräusch vernahm. Sie wirbelte herum und sah einen Schatten schräg über sich. Schon blitzte Mündungsfeuer auf. Eileen sprang an die Schiffswand.

Inga hechtete durch die Tür, rollte über die Schulter ab und fuhr mit erhobener MP7 herum. Sie schoss zurück. Die kurze Salve stieß jedoch ins Leere.

Eileen kam eine Idee.

»Gehen Sie!«, rief sie Inga zu. »Gehen Sie zu Amandine.«

»Und Sie?«

»Ich kümmere mich um den hier und komme nach.«

Inga nickte knapp aus dem Gang, feuerte noch eine Garbe ab, um den Angreifer in Deckung zu zwingen, und verschwand dann im Innern des Schiffs.

Noch bevor die Schüsse verklungen waren, schulterte Eileen die MP7, federte vom Boden ab und bekam eine Querstrebe zu fassen. Sie zog sich hoch und nutzte einen Vorsprung in der Schiffswand, um sich mit dem Fuß abzudrücken. Dann zog sie sich über die nächste Strebe bis ganz nach oben auf das kleine Zwischendeck in der Nähe des Radarmastes mittschiffs. Sie verschanzte sich hinter einer Ventilationsöffnung und spähte in die Dunkelheit. Die Positionsbeleuchtung der *La Lumière* war ausgefallen. Wäre es keine sternklare Nacht, hätte Eileen nicht einmal die Hand vor Augen gesehen. So aber reichten Mond- und Sternenlicht aus, um zumindest schemenhaft etwas zu erkennen. Sie hoffte, dass die SEALs keine Nachtsichtgeräte trugen.

Eileen zog die Schulterstütze der MP7 aus und legte die Waffe an.

Sie blickte durch das Visier und aktivierte den Rotpunkt. Langsam lugte sie um ihre Deckung herum und schwenkte die Waffe gleichmäßig über das Deck. Gleichzeitig betätigte sie vorn am Lauf den Laser. Ein feiner roter Punkt erschien auf der gegenüberliegenden Seite am Antennenmast.

Wo steckte der Bastard?

Eileen sah aus dem Augenwinkel eine Bewegung und schwang die Maschinenpistole herum. Schon in derselben Sekunde blitzte die Mündung des Gegners auf. Der SEAL hatte sich von der Seite an sie herangepirscht. Eileen sprang aus der Deckung, rollte über den Boden und kam auf die Knie. Schüsse peitschten um sie herum auf. Sie fand Schutz hinter einer Kiste, die vor dem Antennenmast vertäut war. Das leise Ploppen der schallgedämpften Waffe des SEAL drang an Eileens Ohren. Kurz darauf regneten die Geschosse über die Kiste. Etwas sirrte haarscharf an ihr vorbei.

Sie kroch über den Boden zum Rand der Kiste und spähte um die Ecke. Dort sah sie den Mann. Er hockte fast an der gleichen Position, die sie soeben verlassen hatte. Allerdings hatte er sich so gut verschanzt, dass sie aus dem gegenwärtigen Schusswinkel kein lebenswichtiges Organ treffen konnte. Der rote Laserpunkt wanderte vom Belüftungsbogen zum Fuß des Soldaten.

Eileen drückte den Abzug. Die MP7 spie drei Projektile aus. Das erste traf. Das zweite schien zumindest noch das Bein des Mannes zu streifen, während der letzte Schuss auf dem Metallboden des Decks mit einem Funken aufblitzte.

Der Soldat schrie nicht, aber er wich in seine Deckung zurück. Eileen nutzte die Gelegenheit, kam mit schussbereiter Maschinenpistole auf die Beine und näherte sich leicht geduckt der gegnerischen Stellung. Sie umrundete den bogenförmigen Kamin und wollte sich dem Soldaten von hinten nähern. Anscheinend war er auf die gleiche Idee gekommen, denn sie prallten unmittelbar zusammen.

In einem Reflex stieß er Eileen das Griffstück seines MP5 in den Magen. Sie taumelte zurück und klammerte den Finger um den Abzug. Zwei kurze Feuerstöße jagten auf den Gegner zu. Eileen wusste nicht, wie oft sie ihn getroffen hatte, aber anscheinend nicht ernsthaft genug. Die Schüsse prellten ihm die Waffe aus der Hand.

Eileen kam mit Schwung wieder auf die Füße. Der Gegner zog eine Pistole und richtete sie auf Eileen. Sie sprang zur Seite, ließ die MP7 los und blockte seinen Arm. Mit Kraft schlug sie ihn gegen die Metallwandung des Luftkamins.

Gleichzeitig trieb sie dem Kerl ihr Knie in den Magen.

Er ließ die Waffe fallen, setzte einen Feger an und brachte Eileen zu Fall. Sie sah, wie er nach ihr trat, doch sie rollte sich bereits zur Seite, hakte ihre Füße in seine Kniekehle ein und drückte sie mit einem Ruck zu. Der Soldat knickte in den Knien ein und landete direkt neben ihr.

Eileen warf sich auf ihn, packte seine Kehle, doch im selben Moment spürte sie den Schwung, mit dem der Mann sie über seinen Kopf hievte.

Sie rollte über die Schulter ab, griff in der Drehung zu ihrem Gürtel und zog die SIG Sauer hervor. Als sie herumwirbelte, löste sie bereits einen Schuss aus. Die Kugel bohrte sich in die Brust des Mannes, der gerade ein Kampfmesser zum Wurf erhoben hatte. Fassungslos starrte er Eileen an.

Er ließ das Messer fallen.

Dann fiel er selbst.

Eileen atmete tief durch. Sie schob die Pistole hinter den Gürtel, nahm ihr MP7 auf und ging zu dem Toten. Sie sah die Waffe des SEAL – das gleiche Fabrikat, wie die Pistole, die sie von Inga bekommen hatte, nur ohne den Kompensator. Aber ihr ging es nicht um die P226, sondern um die Munition. Rasch nahm sie zwei Ersatzmagazine des Soldaten an sich und verstaute sie in ihren Taschen. Der Tote trug einen Taucheranzug und über den Augen ein Nachtsichtgerät, wie sie befürchtet hatte. Die Munition der MP5 war nicht mit der kleinkalibrigeren der MP7 kompatibel, sodass sie diese zurückließ. Dafür nahm sie dem Toten den Restlichtverstärker vom Kopf und streifte sich das an einem Gummiriemen und mit Klettverschlüssen versehene Gerät selbst über die Stirn.

Danach huschte Eileen zum Rand des Decks hinüber und ging in die Hocke. Sie blickte zum Heck der *La Lumière* und sah dort immer noch Waffenfeuer in der Dunkelheit blitzen. Im grünen Sichtfeld des Nachtsichtgerätes wirkten die flackernden Punkte wie ein gespenstisches Irrleuchten. Soweit Eileen sehen konnte, lagen auf dem Landedeck mehrere reglose Körper.

Sie wollte sich gerade abwenden, als eine grelle Stichflamme vom hinteren Bereich des Schiffes in die Luft schoss und für einen Moment die optische Übertragungseinheit des Restlichtverstärkers überlastete. Eileen schloss geblendet die Augen und klappte das Visier hoch. Als sie die tanzenden Flecken vor ihren Augen wegblinzelte, sah sie die Feuersbrunst auf dem Landedeck.

Der Hubschrauber stand in Flammen!

18:41 Uhr

Ein direkt vor seinen Füßen aufspritzender Funkenregen stoppte Markus de Vries. Er spürte einen Stoß und stürzte haltlos in einen Stapel Kisten und Kartons, die innerhalb des Hangars aufeinandergestapelt waren. Wütend sah er sich um und entdeckte Veronica. Ihre Miene war ernst und verbissen. Sie hockte hinter zwei größeren Kisten, trug das G36 im Anschlag und gab in unregelmäßigen Abständen einen Feuerstoß ab, der umso heftiger von draußen erwidert wurde.

Danke, sagte Markus in Gedanken und raffte sich auf. Er blieb auf dem Boden und kroch auf allen vieren um den Stapel herum. Vorsichtig spähte er um die Ecke, um die Aktivitäten beim Hubschrauber zu erkennen. Nach der Landung war er in den Hangar gefahren worden. Jetzt stand er wieder auf dem freien Deck. Anscheinend hatte ihn das Personal der *La Lumière* wieder hinausgebracht, als der Alarm losging.

Markus' Blick schweifte über die unzähligen Leichen am Boden. Rund um den Hubschrauber lagen tote Besatzungsmitglieder. Neben ihnen: ihre Waffen. Von den SEALs im Taucheranzug konnte er niemanden sehen, was nicht bedeutete, dass sie keine Verluste zu beklagen hatten. Vermutlich waren sie bisher nur noch nicht an den Helikopter herangekommen. Markus entdeckte Paula und Sandra im Schatten des Sea King. Beide verschanzten sich im hinteren Bereich, kamen immer wieder aus der Deckung hervor und gaben eine Kurzsalve aus ihren kastenförmigen FN P90 Maschinenpistolen ab.

Vandengard hielt sich am Rand des Landefeldes auf und beteiligte sich an dem Scharmützel. Von den paramilitärischen Einheiten an Bord der *La Lumière* konnte Markus keinen lebenden Mann mehr sehen. Er bemerkte, wie Juliette sich auf der linken Hangarseite nach vorne tastete und in den Kampf draußen eingreifen wollte. Narwick hockte in der Nähe Veronicas und hielt sich den verwundeten Arm.

Markus hatte seit seinem Glückstreffer unter Deck keinen Schuss mehr abgegeben. Er war auch nicht erpicht darauf, ein weiteres Menschenleben auszulöschen, ganz gleich, ob derjenige ihm ans Leder wollte oder nicht. Verdammt, wie war er nur in diese haarsträubende Situation hineingeraten?

Bevor Juliette den Rand des Hangars erreichte, schien das dumpfe Ploppen der schallgedämpften MP5 der SEALs heftiger und wütender zu werden. Auf einen Verdacht hin lugte Markus wieder um die Ecke und sah, wie die in Taucheranzüge gekleideten und mit Nachtsichtgeräten ausgerüsteten Spezialkommandos aus ihren Verstecken am Deckrand vorrückten und den Hubschrauber und seine Verteidiger ins Kreuzfeuer nahmen. Paula und Sandra waren den Angreifern plötzlich schutzlos ausgeliefert. Sandra schrie etwas und deutete auf ihre FN P90 – offenbar war das Magazin leer und sie hatte keinen weiteren Ladestreifen. Sie ließ die Waffe fallen und zog ihre P226, doch die Wucht des Angriffs der Navy SEALs ließ sie zurück in den Schatten des Sea-King-Helikopters tauchen.

»Scheiße«, sagte Markus. »Das geht schief.«

Er umklammerte den Pistolengriff mit beiden Händen und war für einen Moment versucht, aus seiner Deckung zu stürmen, um wild um sich zu schießen. Dann sah er Juliette, die am Ausgang des Hangars in die Hocke ging und ihre P90 anlegte. Sie gab kurze Feuerstöße ab und zwang die SEALs zumindest auf dieser Seite des Decks kurz zu einem Rückzug. Einen erwischte sie. Er fasste sich getroffen an die Brust, sein Körper wirbelte herum, zuckte und fiel dann auf das Deck. Die anderen tauchten in die Schatten und Sicherheit der Reling und erwiderten das Feuer.

Plötzlich war der Hangar vom Pfeifen der Geschosse erfüllt. Überall blitzten Funken auf und hämmerten Projektile in Boden, Wände, Kisten und Fässer.

Veronica setzte mehrfach an, um aus der Deckung heraus zu schießen, doch immer wieder zwangen sie die um sie herum einschlagenden Kugeln, unten zu bleiben.

Vorn fluchte Juliette. Sie warf sich gegen eine Wand. Ein Arm hing schlaff herab und die FN P90 lag zu ihren Füßen. Offenbar hatte sie einen Treffer eingesteckt.

»Wir kommen hier niemals lebend raus!«, rief Markus. Er spähte wieder aus seinem Versteck hervor. Zwei Männer in Taucheranzügen kamen auf den Hangar zugelaufen. Die anderen, die Juliette kurzfristig in Deckung gezwungen hatte, drangen wieder mit unverminderter Härte auf die beiden Frauen am Hubschrauber ein.

»Granate!«, schrie jemand.

Sandra sprang hoch, die Pistole im Anschlag, und schoss das halbe Magazin leer. Sie traf einen der SEALs, schien ihn jedoch nur zu verwunden. Auf der anderen Seite des Hubschraubers kam auch Paula aus der Deckung hervor und gab eine Salve aus der P90 ab, bis der Ladestreifen leer war, woraufhin sie die nutzlos gewordene Waffe einfach fortwarf.

Trotz der Vorwarnung kam die grell lodernde Explosion des Hubschraubers unvermittelt. Eine Stichflamme leckte aus der Kanzel und zerfetzte sie in eine Million Splitter. Markus zog den Kopf ein, sah noch aus den Augenwinkeln, wie Sandra von einer Flammenzunge eingehüllt und Paula von der Druckwelle der Detonation über das Deck geschleudert wurde. Aber auch die SEALs, die mittlerweile dem Heli zu nah gekommen waren, steckten Verluste ein. Ein Splitterregen prasselte auf einen Mann nieder und spießte ihn förmlich wie eine Armada winziger Dartpfeile auf. Er schrie nicht, versteifte sich nur und knallte dann auf das Deck. Ein zweiter SEAL hatte noch weniger Glück, als sich ein Funkenschauer über die Treibstoffleitungen zum Hubschrauber ergoss, sich durch das Material eines Schlauchs brannte und das Kerosin entflammte. Der Soldat stand inmitten der Flammenbrunst und wurde von der aufsteigenden Stichflamme nahezu vaporisiert.

Metallteile und zerfetzte Rotorblätter schossen über das Deck, flogen darüber hinaus, prallten gegen die Schiffswand und zerschmetterten dort oder fanden ihr Ziel in einem der Soldaten.

Markus erbrach sich, als er mit schreckgeweiteten Augen mitansah, wie ein körperloser Kopf über das Deck rollte, offenbar von etwas Scharfem vom Rumpf getrennt. Der Schädel schlitterte in den Hangar und blieb knapp vor Markus' Deckung liegen. Auf ihm saß noch das heruntergeklappte Nachtsichtgerät.

»Wir müssen zu den Rettungsbooten«, sagte Narwick.

Veronica schüttelte den Kopf. »Wir haben keine Chance! Die SEALs sind überall, und wenn wir Boote zu Wasser lassen, werden sie uns vom U-Boot aus unter Beschuss nehmen.«

Markus würgte. Er konnte einen neuen Schwall aufsteigender Essensreste und Magensäure zurückhalten und vermied es, den Kopf anzusehen. Dennoch sah er über den Rand der Kiste, um zumindest zu erkennen, was auf dem Landedeck vor sich ging. Das Skelett des Sea King stand lichterloh in Flammen. Feuernester hatten sich überall auf dem Boden verteilt und nährten sich von toten Körpern. Einer davon mochte Sandra sein.

Die SEALs rückten jetzt auf den Hangar zu. Markus verfolgte ihre schemenhaften Schatten vor dem Hintergrund des brennenden Helikopters. Sie huschten hierhin und dorthin, nutzten jede sich bietende Deckung auf dem Landefeld aus und näherten sich rasch dem Eingang.

»Juliette! Vorsicht!«, rief Markus.

Die Frau rührte sich. Ihr Gesicht war vor Schmerz verzerrt, aber sie schaffte es, sich halb aufzurichten, und nahm mit der gesunden Hand die P90 auf. Als sie kurz um die Ecke spähte, zog sie den Kopf sofort wieder zurück. Zwei, drei Funken blitzten an der Wand auf, gefolgt von einem hohen Pfeifen. Juliette kam auf die Beine und lief geduckt zu Veronicas und Narwicks Position.

»Uns bleiben nur noch die Boote«, sagte sie gepresst. »Und wir sollten uns beeilen, bevor sie den Hangar stürmen.«

Narwick fuhr sich mit der Zunge um die Lippen. Sein Blick verweilte auf dem brennenden Hubschrauber. In seinen Augen spiegelten sich die tanzenden Flammen und Markus glaubte auch, einen feuchten Schimmer darin zu erkennen.

»Dann los. Nichts wie weg hier.«

Narwick stand auf. Veronica folgte ihm und zog den Abzug des G36 durch. Ein Kugelhagel bestrich den Boden am Hangareingang und deckte ihren Rückzug. Selbst Markus gab zwei Schüsse ab und lief den anderen hinterher.

18:47 Uhr

Eileen befand sich im Innern der *La Lumière* und stieg den Kommandoturm hinauf. Die Brücke selbst war in einem desolaten Zustand. Der Ansturm der 30-mm-Urangeschosse der A-10 hatte sie sprichwörtlich in einen Schweizer Käse verwandelt. Faustgroße Löcher gähnten in der Rückwand. Das Panoramaaussichtsfenster war komplett geborsten. Überall auf dem Boden lagen Scherben und Metallsplitter von zerfetzten Konsolen. Die Steuerung war hinüber. Die Elektrik funktionierte nicht mehr. Alles in allem betrachtet war die Brücke tot und die Fregatte damit manövrierunfähig.

Im Deck darunter fand Eileen mehrere Zugänge zu den funktionell ausgestatteten Operationszentralen, genauso wie den Funkraum und auch den Waffenleitstand. Sie betrat Letzteren. Auch hier hatten sich einige der Geschosse des Warthog durch die Wände gebohrt. Die Instrumentenpulte schienen jedoch weitgehend unversehrt zu sein. Der Raum selbst war allerdings verwaist. Ein leerer Sessel schwang vor dem Kontrollpult hin und her.

Eileen setzte sich und verschaffte sich einen kurzen Überblick über die Waffenkontrollen. Sie fand die Abschussvorrichtungen für die Bordtorpedos und sog scharf die Luft ein.

»Ist verdammt lange her«, murmelte sie und versuchte, sich an ihre Ausbildungszeit bei der Navy zurückzuerinnern. Die Anordnung der Instrumente war etwas anders, aber die Grundelemente fand sie sofort. Sie betete, dass in einem der Torpedoschächte standardmäßig eines der schlanken Geschosse ruhte. Falls die Bänke nicht geladen waren, hatte sie schlechte Karten.

Sie überprüfte die Rohre. Nummer zwei war mit einem Torpedo bestückt. Aufatmend ließ Eileen die Finger über die Kontrollen huschen und gab eine Abschusssequenz in den Computer ein. Sie hatte nochmals Glück. Während des Angriffs der beiden A-10 waren sämtliche Kennwörter für die Freigabe der Waffenkontrolle vom Richtschützen eingegeben worden, damit er schnell handeln und von einem Waffensystem auf das andere umschalten konnte. Eileen brauchte also keinen Identifizierungscode, sondern konnte über sämtliche Systeme verfügen.

Ein Torpedo reicht mir, dachte sie.

Die *La Lumière* und das Navy-U-Boot befanden sich parallel zueinander. Aber das machte nichts. Eileen programmierte den Kurs des Torpedos so, dass er, nachdem er aus seinem Rohr ausgeschleust worden war, eine Schleife unter Wasser beschrieb und dann seinen Suchkopf auf die intensivste Strahlungsquelle ausrichtete. Die nukleargetriebene *USS Freeport* würde für ihn leuchten wie ein Weihnachtsbaum. Eileen hätte auch die Fernsteuerung der Waffe aktivieren können, doch sie hatte nicht vor, länger als nötig in der Feuerleitstelle zu verbringen.

Der Torpedo war auf Abschuss programmiert. Eileens Finger näherte sich dem Kopf, doch ein Geräusch hinter ihr ließ sie innehalten. Instinktiv warf sie sich zur Seite und entging nur um Haaresbreite dem Kugelhagel, der plötzlich auf die Instrumententafel niederregnete. In dem engen Raum dröhnten die Geschosse überlaut. Das Pult blitzte. Bildschirme zersprangen in Glaswolken. Kleine Flammen leckten aus den Gehäusen und abprallende Projektile zwangen Eileen in Deckung. Sie fuhr herum, riss die Pistole hoch und feuerte.

Das Gewitter der Maschinenpistole verstummte für einen Moment, als der Gegner sich in den Korridor zurückzog. Dann lugte er wieder vor, doch Eileen war vorwärtsgestürmt und schoss erneut, sodass der Mann sich hinter dem Eingang verbergen musste. Sie feuerte unablässig weiter und erreichte den Türabsatz.

Klack.

Das Magazin war leer, der Verschluss der P226 blieb in hinterer Stellung stehen. Der Mann im Taucheranzug reagierte sofort und kam um die Ecke, doch Eileen hatte damit gerechnet. Bevor er einen Schuss abgeben konnte, wich sie seitwärts aus, bekam den Schalldämpfer der MP5 zu fassen und stieß die Waffe nach oben. Die Dreiersalve schlug in die Decke des Feuerleitstands. Gleichzeitig trat Eileen nach dem Knie des Angreifers, doch er zog sein Bein hoch, wirbelte herum und riss Eileen, die noch immer die MP5 am Schalldämpfer festhielt, mit sich in den Gang.

Eileen nutzte den Schwung und verdrehte dem Mann den Waffenarm so, dass er die Maschinenpistole losließ. Doch sie manövrierte sich in eine ungünstige Lage und stand plötzlich mit dem Rücken zu dem SEAL. Schon spürte sie, wie sich seine Hände um ihren Kopf und Kinn legten. Ehe er ihr das Genick brechen konnte, ließ sie sich einfach fallen und schwang ein Bein hoch. Ihr Fuß traf die Brust des SEAL und ließ ihn zurückstolpern. Sie rollte sich zur Seite und kam auf die Knie, die erbeutete MP5 im Anschlag. Noch in der Rolle drehte sie die Waffe so, dass die Mündung auf den SEAL deutete.

Der Mann starrte sie entsetzt an.

Eileen drückte den Abzug.

Klack.

Das Magazin war ebenso leer geschossen, wie das der SIG Sauer.

Ein Lächeln umspielte die Lippen des Soldaten. Er griff an seine Hüfte und zog ein Kampfmesser. Mit einem Sprung war er bei Eileen, die die nutzlose MP5 hochriss und sie zwischen sich und die blanke Klinge brachte. Es schepperte. Die Wucht des Sprungs ließ sie zurücktaumeln. Mit seinem Gewicht brachte der SEAL Eileen zu Fall. Sie lag auf dem Rücken, er über ihr, und das Einzige, was sein scharfes Messer davon abhielt, ihr Gesicht und die Kehle zu zerschneiden, war die Maschinenpistole, die sie immer noch festhielt.

Eileen wand sich unter dem Körper des Mannes, doch der drückte sie einfach zu Boden. Ihre Beine waren von seinen eingeklemmt. Wenn sie auch nur eine Hand von der MP5 löste, würde die Klinge des Messers unweigerlich zu ihr vordringen.

Der Kerl über ihr grinste. Es war nur eine Frage von Sekunden, bis die rohe Kraft siegte und Eileens Arme erlahmten. In den Augen des SEAL, der sein Nachtsichtgerät hochgeklappt hatte, blitzte es mordlüstern auf. Er beugte sich mit dem Kopf näher an Eileens Gesicht. Sie roch seinen Atem. Seinen Schweiß, der sich mit dem Tabakgeruch des Aftershaves mischte.

Dann machte er einen Fehler. Statt sie sofort zu töten, spielte er mit ihr. Eileen sah, wie sich seine Zunge durch seine Lippen vorschob. Nur kurz darauf spürte sie sie auf ihrer Wange. Der Kerl war abgelenkt und Eileen nutzte ihre Chance. Sie stemmte die Hüfte hoch und bockte den Mann mit einem Ruck so weit hoch, dass sie ein Bein anziehen konnte.

Als er wieder auf ihr landete, bohrte sich ihr Knie direkt in seinen Magen. Sämtliche Luft wich aus seinen Lungen. Eileen hievte ihn über sich hinweg. Sie hörte ein klatschendes Geräusch und sprang auf die Beine.

Als sie herumfuhr, war der Mann bereits wieder im Begriff, auf sie loszustürmen. Die Klinge glänzte im Licht der Innenbeleuchtung. Er stieß zu. Eileen machte einen Satz zur Seite, packte das Handgelenk des SEAL und schlug ihm mit den Faustknöcheln auf die Rückhand. Der Mann fluchte, doch der Reflex, der seine Hand öffnen sollte, stellte sich nicht ein. Stattdessen hakte sich Eileen in seinen Ellbogen ein, um einen Hebel anzusetzen, doch der Soldat wand sich aus ihrem Griff, bevor die Falle zuschnappen konnte.

Das Messer sauste auf Eileen zu. In dem engen Gang blieb ihr keine Ausweichmöglichkeit mehr. Sie musste direkt blocken. Plötzlich packte sie der Mann und drängte sie gegen die Wand. Wieder erschien das gehässige Grinsen auf seinen Lippen.

Es erstarb in dem Moment, als seine Augen brachen und er leblos und mit einem Ausdruck ungläubigen Erstaunens vor ihr zusammenbrach. Hinter ihm stand Inga und sah auf den Toten hinab. Eileen folgte ihrem Blick kurz und sah das Messer, das die Blonde ihm bis zum Heft in den Nacken getrieben hatte.

»Diese Burschen sind lästig«, sagte Inga, bückte sich, zog das Messer aus dem Körper und wischte die Klinge an seinem Taucheranzug ab. Dann ließ sie es in einem Hüftholster verschwinden.

»Danke.« Eileen sprang über den Toten hinweg in die Feuerleitstelle und drückte endlich die Taste zur Bestätigung. Der Torpedo war frei.

18:52 Uhr

»Geschickt«, sagte Inga. »Ich hoffe, das wird ein Treffer.«

»Das hoffe ich auch. Wie sieht es draußen aus?«

Die Skandinavierin verzog den Mund. »Nicht rosig. Der Sea King ist hinüber. Narwick hat mich angefunkt. Er ist mit Juliette, de Vries und Pothoff zu den Booten unterwegs.«

»Was ist mit Ihren Kolleginnen?«, fragte Eileen.

Inga ging an ihr vorbei und betrat die Funkzentrale. »Sandra ist vermutlich tot. Von Paula fehlt jede Spur.«

Eileen folgte der Frau und sah zu, wie sie sich in einen Drehsessel fallen ließ und einige Schalter herunterdrückte.

Dann setzte sie sich ein Headset auf.

»Was tun Sie?«

»Ich funke Hilfe herbei. Und danach aktiviere ich die Selbstzerstörung der *La Lumière*. In ihrem Bauch schlummert ein hübsches, explosives Päckchen.«

Eileen runzelte die Stirn. »Ist das not…«

Weiter kam sie nicht. In diesem Moment donnerte eine Explosion von draußen herein. Das Schiff zitterte und schwankte.

»Ich sehe nach«, sagte Eileen.

Inga nickte und widmete sich wieder der Funkanlage.

Auf dem Gang nach draußen fluchte Eileen innerlich. Es war zu schön gewesen, um wahr zu sein. Mit Hilfe der Geräte in der Funkzentrale hätte sie vielleicht auf irgendeinem Weg eine Nachricht an Mrs Stylez absetzen können. Ingas Erscheinen hatte diese Idee zunichtegemacht und ausschalten wollte Eileen die Skandinavierin noch nicht. Solange sie nicht wusste, wo sich das Defector-Virus befand, musste sie den Schein wahren, mit G-Dawn zusammenzuarbeiten.

Die Tür zum Außendeck stand offen. Selbst vom Gang aus konnte man die Rauchwolke der Explosion sehen. Die *USS Freeport* hatte Schlagseite. Offenbar hatte der Torpedo seine Wirkung nicht verfehlt. Eileen ging bis zur Tür und blickte hinaus. Auf dem Deck des U-Bootes rannten einige Matrosen wirr herum und überlegten, was sie tun konnten. Einer sprang ins Wasser und schwamm zur *La Lumière* herüber. Andere hievten durch Luken und den Turm zusammengerollte Packen hoch, vermutlich Schlauchboote und Rettungsinseln. Doch niemand kam dazu, etwas davon zu Wasser zu lassen. Die *Freeport* sank viel zu schnell. Plötzlich kippte das Boot ganz seitwärts weg und warf die Männer, die sich an Deck und im Turm befanden, von Bord. Blasen stiegen im Wasser auf. Der Bug bäumte sich auf, während das Heck unter Wasser verschwand. Jetzt ging alles rasch. Mit jeder verstreichenden Sekunde sank die *Freeport* einen Meter ab. Die Matrosen im Wasser kämpften gegen den unheimlichen Strudel an, den das Boot beim Sinken erzeugte. Nur einer oder zwei schafften es. Die anderen wurden vom Sog mit in die Tiefe gerissen.

Eileen wartete das Schauspiel nicht ab. Sie drehte sich um und wollte zu Inga zurückgehen, als ihr Blick auf eine Tür fiel. Sie stand vor dem Quartier des Kapitäns. Ohne zu zögern, öffnete sie die Tür, betrat den Raum und verschloss ihn hinter sich. Captain Rurting hatte nicht schlecht an Bord gelebt. Das Zimmer glich dem, in dem sie selbst untergebracht war, mit dem Unterschied, dass es auf der anderen Seite der Bar einen Arbeitsbereich mit einem massigen Schreibtisch enthielt. Darauf befanden sich allerlei Dokumente, Kartenmaterial, gerahmte Fotos, eine Uhr und Ablagekörbchen.

Und ein Laptop.

Eileen lächelte und eilte zu dem Computer. Sie klappte das Display auf und der Rechner erwachte sofort zum Leben. Offenbar hatte Rurting vor dem Angriff noch daran gearbeitet und darauf verzichtet, den Laptop wieder herunterzufahren. Eileen hatte Glück, nicht einmal ein Passwortschutz war zum Aufwecken aus dem Stand-by-Modus nötig. Rasch setzte sie sich auf den ledernen Bürostuhl vor dem Tisch und öffnete ein Browserfenster. Wenn die Funkanlage noch funktionierte, dann hoffentlich auch noch die Internetverbindung an Bord der *La Lumière*.

Die MSN-Website baute sich auf dem Display auf. Eileen runzelte die Stirn. Sie hätte als Startseite eher irgendetwas Offizielles von G-Dawn erwartet, aber vielleicht war dies ja ein privater Laptop des Kapitäns gewesen. Eileen nutzte den MSN-Service und loggte sich bei Hotmail ein. Sie hatte ein halbes Dutzend E-Mail-Konten bei Freemail-Anbietern eingerichtet und Mrs Stylez in dem Textdokument auf dem USB-Speicherstick, den sie für sie im Auto deponiert hatte, gebeten, all diese Konten regelmäßig zu überwachen, weil sie darüber vielleicht mit ihr Kontakt aufnehmen konnte.

Als sie bei Hotmail eingeloggt war, wählte Eileen eine der angelegten Mailadressen als Ziel aus und setzte zwei andere in Kopie ein. Dann tippte sie die Nachricht und schickte sie ab. Sie loggte sich aus, fuhr den Laptop herunter, packte das Gerät und schmetterte es gegen die Schiffswand.

Nur zur Sicherheit.

Die *La Lumière* würde ohnehin in ein paar Minuten in einem Rauchball aufgehen und alle Beweise vernichten, dass sie Kontakt zu Mrs Stylez aufgenommen hatte. Eileen verließ das Quartier des Kapitäns und kehrte zu Inga zurück.

19:03 Uhr

Das Rettungsboot war von Amandine und Inga auf der Backbordseite im Schutz des Schiffsrumpfs heruntergelassen worden. Als die *Freeport* noch längsseits der *La Lumière* schwamm, konnten die Matrosen von dieser Aktion nichts erkennen. Inzwischen stellte das U-Boot keine Gefahr mehr dar. An seiner Stelle blubberten im Meer nur noch einige Luftblasen und zwei erschöpfte und verletzte Matrosen schwammen mit langsamen Kraulbewegungen auf die *La Lumière* zu.

Zwei Lotsenleitern waren an der Außenwand heruntergelassen worden. Eileen half Amandine dabei, einige Packstücke mit Proviant und Schwimmwesten herunterzulassen, während Inga den Gang mit der FN P90 sicherte. Zwischendurch trudelten überlebende Besatzungsmitglieder der *La Lumière* ein. Zwei Männer des Küchenpersonals. Ein Techniker und zwei Leute der wissenschaftlichen Abteilung. Eileen waren ihre Gesichter unbekannt. Sie wies sie an, Amandine mitzuhelfen, ein weiteres Boot aus der Winsch zu lösen, und gesellte sich selbst zu Inga.

»Irgendwelche Zeichen von Narwick und den anderen?«

Inga schüttelte den Kopf. Sie trug den Restlichtverstärker, den sie dem Toten im Funkraum abgenommen hatte. Auch Eileen besaß noch das erbeutete Gerät und klappte das Visier herunter. Die Welt um sie herum verwandelte sich augenblicklich in ein gespenstisches Grün. Eileen spähte über den Laufgang zum hinteren Deck. Noch immer flackerte es dort grell. Einige Feuer hatten inzwischen auf den Hangar übergegriffen. Treibstoffleitungen waren von der Hitze geschmolzen, Kerosin ausgelaufen und entflammt. Selbst ohne die aktivierte Selbstzerstörung würde über kurz oder lang nicht mehr viel von der *La Lumière* übrig bleiben.

»Da vorn«, sagte Eileen und stieß Inga an. Sie deutete auf ein Außenschott, in dem sie eine Bewegung ausgemacht hatte. Tatsächlich lugte ein Kopf vor.

Inga hob eine Hand und winkte. Kurz darauf traten sieben Gestalten auf den Gang.

Eileen erkannte durch das Nachtsichtgerät Jae Narwick, der sich mit einer Hand den Arm hielt und von Juliette gestützt wurde. Dahinter gingen Markus de Vries und Veronica. Ihnen folgten Vandengard, ein Bewaffneter und zwei weitere Männer in Overalls. Vermutlich einer der Paramilitärs von G-Dawn sowie zwei Maschinisten. Wenn das alle Überlebenden der gesamten Besatzung der *La Lumière* waren, hatten die Angriffe der beiden A-10 Thunderbolts und die Attacke der Navy SEALs ganze Arbeit geleistet. Der Schiffsbetrieb wurde mindestens von fünfzehn Leuten aufrechterhalten. Dazu kamen die Wächter und Wissenschaftler. Eileen schätzte, dass zum Zeitpunkt des Angriffs mindestens 60 Menschen an Bord gewesen waren. Davon lebten jetzt gerade noch fünfzehn.

Aber die Gefahr war noch nicht vorbei. Die Matrosen, die sich aus dem sinkenden U-Boot retten konnten und versuchten, zur *La Lumière* zu schwimmen, waren von Inga im Wasser erschossen worden. Aber es waren noch immer SEALs an Bord. Leider wusste Eileen nicht, wie groß der Entertrupp überhaupt gewesen war. In der Regel bestanden Kommandotrupps aus sechs bis zwölf Soldaten. Sie mussten höllisch aufpassen.

Narwicks Gruppe erreichte die Plattform, über der die Verankerungen für die Rettungsboote hingen. Inzwischen war das zweite Boot auf halbe Höhe abgesenkt worden. »Alles okay?«, fragte Inga.

Narwick nickte. »Es wird schon gehen.«

Eileen sah, dass auch Juliette Schmerzen hatte. Sie strich immer wieder über eine Hand und verzog das Gesicht. »Was ist mit Ihnen?«

Die Frau machte eine abwehrende Handbewegung. »Eine Kugel hat mich am Arm getroffen, der Anzug hat sie aber abgelenkt. Allerdings war der Winkel ungünstig und hat eine Prellung hervorgerufen.«

So ganz unverwundbar seid ihr Supergirls also nicht, dachte Eileen und ließ ihren Blick über die Gruppe Neuankömmlinge schweifen. Markus und Veronica schienen unverletzt zu sein, sahen jedoch reichlich mitgenommen aus und schauten sie aus rußgeschwärzten Gesichtern an. Die Uniform des Wächters war an den Schulterpolstern aufgerissen. Ein roter Kratzer glänzte auf seiner Wange.

»Wie ist unser Status?«, fragte Jae Narwick an Inga gewandt.

»Ich habe die Selbstzerstörung aktiviert.« Sie hielt einen Sender hoch. »Auf den Countdown habe ich verzichtet.«

Narwick nickte.

»Die *Le Soleil* ist verständigt und auf dem Weg zu uns«, fuhr Inga fort. »Aber wir haben noch immer zwei Gefahrenquellen. Zum einen befindet sich noch eine unbekannte Anzahl SEALs an Bord. Wir müssen davon ausgehen, dass sie jetzt, wo ihr U-Boot gesunken ist, sich hierher zu den Booten aufmachen. Wenn wir Glück haben, schlagen sie sich auf der Steuerbordseite durch und lassen uns in Ruhe. Im schlimmsten Fall kommen sie hierher und versuchen, uns auszuschalten. Weiterhin müssen wir davon ausgehen, dass entweder die Operationsbasis, die die A-10 ausgeschickt hat, oder der Stützpunkt des U-Bootes Verstärkung herschicken wird, nachdem der Kontakt zu ihren Einheiten abgebrochen ist. Möglicherweise haben die SEALs auch ein Satellitentelefon dabei, ihre Position durchgegeben und weitere Teams angefordert.«

»Alles in allem, wir müssen schnellstens weg«, schlussfolgerte Narwick. »Wie lange braucht die *Le Soleil?*«

Inga hob die Schultern. »Zwei, vielleicht drei Stunden. Ich habe einen Rendezvouspunkt dreißig Kilometer nordwestlich von hier aufgegeben. Das sollte zu schaffen sein.«

Eileen blickte hinaus auf die See. Momentan war sie ruhig. Die Sterne funkelten noch immer am Himmel und es waren kaum Wolken auszumachen. Innerhalb der nächsten drei Stunden war nicht mit einem Umschwung der Wetterverhältnisse zu rechnen. Aber es war kalt. Eileen spürte die Gänsehaut unter ihrer Kleidung. Sie mussten sich warm einpacken, wenn sie da draußen auf See in den kleinen Rettungsbooten ausharren wollten, bis Hilfe nahte. Wie auf ein Stichwort öffnete einer der Techniker eine Kiste unterhalb der Winsch des zweiten Bootes und zog einen Sack heraus. Er enthielt Wolldecken und Mehrzweckparkas mit Innenfutter.

»Jeder nimmt sich einen der Parkas und eine Decke«, sagte Narwick. »Wir werden zwei bis drei Stunden in den Booten verbringen.«

19:28 Uhr

Zwei Rettungsboote mit Außenbordmotoren schoben sich mit beinahe quälender Langsamkeit von knapp siebzehn Kilometer in der Stunde durch den Nordatlantik. Als sie einen sicheren Abstand zwischen sich und der *La Lumière* erreicht hatten, gab Inga den Fernzünder an Jae Narwick.

Bedauernd blickte der Mann in Richtung der umgerüsteten Fregatte. Dann schürzte er die Lippen, sagte »Farewell« und drückte den Auslöser.

Eine Reihe von Sprengsätzen im Rumpf des Schiffes zündeten gleichzeitig und ließen kleine Feuerbälle aus dem stählernen Körper der *La Lumière* schießen, die wie ein irres Wetterleuchten auf und ab tanzten. Der Höhepunkt des Feuerwerks war die große Explosion, die das Schiff in Stücke riss. Wer auch immer sich noch an Bord befand, hatte dieses Inferno mit Sicherheit nicht überlebt.

Markus de Vries presste die Lippen zusammen und kämpfte mit den Tränen. Seit sie in den Rettungsbooten aufgebrochen waren, hielt er Veronicas Hand und drückte sie jetzt fester, als er sah, wie die *La Lumière* im wahrsten Sinne ihres Namens in Licht verging.

Aus und vorbei.

Doch eine Ungewissheit nagte an Markus' Gedanken. Was zur Hölle war mit den restlichen Navy SEALs geschehen?

Halifax, Kanada
Citadel Hotel
15. November, 19:57 Uhr

Das Citadel in Halifax hatte den Vorteil, zentral in der Nähe des Stadthafens zu liegen und dennoch nur einen Katzensprung von den nächsten, wunderschönen Grünanlagen entfernt zu sein. Einen Straßenblock südlich gab es den National Historic Park, an den gleich die Public Gardens anschlossen. Gwendolyn Stylez war jedoch nicht wegen der Sehenswürdigkeiten hergekommen.

Nach dem frühen Abendessen im Hotelrestaurant war sie auf ihr Zimmer gegangen. Es bestand aus einem geräumigen Doppelbett mit einem Sideboard, auf dem ein Fernseher und Telefon standen, und einer kleinen Ledercouch unter dem Fenster. Was fehlte, war ein Schreibtisch, so begnügte sich Gwen mit der Couch, stellte auf dem Tisch einen dampfenden Becher mit Tee ab und legte sich den Laptop auf den Schoß.

Gwen nippte an dem Tee, während der Computer hochfuhr und das Hintergrundbild einer stillen Bucht auf Hawaii zeigte. Eine blaue Lagune mit blendend weißem Sandstrand, einem Palmenhain und einem einzelnen Sonnenschirm mit einer Liege aus Holz. Für einen Moment schloss Gwen die Augen und stellte sich vor, dort zu sein. Den warmen Wind auf ihrer Haut spüren, die Sonne, den Tag genießen und einfach bei einem kalten Glas Caipirinha abhängen. Oft genug hatte sie bereits davon geträumt, einfach mal für ein paar Tage, ein oder zwei Wochen an solch einem Strand Urlaub zu machen. Ihre Arbeit beim Verbund hatte dies jedoch bisher unmöglich gemacht. Der General hatte sie nicht aus dem Büro in Atlanta fortgelassen. Ihre freien Tage hatte sie mit Arbeit in der unterirdischen Befehlszentrale verbracht. Eine Stylez hatte in der Organisation nur eine einzige Funktion: Sie war Assistentin. Dass sie überhaupt zwischendurch einmal das Tageslicht gesehen hatte, grenzte schon an ein Wunder. Manchmal hatte der General sie auf Botengänge geschickt oder sie zu einem Empfang oder Treffen mit den anderen Köpfen des Verbundes mitgenommen. Den größten Teil ihres Lebens hatte sie jedoch im Büro und den unterirdischen Anlagen der Außenstelle in Atlanta verbracht.

Mit einem tiefen Durchatmen öffnete Gwen ein Browserfenster, das das hawaiische Hintergrundbild überlappte. Sie überlegte, ob sie sich gleich in das Verbundnetz einloggen sollte, entschied sich aber dafür, zuerst die E-Mail-Konten, die Eileen ihr genannt hatte, auf neue Nachrichten abzuklappern. Zwar hielt sie es für unwahrscheinlich, dass Hannigan jetzt schon eine Möglichkeit gefunden hatte, mit ihr Kontakt aufzunehmen, doch sicher war sicher.

Gwen schob den USB-Speicherstick in den entsprechenden Port des Laptops und rief die Zugangsdaten für die Freemail-Anbieter auf. Dann steuerte sie die Webseiten an, loggte sich in die Postfächer ein und staunte nicht schlecht. Der Hotmail-Account enthielt tatsächlich eine Nachricht. Absender war er selbst. Gwen zog den Mauszeiger auf *Nachricht öffnen* und ließ den Finger zweimal auf das Touchpad klopfen.

Gwen,

wir haben massive Probleme. Offenbar befand sich ein Sender in einer der Patronen meiner Pistole. So konnte der Verbund unsere Position lokalisieren und hat uns zwei Kampfflugzeuge und ein U-Boot auf den Hals gehetzt. Unsere Weiterfahrt nach Devon Island wurde unterbrochen. Das Schiff von G-Dawn ist manövrierunfähig und wird mittels Selbstzerstörung vernichtet. Vermutlich werden wir wohl von einem anderen Schiff in Rettungsbooten aufgenommen werden, aber wir wissen nicht, ob der Gegner bereits Verstärkung auf den Weg geschickt hat.

Wenn Sie Langeweile haben, recherchieren Sie doch bitte mal den Begriff Antaradim. Der General in Lynchburg hat mir gesagt, er wüsste nicht, wie diese durch das Supervirus untergegangene Kultur geheißen habe, aber merkwürdigerweise weiß G-Dawn sehr wohl darüber Bescheid. Sie sollen am Mittelmeer in Syrien gelebt haben, in der Gegend der heutigen Stadt Tartus, die früher einmal Antaradus hieß.

Ich weiß nicht, wann ich mich wieder melden kann. Muss jetzt Schluss machen.

E.

Gwen runzelte die Stirn. Ein Angriff? *Ach du meine Güte!*

Sie wusste, dass die unverschlüsselte E-Mail ohne Weiteres irgendwo in einem NSA-Analysecomputer auftauchte und auf entsprechende Suchparameter analysiert wurde. Vielleicht hätte Eileen G-Dawn nicht im Text erwähnen sollen.

Egal, dachte Gwen. Sie hatten keine Zeit für Sicherheit und Hannigan hatte die Nachricht sicherlich unter extremen Druck während des Angriffs verfasst. Rasch öffnete Gwen einen zweiten Browsertab und gab die IP-Adresse des Verbundrechners ein. Sie scheiterte an der Passwortabfrage. Anscheinend hatte jemand veranlasst, ihren Account zu löschen.

Verdammt!

Aber damit gab sich Gwen Stylez nicht geschlagen. Sie wechselte über den Dateimanager in die Verzeichnisstruktur des USB-Sticks und rief dort ein ausführbares Programm auf, das sie für Notfälle selbst geschrieben hatte. Es würde per Zufall eine der anderen Stylez-Frauen auf der Welt auswählen, die sich Zugang zum Netz verschafften. Das Programm war intelligent genug, einen freien Account zu lokalisieren, und vermittelte dem Netzserver den entsprechenden Ort, an dem sich die betreffende Mrs Stylez aufhielt. Die Passwörter waren natürlich ein Problem. Sie wurden alle sieben Tage gewechselt und es war für Gwen unmöglich zu wissen, zu welchem Zeitpunkt welche Mrs Stylez ein neues Kennwort festlegte – geschweige denn welches. Aber auch hier gab es einen kleinen Trick, den das Programm verwendete. Es umging durch einen kleinen Penetratorvirus die Passwortabfrage und simulierte dem System, dass sie bereits eingeloggt war.

Das Logo des Verbundes erschien auf dem Schirm.

Willkommen, Mrs Stylez!

Gwen lächelte. Es klappte. Sie rief kurz das Login-Profil auf und stellte fest, dass der Zugang ihrer Schwester Gayleen in Kalkutta benutzt wurde. Gwen blickte auf die Systemanzeige. Es war kurz nach acht Uhr abends. In Indien herrschte tiefste Nacht und Gayleen war sicherlich im Reich der Träume gefangen.

Hauptsache, sie wacht nicht auf und kommt auf die Idee, sich einzuloggen.

Gwen merkte sich, dass sie die Login-Zeiten löschen musste, sobald sie sich wieder abmeldete. Falls irgendwem auffiel, dass sich Gayleen mitten in der Nacht eingeloggt hatte, obwohl sie tief und fest schlief, würden nur unnötige Rückfragen kommen und das System vielleicht so umkonfiguriert werden, dass Gwen keinen Zugriff mehr mit ihrem Programm bekam.

Da die Generäle es sich nicht nehmen ließen, alles selbst zu steuern, und den Ruhm keinem anderen überließen, ging Gwen davon aus, dass der General aus Lynchburg die Fäden in der Hand hielt. Sie klickte sich durch die Benutzeroberfläche bis zu den Bereichen, die für Lynchburg reserviert waren.

Dort rief sie sich die aktuelle Befehlsliste auf, die für jeden General und jede Stylez einsehbar war.

Bingo!

Der General hatte Befehle ans Pentagon weitergeleitet und eine Satellitenüberwachung bei der NSA beantragt. Demnach war eine Rotte aus zwei A-10 Thunderbolts für ein Angriffsmanöver im Nordatlantik nahe Neufundland angefordert worden, ebenso wie ein U-Boot mit einem Kommando Navy SEALs.

Gwen überlegte. Der Schaden war geschehen und nicht rückgängig zu machen. Wenn der Kontakt zu dem U-Boot und den beiden Angriffsflugzeugen verloren gegangen war, würden sowohl die Navy als auch die Air Force nach dem Rechten sehen wollen und Verstärkungen in die Region schicken. Zumindest einen Aufklärungstrupp.

»Hm«, machte Gwendolyn Stylez und nippte an ihrem Tee. Sie ließ das vollmundige Aroma des Darjeelings auf der Zunge zergehen und schlürfte einen weiteren Schluck. Dann lächelte sie, stellte die Tasse ab und ließ ihre Finger über die Tastatur fliegen. Sie loggte sich in die militärische Befehlskette ein und gab neue Positionen durch. Demnach hatten die Kampfhandlungen zwischen der *USS Freeport* und der G-Dawn-Fregatte knapp sechzig Kilometer südlich vom eigentlichen Standort entfernt stattgefunden. Gwen gab Befehle aus, dass Verstärkungsteams diese Region ansteuern sollten, und schloss die Eingabe ab.

Sie öffnete einen weiteren Browsertab, rief die Google-Suchmaske auf und gab als Stichwort *Antaradim* ein. Die Ausbeute war mager. Sie fand nur vier Einträge, die sich offenbar auf einen Nickname bezogen. Also gab es im öffentlichen Internet keine Hinweise. Sie musste an anderen Stellen graben.

Gwen wechselte wieder zum Zugang des Verbundes, loggte sich aus dem Computer des Pentagons aus und kehrte auf die Suchebene zurück. Die Maschine arbeitete mit einem Algorithmus, der alle den Generälen bekannten Quellen anzapfte. Bei einer globalen Anfrage loggte sich der Rechner in sämtliche militärische, nachrichtendienstliche, bundesbehördliche und zivile Datenbanken ein und durchforstete sie auf den eingegebenen Volltext. In jedem Verzeichnis. In jedem Dokument. Die Rechenzeit, die dabei beansprucht wurde, war immens. Damit Gwen nicht stundenlang online bleiben musste, routete sie die Ergebnisse zu einem Postfach um. Sie würde sich später noch einmal einloggen und nachsehen, ob ihre Suchanfrage etwas gebracht hatte. Gleichzeitig startete sie noch eine weitere Abfrage und gab die Begriffe *Defector* und *Renegade* in den Verbundsuchalgorithmus ein. Bisher hatten Eileen und sie nur über das Web nach *Renegade* gesucht. Vielleicht fand sich in den Datensammlungen etwas.

Anschließend loggte sie sich ganz aus dem System aus, nicht ohne ihre Login-Zeit zu löschen, und rief über das Internet eine Kartenregion von Devon Island auf. Wenn sie Eileen helfen wollte, musste sie ihre nächsten Schritte präzise planen. Eine Hauruck-Aktion war genau das Falsche in der gegenwärtigen Situation.

Gwen lehnte sich in die Couchpolster zurück und starrte an die Decke des Hotelzimmers. Was würde der General jetzt tun?

Verdammt! Sie war weder Feldagentin, wie sie Eileen bereits gesagt hatte, noch war sie ein strategisches Genie.

Ich bin nur eine Assistentin. Ich gebe Befehle und Informationen weiter!

Sie schob den Laptop von ihrem Schoß auf den Tisch, zog die Schuhe aus und legte die Beine hoch auf das Sofa. Gwen legte sich auf die Seite, stützte ihren Kopf mit einer Hand ab und griff mit der anderen nach der fast geleerten Teetasse.

Es gibt aber keinen anderen außer mir. Keinen klugen General, der in strategischen Bahnen denkt. Ich bin die einzige Hilfe, die Eileen Hannigan kriegen kann. Streng dich an! Was würde der General tun?

Sie trank den Tee aus.

Nein, was würdest du *tun?*

Sie war zu müde, um eine Antwort auf diese Frage zu finden. Gwen bekam nicht einmal mehr mit, wie sie die leere Teetasse zurück auf den Tisch stellte und beinahe übergangslos einschlief.

Nordatlantik, Baffinbucht
15. November, 20:10 Uhr

Nachdem das brummende Geräusch der Außenbordmotoren auch unter Wasser nicht mehr zu hören war, wagten es die vier Männer in den Taucheranzügen endlich aufzutauchen. Der Abendhimmel war vom grellen Flackern der Brände einzelner Wrackteile der *La Lumière* erfüllt.

Blue Shark, der Anführer der Navy-SEALs-Einheit, durchdrang die Wasseroberfläche und drehte sich einmal im Kreis. Als sich abzeichnete, dass der Kampf verloren war und die *USS Freeport* nach dem Torpedotreffer sank, hatte er seinen Männern befohlen, das Achterdeck der Fregatte zu verlassen und im Wasser unterzutauchen. Sie besaßen nur kleine Atempacks. Ein längerer Tauchgang war bei dem Enterkommando nicht vorgesehen gewesen. Die Luft reichte jedoch aus, um so lange zu verschwinden, bis sich die Rettungsboote weit genug entfernt hatten.

»Sir?«, fragte einer der Soldaten der Spezialeinheit, und Blue Shark drehte sich zu ihm um.

Der Mann deutete auf ihre Gefangene. Nach der Explosion des Hubschraubers war eine der beiden Frauen in den Nanofaseranzügen über Bord gegangen. Die SEALs hatten sie aufgegabelt und sie mit Luft unter Wasser versorgt. Sie war noch benommen, regte sich aber langsam wieder. Blue Shark hoffte, dass sie ihnen noch nützlich sein konnte.

Er schwamm zu dem anderen SEAL und der Frau hinüber. Ihre Augenlider flatterten. Als sie sie ganz aufschlug und erkannte, wo sie sich befand, begann sie zu zappeln, doch die Mündungen der MP5 ließen sie schnell innehalten.

Blue Shark lächelte. Entgegen der landläufigen Meinung, nasse Waffen waren nicht mehr schussbereit, funktionierten diese sehr wohl noch, nachdem man sie vollständig unter Wasser getaucht hatte. Sie ließen sich sogar unter der Oberfläche abfeuern, auch wenn das bei dem verstärkten Rückstoß nicht ratsam war. Die Frau war klug genug, das zu erkennen, und trat auf der Stelle Wasser, während sie ihre Geiselnehmer nacheinander aufmerksam musterte. Ihr Blick verharrte auf dem Anführer.

»Sie sind Simmons«, sagte die Frau.

Blue Shark presste die Zähne aufeinander. Mit dieser Eröffnung hatte er nicht gerechnet. Aber der General hatte ihn vorgewarnt, dass G-Dawn bereits über ihn Bescheid wusste. Die Frau hatte recht. Er war in Wahrheit kein SEAL, sondern gehörte zuletzt dem United States Marine Corps an, bevor er die Seiten gewechselt und zu den Generälen übergetreten war. Eigentlich hätte ein echter SEAL aus der Gruppe der Hazarder den Angriff auf die *La Lumière* leiten sollen. Allerdings war Ensign Declan Parsley verschollen. Auch die Generäle hatten ihn bisher weder ausfindig machen können, noch wussten sie, ob er sich bereits Shift-P injiziert hatte.

Simmons sah die Frau an. »Nun, wenn Sie schon meinen Namen kennen, werden Sie mir sicherlich Ihren auch verraten.«

Erst auf Nachdruck, als einer der hinter ihr schwimmenden SEALs ihr die Mündung der MP5 in den Nacken drückte, rührte sich die Frau.

»Paula«, sagte sie.

»Paula *was?«*

»Nur Paula.«

»Na schön, Paula, dann sagen Sie mir doch einmal, wohin die Fregatte unterwegs war.«

»Als wenn Sie das nicht wüssten«, sagte Paula und sah ihm direkt in die Augen.

Stimmt. Er wusste es. Es gab vermutlich keine Informationen, die sie ihm geben konnte, über die er nicht längst Bescheid wusste. Verdammt, der ganze Plan war so simpel gewesen. Nachdem Hannigan an Bord des G-Dawn-Schiffes gegangen war, konnte man die Position der Fregatte über den Sender in einer der Patronen ihrer Waffen leicht orten. Die beiden Warthogs sollten das Feld räumen, die SEALs an Bord gehen und das Defector-Virus sicherstellen. Keiner hatte damit gerechnet, dass G-Dawn über eine kampfbereite Fregatte verfügte; dass die beiden A-10 vom Himmel geholt wurden; dass das SEALs-Team von kampferprobten Frauen in Nanofasersuits aufgerieben wurde.

Die ganze Aktion war schiefgelaufen. Simmons befand sich im eiskalten Wasser des Atlantischen Ozeans, vielleicht hundertfünfzig Kilometer oder mehr vom nächsten Stück Land entfernt, hatte sein U-Boot verloren und konnte jetzt nur noch darauf hoffen und warten, dass eine Bergungsmannschaft eintraf. »Wo sind die anderen hin?«, fragte er. »Sie haben zwei Rettungsboote losgemacht und sind in die Richtung gefahren.«

Paula hob die Schultern. Wieder drückte ihr der SEAL hinter ihr die Waffe in den Nacken. »Sie töten mich doch sowieso, Simmons.«

»Wenn Sie mir die Wahrheit sagen, lasse ich Sie am Leben. Vielleicht sind Sie als Geisel für einen Austausch noch wertvoll. Aber ich kann auch auf Sie verzichten. Also?«

Paula atmete tief durch. Das Flackern der brennenden Wrackteile glänzte in ihren Augen. Sie rang sichtlich mit einer Antwort. »Ich nehme an, sie wollen sich bis Baffin Island durchschlagen.«

Simmons lachte. »Netter Versuch, Lady. Mach sie kalt.«

»Was?«

»Wenn Sie mich verscheißern wollen, sollten Sie es so anstellen, dass ich es nicht merke«, sagte Simmons. »Mit den Außenbordern der Rettungsboote haben sie keine Chance, die Insel zu erreichen. Letzte Chance. Was haben Ihre Freunde vor?«

Paula stieß ein leises Zischen zwischen den Zähnen hervor. Dann klang ihre Stimme heiser über dem Knistern der Flammen hinweg. »Sie steuern einen Rendezvouspunkt an und warten darauf, von der *Le Soleil* aufgenommen zu werden.«

Simmons hob eine Braue. »Die *Le Soleil?* Was ist das?«

»Das Schwesterschiff der *La Lumière«,* sagte Paula und nagte an ihrer Unterlippe.

»Bewaffnung?«

Die Frau schüttelte den Kopf. »Keine. Die *Le Soleil* ist ein reines Forschungsschiff.«

Ein Forschungsschiff. Simmons lächelte. »Also befindet sich das Defector-Virus dort an Bord.«

Paula nickte, ohne ein Wort zu sagen.

»Na bitte, geht doch.« Simmons nickte dem Mann hinter Paula zu. »Töte sie.«

Nur eine Sekunde lang stand purer Unglaube, gemischt mit Entsetzen in Paulas Augen. Dann war ein schallgedämpftes Ploppen zu hören und Paulas Kopf explodierte in einer roten Wolke.

22:37 Uhr

Der erste Motor begann zu spucken und drohte zu verstummen. Amandine schaltete in den Leerlauf und zog unter einem der Sitze einen Benzinkanister vor, um den Motortank aufzufüllen.

Eileen sah hinaus auf die offene See. Der funkelnde Sternenhimmel hatte sie die ganze Zeit über begleitet, sodass die beiden Rettungsboote nicht in völliger Dunkelheit ihren Weg durch die endlosen Weiten des Ozeans suchen mussten. Von Verfolgern war nichts zu sehen. Ihr Plan, sich so weit wie möglich von der Kampfzone fortzubewegen, war offenbar aufgegangen. Während ihrer Fahrt hatte Eileen erstmals Zeit gehabt, sich eine Menge Gedanken zu machen. Vor allen Dingen darüber, was eigentlich seit dem 11. November geschehen war.

Gott, ist das wirklich erst vier Tage her?

Sie atmete tief durch. Was geschah, wenn sie wirklich zur Ruhe kam? Wenn sie sich irgendwo in einem Hotelbett streckte, die Sache durchgestanden war und sie einfach abhängen konnte? Würde sie stark genug sein, der Stille zu begegnen? Konnte sie die Wahrheit vertragen, die dann unweigerlich mit voller Wucht auf sie einschlagen würde? Dass es kein Zurück mehr gab? Dass sie alles verloren hatte und vermutlich nie mehr in ein normales Leben einkehren konnte? Ihre Mutter. Ihr Bruder. Sie würde sie niemals wiedersehen oder sonst wie mit ihnen in Kontakt treten können. Eileen wusste ja nicht einmal, ob die beiden überhaupt noch lebten.

Es wird so weitergehen, dachte sie. Auf der Flucht sein. Ständig. Sich davor fürchten müssen, dass sie entdeckt wurde. Keinen festen Wohnsitz haben. Immer in Bewegung bleiben und von einem Ort zum anderen reisen. Vielleicht gab es eine Möglichkeit, dem allen zu entrinnen. Aber dafür müsste sie die Organisation der Generäle zerschlagen. Sie musste jede Zelle finden, jeden General, jede Mrs Stylez, jeden Agenten und Mitarbeiter, der unmittelbar in dem Verbund arbeitete.

Innerlich lachte Eileen auf. Wenn es etwas gab, das das Wort *unmöglich* treffend umschrieb, dann dieses Unterfangen. Soweit sie wusste, hingen die Generäle in jeder Regierung mit drin, entweder direkt oder als Graue Eminenzen, die im Hintergrund die Fäden zogen. Eileen hätte die ganze Welt gegen sich, wollte sie auch nur den Versuch starten, sich gegen den Verbund zu wenden.

Aber sie tat es doch bereits. Sie beabsichtigte, deren Aktionen zu sabotieren. Und die ihrer Gegner.

Eins nach dem anderen, ermahnte sie sich. Zuerst musste sie die beiden Virenstämme sicherstellen und vernichten. Danach konnte sie immer noch überlegen, was zu tun war, an wen sie sich wenden konnte. Vielleicht half ihr Mrs Stylez dabei. Vielleicht stand sie ganz allein da.

Eileen hob den Kopf und sah, dass der Deutsche sie musterte. Als sie ihn anblickte, schaute er verlegen in eine andere Richtung. *Markus de Vries,* rief sie sich seinen Namen ins Gedächtnis zurück. Vermutlich war er noch schlimmer dran als sie. Wenn sie dem Glauben schenken konnte, was sie über ihn wusste, war er aus einem bürgerlichen Leben herausgerissen und von den Generälen genauso gejagt worden wie sie selbst. Letztendlich grundlos, denn er hatte mit *Misty Hazard* nicht das Geringste zu tun. Dafür aber die beiden anderen Passagiere an Bord des Rettungsbootes. Eileen blickte Veronica Pothoff und Desmond Vandengard an. Welche Rolle spielten sie in der Sache? Womit war es G-Dawn gelungen, den SAS-Mann zu ködern, um ihn für ihre Seite zu gewinnen? Pothoff war eher zufällig hineingeschlittert und hatte sich erst beim ersten Zusammentreffen mit Narwick für G-Dawn entschieden.

Du machst dir zu viele Gedanken. Erneut ermahnte sich Eileen, zuerst einen Schritt, dann den nächsten zu machen. Ihre Priorität lag jetzt bei den Viren.

Gerade als Amandine den Motor wieder starten wollte, schälte sich aus der Dunkelheit des Ozeans eine Silhouette heraus. Das Geräusch von rauschendem Kielwasser übertönte den Wind und das leise Plätschern von Wellen, die gegen den Rumpf der Rettungsboote schlugen.

Eileen sah das Schiff als Erste. Es glich in seiner Form der *La Lumière* wie ein Ei dem anderen. Da war es also, das Schwesterschiff der untergegangenen Fregatte. Die *Le Soleil.*

Waren sie jetzt in Sicherheit?

Eileen bezweifelte es. *Der Spaß fängt vermutlich jetzt erst an.*

Die Fregatte, die nach Narwicks Aussage angeblich unbewaffnet war, manövrierte längsseits der Rettungsboote. Lotsenleitern und Taue wurden über die Reling geworfen. Oben auf dem Deck bewegten sich einige Gestalten und redeten, winkten. Ein Maschinist vom zweiten Beiboot verzurrte eines der Taue und gab dann Juliette zu verstehen, sie solle hochklettern.

Eileen stand von ihrem Platz auf, schob sich die Ärmel des Parkas etwas höher und griff nach dem Seil, das lose an der Schiffswand herunterbaumelte. Sie machte es am Rettungsboot fest und griff dann nach der Leiter.

»Dann mal los«, sagte Inga. Der Techniker bequemte sich nach vorn, ließ dann jedoch Veronica Pothoff den Vortritt. Eingemummt in Parkas und vom Seegang nassen Hosen kletterten die Schiffbrüchigen der Reihe nach die Lotsenleiter hinauf und wurden an Bord der *Le Soleil* mit warmen, trockenen Decken und Grog empfangen. Zwei Bedienstete teilten sie in Gruppen ein und führten sie unter Deck zu Kabinen.

»Sie finden dort alles, was Sie brauchen«, sagte eine Art Schiffssteward und wies Eileen ein Quartier zu. »Duschen oder baden Sie, ruhen Sie sich aus. Falls jemand medizinische Versorgung benötigt, wählen Sie bitte die Fünf mit dem Zimmertelefon.«

Die Kabine, die in Wahrheit eine kleine Suite war, stand den Quartieren an Bord der untergegangenen *La Lumière* in nichts nach. Eileen betrat das Zimmer und fand den gleichen Luxus vor wie auf dem Schwesterschiff. Ihr Blick fiel kurz auf das Telefon, das an der Wand neben dem Tresen der Zimmerbar hing. Medizinische Versorgung? Sie konnte darauf verzichten. Ein paar Schrammen und Prellungen von den Kämpfen gegen die SEALs hatte sie davongetragen, aber nichts Ernsthaftes. Andere brauchten die Hilfe des Bordarztes dringender.

Schon auf dem Weg zum Bad streifte Eileen ihre Kleidung ab und ließ sie achtlos zu Boden fallen. Den Parka. Den Pulli. Sie schlüpfte aus den Schuhen. Im Badezimmer zog sie die Hose aus und überlegte kurz, ob sie die Dusche oder ein Vollbad nehmen sollte. Wahrscheinlich würde sie vor Erschöpfung bei Letzterem einschlafen. Dennoch entschied sie sich dafür und ließ heißes Wasser ein. Am Wannenrand standen einige Flakons mit den unterschiedlichsten Aromen und Badezusätzen. Eileen nahm etwas, das sie entspannen würde, leerte fast ein Viertel des Flakons unter dem fließenden Wasserstrahl und stieg dann in die Wanne.

Das heiße Nass brannte in den feinen Striemen und Kratzern in ihrer Haut, aber es tat unheimlich gut. Wie sie befürchtet hatte, wurden ihre Augen schwer. Sie dämmerte weg und schlief letztendlich in einer bequemen Position ein.

Träume von ihrer Mutter beim Wäschewaschen blitzten vor ihren Augen auf. »Kind, wie oft hab ich dir gesagt, du sollst mehr darauf achtgeben, wo du herumtobst.«

»Nenn mich nicht Kind«, sagte Eileen. »Ich bin längst erwachsen.«

Ihre Mutter drehte sich zu ihr um und funkelte sie an. »Erwachsen, soso. Du bist nicht mal aus dem Kindergartenalter heraus, so wie du dich aufführst. Prügelst dich mit Männern und schießt dich durch die Weltgeschichte.«

Szenenwechsel.

Eileen schlenderte einen Einkaufsboulevard entlang und sah in den Schaufenstern unter den ausgestellten Waren Köpfe von glatzköpfigen Männern, die sie im Vorbeigehen anstarrten, ihr zuzwinkerten oder ihr die Zunge herausstreckten.

»Die Generäle«, sagte Mrs Stylez, die an ihrer Seite ging. Erst jetzt bemerkte Eileen, dass sie Hand in Hand bummelten, und es machte ihr nicht das Geringste aus.

»Sollen sie da bleiben, wo sie sind«, sagte Eileen und lächelte Gwen Stylez an.

»Genau!«

Gemeinsam, mit vor und zurück schwingenden Armen liefen sie die Straße entlang zu einem Spielplatz. Stylez fasste Eileen an den Hüften und hob sie hoch, sodass sie an einem Baum hochklettern konnte. Sie ergriff einen Ast und stieg höher und höher, bis sie den Wipfel erreichte.

Szenenwechsel.

Eileen stand auf dem Dach eines Wolkenkratzers und sah der untergehenden Sonne zu, wie sie hinter der Skyline einer namenlosen Großstadt verschwand.

»So wie die Sonne untergeht, wird auch die Menschheit hinter einem Rand verschwinden. Aber es wird kein Morgen mehr geben.«

Eileen drehte sich zu dem Sprecher um und gewahrte die Silhouette Jae Narwicks, die genau in dem Moment verblasste, als Eileen sie anblickte. Stattdessen stand dort mit ihr auf dem Dach Adrian Kessler, ihr Partner von Homeland Security, der ihretwegen umgebracht worden war.

»Du musst das verhindern, Hannigan.«

Eileen nickte.

Dann schlug sie die Augen auf und fand sich in der Badewanne wieder. Ihre Arme lagen auf dem Wannenrand auf, das Kinn streifte knapp die Wasseroberfläche.

Eileen atmete tief durch. Sie wusste, was sie als Nächstes tun wollte. Schlafen. Einfach nur wieder schlafen.

22:59 Uhr

Manchmal braucht man eine gehörige Portion Glück. Cord Simmons hatte das Gefühl, dass er eben dieses noch nicht aufgebraucht hatte. Trotz des Scheiterns seiner Mission beim Angriff auf die *La Lumière* empfand er es als wohlwollenden Schicksalswink, dass sich unter den anderen drei überlebenden SEALs auch sein Kommunikationsoffizier befand, der mit einem individuellen GPS-Gerät und einem Satellitentelefon im Gepäck ausgestattet war. So war es ihnen ein Leichtes gewesen, ihre genaue Position im Ozean zu bestimmen und Hilfe zu rufen.

Knapp eine Stunde darauf war eine Rettungsmannschaft mit einem Sea-Knight-Hubschrauber eingetroffen.

Simmons und die SEALs befanden sich noch immer an Bord des gewaltigen Ungetüms mit Doppelrotoren und rasten durch die Nacht über die See. Der Hazarder bezweifelte, dass sie das Schwesterschiff G-Dawns ausfindig machen konnten. Es war ihnen nur mithilfe des in einer Patrone versteckten Senders gelungen, die Position der *La Lumière* zu lokalisieren. Die Schiffe G-Dawns verfügten über ausreichend Störgeräte, um ein Aufspüren über Radar oder Satellit unmöglich zu machen.

»Sir, ich habe jetzt Ihr Gespräch.« Die Stimme des Piloten, den Simmons von seinem Platz in der großräumigen Kabine des Hubschraubers nicht sehen konnte, drang aus den Lautsprechern des Kopfhörers.

Simmons zog das Mikrofon näher an seinen Mund heran. »Video?«

»Ja, Sir.«

»Dann schicken Sie es mal rüber.«

Sofort flammte auf dem kleinen Bildschirm, der vor ihm in die Wand eingelassen war, ein Gesicht auf. Eine attraktive Frau, mit lang gewelltem, blondem Haar und einer Spur zu viel Make-up im Gesicht sah ihn freundlich an.

»Agent Simmons«, sagte sie mit gleichgültiger Stimme.

Obwohl sie keinen Ring an ihren Fingern trug, der bezeugt hätte, dass sie verheiratet war, war die Frau Simmons nur als *Mrs* Stylez bekannt.

»Nennen Sie mich Cord«, sagte er und setzte ein Lächeln auf, um sie dazu zu bewegen, ihm ebenfalls ihren Vornamen, von dem er bisher nur den Anfangsbuchstaben *G* kannte, zu verraten.

»Ich stelle Sie zum General durch, Simmons.«

Mrs Stylez verschwand vom Schirm und machte dem wuchtigen Glatzkopf Platz, der Simmons bei jeder Begegnung eine Gänsehaut bescherte. Der Mann hatte etwas an sich, das Simmons nicht fassen konnte. Er hatte den General sofort als gefährlich und unberechenbar eingestuft und hoffte, dass er sich niemals mit ihm anlegen musste.

Täuschte er sich oder lag eine Spur Erleichterung auf den Zügen des Generals, als er Simmons sah?

»Sie haben überlebt. Gut. Geben Sie mir einen kurzen Bericht.«

Simmons schürzte die Lippen, nickte und fasste die gescheiterte Mission im Nordatlantik in knappen Worten zusammen. Während seines Berichts zündete der General eine Zigarre an und paffte daran herum. In beinahe regelmäßigen Abständen stieg ein perfekter Rauchkringel in die Luft.

»Sehen Sie den Auftrag als Teilerfolg an«, sagte der Mann, dessen Aufenthaltsort Simmons unbekannt war. »Mit der Vernichtung der *La Lumière* haben wir G-Dawn einen empfindlichen Treffer verpasst. Soweit ich weiß, gehören die Leibwächterinnen Narwicks zum inneren Kreis der Organisation. Mit dem Tod von zweien ist auch das als Erfolg zu verbuchen.

Wir wissen jetzt, dass G-Dawn noch ein weiteres Schiff besitzt und wo sich das Defector-Virus befindet.«

Simmons nickte. »Ja, Sir. Aber ich habe keine Ahnung, wie wir die *Le Soleil* finden sollen. Diesmal gibt es keinen versteckten Sender, der uns Auskunft geben könnte.«

Der General lächelte und beugte sich vor. Eine Hand verschwand aus der Kameraoptik und griff nach etwas. Kurz darauf schob sich ein Laptopdisplay in den Aufnahmewinkel. Simmons runzelte die Stirn und sah den kleinen blinkenden Punkt auf der Darstellung einer Seekarte.

»Die *Le Soleil?«,* fragte er mit Erstaunen in der Stimme, obwohl er die Antwort schon erahnte.

»Genau.«

»Sie haben gesagt, lediglich eine Patrone in Hannigans Pistole war verwanzt.«

»So ist es.«

Simmons atmete tief durch. »Wollen Sie mir sagen, Sie haben einen Maulwurf an Bord?«

Der General lächelte über das Display des Laptops hinweg.

»Wen?«, fragte Simmons.

Das Lächeln wuchs zu einem breiten Grinsen. Der General paffte an seiner Zigarre.

»Wäre es nicht besser, wenn ich es wüsste, Sir?«, hakte Simmons nach und fuhr sich mit einer Hand über das Kinn, während er rätselte, ob der Maulwurf sich schon an Bord der *La Lumière* befunden hatte oder erst auf dem Schwesterschiff dazugestoßen war. »Es ist zu riskant, bei einer Operation wie der letzten nicht zu wissen, wer der Feind und wer der Freund ist.«

»Keine Sorge, unser Freund war zu keiner Zeit in Gefahr.«

Simmons runzelte die Stirn. »Sie werden es mir also nicht sagen.«

»Nein«, sagte der General. »Noch nicht.«

Simmons biss die Zähne zusammen. Er merkte, wie Wut in ihm aufkeimte, doch er behielt seine Meinung für sich. Er war Soldat und damit Befehlsempfänger. Die Anordnungen seiner Vorgesetzten zu hinterfragen, gehörte nicht zu seinem Aufgabengebiet.

»Fliegen Sie direkt nach Devon Island«, sagte der General.

»Direkt? Was ist mit Verstärkung?«

Ein Kopfschütteln. »Wir haben beim Angriff auf die *La Lumière* schon genug Staub aufgewirbelt.«

»Aber das Militär steht unter Ihrer Kontrolle.«

»Nein«, sagte der General. »Das ist ein grundlegender Irrtum, von dem Sie sich freimachen müssen, Simmons. Wir haben Macht und kontrollieren Gruppierungen der Regierungen und des Militärs. Wir können Teilbereiche aktivieren und für uns arbeiten lassen, aber wir können nicht den ganzen Systemapparat in Bewegung setzen. Wir wussten, dass es eine heiße Phase gibt, sobald die Hazarder aktiviert werden, aber die Verfolgung von Hannigan, der Aufwand, den wir in Deutschland und Frankreich betrieben haben, und jetzt der Angriff mit A-10 und einem U-Boot haben unsere Möglichkeiten erschöpft.«

»Blödsinn!«

»Simmons!«

»Sie könnten noch mehr aufbringen, wenn Sie wollten«, sagte Simmons ungerührt.

Der General sog scharf die Luft ein und starrte den Hazarder mit dunklen Augen an. Er vergaß für einen Moment sogar die Zigarre in seiner Hand und saß vollkommen bewegungslos da. Schließlich ging ein feiner Ruck durch seinen Körper, kaum wahrnehmbar, doch Simmons sah das leichte Zittern auf dem Abbild des Displays deutlich genug.

»Strapazieren Sie nicht meine Nerven, Simmons. Jeder weitere Schritt, den wir unternehmen, erhöht das Risiko, entdeckt zu werden. Der Verbund ist erfolgreich, weil er im Geheimen operiert. Wenn wir überall gleichzeitig losschlagen, werden wir uns selbst ins Aus manövrieren. Das muss Ihnen klar sein, Simmons. Sie arbeiten nicht mehr für das Militär der Vereinigten Staaten, sondern für eine Organisation, die sich unter anderem das Militär der Vereinigten Staaten zunutze macht.«

Vorher war alles besser, dachte Simmons, nickte jedoch nur.

»Ich habe noch drei SEALs«, sagte er dann. »Plus die beiden Piloten.«

Der General sog an der Zigarre und stieß eine Rauchwolke aus, die für kurze Zeit die Umrisse eines Teufelsgesichtes mit spitzen Hörnern anzunehmen schien. Simmons beobachtete, wie sich das Wölkchen auflöste, und schob die Erscheinung seiner Einbildungskraft zu.

»Sie hatten die komplette Mannschaft eines amerikanischen Atom-U-Bootes zur Verfügung«, sagte der General.

»Niemand hat damit gerechnet, dass das U-Boot torpediert wird.«

Erneut nahm der General einen Zug. Der Rauch entwich diesmal aus seiner Nase, während der Mann mit starrem Blick Simmons ansah. »Also schön. Ich schicke Ihnen …« Er blickte auf etwas außerhalb der Kamera und wandte sich wieder um. »Ein Kommando aus dem Recon-Verband der Marines.«

»Die existieren nicht mehr, Sir.«

»Ich weiß, aber Sie haben doch eine neue Spezialeinheit, die direkt SOCOM unterstellt ist, richtig?«

Simmons nickte. »Das Marine Corps Forces Special Operations Command, kurz auch MARFOR genannt.«

Der General lächelte. »Freut mich, dass ich Sie zufriedenstellen kann, Simmons. Der nördlichste Marine-Stützpunkt ist die Naval Air Station in Brunswick, Maine.«

»Dort ist der Reconnaissance Wing Five stationiert«, sagte Simmons. »Gute Jungs.«

»Sie werden später auf Devon Island eintreffen als Sie.«

»Ich werde Sie nicht enttäuschen, Sir.« Simmons beugte sich vor. »Ich fliege rüber und besorge Ihnen das Renegade-Virus.«

»Seien Sie vorsichtig. In Ihrem Helikopter befinden sich zwei Kühlkammern. Denken Sie daran, dass sich Renegade im gefrorenen Zustand nicht ausbreiten kann. Bergen Sie zwei Leichen und bringen Sie sie zurück nach Lynchburg. Wir haben ein entsprechendes Labor eingerichtet, um Renegade aus der DNA der Leichen zu extrahieren. Viel Glück.«

Der Bildschirm wurde schwarz, als der General die Verbindung unterbrach. Simmons lehnte sich zurück und blickte auf die Uhr. Es war mittlerweile fast Mitternacht. Ein neuer Tag. Eine neue Tablette. Nicht mehr lang, und er hatte alle dreißig geschluckt. Er konnte es kaum noch erwarten, alle Geheimnisse von *Misty Hazard* zu enträtseln. Angst, dass ihn das Experiment der Vergangenheit in etwas verwandeln konnte, dessen Ausmaße ihm im Moment nicht bewusst waren, hatte er nicht.

Simmons drückte einen Knopf am Kopfhörer und verband sich mit der internen Funkfrequenz des SEAL-Teams, um die drei verbleibenden Mitglieder über ihr Ziel zu informieren. Bis Devon Island würden sie einige Zeit fliegen. Simmons beschloss, ein wenig Ruhe zu finden und zu schlafen. Kaum, dass er daran gedacht hatte, fielen ihm bereits die Augenlider zu.

Halifax, Kanada
Citadel Hotel
16. November, 01:25 Uhr

Das leise Piepsen des Laptops auf dem Couchtisch weckte Gwendolyn Stylez. Verschlafen blinzelte sie zum Display, das auf Armeslänge vor ihr stand. Sie hatte den Computer nicht mehr ausgeschaltet, bevor sie eingeschlafen war. Für einen Moment überlegte sie, den Displaydeckel einfach zuzuklappen und die Augen wieder zuzumachen, doch dann spürte sie eine Verspannung im Nacken und gleich darauf den Schmerz in der Schulter, der sich bis zur Hüfte hinunterzog. Sofaschlaf war nicht der gesündeste. Gwen richtete sich auf. Ihre Knochen knackten, als sie sich reckte und streckte. Verstohlen schielte sie zur Schlafzimmertür hinüber, doch dann fiel ihr Blick wieder auf das Laptopdisplay.

Sie hatte das System des Verbundes angewiesen, eine E-Mail abzusetzen, um sie zu benachrichtigen, sobald die Suchabfrage beendet war. Das war offensichtlich geschehen und der Piepton rührte von der Nachricht her.

»Na schön.«

Gwen griff nach der Teetasse und stellte fest, dass sie leer war. Statt jedoch zur Zimmerbar zu gehen, neues Teewasser aufzusetzen oder sich eine Flasche Wasser aus dem Kühlfach zu nehmen, wandte sie sich dem Laptop zu und rief ein Browserfenster auf. Sie gab die IP-Adresse des Verbundservers ein, wartete, bis sie umgeroutet wurde, und startete dann ihr Login-Programm. Als sie sich im System befand, klickte sie sich durch die verschiedenen Ebenen bis zur Suchmaske, um die Ergebnisse einzusehen.

Das Stichwort ANTARADIM hatte nur einen Treffer ergeben. Gwen fuhr mit dem Finger über das Touchpad, bewegte den Mauszeiger auf das Ergebnis und klickte darauf. Der Hinweis bezog sich auf eine Datenbank mit dem Namen *Antaradim,* die aber offensichtlich nicht einsehbar war. Es gab keinen Querverweis. Anscheinend befand sich das Verzeichnis nicht auf dem Server des Verbundes. Schläfrig wollte Gwen einen Schritt zurück machen, als sie mit dem Mauszeiger innehielt.

»Mensch, Stylez! Du bist noch nicht richtig wach!«

Wenn es keinen Querverweis gab, bedeutete das nicht nur, dass sich die Datenbank nicht auf dem Server des Verbundes befand, sondern auch, dass sie sich auf keinem Server befand, der über ein Netzwerk auf dieser Welt zugänglich war.

Gwen lehnte sich zurück und dachte nach. Als sie gut zehn Minuten auf das Display gestarrt hatte und beinahe wieder einzunicken drohte, stand sie auf und ging ins Bad. Sie schöpfte eiskaltes Wasser aus dem Hahn vom Waschbecken und wusch sich das Gesicht. Halbwegs wach ging sie zur Minibar und fischte eine kleine Flasche Cola heraus. Damit kehrte sie zur Couch zurück an den Laptop.

Sie schloss die Wahrscheinlichkeit aus, dass die Datenbank verschlüsselt war. In dem Fall hätte es zumindest einen Hinweis darauf gegeben.

Wenn die an den Verbund angeschlossenen Rechner nicht an Daten kommen, gibt es drei Möglichkeiten, dachte Gwen. Entweder befinden sie sich auf einem Server G-Dawns und konnten wegen der extrem hohen Verschlüsselung nicht entdeckt werden. Oder sie befanden sich irgendwo auf einer Festplatte in einem Rechner, der keine Onlineverbindung aufbauen konnte. Vollkommen netzwerklos.

Drittens, dachte Gwen, *die Datenbank ist gar keine EDV-Datenbank, sondern besteht aus einer handschriftlichen oder mit Maschine geschriebenen Aufzeichnung.*

»Interessant …«

Sie klickte zurück in das Suchergebnis und sah die Treffer der beiden anderen Anfragen.

DEFECTOR.

RENEGADE.

Darüber gab es einige Abhandlungen, Exposés und Manuskripte. Die Virenstämme waren sowohl dem Verbund als auch Gaia's Dawn bekannt. Sämtliche Daten, die Gwen bezog, stammten direkt von den Verbundservern und waren nur Mitarbeitern mit höchster Sicherheitsstufe innerhalb des Verbundintranets zugänglich. Diese Sicherheitsstufe hatten nur Generäle und ihre Assistentinnen inne.

Manchmal ist es gut, eine Stylez zu sein, dachte Gwendolyn und lächelte.

Sie rief das erste Dokument auf und überflog es. Es gab schematische Darstellungen des Virenaufbaus beider Stämme. Dazu animierte DNA-Stränge, die bis ins kleinste Detail ein- und auszoombar waren. Soweit sie es überschauen konnte, waren sowohl der Defector- als auch der Renegade-Stamm von den Genetikern des Verbundes komplett entschlüsselt worden. Das bedeutete, sie konnten die DNA jederzeit beliebig verändern, mit ihr herumspielen, als hätten sie ein Grippevirus vor sich. Kleinste Modifizierungen der Viren konnten ungeahnte Folgen nach sich ziehen.

Gwen schüttelte sich und merkte, wie sich ihre Nackenhärchen aufrichteten. Genmanipulation und die Arbeit an gefährlichen Virenstämmen war nie ihr Fall gewesen. Selbst, wenn sie in Betracht zog, dass sie selbst vermutlich das Ergebnis eines genetischen Experiments war. So wie alle Stylez, die sich wie ein Ei dem anderen glichen.

Sie blätterte weiter. Die Colaflasche war bereits leer. Auf den Geschmack gekommen, gönnte sich Gwen eine zweite, wonach der Vorrat auch bereits erschöpft war. Sie dachte kurz daran, den nächsten 7eleven-Shop in Hafennähe aufzusuchen, entschied sich dann jedoch dafür, noch Teewasser aufzusetzen.

Nach dem sechsten Tee saß sie bereits zweieinhalb Stunden vor dem Laptop und hatte nicht einmal einen Bruchteil der Dokumente zum Thema der beiden Virenstämme gesichtet. Die meisten waren wissenschaftliche Abhandlungen, die mit unverständlichen Fachbegriffen gewürzt waren. Gwen hätte jedes Wort einzeln nachschlagen müssen, um zu verstehen, worum es dabei ging.

Dann kam sie zu einem interessanten Punkt. Neugierig geworden überflog sie einen Artikel, der als *high classified* gekennzeichnet war. Eigentlich ein Hohn, denn das gesamte Material, das sie sichtete, war als solches zu bezeichnen.

Gwen las und spürte, wie ihr übel wurde. Der Artikel handelte von der Kombination der beiden Virenstämme Defector und Renegade zu einer Art Supervirus, der nach Eileens Angaben die frühzeitliche Hochkultur der Antaradim ausgelöscht haben sollte. Was dort über das Virus stand, veränderte alles. Gwen erschreckte es so sehr, dass sie eine halbe Stunde auf den Bildschirm starrte, innerlich leer und hilflos. Wie gelähmt saß sie vor dem Laptop und hatte nur noch den Gedanken, dass sie unbedingt Eileen Hannigan erreichen und ihr von dieser Neuigkeit erzählen musste.

Es ging um Leben und Tod.

Nordatlantik, Baffinbucht
16. November, 02:05 Uhr
Le Soleil

Sie liefen sich zufällig über den Weg. Eigentlich wollte Markus de Vries nach dem kleinen Umtrunk, zu dem Jae Narwick in die Messe gebeten hatte, direkt in sein Quartier gehen, sich ins Bett werfen und die Ereignisse des letzten Tages tief in sich verbannen. Der Schreck saß ihm noch immer in den Gliedern. Daran konnten auch drei Whisky auf Eis nichts ändern.

Narwick schien es nach der Versorgung der Wunde besser zu gehen. Allerdings schaffte er es nicht, sein gewinnendes Lächeln aufzusetzen, sondern blickte den ganzen Abend betrübt drein. Der Verlust seiner Leute, inklusive der beiden Leibwächterinnen Paula und Sandra, sowie der Fregatte *La Lumière* hatte ihn tief getroffen. Die Stimmung in der Messe war bedrückt. Man aß etwas, genehmigte sich ein paar Drinks. Hier und dort wurden ein paar Worte gewechselt, doch nichts wirklich Wichtiges gesprochen.

Markus schlenderte auf dem Weg zu seinem Quartier die Reling entlang und blieb vor dem Schott draußen stehen. Die Nacht war noch immer sternklar und der Mond stand am westlichen Horizont. Es war kalt, sodass Markus sich den Kragen des Parkas bis zum Hals zuzog und kurz erwog, die Kapuze überzustülpen. Eine Zeit lang stand er da und starrte in die Nacht hinaus. Wenn er heile aus dieser Sache wieder herauskam, könnte er ein Buch über seine Erlebnisse der letzten Tage schreiben. Die Sache hatte nur einen Haken – er war nicht einmal in der Lage, seine Klausuren richtig auszuformulieren. Vielleicht sollte er jemanden damit beauftragen, der sich damit auskannte und ein Talent in Stil- und Spannungsfragen hatte. Markus geisterten Namen wie Schätzing und Eschbach durch den Kopf. Vielleicht sollte er es aber gleich internationaler angehen. Dann konnte er möglicherweise auch gleich die Filmrechte verkaufen.

»Clancy«, murmelte er vor sich hin. »Oder Michael Crichton.«

Schritte klangen hinter ihm auf.

»Crichton ist tot«, sagte Eileen Hannigan und stellte sich neben Markus an die Reling. Sie sprach fast akzentfreies Deutsch. »Konntest du auch nicht schlafen?«

Markus zuckte verlegen mit den Schultern.

Er merkte, wie ihm die Röte ins Gesicht schoss, und war dankbar dafür, dass selbst das hellste Sternenlicht nicht seine Gesichtsfarbe preisgeben konnte. Verdammt. Auf Eileen war er nicht vorbereitet gewesen. Wie sollte er sich ihr gegenüber verhalten?

Wie ein dummer, verliebter Teenager, der sich gleich in die Hose macht, weil er seiner Flamme gegenübersteht, die überhaupt nichts von ihrem Glück – oder Pech – ahnt. Scheiße! Reiß dich zusammen, de Vries!

»Ich … hab's noch nicht versucht«, sagte Markus lahm.

Eileen blickte ihn von der Seite her an. »Ich war vorhin etwas grob.«

»Vorhin?«

Sie seufzte. »An Bord der *La Lumière* … vor dem Angriff. Tut mir leid. Ich hab deinen Blick falsch gedeutet.«

Markus atmete tief durch. Seine Hände ballten sich in den Taschen des Parkas zu Fäusten. Wenn er weiterhin den dummen Jungen abgab, würde sie ihn nie beachten. Er musste sich schon anstrengen, wenn er bei ihr landen wollte. Der Whisky, den er intus hatte, machte ihm etwas Mut. Markus wandte sich Eileen zu.

»Hör mal … wenn es hier oder an Bord der *La Lumière* irgendjemand gibt, der mit dem ganzen Schlamassel am wenigsten zu tun hat, dann bin ich das. Alles, was ich dir vor dem Angriff erzählt habe, ist wahr. Gott ist mein Zeuge!«

Eileen lachte trocken auf und sah wieder hinaus auf das dunkle Meer. »Gott scheint im Moment nicht hier zu sein, um irgendetwas zu bezeugen. Bei dem Kampf um die *La Lumière* war er wohl gerade unabkömmlich.«

Markus verstand, was sie meinte. All die Toten. All die *unnötigen* Toten. Die Jungs von der Navy und die beiden Piloten waren völlig unnütz in einem Krieg gestorben, der gar nicht der ihre war. Bei der Kaperung der *La Lumière* ging es niemals darum, das eigene Land zu verteidigen. Allenfalls darum, widersinnige Befehle auszuführen.

»Du hast mich vorhin in der Messe wieder angestarrt«, sagte Eileen. »Hab ich irgendwas verpasst und Ausschlag bekommen?«

Markus räusperte sich. Der Whisky in seinem Blut gewann endlich die Oberhand. »Im Gegenteil. Was erwartest du von mir, wenn ich meiner Traumfrau begegne?« Jetzt war es raus. Markus hielt Eileens skeptischem Blick genau zwei Sekunden stand. Als sie die Stirn runzelte, sah er verstört weg und schluckte den Kloß herunter, der sich urplötzlich in seinem Hals festgesetzt hatte.

»Traumfrau?«, echote Eileen. Sie wechselte ins Englische und lachte dann.

Aus den Augenwinkeln sah Markus, wie sie ihren Kopf schüttelte. Er brachte den Mut auf, sie anzusehen. Ihre Blicke trafen sich und Markus fühlte einen Stich im Herzen. Er wusste in dem Moment, dass er verloren und niemals wirklich eine Chance gehabt hatte.

»Sorry, aber du bist nicht mein Typ«, sagte Eileen.

»Verstehe.« Markus sah sie an und wusste nicht, was er anderes sagen sollte.

Die Amerikanerin deutete seinen Blick richtig und klopfte ihm aufmunternd auf die Schultern. »Du solltest dich schlafen legen. Die Sache hier ist noch nicht vorbei.«

»Ich hab schon befürchtet, dass das irgendwann irgendjemand sagen würde.«

Eileen nickte. »Es fängt gerade erst einmal an. Gute Nacht.«

»Gute Nacht.«

Markus blieb allein an der Reling zurück. Erst als die Schritte hinter ihm verklungen waren und er das Schlagen des Schotts hörte, wandte er sich vom Anblick des Ozeans ab und schickte sich an, seine Kabine aufzusuchen. Er war überrascht, als er Veronica vor der Tür stehend vorfand.

»Hi.«

»Seattle liegt auf der anderen Seite des Kontinents«, sagte Veronica.

»Was?«

»*Schlaflos in Seattle*. Der Film. Nie gesehen?«

Markus schüttelte den Kopf. »Für Schnulzen hab ich mich nie interessiert. Ich bin mehr ein Fan von *Lethal Weapon*.«

»Macho-Gehabe.« Veronica sah ihn an. »Läuft da was zwischen dir und der Kleinen?«

Markus öffnete die Kabinentür und trat über die Schwelle. »Eher nicht.«

Plötzlich spürte er eine Hand auf seiner Schulter und Veronicas warmen Körper, der sich von hinten an seinen presste. Eine weitere Hand schlang sich um seine Brust.

»Veronica …«

»Was hältst du davon, wenn du und ich …« Sie beendete den Satz nicht, schob Markus weiter in das Quartier, damit sich hinter ihnen die Tür schloss. Er spürte ihre Hände auf seiner Brust und seinem Bauch. Ihr Atem kitzelte seinen Nacken.

Er dachte an Eileen. Sie hatte ihm zwar eine Abfuhr erteilt, aber er war normalerweise nicht derjenige, der sich dann aus Frust die nächstbeste

Frau angelte, um die Schmähung zu kompensieren. Andererseits hatte er mit Veronica einiges durchgemacht. Er mochte sie.

»Denkst du, dass das eine gute Idee ist?«, fragte er leise.

Veronica ließ ihn los und stellte sich vor ihn, damit er sie ansehen musste. Sie schlang ihre Arme um seinen Hals und zog ihn zu sich heran. »Ich habe nichts von einer Beziehung oder Heiraten gesagt. Was spricht gegen ein bisschen Spaß? Wir wissen ja nicht einmal, ob wir hier lebend herauskommen.«

Sie hatte recht. Markus legte seine Hände auf ihre Hüften. Zaghaft berührten seine Lippen die ihren. Veronicas Kuss wurde sofort verlangend. Sie schob ihm ihre Zunge durch die Lippen, neckte ihn, presste sich fest an ihn und zog ihn zu der Couch hinüber.

Markus spürte eine Regung zwischen seinen Beinen. Ja, sie hatte verdammt noch mal recht. Vielleicht lebten sie morgen nicht einmal mehr.

Sie sanken aufs Sofa. Veronicas Küsse wurden fordernder, stürmischer. Markus wagte einen Vorstoß und legte eine Hand auf ihre Brust. Er spürte die harte Knospe unter dem Stoff ihres Pullis und dem BH.

Schon nestelte sie an seiner Hose, öffnete Gürtel und Reißverschluss seiner Jeans. Er knurrte wie ein Tier, als sie sein Glied berührte und mit einer Hand umschloss.

Markus schob seine Hand unter ihren Pulli, knetete ihre Brust und küsste Veronica mit einem Verlangen, wie er es schon lange nicht mehr gespürt hatte. Sein Glied zuckte beinahe schmerzhaft in ihrer Hand und drängte nach Erleichterung. Offenbar hatte Veronica das erkannt. Sie schob Markus von sich. Er rollte zur Seite und saß auf der Couch. Ihre Blicke trafen sich. Nur eine Sekunde lang. Dann beugte sich Veronica zu seinem Schoß herunter und nahm seinen Schaft in den Mund. Sie brauchte nicht lange, um ihn zur Eruption zu bringen.

Zur ersten, in einer sehr langen Nacht.

logfile 4

Renegade

Devon Island, Kanada
16. November, 13:00 Uhr

Obwohl der Pilot die Heizung des Sea-Knight-Helikopters bereits auf maximale Leistung geschaltet hatte, war es merklich kälter im Innenraum geworden. Cord Simmons sah auf den Bildschirm vor Kopf, über den die aktuelle Flugroute eingeblendet wurde. Nur noch ein paar Meilen bis Devon Island. Er hatte in der Nacht ein wenig Schlaf gefunden und auch seine Männer angewiesen zu ruhen. Der Flug war unruhig verlaufen. Luftströmungen hatten den Hubschrauber mehrmals durchsacken lassen und Simmons und die anderen geweckt. Zudem plagten Träume die SEALs. Auch wenn sie zu den härtesten Soldaten der Marine gehörten und aufs Töten trainiert waren, waren die Verluste der eigenen Kameraden nicht unbedingt leicht zu verarbeiten.

Simmons kümmerte sich nicht um die SEALs. Er hatte eigene Sorgen. Seine Albträume rankten sich um das, was ihnen auf der Insel bevorstand. Der Flug nach Devon Island kam einem Sprung ins Ungewisse gleich. Simmons hatte nicht die geringste Ahnung, was sie dort erwartete. Den Informationen des Generals nach waren die Russen vor einigen Wochen dort gelandet, um Renegade zu bergen. Anschließend hatten sie das Mars-Habitat unter Beschuss genommen und vernichtet. Ob sie noch dort waren, war unbekannt. Simmons war sicher, dass sie noch ein Ass in der Hinterhand hatten, und vermutete, dass sich irgendwo unter dem Eis noch das U-Boot befand.

Es knackte im Kopfhörer. Der Pilot.

»Sir, wir erreichen jetzt die äußeren Ausläufer der Insel. Haben Sie sich schon für einen Landeplatz entschieden?«

Simmons rieb sich über das Kinn. Beim Mars-Habitat würde er vermutlich nichts finden, aber er brauchte einen Ausgangspunkt, eine Art Basis. Er beugte sich vor und zog sich das Panasonic Toughbook, das er an Bord des Helikopters gefunden hatte, auf die Knie und rief die Daten über Devon Island auf. An der Südküste existierte früher eine Siedlung der Royal Canadian Police, Dundas Harbour, mittlerweile aufgegeben und verlassen.

»Steuern Sie Dundas Harbour an«, sagte Simmons. »Dort finden Sie einen Landeplatz und mit etwas Glück haben wir auch Unterkünfte.«

»In Ordnung, Sir.«

Simmons klappte den Deckel des Laptops zu und wandte sich an die anderen drei Soldaten der Spezialeinheit. »Schutzanzüge.«

»Ist das wirklich notwendig?«, fragte ein Sergeant mit Blick auf die Spinde, in denen sich die hermetisch verschließbaren ABC-Schutzanzüge befanden. Sie würden sich darunter dick einmummen müssen, um der Kälte da draußen standzuhalten. Im U-Boot hatten die Äquivalente zu Raumanzügen für das SEAL-Team bereitgestanden, die ihnen nicht nur Schutz vor einer Virusinfektion, sondern auch vor der Kälte zugesichert hätten. Simmons war froh, dass der Sea Knight zumindest die Kontaminationsschutzanzüge für sein Team an Bord hatte.

»Wenn Sie nicht wie ein Wackelpeter durch die Gegend laufen wollen, sollten Sie besser einen anlegen, Sarge«, sagte Simmons.

Die anderen SEALs lachten.

»Für eine oder zwei Sekunden, wohlgemerkt«, fügte Simmons hinzu. »Ihre verflüssigten Organe werden Sie danach einfach im Stich lassen.«

»Schon gut.« Der Sergeant erhob sich von seinem Sitz und ging zu einem Spind hinüber.

Die blauen Schutzanzüge bestanden aus strapazierfähigem Material mit Helm und Handschuhen sowie Schließmechanismen, die auch die Füße luftdicht versiegelten. Am Helm befand sich eine Kopplung für einen Luftschlauch, der den Anzug über einen externen Tornister mit Atemluft versorgte.

»Unsere Bewegungsfreiheit ist darin ziemlich eingeschränkt«, sagte jemand.

»Fallen Sie mir bloß nicht auf den Rücken.« Simmons grinste, während er sich in den Schutzanzug zwängte. Er hoffte, dass er mit dem dicken Parka darunter nicht das Material allzu sehr strapazierte. Ein Riss im Anzug konnte katastrophale Auswirkungen haben, auch wenn das Virus, das sie suchten, erst in wärmeren Gefilden aktiv wurde. »Sie wissen ja, dass sich Schildkröten nicht aus eigener Kraft wieder umdrehen können.«

Die anderen beiden SEALs lachten.

Kurz nachdem sie alle ihre Anzüge trugen, die Helme aufgesetzt und die externe Luftversorgung angeschlossen hatten, setzte der Sea Knight auf dem Steinboden am südlichen Zipfel von Devon Island auf. Simmons und die anderen kontrollierten gegenseitig ihre Anzüge. Danach nahm der Hazarder das Toughbook zur Hand, klappte den Displaydeckel hoch und verdrehte ihn um 180 Grad. Anschließend klappte er ihn wieder zu, sodass das entspiegelte Display jetzt obenauf lag und der Laptop wie ein Tablet-PC mit Stift- oder Fingereingabe benutzt werden konnte.

»Blue Shark an Sharks«, sagte Simmons, um die Funkfrequenz festzulegen.

Die drei Soldaten meldeten sich nacheinander. Dann rief Simmons eine Karte von Devon Island auf dem Toughbook auf und hielt das Bild hoch, damit die anderen es sehen konnten.

»Wir befinden uns hier«, sagte er und markierte am Südzipfel einen Punkt mit dem Eingabestift. »Unser Ziel ist das Schneefeld im Osten. Was immer die Russen gesucht haben, sie haben es offenbar dort gefunden.«

»Ist das sicher?«, fragte der Sergeant.

Simmons nickte unter seinem Helm. »Wir haben Satellitenaufnahmen vom Raketenabschuss und kennen die letzte Position ihres U-Boots. Daraus konnten wir ableiten, an welcher Stelle sie an Land gegangen sind.« Er zoomte das Schneefeld heran und wechselte von einer schematischen Kartenansicht zu einem Satellitenbild. Am Rand des Weiß waren dunkle Schatten zu sehen.

»Was ist das?«

»Leichen.« Simmons zoomte noch näher heran. Das Bild wurde wesentlich grobkörniger, doch vage ließen sich die Umrisse menschlicher Körper erkennen. »Ich bin sicher, wir liegen an der Stelle richtig.«

»Und wie kommen wir dort hin?«, fragte einer der SEALs. »Scheint ein gutes Stück von hier aus zu sein.«

»Knapp 150 Kilometer.« Simmons ließ wieder die Gesamtansicht der Insel auf dem Display erscheinen. »Wir werden uns mit dem Heli dorthin bringen lassen, sobald wir die Basis errichtet haben.«

»Sollten wir nicht auf Verstärkung warten?«, fragte der Sergeant.

»Auf Marines?« Einer der anderen machte eine wischende Handbewegung vor dem Gesicht des Sergeants. »Hallo? Seit wann brauchen wir die denn?«

Simmons seufzte kaum hörbar. Das war das leidige Thema zwischen Spezialeinheiten. Jeder hielt sich für was Besseres oder die beste Truppe überhaupt. Sie tolerierten keine Konkurrenz und sahen sich daher als konkurrenzlos an. Simmons konnte sich selbst von dieser Mentalität nicht freisprechen. Er war von den Marines so erzogen worden. Sie sahen sich als Elite der Eliten an und er hätte in einer anderen Situation, in der er auf ein SEAL-Team hätte warten sollen, ebenso reagiert.

Er war in diesem Moment froh, dass die anderen drei nicht wussten, dass er gar nicht den Navy SEALs angehörte, sondern ein waschechter U.S. Marine war.

»Pershing hat recht«, sagte Simmons. »Die Verstärkung wird uns den Rücken decken, falls wir unerwarteten Besuch bekommen. Aber wir ziehen das hier alleine durch.«

Je weniger Zeugen er hatte, desto besser. Denn keiner der drei SEALs wusste, dass Simmons den Auftrag hatte, sie nach der Bergung des Virus zu liquidieren.

14:22 Uhr

Während Simmons mit dem Sea Knight und seinen drei SEALs unterwegs zum Schneefeld war, landete ein weiterer Hubschrauber neben der frisch errichteten Basis des verlassenen Polizeiaußenpostens Dundas Harbour. Die Rotoren liefen leer, und das stählerne Ungetüm, vom gleichen Typ wie Simmons' Helikopter, spie zehn schwer bewaffnete Gestalten in weißer Schneekleidung aus. Sie trugen Kevlar-Helme, darüber weite, gefütterte Kapuzen und dunkle Brillen. Die Soldaten bildeten einen Verteidigungskreis um den Hubschrauber, ehe zwei von ihnen weiter zur alten Siedlung pirschten. Dort fanden sie in einem Wellblechhäuschen die von Simmons provisorisch eingerichtete Zentrale mit einem laufenden Laptop, der von einem externen Batteriepack gespeist wurde.

Captain Lars Dallmer beugte sich über das Display, sah die Notiz des anderen Marine und nickte kurz. Dann wandte er sich um und ging nach draußen. Mit Handzeichen gab er dem Piloten zu verstehen, den Motor auszuschalten, und scharte seine Leute um sich.

»Folgende Lage, Männer: Ein SEAL-Team befindet sich auf einer Aufklärungsmission etwa 150 Kilometer östlich von unserer Position. Wir haben den Auftrag erhalten, die SEALs zu unterstützen und sicherzustellen, dass sie geborgenes Material sicher von der Insel transportieren können. Primär errichten wir hier einen Verteidigungsring und warten auf die Rückkehr des Teams.«

»Wer leitet das Kommando, Cap?«, fragte Nat ›Snake‹ Seeger, die einzige Frau im Team. Sie war klein und drahtig, was jedoch in der dicken Winterkleidung nicht auffiel. Manche behaupteten, sie hätte ihren Spitznamen wegen ihrer Gewandt- und Flinkheit bekommen. Die Wahrheit war jedoch, dass sie einmal einen Geheimdienstler hatte abblitzen lassen und er sie als falsche Schlange bezeichnete, da sie vertrauliche Informationen an seinen Vorgesetzten weitergeleitet hatte, die zur Entlassung des Agenten geführt hatten. Nur sehr wenige kannten die wahre Bedeutung ihres

Namens. Captain Dallmer war einer davon und er war stets auf der Hut, welche Informationen er an Seeger weitergab und welche er besser für sich behielt. Darüber hinaus war die Frau jedoch ein erstklassiger Marine. Sowohl körperlich als auch geistig. Ihr Talent lag im Kampf auf weiter Entfernung, weswegen sie anstelle der MP7 auch ein Sniper-Gewehr trug.

»Wieso, kennst du jemanden bei den Hobbytauchern, Snake?«, fragte einer der Marines.

Die anderen lachten laut, bis Dallmer eine Hand hob.

»Cord Simmons.«

Seeger schob die Sonnenbrille hoch bis auf den Helm. »Nie gehört.«

»Gut möglich.« Dallmer hob ebenfalls die Brille und bleckte die Zähne. »Er ist nämlich ein Marine.«

Er zwinkerte Seeger zu und gab dann Befehle aus, auf welche Stellungen sich seine Leute verteilen sollten. Aufgrund der Kälte, ließ er die Marines hauptsächlich in den verlassenen Baracken Position beziehen. Dann ging er zum Hubschrauber und erteilte dem Piloten Anweisung, eine vorgeschobene Position einige Kilometer östlich einzunehmen und auf Abruf bereitzustehen.

Dallmer kehrte zurück zu der Wellblechhütte und sah sich noch einmal Simmons' Nachricht an. Welchen Gegner der Captain hier auch erwartete, sie waren vorbereitet.

14:37 Uhr

Der Sea-Knight-Hubschrauber mit den Doppelrotoren setzte am Rand des Schneefeldes auf und entließ die vier in blaue Kontaminationsanzüge gehüllten Gestalten. Simmons gab dem Piloten ein Zeichen, woraufhin sich der Helikopter erneut in die Luft erhob und ein paar Hundert Meter von der Schneegrenze entfernt wieder aufsetzte. Die vier Soldaten setzten sich in Bewegung und stapften durch das gefrorene Weiß. Sie brauchten nicht weit zu gehen, ehe sie die Stelle erreichten, an der Dave Graham und Joaquin Foster vor einigen Wochen gestorben waren.

»Hier ist was, Sir«, sagte der Sergeant.

Simmons ging zu ihm und sah die beiden in zerfetzte Raumanzüge gehüllten Körper. Er beugte sich über sie. Ihre Gesichter waren nicht mehr zu erkennen. Zum Teil sah man die skelettierten Schädel, an denen jedoch noch Haut- und Fleischfetzen hingen. Hier und dort gefrorenes Nervengewebe und ein Haarbüschel.

»Das, meine Herren, ist unser Gegner«, sagte Simmons und blickte vorsorglich auf die Uhr an seinem rechten Handgelenk. Der Luftdruck im Versorgungstornister war im normalen Bereich. Wenn sie sich nicht übermäßig verausgabten, hatten sie für knapp zwei Stunden Sauerstoff, ehe sie auf die Reserveflaschen schalten mussten, die ihnen nochmals eine Stunde gaben. Danach blieb ihnen nur noch, den Hubschrauber rechtzeitig zu erreichen, wo weitere Flaschen warteten, oder das Helmvisier zu öffnen. Während Simmons auf die Leichen starrte, ahnte er, dass Letzteres überhaupt keine gute Idee war.

»Hier ist noch einer!«, sagte der Corporal im Team. »Sieht nach einem Russen aus.«

Simmons besah sich auch dessen Leiche. Sie trug keinen Schutzanzug, sondern lediglich Wintereinsatzkleidung. Der Zustand seines Körpers schien sich nicht von dem der beiden Mars-Astronauten zu unterscheiden.

»Scheiße!«, sagte der Sergeant. »Warum hab ich plötzlich keinen Bock mehr auf die Kacke?«

Simmons versuchte zu rekonstruieren, was hier geschehen sein mochte. Er blickte zurück zu der Stelle an der vorher das Mars-Habitat gestanden haben musste. Jetzt gähnte dort nur noch ein großer Krater, wie sie bereits im Landeanflug bemerkt hatten. Simmons' Blick wanderte wieder zu den Leichen.

»Sieht folgendermaßen aus«, sagte er und hob einen Finger. »Die Russen waren hier und haben das Virus entdeckt, das wir bergen sollen. Woher sie die Information hatten, dass hier etwas zu finden ist, wissen wir nicht.«

»Sie infizieren sich«, murmelte die Stimme des Corporals dazwischen.

Simmons nickte unter seinem Helm. »Richtig. Die Inkubationszeit ist ultrakurz und beträgt nur wenige Sekunden. Das Virus pflanzt seinen genetischen Code in die DNA und breitet sich schneller im menschlichen System aus als alles, was wir kennen. Die Russen geraten in Panik. Einer schafft es bis hierher. Der Rest stirbt auf dem Weg zum U-Boot, mit dem sie gekommen sind.«

»Und wie kommen die da ins Spiel?«, fragte der Sergeant und deutete auf die beiden Leichen in den Raumanzügen.

Simmons hob einen weiteren Finger. »Zweitens. Die Möchtegernastroboys vom Habitat dehnen ihren Erkundungsspaziergang bis zum Schneefeld aus und stoßen zufällig auf die Leiche des Ruskis. Der U-Boot-Kommandant hat inzwischen die Lage erkannt und startet Marschflugkörper und eine Jam-Sonde, die verhindert, dass Funksignale zur Insel dringen oder sie verlassen können. Damit sind die Astronauten von der Außenwelt und ihrem Versorgungsschiff abgeschnitten. Die Marschflugkörper vernichten das Mars-Habitat. Zu dem Zeitpunkt haben sich diese beiden hier draußen befunden.«

»Dann müssten sie noch leben«, warf der Sergeant an.

Der Corporal schüttelte den Kopf. »Vermutlich eine Verkettung unglücklicher Ereignisse.«

»Quatsch nicht, du Schlaumeier.«

»Nein, Hawkins hat recht, Sarge.« Simmons hob einen dritten Finger unter den Gummihandschuhen seines Schutzanzuges. Während sie hier standen und diskutierten, machte sich so langsam die Kälte bemerkbar. Er wünschte sich, in einem so dicken Raumanzug wie die beiden Toten zu stecken. »Die Druckwelle der Marschflugkörperexplosionen wirft die Astrojungs durcheinander und zerstört ihre Anzüge und Visiere. Sie sind schutzlos ihrer Umgebung ausgesetzt. Wir wissen aber, dass das Virus bei diesen Temperaturen inaktiv ist. Also muss die kurzzeitige Erwärmung durch die explosiven Hitzewellen dafür gesorgt haben, dass es sich aktiviert.«

»Sie meinen, die beiden sind nur rein zufällig gestorben, weil sie während der Erwärmungsphase in der Nähe dieses Scheißrussen waren, der wiederum das Virus in sich trägt? Scheiße, von seinem Körper ist ja kaum noch was übrig, wo hat sich das Biest eingenistet?«

Simmons hob die Schultern. »Es gibt immer noch Haut und Fleischreste an seiner Leiche. Und vor allen Dingen eines: Knochen. Aber ich bin kein Genetiker, der das beurteilen kann.«

»Rein theoretisch könnten wir also jetzt auf diese Anzüge verzichten?«, fragte der Corporal.

»Würde ich nicht tun«, sagte Simmons und presste die Lippen aufeinander. »Wir wissen nicht, bei welcher Temperatur sich das Virus aktiviert.«

»Verflucht!« Der Sergeant stapfte zu einem der Astronauten. »Dann lasst uns die beiden hier mitnehmen, zum Hubschrauber verfrachten und von hier verschwinden. Mir wird das Ganze hier etwas zu unheimlich.«

»Ich muss Sie leider enttäuschen, Gentlemen«, sagte Simmons. »Unser Auftrag lautet, die ursprünglichen Wirte zu finden und zwei von ihnen sicherzustellen. Wenn wir einfach nur Infizierte mitnehmen, wird man uns erneut hier rausschicken. Also los, suchen wir, bevor uns die Luft ausgeht.«

»Oder wir erfrieren.«

Der Sergeant wandte sich ab und ging weiter durch den Schnee nach Osten.

»Captain, was ist mit dem Versorgungsschiff des Habitats?«, fragte der dritte SEAL, ein junger Lieutenant, bei dem sich Simmons ständig fragte, wie er das Offizierspatent erhalten hatte. Er war kein geborener Anführer, sondern Befehlsempfänger. Das, was man ihm auftrug, erledigte er mit Bravour. Doch eigene Entscheidungen konnte man ihm kaum abverlangen.

»Das wurde von den Russen versenkt, ehe sie die Marschflugkörper auf die Insel abfeuerten.«

»Die Russen haben hier ziemlich viel herumgepfuscht«, gab der Lieutenant zu bedenken. »Mich wundert, dass die Aktion keinen internationalen Zwischenfall ausgelöst hat.«

»Das ist nicht unser Problem«, sagte Simmons. Er zog den Rucksack von der Schulter und holte das Toughbook heraus. Danach stöpselte er einen Empfänger an einen USB-Port und verband diesen mit dem mitgebrachten Satellitentelefon. Die Erkenntnisse über die Vorfälle auf der Insel wollte er zumindest dem General zusammenfassend erläutern, eher er weitermarschierte. Er wusste, dass die Generäle die Macht hatten, all dies zu vertuschen. Für die Welt da draußen gab es einen Unfall beim Mars-Habitat und das Versorgungsschiff war mit einem Eisberg kollidiert. Unglückliche Zufälle. Und auch die drei SEALs würden die neuen Informationen mit ins Grab nehmen, bevor Simmons wieder von dieser Insel verschwand.

Halifax, Kanada
16. November, 14:38 Uhr

Die Nacht war grausam gewesen. Nach der Entdeckung, was es mit den beiden Virenstämmen Renegade und Defector auf sich hatte, konnte Gwendolyn Stylez kaum mehr schlafen, sondern zermarterte sich das Hirn, wie sie diese Informationen an Eileen Hannigan weitergeben konnte. Jeglicher Kommunikationsweg schien abgeschnitten zu sein – bis auf einen. Sie musste dorthin, wo Eileen war. Allein bei dem Gedanken wurde Gwen schlecht. Ihre Stärke waren Recherchen und das Wühlen in elektronischen Netzwerken. Sie konnte Informationen beschaffen, Puzzleteile zusammensetzen und Lösungen anbieten. Aber draußen in der Welt der Bösen und Schießwütigen kam sie sich völlig deplatziert vor.

Dennoch schien es in diesem Fall keine andere Wahl zu geben. Sie erinnerte sich an ihren gemeinsamen Einsatz mit Eileen in Lynchburg und das anschließende Desaster ihres Kidnappings in Charlottesville.

Irgendwann war sie doch wieder auf der Couch des Hotelzimmers eingeschlafen und am frühen Morgen wieder aufgewacht. Sie nahm ein Frühstück im Restaurant des Citadel Hotels zu sich und verbrachte den restlichen Vormittag mit weiteren Recherchen auf ihrem Zimmer. Gleichzeitig hackte sie sich in die Computer der kanadischen Polizei und gab Befehle und Vollmachten für ihr Vorhaben aus.

Kurz vor Mittag hatte sie dann plötzlich eine erste Spur. Sie schrieb ihr Intruderprogramm etwas um und loggte sich in das Verbundnetzwerk von Lynchburg ein. Sicherlich würde irgendwann jemand entdecken, dass der gesperrte Account der toten Gabrielle Stylez' benutzt worden war, aber Gwen hoffte, dass dies erst geschah, wenn sie mit ihrer Arbeit fertig war. Sie fing eine Kommunikation auf dem persönlichen Kanal des Generals ab, indem sie dem System vormachte, dessen Zugang zu benutzen. Gwen wusste nicht, ob je eine ihrer Stylez-Schwestern solch einen Versuch unternommen hatte, aber sie fand es ganz praktisch, auf diese Art und Weise ihrem eigenen Chef zu seinen Lebzeiten hinterherzuspionieren. Jetzt zahlte sich ihr Können aus.

Gwen hatte erfahren, dass der General aus Lynchburg Simmons Unterstützung in Form eines Recon-Marine-Teams zugesichert hatte. Das Kommando war offenbar in Dundas Harbour abgesetzt worden und diente der Unterstützung von Simmons' SEALs.

Gwen regelte einiges mit der kanadischen Polizei und besorgte sich warme Kleidung. Zu Mittag aß sie eine Kleinigkeit im Hotelrestaurant und wartete anschließend im Foyer des Hotels auf ihr Taxi. Es war genau 14:38 Uhr, als sich die Türen öffneten und ein Mann in langem Trenchcoat mit hochgezogenem Kragen eintrat, seinen Blick durch die Eingangshalle schweifen ließ und schließlich auf Gwen verharrte. Zielstrebig ging er auf sie zu, während sie ihren Laptop zuklappte.

»Miss McDermott?«, fragte er.

Sie nickte und schüttelte ihm die Hand. »Mrs McDermott.« Genauso wenig wie ihre Schwestern war Gwen jemals verheiratet gewesen, aber die spezielle Anrede war gewählt worden, um zumindest den Anschein zu erwecken und Schmeichlern und potenziellen Don Juans gleich zu Anfang den Wind aus den Segeln zu nehmen.

»Colin Coyn, CISC«, sagte der Mann. »Ich will nicht lange Höflichkeiten austauschen, sondern direkt auf den Punkt kommen.«

»Gerne.«

»Sie haben uns brisante Informationen zugespielt. Ich hoffe, dass Sie diese auch belegen können, Mrs …«

»Kate«, sagte Gwen. »Nennen Sie mich Kate.« Sie deutete auf die Sitzpolster im Foyer, hockte sich selbst hin und klappte den Laptopdeckel auf. Bevor sie ihn zu Coyn umdrehte, schloss sie schnell das Browserfenster, das den Verbundzugang anzeigte. Dann deutete sie auf eine Auswertungstabelle und schob zwei Fotos mit Satellitenaufnahmen hinterher.

»Die Bilder sind von heute Morgen«, sagte sie. »Sie sind vom CSIS direkt ins Hauptquartier in Toronto gegangen.«

Coyn beugte sich vor und musterte den Bildschirm. Die Aufnahmen zeigten Bilder von Devon Island und Bewegungen rund um Dundas Harbour. Auf einem Foto waren deutlich die schlanken Umrisse des zweirotorigen Sea-Knight-Hubschraubers zu erkennen. Selbstverständlich waren die Fotos nicht dem Canadian Security Intelligence Service zugespielt worden, sondern Gwen hatte sie aus der Datenbank des Verbunds herausgefischt und auf der Festplatte des Laptops gespeichert.

»Aktivitäten in Dundas Harbour?«, fragte Coyn. »Was vermuten Sie, Kate?«

»Sehen Sie den Heli? Das ist eine militärische Operation.«

»Sicherlich eine Übung.«

Gwen lächelte. »Wir haben beim Verteidigungsministerium angefragt. Unsere Streitkräfte haben keine Manöver in dieser Region angesetzt. Außerdem sollten Sie sich das mal anschauen.«

Sie ließ einen Finger über das Touchpad gleiten und zoomte die Satellitenaufnahme näher heran, bis grob die Schwanzflosse des Sea Knight zu erkennen war. Das Hoheitsabzeichen war grobkörnig und nur mit einiger Fantasie zu erkennen, aber es zeigte definitiv kein rotes Ahornblatt auf weißem Grund, sondern eher das *Star Spangled Banner* der Vereinigten Staaten.

Coyn stieß hörbar die Luft aus. »Eine militärische Übung der Amerikaner auf kanadischem Boden?«

Gwen nickte. »Sieht ganz so aus.«

Der Polizist schlug sich auf die Schenkel und machte Anstalten aufzustehen. »Das müssen wir sofort melden.«

Gwen legte ihm eine Hand auf den Arm. »Nicht so eilig, Agent Coyn. Wenn Sie jetzt Alarm schlagen, werden die Amerikaner alles abstreiten und die Einheit sofort dort abziehen.«

»Was haben Sie denn vor?« Coyn starrte sie entgeistert an.

»Herausfinden, was die dort treiben.«

»Aber …«

»Kapieren Sie denn nicht?« Gwen sah ihm fest in die Augen und wartete eine Sekunde, ehe sie weiterredete. »Vor einigen Wochen gab es auf Devon Island einen Unfall beim Mars-Habitat und jetzt befinden sich amerikanische Truppen auf der Insel. Na? Klingelt es?«

»Sie wollen damit andeuten, dass dort oben etwas im Busch ist?«

»Eher im Eis.« Gwen lächelte. »Ja, davon gehe ich aus. Ich möchte, dass Sie eine Eingreifgruppe zusammenstellen, die zumindest Aufklärungsarbeit leistet.«

Coyn sog scharf die Luft ein. »Ich weiß nicht …«

»Sie brauchen gar nichts zu tun«, sagte Gwen. »Ich habe alle erforderlichen Befugnisse. Alles, was Sie tun müssen, ist ein Team für mich zusammenstellen.«

Coyns Kinnlade klappte herunter. Er bekam den Mund gar nicht mehr zu und hätte wahrscheinlich nicht einmal mitbekommen, wenn Gwen einfach aufgestanden und gegangen wäre. Nach einer Weile schüttelte er den Kopf. »Sie … Sie wollen mit einem Team nach Devon Island?«

»Schnellstens.«

»Aber …«

»Die Uhr tickt.«

»Ich …«

»Verlieren Sie keine Zeit, Agent Coyn. Es geht um die kanadische Sicherheit.«

Zur Unterstreichung ihrer Worte klappte Gwen den Deckel des Laptops zu, sprang auf und war bereits zwei, drei Schritte zum Ausgang des Hotels unterwegs, ehe sie innehielt und sich dem verdutzt dasitzenden Polizisten zuwandte. Sie erhob ihre Stimme. »Worauf warten Sie?«

Ein Ruck ging durch den Mann. Er eilte auf sie zu und an ihr vorbei, hielt ihr sogar die Tür auf und dirigierte sie zu seinem Wagen. Hinter dem Lenkrad saß ein weiterer Polizist in Zivil und schien das gleiche Problem wie Coyn zu haben. Als Gwen sich in die Polster der Rückbank fallen ließ, sah er sie zunächst nur verwirrt an.

»Fahr los!«, sagte Coyn und schlug die Tür zu.

Der Fahrer ließ den Motor an. »Wohin?«

»Flughafen.« Coyn förderte sein Mobiltelefon aus der Trenchcoattasche und wählte eine Nummer.

Gwen öffnete wieder den Laptop und aktivierte die UMTS-Verbindung über einen angeschlossenen USB-Stick mit integriertem Modem. Als die Verbindung stand, loggte sie sich sofort wieder in das Verbundnetzwerk ein und sah nach, ob es einen neuen Kontakt zwischen Simmons und dem General gegeben hatte.

Tatsächlich!

Simmons hatte eine Nachricht von Devon Island an den General geschickt und eine Art Situationsbericht abgeliefert. Während Agent Coyn vom Criminal Intelligence Service Canada einige Telefonate führte, um ein Team und Transportmöglichkeit zusammenzustellen, las Gwendolyn Stylez den Bericht.

Es war jetzt umso wichtiger, irgendwie mit Eileen Hannigan in Kontakt zu treten. Aber noch immer wusste sie nicht, wie sie das bewerkstelligen sollte, außer persönlich nach Devon Island aufzubrechen.

»Die erklären mich für verrückt, Mrs McDermott!«, sagte Coyn vom Beifahrersitz.

»Kate«, korrigierte sie ihn. »Sollen sie.«

»Es sind über zweitausend Meilen Luftlinie bis Devon Island.«

»Devon Island?«, fragte der Fahrer und blickte verwirrt in den Rückspiegel.

»Sie haben zumindest Ihre Geografie-Hausaufgaben gemacht, Coyn.«

»Aber …«

»Fordern Sie einen schnellen Jet an.«

»Er wird aber nirgendwo landen können, Ma'am.«

Gwen beugte sich vor und tippte dem Mann auf die Schulter. »Für irgendetwas müssen Fallschirme ja gut sein.«

Colin Coyn verschluckte sich und hustete. Als er seine Fassung einigermaßen wiedergewonnen hatte, hob er das Telefon erneut an sein Ohr und sprach hastig weiter.

Devon Island, Kanada
16. November, 15:59 Uhr

Nachdem der Kapitän der *Le Soleil* verkündet hatte, dass Land in Sicht wäre, versammelten sich Eileen und die anderen in dicken Anoraks mit Fellfutter auf dem Deck, am Bug der umgebauten Fregatte. Narwick lehnte an der Reling und starrte aufs Meer hinaus. Die Landzungen, die man sehen konnte, gehörten noch nicht zu Devon Island. Neben dem Lord stand Juliette, die über ihrem schwarzen Lacksuit nur noch einen dünnen, wadenlangen Ledermantel trug.

Zu Weihnachten wünsche ich mir auch solche Nanofaserklamotten, dachte Eileen. Offenbar hielten die Lacksuits von Narwicks Leibwächterinnen nicht nur Kugeln ab, sondern sorgten auch für eine angenehme Körpertemperatur.

Dennoch hat Juliette rote Wangen und Ohren, dachte Eileen, als sie die dunkelhaarige Frau von der Seite ansah. *Dennoch sind Sandra und Paula gestorben.*

In der Nacht hatte Eileen vor dem Schlafengehen noch einen ausgiebigen Erkundungsgang gemacht und festgestellt, dass Jae Narwick offenbar die Wahrheit gesprochen hatte. Die *Le Soleil* war in der Tat nur ein reines Forschungsschiff ohne jegliche Bewaffnung. Sollten sie erneut angegriffen werden, standen sie vollkommen schutzlos da. Eileen hatte auch einige Labors in den unteren Decks gefunden. Ihre Türen waren jedoch versperrt gewesen. Sie war sicher, dass hinter einer von ihnen das Defector-Virus verwahrt wurde.

Eins nach dem anderen, ermahnte sie sich. *Zuerst muss ich Renegade sicherstellen, ehe ich mich um Defector kümmere.*

Unweit von Narwick und Juliette standen Desmond Vandengard, Veronica Pothoff und Markus de Vries. Im Hintergrund hielt sich Amandine auf, während sich Inga zu Eileen gesellte.

»Und Sie frieren wirklich nicht?«, fragte Eileen mit Blick auf den engen Lacksuit, den Inga trug.

Die Schwedin schüttelte den Kopf. »Die Anzüge sind äußerst praktisch. Wenn Sie sich entschließen, bei uns zu bleiben, bekommen Sie bestimmt auch so einen.«

Narwick löste sich von der Reling und drehte sich zu den anderen um. Er sah sie der Reihe nach an, dann verharrte sein Blick auf Eileen. »Wir werden in etwa einer halben bis dreiviertel Stunde den südöstlichen Zipfel von Devon Island erreichen. Angesichts der Lage, in der wir uns befinden, müssen wir äußerst vorsichtig sein. Der Verlust der *La Lumière* hat uns weit zurückgeworfen. Juliette?«

Die Brünette nickte und wandte sich ebenfalls den anderen zu. »An Bord der *Le Soleil* haben wir drei schwere Raumanzüge. Dabei handelt es sich um Spezialentwicklungen aus Nanofasern, die wesentlich widerstandsfähiger sind als alles, was die NASA oder Roskosmos je entwerfen ließen oder im Einsatz hatten. Dennoch sollte jeder um spitze Felskanten einen Bogen machen. Die Anzüge werden auch Kugeln abhalten, aber man ist damit nicht unverwundbar. Es gibt Schwachstellen an den Schließmechanismen und das Auftreffen mehrerer Hochgeschwindigkeitsgeschosse an derselben Stelle strapaziert das Material so enorm, dass es sich verformt und reißen kann. Keine Experimente also.«

»Nur drei?«, fragte Vandengard.

Juliette seufzte. »Die anderen befanden sich an Bord der *La Lumière*. Da wir es mit einem extrem gefährlichen Virus zu tun haben, werden wir nur mit den Schutzanzügen die Insel betreten. Jae hat mich gebeten, eine Auswahl zu treffen. Vandengard, Sie sind dabei. Ich selbst werde ebenfalls mitgehen.«

Juliette sah Eileen an. »Und Sie, Hannigan.«

»Was?«, fuhr Veronica auf und auch Inga schien sichtlich erstaunt zu sein.

»Ist das ratsam?«, fragte Amandine. »Wir haben sie nur durch eine Erpressung dazu bewegen können, zu uns zu stoßen. Auch wenn sie an Bord der *La Lumière* an unserer Seite gekämpft hat, heißt das noch nicht, dass wir ihr bedingungslos vertrauen können.«

»Ich brauche Hazarder für diese Mission«, sagte Juliette.

»Sie haben noch eine.« Veronica trat vor, doch Markus fasste sie an der Hand und zog sie zurück.

»Das ist Wahnsinn«, sagte er.

»Sie haben Shift-P noch nicht genommen.« Juliette verschränkte die Arme vor der Brust. »Und Hannigans Kampfausbildung ist besser als Ihre.«

Narwick hob beschwichtigend die Hände. »Die Wahl ist getroffen. Der Hubschrauber wird Juliette, Vandengard und Hannigan auf der Insel absetzen. Ziel ist die Bergung von mindestens einer Leiche der Antaradim, die sich dort im Eis befinden sollen.«

»Und diese Information ist sicher?«, fragte Eileen.

»Natürlich.« Narwick lächelte. »Wir investieren nicht in unsicheren Informationen. Und spätestens, wenn Sie auf der Insel jemanden antreffen, der Ihnen ans Leder will, werden Sie feststellen, dass der Verbund die gleichen Informationen besitzt wie wir.«

»Also gut, Vandengard, Hannigan, folgen Sie mir. Die Anzüge anzulegen und sich mit ihnen vertraut zu machen wird uns noch ein wenig Zeit kosten.«

Juliette ging voran. Vandengard war dicht hinter ihr.

Zuerst zögerte Eileen. Ihr Blick traf den von Markus und sie nickte ihm zu. Dann wandte sie sich ab und verließ das Deck.

»Warte!« Im Korridor zu den unteren Decks holte Markus sie ein.

Als sie stehen blieb, sah er sie mit einer Mischung aus Verwirrung und Angst an. »Du willst da wirklich raus?«

»Ich muss.«

»Gar nichts musst du. Du setzt unnötig dein Leben aufs Spiel. Ich ... ja, ich weiß, du hast gesagt, ich wäre nicht dein Typ, trotzdem gibt es hier jemanden, dem es verdammt noch mal nicht egal wäre, wenn du da draußen draufgehst.«

Eileen runzelte die Stirn. Dann lächelte sie und drückte Markus ganz spontan. »Danke.«

»Pass auf dich auf.«

»Werde ich.« Sie fuhr sich mit der Zunge über die Lippen und überlegte, ob sie ihm vertrauen konnte. Er hing mit Pothoff zusammen und die wiederum schien bereits voll und ganz auf Narwicks Seite zu stehen. Auf der anderen Seite war Markus de Vries vermutlich der einzig Vernünftige an Bord, der die Gefahr erkannte, die sowohl vom Verbund der Generäle als auch von Gaia's Dawn ausging.

»Das Virus darf nicht in falsche Hände geraten«, sagte Eileen plötzlich.

Markus holte hörbar tief Luft. »Ich weiß.«

»Dann weißt du hoffentlich auch, dass es vernichtet werden muss.«

Er presste die Lippen aufeinander und nickte. »Ich hab mich die ganze Zeit mitziehen und herumschubsen lassen. Verdammt, ich hab doch mit der ganzen Sache nichts zu tun! Die haben meine Kumpel umgebracht und mich gejagt. Wenn Veronica nicht wäre und später Narwick, dann wäre ich längst tot.«

Eileen sah sich im Korridor um. Niemand war Markus gefolgt und Juliette und Vandengard waren bereits auf dem Weg zu den Schutzanzügen. »Und jetzt kannst du über dich hinauswachsen.«

»Was?«

»Du kannst ein Held sein und etwas tun!«

»Ich … was denn?«

Eileen sah ihm fest in die Augen. »Hier an Bord der *Le Soleil* muss sich der Defector-Stamm des Virus befinden. Irgendwo in den unteren Labors. Finde es.«

»Ich soll nach dem Virus suchen? Aber, ich weiß doch gar nicht, was ich damit tun soll!«

»Dir wird schon was einfallen. Es muss vernichtet werden. Sie werden es tiefgefroren haben, damit es inaktiv bleibt. Also halt nach einem Gefrierschrank Ausschau, pack dir alles, was du finden kannst, und wirf es über Bord.«

Markus lachte trocken. »Über Bord werfen. Ist das nicht zu riskant? Kann es sich nicht auch im Wasser ausbreiten?«

»Im Polarmeer? Kaum.« Eileen klopfte Markus auf die Schultern. »Wenn du es nicht bringst, keine Angst, ich kümmere mich darum, sobald ich wieder von der Insel zurück bin. Aber versau es nicht, indem du irgendwem von unserem Gespräch erzählst.«

»Ist okay. Kein Sterbenswort.«

Eileen zwinkerte ihm zu. Dann ging sie.

16:01 Uhr

Seit einer halben Stunde befand sich Gwendolyn mit Agent Coyn in der Luft. Sie waren mit einem Hubschrauber vom Halifax-Flughafen zu einem militärischen Stützpunkt etwas weiter nördlich geflogen und hatten auf einem halb verschneiten Landefeld aufgesetzt. Was auch immer Coyn während seiner Telefonate angestellt hatte, es war ihm zumindest gelungen, eine Einsatzgruppe herzubeordern. Sieben Soldaten in voller Montur erwarteten sie auf dem Stützpunkt. Ihr Anführer stellte sich als Captain der Joint Task Force 2 vor, einer Spezialeinheit der kanadischen Streitkräfte.

Keine zehn Minuten nach ihrer Ankunft betraten sie einen B52H-Bomberjet, der offenbar ursprünglich der amerikanischen Luftwaffe gehört hatte und irgendwie zur kanadischen übergegangen war. Direkt hinter dem Cockpit befand sich eine Gruppe aus Sitzen mit Sicherheitsgurten. Während die Soldaten der JTF2 akribisch ihre Waffen checkten und reinigten, saß Agent Coyn in einem mit Pelz besetzten Anorak vornübergebeugt da und sah Gwen zu, wie sie den Laptop auf ihrem Schoß bediente.

»Sie zweifeln«, sagte Gwen und hob kurz den Kopf.

Coyn nickte. »Das erscheint mir alles so weit hergeholt.«

»Dennoch haben Sie alles organisiert.« Gwen widmete sich wieder dem Laptop.

»Sie haben mir ja keine Wahl gelassen«, sagte Coyn und seufzte.

Gwen erwiderte nichts. In knapp eineinhalb Stunden würden sie die Insel erreichen. Bis dahin musste sie ganz genau wissen, was sie überhaupt tun wollte. Vor allen Dingen kam es auf das Timing an. Gwen nutzte die Satellitenverbindung des Flugzeugs, um weiterhin im Netzwerk des Verbundes eingeloggt zu bleiben, und durchwühlte den privaten Bereich des Generals. Es hatte in der Zwischenzeit keinen neuen Kontakt zu Simmons gegeben. Offenbar war dieser noch nicht in der Lage gewesen, einen Bericht abzuliefern. Gwen sah die Einsatzbefehle für das Marines-Team und überlegte, wann sie es zurückrufen ließ. Wenn sie zu früh reagierte, würde der General es bemerken und die Einsatzorder wieder umschreiben.

Alles eine Frage des korrekten Timings, dachte Gwen.

Sie wollte sich gerade wieder ausloggen, als sie auf eine andere Idee kam. Simmons vermutete in seinem Bericht, dass das russische U-Boot die Kommunikation des Mars-Habitats und des Versorgungsschiffes elektronisch gestört haben musste, damit niemand Hilfe herbeirufen konnte. Die Frequenzen waren wieder frei, sonst hätte Simmons keinen Kontakt zum General aufnehmen können. Alle Kommunikation von der Insel zum Festland lief über einen Satelliten. Gwen entschied, dass es ratsam war, einfach mal zu horchen, was überhaupt an Signalen über diesen Satelliten ging.

Über das Netzwerk des Verbundes erreichte sie den Eigentümer des Satelliten. Es handelte sich um einen zivilen Himmelskörper eines Konglomerats verschiedener internationaler Telefongesellschaften. Hauptsächlich waren daran Kanada, die Vereinigten Staaten und Dänemark beteiligt. Den größten Anteil trug Telesat Canada mit Sitz in Ottawa. Es war für Gwendolyn Stylez eine Kleinigkeit, in deren Zentralrechner einzudringen und sich die Zugangsdaten für den Satelliten auf geostationärer Umlaufbahn zu besorgen.

Anschließend filterte Gwen die Fernsehübertragungen und Radioprogramme heraus und sah sich nur die Telekommunikationssignale an. Es gab eine Menge Datenverkehr über SAT-Breitbandverbindungen von den nordkanadischen Inseln aus sowie unzählige Telefongespräche, die von Gemeinden oder Forschungsstationen im Nunavut-Territorium oder von

Grönland aus geführt wurden. Gwen blendete die zivilen Signale aus und hörte die militärischen Frequenzen ab. Sie fing Simmons' Signal auf. Er war mit einem mobilen Computer online und lieferte zwischendurch per E- oder Videomail Berichte an den General. Es gab eine Übertragung von Dundas Harbour. Die Recon-Einheit des Marine Corps ließ sich die Befehle bestätigen. Ein Ping wurde ständig ausgesendet, um die Position der Einheit ihrer Basis zu übermitteln. Dann gab es noch eine andere Übertragungswelle. Verschlüsselt. Im niederfrequenten Bereich.

Scheiße!, dachte Gwen, als sie den Ursprung des Quellsignals lokalisierte. Jemand sendete von unterhalb der Meeresoberfläche zum Satelliten hinauf.

Die Russen.

17:15 Uhr

Eileen Hannigan fühlte sich unwohl in dem Schutzanzug, wusste aber, dass er für diese Mission das Beste für sie war. Nachdem die *Le Soleil* am südöstlichen Zipfel Devon Islands vor Anker gegangen war, hatten sich Eileen, Vandengard und Juliette mit zwei Piloten zum Helikopter der umgebauten Fregatte begeben und waren unmittelbar darauf gestartet. Der Hubschrauber war ein kleiner Sea Lynx, in dem es mit den Schutzanzügen verdammt eng wurde. Zudem trugen die drei auch noch ein komplettes Waffenarsenal aus MP7, mehreren Magazinsätzen und Pistolen mit sich.

»High noon on Mars«, sagte Vandengard über die interne Anzugkommunikation und lachte leise.

»Hoffen wir, dass es nicht so weit kommt.« Juliette überprüfte den Luftdruck und die Dichtigkeit der Anzüge. Dann nickte sie unter dem Helm. »Wir gehen gleich runter.«

Ein Knacken erklang in den Lautsprechern. Der Pilot meldete sich. »Ma'am, wir haben ein kleines Problem. Der vorgesehene Landeplatz am Rand des Schneefeldes ist bereits belegt.«

»Von wem?«

»Ein Sea-Knight-Helikopter parkt dort. Wenn sie ihren Radarschirm beobachten oder nicht taub sind, dürften sie unseren Anflug bereits bemerkt haben.«

»Ist sonst noch etwas zu sehen?«, fragte Juliette nach.

»Negativ, Ma'am.«

»Dann fliegen sie über das Schneefeld weiter nach Osten und setzen ein paar Kilometer entfernt auf. Sobald wir raus sind, kehren Sie zur *Le Soleil* zurück. Wir melden uns über Funk, wenn wir gefunden haben, wonach wir suchen.«

»Aye, Ma'am.«

Der Hubschrauber machte einen Schwenk. Eileen blickte aus dem Fenster und sah in der Ferne die Umrisse des Doppelrotor-Helikopters, der außerhalb des zugeschneiten Bereichs auf dem Geröllboden der Insel stand. Simmons würde sie bereits erwarten.

17:16 Uhr

Ein Rauschen drang durch Cord Simmons' Helmlautsprecher, dann ein scharfes Knacken. Der Pilot seines Hubschraubers meldete sich.

»Sir, wir haben Gesellschaft.«

»Wie viele?«, fragte Simmons und wies die drei SEALs an, stehen zu bleiben. Rasch nahm er den Laptop aus dem Rucksack und öffnete eine neue E-Mail-Vorlage für eine Nachricht an den General.

»Ein Lynx hat drei Personen abgesetzt, ungefähr fünf Kilometer südwestlich von Ihrer Position. Der Heli ist anschließend nach Süden abgedreht.«

Simmons lachte in sich hinein. Drei gegen vier SEALs. Das dürfte nicht allzu schwierig sein. Dennoch sollte er auf der Hut bleiben. »Versetzen Sie Ihre Position, kreisen Sie etwas in der Luft und beobachten die Marschrichtung der Verfolger.«

»Ja, Sir.«

»Over and out.« Simmons gab die Nachricht an den General durch und verstaute den Laptop wieder in seinem Rucksack. Dann sah er nach vorn. Das SEAL-Team war an einer Art Höhle angelangt. Ein mannshoher Torbogen verband die Außenwelt mit dem Dunkel, das sich hinter einer Eiswand befand. Simmons erkannte auf den ersten Blick, dass der Eingang keines natürlichen Ursprungs sein konnte. Die Schnittkanten waren zu glatt und wirkten verschweißt, als hätte hohe Hitze das Eis zuerst präzise geschmolzen und dann an den Rundungen und Kanten glasiert.

»Sir?«, fragte der Sergeant.

Simmons war sich nicht sicher. Er hatte plötzlich das Gefühl, dass, wer immer diesen Tunneleingang geschaffen hatte, immer noch hier war. »Wir gehen rein«, entschied er. »Äußerste Vorsicht.«

17:16 Uhr

»Over and out.«

Gwendolyn Stylez hielt die Luft an, als das Gespräch zwischen Simmons und der Hubschrauberbesatzung beendet wurde. Sie hatte jedes Wort auf dem internen Funkkanal des SEAL-Teams mitgehört. Es war jetzt umso wichtiger, Eileen zu informieren, was vor sich ging. Aber wie konnte sie? Selbst wenn sie die Frequenzen G-Dawns kannte, bedeutete das nicht, dass Eileen sich unter den drei abgesetzten Leuten befand. Und wenn doch, wie sollte sie ihr eine direkte Nachricht zukommen lassen, ohne dass G-Dawn oder Coyn etwas davon bemerkten?

»Planänderung«, sagte sie und nahm Verbindung zum Piloten der B52 auf. »Hier ist Agent McDermott. Wie ist unsere Position?«

»Im Anflug auf Dundas Harbour. Etwa fünfzehn Meilen, Ma'am.«

»Vergessen Sie den Anflug. Drehen Sie nach Nordost ab und halten Sie …«, Gwen blickte auf das Laptopdisplay, ehe sie weitersprach, »… den Kurs bis zur Schneegrenze. Geben Sie kurz vorher noch mal unsere Position durch.«

»Ja, Ma'am.«

Kurz nachdem der Pilot bestätigt hatte, wurde das Flugzeug plötzlich durchgeschüttelt. Von draußen erklang ein ohrenbetäubender Donner. Grelles Licht blitzte hinter den Sichtluken auf. Im nächsten Augenblick ging die B52 in eine Schräglage und riss alles mit sich, das nicht niet- und nagelfest war. Gwen und die Soldaten auf ihrer Seite wurden in die Gurte gepresst, während Coyn und die anderen auf der gegenüberliegenden Seite mit den Rücken in die Sitze gedrückt wurden.

»Wir werden angegriffen!«, gellte die Stimme des Kopiloten aus den Kopfhörern.

Die B52 ratterte und rüttelte. Dann sackte sie durch und mit einem Mal hatte Gwen das Gefühl, ihr Magen würde einen Salto schlagen und sämtlichen Inhalt ihres Mittagessens wieder die Speiseröhren hinaufkatapultieren.

»Scheiße!«, rief jemand. »Was ist da los?«

»Ein Treffer. Wir sind getroffen worden!«

Coyns Blick traf den Gwens. »Wer …?«

Er kam nicht dazu, die Frage zu beenden. Die Maschine sackte noch einmal durch und ging dann wieder in die Waagerechte. Gwen spürte den Druck im Rücken. Sie ächzte. Der Magen beruhigte sich wieder etwas.

Fauchende Geräusche erklangen aus dem Heck der Maschine.

Gwen sah zwei Lichtblitze hinter den Scheiben aufleuchten.

»Täuschkörper«, sagte der Soldat neben ihr. »Offenbar ein Raketenangriff.«

»Hier?«, fragte Coyn. Sein Gesicht war aschfahl geworden. Schweiß glänzte auf seiner Stirn.

»Boden-Luft-Raketen«, erklärte der Soldat. »Vermutlich eine Stinger. Wir sollten aber bald aus deren Reichweite sein.«

»Falls wir es schaffen«, sagte ein anderer Soldat.

Plötzlich explodierte der Rumpf. Eine lodernde Flammenhand leckte in den Innenraum bis zur gegenüberliegenden Wand und fraß sich förmlich durch sie hindurch. Die Hitzewelle rollte durch das Flugzeug.

Panisch blickte Gwen zum Ende, als die Tür zum Munitionsdepot auseinanderbrach und die Feuerwand die letzten beiden Soldaten in der Reihe erfasste. Gwen spürte die enorme Hitze auf ihrer Wange. Ihr Haar kräuselte sich, und sie wandte abrupt den Kopf ab, sah jedoch noch, wie einer der Soldaten von den Flammen erfasst und entzündet wurde. Er schrie und schlug um sich, versuchte, seinen Sicherheitsgurt zu lösen, doch das Feuer war schneller und zerschmolz die Fasern. Der Mann rannte wie eine lebendige Fackel durch den Innenraum genau auf die Flammenwand zu und tauchte in sie ein. Als das Feuer verpuffte, wagte es Gwen, sich wieder umzudrehen, und erstarrte bei dem Anblick.

Der brennende Soldat war verschwunden.

Ebenso wie das gesamte Heck des Flugzeugs.

Im selben Moment sackte die Maschine abermals durch und ging in einen steilen, trudelnden Sturzflug über. Der Druckabfall riss an den Sitzen, Halteklammern und Leuten. Der zweite Soldat, der dem Feuer knapp entgangen war, wurde mitsamt seinem Stuhl aus dem Flugzeug gerissen und verschwand in der Leere.

»Nein!«, rief Coyn.

Gwen starrte in den klaren blauen Himmel, der keine fünf Meter von ihr entfernt am Rand des auseinandergebrochenen Flugzeugs begann. Die letzte Stinger-Rakete musste den Treibstoff in den Tragflächen entflammt und zur Explosion gebracht haben.

Es grenzte an ein Wunder, dass die B52 nicht in einem großen Feuerball vergangen, sondern *nur* in zwei Hälften gerissen worden war. Sie machte ihrem Namen *Stratofortress* in dem Moment alle Ehre – dennoch würde sie unweigerlich zum Grab der Passagiere und Piloten werden, wenn sie nicht augenblicklich reagierten. Gwen drückte den Knopf am Sicherheitsgurt, hielt sich an einer Haltestange neben dem Sitz fest und schrie den Soldaten zu. »Wir müssen hier sofort raus! Los, los, Bewegung.«

Während sie auf das Loch im Rumpf zutaumelte, wurde sie von dem immer noch währenden Sog des Druckabfalls erfasst. Ein Orkan zerrte an ihr und drohte sie aus dem Rumpf zu ziehen. Mühsam hielt sie sich auf den Beinen und musste sich mit beiden Händen festhalten.

»Raus hier!«, rief sie erneut und schaffte es irgendwie, den Helmfunk zu den Piloten zu aktivieren. »Steigen Sie aus!«

Dann ließ sie ihren Halt los und wurde sofort von einer unsichtbaren Hand gepackt und aus dem Rumpf gerissen. Sie wirbelte um ihre Achse, geriet ins Trudeln und legte Arme und Beine eng an den Körper an, um ihren Flug zu stabilisieren. Als das Trudeln in einen Sturzflug überging, breitete sie Arme und Hände aus, um sich auf den Luftströmungen treiben zu lassen. Sie sah das Weiß des Schneefeldes unter sich rasch näher kommen. So weit hatte es das Flugzeug immerhin noch geschafft.

Gwen zog die Reißleine. Sie sah nach oben und erkannte den flatternden, sich entfaltenden Schirm und darüber die eine Hälfte der lodernden B52. Wo das hintere Segment abgeblieben war, konnte Gwen nicht erkennen. Einer der Soldaten wurde von dem Sog gegen die Decke geschmettert und dann aus dem abstürzenden Wrack geschleudert. Die anderen hatten mehr Glück und sprangen nacheinander aus der Flugzeughälfte. Kurz bevor sich der Fallschirm ganz öffnete und Gwen die Sicht nach oben nahm, erkannte sie, wie die Kanzelfenster über dem Cockpit abgesprengt wurden und die Schleudersitze zündeten.

Der Schirm hatte sich vollständig geöffnet und bremste Gwendolyns Fall. Sie hielt sich an den Haltegriffen fest und blickte nach unten. Beinahe fieberhaft versuchte sie, von ihrem Standpunkt aus die Situation zu überblicken. Sie erfasste einen Krater im Fels, wo sich einmal das Mars-Habitat befunden haben musste. Unter ihr befand sich das beginnende Schneefeld. Sie sah einen Helikopter, bei dem es sich nur um den handeln konnte, der Simmons und seine Leute abgesetzt hatte.

Dann kam der Boden rasch näher. Gwen bereitete sich auf das Aufsetzen vor. Sie zog an den Leinen, um sich weiter in den Schnee treiben zu lassen. Butterweich landete sie in dem weißen Meer, federte in den Knien ab und zog den Schirm an seinen Leinen ein. Als sie das Geschirr abgekoppelt und das Stoffknäuel weitgehend zusammengerollt hatte, landete der erste Soldat der JTF2 keine zehn Meter neben ihr. Nacheinander setzten die fünf Soldaten und Coyn auf. Alle schienen weitgehend unverletzt zu sein.

»Was zum Teufel ist da eben passiert?«, rief der Agent.

»Die haben uns runtergeholt«, sagte einer der Soldaten und ließ sich in den Schnee fallen. Mit einem behandschuhten Finger zeichnete er einen groben Umriss in das pulverige Weiß. Er markierte einen Punkt im Südwesten, einen in der Mitte und einen weiter östlich. »Wir sind vor Dundas Harbour abgedreht und noch einige Kilometer geflogen. Ungefähr hier«, er deutete auf den Punkt in der Mitte, »hat man uns unter Beschuss genommen, während wir weiter nach Osten unterwegs waren. Wir befinden uns jetzt hier.« Er zeigte auf den letzten Punkt, der den Rand des Schneefeldes markierte. Dann stand er auf und sammelte die verbleibenden Männer um sich. Von den Piloten gab es bisher keine Spur.

»Verteidigungsposition. Wir setzen uns nach Westen in Marsch.«

»Was haben Sie vor?«, fragte Gwen.

»Wir holen uns die Burschen.«

Gwen schüttelte den Kopf. »Nein. Das ist nicht unsere Mission.«

Sowohl der Soldat als auch Coyn zeigten beinahe entsetztes Erstaunen auf ihren Gesichtern.

»Moment, Sie sagten, wir sollen herausfinden, wer sich dort in Dundas Harbour eingenistet hat.«

Gwen zählte in Gedanken bis drei und ermahnte sich, völlig ruhig und gelassen zu bleiben, was angesichts des gerade mit knapper Not überlebten Angriffs alles andere als einfach für sie war. Sie atmete tief durch. »Dundas Harbour war ein Sekundärziel. Haben Sie den Hubschrauber gesehen?«

Der Soldat nickte, während Coyn weiter ratlos dreinblickte.

»Von denen sind wir nicht abgeschossen worden«, sagte Gwen. »Das heißt, die haben noch ein weiteres Team in dieser Region abgesetzt. Finden wir dieses zuerst, dann kümmern wir uns um die anderen.«

»Bei allem Respekt, Ma'am …«

»Tun Sie, was sie sagt!« Coyn trat vor.

»Das ist eine militärische Operation«, sagte der Soldat.

»Zu unserer Unterstützung«, erinnerte ihn Coyn.

Der Anführer des Spezialkommandos wollte etwas erwidern, doch im nächsten Moment wurde er von dem Dröhnen von Turbinen unterbrochen. Ein Flattergeräusch zog die Aufmerksamkeit aller auf sich. Der Helikopter, den Gwen beim Absprung auf dem Boden gesehen hatte, war inzwischen gestartet und hielt direkt auf ihre Position zu. Es handelte sich um einen Sea Knight ohne externe Bewaffnung. Dafür stand jedoch ein Seitenschott offen, aus dem ein aufmontiertes Maschinengewehr lugte.

»Deckung!«, rief der Anführer.

Im nächsten Augenblick spie das MG seine Munition in kurzen Feuerstößen aus. Der Schnee färbte sich rot.

17:16 Uhr

Ein Knacken erklang in der Leitung. Captain Lars Dallmer trat aus der Wellblechbaracke und drückte die Empfangstaste des Senders in seinem Ohr. In einiger Entfernung hoch am Himmel gleißte eine kleine Sonne, die zuvor noch ein Flugzeug dargestellt hatte.

»Sir, wir haben es mit einer Stinger erwischt«, sagte einer der beiden Piloten des Hubschraubers, der einige Kilometer östlich von ihnen parkte. »Aber es ist mittlerweile außer Reichweite.«

Dallmer sah es selbst, als er durch ein Fernglas blickte. Die B52, die ursprünglich ihren Kurs auf Dundas Harbour gehalten hatte, driftete nach Osten ab, genau auf Simmons' Standort zu. Bei dem Tempo, das sie vorlegte, und der Entfernung, die er momentan einschätzte, mochte sie ihn in fünf oder sechs Minuten erreichen. Die Stratofortress war durchaus noch manövrierfähig. Offenbar war eines ihrer acht Triebwerke getroffen worden. Die Maschine zog eine Rauchfahne am Himmel hinter sich her. Sie war in Schräglage, fing sich aber bereits wieder.

»Gute Arbeit«, sagte Dallmer und wandte sich dann an Nat Seeger. »Snake, geben Sie mir Simmons.«

Der weibliche Marine kam zu ihm und sah ihn fragend an. »Was ist mit der Funkstille?«

»Scheiß was drauf!« Dallmer streckte einen Arm in Richtung der Rauchfahne aus. »Das da ist unterwegs zu ihm. Er sollte es zumindest wissen.«

Snake nickte und aktivierte die Frequenz, auf der die SEALs miteinander funkten. Sie rief Simmons an, bekam jedoch keine Antwort.

»Die Frequenz ist tot, Sir.«

»Was?«

In diesem Moment gab es eine weitere Explosion am Himmel, heller als die vorherige. Dort, wo das Flugzeug sein sollte, stand ein greller Feuerball. Im ersten Moment dachte Dallmer, dass der Hubschrauberpilot vielleicht mit einer zweiten Stinger erfolgreicher gewesen war, doch er erinnerte sich daran, dass sich die B52 mittlerweile weit außer Reichweite der Flugabwehrraketen befand.

Snake drückte einen Schalter, regulierte dann ein Drehrad und schüttelte den Kopf.

»Alle Funkfrequenzen sind tot. Nichts. Es ist absolut gar nichts im Äther.«

Dallmer versuchte, den Piloten zu erreichen, mit dem er gerade noch gesprochen hatte, doch auch diese Verbindung stand nicht mehr und seine Mühen blieben ohne Erfolg. Er winkte einen der anderen Marines zu sich heran und ließ sich das Satellitentelefon geben. Dallmer schaltete das Gerät ein und wartete auf Empfang, doch er bekam kein Netz.

»Das gibt es doch nicht.«

»Sir?«

»Der Satellit ist weg.«

»Das ist unmöglich«, sagte Snake Seeger.

Dallmer ließ das nutzlose Telefon sinken. Dann gab er das Zeichen zum Sammeln und klaubte sein eigenes Gewehr auf.

»Was tun wir?«, fragte Seeger.

»Wir gehen zum Heli.« Dallmer setzte sich in Bewegung.

17:16 Uhr

Die Explosion war deutlich zu hören gewesen. Juliette ging der Gruppe voran, dicht gefolgt von Vandengard. Sie folgten den Spuren im Schnee, die von Simmons und seinen SEALs stammen mussten, als sie ein ohrenbetäubender Lärm innehalten ließ.

Zuerst fuhr Eileen herum und entdeckte die Miniatursonne am Himmel. Dann sah sie eine Rauchwolke und schwarze Punkte von Wrackteilen, die wild in alle Richtungen auseinandergesprengt wurden.

»Was war das denn?«, fragte Vandengard.

»Sieht nach einem Flugzeug aus«, sagte Eileen. »Jemand hat es vom Himmel gepustet.«

»Der Hubschrauber, den wir beim Anflug geortet haben?«

Eileen schüttelte den Kopf. »Kaum. Sehen Sie sich die Größe der Wrackteile an. Das war …«

»Eine B52«, sagte Juliette und versuchte, über Funk die *Le Soleil* zu erreichen. Ohne Erfolg.

Eileens Blick wanderte von dem abstürzenden Wrack zu der Richtung, in der Simmons' Hubschrauber stand. Dann zu der Eiswand, auf die die Spuren der anderen zuführten. »Wir sind hier definitiv nicht allein auf der

Insel«, sagte sie. »Und es war ein Fehler, nur zu dritt und ohne Begleitschutz herauszukommen.«

Juliette starrte sie an. Endlich nickte sie unter dem schweren Schutzhelm. »Vermutlich haben Sie recht. Aber wir können die *Le Soleil* nicht erreichen, damit sie uns den Hubschrauber schickt, um uns abzuholen.«

»Ich weiß.« Eileen atmete durch. »Sieht so aus, als müssten wir Simmons' Spuren weiter folgen. Ich habe den Verdacht, dass sie uns zur Quelle der Funkstörung führen werden.«

Als sie weitergingen, fragte sich Eileen, ob die Mitglieder der Mars Society eine ähnliche Funkstörung feststellten, ehe sie bombardiert wurden. Ihre Nackenhärchen richteten sich auf und trotz der Wärme, die das Heizsystem des Schutzanzugs spendete, spürte Eileen plötzlich die eisige Kälte der Insel in ihre Glieder kriechen.

17:16 Uhr

Zur selben Zeit stellte auch der Funker an Bord der *Le Soleil* den Ausfall sämtlicher Funkfrequenzen fest und verglich den Umstand mit einer unsichtbaren Glocke, die man über die Insel und das sie umgebende Meer gestülpt hätte. Jae Narwick entschied, den Helikopter loszuschicken, um seine Gruppe abzuholen. Ohne den Funkkontakt zwischen ihnen, waren sie nicht einmal in der Lage, eine Erfolgsmeldung durchzugeben.

Der Feuerball am Himmel war auch an Bord der *Le Soleil* sichtbar.

17:16 Uhr

Ein leichtes Beben ließ den Boden vibrieren und Cord Simmons sofort innehalten. Er hob eine Hand und bedeutete den drei Leuten seines Teams, stehen zu bleiben.

»Was zum Henker war das?«, fragte der Sergeant.

Simmons hob die Schultern. Der mit dem Vibrieren schwach zu hörende Knall ließ auf eine Explosion außerhalb der Eishöhle schließen. Simmons presste die Lippen aufeinander und setzte sich wieder in Bewegung. Ganz gleich, was draußen passierte, er hatte eine Mission zu erfüllen und würde genau das tun. Er kam nur zwei Schritte weit, ehe er wieder stehen blieb. Das Mündungsfeuer, das von vorn aufblitzte, ließ ihn hinter einem Eisvorsprung in Deckung springen. Ein SEAL schrie auf.

Simmons hörte ein Zischen und spürte gleichzeitig einen brennenden Schmerz im Oberschenkel. Eine Kugel hatte seinen Schutzanzug aufgerissen. Luft entwich. Doch das war im Augenblick seine geringste Sorge, denn ein weiterer Feuerstoß von vorn zwang ihn zum Rückzug zur letzten Biegung. Er stolperte über den getroffenen SEAL, dessen Visier von einem Geschoss zerschmettert worden war.

Hinter der Biegung ging er in die Hocke.

»Ich bin getroffen«, sagte der Sergeant und deutete auf eine Wunde an der Schulter. Eine kleine, rote Wolke stob auf. Blutspritzer mit austretender Luft.

»Ich auch«, sagte Simmons.

»Was ist … was ist mit dem Virus?«, fragte der Sergeant.

Simmons wollte die Schulter zucken, doch in dem Moment sah er die Blutsträne aus den Augen des anderen Mannes rinnen. Er schluckte und merkte, wie ihm der kalte Schweiß ausbrach.

Lynchburg, Virginia
16. November, 17:16 Uhr

Eine Dunstwolke erfüllte die in dunkelrotes Licht getauchte Kommandozentrale. Hinter einem Pult stand die massige, in einen Armani-Anzug gekleidete Gestalt des Generals und paffte eine Zigarre. Er wartete auf die Verbindung mit Simmons, doch der Mann an der Konsole konnte nur ausdruckslos den Kopf schütteln.

Nie ist eine Stylez da, wenn man eine braucht, dachte der General und blies dem Mann den Zigarrenrauch ins Gesicht.

»Was ist nun?«, fragte er.

»Ich fürchte, ich kann Ihnen keine Verbindung zum Team geben.«

»Ist Simmons' Satellitentelefon ausgefallen?«

Der andere schüttelte den Kopf. »Schwer zu sagen. Es sieht vielmehr so aus, als befände sich die gesamte Region um Devon Island in einem … Funkloch.«

Der General ballte eine Hand zur Faust und biss auf seine Zigarre. Er drehte sich auf dem Absatz um und raunte dem Mann an der Station im Hinausgehen zu: »Geben Sie mir St. Petersburg.«

Der Mann drehte sich um. »Wir haben in Florida nur ein Büro in …«

»Russland«, sagte der General mit scharfem Unterton in der Stimme und verließ den Kontrollraum, um nebenan sein Büro aufzusuchen. Er ließ sich schwer in den Sessel fallen, nahm die Zigarre und drückte sie in einem Ascher aus, während er auf die Verbindung wartete. Nur eine Sekunde darauf blitzte der Bildschirm auf.

Der General blickte in einen Spiegel. Sein Gesprächspartner glich ihm bis auf das nicht vorhandene Haar. Mit dem Unterschied, dass sein Anzug um eine Nuance heller war und die Krawatte uni statt gestreift.

»Hallo«, sagte der Mann auf dem Bildschirm. Er saß vornübergebeugt und hatte die Unterarme auf dem Schreibtisch aufgelegt. Seine Hände waren ineinandergefaltet und in seinen Mundwinkeln glomm eine Zigarre.

Bei dem Anblick merkte der General, wie ihn wieder das Verlangen überkam. Er streckte eine Hand nach dem Humidor aus, fischte eine Corona heraus, schnitt sie an und entzündete dann ein Streichholz, um das Ende der Zigarre über der Flamme zu rollen. Er ließ sich Zeit und wartete, bis sich ein Glutring um die Tabakblätter gebildet hatte, ehe er den ersten Zug nahm.

Sein Gesprächspartner hatte dafür offenbar vollstes Verständnis, denn er wartete geduldig.

»Hallo«, sagte der General und blies den Rauch in Richtung Bildschirm aus. »Wir hatten eine Vereinbarung.«

»Die haben wir immer noch.«

»Das bezweifele ich.« Der General nahm einen weiteren Zug. »Die *Michail Gorbatschow* liegt immer noch bei Devon Island in Kanada.«

Der andere General runzelte die Stirn. »Ich habe das Boot nach unserer Vereinbarung zurückbeordert. Wie kommst du darauf, dass es noch dort wäre?«

Nun beugte sich auch der General vor und sah den anderen scharf an. »Ich habe den Funkkontakt zu meinem Team verloren.«

»Ein Team?«

»Ja.«

»Wollten wir Renegade nicht ruhen lassen?«

»Das hast du missverstanden.«

Der russische General lachte kurz. »Ich glaube nicht. Wenn, dann hätten die Soldaten der russischen Marine das Virus sicherstellen können.«

»Und dann? Du glaubst alles unter Kontrolle zu haben? Der Verbund war sich einig, dass wir Hazarder einsetzen, um Renegade zu beschaffen. Ich bin der Erste, der einen Hazarder zur Verfügung hatte. Alles andere widerspricht der Vereinbarung.«

Der Gesprächspartner hob abwehrend eine Hand. »Ich habe mich an die Vereinbarung gehalten. Die *Gorbatschow* wurde zurückbeordert.«

»Und warum befindet sich dann ein elektronisches Störfeld über der Insel?«, fragte der General. Er merkte, dass er wütend wurde. Seine Brüder im Verbund waren nicht immer einfach. Jeder spann seine eigenen Fäden im großen Flickwerk der Geschichte. Jeder wollte an erster Stelle sein und seine Ideen umsetzen. Jeder war neidisch auf den anderen. Und dennoch waren sie nur an den Punkt angelangt, an dem sie heute standen, indem sie gemeinsame Entscheidungen getroffen hatten.

»Ich bitte dich, den Standort des U-Bootes noch einmal zu überprüfen«, sagte der General. »Kann es sein, dass sich der Kommandant geweigert hat?«

»Unwahrscheinlich. Er ist überaus loyal.«

»Gab es sonst wen an Bord, der sich quergestellt haben könnte?«

Der Mann in St. Petersburg grinste. »Deine Fantasie geht mit dir durch.«

»Ich habe in den letzten vier Tagen so einiges erlebt«, sagte der General. »Einer der unseren wechselt die Seiten, seine Stylez verbündet sich mit einem abtrünnigen Hazarder, meine Stylez ist tot, die Fortschritte von Gaia's Dawn sind erschreckend. Ich rechne mit *allen* Eventualitäten. Also?«

»Moment, ich nehme Kontakt zum Kommandanten auf.«

Das Bild des anderen verschwand und machte dem Wartelogo einer russischen Agrarfirma Platz. Eine Tarnung. Wie alles innerhalb des Verbundes. Die Generäle traten niemals öffentlich in Erscheinung.

Eine Minute verstrich. Dann zwei.

Auf einmal flackerte das Bild wieder und zeigte das hübsche Gesicht einer jungen, blonden Frau, die eindeutig eine Spur zu viel Make-up aufgelegt hatte. Galina Stylez.

»Entschuldigen Sie bitte, Sir«, sagte die Assistentin des Generals aus St. Petersburg. »Wir haben im Moment Schwierigkeiten, die *Gorbatschow* zu erreichen.«

Der General sog an seiner Zigarre. »Warum wundert mich das jetzt nicht?«

»Sir?«

»Ach nichts.« Er wusste, was gespielt wurde. Das russische U-Boot befand sich noch immer in der Nähe von Devon Island und stand unter derselben Funkglocke wie der ganze Rest. Kein Signal kam heraus, keines ging hinein. »Haben Sie eine Personalliste?«

Mrs Stylez nickte. »Benötigen Sie die ganze Liste oder suchen Sie jemand Bestimmtes?«

Der General blies den Rauch aus und widmete sich einem anderen Computer, auf dessen Display er sich die Liste der Hazarder aufrief. Er hatte einen Verdacht und hoffte, dass er sich irrte.

»Semenova?«, fragte er.

Mrs Stylez blickte auf einen Bildschirm und schien eine Suchabfrage über eine Tastatur außerhalb des Kamerabereichs zu machen. Dann sah sie wieder den General an. »Kristina Semenova. FSB.«

FSB stand ausgeschrieben für den russischen Inlandsgeheimdienst: *Federalnaja Sluschba Besopasnosti Rossijskoj Federazii.*

Semenova war eine Hazarder und befand sich an Bord der *Michail Gorbatschow.*

Verdammt! Der General knallte eine Faust auf den Tisch und drückte die Zigarre im Ascher aus, so fest, dass nur noch ein kleiner Stummel von ihr übrig blieb und der Rest Tabakblätter in seiner Hand zerkrümelte.

»Sie wissen, was das bedeutet, Mrs Stylez?«

Die Frau auf dem Bildschirm sah ihn ausdruckslos an. »Sir, wir wussten nichts davon.«

»Ist Semenova aktiviert?«

Mrs Stylez schüttelte den Kopf. »Nein. Wir haben sie bisher nicht ausfindig machen können.«

»Jetzt wissen Sie, warum.«

Plötzlich teilte sich der Bildschirm und das Gesicht des russischen Generals erschien neben dem seiner Assistentin. »Was sollen wir unternehmen?«, fragte er. »Ich könnte ein Geschwader von einer der nördlichen Basen schicken.«

Der General winkte ab. »Das könnte ich auch. Es sind jetzt Navy SEALs, U.S. Marines, ein russisches U-Boot und die Leute von Gaia's Dawn vor Ort. Und wir haben, kurz bevor der Funkkontakt abbrach, einen Bericht von der kanadischen Luftraumüberwachung erhalten, dass eine B52 auf dem Weg nach Devon Island ist. Wenn wir noch jemanden dort aufkreuzen lassen, werden wir einen Krieg provozieren. Das lässt sich nicht mehr so ohne Weiteres vertuschen. Wir können von Glück sagen, wenn wir es jetzt noch können.«

Der Mann auf dem Schirm beugte sich vor. »Wir könnten das ganze Gebiet mit einem nuklearen Gefechtskopf atomisieren.«

Der Kopf von Mrs Stylez ruckte herum. Ihre Gesichtsfarbe wechselte trotz der aufgetragenen Schminke zu einem blassen Teint.

»Eine Nuklearexplosion am Nordpol«, sagte der amerikanische General, »wird von jeder Frühwarnstation und jedem Satelliten über dem Gebiet aufgenommen. Du hättest zwar jeden lebenden Zeugen mundtot gemacht, aber dafür einen Haufen elektronischer Zeugen am Hals. Das Einzige, was wir tun können, ist abwarten und beten. Mit etwas Glück hat Simmons Erfolg.«

»Und wenn nicht?«, fragte der Mann auf dem Schirm.

»Dann«, der General paffte an seiner Zigarre, »müssen wir uns um die *Gorbatschow* kümmern.«

Devon Island, Kanada
16. November, 17:18 Uhr

Der Schnee spritzte hoch wie eine Wasserfontäne, als die Kugelsalven sich in ihn hineinbohrten und ihn aufwühlten. Zwei der JTF2-Soldaten explodierten in roten Spritzern und landeten in ihren weißen Gräbern. Der Rest versuchte, sich durch einen schnellen Spurt in Sicherheit zu bringen, während ein einzelner Soldat in die Hocke ging und mit seinem Gewehr auf den Hubschrauber anlegte.

Gwendolyn Stylez lief. Sie sprang durch den Schnee, schlug hier und da einen Haken und sah nur aus den Augenwinkeln die Leichen der beiden Marsmissionsteilnehmer. Gwen blieb nicht stehen. Sie wusste, dass sie sich sehr wahrscheinlich bereits im Wirkungsradius des Renegade-Virus befand. Die Frage, ob es aktiv war oder nicht, schob sie in die hintersten Winkel ihrer Gedanken zurück. Wenn sie nicht durch das Virus umkam, dann durch eine der Kugeln des Hubschraubers.

Sie hörte eine Salve aus dem Sturmgewehr, dann das laute Rattern der Rotoren, als der stählerne Koloss über sie hinwegflog. Auch die beiden anderen Soldaten und Coyn legten mit ihren Waffen auf den Hubschrauber an und feuerten. Funken blitzten am Rumpf auf. Plötzlich sackte der Sea Knight durch, wippte dabei hin und her und schlug wie ein fallender Stein im Schnee auf, keine vier- oder fünfhundert Meter entfernt. Weiße Flocken stiegen auf, ein Rotor verlor seine Blätter, die über die Schneewüste davonflogen und sich irgendwo im Weiß verloren. Der zweite Rotor lief munter weiter.

»Was ist da passiert?«, fragte Coyn.

»Sie können gerne hingehen und nachfragen«, sagte Gwen und sah zurück zu den beiden Leichen der Marsmissionsteilnehmer. Wie waren sie gestorben? Ihr Blick wanderte weiter zu dem kanadischen Soldaten, der als Erster das Feuer auf den Hubschrauber eröffnet hatte. Er lag am Boden und zuckte. Gleich darauf knickte ein weiterer Soldat in den Knien ein, griff sich an den Hals und röchelte. Blut lief aus seinen Augen. Seine Lippen platzten auf.

»Mein Gott!«, stieß Agent Coyn hervor und stolperte rückwärts.

Gwen sah das Rinnsal Blut aus seiner Nase. Im selben Moment erwischte es auch den letzten Soldaten. Er kippte einfach zur Seite weg und war offenbar bereits tot, als er im Schnee aufschlug.

Bei Coyn dauerte es länger. Gwen konnte zu ihrer Bestürzung mit ansehen, wie sich seine Augen verflüssigten. Zuerst war es nur Blut, dann tropfte milchige Flüssigkeit aus den Höhlen, die sich vollständig leerten. Coyn lehnte mit dem Rücken gegen eine Eiswand, sackte daran herunter und stieß einen letzten heiseren Laut aus, ehe er für immer verstummte.

Der Anblick zwang Gwen in die Knie. Sie lockerte den Mundschutz vor ihrem Gesicht und erbrach sich in den Schnee. Dabei schossen ihr die Tränen in die Augen. Sie weinte und würgte, bis nichts mehr da war, das sich erbrechen ließ. Bis die Tränendrüsen leer waren. Dann hockte sie dort vornübergebeugt im Schnee und wartete darauf, dass Renegade auch ihr biologisches System umkrempelte, es komplett neu programmierte und binnen eines Lidschlags sämtlichen Zellen einen tödlichen Code einpflanzte.

Sie wartete fünf Minuten. Zehn. Als danach noch nichts geschah und sich keine verräterischen Blutstropfen in ihrer Tränenflüssigkeit bildeten, kein Blut aus Nase und Ohren rann, stand sie auf, drehte sich um und ging in Richtung Osten weiter. Ihre Schritte waren mechanisch, mehr taumelnd denn sicher gehend. Wie aufgezogen stakste sie durch den Schnee und blickte stur geradeaus, als könnte sie so das Grauen ausblenden, das sie eben miterlebt hatte.

17:31 Uhr

Die Schüsse und der neue Krach, der über dem Schnee aufbrandete, waren zwar nicht so laut wie die Explosion vorher, dennoch laut genug, um Eileens Aufmerksamkeit und die ihrer Begleiter zu erregen. Vandengard blieb stehen und drehte sich in seinem schweren Schutzanzug um. Er schaute nach Westen. Eileen folgte seinem Blick. Eine Rauchfahne zog sich den Himmel empor. Die Schüsse waren verstummt.

»Ich hab ein mieses Gefühl«, sagte Vandengard.

»Ganz Ihrer Meinung.« Eileen wandte sich wieder ab. »Gehen wir, ehe uns noch der Himmel auf den Kopf fällt.«

Sie stapfte durch den Schnee und folgte den deutlich sichtbaren Spuren ihrer Vorgänger. Die beiden Leichen der Marsmissionsteilnehmer hatten sie längst hinter sich gelassen. Ebenso den Toten in der russischen Uniform. Vor ihnen lagen nur jungfräuliche Spuren von Simmons' Team. Eileen erkannte vier Paare an verschiedenen Abdrücken im Schnee. Der Gegner war in der Überzahl und es handelte sich um ausgebildete SEALs.

Eileen wünschte sich einmal mehr, sie wären mit einer größeren Gruppe aufgebrochen.

»*Crap!*«, sagte Vandengard plötzlich und hielt inne. Er hob eine Hand und streckte sie mit der Handfläche nach oben aus.

Eileen bemerkte eine Sekunde vor Juliette, was der ehemalige SAS-Soldat meinte. Es begann zu schneien. Feine Flocken schwebten aus dem blaugrauen Himmel, der sich über ihnen immer weiter zuzog.

Schnee. Das bedeutete, es wurde wärmer. Und das wiederum hieß, Renegade konnte sich entfalten. Fortpflanzen.

Eileen fuhr sich mit der Zunge über die Lippen. Die Luft, die durch die Atemflasche auf dem Rücken ihres Schutzanzugs in den Helm strömte, schmeckte fade und abgestanden. Was, wenn ihr Anzug nicht dicht war? Eileen dachte an Narwicks Worte, was das Supervirus, die Kombination aus Renegade und Defector, ausrichten konnte. Der Schutzanzug wäre in diesem Fall völlig wirkungslos und konnte den kleinen Bastard nicht davon abhalten, Eileen oder die anderen zu infizieren.

Sie atmete tief durch, regulierte die Luftzufuhr und ließ mehr Sauerstoff in den Helm rauschen. Eileen ermahnte sich zur Ruhe. Sie durfte keinesfalls in Panik verfallen. Um ihren Puls zu beruhigen, bediente sie sich einer Atemtechnik und sog langsam die Luft ein, behielt sie für ein paar Sekunden bei sich, ehe sie sie genauso langsam wieder ausatmete. Es half.

»Ganz fantastisch«, sagte Vandengard. Er berührte die Schneeflocken auf seinem Visier und nahm dann die MP7 in beide Hände.

Eileen deutete auf die Wand keine dreißig oder vierzig Meter entfernt. Sie markierte den Beginn eines Gebirgszugs im Norden der Insel, der sich bis zur polaren Küste hinzog. Hier war er bereits mit Schnee und Eis bedeckt und einige Hundert Meter hoch.

Vandengard sah sie fragend an, doch Juliette hatte verstanden. Ihr Blick folgte den Spuren im Schnee, die in einer leichten Kurve direkt zum Ausläufer des Gebirges hinführten.

Durch das dichter werdende Schneetreiben war jedoch nicht zu erkennen, wohin genau sie verliefen und ob es dort irgendetwas gab, das Simmons' Aufmerksamkeit auf sich gezogen hatte. Ihnen blieb nichts anderes übrig, als den Fußstapfen zu folgen. Im Moment gaben sie noch ein leichtes Ziel auf dem offenen Terrain ab, aber der Schnee beeinträchtigte mittlerweile ihre Sicht, sodass andererseits auch jemand, der dort an der Wand auf sie wartete, sie nicht unbedingt sofort sehen konnte. Eine Schneewehe versperrte ihnen den Weg. Die Spuren endeten davor. Offenbar war inzwischen so viel Neuschnee gefallen, dass er begann, die Fußstapfen zu verwischen. Der Himmel hatte sich zugezogen.

Eileen sah besorgt nach oben. Soviel sie wusste, schneite es hier im Sommer bei gemäßigten Temperaturen, nicht aber Mitte November, wenn der größte Teil der Insel vereist war. Irgendetwas stimmte hier nicht.

Sie umgingen die Schneewehe und fanden wieder die schwachen Spuren der Vorgänger auf dem weißen Teppich. Kurz vor der Eiswand des Berges machten sie einen Knick nach Osten und führten entlang des Gebirgsfußes weiter.

Der Wind heulte hohl um Eileens Helm. Aus dem Schneegestöber schien langsam, aber sicher ein Sturm zu werden. Sie konnte keine fünfzig Meter mehr vorausschauen.

Das war jedoch auch nicht notwendig. Im nächsten Moment blieb Juliette stehen und deutete nach vorn. In der Eiswand gab es einen dunklen Fleck. Ein Eingang!

Vorsichtig näherten sie sich dem Zugang. Vandengard überholte Juliette und lief geduckt voran. In dem Schutzanzug hatte seine Bewegung jegliche Ästhetik verloren und wirkte nur plump und unbeholfen. Sein Verhalten nutzte ihm überhaupt nichts, wenn irgendwo im Höhleneingang jemand aus Simmons' Team auf der Lauer lag und nur darauf wartete, dass jemand in den Tunnel kam.

Vandengard erreichte die andere Seite des Eingangs unbehelligt. Er drückte sich mit dem Rücken gegen die Eiswand, hob die MP7 und lugte um die Ecke. Eileen sah, wie sich seine Gesichtszüge hinter dem Helmvisier entspannten.

»Sicher!«

Eileen und Juliette traten vor und blickten durch den Eingang. Ein Eistunnel schloss direkt dahinter an und führte vielleicht zehn oder fünfzehn Meter in den Berg hinein, ehe er scharf nach rechts abknickte. Eileen bemerkte, wie Simmons einige Minuten zuvor, dass der Tunnel künstlich geschaffen worden war. Alles war zu glatt, wie von immenser Hitze eingeschmolzen. Als hätte jemand einen glühenden Kolben in die Bergwand getrieben. Juliette betastete neugierig die Innenseite des Tunnels und warf Eileen einen Blick zu. Anscheinend hatte sie den gleichen Gedanken, was den Ursprung der Höhle betraf.

Bei dem Knick bemerkte Eileen, dass sich Felsgestein unter dem Eis hervordrückte. Die Eisschicht war nach etwa fünfzehn Metern zu Ende und das natürliche Gestein des Berges begann. Wer immer den Tunnel geschaffen hatte, war offenbar am Fels gescheitert und hatte deshalb den Gang seitlich abknicken und ihn entlang des Gesteins weiterführen lassen. Sie gingen einige Meter weiter, bis eine Abzweigung folgte. Der Tunnel machte eine leichte Biegung nach links zum Fels und trennte sich dann in zwei weitere Gänge.

Direkt am Scheitelpunkt fanden sie die Toten.

»Heilige Scheiße ...!« Vandengard sicherte in einen der beiden Tunnels, während Eileen den anderen im Auge behielt und Juliette sich über einen der Leichname beugte.

»Einer ist erschossen worden«, sagte die Frau. Dann erklang ein unterdrückter Würgelaut. »Die anderen sehen aus wie die Leichen, die wir im Schnee gefunden haben.«

»Das Virus?«, fragte Eileen.

»Ja.«

»Wir kommen hier nicht mehr lebend raus«, sagte Vandengard. »Das war eine Scheißidee, sich auf diese Virensache einzulassen.«

Eileen beugte sich vor und besah sich die Leichen. Ihre Schutzanzüge waren normale Bioanzüge, nicht so robust wie die Sachen, die Eileen und die anderen beiden trugen. Vor allen Dingen hatten diese Anzüge Simmons und seine SEALs kaum vor der Kälte schützen können. Sie mussten ihre Winterkleidung darunter tragen, was sie noch unbeweglicher machte. Geholfen hatte ihnen das alles nichts. Eileen sah die zerrissenen Anzüge und Helmvisiere. Wer nicht durch eine Kugel gestorben war, fand nur wenig später den Tod durch Renegade. Das Virus war hier in der Höhle genauso aktiv wie draußen im Schneefeld. Irgendetwas hatte die Temperatur in dieser Region so weit erwärmt, dass Renegade aus seinem Winterschlaf aufgewacht war und sich nun griff, was es kriegen konnte.

»Ist Simmons dabei?«, fragte Juliette.

Eileen hob die Schultern, auch wenn die andere Frau die Geste unter dem dicken Schutzanzug nicht sehen konnte. »Ich weiß es nicht.« Von den Gesichtern der Toten war nicht mehr viel übrig geblieben. Ein Großteil der Haut und des darunter liegenden Fleisch-, Muskel- und Nervengewebes schien sich verflüssigt zu haben und zerlaufen zu sein. Es war am kahlen Schädelknochen herunter getropft und dann gefroren. Die Leichname wirkten wie Zombies.

Eileen wandte den Blick ab. »Die Hundemarken.«

Juliette war in der Beziehung offenbar abgehärteter. Ohne Umschweife löste sie die Helmverschlüsse des ersten Toten, zog ihm den Helm vom Kopf und griff dann mit dem Handschuh unterhalb des Kragens zur Uniform des Soldaten. Sie hielt eine Kette mit zwei Metallplättchen in die Höhe und warf einen Blick darauf. Dann ließ sie die Kette los und machte sich am nächsten Helm zu schaffen.

»Er ist nicht dabei«, sagte Juliette, als sie auch die letzte Erkennungsmarke geprüft hatte. »Es sei denn, er war unter falschem Namen im Team.«

»Gehen wir weiter.« Eileen trat an den Leichen vorbei und hörte im Helm Vandengard scharf die Luft einziehen, als im selben Augenblick ein Geräusch durch den Helm zu ihnen drang.

Sowohl Eileen als auch Vandengard fuhren in einer Bewegung mit erhobenem und feuerbereitem MP7 herum. Juliette riss noch in der Hocke ihre Waffe hoch und wirbelte um die Achse.

Eine einsame Gestalt trat um die Biegung und hob langsam die Hände, als sie die drei Waffenmündungen auf sich gerichtet sah.

Eileen blinzelte, als glaubte sie ihren Augen nicht trauen zu können. Doch auch beim zweiten Hinblicken änderte sich die Erscheinung nicht. Die Frau im Gang trug einen pelzbesetzten Parka, Winterstiefel, Handschuhe und dicke Hosen. Sie hatte die Kapuze über den Kopf gezogen und eine Schneebrille in die Stirn geschoben. Um ihren Hals war ein Wollschal gewickelt. Es gab keine Anzeichen eines besonderen Schutzes vor dem Virus.

Die blonden Haare lugten am Rand der Kapuze hervor. Eileen erkannte sie nicht nur am Haar, sondern auch an der Augenpartie, doch sie war vorsichtig, seit sie erfahren hatte, dass es wesentlich mehr als nur eine Zwillingsschwester dieser Frau gab.

»Home, sweet home«, sagte Eileen laut genug, dass es die Frau im Gang verstehen konnte.

Die Antwort kam prompt. »Atlanta, nicht Alabama.«

»Gwen? Wie zum Teufel kommen Sie denn hierher?« Eileen senkte den Waffenlauf und bedeutete Vandengard und Juliette, es ihr gleichzutun, doch die beiden waren unschlüssig. Damit keiner von ihnen Gwen Stylez versehentlich erschoss, trat Eileen in die Feuerlinie und ging auf die ehemalige Assistentin des Generals von Atlanta zu. Ihre Nase war rot, die Lippen bläulich angelaufen. Allerdings gab es keine Anzeichen einer Infektion.

»Lange Geschichte. Die hebe ich mir für später auf, wenn wir mit einem Caipirinha irgendwo am Strand auf den Malediven in der Sonne liegen, okay?«

Eileen lächelte und nickte.

Dann erinnerte sie sich daran, dass Mrs Stylez keinen Schutzanzug trug. »Wo immer Sie herkommen, Sie sollten so schnell wie möglich wieder dorthin zurück. Renegade hat sich hier frei entfaltet. Es wundert mich, dass Sie …«

»Ich weiß«, sagte Gwen.

Juliette und Vandengard kamen zu den beiden, warfen jedoch immer wieder sichernde Blicke nach vorn zu der Tunnelgabelung. Irgendjemand hatte Simmons und sein Team unter Beschuss genommen. Dieser Jemand musste sich noch in der Höhle befinden, denn der Vorsprung Simmons' vor Eileen und den anderen war nicht allzu groß gewesen und hatte nur ein paar Minuten betragen.

»Meine Leute sind tot«, sagte Gwen. »Ich war mit einer Gruppe Kanadier hier. Das Virus hat sie draußen im Schnee erwischt.«

»Aber Sie …«, begann Juliette.

»Ich bin immun.«

Eileen sah Gwendolyn Stylez überrascht an. »Immun?«

Die andere Frau lächelte und zuckte die Achseln. »Ich wusste es selbst vorher nicht. Ich weiß auch nicht, warum, aber ich bin seit gut einer halben Stunde dem Virus ausgesetzt und zeige keine Anzeichen einer Infizierung. Es bleibt also nur die Erklärung, dass ich immun bin und irgendwelche Antikörper gegen Renegade in meinem Blut trage.«

Hoffentlich!, dachte Eileen und befürchtete, Renegade könnte jede Sekunde doch noch zuschlagen.

Das Lächeln verschwand von Gwens Lippen. Sie blickte Eileen an. Dann Vandengard.

»Das gilt übrigens für Sie beide und Simmons auch«, sagte sie völlig ernst.

»Was?«, platzte Vandengard heraus.

Gwen nickte. »Das ist der Grund, warum ich überhaupt hergekommen bin. Ich habe bei meinen Recherchen etwas herausgefunden, das ich Ihnen, Eileen, unbedingt mitteilen musste. Shift-P, das Serum, das die Fähigkeiten der Hazarder in ihrer DNA wieder reaktivieren soll, ist eine Kombination der beiden Virenstämme Renegade und Defector.«

Vandengard stöhnte. Eileen taumelte zwei Schritte zurück und stieß gegen Juliette. Die Französin schüttelte nur ungläubig den Kopf.

»Aber … was bedeutet das?«, fragte Vandengard.

»Das ändert alles«, sagte Eileen. Sie wandte sich zu Juliette um. »Das ändert verdammt noch mal alles!«

»Inwiefern?«, fragte Juliette. »Ich …«

Dann weiteten sich ihre Augen in plötzlichem Verstehen, doch bevor sie ihren Verdacht aussprechen konnte, setzte bereits Eileen zu einer Erklärung an.

»Wenn Shift-P das Supervirus aus dem Defector- und Renegade-Stamm enthält, dann wäre der Verbund bereits im Besitz beider Stämme. Warum sollten sie dann Simmons hierher ins Eis schicken, um Renegade zu bergen? Das lässt drei Schlussfolgerungen zu.« Eileen hob in der behandschuhten Hand einen Daumen hoch. »Renegade befindet sich nicht im Besitz der Generäle.« Sie fügte den Zeigefinger hinzu. »Shift-P stammt nicht von den Generälen.« Der Mittelfinger gesellte sich dazu. »Und drittens …«

Gwen unterbrach sie: »Die Generäle haben absolut nichts mit den Hazardern zu tun!«

Die Bombe war geplatzt. Vandengards Kinnlade klappte herunter. Er starrte ungläubig Eileen und dann Gwen an. Juliette schien es nicht anders zu gehen. Ihr Atem drang schwer und halb keuchend aus den Helmlautsprechern.

Selbst Eileen wurden die vollen Konsequenzen dieser Eröffnung erst bewusst, als Gwen sie ausgesprochen hatte. Sie musste sich die Wörter noch einmal ins Gedächtnis rufen und ging sie eins nach dem anderen, jedes einzelne durch.

Die.

Generäle.

Haben.

Gar.

Nichts.

Mit.

Den.

Hazardern.

Zu.

Tun.

Ihr wurde schwindelig. Feine Kreise zogen durch ihre Gedanken und weiteten sich in Spiralen immer weiter aus, bis sie ihren gesamten Verstand zu umkreisen schienen. Eileen merkte, wie sie den Halt verlor. Die Eiswand des Tunnels bewahrte sie vor einem Sturz. Sie stützte sich mit einer Hand ab und rang nach Luft. Die Versuchung, den Helm zu öffnen, um gierig die frische Luft des Höhlengangs in sich einzusaugen, war groß. Eileen fühlte sich mit einem Mal völlig beengt und eingesperrt in dem dicken, klobigen Bioschutzanzug.

Raus hier! Ich muss raus hier!

Dann ermahnte sie sich und atmete tief durch, um die erneut aufsteigende Panik zu verdrängen. Sie blickte zu Gwen, die offensichtlich das Dilemma erkannte, in dem Eileen steckte. Die Gewissheit, dass es Vandengard ähnlich erging wie ihr, beruhigte sie nicht im Mindesten.

Wenn nicht die Generäle das Geheimprojekt *Misty Hazard* initiiert und geleitet hatten, wer dann? Und woher hatte der Verbund davon erfahren, was gab ihnen das Recht, jetzt die Hazarder aktivieren zu wollen?

Eileen lachte innerlich auf. Von Wollen konnte gar keine Rede sein, sie taten es ja bereits fleißig, wie sie am Beispiel Simmons' und Callahans sehen konnte.

»Ich verstehe das nicht«, sagte Juliette.

Eileen sah die Französin an und überlegte, ob sie ihre Gedanken dazu wirklich laut äußern sollte. Immerhin betrachtete sie G-Dawn genauso als ihren Feind wie den Verbund der Generäle. Sie tat es dennoch. Sollte G-Dawn seinen Feind besser kennenlernen. Wenn die beiden sich untereinander bekriegten, hatten Eileen und Gwen vielleicht eher eine Chance, sich der Aufmerksamkeit der beiden großen Kontrahenten zu entziehen.

»Nehmen wir an irgendwer, ganz gleich wer, hat vor ein paar Jahren *Misty Hazard* durchgeführt und seine Teilnehmer dann in eine Teilamnesie geschickt, damit sie die Details des Experiments fürs Erste vergessen. Der Verbund stößt auf die Unterlagen, findet die Teilnehmerliste und aktiviert die Hazarder, einen nach dem anderen.«

»Und wie?«, fragte Vandengard. »Selbst wenn sie mich ausfindig gemacht haben, woher stammt das Paket mit der SD-Card, dem Serum?«

»Die Nachricht auf der SD-Card wurde vom Verbund erzeugt«, sagte Gwendolyn. »Das Serum, Shift-P … ich weiß nicht. Plötzlich war es da. Als wir den ersten Kontakt zu den Hazardern aufnahmen, waren die Päckchen für jeden Teilnehmer bereits vorbereitet.«

»Also muss irgendjemand auf die Injektoren gestoßen sein«, vermutete Eileen. »Irgendwer aus dem Verbund der Generäle hat nicht nur die Teilnehmerliste der Probanden gefunden, sondern auch das Serum und hat es dann anstelle des ursprünglichen Initiators von *Misty Hazard* an die Hazarder verteilt.«

»Und wer sind diese Leute, die das Experiment durchgeführt haben?« Juliette sah Eileen fragend an. »Warum wollen die Generäle Renegade bergen, wenn sie längst im Besitz der Supervirus-Variante sind?«

Eileen hob in ihrem Anzug die Schultern. Sie sah zu Gwendolyn, in deren Augen es kurz aufblitzte. Offensichtlich gab es etwas, das sie wusste, aber vor den anderen nicht sagen wollte. Eileen hoffte, dass sie bald unter vier Augen mit der ehemaligen Assistentin des Generals reden konnte. »Keine Ahnung, wer hinter dem Projekt steckt. Und ich kenne die Absichten der Generäle nicht. Was wollen sie? Das Supervirus? In der Form von Shift-P scheint es nicht gefährlich zu sein, sondern lediglich als Neurotransmitter für blockierte Synapsen zu fungieren. Wenn den Generälen daran gelegen ist, das Supervirus in ihre Hände zu bekommen, benötigen sie sicherlich zunächst beide Stämme.«

Gwen nickte. »Ich gehe davon aus, dass Shift-P eine Mutation des ursprünglichen Supervirus darstellt, das die Antaradim so schwer beschäftigt hat.«

»Möglicherweise wollen sie es selbst herstellen«, sagte Eileen und schürzte nachdenklich die Lippen. »Sie können es vielleicht nicht replizieren und brauchen dafür die beiden ursprünglichen Virenstämme, um sie zu analysieren und mit Shift-P zu vergleichen.«

»Und welchen Sinn hätte das?«, fragte Vandengard. »Ein Supervirus als Druckmittel gegen den Rest der Welt zu nutzen leuchtet mir ein. Aber was sollen sie mit Shift-P anfangen?«

Eileen lächelte. »Wir werden es in sechsundzwanzig Tagen erfahren. Spätestens. Seien wir doch ehrlich. Wir wissen gar nicht, was wirklich passiert, wenn die Dreißig-Tage-Frist von Shift-P abgelaufen ist. Erinnern sich unsere Zellen dann wirklich an das, was bei *Misty Hazard* vorgefallen ist? Oder kippen wir einfach tot um?«

»Wenn wir länger hier herumstehen, finden wir es nicht heraus.« Vandengard gab ein Knurren über den Helmlautsprecher von sich. »Wir geben hier optimale Zielscheiben ab.«

»Also gut, gehen wir weiter in die Höhle.« Juliette wandte sich um.

Eileen und Vandengard wechselten einen kurzen Blick mit Gwen. Beide dachten wohl gleichzeitig daran, dass Mrs Stylez behauptete, die Hazarder wären immun gegen Renegade und sogar gegen die mit Defector mutierte Form. Dennoch wagte keiner von ihnen, das Helmvisier zu öffnen.

Vandengard setzte sich an die Spitze. Eileen und Juliette folgten dichtauf, während die unbewaffnete Gwendolyn das Schlusslicht bildete. Als sie wieder bei den Leichen an der Gangbiegung angelangten, entschieden sie sich für den linken Tunnel, der nicht weiter durch Eisschichten, sondern direkt durch Felsgestein führte. Dieser Teil der Höhle schien tatsächlich natürlichen Ursprungs zu sein. Als sie weitergingen, mussten sie die Helmscheinwerfer einschalten, um noch etwas sehen zu können. Der Eisboden wich unebenem Fels. Dafür wurde der Gang breiter und von der

Decke hingen Tropfsteine, die jedoch nicht so lang wuchsen, dass sie ihnen gefährlich werden konnten. Nicht einmal dann, wenn Eileen die Arme ausstreckte, war sie nicht in der Lage, die Spitze eines der Stalaktiten zu berühren.

Die kleine Gruppe bewegte sich tiefer in den Fels hinein. Der Gang war leicht abschüssig und führte schnurstracks geradeaus. Sie marschierten vielleicht zweihundert Meter, ehe eine leichte Rechtsbiegung den Tunnel krümmte. Danach fiel der Gang etwas steiler ab. Die Gruppe musste sich bremsen, um nicht in einen Trab zu verfallen.

Eileen gab es auf, ihre Schritte mitzählen zu wollen. Sie konzentrierte sich auf das, was vor ihnen in der Dunkelheit jenseits der Scheinwerferkegel lag. Wer hatte die SEALs getötet? Wo war Simmons? Gab es dort unten wirklich Leichen der Antaradim, die in ihrer DNA das Renegade-Virus trugen?

Sie fühlte, dass sie die Antworten vielleicht früher erhalten würde, als ihr lieb war. Plötzlich mündete der Tunnel in eine kleinere Höhle, von der vier weitere Korridore in alle möglichen Richtungen abzweigten. Ein fluoreszierendes Licht ging von den Wänden aus und tauchte die Grotte in einen leicht grünlichen Glanz. Es war hell genug, um ohne die Helmscheinwerfer sehen zu können.

Doch das fluoreszierende Leuchten war nicht das Einzige, das die Aufmerksamkeit der vier erregte. Erwähnenswerter waren die vier Uniformierten, die sich in jedem der abzweigenden Tunneleingänge postiert hatten.

Bewaffnete Uniformierte.

17:52 Uhr

Markus de Vries war fast durchgefroren. Die ganze Zeit über hatte er draußen an der Reling verbracht und auf ein Zeichen Eileens und der anderen gehofft. Seitdem der Funkverkehr zusammengebrochen war, bestand die berechtigte Frage, wie sich das Team wieder mit ihnen in Verbindung setzen wollte, um nach erfolgreicher Mission abgeholt zu werden. Falls sie Erfolg hatten. Wenn sie in Schwierigkeiten gerieten, war es ihnen nicht einmal möglich, Hilfe über Funk herbeizurufen.

Narwick hatte vorgeschlagen, den Hubschrauber über dem Gebiet kreisen zu lassen, doch nachdem sie am fernen Horizont die Rauchfahnen entdeckt hatten, riet Inga ihm von der Maßnahme ab. Auf der Insel ging eindeutig mehr vor, als sich Narwick oder irgendjemand anderes auch nur hätte träumen lassen.

Nachdem die Sonne untergegangen war und die ersten Sterne am Himmel glänzten, ging Markus zitternd vor Kälte zurück unter Deck und duschte heiß. Danach fühlte er sich wie neugeboren und fit für die Aufgabe, die Eileen ihm übertragen hatte. Er hoffte, dass die anderen am frühen Abend noch abgelenkt genug waren und Radarschirme und Funk im Auge behielten. Mit ein wenig Glück würde sich niemand um seine Aktivitäten kümmern. Er war den meisten sowieso nur ein Klotz am Bein. Das fünfte Rad am Wagen, das nicht einmal zu einem Reifenwechsel taugte. Sofern er erforderlich war.

Mach dir bloß nichts vor, sagte er sich. *An Bord der* La Lumière *hast du dich ziemlich gut geschlagen, auch wenn der tote SEAL, der auf dein Konto geht, ein Glückstreffer war.*

Markus verließ seine Kabine in frischen Jeans, einem dunkelblauen Rolli und sportlichen Schuhen. Die Garderobe seines Zimmerschranks gab all den Luxus her, an den er sich durchaus hätte gewöhnen können, wäre damit nicht die Gesellschaft von radikalen Weltverbesserern verbunden gewesen.

Er ging den Korridor bis zum nächsten Treppenabsatz entlang. Geradeaus führte ein Schott auf das Außendeck. Die Treppe nach oben mündete im Gang zu einem weiteren Wohndeck. Das, was Markus suchte, befand sich jedoch im Schiffsbauch. Er sah sich kurz um, und als er sicher war, dass ihn niemand beobachtete, ging er die Treppen nach unten. Fünf Stufen, dann ein Absatz und weitere fünf Stufen. Markus blickte in den angrenzenden Gang hinaus. Hier fand er Hinweisschilder zur Wäschekammer, zur Kombüse, zu Vorratsräumen, zu Materiallagern und zu einem Netzwerkraum, der die EDV an Bord zusammenführte und verwaltete.

Er war noch nicht tief genug. Markus nahm den nächsten Treppenabsatz. Die Beleuchtung wechselte von einem angenehmen Gelb zu einem leicht schummerigen Blauton. Eine Tür schlug zu. Eine andere wurde geöffnet. Markus blieb am Treppenabsatz stehen und wartete. Er drückte den Rücken an die Wand, schloss die Augen und hoffte, dass, wer immer sich näherte, nicht vorhatte, die Treppe zu benutzen.

Wieder erklang das Geräusch einer sich öffnenden Tür. Dann hörte Markus gedämpfte Stimmen. Er lauschte, konnte jedoch kein Wort verstehen. Als erneut das Türgeräusch ertönte, verstummten die Gesprächsfetzen.

Markus spähte um die Ecke. Der Korridor war leer. Niemand zu sehen. Markus hoffte, dass er richtig war und nicht noch tiefer ins Schiff musste. Er bewegte sich an der rechten Gangwand entlang und blieb vor der ersten Tür stehen.

TECHNISCHE SEKTION
LEITER: DR. AMBROSIUS HERTZFELD

Markus ging weiter. Das Schild am nächsten Eingang verkündete, dass sich hinter der Tür eine Radiologie befand. Danach kam ein Büroraum eines weiteren Wissenschaftlers. Auf der gegenüberliegenden Seite fand er die Aufschrift LABOR an der Wand und schritt quer über den Gang hinüber. Markus legte ein Ohr an die Tür und horchte. Als er nichts hörte, versuchte er sein Glück, berührte den Knauf und wollte ihn gerade drehen, als er das Tastenfeld neben dem Türrahmen bemerkte. Darüber befand sich ein feiner Schlitz, dessen Zweck Markus sofort erkannte. Man benötigte einen Sicherheitsausweis und einen persönlichen Code, um ins Labor zu gelangen. Beides Dinge, die Markus nicht besaß.

Schade, dachte er. *Das war's dann also.*

Er wollte sich gerade wieder abwenden, als sein Blick den Türschlitz streifte. Der Spalt war nur minimal und vermutlich hätte er ihn nicht einmal entdeckt, wenn nicht in diesem Augenblick ein Lichtreflex durch die schmale Öffnung geblitzt wäre.

Die Labortür war offen.

Markus holte tief Luft, überzeugte sich durch einen raschen Blick in den Korridor, dass er allein war, legte die Hand auf den Knauf und drückte die Tür auf. Wer von den hier arbeitenden Wissenschaftlern war so nachlässig, die Labortür offen zu lassen? Oder hatten die erhöhte Alarmbereitschaft und der damit verbundene wachsende Druck auf die Crew und das Personal die Leute unvorsichtig werden lassen? Markus konnte das letztendlich egal sein. Er war drin.

Hinter der Tür befand sich ein schmaler, ebenfalls in schwachblaues Licht getauchter Vorraum. Rechts fand Markus eine Bildschirmwand mit Kontrollpaneelen. Auf der anderen Seite befanden sich Spinde mit Bioschutzanzügen und Versorgungstornistern.

Markus schloss die Tür hinter sich und vergewisserte sich, dass sie diesmal auch zublieb. Er sah sich um und betrachtete die Bildschirme, die allesamt das innere Labor aus allen möglichen Blickwinkeln darstellten. Offenbar gab es innerhalb dieser Räumlichkeiten eine weitere Treppe, die ein Deck tiefer führte. Ein Bildschirm zeigte eine Schleuse mit einer angrenzenden engen Kammer – offenbar eine Dekontaminationseinheit. Auf einem anderen Schirm sah Markus ein kleines Labor mit Minizentrifuge auf einem Tisch, einem Mikroskop und zig Regalreihen mit Reagenzgläsern. Ein weiteres Bild zeigte eine Tür, die mit einem Edding mit der Aufschrift EISHÖHLE beschriftet war. Vermutlich die Kühlkammer des Labors.

Es gab weitere abgeschottete Bereiche hinter dicken Glaswänden, die mit Roboterarmen oder Brutkästen bestückt waren. Markus fühlte sich an einen der unzähligen Laborthriller erinnert, die er früher gerne gesehen hatte.

Willkommen bei ›Andromeda, tödlicher Staub aus dem All‹, dachte er und schürzte die Lippen.

Sein Blick blieb an den Spinden mit den Schutzanzügen hängen. Verdammt, was tat er hier? Er war kein Held, der sich einfach in ein Abenteuer stürzte, um die Welt zu retten. Andererseits, was hatte er zu verlieren? Ihm war nahezu alles genommen worden. Nach Deutschland zurück und wieder zur Uni gehen konnte er nicht. Man würde ihn nicht einmal einbuchten, sondern sicher sofort aus dem Weg räumen und es wie einen Unfall aussehen lassen.

Doch, du hast etwas zu verlieren, sagte er sich und schluckte. *Dein Leben.*

Er dachte an Eileen Hannigans Worte. Irgendwer musste das Virus aus den Händen dieser Leute stehlen. Eileen trug ihren Teil dazu bei. Jetzt war Markus an der Reihe. Was sollte schon passieren? Er schlüpfte in einen Anzug, betrat das Biolabor, nahm sich eine Probe. Ganz einfach.

Markus bekam allein bei dem Gedanken weiche Knie und ein flaues Gefühl in der Magengegend. Bevor er es sich jedoch anders überlegen konnte, stapfte er bereits auf einen Spind zu, zog einen der gummierten Anzüge von einer Bügelstange und öffnete die Verschlüsse. Schweiß brach ihm auf der Stirn aus und das Blut rauschte ihm in den Ohren. Er blendete nach und nach alle Gedanken an das aus, was er vorhatte. Einfach tun. Ohne nachzudenken.

Wie in Trance legte er sich den Anzug an. Zog die Verschlüsse zu, schloss die Luftversorgung an, schlüpfte in die Handschuhe und überprüfte die Dichtungen. Dann stülpte er sich den Helm über und ließ ihn am Gewinde einrasten. Über ein Ventil strömte kühle Luft hinein. Markus versuchte, wieder einen klaren Blick zu bekommen.

Scheiß was drauf! Er drehte sich um und ging auf die Schleuse mit der Dekontaminationskammer zu. Er hatte keinen Plan, wie er dort hineingelangen sollte. Am Rahmen neben dem Schott befand sich ein Tastenfeld. Ein Ziffernblock mit Eingabetaste. Probehalber streckte er eine Hand aus und drückte ENTER.

Ein Zischen ertönte. Das Schleusentor schob sich rechts in die Seitenwand und gab Markus den Weg ins Innere der Kammer frei. Vermutlich wurde der Ziffernblock nur in Notfallszenarien benutzt, um ein hermetisch abgeriegeltes Labor wieder zu öffnen.

Markus trat in die Kammer und wartete. Er wäre nicht hineingegangen, wenn sein Blick in diesem Moment die Überwachungsmonitore gestreift und darauf den Schatten gesehen hätte, der sich durch die Labore bewegte.

Die Schleuse schloss sich hinter ihm. Blaugrünes Gas strömte aus verborgenen Düsen in der Decke und dem Boden. Dekontaminationschemikalien. Markus wartete, bis der Dunstnebel sich um ihn herum lichtete und am gegenüberliegenden Schleusentor ein grünes Licht aufleuchtete. Die Tür ließ sich ebenfalls über die ENTER-Taste eines Feldes öffnen.

Markus betrat das Labor.

Und wünschte sich im selben Moment, er hätte es nicht getan. Er hörte ein Geräusch. Irgendwo erklang ein Poltern. Dann ein Schlurfen.

Markus war nicht allein. Noch irgendjemand befand sich mit ihm hier unten.

Scheiße. Scheiße, verdammt!

Rasch orientierte sich Markus an einer Sensortafel, die direkt an der gegenüberliegenden Wand angebracht war. Er berührte die spiegelglatte Fläche, worauf eine Umgebungskarte auf dem Schirm erschien. Markus konnte die meisten Räume identifizieren, die er bereits auf den Monitoren entdeckt hatte.

Wo werden Viren aufbewahrt? Wo sagten sie, haben sie sie gefunden? Antarktis und hier nahe dem Nordpol.

Der Gefrierraum. Genau, wie Eileen gesagt hatte. Markus fand die Beschriftung EISHÖHLE sogar auf dem Display. Er prägte sich den Weg ein und wollte sich gerade abwenden, als er auf dem Kartenfeld einen roten Punkt blinken sah. Markus runzelte die Stirn und machte den Standort des Signals genau an der Stelle aus, an der er sich gerade befand. Zuerst dachte er an eine Art Alarm und daran, dass er diesen vielleicht bei der Berührung der Tafel unabsichtlich ausgelöst haben könnte. Doch dann sah er den zweiten Punkt in einem anderen Bereich des Labors, der sich jedoch in seine Richtung bewegte. Wer auch immer noch hier unten war, wusste anscheinend, dass Markus das Labor betreten hatte. Vielleicht gab es eine ähnliche Tafel in anderen Sektionen dieser Einrichtung und der andere hatte ihn gesehen. Noch dachte er vielleicht nicht daran, dass es sich bei Markus um einen Eindringling handeln konnte.

Dann erinnerte sich Markus daran, dass die Tür zum Büro nicht verriegelt gewesen war. Nein, dieser andere Punkt auf dem Display war unrechtmäßig hier. Keiner der Wissenschaftler. Die hätten gewissenhaft den Zugang verriegelt, um Unbefugten den Zutritt zu verwehren.

Markus blickte zurück zur Schleuse und überlegte, ob er nicht besser wieder hinausging. So tat, als wäre nichts gewesen.

Komm schon. Eileen zählt auf dich. Ein Schauder fuhr ihm plötzlich über den Rücken. *Die Welt zählt auf dich.*

Wie ein Automat ohne eigenen Willen, ferngelenkt von jemandem, der die Kontrolle über ihn übernommen hatte, drehte er sich um und ging in die Richtung, in der die Eishöhle lag. Markus atmete schneller. Er spürte, wie sein Puls vor Aufregung und Angst raste. Das war nicht gut, gar nicht gut. Er verbrauchte zu schnell zu viel Sauerstoff.

Markus ging weiter, erreichte eine Tür und stieß sie auf. Er vermied es, sich umzublicken. In dem Helm konnte er ohnehin nicht einfach über seine Schulter zurück nach hinten blicken, sondern hätte stehen bleiben und eine Drehung um 180 Grad vollführen müssen. Die Tür fiel hinter ihm zu. Er befand sich in einem kleinen Depot, in dessen Schränken von Mullbinden über Pipetten, leeren Reagenzgläsern, Objektträgern bis hin zu Injektoren scheinbar alles aufbewahrt wurde. Markus eilte durch den Raum und fand am anderen Ende eine weitere Tür. Dahinter grenzte ein größerer Raum mit einer Reihe von Tischen und Laborinstrumenten an. Eine Röntgenstation, ein Elektronenmikroskop, verschiedene herkömmliche Lichtmikroskope, eine Minizentrifuge, Inkubatoren. Markus nahm die Geräte nur am Rande wahr. Sein Ziel lag am Ende des Raumes, der über eine Schwingtür in einen gebogenen Korridor führte. Der Gang machte einen scharfen Knick nach links. Zu beiden Seiten zweigten weitere Labortüren ab.

An einer Kreuzung blieb er stehen und schloss für eine Sekunde die Augen, um sich den Plan vom Kartenfeld in Erinnerung zu rufen. Er orientierte sich nach rechts und stand nach fünf Metern vor einer Tür, die mit EISHÖHLE beschriftet war.

Einfacher geht's nicht. Jetzt rein, Virus holen und wieder raus.

Er streckte eine Hand vor, um sie auf den Griff zu legen, ehe er bemerkte, dass die Tür bereits offen war. Wie am Laboreingang!

Markus' Herz hämmerte wie wild. Alles in ihm schrie nach Rückzug.

Es fehlte nur eine Winzigkeit, dem Impuls nachzugeben, sich einfach umzudrehen und den ganzen Weg bis zur Schleuse zurückzugehen. Wenn er erst einmal in seinem Quartier war, auf der Couch lag und ein Buch in der Hand hielt oder sich durch das DVD-Programm des Schiffes zappte, würde er schnell auf andere Gedanken als auf diesen heroischen Mist kommen.

Zu seiner eigenen Überraschung legte er die Hand auf den Griff und zog die Tür auf. Eine Dampfschwade kam ihm entgegen, hüllte seinen Anzug ein. Markus setzte einen Schritt über die Schwelle. Die Tür war anscheinend zu lange geöffnet gewesen. Schrankfenster beschlugen und bildeten dünne Reifschichten. Im ganzen Raum hatte sich Kältenebel gebildet, wirbelte umher und verwehrte Markus die Sicht auf das Ende der Kühlkammer. Er konnte gerade einmal drei Meter weit blicken und sah zu beiden Seiten deckenhohe Regalwände und Vitrinen, hinter denen Displays mit Reagenzgläsern lagerten.

Markus ging zwei, drei Schritte in den Raum hinein. Vor ihm teilte sich der Kältenebel. Schwaden stoben vor dem Visier seines Helmes davon. Er erkannte auf der gegenüberliegenden Seite eine weiße Wand mit Schubfächern, jedes davon mit einem Magnetsensor verschlossen.

Eines war geöffnet. Darüber beugte sich ein blauer Bioschutzanzug, während behandschuhte Hände durch die Displays mit Objektträgern fingerten.

Markus hielt die Luft an. Er wünschte sich ganz weit fort an einen anderen Ort, doch der Wunsch blieb nur ein Produkt seiner Gedanken. In diesem Moment erhob sich die Gestalt vor der Schublade und drehte sich in seine Richtung. Durch die dampfenden Schwaden vermochte Markus das Gesicht hinter dem Visier des anderen nicht zu sehen, doch offenbar hatte sein Gegenüber ihn bereits erkannt.

»Du?«

Die Stimme klang ohne den internen Helmfunk nur dumpf zu ihm herüber. Sie war weiblich. Und vertraut.

Markus stieß den Atem aus. *Weg hier!* Aber warum machte er dann einen Schritt auf die Gestalt zu? Die Nebelschwaden verzogen sich und gaben den Blick auf das Gesicht hinter dem Visier frei. Er erkannte ihre Augen. Den Mund. Die Nase.

»Veronica?«

»Was zum Teufel machst du hier?«, fragte sie.

»Ich …« Er sah auf ihre Handschuhe und erblickte das verschlossene Reagenzglas darin.

Dann deutete er darauf. »Ich schätze, das Gleiche wie du.«

»Das bezweifele ich«, sagte Veronica. Sie stopfte das Glas in einen Kühlbehälter, der zu ihren Füßen stand und verschloss ihn sorgfältig.

Markus sah einen Ziffernblock und rote Leuchtdioden auf der Oberseite des Behälters. Offenbar eine codierte Verriegelung.

»Du hast das Virus.« Er trat einen Schritt vor und war noch etwa drei Meter von ihr entfernt. Markus' Blick heftete sich auf den Behälter. Dann sah er, dass Veronica erneut in das Kühlregal griff und ein weiteres Reagenzglas hervorzog.

»Ja.«

»Dann lass uns verschwinden.«

Veronica Pothoff sah ihn an und schüttelte in ihrem Helm langsam den Kopf. »Es tut mir leid, Markus. Das geht nicht.«

Er breitete die Hände aus. »Aber wieso? Wir können es beenden. Wenn wir das Virus vernichten, kann es nicht mehr eingesetzt werden. Du hast doch gehört, was damit angerichtet werde…« Markus hielt plötzlich inne. Seine Augen weiteten sich, als er die Wahrheit erkannte. »Du … willst es gar nicht vernichten, richtig?«

»Es tut mir leid.«

»Für wen arbeitest du?«

Veronica hob das Glas und ging auf Markus zu, doch als er sich nicht vom Fleck rührte, griff sie hinter sich und förderte ein Messer zutage. »Markus, ich will das nicht tun. Geh zur Seite.«

»Für wen arbeitest du, Veronica?«, fragte er erneut und überraschte sich selbst dabei, wie ruhig er blieb. Das Gefühl, die ganze Zeit nur benutzt worden zu sein, keimte in ihm auf, doch er war in der Lage, es beiseitezuschieben.

So lief das eben in diesem Geschäft. Agenten und Geheimniskrämer. Verschwörungen und Täuschungen.

Du bist jetzt ein Teil davon. Kein Problem.

Veronica machte noch einen Schritt vor. Sie schien entschlossen zu sein, auf ihn einzustechen. Auf Armeslänge blieb sie vor ihm stehen.

»Also? Verrätst du es mir jetzt oder nicht?«

Sie seufzte. »Ich bin ein Hazarder, Markus.«

»Ich weiß.«

Sie schüttelte entschieden den Kopf. »Du verstehst nicht. Ich habe Shift-P genommen. Ich bin ein Hazarder und arbeite für den Verbund der Generäle. Ich bin auf Vandengard angesetzt worden, als herauskam, dass er für G-Dawn arbeitet. Über dich habe ich zu ihm gefunden und konnte mich bei G-Dawn einschleusen. Meine Mission besteht darin, Defector für den Verbund sicherzustellen und den Rest der Virenproben zu vernichten.«

Markus hielt die Luft an. *Das Agentenspiel. Spielen wir es mit.*

»Also schön.« Er trat beiseite. »Dann geh.«

»Was?«

»Du wolltest doch vorbei, dann geh. Ich halte dich nicht auf.« Zur Unterstreichung seiner Worte trat er beiseite und drückte sich mit dem Rücken gegen eine Wand, um Veronica vorbeizulassen.

Sie starrte ihn noch für zwei, drei Sekunden verdutzt an. Dann eilte sie an ihm vorbei.

Markus beobachtete sie und wartete den Moment ab, in dem er aufgrund der Beschränkung des Helmes aus Veronicas Gesichtsfeld verschwand. Dann packte er ihre Luftversorgung, riss den Schlauch aus dem Tornister und warf Veronica gegen die Wand. Sie fluchte. Zischend entwich die Atemluft aus dem Tornister auf ihrem Rücken. Doch Markus sah sich getäuscht, wenn er glaubte, sie überrumpelt zu haben. In einer fließenden Bewegung fuhr sie herum und streckte den Arm mit dem Messer aus. Die Klinge schnitt durch Markus' Bioanzug. Sofort gesellte sich zu dem ersten Zischen ein weiteres.

Scheiße!

Markus sprang vor und ignorierte die entweichende Luft. Er rammte Veronica mit der Schulter, packte ihren Messerarm und schlug ihn zweimal gegen die Wand, bis sie die Waffe fallen ließ.

Gleichzeitig fiel auch das Reagenzglas.

Markus nahm die Bewegung aus den Augenwinkeln wahr und erstarrte. Auch Veronica blickte herunter und war für einen Moment wie gelähmt.

Das Glas zerschellte am Boden. Ein Fleck einer durchsichtigen Flüssigkeit verteilte sich im Umkreis der Scherben. Alles sah so harmlos aus und stellte doch eine der tödlichsten Verbindungen dar, die die Menschheit jemals gesehen hatte. Eine Virenflüssigkeit, der Markus und Veronica jetzt schutzlos ausgesetzt waren.

Markus ließ die Frau los und taumelte zurück.

Veronica bückte sich und fischte das Messer vom Boden auf. Sie schien die Sache beenden zu wollen und holte aus. Doch sie erstarrte in derselben Sekunde.

Ein Donner zerriss die Atmosphäre in der Kühlkammer und übertönte das Zischen der entweichenden Luft aus den Anzügen und dem Versorgungstornister. Das Visier von Veronicas Helm zerplatzte und im Innern des Helmes befand sich von einer Sekunde auf die andere nur noch eine grellrote, breiige Masse.

Veronica torkelte, stieß mit dem Rücken zur Wand und sackte leblos daran herunter.

Fassungslos betrachtete Markus ihre Leiche. Dann streifte sein Blick die Flüssigkeit. Nur einen Moment darauf spürte er einen Stich an seinem rechten Oberarm. Er zuckte zusammen und sah zur anderen Seite, wo ihm jemand mit einem Injektor etwas in die Blutbahn schoss. In der anderen Hand trug die Gestalt eine bullige Pistole, mit der sie Veronicas Kopf in einen Matschklumpen verwandelt hatte.

Durch das Helmvisier ihres Schutzanzuges hindurch erkannte Markus das Gesicht Amandines.

»Raus hier. Komm.«

»Was … was hast du getan, was hast du mir da …?«

Sie packte ihn an der Hand, zog ihn aus der Kühlkammer hinaus und verschloss hinter ihnen die Tür. Während Amandine den Eingang versiegelte, kämpfte Markus mit einem Übelkeitsgefühl. Das Bild von Veronicas explodierendem Kopf hämmerte auf ihn ein. Doch das war nicht das Einzige, das ihm auf den Magen schlug. In rascher Abfolge blitzten szenenartig die Eindrücke der letzten Sekunden und Minuten durch seinen Verstand.

Veronica in seinem Bett.

Veronica, die Verräterin.

Das freigesetzte Virus. Der Schnitt in seinem Schutzanzug.

Hölle, bin ich infiziert?

Panik breitete sich in ihm aus. Er taumelte an der Wand entlang und suchte nach einem festen Halt.

Veronica. Veronica, die Verräterin. Ihr explodierender Kopf. Das Virus. Die Spritze.

Markus schrie. Er keuchte und nestelte an den Verschlüssen seines Helmes, doch bevor er ihn öffnen konnte, war Amandine bei ihm, schlug seine Hände weg, fasste ihn und schleifte ihn stolpernd hinter sich her. Markus bekam kaum mit, welchen Weg sie nahmen. Er blinzelte, rang nach Luft und glaubte, ersticken zu müssen.

Es ist in mir. Es ist in mir! Es wirkt bereits.

Schweiß brach ihm aus.

»Wenn Sie kotzen, ersticken Sie!«, sagte Amandine. »Halten Sie noch etwas durch, wir sind gleich da.«

Etwas zischte. *O Gott, nicht noch mehr Luft!*

Doch es war nur das Schott. Gleich darauf bemerkte Markus, wie er und Amandine in ein grünliches Gas eingehüllt wurden. Sie befanden sich in der Dekontaminationskammer. Das flaue Gefühl im Magen wurde immer stärker. Welche Wahl hatte er? Sich im Helm übergeben und ersticken oder sich den Helm herunterreißen und im Dekontaminationsgas verenden. Erneut tastete Markus nach dem Helmverschluss. Das Gas war sicherlich die einfachere Wahl. Kurz und schmerzlos. Aber er musste hier einfach raus.

Ein grünes Licht leuchtete an der gegenüberliegenden Tür auf. Markus spürte einen Ruck. Er stolperte vorwärts durch die Kammer und landete auf den Knien. Im nächsten Augenblick ertönte ein Zischen. Die Luft roch und schmeckte plötzlich anders. Gas. Das war das Gas.

Er brauchte gut zehn Sekunden, um festzustellen, dass er sich längst außerhalb der Dekontaminationskammer befand, Amandine ihm den Helm vom Kopf gezogen hatte und er die Schiffsluft roch. Beheizte Polarluft. Frisch und rein.

Das Übelkeitsgefühl war zu seinem Erstaunen verschwunden. Ein wenig wackelig auf den Beinen, ließ er sich von Amandine aufhelfen.

»Ich habe Ihnen ein Serum gespritzt, das die Defector-Viren in Ihrem Blut neutralisiert«, sagte die Frau. »Sie sind jetzt gegen das Virus immun.«

Markus nickte nur. Er dachte an Veronica. Warum? Wie hatte sie alle täuschen können?

Er spürte eine Hand auf seiner Schulter. Amandine hatte ihren Helm abgenommen und sah Markus mit einem Ausdruck des Bedauerns an.

»Es tut mir leid.«

»Danke.«

»Gehen Sie in Ihr Quartier«, sagte sie. »Ruhen Sie sich etwas aus.«

Statt ihrem Rat zu folgen, lehnte sich Markus gegen eine Wand, befreite sich von den Handschuhen und fuhr sich anschließend mit beiden Händen durch das Gesicht. Er musste nachdenken. Irgendetwas passte nicht zusammen.

Irgendetwas stimmt nicht.

Er schloss die Augen und atmete tief durch. »Narwick«, sagte er plötzlich. »Ich muss sofort Narwick sprechen.«

Devon Island, Kanada
16. November, 17:53 Uhr

Die Uniformen waren russischen Ursprungs. Ohne ein Wort zu verlieren und nur mit ihren Waffen gestikulierend, führten die Soldaten Eileen und die anderen knapp eine Viertelstunde lang durch die Höhlengänge. Gestein wechselte sich mit Eis ab. Eis wiederum mit Gestein. Am Ende befanden sie sich in einem Eistunnel, der direkt in eine großräumige Höhle mündete. Von Felsen war hier kaum noch etwas zu sehen. Nur hin und wieder lugte eine spröde, braune Spitze aus dem Weiß hervor. Auch die Stalagmiten und Stalaktiten bestanden nicht aus Kalk, sondern aus reinstem Eis, wie Eileen feststellte.

Irgendwo summte ein kleiner Generator. Die Höhle wurde von hellem Scheinwerferlicht beleuchtet. Neben dem beständigen Brummen nahm Eileen auch andere Geräusche gedämpft durch den Helm wahr. Stimmen. Ein leises Plätschern und Tropfen.

Eileen, Gwen, Juliette und Vandengard wurden in die Mitte der Höhle geführt, wo weitere Soldaten auf sie warteten. Alle trugen sie eine komplette ABC-Schutzausrüstung mit gummierten Ponchos und Gasmasken. Doch unter ihnen befand sich auch jemand, der wie Gwen vollkommen ungeschützt war. Eine hochgewachsene Frau, mindestens eins achtzig groß mit breiten Schultern und einem eher maskulinen, jedoch nicht minder attraktivem Gesicht. Ihr langes, flammend rotes Haar fiel auf die Schultern ihrer Uniform. Sie beugte sich über einen zylinderförmigen Behälter und unterhielt sich leise mit zwei der umstehenden Soldaten.

Einer der Männer, die Eileen und die anderen eskortiert hatten, trat an die Frau heran und sprach sie in knappen Sätzen auf Russisch an. Seine Stimme klang durch die Gasmaske gedämpft. Die Rothaarige richtete sich auf und sah die anderen an.

Neben Eileen sog Gwen scharf die Luft ein.

»Kennen Sie sie?«

Die Blonde nickte. »Sie ebenfalls. Zumindest ihren Namen. Von der Liste.«

Eileen dachte kurz nach und rief sich die Liste der Hazarder ins Gedächtnis. Sie hatte die Namen auswendig gelernt und konnte sich mittlerweile an jeden einzelnen erinnern. Unter den fünfzehn Namen befand sich nur einer russischer Herkunft.

»Kristina Semenova.«

Die Russin lächelte. »Ganz recht. Dann müssen Sie Eileen Hannigan sein.«

Eileen nickte kurz. Ihr Blick wanderte von der Russin fort zu einer Gestalt hinter ihr. Es gab noch jemanden ohne ausreichenden Schutz gegen eine Virusinfektion. Jemand, der zwar einen Bioanzug trug, jedoch keinen Helm mehr besaß. Cord Simmons. Man hatte ihn mit den Händen über dem Kopf an eine der Eiswände gekettet. Über ihm waren Karabiner ins Eis getrieben und ein paar Handschellen daran befestigt worden.

Semenova ließ ihren Blick über die Gefangenen schweifen. Sie musterte Gwen kühl, blieb dann jedoch bei Vandengard und Juliette hängen, deren Gesichter sie nur vage hinter den Helmvisieren ausmachen konnte.

»Sie können die Helme abnehmen«, sagte sie. »Shift-P sorgt dafür, dass wir gegen Renegade und Defector völlig immun sind.«

Niemand folgte ihrer Aufforderung. Eileen starrte die Russin an und fragte sich, auf welcher Seite sie stand. Arbeitete sie für die Generäle oder G-Dawn? Oder für jemand ganz anderen?

»Ich sagte: ›Nehmen Sie die Helme ab.‹«

Ein halbes Dutzend Waffenmündungen richteten sich auf Eileen, Vandengard und Juliette. Zwei Soldaten luden durch und zielten direkt auf die Helmvisiere.

Eileens Hände ruckten nach oben. Sie öffnete den Verschluss. Es zischte leise, dann atmete sie die kalte Höhlenluft ein.

Vandengard war der Nächste. »Verflucht!« Er zog sich den Helm vom Kopf und hielt die Luft an. Aufmerksam beobachtete er Eileen, die durchatmete. Anscheinend wartete er darauf, dass etwas mit ihr geschah. Einer der Soldaten beendete die Wartezeit und trieb Vandengard den Kolben seines Gewehres in den Magen.

Der SAS-Mann krümmte sich und stieß den angehaltenen Atem aus. Danach rang er gierig nach neuer Luft.

»Sie auch«, sagte Semenova und nickte mit dem Kinn in Richtung Juliettes.

»Ich bin kein Hazarder«, sagte die Französin.

»Ich weiß. Sie arbeiten für Gaia's Dawn. Den Helm ab.«

»Aber …«

Der Lauf eines Gewehres erschien direkt vor Juliettes Gesicht.

»Sie wird sterben«, sagte Eileen und zog durch ihre Worte sofort die Aufmerksamkeit zweier anderer Soldaten auf sich, die sie mit ihren Waffen in Schach hielten. »Das Virus ist hier aktiv, oder?«

»Natürlich«, sagte Semenova. Ein grausames Lächeln umspielte ihre Lippen. Sie deutete hinter sich auf den zylinderförmigen Behälter. »In dem Sarg befindet sich eine Leiche, die Träger des Virus ist.«

Ein Antaradim!, dachte Eileen.

»Der Tote war für Jahrhunderte, vielleicht sogar für mehr als ein Jahrtausend hier im Eis eingefroren«, fuhr Semenova fort. »Wir haben die Temperatur in der Höhle erhöht, um das Virus zu aktivieren. Genauso wie wir die Temperatur auf der gesamten Insel erhöht haben. Hat es draußen schon angefangen zu schneien?«

»Wie haben Sie das angestellt?«, fragte Vandengard.

Das Lächeln Semenovas wurde breiter. »Zunächst mit einem konventionellen Marschflugkörper. Als wir diese Marsbasis vernichteten, erzeugten wir eine Hitzewelle, die ausreichte, um das Virus in der näheren Umgebung zu aktivieren. Es fühlt sich in einem warmen Klima wohl. Allerdings reichte das nicht aus. Wir postierten einen Mikrowellensender auf der Insel, der nicht nur dafür sorgt, dass sämtliche Funkfrequenzen auf Devon Island gestört werden, sondern auch eine gleichmäßige Erwärmung zur Folge hat. Zwar werden wir den Nullpunkt nicht erreichen, aber Renegade fühlt sich auch noch bei minus zehn Grad sehr wohl.«

»Sie sind für den Tod der Soldaten verantwortlich«, sagte Gwen.

Semenova blickte sie nur an.

»Warum? Für wen? Was wollen Sie mit Renegade?«

»Es studieren. Es nutzen. Was könnte ich sonst damit wollen?«

»Wenn Sie es Ihrer Regierung überlassen, spielen Sie es den Generälen direkt in die Hände. Die kontrollieren Ihre Regierung genauso wie jede andere auf dieser Welt.«

Semenova brach in ein so herzhaftes Gelächter aus, dass es echt klang. »Meine Regierung? Ich arbeite nicht für die russische Regierung. Niemand an Bord der *Gorbatschow* tut das. Und ich arbeite auch nicht für die Generäle oder sonst eine Institution. Das Virus bringt uns auf dem Schwarzmarkt einen unermesslich hohen Preis ein. Jeder aus der Mannschaft der *Gorbatschow* hat für den Rest seines Lebens ausgesorgt und kann sich mit Luxus zu einem Ort seiner oder ihrer Wahl zurückziehen. Der Reichtum für jeden wird so groß sein, dass sich auch seine Familie und die Nachkommen keine Sorgen mehr machen müssen.«

»Sie tun das für Geld?«, fragte Gwen.

»Wofür sonst? Und wir haben es erfolgreich getestet. All die Todesfälle da draußen in dem Höhlengang und im Eis sind auf Video dokumentiert. Unsere Käufer werden begeistert sein.«

Eileen warf Gwen einen Blick zu, doch diese schien aller Mut verlassen zu haben. Sie saßen in der Falle. In Schach gehalten von einem Rudel geldgieriger Russen, die das tödlichste Virus der Welt auf dem freien Schwarzmarkt verkaufen wollten. So also sah eine absolute Niederlage aus. Nicht nur für Eileen und Gwen, deren Ziel es war, sowohl Renegade als auch Defector zu vernichten, sondern auch für G-Dawn und die Generäle.

»Sehen Sie, Sie sind immun«, sagte Semenova. Ihr Blick richtete sich auf Juliette. »Aber ich werde Ihnen jetzt demonstrieren, dass Renegade hier in dieser Höhle sehr wohl aktiv ist. Den Helm ab!«

Zwei Soldaten traten vor, senkten ihre Waffen und packten Juliette an den Armen. Ein dritter kam heran und öffnete die Verschlüsse ihres Helms.

»Nein!«, rief Eileen und wollte dazwischengehen, als sie der Gewehrkolben in der Kniekehle traf. Sie knickte weg und landete auf den Knien im Eis.

Ein Zischen erklang. Gemischt mit Juliettes Rufen und ihrem Ächzen. Sie versuchte, sich zur Wehr zu setzen, sich aus den Griffen der beiden Soldaten zu befreien. Letztendlich ließen sie sie auch los, doch da hatte ihr der dritte Mann bereits den Helm vom Kopf gezogen.

Juliette schrie. Ihr langes, brünettes Haar war zerzaust und stellenweise schweißnass. Tränen rannen aus ihren Augen. Zuerst klar. Dann verfärbten sie sich rot. Ein feines Rinnsal zog eine rote Spur aus ihren Nasenlöchern, lief über ihre Lippen und sammelte sich in ihren Mundwinkeln. Gleichzeitig rann auch aus den Ohren Blut.

»Nein«, sagte Juliette mit brüchiger Stimme. Sie sackte in die Knie und weinte. Blut strömte aus ihren Augen. Blut und verflüssigter Augapfel.

Gwen sah fort. Vandengard fluchte. Eileen wollte ebenfalls wegsehen, doch starrte wie gebannt auf die zum Tod verurteilte Frau.

Juliettes Haut bekam Risse. Sie hustete und erbrach sich, dabei würgte sie ihre halbe Lunge hoch. Wie im Zeitraffereffekt runzelte ihre Haut und blätterte ab, bis rohes Fleisch darunter zum Vorschein kam.

Endlich schaffte es Eileen, den Blick abzuwenden und Semenova anzustarren. Sie hörte Juliettes Röcheln und Husten, bis es schließlich erstarb.

»Ausgezeichnet«, sagte Semenova. »Renegade wirkt innerhalb von Sekunden tödlich. So schnell schreibt kein anderes Virus dieser Welt den genetischen Programmcode eines Lebewesens um. Binnen Sekunden. Das ist fantastisch!«

»Das ist Mord!«, sagte Eileen und legte allen Hass, den sie für diese Frau empfand, in ihre Stimme. Semenova erwiderte kühl den Blick. Da wusste sie, dass diese Frau nur den Augenblick der Macht auskostete und ganz gewiss nicht vorhatte, einen von ihnen am Leben zu lassen. Es würde kein Angebot geben, sich ihr anzuschließen. Sie brauchte die anderen Hazarder nicht – im Gegenteil, sie stellten für sie nur eine Gefahr dar.

Eileen überlegte fieberhaft. Die Regeln hatten sich geändert. Es galt jetzt nicht nur, die beiden Virenstämme unschädlich zu machen, sondern auch noch, diese Wahnsinnige und ihre Mannschaft zu stoppen. Aber wie? Sie schaute in die Runde und zählte insgesamt knapp fünfzehn russische Soldaten. Alle schwer bewaffnet und in ABC-Schutzanzüge gehüllt. Wenn diese Höhle nicht Eileens und Gwens Grab werden sollte, musste sie sich schleunigst etwas einfallen lassen.

Es gab nur einen Versuch. Nur eine Chance.

»Renegade ist auf dem Schwarzmarkt absolut wertlos für Sie«, sagte Eileen und streckte herausfordernd das Kinn vor. »Niemand wird es Ihnen abkaufen.«

Semenovas Lippen zuckten. Ihr Kopf ruckte nach hinten, als wollte sie laut loslachen, doch als sie den Ernst in Eileens Miene erkannte, runzelte sie bloß die Stirn.

18:00 Uhr

Captain Dallmer wusste, dass seine große Stunde kam. Was auch immer hier draußen auf Devon Island geschah, er fühlte förmlich, dass er und seine Marines in der Lage waren, eine Wende herbeizuführen. Wenn er nur die richtige Entscheidung traf.

Dallmer war mit seiner Gruppe durch den Schnee gestapft und konnte dem Piloten des Sea Knight von Weitem signalisieren, dass er ihnen entgegenfliegen sollte. Inzwischen saßen die Marines an Bord und waren in östlicher Richtung unterwegs zum Rand des Schneefeldes. Irgendwo dort war die B52 in der Luft explodiert.

»Glauben Sie, dass noch jemand lebt, Cap?«, fragte einer der Männer.

»Du hast doch die Fallschirme gesehen«, sagte Snake und verdrehte die Augen.

»Wenn es Fallschirme waren.« Einer der anderen Männer rückte sich den Kevlarhelm zurecht. »Aus der Entfernung waren nichts als schwarze Flecken zu erkennen. Hätten auch Trümmerteile sein können.«

»Wir werden es herausfinden«, beruhigte Dallmer die anderen. Er wünschte sich, der Funk würde funktionieren, dann hätte er Simmons vorwarnen oder sich zumindest mit der Basis auf dem Festland in Verbindung setzen können.

Es knackte im Helm, als der Pilot eine Durchsage machte. Zumindest die Bordkommunikation klappte noch. »Captain, wir nähern uns der Schneegrenze. Sie sollten mal einen Blick aus dem Fenster werfen.«

Dallmer erhob sich von seinem Sitz und ging zur gegenüberliegenden Tür. Drunten in der weißen Landschaft hoben sich die Leichen deutlich vom Terrain ab. Überall sah Dallmer Körper im Schnee, gesäumt von roten Flecken. Er schnippte mit den Fingern. »Fernglas.«

Jemand reichte ihm von hinten einen elektronisch verstärkten Feldstecher. Dallmer blickte durch die beiden Okulare. Der Vorfilter dimmte das Bild und nahm dem Schnee etwas von seinem blendenden Weiß. Die Sonne war zwar bereits hinter dem Horizont verschwunden, doch ihre Reststrahlung reichte noch immer aus, um ein Gleißen auf den weißen Teppich zu zaubern.

»Sie tragen Uniformen«, sagte Dallmer. Er ließ den Blick von einem Toten zum nächsten wandern, bis er ein Flaggenabzeichen auf dem Parkaärmel einer der Leichen erkannte. Ein rotes Ahornblatt auf weißem Grund. Kanadier. »Scheiße!«

»Was ist, Cap?«, fragte Snake Seeger. Der weibliche Marine beugte sich vor und sah Dallmer über die Schulter.

»Kanadisches Spezialkommando.« Der Captain hielt ihr den Feldstecher hin, damit sie sich selbst überzeugen konnte. »Wenn ich richtig gezählt habe, eine ganze Einheit in Gruppenstärke.«

»Aber wer hat die aufgerieben?«

»Gute Frage.«

»Die sehen nicht sehr gesund aus«, sagte Snake, während sie den Zoom des Fernglases regulierte. »Meine Fresse!«

»Ich weiß.«

»Was denn?«, fragte jemand von hinten.

»Ich sehe Blutspritzer, die von Waffenfeuer herrühren«, erklärte Snake. »Einige aufgerissene Körper. Aber andere sehen, ich weiß nicht … die sehen irgendwie verfault aus.«

Der Pilot meldete sich. »Sir, ich schätze, ich habe die Ursache für den Angriff auf die kanadischen Jungs gefunden. Auf zwei Uhr. Sea Knight mit Kennung Charly-Foxtrott-Zwei-Neun. Das dürfte der Heli von Captain Simmons gewesen sein.«

Dallmer riss Snake den Feldstecher aus der Hand und blickte in die angegebene Richtung hindurch. Er fand sofort das Wrack des zweiten Sea Knight, mit dem Simmons und die SEALs hier gelandet waren.

»Die Kanadier scheinen den Heli runtergeholt zu haben«, sagte Snake.

Dallmer hob die Schultern und setzte den Feldstecher ab. »Da bin ich mir nicht so sicher. Keine Überlebenden aus dem Team. Und ein Zivilist, ebenfalls tot. Wenn die den Heli abgeschossen hätten, wäre noch jemand von denen übrig. Außerdem gefallen mir einige der Leichen nicht.« Er wandte sich über die Bordkommunikation an den Piloten. »Lieutenant, auf keinen Fall näher rangehen. Ich hab ein ganz, ganz mieses Gefühl bei der Sache.«

»Verstanden, Sir. Soll ich irgendwo Warteposition einnehmen?«

Dallmer bekam den Anblick der Leichen nicht mehr aus dem Kopf. Er hatte so etwas noch nicht gesehen. *Verfault* war nicht das richtige Wort. Sie schienen regelrecht *verwest* zu sein. Das erinnerte ihn an eine Krankheit. Er sah aus dem Fenster in Richtung Hubschrauberwrack. Was, wenn es, was immer *es* auch war, die Piloten ebenfalls erwischt hatte?

»ABC-Alarm!«, schrie der Captain plötzlich und riss die gummierte Tasche mit der Schutzmaske an seiner Seite auf, während er sich gleichzeitig den Helm vom Kopf zog.

Auch die anderen reagierten sofort. In wenigen Sekunden hatten die Marines ihre Gasmasken übergezogen und begannen damit, die offenen Stellen ihrer Uniformen an Hals, Bein- und Armbünden abzudichten. Die beiden Piloten wechselten sich mit dem Upgrade ihrer Einsatzmonturen ab, bis auch sie mit luftdichten Masken und verschnürten Winterkombis im Cockpit saßen. »Toll, Cap!«, sagte der Sergeant. »Wenn Sie jetzt sagen, dass das eine Übung war …«

Dallmer deutete nach draußen. »Das sieht nicht nach einer Übung aus. Was immer einen Teil der kanadischen Homeboys da unten hingerafft hat, waren keine Kugeln, sondern irgendwas anderes, das sich in der Luft befinden muss. Wir sollten uns schnellstens verziehen.«

»Was ist mit unseren Befehlen?«, hakte Snake nach. Ihre Stimme klang dumpf unter der Maske.

»Die Lage hat sich geändert.« Dallmer schürzte die Lippen. »Wir werden neue Befehle einholen. Dazu müssen wir aber erst mal aus dieser Funkglocke raus. Lieutenant, bringen Sie uns auf Kurs Südost. Sobald Ihr Radar anspricht, geben Sie mir Bescheid.«

»Verstanden, Captain.«

Der Sea Knight drehte ab und flog nach Süden zum Meer hinaus.

Genau auf die *Le Soleil* zu.

18:03 Uhr

Jae Narwick saß angespannt in einem Sessel in seinem Quartier, den verletzten Arm in einer Schlinge, die freie Hand um ein Glas Scotch geklammert und starrte Markus mit einem »Und jetzt?«-Blick an. Offenbar wusste der Kopf G-Dawns nach der Entlarvung Veronica Pothoffs nicht mehr weiter. Vermutlich schossen ihm im Moment die gleichen Gedanken durch den Kopf, die vorher und auch jetzt noch Markus beschäftigten. Wenn Veronica für die Generäle gearbeitet hatte, wem konnte er dann noch trauen? Was war mit Vandengard und Hannigan? Der Brite war zumindest dem Anschein nach freiwillig zu G-Dawn gestoßen. Die Amerikanerin hatte man mit Nachdruck überzeugen müssen. So baute man nicht unbedingt eine Basis des Vertrauens auf.

»Was glauben Sie wohl, hätte Veronica als Nächstes getan?«, fragte Amandine, die sich im Hintergrund in der Nähe der Tür aufhielt. Sie trug wie immer den Nanofasersuit in Lackglanz und hatte die Arme vor der Brust verschränkt. Ihr Blick war wachsam und sie sah Markus mit einer Mischung aus Argwohn und Vorsicht an. Anscheinend vermutete sie nach den Vorkommnissen im Labor in jedem einen Verräter.

Markus hob die Schultern. »Woher soll ich das wissen?«

»Sie kannten sie«, sagte Amandine.

»Offenbar nicht gut genug.« Markus faltete die Händen ineinander und blickte in Narwicks Richtung. »Ich bin nicht zu Ihnen gekommen, um mir Vorwürfe anzuhören. Wissen Sie, die Frage, was Veronica getan hätte, nachdem sie das Virus an sich gebracht hat, ging mir auf dem Weg hierher genauso durch den Kopf. Es gibt nur zwei Möglichkeiten, wie sie hätte entkommen können. Zum einen hätte sie ein Rettungsboot nehmen können, was jedoch ziemlicher Schwachsinn ist, wenn man bedenkt, wo wir uns befinden; das ließe nur den Schluss zu, dass sie Verbündete in der Nähe hat, die sie abholen wollten. Zum anderen hatte Veronica einen Pilotenschein und wusste, wie man einen Hubschrauber fliegt; sie hätte den Lynx kapern können, solange er sich noch an Bord der *Le Soleil* befand und darauf wartete, Eileen und die anderen abzuholen.«

Narwick schürzte die Lippen und nickte leicht. »Sie haben vermutlich recht. Es wäre wenig sinnvoll, den Kapitän mit einer Waffe zu bedrohen und ihn zu zwingen, die *Le Soleil* Fahrt aufnehmen zu lassen.«

»Richtig.« Markus lehnte sich vor und sah aus den Augenwinkeln, wie Amandine sich automatisch anspannte. Sie traute ihm nicht. Als wenn ausgerechnet er den Mumm hätte, unter all den schwer bewaffneten Mädels eine Revolte anzuzetteln. »Aber Sie müssen davon ausgehen, dass Veronica noch etwas vorbereitet hat. Wenn sie für die Generäle gearbeitet hat, werden die es nicht zulassen, dass G-Dawn noch irgendwelche Proben des Defector-Virus an Bord behält. Veronica hat ja nur ein Reagenzglas mitnehmen wollen. Wie viele haben sie dort unten gelagert? Dutzende?«

Narwick warf einen Seitenblick zu Amandine. Dann seufzte er, leerte seinen Scotch und sah Markus wieder an. »Wir haben das Defector-Virus nicht.«

»Also, wenn ich Veronica gewesen wäre …« Markus hielt plötzlich inne. »Was haben Sie da gerade gesagt?«

»Wir haben das Defector-Virus nicht.« Narwick schlug ein Bein über das andere. »Das Gerücht haben wir in die Welt gesetzt, damit die Generäle denken, wir würden gleichziehen. Tatsächlich haben wir eine Expedition in die Antarktis geschickt, die allerdings mit leeren Händen wieder zurückkam. Sie haben keine Leichen der weiblichen Antaradim gefunden.«

Markus stieß die Luft aus und kratzte sich am Hinterkopf. Er sah von Narwick zu Amandine, die nur den Kopf schräg legte und die Schultern hob.

»Bei genauerer Betrachtung wissen wir nicht einmal, ob die Vermutung über die beiden Virenstämme überhaupt zutrifft.«

Eine steile Falte entstand zwischen Markus' Brauen. »Wie meinen Sie das? Sie haben doch gestern noch vollmundig erklärt, wie das mit den Antaradim gelaufen ist.«

»Ja.« Narwick schnalzte mit der Zunge und schenkte sich Scotch nach. »Die Geschichte enthält nicht nur im Kern eine Wahrheit. Renegade existiert, ganz sicher. Und wir wissen, dass Shift-P, die Substanz, die den Hazardern verabreicht wurde, beide Virenstämme enthält. Allerdings ist die Sache mit den Chromosomen etwas schwammig überliefert. Wir sind uns nicht sicher, ob die Antaradim-Frauen tatsächlich das Defector-Virus in ihrer DNA hatten oder ob es nicht irgendwo anders herstammt. Genauere Auskunft erwarten wir aus einer Datenbank der Antaradim.«

»Eine Datenbank? Wenn dieses vorgeschichtliche Völkchen schon so lange verschwunden ist, wird es wohl kaum Computer gehabt haben, oder?«

Narwick lächelte. »Sie denken zu modern.«

Markus rieb sich über die Lippen und dachte nach. Eine frühgeschichtliche Datenbank konnte alles Mögliche bedeuten und musste nichts mit heutigen elektronischen Verzeichnissen zu tun haben. Er sah Narwick an. Eigentlich war er zu dem Earl gekommen, um ihm seine Vermutung über Veronicas Fluchtplan mitzuteilen, doch der Gedanke trat plötzlich in den Hintergrund. G-Dawn hatte sich bedeckt gehalten und Geheimnisse um sich gewoben. Auch wenn Veronica sich als Verräterin entpuppt hatte und Narwick jedem Fremden gegenüber noch misstrauischer sein sollte, stellte sich Markus plötzlich die Frage, warum der Kopf G-Dawns ihm das jetzt alles erzählte und die Karten offenlegte.

Ein furchtbarer Verdacht keimte in ihm. Ehe er es verhindern konnte, platzte die Frage schon aus ihm heraus: »Warum erzählen Sie mir das eigentlich alles?«

Narwicks Lächeln erstarb auf der Stelle und Markus hätte sich beinahe auf die Zunge gebissen.

»Es tut mir leid, Herr de Vries.«

Plötzlich schien die Temperatur im Raum schlagartig zu fallen. Der eisige Hauch des Todes lag in der Luft und Markus spürte eine Bewegung hinter sich, noch bevor er das dazu passende Geräusch hörte. Er schloss die Augen und wartete darauf, dass irgendetwas geschah. Entweder auf den kurzen Schmerz, mit dem eine Kugel seine Schädeldecke zerfetzte, ehe sie in sein Gehirn eindrang und es schlagartig dunkel werden ließ. Oder auf den schnellen Schnitt unterhalb seines Kinns, der ihn unweigerlich ausbluten lassen und weit qualvoller sterben ließ. Er betete, dass Amandine es schnell beendete.

18:03 Uhr

Die Stille in der Eishöhle wurde unerträglich. Mehrere Minuten lang starrte Kristina Semenova Eileen einfach nur an und schien über deren Worte nachzudenken. Nur die leicht zischenden Atemzüge der mit Gasmasken bewehrten russischen Soldaten waren zu hören und erfüllten die Stille mit einem beinahe unheimlichen Pfeifen.

»Was meinen Sie damit?«, fragte Semenova endlich auf Eileens Behauptung hin, dass niemand Renegade auf dem Schwarzmarkt erwerben würde.

»Das liegt doch auf der Hand.« Eileen versuchte, so gelassen wie möglich zu klingen. Sie hatte vermutlich nur diesen eine Chance, Semenova davon zu überzeugen, ihr Leben nicht sofort zu beenden. Doch auch das bedeutete nur einen Aufschub von einigen Minuten. Eileen musste sich irgendetwas einfallen lassen, um Gwen und sich selbst aus der Situation zu boxen. An Vandengard verschwendete sie dabei nicht einmal einen Gedanken. Nicht, nachdem sie von Markus de Vries erfahren hatte, dass der frühere SAS-Soldat kaltblütig Unschuldige umgebracht hatte. »Für Renegade gibt es kein Antidot. Wer sollte ein absolut tödliches Virus kaufen, um es gegen seine Feinde einzusetzen, wenn er sich selbst dagegen nicht schützen kann?«

Semenova zog eine Braue hoch. »Ich habe Kontakte zu einigen Terrororganisationen, die bereitwillig für ihre Sache sterben.«

»Bauernopfer«, sagte Eileen. »Es gibt immer Märtyrer, die sich auf Selbstmordkommandos begeben, um Zeichen zu setzen. Aber glauben Sie, der Anführer einer Fraktion riskiert, dass *alle* seine Leute durch eine Waffe ausgelöscht werden, die er gegen seine Gegner einsetzen will, nur um Zeichen zu setzen?«

»Sie glauben, Renegade ist wertlos.«

»Für den Moment, ja.« Eileen schob leicht das Kinn vor. »Bis Sie ein Gegenmittel dafür haben.«

Semenova lachte und stemmte die Hände in die Hüften. »Also glauben Sie, die ganze Aktion hier war umsonst?«

»Renegade vielleicht.«

»Aber?«

Eileen deutete in den Höhlentunnel zurück, durch den sie hergebracht worden war, und ließ dabei Semenova nicht aus den Augen. »Ein paar Kilometer von hier liegt ein Forschungsschiff vor Anker, das ein anderes Virus bei sich hat. Den Defector-Stamm, eine Mutation von Renegade.« Sie zwinkerte. »Und sie haben dafür auch einen Impfstoff, der jeden immunisiert.«

»Halten Sie das Maul!« Vandengard machte einen Schritt auf Eileen zu, doch zeitgleich richteten sich noch zwei, drei Waffenmündungen mehr auf ihn.

Eileen beachtete ihn nicht. Sie sah, wie es in Semenovas Augen aufblitzte. Die Russin schien jedoch noch nicht überzeugt zu sein. Wahrscheinlich hatte sie sich zu sehr auf die Suche nach Renegade konzentriert, als dass sie eine andere Erwägung in Betracht ziehen konnte. Doch Eileens Einwand mit einem Impfstoff schien sie zumindest zum Nachdenken anzuregen. Sie würde die Sache überprüfen wollen. Das konnte sie am besten, indem sie den U-Boot-Kommandanten anfunkte und ihm befahl, ein Enterkommando zur *Le Soleil* zu schicken. Dazu musste sie den Mikrowellensender abschalten. Das würde Eileen vielleicht – *vielleicht* – die Gelegenheit zum Handeln geben.

Doch es kam anders.

Vollkommen anders.

Ehe es irgendjemand mitbekam, hatte Simmons eine Hand freibekommen. Eileen sah über Semenovas Schulter, wie der Angekettete sich an der anderen Handschelle zu schaffen machte und sie binnen eines Augenblicks löste. Noch während Eileen rätselte, wie ihm dies gelungen war, trat Simmons hinter einen der russischen Soldaten, zog dessen Messer aus einer Gürtelscheide und schnitt dem Mann die Kehle durch.

Das Röcheln ließ seinen Nachbarn herumfahren, doch Simmons rammte ihm die Klinge durch die Uniform ins Herz, umklammerte dessen Gewehr und stieß den Mann von sich fort.

Das Durchladen der Waffe ließ die anderen Soldaten herumschnellen, aber ehe sie auch nur erfassten, was geschehen war, fielen bereits drei von ihnen unter ebenso vielen Feuerstößen.

Dann geschahen viele Dinge gleichzeitig. Eileen stieß Gwen an, die stolperte und zu Boden fiel. Sie schlitterte zwei, drei Meter über das Eis, bevor das Bein eines russischen Soldaten sie stoppte.

Semenova sprang hinter einer der in der Höhle aufgestellten Kisten in Deckung. Ein halbes Dutzend Soldaten suchten ihr Heil in der Flucht vor den Garben Simmons'. Zwei Männer erwiderten das Feuer und zwangen Simmons ebenfalls in Deckung.

Eileen trat hinter einen der Soldaten, trieb ihm ihren Ellbogen in den Nacken und nahm seine AK-108 an sich. Im nächsten Moment war die Höhle vom Waffenfeuer von einem Dutzend Gewehre erfüllt. Zwei weitere Soldaten fielen unter Simmons' Feuerstößen, doch auch der Marine hatte einen Treffer am Arm hinnehmen müssen.

Der Soldat, gegen dessen Bein Gwen geschlittert war, legte auf die Frau am Boden an und spie etwas auf Russisch aus. Eileen ging in die Hocke, legte an und erledigte den Mann mit einem gezielten Schuss.

Gwen fuhr herum und nickte ihr dankbar zu. Eileen zögerte nicht, lief geduckt im Hagel der um sie herum einschlagenden Kugeln zu der Blonden hinüber, packte sie und zerrte sie aus der Schusslinie, hinter eine Staukiste in der Nähe des Generators in Deckung.

Vandengard sprang aus dem Feuerbereich, rollte sich über die Schulter ab und kam direkt neben einem seiner Bewacher wieder hoch. Er rammte dem anderen die Faust ins Gesicht und stieß ihm den Ellbogen unterhalb der Gasmaske in die Kehle. Während der Mann fiel, riss Vandengard ihm die Waffe aus der Hand, richtete sie gegen ihn und tötete den Mann, noch bevor er auf dem Boden aufkam. Der SAS-Soldat wirbelte herum und erstarrte. Ein dunkelroter Fleck erschien auf seiner Stirn, während sein Hinterkopf förmlich explodierte. Mit verdrehten Augen knickte er in die Knie und fiel dann vornüber zu Boden.

Eileen sah Semenova mit einer rauchenden Pistole hinter ihrer Deckung hervorlugen. Die Russin grinste breit und schoss dann in Eileens Richtung. Ein Scheinwerfer wurde getroffen. Dann ein weiterer. Es wurde merklich dunkler in der Höhle, wenn auch die restlichen Halogenfluter noch für genügend Licht sorgten.

Eileen versuchte, sich einen Überblick zu verschaffen. Die Russen feuerten wie wild auf Simmons' Position. Nur einer schien überhaupt Interesse an den beiden anderen Gefangenen zu zeigen und schickte eine Salve in Eileens und Gwens Richtung. Als die Kugeln aber Funken sprühend von dem Generator abprallten, stellte er das Feuer ein. Eileen zielte sorgfältig und schoss. Der Soldat brach zusammen.

»Was tun wir jetzt?«, fragte Gwen. Angst schwang in ihrer Stimme mit.

Eileen sah zu ihr hinunter und erkannte, dass sie nicht nur vor Kälte zitterte. *Mädchen, ich hab deinen Arsch in Kanada nicht gerettet, nur damit du wieder zu mir zurückkommst und erneut in Gefahr bist.* Eileen seufzte. Sie wusste, dass sie Gwen mit diesen Gedanken unrecht tat. Genauso wie sie wusste, dass ihr nur noch wenige Sekunden blieben, um etwas zu unternehmen.

Simmons stand noch immer unter Beschuss und erwiderte das Feuer nur noch sporadisch. Vermutlich ging ihm langsam die Munition aus. Wenn das geschah, würden die Russen ihn rasch überwältigt haben. Aus seiner Position konnte er auch nicht viel unternehmen.

Aber ich aus meiner schon. Eileen sah zum Generator, der ein Katzensprung von ihrem Standort entfernt stand. Die davon abzweigenden Kabel führten zu den Halogenleuchten, Heizelementen und in einen anderen Teil der Höhle, der von hier aus nicht einsehbar war. Irgendwo dort musste sich auch der Mikrowellensender befinden, der die Funksignale unterband.

In der Nähe des Generators war ein russischer Soldat zu Boden gegangen. Eileen überlegte nicht lange.

»Wenn ich loslaufe, rennen Sie zum Ausgang«, sagte sie. »Ich werfe Ihnen das Funkgerät des Soldaten dort zu. Nehmen Sie es und rennen Sie so schnell Sie können nach draußen. Sobald Sie eine Explosion hören, funken Sie auf Frequenz 125,3 die Marines an.«

Gwen sah sie mit großen Augen an. »Die haben mein Team aufgerieben.«

»Weil sie falschen Befehlen gefolgt sind. Von G-Dawn können wir keine Hilfe erwarten. Es bleiben nur die Marines.«

Eileen sah Gwen noch eine Sekunde lang an. Dann riss sie ein Aufschrei aus den Gedanken. Sie lugte hinter der Deckung hervor, musste den Kopf jedoch sofort wieder zurückziehen, als ein Kugelhagel in die Kiste einschlug. Sie spähte an der Oberseite über das Packstück und sah, wie Simmons einen weiteren Soldaten niederstreckte. Dann hämmerte der Schlagbolzen auf eine leere Kammer. Das Magazin war leer. Im selben Moment prasselten die Garben der Russen auf den Hazarder nieder. Eine Kugel schlug in Simmons' Schulter ein. Eine weitere streifte ein Ohr. Eine dritte zerfetzte seine Halsschlagader. Simmons taumelte zurück, ließ das nutzlose Gewehr fallen und stürzte mit den Armen rudernd rückwärts gegen die Eiswand.

»Jetzt!«, sagte Eileen zu Gwen und setzte über die Kiste hinweg.

Mrs Stylez lief im selben Moment in Richtung Ausgang los. Die meisten Soldaten waren mit Simmons beschäftigt und hielten die Waffen in seine Richtung in Anschlag. Vorsichtig näherten sie sich seinem am Boden liegenden Körper.

Doch zwei der Russen drehten sich instinktiv zu den beiden Frauen um.

Auch Semenova. Ihr Blick traf den Eileens in dem Moment, als diese sich einer der Soldatenleichen näherte und bückte.

»Erschießt sie!«

Eileen zog mit der Linken das Funkgerät vom Gürtel des Toten und zog den Abzug der AK-108 in ihrer rechten Hand durch. Sie zwang die Gegner in Deckung und schleuderte das Funkgerät in Gwens Richtung.

Ein Funkenhagel zwang Mrs Stylez in Deckung. Sie duckte sich und presste sich gegen die Tunnelwand. Das Funkgerät fiel vor ihre Füße auf den Boden und rutschte über das glatte Eis einige Meter weit in den Gang hinein.

Eileen hoffte, dass es noch funktionierte, und feuerte erneut, um die Soldaten zurückzutreiben. Offenbar sahen sie in Simmons keine Gefahr mehr und widmeten sich jetzt voll und ganz den beiden Frauen.

Aus den Augenwinkeln sah Eileen, wie Gwen im Tunnel verschwand. Sie selbst zog vom Gürtel des toten Soldaten zu ihren Füßen eine Handgranate ab und brachte sich mit einem Sprung hinter den Generator in Sicherheit.

»Nicht schießen!«, schrie Kristina Semenova. »Ihr trefft den Generator.«

Überall in Eileens Nähe schlugen Geschosse in die Eiswände und den Boden ein. Mit einem metallischen *Pling* spritzten Querschläger vom Chassis des Generators in alle Richtungen davon. Eine Druckleitung wurde getroffen. Öl lief aus und die Maschine gab einen tiefen Seufzer von sich. Die Halogenscheinwerfer flackerten. Doch der Generator stoppte nicht, sondern lief weiter.

Eileen zog den Splint der Granate und verkeilte den Sprengsatz zwischen zwei Streben direkt an der Maschine. Den Sicherungsbügel ließ sie los und sprang dann mit einem Satz und um sich feuernd hinter dem Gerät hervor. Das Magazin reichte für zwei Feuerstöße, ehe es leer war.

Die Russen nutzten die Chance und deckten Eileen mit einem Stakkato aus hämmernden Salven ein. Eis spritzte hoch. Dutzende von Löchern wurden in die Vorratskiste gestanzt, hinter der sich Eileen mit einem weiteren Satz in Sicherheit brachte. Sie robbte über den Boden. Als das Feuer verebbte und die Soldaten nachladen mussten, stemmte sie sich hoch, rutschte über den eisigen Boden und schlitterte unter neuem Beschuss durch den Höhlenausgang. Eisbrocken wurden unter dem Hämmern der Waffen aus den Wänden gesprengt. Einige Splitter streiften Eileen an der Wange und hinterließen blutige Spuren. Andere zerfetzten ihren Bioanzug, der nach der Feststellung, dass Hazarder immun gegen Renegade waren, ohnehin überflüssig war.

Etwas traf Eileen in den Rücken und ließ sie nach vorne stolpern. Sie schlug auf den Boden auf. Wahrscheinlich rettete ihr der Sturz das Leben, denn nur den Bruchteil einer Sekunde darauf jagte eine Flammenzunge über sie hinweg, gefolgt von pfeifenden Geschossen.

Eileen drehte sich auf den Rücken und sah den Mann mit dem Flammenwerfer. Die anderen Soldaten näherten sich dem Ausgang. Rasch warf sie sich herum, kam auf die Füße und rannte hinter Gwen her, die hoffentlich schon draußen war. Sie war gerade um die erste Gangbiegung verschwunden und fragte sich, wann die Granate endlich zündete, als diese hinter ihr explodierte.

18:05 Uhr

Der Schuss kam nicht. Zwar hörte Markus de Vries einen lauten Knall, doch er wusste sofort, dass dies nicht das Krachen einer Pistole gewesen sein konnte. Irgendetwas rumorte im Bauch der *Le Soleil,* und noch bevor Amandine den Abzug durchdrücken konnte, ließ ein Beben den Schiffsboden erzittern und holte die Frau genauso wie Markus von den Füßen. Selbst Narwick wurde aus seinem Sessel gehoben, rutschte über den Teppich und landete an einer seitlichen Wand der Kabine.

»Was war das?«, rief der Anführer G-Dawns, während sein Scotchglas über den Boden kullerte und der Inhalt den Teppich tränkte.

Ein weiterer Rums. Markus griff nach einem Tischbein und hielt sich daran fest, doch der gesamte Tisch geriet ins Rutschen und schlitterte über den Boden durch den Raum. Das restliche Mobiliar folgte unkontrolliert. Plötzlich kippte der Fußboden und alles, was nicht niet- und nagelfest war, rutschte in eine Ecke.

Narwick brüllte etwas.

Amandine kam auf die Beine. Ihre Pistole war irgendwo in dem Durcheinander aus Stühlen und Tischen und umgestürzten Regalen verschollen. Sie warf Markus einen Blick zu, der so viel ausdrückte wie: *Dich hebe ich mir für später auf!* Dann war sie durch die Tür verschwunden.

Es gab einen weiteren Knall. Näher. Lauter. Eindeutig eine Explosion. Markus fühlte sich in seinem Verdacht bestätigt, den er Narwick gegenüber nicht mehr äußern konnte. Veronica hatte wohl für einen heißen Abgang sorgen wollen. Sie hatte wahrscheinlich den Hubschrauber zur Flucht nutzen und keine Spuren hinterlassen wollen und Sprengladungen an den Schiffsmaschinen angebracht, die zu einer bestimmten Zeit detonierten, in der sie sich längst in der Luft auf dem Weg zum Festland befand. Veronica war tot, doch ihr Vermächtnis war weiterhin aktiv. Markus atmete tief durch. Er machte sich keine Illusionen, als ein vierter Sprengsatz zündete. Veronica war Agentin des Militärischen Abschirmdienstes gewesen und darüber hinaus noch eine Hazarderin. Sie wusste, was sie tat. Ein blutiger Anfänger hätte ihnen vielleicht eine Überlebenschance geboten. Nicht aber Veronica, die darüber hinaus noch für die Generäle arbeitete.

Aus, dachte Markus. *Endgültig!*

Er überraschte sich selbst dabei, dass er sich auf dem Weg zum Ausgang wiederfand, ohne sich daran erinnern zu können, aufgestanden zu sein. Hinter ihm brüllte Narwick, der zwischen dem umgestürzten Tisch und einigen Stühlen eingeklemmt war und nicht ohne Weiteres freikam. Markus ignorierte ihn und kämpfte sich bis zur Tür vor. Die *Le Soleil* hatte noch immer Schlagseite und so wurde Markus' Vorrücken zu einem Aufstieg.

Er klammerte sich an den Türgriff und zog sich hoch. Nur noch einen Schritt. Er setzte einen Fuß über die Schwelle.

»Helfen Sie mir!«, rief Narwick hinter ihm.

»Fick dich, Arschloch!« Markus zog die Tür hinter sich zu und sah sich im Gang um. Bis auf die Tatsache, dass alles schief war, wirkte der Korridor normal.

Der Schein trog. Nur einen Lidschlag darauf sprang die Tür am fernen Ende des Ganges auf und wurde, noch während sie durch die Luft wirbelte, in zwei Hälfte gerissen, die Surfbrettern gleich auf einer von Gischt umhüllten Welle ritten.

Genau auf Markus zu.

Er brauchte eine halbe Sekunde, um den Schock zu überwinden und das Unmögliche anzustarren, das auf ihn zurollte. Doch dann stieß er sich von der Wand ab und rannte. Er kam nicht weit. Noch bevor er die Gangbiegung erreichte, schwappte die Welle über ihm zusammen. Eine der Türhälften rauschte haarscharf an ihm vorbei. Die *Le Soleil* kippte erneut, diesmal in die andere Richtung, und warf mit dieser Bewegung Markus hart gegen eine Tür. Er wurde im Schutz der Wassermassen durch einen anderen Raum getragen. Vor ihm klirrte etwas. Das Tosen der Flut verschluckte jedes Geräusch danach. Markus paddelte und wedelte mit den Armen, doch er konnte nichts anderes tun, als sich von der Strömung treiben zu lassen. Seine Lungen schrien nach Luft, die Kälte des Wassers lähmte seine Bewegungen und mit jedem Stoß gegen irgendein Hindernis wurde das Verlangen größer, einfach einzuatmen. Markus prallte gegen eine Wand. Das Wasser riss ihn einfach fort, wirbelte ihn herum. Er wurde zum Spielball mörderischer Gewalten. Wieder drückten ihn die Massen gegen etwas. Er spürte einen stechenden Schmerz im Rücken, der ihm das letzte Quäntchen Luft aus den Lungen trieb.

Markus schluckte Wasser. Seine Augen brannten. Der Kopf pochte. Dann schlug er irgendwo auf, während das Wasser über ihn hinwegbrandete. Er hustete und keuchte und atmete schwer. Seine Hände wanderten über eine angeraute, nasse Fläche. Langsam hob er den Kopf und fand sich in einem brennenden Chaos wieder.

Schreie. Schritte. Explosionen. Wasserfontänen. Und über allem das Hämmern der Doppelrotoren eines Hubschraubers.

Markus drückte sich vom Boden hoch, landete jedoch sofort wieder auf dem selbigen. Der wilde Ritt in der Flutwelle hatte seine Kräfte aufgezehrt. Er blieb nach Luft ringend auf dem Boden liegen und kämpfte darum, wach zu bleiben.

18:05 Uhr

Captain Dallmers Finger krampften sich um den Griff des Sturmgewehrs. Er schwitzte unter der ABC-Schutzkleidung und war bereits zum zweiten Mal versucht, sich die Maske vom Kopf zu reißen und Entwarnung für seine Männer zu geben. Doch der Anblick des abgestürzten Sea Knight hatte sich in ihm eingebrannt wie ein feuriges Mahnmal. Was immer dort unten auf der Insel geschah, hatte Simmons' Piloten erwischt. Er durfte um keinen Preis nachgeben. Zumindest nicht, bis er sicher war, dass sein Team außer Gefahr war.

Der Marine blickte zwischen den Sitzen der beiden Piloten durch das Kanzelfenster und erspähte das, worauf ihn der Hubschrauberführer vor knapp einer halben Minute aufmerksam gemacht hatte. Vor ihnen lag eine modifizierte Fregatte. Dallmer erkannte sofort die Form und Aufbauten der britischen *Broadsword*-Klasse, wenn auch sämtliche Geschütztürme fehlten. Dort befand sich also ihr Gegner. Weder Simmons noch das Kommando hatten Dallmer je mitgeteilt, gegen wen er eigentlich antreten sollte. Er hatte noch immer keinen Plan, hoffte aber Antworten zu erhalten, sobald der Hubschrauber aus dem Funkstörfeld geflogen war.

»Sir, soll ich den Anflugvektor ändern?«, fragte der Pilot.

Lars Dallmer presste die Lippen aufeinander. Verdammt. Es war an der Zeit, eine weitere Entscheidung zu treffen. Sollte er das Boot in seine Gewalt bringen? So lauteten weder seine Befehle, noch wusste er, was ihn da unten überhaupt erwartete. Demontierte Geschütze bedeuteten nicht, dass diese Fregatte völlig wehrlos war.

»Negativ. Gehen Sie auf Kurs Nord. Ich will endlich aus dieser Funkglocke raus.«

»Verstanden.«

Der Hubschrauber schwenkte leicht ab, doch noch bevor er seine Wende beendet hatte, schoss eine grelle Stichflamme aus dem Heck der Fregatte in die Höhe. Explosionswolken stiegen auf. Flammenzungen leckten in den Himmel. Das Schiff bebte sichtlich.

»Was zum …?« Snake beugte sich zu Dallmer herüber, um besser sehen zu können.

»Scheiße, da ist was hochgegangen«, sagte sein Sergeant.

Kaum waren seine Worte verklungen, erschütterte eine weitere Explosion das Schiff. Dann eine dritte.

»Stehen die unter Beschuss?«, fragte Snake.

»Keine Ahnung.« Dallmer hob die Schultern.

»Unsere Instrumente sind immer noch tot, ich kann nichts erkennen«, sagte der Pilot.

Eine Welle schwappte über dem Bug zusammen. Kurz darauf zerfetzte eine weitere Explosion die Außenhülle der Fregatte. Das Loch sog Wasser an, das in einer Flut ins Innere strömte und sich seinen Weg bahnte. Nur wenig später schoss ein Wasserstrahl aus den Frontscheiben unterhalb der Brücke.

Snake keuchte. Sie hatte ebenfalls den Mann gesehen, der mit der Welle auf das Deck gespült worden war.

Im selben Moment funktionierten die Ortungsgeräte wieder.

»Radarecho!«, rief der Kopilot. »Wir haben wieder Funk und Radar!«

Ehe jedoch jemand den Versuch starten konnte, Kontakt zur Basis herzustellen, fing die Hubschraubercrew bereits einen Funkspruch auf. Der Pilot wandte mit seiner Schutzmaske leicht den Kopf. »Sir, hier ist eine Frau, die den Teamleader sprechen will.«

Dallmer runzelte die Stirn. »Stellen Sie durch.« Es knackte im Kopfhörer. Dallmer hatte keine Ahnung, wie seine durch die Gasmaske gedämpfte Stimme bei dem Gesprächspartner ankam, daher bemühte er sich, lauter zu sprechen. »Hier ist Captain Lars Dallmer, United States Marine Corps. Wer spricht?«

»Mein Name ist Kate McDermott. Ich bin Agent beim Criminal Intelligence Service Canada. Sie haben meine Maschine vom Himmel geholt.«

Dallmers Nackenhaare stellten sich auf. Der B52-Bomber!

»Mein Team wurde aufgerieben. Ich bin mit Special Agent Richardson vom FBI hier. Wir leiten eine verdeckte Operation, sind allerdings unter Beschuss geraten.«

Dallmer räusperte sich. Seine Kehle war plötzlich rau. »Wie können wir Ihnen helfen, Ma'am?«

»Sie haben einen Heli. Holen Sie mich und Richardson heraus.«

»Ma'am, das geht nicht. Ich muss neue Befehle einholen.«

»Captain! Wir werden von russischen Soldaten angegriffen! Es ist Ihre gottverdammte Pflicht, uns zu helfen!«

Dallmer seufzte. In dem Fall hatte sie recht. Scheiß was auf neue Befehle! Sein alter Einsatzbefehl besagte, dass er Captain Simmons unterstützen und jegliche feindlichen Kräfte auf Devon Island abwehren und ausschalten sollte. Russische Soldaten waren in dem Fall ganz bestimmt feindliche Kräfte, denn die hatten auf kanadischem Hoheitsgebiet nichts verloren.

»Cap?«

Er drehte sich zu Snake um, deren Augen ihn durch die verdunkelten Rundscheiben der Maske ansahen. Er schnalzte mit der Zunge, was jedoch so dumpf klang, dass niemand außer ihm es hören konnte. »Sieht so aus, als müssten wir die Ärsche von zwei Zivilisten retten. Lieutenant, nehmen Sie Kurs zurück zur Insel.«

»Sir, sehen Sie!«

Alarmiert starrte Dallmer durch das Kanzelfenster nach unten. Der Mann, der von der Flutwelle aufs Deck gespült worden war, hatte sich aufgerafft und bis zur Reling vorgekämpft. Während hinter ihm das Chaos regierte und Besatzungsmitglieder der Fregatte versuchten, dem Feuer zu entkommen und Beiboote zu Wasser zu lassen, gestikulierte dieser Mann wie wild in der Luft und Richtung Hubschrauber.

»Er wiederholt immer die gleichen Zeichen«, sagte Snake.

»Sehe ich.« Dallmer bemühte sich, die eigenwillige Zeichensprache des Mannes zu interpretieren. Sie glich nichts Bekanntem. Weder militärischen Gesten noch der amerikanischen Gebärdensprache, von der Dallmer zumindest einige Zeichen kannte.

»Da fängt es an!«, rief der Sergeant aus seinem Team.

Also schön. Der Mann zeigte auf sich selbst. *Ich.*

Dann breitete er beide Hände mit den Flächen nach oben aus. *Ich bin unbewaffnet.*

Er hob den Zeigefinger, als wollte er jemandem drohen. Nein, das konnte auch *Achtung!* heißen. Oder *Vorsicht!*

Dann beschrieb er mit einer Geste das Schiff.

»Was will er uns mitteilen?«, fragte Snake.

Der Mann schlug eine Faust in seine Hand. Danach schrieb er spiegelverkehrt drei Buchstaben in die Luft.

Ein F. Dann ein B. Der letzte war ein I.

»Der Teufel soll mich holen«, sagte Dallmer und wünschte sich plötzlich eine Zigarette und ein kühles Bier. Das hier wurde zu viel für ihn. *Eine Entscheidung treffen. Und noch eine.*

»Was?«, fragte Snake. »Er fängt wieder von vorn an.«

»Einer der Zivilistenärsche ist beim FBI«, sagte Dallmer. »Offenbar will uns der Kerl da unten klarmachen, dass er dazugehört und wir ihn rausholen sollen.«

»Wenn wir das tun, sollten wir uns beeilen«, sagte der Pilot. »Sehen Sie.«

Eine Frau in eng anliegender schwarzer Kleidung hatte sich durch das Chaos bis zu dem Lynx-Helikopter auf der Landeplattform am Heck der

Fregatte durchgekämpft. Jedes Besatzungsmitglied, das sich dem Hubschrauber zu nähern wagte, wurde rücksichtslos von ihr erschossen. Eine weitere Frau, ähnlich gekleidet, jedoch mit langem, blondem Haar, kam aus einer Luke gestürzt. Auf ihren Schultern trug sie einen Mann, der offensichtlich bewusstlos war. Als die Frau beim Hubschrauber sie sah, verließ sie das Cockpit und gab der anderen Feuerschutz. Dann erblickte sie den an der Reling gestikulierenden Mann und marschierte mit erhobener Pistole auf ihn zu.

»Scheiße!«, sagte Dallmer. Dann traf er eine Entscheidung.

18:07 Uhr

Endlich näherte sich der Hubschrauber. Markus hatte fast die Befürchtung, sie würden einfach abdrehen und ihn nicht beachten. Oder dass sie ihn gar nicht gesehen hatten. Er war keiner bekannten Zeichensprache mächtig und hatte einfach improvisiert, in der Hoffnung dass ihn an Bord des Hubschraubers irgendwer verstand. Jetzt zeigte sich, wie gut er wirklich war. Entweder kamen sie, um ihn abzuholen, oder …

Ein scharfer Pfiff an seinem rechten Ohr unterbrach abrupt seinen Gedankengang. Instinktiv duckte er sich und sah zurück aufs Deck.

Grundgütiger!

Er registrierte am Rande, dass Inga den verwundeten Jae Narwick zum Hubschrauber schleppte. Gleichzeitig kam Amandine mit gezogener Pistole auf Markus zu. Sie hatte bereits einen Schuss abgefeuert, der ihn nur um Haaresbreite verfehlt hatte. Die Mündung ihrer Waffe blitzte erneut auf.

Markus sprang über die Reling und landete ein Deck tiefer. Er verstauchte sich einen Knöchel und fluchte. In der Hocke sah er sich zu beiden Seiten um. Er hatte Glück gehabt. Der Außengang war schmal. Genauso gut hätte er über das Geländer direkt ins Meer fallen können. Der Weg bestand aus einem Gitterrost mit Reling und mündete in Richtung Brücke an einer Wand mit einer verschlossenen Luke. In Richtung Achterdeck befand sich eine Flammenwand, die aus einem Leck in der Außenwand schoss.

Er saß in der Falle. Rasch wandte er sich nach links in Richtung der Luke. Der Schmerz in seinem Bein behinderte ihn. Er humpelte, doch noch bevor er die Tür erreichte, peitschte direkt neben ihm an der Reling ein Schuss auf. Die Kugel durchschlug seine linke Hand. Erschrocken riss er sie zurück und sah das Loch und die blutverschmierte Masse. Zwei Finger fehlten. Markus presste sich gegen die Wand und starrte auf die Wunde.

Zwei … Finger …

Erst dann setzte der Schmerz ein und zwang ihn wie ein gnadenloser Hammerschlag in die Knie. Er schrie und überhörte den zweiten Schuss, der von oben abgefeuert wurde. Dicht neben ihm pfiff ein Querschläger vorbei. Er hatte Glück. Amandine konnte ihn unterhalb der Reling nicht sehen und feuerte aufs Geratewohl. Doch ewig konnte er nicht hier hocken.

Verdammtes Weib!

Die Flammen von rechts kamen näher. Sie fraßen sich über den Laufsteg. Markus spürte ihre sengende Hitze und rang nach Luft, die sich in seiner Umgebung jedoch rasch verbrauchte. Dichter Qualm stieg auf und reizte ihn zum Husten.

Wenn er das Luk erreichen wollte, musste er auf den Gang hinaustreten und bot Amandine wieder freies Schussfeld. Also, was blieb? Tod durch die Flammen oder Tod durch eine Kugel.

Es gab noch eine dritte Möglichkeit. Er konnte mit einem Satz über das Geländer springen und in die eiskalten Fluten tauchen. Innerhalb von zehn Sekunden würde die Kälte ihn vor Schock lähmen. Vielleicht überlebte er in dem Wasser noch zwei oder drei Minuten.

Ihm wurde die Wahl abgenommen. Im nächsten Moment rauschte der Hubschrauber heran. Eine Seitentür wurde aufgerissen und zwei Männer in ABC-Schutzkleidung schoben die Läufe ihrer automatischen Waffen vor. Sie eröffneten das Feuer.

18:09 Uhr

Snake und der Sergeant spien ihre tödlichen Garben auf das Deck. Die Frau in Schwarz wurde von einer ganzen Salve getroffen, in die Luft gehoben und einige Meter fortgeschleudert. Ihre Pistole segelte davon und sie blieb reglos liegen.

»Schnell!« Dallmer sprang an einem Seil aus dem Helikopter und ließ sich bis auf den Laufsteg unterhalb des Achterdecks herunter. Er sah dem blutenden Mann in die Augen, schulterte seine MP7 und streckte dem anderen die Hand entgegen. Für eine Sekunde lang dachte der Captain, der andere wollte beim Anblick des Marines nun doch nicht mehr gerettet werden und einfach über die Reling springen. Doch dann ergriff der Mann seine Hand und ließ sich zu ihm über den Schiffsrand ziehen.

»Gut festhalten!«, sagte Dallmer. Er bedeutete dem anderen, seine Arme um Dallmers Schultern und Hals zu schlingen. Als der andere sich an ihn klammerte, nahm der Captain beide Hände und zog sich wieder an dem Seil hoch, während oben einer der Marines nachhalf und das Seil einholte.

Dallmer kletterte in den Helikopter. Zwei der Soldaten zogen den Geretteten von ihm herunter. Dann rollte sich Dallmer auf den Rücken, richtete sich auf und packte seine MP7. Snake und der Sergeant waren noch immer damit beschäftigt, die Lage zu sichern. Plötzlich spritzte am Hals des Sergeants unterhalb der Gasmaske ein Schwall Blut durch die Luft und kleckste auf den Schutzponcho des Mannes. Er fiel wie ein gefällter Baum zurück auf den Boden des Helikopters. Die Marines weiter hinten eilten ihm zu Hilfe, doch Dallmer sah, dass sich der Mann nicht mehr rührte. Der Captain starrte nach draußen und sah, wie die in Lack gekleidete Frau trotz der Treffer wieder aufgestanden war und den Hubschrauber mit ihrer bulligen Pistole unter Beschuss nahm. Eine Kugel wurde oberhalb des Türrahmens abgefälscht und zündete einen Funken auf der Metallwand. Eine weitere jagte durch die Kabine und verfehlte Snake nur knapp.

»Jetzt hab ich die Schnauze voll!« Der weibliche Corporal ließ die MP7 fallen, griff hinter sich und förderte ihr Sniper-Gewehr zutage. Sie ging in die Hocke. Eine Bewegung, die ihr augenblicklich das Leben rettete, denn dort, wo sie zuvor noch gestanden hatte, stanzte ein Geschoss ein Loch in die Innenwand des Hubschraubers. Snake hob das Gewehr an die Schultern, justierte das Zielfernrohr, lud durch und stieß laut durch die Maske die Luft aus.

Das Gewehr bellte, und der Schuss dröhnte in Dallmers Ohren. Er sah, wie die Frau herumgeschleudert wurde und auf dem Deck landete. Ein Volltreffer! Doch sie war noch immer nicht tot. Sie rollte herum, packte ihre Waffe mit beiden Händen und zielte sorgfältig.

Dallmer stieß Snake an, die den nächsten Schuss verriss, so aber auch der Kugel entging, die in dem Moment durch den Hubschrauber peitschte und ein Loch in die Scheibe auf der anderen Seite riss.

»Den Kopf!« Die Stimme des geretteten Mannes war nur ein heiseres Keuchen, doch sowohl Snake als auch Dallmer verstanden.

Snake legte sich flach auf den Boden und zielte erneut, doch in dem Moment drehte der Hubschrauber ab. Er hatte weiteres Feuer der anderen Frau beim Lynx auf sich gezogen. Ein Schuss krachte durch die Windschutzscheibe. Der Kopilot stöhnte auf. Offenbar war er getroffen.

»Wir ziehen uns zurück«, sagte der Pilot.

Dallmer fluchte. Aus der jetzigen Position konnte er nicht mehr auf das Deck schießen. Ebenso wenig wie Snake Seeger, die sich jetzt wieder aufrichtete und das Gewehr sicherte.

»Haben Sie die Peilung von dem Funksignal dieser Kanadierin?«, fragte Dallmer.

»Ja, Sir.«

»Gut, dann holen wir sie da raus und verschwinden von hier.« Er sah zu dem Geretteten und nickte einem Private seines Teams zu, der dem anderen Mann eine Gasmaske reichte. »Ziehen Sie die über. Wir fliegen in verseuchtes Gebiet.«

»Ich weiß.« Der Mann nahm die Maske an sich, warf einen skeptischen Blick darauf und stülpte sie sich dann über das Gesicht.

»Ich bin Captain Dallmer vom USMC. Und Ihr Name ist?«

»Markus. Markus de Vries.«

18:10 Uhr

Der Himmel war sternenklar, und der Halbmond stand am Firmament. Das Funkeln wurde auf dem Schnee und Eis mit einem solchen Glitzern reflektiert, als hätte jemand hunderttausend Glühbirnen in der weißen Bodendecke versteckt und ließe diese nun abwechselnd aufleuchten.

Eileen Hannigan war direkt nach Mrs Stylez aus der Höhle gestürmt. Während Gwen ihre Meldung durch den Funkäther absetzte, rannten beide weiter durch den Schnee in südlicher Richtung.

»Sind alle erledigt?«, fragte Gwen atemlos und blickte Eileen mit einem besorgten Blick an.

Diese schüttelte nur den Kopf. »Kaum. Der Generator ist hinüber, aber wenn wir ihnen genug Zeit lassen, werden sie einen neuen vom U-Boot herschaffen und erneut das Störfeld errichten.«

»Haben sie Leichen geborgen?«

Eileen nickte. »Davon müssen wir ausgehen. Ich wollte sie ja rauslocken, aber Simmons hat uns die Arbeit abgenommen.«

Sie rannten um eine Schneewehe. Dahinter fanden sie Fußspuren, die wieder zurück zur Höhle führten. Vermutlich ihre eigenen.

»Süden?«, fragte Gwen.

Eileen hob die Schultern. »Ein Kompass wäre hilfreich, aber darauf werden wir wohl verzichten müssen.«

Sie streckte eine Hand vor, um von Gwen das Funkgerät zu nehmen, als neben ihr der Schnee aufspritzte. Eileen schubste Mrs Stylez und brachte sich selbst hinter einer Schneeanhäufung in Deckung. Keine Sekunde zu früh, denn dicht neben ihrem Fuß stieg der Schnee einer Fontäne gleich in die Höhe und rieselte dann in daumennagelgroßen Flocken zu Boden. »Die sind schneller, als ich dachte«, sagte Eileen.

Sie spähte um die Ecke und sah mindestens vier oder fünf Gestalten in der Dunkelheit auf ihre Position zurennen. Immer wieder blitzte Mündungsfeuer auf.

»Wir benutzen die Schneewehe als Deckung und laufen geradeaus weiter bis zu diesem Hügel dort.« Eileen deutete auf eine weiße Erhebung. Die Entfernung ließ sich schwer schätzen. Es konnten zweihundert Meter sein, vielleicht aber auch ein Kilometer.

Die beiden rafften sich auf und rannten los. Sie kamen nicht einmal zwanzig Meter weit, ehe ihnen die ersten Kugeln um die Ohren flogen.

»Runter!«

Gwen Stylez ließ sich zu Boden fallen und rutschte durch den Schnee. Sie schien förmlich darin einzutauchen.

Eileen spürte einen scharfen Stich am Oberarm. Ihr Bioanzug wurde zerfetzt, als ein Geschoss durchdrang. Sie biss die Zähne zusammen und ging auf die Knie. Nur ein Streifschuss, aber schmerzhaft genug. Sie sah zurück und erkannte die näher kommenden russischen Soldaten. Wenn sie bloß eine Waffe hätte, um sich zu verteidigen.

Ein dumpfes Wummern weckte Hoffnung in ihr. Die Russen feuerten erneut. Eileen bedeutete Gwen, unten zu bleiben, und legte sich ebenfalls flach in den Schnee, um kein leichtes Ziel für die Soldaten zu bilden. Inzwischen schwoll das Wummern an und entpuppte sich als das Kreisen von Rotorblättern. Aus Süden war ein Hubschrauber im Anflug. Eileen hoffte, dass es die Marines waren. Sie stemmte sich hoch, rutschte aus und schlug wieder zu Boden. Im gleichen Moment fegte eine Salve über sie hinweg.

Eileen robbte sich neben Gwen und nahm ihr das Funkgerät ab. Sie drückte die Sendetaste

»Marine-Einheit, wo sind Sie?«

»Wer ist da?«, kam eine blecherne Stimme zurück.

Eileen drückte wieder die Taste. »Special Agent Cathryn Richardson vom FBI.«

»Hier ist Captain Dallmer. Wir sind unterwegs zu Ihnen, Ma'am. Lassen Sie nur das Funkgerät eingeschaltet, damit wir Ihre Position anpeilen können.«

»Wir stehen unter feindlichem Beschuss und uns ist die Munition ausgegangen!«

»Verstanden, Agent. Wir sind gleich da.«

Eileen packte Gwen und rollte sich mit ihr durch den Schnee aus der Schusslinie. Sie suchten Deckung hinter einer kleinen Wehe, die nicht einmal groß genug war, sie zu verbergen, wenn sie sich hingehockt hätten. Im Liegen jedoch bot sie ihnen zumindest etwas Schutz.

Die Russen kamen hinter dem ersten Schneehügel hervor. Sie waren zu fünft. Als sie die Frauen nicht sofort sehen konnten, stürmten sie weiter. Auf ihren AK-108-Sturmgewehren waren Lampen montiert, deren Lichtkegel durch den frühen Abend über den Schnee tanzten. Einer davon streifte dicht über Eileens und Gwens Kopf hinweg.

Das Wummern der Rotoren wurde so laut, dass auch die Russen sich plötzlich dem neuen Ziel zuwandten. Vor dem Sternenhimmel hoben sich die Positionslichter des Hubschraubers deutlich ab. Der Sea Knight kam längsseits heran. Eine der Seitentüren war sperrangelweit geöffnet. Zwei Marines hockten mit schussbereiten MP7 links und rechts der Tür. Ein dritter lag mit einem Scharfschützengewehr flach auf dem Boden. Ehe die russischen Soldaten überhaupt wussten, wie ihnen geschah, eröffneten die Marines bereits das Feuer.

Der erste Gegner starb durch einen gezielten Kopfschuss, der ihm Schutzmaske und Helm durchbohrte. Zwei weitere fielen unter den Feuerstößen der beiden Männer in der Tür. Den vierten erwischte es durch einen weiteren gezielten Schuss des Snipers. Der fünfte vermochte kurz, das Feuer zu erwidern, hielt jedoch so weit daneben, dass seine Salve den Helikopter um einige Meter verfehlte. Dafür streckten ihn die Garben der Marines nieder.

Eileen sprang auf und zog Gwen auf die Füße. Sie rannten dem Sea Knight entgegen, der mit seinen Doppelrotoren an jedem Ende einem gewaltigen Insekt gleichkam, obwohl er letzten Endes nur die kleinere Version des noch größeren Chinook-Transporthubschraubers darstellte.

Langsam senkte sich der Heli, während die Marines aufmerksam die Gegend im Auge behielten. Doch es kamen keine weiteren Soldaten. Entweder waren die anderen von der Granatenexplosion getötet oder verletzt worden oder Semenova hatte nur fünf ausgeschickt, um zwei unbewaffneten Frauen hinterherzujagen.

Als der Hubschrauber nahe genug war, schulterte einer der Marines seine MP7 und streckte Gwen die Hand hin. Sie ließ sich von ihm ins Innere des Helikopters ziehen. Kurz danach folgte Eileen, die dem Mann dankbar zunickte. Sein Gesicht war hinter der Gasmaske verborgen. Namenssticker und Rangabzeichen lagen unter dem ABC-Schutzponcho. Sie konnte nur vermuten, dass es sich bei dem Soldaten um Captain Dallmer handelte.

»Sind Sie Dallmer?«, fragte sie.

Er nickte knapp. Die Seitentür wurde zugezogen, während die beiden anderen Marines ihre Waffen sicherten und sich auf ihre Plätze setzten. Sowohl Gwen als auch Eileen wurden Gasmasken gereicht. Um unnötige Erklärungen zu vermeiden, spielten die beiden das Spiel mit und zogen sich diese über.

»Ich bin Cathryn Richardson«, sagte Eileen mit dumpf klingender Stimme. Aus den Augenwinkeln sah sie jemanden zusammenzucken. Sie wandte den Kopf und erkannte Markus de Vries, ebenfalls mit Gasmaske über dem Kopf. Er war der Einzige in Zivilkleidung. Sie hoffte, dass er jetzt nicht ihre wahre Identität preisgab, sondern einfach den Mund hielt. Wie um anzudeuten, dass er verstanden hatte, nickte er ihr zu.

»Sind Sie infiziert?«, fragte Dallmer.

Sie schüttelte den Kopf. »Wir haben Glück gehabt. Das Virus zeigt bei uns keine Symptome.«

»Verstanden. Wir werden Sie dennoch in ein Hospital zur Untersuchung fliegen müssen. Das gilt auch für meine Marines und mich und die Piloten.«

Eileen schürzte unter der Maske die Lippen. Sie sah nach draußen aus dem Fenster und erkannte, wie der Hubschrauber in südwestliche Richtung abschwenkte, vermutlich, um seine Heimatbasis anzusteuern.

»Ich fürchte, das muss noch etwas warten, Captain.« Sie schnalzte mit der Zunge und sah dann Dallmer an, der fragend den Kopf schief legte. »Zuerst müssen wir noch ein russisches U-Boot kapern.«

Baffinbucht
Nördlich von Devon Island, Kanada
16. November, 18:45 Uhr

Eileen Hannigan ging mit gutem Beispiel voran und zog sich die Gasmaske vom Kopf. Sie war sich sicher, dass sie mittlerweile aus dem Wirkungsradius von Renegade heraus waren und es auch für Markus und die Marines ungefährlich war. Gwen folgte ihrem Beispiel. Nach einer halben Minute tat es auch Markus. Inzwischen hatte ihr der Deutsche berichtet, was auf der *Le Soleil* vorgefallen war. Der Verrat Veronica Pothoffs schien ihm stärker zugesetzt zu haben, als er zugeben wollte. Die wichtigste Neuigkeit war jedoch, dass G-Dawn gar nicht im Besitz des Defector-Virus war, was die Sache mit dem Ausschalten der Gefahrenquellen etwas vereinfachte.

Die Marines warteten noch geschlagene zwei Minuten, ehe auch Dallmer die Maske vom Gesicht nahm und tief durchatmete. Er befahl seinen Leuten, die ABC-Schutzausrüstung abzulegen. Dann sah er Eileen mit ernster Miene an. »Es gibt tatsächlich keine andere Möglichkeit, Agent?«, fragte er.

Eileen hob die Schultern. Sie entledigte sich des Bioanzugs und nahm dankbar von einem der Marines einen gefütterten Parka entgegen, der ihr zwei Nummern zu groß war, aber seinen Zweck erfüllen würde. Ihr Blick wanderte nach draußen. Jenseits der Scheiben lag das Eis der Insel. Etwas weiter nördlich hatten die Piloten das wartende U-Boot ausgemacht. Es war nur eine schwache Radiosignatur gewesen, die das aufgetauchte Unterwasserfahrzeug für sie sichtbar gemacht hatte, aber dadurch war es ihnen möglich gewesen, seine Position zu bestimmen. Radar und Wärmebildkameras hatten jedoch noch etwas anderes zutage gefördert. Vier Fahrzeuge bewegten sich durch den Schnee der Insel um das Nordgebirge herum auf die Position des U-Bootes zu. Auch wenn Eileen sie nicht gesehen hatte, glaubte sie, dass es sich dabei nur um Schneemobile handeln konnte, die Semenova und die ihr verbliebenen Soldaten zur *Gorbatschow* zurücktransportierten.

»Wir sind die Sache doch schon durchgegangen, Captain«, sagte Eileen. »Wenn wir jetzt Verstärkung anfordern, riskieren wir einen internationalen Zwischenfall. Ein russisches U-Boot in kanadischen Gewässern. Schusswechsel zwischen amerikanischen Marines und russischen Soldaten. Ein Navy-SEALs-Hubschrauber, der eine kanadische Spezialeinheit eliminiert. Reicht das? Und wenn wir erst nach Hause fliegen und alles in Ruhe erklären, sind die Russen mit den geborgenen Leichen längst untergetaucht. In einer oder zwei Wochen ist das Virus extrahiert und wird dem Höchstbietenden auf dem internationalen Terrorschwarzmarkt verkauft. Wollen Sie dann Ihrer Mutter erklären, warum große Landstriche der Vereinigten Staaten plötzlich entvölkert werden? Nur weil Sie im entscheidenden Moment einen Rückzieher gemacht haben, um neue Befehle abzuwarten?«

Dallmer seufzte tief. Sein Blick wanderte Hilfe suchend zu der Frau in seinem Team, die Eileen als Corporal Natalie ›Snake‹ Seeger vorgestellt worden war. Die starrte ihren Captain jedoch nur Kaugummi kauend an. Von seinem Lieutenant und Stellvertreter war überhaupt kein Rat zu erwarten. Nach Eileens Eröffnung über ihr Vorhaben hatte er sich innerlich verschlossen und schien zu beten.

»Okay, ich sehe ja noch ein, dass wir diese blöde Kuh ausschalten und die Leichen sicherstellen müssen«, sagte Dallmer. »Aber können wir das nicht anstellen, ohne gleich ein russisches Atom-U-Boot zu entern? Das würde doch den gleichen internationalen Konflikt auslösen, oder?«

Gwen schaltete sich ein und schüttelte den Kopf. »Niemand muss davon erfahren. Die *Gorbatschow* operiert unabhängig und ohne Befehl ihrer Vorgesetzten. Wenn wir das hier sauber über die Bühne bringen und jeder den Mund hält, wird kein Sterbenswörtchen an die Öffentlichkeit gelangen.«

»Das würde sowieso niemand glauben«, sagte Markus und vergrub seinen Kopf in den Händen.

»Möglich«, pflichtete Mrs Stylez ihm bei.

Dallmer fuhr sich mit der Zunge über die Lippen. »Da wäre dann noch die andere Kleinigkeit, die Sie angedeutet haben, Agent Richardson.«

»Wir kommen nicht drum herum, das zu erledigen.«

»Ach …« Dallmer runzelte die Stirn.

»Hören Sie, Captain Simmons hat für eine kriminelle Organisation gearbeitet. Eine Art Gegenpart zu den Leuten, die Sie auf der umgebauten Fregatte gesehen haben. Beide sind hinter dem Virus her. Wenn wir jetzt nur den Russen die Leichen wegnehmen und verbrennen, dann ist gar nichts gewonnen. Früher oder später wird wieder jemand hier auftauchen und im Eis graben. Was diese Leute wollen, kriegen sie für gewöhnlich auch.«

Snake hörte mit dem Kauen auf. Plötzlich wurde es beinahe still in dem Helikopter. Nur das Wummern und Brummen der Doppelrotoren war zu hören. Selbst der Lieutenant schien aus seiner Versunkenheit aufzuwachen und blickte mit einem Mal in Eileens Richtung.

»Ich hatte gehofft, mich verhört zu haben«, sagte Dallmer.

Snake blies den Kaugummi auf, bis die Blase platzte und sich über ihre dünnen Lippen verteilte. »Scheiße!«

»Es gibt nur diese Möglichkeit«, sagte Gwen Stylez. »Das Virus wird bei tiefen Minusgraden inaktiv, aber bei Temperaturen knapp unterhalb und weit über dem Gefrierpunkt fühlt es sich am wohlsten. Jetzt, mit den infizierten Leichen da draußen im Schnee, wird es in den Sommermonaten regelrechte Partys veranstalten.«

»Aber es ist doch niemand dort!«, warf Dallmer ein. »Die Insel ist verlassen!«

»Denken Sie!«, sagte Eileen. »Es gibt Lemminge dort. Und Vögel verirren sich auch dorthin. Wir wissen nicht, wie das Virus auf Tiere wirkt, aber wenn die sich infizieren und es über die Grenzen von Devon Island in bewohnte, wärmere Gebiete tragen, können Sie wieder den Versuch starten, Ihrer Mutter …«

»Ja, ja, ich habe schon verstanden. Also wollen Sie das Virus verdampfen, richtig? Und dazu kommt nur eine thermonukleare Explosion in Frage.«

Wieder der Knall von der geplatzten Kaugummiblase. Snake schluckte. »Atombombe, ja?«

»Ganz recht, Herzchen«, sagte Eileen. »Die *Gorbatschow* verfügt über ein Arsenal Marschflugkörper, von denen einige nukleare Gefechtsköpfe tragen. Drei davon an strategischen Punkten der Insel gezündet, würden alles Leben verdampfen, das sich darauf befindet.«

»Und wahrscheinlich die ganze Insel im Meer versenken«, sagte Dallmer.

Eileen nickte. »Das könnte passieren.«

Snake beugte sich vor und tippte auf den Wandmonitor, der ein Bild des Radarechos über eine schematische Kartendarstellung der Insel legte. Gleichzeitig hatte der Pilot auch die Wärmesignaturen der Schneemobile überspielt. Sie sahen die vier roten Punkte auf der Karte, die sich ihren Weg durch den Schnee über einen Gebirgspass bahnten, um zum U-Boot im Norden zu gelangen.

»Wir werden wohl schlecht anklopfen können«, sagte die Frau und kaute weiter ihren Kaugummi. »Wie haben Sie sich das Entern des Bootes vorgestellt?«

»Ich dachte Sie wären die strategischen Experten hier«, sagte Eileen.

Sie hatte sehr wohl schon eine Idee, wollte aber nicht unbedingt durchblicken lassen, dass Sie selbst bei den Marines gedient hatte, ehe sie zur NSA und später zu Homeland Security kam. Für Special Agent Cathryn Richardson galt das nicht – und niemand der Marines brauchte irgendwelche Details aus ihrem Leben zu kennen, die möglicherweise zu Eileen Hannigan zurückverfolgt werden konnten.

Eileen sah Dallmer an, der stirnrunzelnd auf den Bildschirm blickte.

»Die werden den Hubschrauber sichten und abtauchen oder uns mit ihren Iglas vom Himmel holen.«

»Iglas?«, fragte Gwen.

»So ähnlich wie Stinger-Flugabwehrraketen.«

Snake schnalzte mit der Zunge. »Sieht aus wie eine Panzerfaust. Heißt bei uns Grinch. Die Russen nennen es Igla.«

»Der Konvoi«, sagte Eileen und hoffte, sie half Dallmer damit auf die Sprünge.

»Die einzige Möglichkeit«, sagte der Capitan. »Daran hab ich auch schon gedacht. Aber wir müssen das optimal abpas… Dort!« Er deutete auf den Schirm. »Die bewegen sich durch den Pass, kommen allerdings nur langsam voran, weil sie nur natürliche Gegebenheiten ausnutzen können.«

»Ich nehme an, das ist der Weg, den sie auch hergekommen sind.« Eileen folgte Dallmers Finger auf dem Display.

»Sie müssen aber auch einen Teil ihrer Leute zu Fuß durch den Pass geschleust haben. Mehr als vier dieser Schneemobile wird ihr Boot nicht aufnehmen können. Und das sind nur Einmannfahrzeuge. Maximal könnte noch jemand zusätzlich mitfahren, aber das wäre es auch schon. Wenn wir sie mit dem Sea Knight hier«, er deutete auf eine Stelle, an der der Pass sich durch eine zerklüftete Formation schlängelte, ehe er wieder in offenes Terrain mündete, »abfangen könnten, würde man auf dem Boot nichts bemerken.«

»Gute Idee.« Eileen lächelte. Das war auch ihr Plan gewesen.

»Wir sollten uns aber beeilen«, sagte Dallmer. »Wir müssen von Südosten anfliegen und diesen Gipfel umkreisen, sonst hören uns die Russen auf den Schneemobilen.«

»Wählen Sie drei zusätzliche Teammitglieder aus, Captain. Ich bin ihr fünfter Mann bei dieser Partie.«

»Das halte ich für keine gute Idee, Agent, meine Männer und ich …«

»Das war keine Bitte, Dallmer.«

»Das ist eine MilOp, Ma'am, das FBI hat hier …«

Ehe er den Satz vollenden konnte, entwand Eileen Dallmer die MP7, ließ das Magazin ausschnappen, prüfte es, rammte es zurück in den Schacht und riss den Verschlussbügel zurück. Die Waffe war feuerbereit.

»Noch Fragen?« Sie grinste und reichte Dallmer das Gewehr zurück. »Krieg ich jetzt eine Kanone?«

Dallmer hob eine Braue. Dann nickte er mit dem Kinn in Richtung eines Privates, der widerwillig seine MP7 an Eileen aushändigte.

19:03 Uhr

Der Sea Knight bewegte sich dicht unterhalb der Gipfelhöhe und unterflog das Radar des U-Bootes. Er näherte sich aus südöstlicher Richtung der Passwindung, setzte über die Bergzinne hinweg und ging tiefer in die Schlucht hinein. Schnee wurde von den Rotorblättern aufgewirbelt, als die Seitentür des Helikopters geöffnet wurde. Fünf Seile wurden in die Tiefe geworfen. Kurz darauf folgten fünf in Schneeanzüge gehüllte Körper, die sich an den Seilen bis zum Grund der Schlucht herunterließen. Eileen, Dallmer, Snake, der Lieutenant und ein Warrant Officer.

Auf dem Boden angekommen, signalisierten sie dem Hubschrauber durch Zupfen an den Seilen, dass dieser wieder abfliegen konnte. Im Nu wurden die Taue eingezogen und der Sea Knight verschwand über ihnen in der Dunkelheit. Er tauchte direkt hinter dem Gipfel ab, sodass der Lärm der Rotoren nahezu augenblicklich erstarb.

Die Gruppe verteilte sich um eine Ansammlung von Findlingen, Felsformationen und Schneeverwehungen. Sie behielten den Pass im Auge und benutzten Nachtsichtgeräte. Snake hatte ihr Barrett-M82-Scharfschützengewehr dabei, legte sich flach in den Schnee und justierte das Zeiss-Zielfernrohr. Sobald die ersten beiden Schneemobile ihre Gruppe passiert hatten, sollte sie die Fahrer der letzten beiden mit gezielten Schüssen ausschalten, während die anderen von den Salven der MP7 eingedeckt wurden.

Sie warteten. Etwa fünf Minuten darauf war ein schwaches Brummen aus dem Pass zu vernehmen, das langsam, aber beständig anschwoll. Es dauerte noch weitere fünf Minuten, ehe der erste schwarze Rumpf eines Schneemobils in den Optikdisplays der Restlichtverstärker auftauchte. Wie ein dunkler Käfer pflügte er durch den Schnee. Ein Soldat in ABC-Schutzkleidung stand hinter dem Lenker.

Eileen überlegte, ob sie die Marines der Gefahr einer Infizierung aussetzte. Wenn die Russen Antaradim-Leichen bei sich hatten, konnte sich auch hier das Renegade-Virus über die Luft ausbreiten – auch wenn es hier merklich kälter war, als im Bereich vor der Höhle.

Der erste Motorschlitten rauschte vorbei. Dann der zweite mit Kristina Semenova hinter dem Steuer.

Das M82 bellte auf. Weiter hinten fiel ein Soldat getroffen aus dem Sitz seines Schneemobils. Der zweite Schuss verfehlte den letzten Mann knapp. Snake sprang in die Hocke und gab eine rasche Folge weiterer Schüsse ab, von denen zumindest einer den Soldaten an der Schulter traf. Das schwere 12,7-Millimeter-Geschoss riss den Mann vom Fahrzeug und warf ihn in den Schnee.

Im selben Moment eröffneten Dallmer und seine Marines das Feuer auf die beiden vorbeifahrenden Schneemobile.

Das erste preschte an Eileen vorbei, doch ehe sie einen Schuss abgeben konnte, musste sie sich in Deckung werfen, als vor und neben ihr Schnee hochspritzte. Der Fahrer des Gefährts deckte sie mit einer Salve ein. Eileen warf sich hinter einer Schneeerhöhung in den weißen Teppich und robbte zur anderen Seite. Sie lugte dahinter hervor und brachte die Waffe in Anschlag. Ein kurzer Feuerstoß fegte dem dahinjagenden Schneemobil hinterher, doch die Geschosse trafen nur den hinteren Bereich, schlugen in Plastik und Metall ein oder sirrten als Querschläger davon. Aufhalten vermochten sie das Fahrzeug nicht.

»Snake!«, schrie Eileen.

Die Scharfschützin hatte verstanden und wirbelte herum.

Inzwischen deckten Dallmer, der Lieutenant und der Warrant Officer Semenovas Gefährt mit Salven ein. Doch die russische Hazarderin war ihnen bisher geschickt ausgewichen, nutzte ihr Fahrzeug als Deckung und nahm in Kauf, dass es durchsiebt wurde. Gleichzeitig erwiderte sie das Feuer und zwang die Marines so, sich hinter ihre Verstecke zurückzuziehen.

Snake gab einen gezielten Schuss ab und traf den Fahrer des fliehenden Schneemobils. Der Mann fiel von dem Sitzbock, doch davor hockte noch eine weitere Gestalt. Sie waren zu zweit auf dem Fahrzeug gewesen.

»Scheiße!«, fluchte Snake und sprang hoch. Sie schulterte das M82 und lief zu einem der herrenlosen Schneemobile, um die Verfolgung aufzunehmen.

Eileen kam hinter der Deckung vor und wollte sich das zweite Gefährt unter den Nagel reißen, als sie sah, dass Dallmer und seine Männer in Bedrängnis gerieten. Der Lieutenant zuckte unter einem Kugelhagel zusammen und fiel tot in den Schnee. Dallmer brachte sich mit einem Hechtsprung aus der Schusslinie, doch Semenova riss ihr Schneemobil herum und hielt direkt auf den Captain zu.

Eileen hob die MP7, bekam allerdings kein klares Ziel. Immer wieder bockte und ruckte das Fahrzeug und entweder Dallmer oder der Warrant Officer befanden sich in direkter Schusslinie.

Dann rammte das Gefährt den Captain. Eileen hörte Dallmers Schrei und lief geradewegs los. Sie musste mindestens zwanzig Meter überbrücken.

Der Warrant Officer stand viel näher und brauchte nur knapp fünf Schritte, um bei Semenova zu sein. Um seinen Captain nicht zu gefährden, entschied er sich dagegen, von der Schusswaffe Gebrauch zu machen, und stürmte mit einem Wutschrei auf das Schneemobil zu. Semenova gab Gas und ließ das Fahrzeug herumschwingen. Das Heck scherte im Schnee aus und traf erneut Dallmer, der stöhnend zu Boden geschleudert wurde.

Mit Schwung federte der Warrant Officer vom Boden ab und prallte gegen Semenova. Die beiden flogen vom Schneemobil, das noch einige Meter weiter durch den weißen Teppich glitt, ehe es mangels gezogenem Gashahn stehen blieb.

Semenova rollte sich rückwärts über die Schulter ab.

Eileen war noch knapp zehn Meter entfernt.

Der Marine stemmte sich hoch und suchte nach seiner MP7, die er beim Aufprall fallen gelassen hatte. Sein Fehler. Semenova zog eine Pistole aus ihrem Holster.

Eileen warf sich auf die Knie, rutschte drei Meter weit und brachte die MP7 in Anschlag.

Zu spät.

Ein Schuss peitschte. Der Warrant Officer hob von der Wucht vom Boden ab. Er rutschte aus, ruderte mit den Armen und fiel auf den Rücken.

Eileen zog den Abzug.

Das kurze Rattern der Maschinenpistole erfüllte den Pass. Semenova schrie auf und stürzte kopfüber in den Schnee. Eileen sog scharf die Luft ein, erhob sich und lief mit der MP7 im Anschlag auf die Russin zu. Sie warf dem Warrant Officer einen flüchtigen Blick zu. In seinem Helm gähnte ein Loch. Die Kugel war durchgeschlagen und hatte ihn auf der Stelle getötet.

Dallmer lag etwa zehn Schritte von dem Toten entfernt und ächzte. Er schien durch den Rammaufprall des Schneemobils verletzt zu sein. Wie schwer, vermochte Eileen aus der Distanz nicht zu sagen. Zuerst musste sie sich davon überzeugen, dass sie Semenova außer Gefecht gesetzt hatte.

Vorsichtig näherte sie sich dem reglosen Körper der Hazarderin. Sie stieß sie mit der Stiefelspitze an. Plötzlich schossen Semenovas Beine vor, umklammerten Eileens Knöchel und drückten blitzartig zu. Eileen war völlig überrumpelt und hatte mit einer so schnellen Reaktion der anderen Frau nicht gerechnet. Sie bemühte sich um ihr Gleichgewicht, doch Semenova sorgte mit einem Tritt in ihre Kniekehle dafür, dass sie der Länge nach auf den Boden schlug. Die MP7 glitt ihr aus der Hand. Statt ihr hinterherzuhechten, rollte sich Eileen auf die Seite, zog die Beine an und sprang aus dem Liegen hoch. Im Schnee war ihr Stand unsicher und hätte sie beinahe wieder zu Fall gebracht.

Semenova flog auf Eileen zu. Ihre Fäuste stießen gegen Eileens Schultern und ließen sie rückwärtstaumeln. Die Russin setzte mit einem Tritt nach, doch diesmal war Eileen schneller. Sie packte den Stiefel der anderen und riss ihn herum. Im Fallen wirbelte Semenova jedoch noch um ihre eigene Achse und trat in der Luft mit dem anderen Bein nach.

Eileen duckte sich, ließ dabei aber den festgehaltenen Fuß der anderen los.

Mit einer Rolle kam Semenova wieder auf die Beine. Eileen stand ihr direkt gegenüber. Ihre Faust schoss vor. Semenova wich seitwärts aus und zog aus ihrem Gürtel eine zweite Pistole. Bevor die Mündung auf Eileen zielen konnte, ging diese auf Semenova zu, packte ihr Handgelenk und hämmerte mit der Faust in ihre Armbeuge.

Die Russin stöhnte. Eileen verdrehte ihr das Handgelenk, doch Semenova vollführte eine Gegendrehung, die sie aus Eileens Griff befreite. Gleichzeitig zog sie ein Knie an und wollte es ihr in den Magen rammen, doch die Ex-Marine reagierte instinktiv, blockte den Stoß mit einer Hand, wirbelte um die Achse und ließ ihren Ellbogen gegen Semenovas Kopf sausen.

Die Gegnerin war schneller, duckte sich und boxte unter Eileens Deckung in deren Seite. Mit einem Tritt beförderte Semenova ihre Konkurrentin in den Schnee, wo diese jedoch nur einen Lidschlag hocken blieb.

Eileen kam sofort wieder auf die Füße. Semenova hielt derweil ein Messer in der Hand, warf es kurz hoch und fing es an der Klinge wieder auf.

Noch in derselben Bewegung warf sie es aus dem Handgelenk in Eileens Richtung.

Keine Chance, auszuweichen. Der Stahl bohrte sich durch den Parka in Eileens Schulter. Sie biss die Zähne zusammen und blinzelte die Flecken, die plötzlich sternenhell vor ihren Augen tanzten, weg. Mit einem Sprung hechtete sie nach vorn, packte im Fallen die von Semenova losgelassene Pistole, rollte über die Schulter durch den Schnee und kam auf den Knien wieder hoch – nur knapp einen Meter seitlich von der Russin entfernt. Deren Fuß sauste im Halbkreis herum und hätte Eileen unweigerlich gegen den Kopf getroffen, wenn sie nicht sofort abgedrückt hätte. Zwei, drei Schüsse brüllten durch den frühen Abend und hämmerten gegen Semenovas Brust. Stofffetzen stoben auf, als die Russin hintenüber stürzte, das ausgestreckte Bein merkwürdig in der Luft verrenkt.

Eileen stand auf und fasste die Pistole mit beiden Händen. Sie beging nicht erneut den Fehler, sich auf Reichweite der anderen Frau zu nähern, sondern blieb stehen, wo sie war. Der Parka Semenovas war zerfetzt. Darunter kam ein lackschwarzer Anzug zum Vorschein.

Juliettes Nanofasersuit! Die Russin hatte ihn der Toten abgenommen und selbst angelegt. So hatte sie die erste Salve überlebt. Und auch diese Schüsse.

Ein Zucken ging durch den Körper Semenovas. Dann ein weiteres, als sich eine Kugel zwischen ihren Augenbrauen durch den Schädel bohrte und Blut und Hirnmasse explosionsartig im Schnee unter ihr verteilte. Ihr Körper erschlaffte. Endgültig.

Eileen senkte die Pistole und stieß den Atem aus. Sie merkte, dass sie keuchte und ihr Puls raste. Leer und ausgelaugt starrte sie die Leiche der anderen Frau an, bis sie das Stöhnen Captain Dallmers aus dem Erschöpfungszustand riss. Eilig rannte sie zu dem Marine und beugte sich über ihn.

Er verzog das Gesicht. »Ist das Luder tot?«

Eileen nickte und streckte dem Mann die Hand entgegen. Sie half ihm auf die Füße, aber er stand gekrümmt und hielt sich den Bauch.

»Alles in Ordnung?«

»Ein paar Prellungen und Stauchungen. Aber ich schätze, wir brauchen Verstärkung vom Hubschrauber, wenn wir jetzt noch das U-Boot einnehmen wollen. Ich tauge dazu nicht mehr viel.«

»Verstanden.« Eileen riss sich das Messer aus der Schulter und zog den Parka aus. Die Wunde war tief und blutete stark. »So wird das bei mir auch nichts. Rufen Sie den Heli.«

»Was ist mit Snake?«

Eileen hob die Schultern und deutete in die Richtung, in der die Scharfschützin mit dem Schneemobil verschwunden war. Es sah ganz so aus, als wäre ihr Plan gescheitert.

19:14 Uhr

Hochspritzender Schnee nahm Natalie Seeger stellenweise die Sicht. Mit zusammengekniffenen Augen jagte sie dem fliehenden Russen hinterher. Er hatte einen leichten Vorsprung, fuhr allerdings deutlich unsicherer als sie. Ihre unermüdlichen Anläufe, Meisterin im Jetski-Fahren in der Frenchman und Eastern Bay zwischen Maine und Neuschottland zu werden, zahlten sich aus. Das Schneemobil reagierte nicht anders als ein Jetski. Der Schnee stellte die Wellen dar, durch die Snake pflügte. Die aufspritzenden Tropfen waren genauso kalt wie das Wasser vor Winter Harbor in den Frühjahrsmonaten.

Der Soldat vor ihr blickte über die Schulter zurück und sah hektisch wieder nach vorn. Offenbar hatte er gar nicht damit gerechnet, verfolgt zu werden. Er duckte sich leicht und schien den Gashahn noch weiter durchzuziehen. Für einen Moment hatte Snake das Gefühl, der andere würde noch weiter beschleunigen, schob das aber schnell ihrer Einbildung zu. Der Mann trieb sein Fahrzeug bereits zur Höchstgeschwindigkeit, ebenso wie sie selbst.

Snake verlagerte ihr Gewicht und ließ den Lenker mit der linken Hand los. Das Mobil zitterte, rutschte seitlich weg, sodass die Marine wieder zupacken musste. Als sie über eine Wehe hinwegschoss, versuchte sie es erneut.

Sie löste die Hand. Griff nach hinten und förderte das M82 von ihrem Rücken nach vorn. Vorsichtig löste sie den Riemen und legte den Lauf auf die Lenkstange. Sie schob das Gewehr weit nach vorne.

Wieder ruckte das Fahrzeug und brach aus. Nur mit einer schnellen Bewegung rettete Snake das Gewehr und hielt es am Lederriemen an der Hand. Sie warf es sich wieder über den Rücken und packte den Lenker mit beiden Händen. Es bestand keine Chance, während der Fahrt einen sauberen Schuss anzubringen.

Der Russe blickte wieder zurück. Diesmal streckte er seinen Arm aus, in dessen Hand er eine Pistole hielt! Snake sah einen Blitz durch die Nacht stechen. Nur eine Sekunde darauf pfiff etwas haarscharf an ihrem

Helm vorbei. Sie duckte sich instinktiv und riss den Lenker herum. Ihr Ski-Doo machte einen Satz, schlitterte durch den Schnee und verschwand hinter einer Wehe. Die Fahrt wurde holperig. Snake hatte Mühe, den Lenker festzuhalten, und steuerte ständig gegen. Einmal stellte es sich gefährlich auf die linke Kufe. Die Marine warf sich mit ihrem Gewicht auf die andere Seite und behielt so das Gleichgewicht. Als das Schneemobil wieder in der Waagerechten war, sauste es durch einen weißen Haufen hindurch. Pulveriger, feuchter Schnee klatschte Snake Seeger ins Gesicht. Sie spuckte und fluchte, blinzelte und wünschte sich, sie hätte nicht nur das Nachtsichtgerät, das sie hochgeklappt über dem Helm trug, sondern auch eine Sportbrille mitgenommen. Sie umrundete einen kleinen Hügel, fegte zwischen zwei weiteren Verwehungen vorbei und war wieder mit dem russischen Soldaten auf Kurs. Der Mann war nun wesentlich näher. Offenbar musste er abgebremst haben, um zu sehen, wo seine Verfolgerin steckte. Jetzt sah er sich panisch um und zückte wieder die Pistole.

Nat Seeger war vorbereitet. Sie duckte sich hinter dem Lenker und gab Vollgas. Die Kufen ihres Ski-Doo berührten das Heck des anderen Fahrzeugs. Es gab einen Ruck. Der Russe fluchte. Er sah nach vorn und verpasste knapp einen Felsen. Eine Kufe schrammte am schneefreien Gestein vorbei. Das Ski-Doo legte sich schräg. Snake nutzte die Chance, um aufzuholen, und näherte sich von rechts. Als sie auf gleicher Höhe war, bekam der Russe das Fahrzeug wieder unter Kontrolle und setzte es erneut auf beide Frontkufen auf.

Er sah zur Seite. Das Letzte, was er erblickte, war der blanke Stahl, der auf ihn zuflog. Dann bohrte sich die Klinge durch das linke Kunststofffenster seiner ABC-Schutzmaske und machte erst halt, als das Heft sie am Maskenrand stoppte. Der Mann ließ den Lenker los und fiel hintenüber vom Fahrzeug.

Snake bremste ab und wendete das Schneemobil. Sie stieg ab, zog das Messer aus dem Auge des Mannes und überzeugte sich davon, dass er nicht mehr aufstand, indem sie ihm unterhalb der Maske die Kehle durchschnitt. Dann sah sie in die Richtung, in der sie beide gefahren waren. Irgendwo dort jenseits des Schnees lag das U-Boot.

Fast fühlte sich Snake stark genug, die Mission allein auszuführen, doch sie wusste, dass das Adrenalin in ihrem Körper sie aufputschte. Es war ratsam, sofort zu den anderen zurückzukehren. Sie stieg auf das Ski-Doo und fuhr los.

19:42 Uhr

Nikolai Bondarchuk, *Kapitan 3. ranga,* was dem Dienstgrad eines Lieutenant Commanders der U.S. Navy oder eines Korvettenkapitäns der Bundeswehr entsprach, hatte das Kommando an Bord der *Michail Gorbatschow,* einem der letzten Atom-U-Boote der *Typhoon*-Klasse, den größten Unterseebooten, die überhaupt gebaut worden waren. Eigentlich war er nur Erster Offizier gewesen, doch sein Kommandant, Kapitan 2. ranga Juri Verbitsky, hatte die Frechheit besessen, den Befehlen der Geheimagentin keine Aufmerksamkeit zu schenken, und war kurzerhand seines Kommandos enthoben, erschossen und nach dem Auftauchen der *Gorbatschow* über Bord geworfen worden. Dabei misstraute Bondarchuk der Frau des FSB ebenso wie sein Vorgänger, doch er war weise genug, seine Bedenken nicht laut zu äußern und sich nicht öffentlich gegen Kristina Semenova zu stellen. Zumindest nicht, solange sie in Reichweite war.

Inzwischen war die Agentin mit einem Team seiner Männer schon seit über vier Stunden draußen auf der Insel. Die *Gorbatschow* hatte Warteposition in einer Bucht nahe einer Landzunge bezogen. Das Wasser war tief und es bestand keine Gefahr, an unterseeischen Riffen aufzulaufen. Das Boot befand sich lediglich einen Sprung vom Eiland entfernt und hatte längsseits eines natürlichen Piers festgemacht, indem die Matrosen armdicke Nägel ins Eis getrieben und Taue mit Karabinerhaken daran eingeklinkt hatten.

»Kapitan!«

Die Stimme seines Funkoffiziers riss ihn aus den Gedanken. Bondarchuk blickte hoch und sah den anderen Mann an. »Ja, Lejtenant?«

»Agentin Semenova kehrt zurück«, sagte der Offizier. »Unsere Wache meldet die Ankunft ihrer Schneemobile.«

Bondarchuk stieß die Luft aus und nickte. Endlich! Sie hatten verdammt lange gewartet. Es grenzte nahezu an ein Wunder, dass ihr aufgetauchtes U-Boot nicht längst von westlichen Satelliten entdeckt worden war.

»Alles bereit machen für die Abreise«, befahl der Kapitan. »Alle Mann auf ihre Stationen.«

»Ja, Kapitan.«

Bondarchuk erhob sich aus seinem Sessel und begab sich zur Leiter, die innerhalb des Turms nach oben führte. Er wollte Semenova persönlich begrüßen. Es war immer von Vorteil, sich mit denen gut zu stellen, die die Fäden zogen. Er hielt kurz inne und dachte daran, dass vor knapp eineinhalb Stunden der Störsender auf der Insel ausgefallen und eine Kommunikation wieder möglich war. Warum hatte ihn Semenova nicht ins Bild gesetzt? Wahrscheinlich aus demselben Grund, aus dem er keinen Kontakt nach Moskau aufgenommen hatte, um sich die Befehle der Agentin des FSB bestätigen zu lassen. Das war Kapitan Verbitskys Anliegen gewesen, nachdem Semenova an Bord gekommen war, mit einigen Dokumenten und Befehlen in der Hand gewunken und etwas von strikter Geheimhaltung und oberster Priorität geredet hatte.

Nein, sie gehörte zum FSB. Die Befehle anzuzweifeln war Verbitskys Fehler gewesen. Bondarchuk würde es besser machen und gehorchen. Sicherlich war eine Beförderung für ihn drin und er konnte das Kommando über die *Gorbatschow* behalten. Er warf seine Bedenken über Bord und ergriff die erste Sprosse der Leiter. Eilig stieg er bis nach oben zum Aussichtsturm, nickte dem Wachhabenden zu und ließ sich dessen Feldstecher mit Nachtsichtfunktion reichen.

Bereits während er das Fernglas an die Augen hob, bereute Bondarchuk, sich nicht zuvor noch eine dicke Jacke mitgenommen zu haben. Die Luft draußen war unerbittlich kalt. Eine Fahne kondensierten Wassers stieg mit jedem ausgestoßenen Atem von seinem Mund auf. Bei dem Blick durch das Glas fühlte er jedoch eine innere Wärme in sich aufsteigen. Die Rückkehr Semenovas bedeutete, dass er jetzt endlich heim in wärmere Gefilde kam.

Über die Ebene vor dem Gebirgszug näherten sich vier Schneemobile. Aus der Ferne vermochte Bondarchuk noch nicht, die Gesichter zu erkennen, doch die Uniformen sprachen dafür, dass es sich um seine Leute handelte.

Er lächelte. *Alles wird gut. Bald sind wir wieder zu Hause bei Mütterchen Russland.*

»Anlegesteg raus!«, befahl er. Der Wächter gab den Befehl über den Bordfunk weiter. Nur kurz darauf sprang weiter vorn am Bug eine Luke auf und zwei Matrosen beförderten einen Metallsteg nach oben. Der wurde mit wenigen Griffen zusammengesteckt und bildete eine Gangway, die sie über den Rand des Bootes zum nahe gelegenen, mit Eis bedeckten Ufer schoben. Beide Männer huschten über den Steg und nahmen unbewaffnet am Ende Aufstellung.

Kapitan Bondarchuk öffnete den Turmausstieg und trat ebenfalls auf das Deck hinaus, um Agentin Semenova gebührend zu begrüßen.

Die Schneemobile hielten ein paar Minuten später am Ufer. Während die Soldaten unten Aufstellung nahmen und auf ein Zeichen warteten, schritt die FSB-Agentin mit energischen Schritten die Gangway hoch und blieb vor Bondarchuk stehen.

Er salutierte.

Sie blickte hoch. Als sie den Kopf hob, konnte er ihr in die Augen sehen, die unter der Kapuze des Fellparkas hervorlugten.

Vor Schreck erstarrte Bondarchuk, und noch bevor er wieder reagieren konnte, spürte er bereits das schwere Stück Metall einer Pistole gegen seinen Bauch gedrückt.

»Ich fürchte, Agentin Semenova kommt nicht mehr«, sagte die Frau ihm gegenüber auf Englisch. »Sie werden mit mir vorliebnehmen müssen.«

Im selben Moment erklang das laute Wummern eines Helikopters, der sich über die Hügelkette erhob und mit gesenkter Nase rasch der *Gorbatschow* näherte.

19:56 Uhr

Fast hatte Eileen Hannigan befürchtet, die Übernahme des russischen U-Bootes wäre in ein Blutbad ausgeartet, doch zu ihrer Überraschung und Erleichterung kooperierte der Kommandant.

Eileen und die anderen hatten zuvor im Pass auf den Hubschrauber gewartet, um den verletzten Captain Dallmer aufzunehmen und Eileens Stichwunde zu verarzten. Anschließend waren die ursprünglich im Hubschrauber verbliebenen Marines in die Uniformen der toten russischen Soldaten geschlüpft, hatten auf Corporal Seegers Rückkehr gewartet und waren dann gemeinsam mit Eileen in Richtung Ufer aufgebrochen.

Es schien, als würde Eileens Plan doch noch aufgehen. Im Schutz der Dunkelheit und in den russischen Uniformen waren sie nahe genug an die *Gorbatschow* herangekommen, um den Kommandanten zu bedrohen. Dieser stellte sich als Kapitan Bondarchuk vor und leistete keinen Widerstand.

»Ich bin Cathryn Richardson vom FBI«, sagte Eileen. »Sie können mir glauben, Kapitan, oder Sie können es sein lassen. Es wird uns nicht daran hindern, das zu tun, weswegen wir hergekommen sind.«

»Wenn ich Ihnen behilflich sein kann …«

»Ich bitte darum.« Während sie draußen in der Kälte auf dem Boot standen und unten die Marines die beiden Matrosen in Gewahrsam nahmen, erläuterte Eileen nicht nur ihren Plan, sondern ihre Beweggründe.

»Das ist wirklich starker Tobak«, sagte Bondarchuk, nachdem sie geendet hatte. »Die Agentin hat in eigener Sache gearbeitet und keinen Auftrag ihres Büros erfüllt?«

Eileen nickte. »Wie ich schon sagte, Sie können es glauben oder nicht.«

»Das spielt keine Rolle«, sagte der Kapitan. »Wichtig erscheint mir, dass dieses gefährliche Virus vernichtet wird, ehe es wirklich in falsche Hände gerät.«

»Ich garantiere Ihnen freien Abzug, wenn Sie uns drei Ihrer SS-N-30-Interkontinentalraketen zur Verfügung stellen«, sagte Eileen.

Bondarchuk runzelte die Stirn. »Sie meinen … ah, Sie meinen die RSM-56 Bulawa.«

»Möglich, dass Sie eine andere Bezeichnung haben.«

Bondarchuk nickte. »Ich kann Ihnen helfen, aber wie soll ich den Abschuss von drei Nuklearraketen meinem Vorgesetzten gegenüber rechtfertigen?«

»Tragen Sie es ganz regulär ins Logbuch ein. Schieben Sie es auf die Befehle der FSB-Agentin.«

»Aber die wird nicht mehr zu befragen sein.«

Eileen lächelte. »Richtig. Weil ihre Leiche bei der Explosion der drei Nuklearraketen verdampft wird. Räumen Sie die Brücke, Kapitan. Ich werde mit zwei anderen Leuten an Bord kommen, die Marines rücken ab. Sie werden es so im Logbuch vermerken, dass Sie drei FSB-Agenten von Devon Island aufgenommen haben, darunter auch Kristina Semenova. Dann setzen Sie uns in einem Schlauchboot vor der Ostküste des kanadischen Festlandes wieder ab … und Kristina Semenova wird spurlos verschwinden und von niemandem mehr gesehen werden.«

Der Kapitan presste die Lippen aufeinander. »Eine haarsträubende Geschichte.«

»Aber wir sind das Virus los.«

Sie sah, wie er mit sich rang, doch schließlich gab er nach und erteilte die entsprechenden Befehle. Eileen wandte sich um und signalisierte Snake, sie solle dem Hubschrauber Bescheid geben. Kurz darauf setzte der Sea Knight zur Landung auf dem Eis an und Mrs Stylez und Markus de Vries kamen zum Boot herübergelaufen.

»Der Captain fragt, was wir tun sollen.« Snake kaute wieder Kaugummi und hatte ihr M82 geschultert. Sie sah Eileen fragend an.

»Fordern Sie ein Rendezvous mit einem Trägerschiff an, das Ihren Helikopter auftanken kann. Sie sollten sich aber beeilen, damit sie von dem Feuerwerk hier nichts mehr mitbekommen.«

»Das lass ich mir nicht zweimal sagen.« Snake zwinkerte, wandte sich ab und drehte sich noch mal zu Eileen um. »War mir ein Vergnügen, mit Ihnen zusammenzuarbeiten, FBI. Sie waren nicht schlecht. Für einen Zivilisten, meine ich.«

»Passen Sie auf sich auf, Natalie.«

Eileen drehte sich um und wartete, bis Gwen und Markus an Bord waren. Dann machten sie sich gemeinsam mit Kapitan Bondarchuk auf den Weg in den Turm. Als die Gangway eingezogen wurde, hob der Sea Knight ab, vollzog eine Kehre und flog in südlicher Richtung über die Insel davon.

Kurze Zeit später kappten die Matrosen die Leinen und zogen sich durch die Luken in den Bauch der *Gorbatschow* zurück. Das Boot legte ab und ging nahezu übergangslos in Tauchfahrt unter, um genug Abstand zwischen sich und das Inferno zu bringen, das es entfesseln würde.

Lynchburg, Virginia
18. November, 10:00 Uhr

Der massige Mann schwang mit dem Ledersessel herum, als sich die Tür seines Büros nach einem Klopfen öffnete. Er entschuldigte sich nicht bei den beiden Gesprächspartnern, die auf einem dreigeteilten Videoschirm zu sehen waren. Jeder Kopf füllte eines der Bilder aus. Das dritte zeigte eine Satellitenaufnahme der Queen Elizabeth Islands nahe des Nordpols.

»Sie haben mich gerufen?«, fragte der Mann in dem dunkelgrauen Einreiher und weißem Hemd mit schwarzer Krawatte. Special Agent Callahan hatte sich noch immer nicht von seinen alten Gewohnheiten bei der Central Intelligence Agency lösen können und fühlte sich wohl mehr als Agent im Feldeinsatz denn als Mitarbeiter einer geheimen Organisation.

»Kommen Sie herein«, sagte der General und nahm einen Zug von der Zigarre. Er stieß den Rauch wahllos in den Raum aus und bot Callahan einen Sitzplatz an.

»Das sind der General aus London und seine Assistentin, Mrs Stylez«, sagte der General und deutete auf den Videoschirm. *Gordana Stylez*, ergänzte er in Gedanken.

»Ma'am. Sir.« Callahan nickte den beiden zu und setzte sich. »Ist irgendetwas geschehen?«

»Allerdings.« Der General beugte sich vor. »Das Satellitenbild zeigt … tja, Sie sollen Meister im Auswerten solcher Dokumente sein, Agent Callahan. Sagen Sie mir, was dort zu sehen ist.«

Callahan blinzelte. »Eine Wolkenformation über … wenn ich mir die Umrisse der Inseln ansehe, würde ich sagen, über den Queen Elizabeth Islands, aber das Gebilde in der Mitte … Moment mal! Das … das kann doch nicht sein.«

Der General drückte die Zigarre in einem Ascher aus. »Ich fürchte aber, es ist so. Wir haben keine Nachricht mehr von Captain Simmons erhalten, dafür zeichneten die Überwachungssatelliten vorgestern dieses Bild aus dem Luftraum über Devon Island auf. Die Wolkenformation ist nichts anderes als atomisierter Schnee und Rauch, hervorgerufen durch drei atomare Explosionen. Das ist auch der Grund, warum die Insel nicht mehr ihre ursprüngliche Form besitzt. Teile von ihr wurden verdampft, andere abgespalten und haben sich im Meer verteilt.«

Callahan sah den General an. »Aber wer …?«

Der General auf dem Videoschirm stieß die Luft aus. »Ein russisches U-Boot, kommandiert von der abtrünnigen Hazarderin Kristina Semenova. Wir haben den stellvertretenden Kommandanten befragt und seine Logbucheinträge gelesen. Semenova hat auf eigene Faust gehandelt, weil sie das Virus gewinnbringend auf dem Schwarzmarkt verkaufen wollte.«

»Wo ist Semenova jetzt?«

»Untergetaucht. Der Kommandant sagte, er hat sie vor der kanadischen Küste absetzen müssen. Niemand weiß, wo sie sich aufhält.«

Der General aus Lynchburg schürzte die Lippen. Er faltete die Hände über dem Schreibtisch ineinander und drückte so fest zu, dass die Gelenke knackten. »Unsere Bemühungen, die Hazarder zu aktivieren und an das Renegade-Virus zu gelangen, sind völlig gescheitert. Eine totale Niederlage.«

»Sir?«, fragte Callahan.

Der General drückte eine Taste auf dem Tisch, worauf das Satellitenbild der Queen Elizabeth Islands verschwand und der Liste der fünfzehn Mitglieder des *Misty-Hazard*-Projekts Platz machte. Der Reihe nach strich der General mit dem Mauszeiger einige Namen durch.

Lomi. Vandengard. Simmons. Pothoff. Hannigan. Semenova.

»Die Nuklearexplosionen haben alles Leben auf der Insel und drum herum verdampft. Da sich Pothoff, Hannigan, Vandengard und Simmons auf oder in der Nähe von Devon Island aufhielten und wir nichts mehr von ihnen gehört haben, müssen wir davon ausgehen, dass sie alle Opfer dieser Explosionen geworden sind. Semenova schreiben wir ebenfalls ab, sie hat sich für eine andere Seite entschieden und wird liquidiert, falls sie wieder auftauchen sollte. Damit haben wir binnen weniger Tage seit der Aktivierung der Hazarder sechs von fünfzehn verloren. Das Virus ist vernichtet, wir haben einen General und zwei Assistentinnen weniger.«

»Aber«, unterbrach der General auf dem Videoschirm, »wir haben möglicherweise unseren größten Feind eliminiert. G-Dawn hat sein Kommandoschiff verloren und nach den Bildern der Satelliten können wir davon ausgehen, dass auch die *Le Soleil* vernichtet wurde. Narwick und seine Bodyguards waren nach Berichten Pothoffs alle an Bord. Niemand kann dieses Inferno überlebt haben. Wenn Narwick tot ist, haben wir G-Dawn den empfindlichsten Schlag beigebracht, den wir anbringen konnten. Damit wäre die Organisation so gut wie zerschlagen.«

»Wenn nicht irgendein neuer Messias sich erhebt und das Kommando über G-Dawn beansprucht«, gab der andere General zu bedenken. »Dennoch mindert dieser Teilerfolg nicht unsere Niederlage. Wir müssen in

Zukunft vorsichtiger vorgehen. Callahan, Sie werden eine neue Aufgabe bekommen und eine Operation vorbereiten, die wir als Plan-B für die Beschaffung der beiden Virenstämme vorgesehen haben.«

Der ehemalige CIA-Agent nickte und schien sichtlich gebauchpinselt zu sein, nach Simmons Tod eine größere Rolle in der Organisation spielen zu dürfen.

»Das wäre im Moment alles, ich briefe sie später.«

Callahan war entlassen, erhob sich und verließ den Raum. Als sich die Tür geschlossen hatte, wurden auch das Bild von Mrs Stylez sowie die Karte der Hazarder ausgeblendet. Das Gesicht des Generals auf dem Schirm fuhr näher heran und füllte die Videowand komplett aus.

»Ist es also so weit gekommen?«, fragte er.

Der Mann am Schreibtisch seufzte. »Ich fürchte ja. Uns bleibt keine andere Wahl, wenn wir unsere Pläne erfüllen wollen. Wir hängen schon weit hinter dem Zeitplan.«

»Dann sollten wir diese Phase schnellstens einleiten.«

»Der Meinung bin ich auch.«

Grußlos trennten sie die Verbindung. Der Schirm wurde schwarz. Eine Weile saß der General in seinem Sessel und dachte über die Misserfolge nach. Dann griff er nach einer neuen Zigarre aus dem Humidor.

Fast zur gleichen Zeit, nur ein paar Hundert Meilen nördlich von Lynchburg, griff Captain Lars Dallmer in seinem Krankenbett zum Telefon, das ihm die Pflegerin gebracht hatte, und wählte die Nummer der Auskunft. Als sich eine freundliche Stimme meldete, verlangte er, zum J. Edgar Hoover Building in Washington D.C. durchgestellt zu werden – dem Sitz des FBI.

Nur wenige Augenblicke darauf meldete sich eine weitere Stimme. »Das Federal Bureau of Investigation, Sie sprechen mit Melodie Barnes. Was kann ich für Sie tun?«

»Mein Name ist Captain Lars Dallmer vom United States Marine Corps«, sagte er. »Ich habe neulich mit einer Ihrer Agentinnen zusammengearbeitet und würde mich gerne für die Kooperation in der Sache bedanken. Bisher hatte ich leider keine Gelegenheit dazu. Können Sie für mich ermitteln, in welcher Dienststelle die Agentin tätig ist?«

»Diese Auskunft müssen Sie offiziell anfragen, Sir. Sagen Sie mir bitte den Namen der Agentin?«

Er hörte bereits ein Tippen auf einer Computertastatur.

Vermutlich hatte die Frau sich längst beim Pentagon eingeloggt und seinen Namen und Rang eingegeben, um seine Dienstakte aufzurufen.

»Special Agent Cathryn Richardson.«

Wieder erklang das Geräusch angeschlagener Tasten. »Ja, die gibt es. Sie können sich in unserer Dienststelle melden und einen Termin vereinbaren oder ich kann für Agentin Richardson eine Nachricht von Ihnen hinter… Moment. Was ist das denn jetzt?«

»Ma'am?«

»Ich … schon gut. Tut mir leid, Captain, ich habe mich gerade verguckt. Eine Agentin mit Namen Cathryn Richardson beschäftigen wir nicht. Sie müssen sich geirrt haben.«

Dallmer runzelte die Stirn. »Aber Sie haben doch gerade …« Er hörte wieder das Hämmern auf der Tastatur, dann ein Seufzen.

»Wie ich schon sagte, Sir. Es tut mir leid, eine Agentin Richardson ist nicht für das FBI tätig. Kann ich sonst noch etwas für Sie tun, Captain?«

Dallmer wollte etwas erwidern, doch dann sank er in die Kissen des Krankenbettes zurück und schüttelte den Kopf. Er wurde sich erst bewusst, dass Melodie Barnes, die Dame in der Telefonzentrale des FBI, die Geste nicht sehen konnte, als er bereits aufgelegt und das Telefon auf das Beistelltischchen neben seinem Bett gestellt hatte. Dallmer verschränkte die Arme hinter dem Kopf und starrte an die weiße Decke des Krankenzimmers. Er verzichtete darauf, jetzt beim Criminal Intelligence Service Canada anzurufen und nach einer Agentin namens Kate McDermott zu fragen. Mit an Sicherheit grenzender Wahrscheinlichkeit würde er dort nur die gleiche Antwort erhalten.

Embassy Suites Portland
Portland, Maine – USA
18. November, 10:01 Uhr

»Fertig«, sagte Mrs Stylez und schloss ihre Eingabe auf dem neu erworbenen Laptop mit dem Drücken der ENTER-Taste ab. »Das war Special Agent Cathryn Richardson. Keine Feuerbestattung, kein Begräbnis. Sie hat einfach aufgehört zu existieren.«

Sie hockte auf der Bettkante der Luxussuite, die sie für eine Nacht gemietet hatten. Das Zimmer war weitläufig und stilvoll eingerichtet. An den Wänden hingen Bilder von Monet. Zwei große Blumenvasen zierten den Boden und streckten beinahe mannshohe Farnwedel bis zur Decke des Raumes hoch. Direkt neben dem Bett befand sich ein großes Panoramafenster, das einen herrlichen Ausblick auf die Skyline der Stadt und das Portland Head Light, den berühmten Leuchtturm der Stadt, bot.

Eileen nickte der blonden Frau zu und wandte sich dann an Markus de Vries, den sie nach dem Absetzen von der *Michail Gorbatschow* in einem Schlauchboot mit zur Küste Kanadas genommen hatten. In der Nähe von Glace Bay waren sie schließlich an Land gegangen, hatten einen Wagen mithilfe der Ghost Card gekauft und waren anschließend quer durch Neuschottland über New Brunswick in die Vereinigten Staaten nach Maine gefahren.

»Wird Zeit, dass wir uns trennen«, sagte Eileen.

Markus verzog die Mundwinkel. »Das ist dein Ernst, ja?«

»Ja.«

»Keine Chance, dass wir uns wiedersehen?« Die Enttäuschung stand ihm förmlich ins Gesicht geschrieben. Trotz der Abfuhr, die sie ihm an Bord der *Le Soleil* erteilt hatte, schien Markus hartnäckig am Ball zu bleiben.

Eileen musste ihn erneut enttäuschen und schüttelte bestimmt den Kopf. »Nein. Wir haben eine Menge durchgemacht und ich danke dir für deine Hilfe in dieser Sache. Obwohl du unfreiwillig in den ganzen Schlamassel hineingezogen worden bist, hast du dich tapfer gehalten. Aber wenn wir dich … weiter mitschleppen, gefährden wir dich und uns.« Sie deutete auf Mrs Stylez. »Auch Gwen und ich werden uns trennen. Es ist zu gefährlich da draußen. Mit etwas Glück halten sie uns für tot. Aber wenn wir nur den kleinsten Fehler machen, werden sie wieder auf uns aufmerksam. Und ein Leben in ständiger Flucht und Angst führen willst du nicht wirklich. Glaub mir.«

Außerdem hatte Eileen das dumpfe Gefühl, dass die Geschichte lange noch nicht vorbei war. Sie hatten den Verbund der Generäle erst am Rand gestreift. Zudem lief ihre innere Uhr ab. Irgendwann würde die volle Wirkung von Shift-P einsetzen und dann erfuhr sie hoffentlich endlich, was es mit *Misty Hazard* auf sich hatte. Doch bis dahin waren es noch ein paar Wochen.

Markus prustete. Seine Augen waren feucht, aber er nahm sich zusammen und hielt die Tränen zurück. Er nagte an seiner Unterlippe. »Und was soll ich jetzt tun? Die haben mich in Deutschland gejagt. Meine Freunde umgebracht. Mich mit einem Hubschrauber verfolgt und ein halbes Stadtviertel in die Luft gebombt. Ich kann nicht mehr zurück in mein altes Leben. Dann werden die doch sofort wieder auf mich aufmerksam.«

»Das stimmt.« Gwen drehte den Laptop um und hielt den IDCC hoch. »Du bist jetzt Mark Wellman. Ich habe für dich eine Sozialversicherungsnummer angelegt und einen Führerschein erstellt. Du bist bei den Behörden in Vancouver gemeldet und trittst dort in vier Tagen einen Job als Sachbearbeiter einer renommierten Versicherung an. Du wohnst in einem Apartment in der Park Lane im Süden der Stadt, fährst einen unauffälligen Chevy Corsica und hast ein frisch eingerichtetes Konto bei der South Canadian Bank mit einem Guthaben von 80 000 Dollar.«

Markus sah sie ausdruckslos an.

»Du solltest nur an deinem Englisch basteln und das *TH* sauberer aussprechen.« Gwen zwinkerte ihm zu.

»Was …?« Eine steile Falte entstand zwischen Markus' Brauen. Dann schüttelte er den Kopf. »Was hast du da gerade gesagt? Das war ein Scherz, oder?«

»Warum lacht dann keiner?«

»Ich … das ist doch nicht möglich.«

»Ist es. Hier steht es schwarz auf weiß.« Gwen warf ihm den Führerschein zu. Sein Foto war darauf zu sehen. Ausgestellt und gestempelt von den kanadischen Behörden und zugelassen in Vancouver. Der Name darunter lautete MARK WELLMAN.

»Kein Witz?«

»Kein Witz«, sagte Eileen und legte ihm beruhigend eine Hand auf den Arm. »Wir haben die Möglichkeiten und du solltest diese Chance, ein neues Leben anzufangen, einfach ergreifen. Wie du selbst schon sagtest, zurück kannst du nicht.«

»Aber der Job … wie … ich hab nicht mal ein Vorstellungsgespräch gehabt.«

»Das interessiert niemanden. Im Computer des Personalbüros steht, dass du in vier Tagen anfängst. Du hast die besten Referenzen bekommen.«

»Und die Wohnung? Ich meine, wie habt ihr …?«

Gwen lächelte. »Ich habe ein möbliertes Apartment für dich gebucht. Wenn es dir nicht gefällt, investierst du die 80 000 Dollar und ziehst um. Ganz einfach.«

»Und der Wagen?« Markus begann zu stammeln.

»Steht unten vor der Tür«, sagte Gwen. »Du hast vier Tage Zeit, um von Küste zu Küste zu kommen und deinen neuen Job anzutreten. Ich würde nicht unbedingt herumtrödeln.«

Eine Zeit lang starrte Markus Gwen nur an. Dann wanderte sein Blick zu Eileen. »Danke. Ich schulde euch was.«

»Nein. Wir standen in deiner Schuld. Und jetzt mach was draus.«

Markus nickte. Er reichte Eileen und Gwen die Hand und ging rückwärts bis zur Tür, ehe er sich kopfschüttelnd abwandte und verschwand.

»Was ist mit Kate McDermott?«, fragte Eileen.

Gwen hob die Schultern. »Sie muss irgendwie mit Cathryn Richardson verwandt gewesen sein.«

»Warum?«

»Sie ist auf die gleiche mysteriöse Weise verschwunden, wie die FBI-Agentin.«

»Dann sollten wir das auch tun«, sagte Eileen. »Und keine Spuren hinterlassen.«

»Wie immer.« Gwen Stylez fuhr den Laptop herunter und klappte den Deckel zu. Dann nahm sie ihre Sachen auf und ging zur Tür.

Eileen sah sich ein letztes Mal im Zimmer um und folgte der Blonden.

logfile 5

Caipirinha und Mojito

Hawaii, USA
20. November, 09:30 Uhr

Der Anblick war berauschend. Von ihrem Platz am Pool des Sheraton Moana Surfrider konnte Eileen nicht nur die ganze Hotelanlage sehen, sondern auch die sagenhafte Aussicht auf den Strand und das Meer genießen. Ein leichter Wind wehte und ließ die Palmen hin und her wiegen. Die Brise war erfrischend, denn die Temperaturen betrugen am Waikiki Beach knapp neunundzwanzig Grad im Schatten – wenn man irgendwo Schatten finden konnte. Trotz des Windes zeigte sich am Himmel kein einziges Wölkchen. Dafür freuten sich die Surfer über ein optimales Wetter auf den Wellen des Nordpazifiks. Von denen sah Eileen auch in der Ferne eine ganze Menge. Unten am Strand tummelten sich Familien unter geflochtenen Sonnenschirmen. Kinder spielten ausgelassen, planschten im Wasser oder ahmten die Surfer auf Luftmatratzen nach. Ganz in der Nähe spielten einige Frauen in knappen Bikinis Beachball. Ein Jetski zog vorbei und der Fahrer drehte in der Nähe des Strandes seine Runden, um die Frauen beim Ballspiel zu beobachten.

Eileen lächelte und lugte hinter ihrer Sonnenbrille hervor. Sie lag auf einer bequemen Polsterliege direkt am Pool. Ihr Körper glänzte vor Schweiß und Sonnenlotion. Sie trug einen blauen Bikini, der jedoch etwas großzügiger geschnitten war als die Bademode der Frauen am Strand. Obwohl sie erst seit gestern auf Hawaii weilte, hatte sie bereits Farbe angenommen. Nur bei Gwen Stylez wollten die Sonnenbäder noch nicht so recht anschlagen. Die blonde Frau lag ebenfalls mit Sonnenbrille und einem trägerlosen Bikini neben Eileen auf einer zweiten Liege und hatte sich bereits zum dritten Mal mit einer Milch mit Lichtschutzfaktor zwanzig eingerieben.

»Ich bin einfach fürchterlich sonnenbrandgefährdet«, hatte Gwen erklärt.

Eileen griff nach dem Glas Caipirinha auf der Abstellfläche neben der Liege und nippte durch den Strohhalm an dem süßsauren Cocktail. Sie wandte den Kopf in Gwens Richtung, die an einem ähnlichen Getränk schlürfte, der dazu noch mit Minze abgeschmeckt war – einem Mojito.

»So lässt es sich aushalten, hm?«, fragte Eileen.

Gwen lächelte und sog an dem Strohhalm. »Ein bisschen kühler könnte es schon sein.«

»Du solltest öfter ins Wasser gehen. Der Pool ist nicht nur zur Zierde da.«

»Du hast recht.« Gwen stellte das Glas ab und legte die Sonnenbrille daneben. Dann stand sie auf und sprang vom Beckenrand in den menschenleeren Pool. Außer ihnen hielten sich nur zwei ältere Männer und eine Familie in dem Hotelbereich auf. Die meisten zog es wohl wegen der Wellen zum Strand. Gwen schwamm zwei Bahnen und kehrte dann zu Eileen zurück. Mit den Armen stützte sie sich am Beckenrand auf, blieb jedoch im Wasser.

»Kommst du auch?«

»Gleich.« Eileen sog nochmals an dem Strohhalm.

»Wie lange haben wir?«, fragte Gwen.

Sie beide wussten, was der tote General aus Atlanta Eileen geraten hatte. *Bleiben Sie niemals länger als zwei Tage an einem Ort, sondern ständig in Bewegung.*

Eileen fragte sich, ob das noch immer galt, jetzt, wo man sie und Gwen für tot hielt. Allerdings hatten sie bereits auf dem Flug nach Hawaii darüber gesprochen. Irgendwann würden sie wieder von den Generälen hören, darüber waren sie sich im Klaren. Die Sache war noch nicht ausgestanden, dafür war das Netzwerk des Verbundes zu global. Sie steckten überall drin, hinter jeder Regierung. Ein Krake mit zwanzig Fangarmen, von denen einer abgeschlagen und einer verletzt worden war. Blieben noch achtzehn intakte weltweit und einer, der sich in nicht allzu langer Zeit erholen würde.

Gwen stemmte sich über den Beckenrand und kletterte aus dem Wasser. Nass wie sie war, legte sie sich auf den Bauch auf die Liege und bettete ihren Kopf in eine Armbeuge.

»Ich denke nicht, dass sie uns so schnell auf den Pelz rücken«, sagte Eileen. »Wir sind tot. Zumindest für eine Weile. Ein paar Tage haben wir noch. Dann trennen sich unsere Wege.«

»Wir bleiben in Kontakt?«

»Unbedingt.« Eileen lächelte und schob ihre Sonnenbrille hoch. Sie stellte das Glas ab und drehte sich auf die Seite. »Nur gemeinsam haben wir eine Chance, falls der Verbund wieder an unsere Tür klopft.«

»Ich werde neue Pässe und IDs für uns erstellen und ein paar Konten eröffnen.« Gwen nickte und zwinkerte Eileen zu. »Gut, dass wir es uns leisten können. Was wirst du als Nächstes tun? Deine Mutter suchen?«

Eileen fuhr sich mit der Zunge über die Lippen. Der süße Geschmack von braunem Rohrzucker lag darauf. Sie hatte sich noch keine Zeit genommen, sich über ihre nächsten Schritte bewusst zu werden. Konnte sie es riskieren, ihre Mutter zu suchen? Oder ihren Bruder? Lebten die beiden überhaupt noch?

»Eins nach dem anderen«, sagte sie dann. »In zweiundzwanzig Tagen soll Shift-P seine volle Wirkung erreichen und mich an das Experiment erinnern lassen. Bevor ich nicht weiß, was die damals mit mir und den anderen angestellt haben, werde ich gar nichts unternehmen. Und ich bin mir nicht sicher, ob wir es uns leisten können, einfach unterzutauchen und die Hände in den Schoß zu legen. Weder der Verbund noch G-Dawn werden ruhen. Sie planen vielleicht jetzt schon ihre nächsten Aktivitäten und läuten eine neue Runde im Kampf um die Weltherrschaft ein. Ich denke da an diese Datenbank der Antaradim, über die du etwas gefunden hast. Wir sollten ihnen nach Möglichkeit zuvorkommen.«

»Ist das unser Job?«, fragte Gwen. In ihrer Stimme schwang eine gewisse Müdigkeit und Anzeichen von Erschöpfung mit. Das Erlebte musste erst einmal verarbeitet werden. Von beiden.

Eileens Lächeln wurde zu einem Grinsen. »Wir haben keine Vorgesetzten und kein Personalbüro. Aber wir tun das für die ahnungslosen Bürger da draußen. Und für unsere Arbeit bezahlen wir uns einfach selbst mit den Mitteln der Ghost Card.«

Gwen stützte sich auf der Liege ab und setzte sich auf den Rand. Sie strich sich eine noch feuchte Strähne ihres langen, blonden Haares aus der Stirn. »Weißt du, als ich für den General tätig war, habe ich nie darüber nachgedacht, welchen Sinn mein Leben hat, welche Funktion ich erfülle. Ich war die Assistentin eines mächtigen Mannes, der die Fäden anderer Menschen und der ganzen Welt in den Händen hielt und daran zog, wie es ihm beliebte. Für mich war nur klar, dass ich ihn nach besten Kräften unterstützen musste. Wie eine programmierte Maschine. Eine reine Befehlsempfängerin. Aber dann änderte er seine Meinung und arbeitete plötzlich gegen seine Brüder. Für mich war es damals nicht einfach, die Beweggründe zu begreifen oder mich darauf einzustellen.«

Sie hielt kurz inne und atmete tief durch. »Heute weiß ich, dass das, was wir getan haben, das absolut Richtige war. Und was immer du vorhast, wenn du gegen die Generäle oder Gaia's Dawn kämpfen willst, wenn du ihnen Steine in Weg legst, wenn du Sand in ihr Getriebe streust, um sie von ihren bösen Machenschaften abzubringen … ich bin dabei, Eileen.«

Bei den Worten fühlte Eileen Hannigan eine Wärme in sich aufsteigen, wie eine liebevolle Umarmung. Sie war überzeugt, eine Freundin und eine Art Schwester in Gwendolyn Stylez gefunden zu haben, die ihr in Zeiten der Not zur Seite stehen würde. Auch wenn sie sich schon bald wieder voneinander verabschieden mussten und dann für eine gewisse Zeit nur per E-Mail oder Telefon in Kontakt standen.

Eileen hielt Gwen die Hand hin, die diese wortlos ergriff.

»Wir waren da draußen in Lynchburg und auf Devon Island ein tolles Team«, sagte sie. »Jederzeit wieder.«

Sie tauschten einen langen Blick, nickten einhellig und erhoben sich dann von den Liegen, um mit einem Jubelschrei in das kühle Nass des Pools zu springen.

– Ende –

logout

...

Nachwort und Dank

Der vorliegende Roman fand seinen Anfang unter einer eher zufälligen Begebenheit. Schon lange plante ich, einen Thriller mit Betonung auf actiongeladener Handlung und wissenschaftlichem Touch zu schreiben. Der mir vorschwebende Titel »Kalte Spuren« stand dabei schon fest, auch die Protagonistin Eileen Hannigan existierte schon. Doch die Handlung und alle Schauplätze lagen noch im Dunkeln.

Während meiner Arbeit an einem Vampirroman, dessen Manuskript immerhin einen fixen Abgabetermin hatte, fühlte ich mich plötzlich berufen, »Kalte Spuren« zu schreiben. Die Muse küsste mich ausgerechnet beim Besuch meiner Mutter, als ich nichts weiter als mein Handy griffbereit hatte. Während meine Mutter durch ein Telefonat abgelenkt war, begann ich, die mobile Wordversion auf meinem Smartphone zu starten und auf der ausschiebbaren Tastatur einen ersten Satz zu schreiben. Das war damals nicht der Prolog, sondern Eileen Hannigans Türtritt im ersten Kapitel. Ich schrieb eine ganze Manuskriptseite auf der Minitastatur und wünschte mir meinen Laptop zur Hand, den ich allerdings zu Hause gelassen hatte. Als ich nach meinem Besuch wieder heimkehrte, fuhr ich augenblicklich meinen Rechner hoch, übertrug die angefangene Datei und begann weiterzutippen. Jeden Tag. Morgens, mittags und am Abend vor dem Zubettgehen. So füllten sich innerhalb von vier Wochen die Seiten und ich schrieb quasi ein Drittel des jetzt fertigen Romans. Danach musste ich pausieren, da der Abgabetermin meines anderen Skriptes nun wirklich drängte.

Vier Monate darauf nahm ich die Arbeit an »Kalte Spuren« wieder auf und beendete etwa zweieinhalb Monate später das Manuskript.

Bei wissenschaftlich angelegten Thrillern stellt sich Ihnen als Leser sicherlich immer die Frage nach den Grenzen zwischen Fiktion und Wirklichkeit. Auch in diesem hier gibt es Dinge, die sorgfältig recherchiert wurden, andere, die meiner bloßen Fantasie entsprungen sind.

So schön und nützlich sie sein mag, eine Ghost Card existiert in dieser Form nicht. Auch die Nanofaseranzüge, die Kugel reflektieren, sind meines Wissens noch nicht entwickelt worden. Der Identity Card Creator ist auf meinem Mist gewachsen und dürfte in der heutigen Zeit noch nicht so wie beschrieben funktionieren, da die Ausweise verschiedener Institutionen und Behörden unterschiedlicher Form und Größe sind. Ebenso ist das Volk der Antaradim, die ich aus dem altlateinischen Namen Antaradus der syrischen Stadt Tartus ableitete, ein Produkt meiner Fantasie. Die Stammzellenviren namens Renegade und Defector auch.

Die beschriebenen Örtlichkeiten in den Vereinigten Staaten, Deutschland und Kanada entsprechen realen Schauplätzen und sind so gut wie möglich recherchiert. Ebenso existieren sämtliche in dem Roman beschriebenen behördlichen und militärischen Organisationen (mit Ausnahme des Verbunds der Generäle und G-Dawn), deren Fahr- und Flugzeuge sowie Schiffe und sämtliche aufgeführten Waffensysteme. Die russischen U-Boote der Typhoon-Klasse sind die größten, je gebauten Unterseefahrzeuge, wurden jedoch nach und nach eingemottet und durch die modernere, kleinere Borei-Klasse ersetzt. Von den ursprünglich sieben gebauten Booten wurden nur sechs in Dienst gestellt und heute sind noch drei von der russischen Marine in Betrieb. Eine *Michail Gorbatschow* findet sich freilich nicht darunter.

Das Projekt Mars-Habitat auf den Devoninseln existiert tatsächlich und wird von der Mars Society gesponsert und gefördert.

Wie in den meisten Fällen schulde ich auch bei diesem Roman vielen Menschen, die zur Verwirklichung des Romans mit Tipps, Rat und Anregungen beiseitegestanden haben, meinen Dank. Für die Korrekturen bedanke ich mich bei meinem Bruder Olaf, meiner Schwester Anke sowie bei Thomas Folgmann, Guido Latz, Carsten Kuhr, Gundula Neumann, Sandra Syga, Andreas Reitzki, Wolfgang Kollmann, Uwe Rhinow und André Piotrowski.

Mein Dank gilt ferner Christoph Hilgers für die Berechnung von Schiffskilometern im Nordatlantik; Olaf Knöpper für das Zerlegen des Prologs in seine Einzelteile und den wichtigen Hinweisen, die ich übersehen habe; Gudrun Freitag und Françoise Walios sowie Thomas Brandt für das Brainstorming zur Namensfindung einiger Charaktere und Schiffe; Karl-Heinz Simon für den inspirierenden Urlaub am Ederstausee, in dem die letzten Kapitel des Romans entstanden; Lars Dallmeier, der die Verballhornung seines Namens als Captain Lars Dallmer des United States Marine Corps mit einem Lächeln hinnahm.

Jedwede Fehler, die sich in den Roman eingeschlichen haben, sind jedoch nicht diesen Helferlein anzulasten, sondern ausschließlich mir.

Martin Kay
Dortmund, im Frühjahr 2012

Martin Kay
DAS VIGILANTE-PRINZIP

Erhältlich als eBook bei Amazon

Harald Jacobsen
DER JANUS-SPALT